W0072362

JERRY COTTON

Nur das nackte Leben

Das Bordell am Hudson River

Die Nacht der Kamikaze

Drei Kriminalromane

BASTEI
LÜBBE

BASTEI LÜBBE TASCHENBUCH
Band 31 933

Erste Auflage: Juni 2001

Lektorat: Rainer Delfs
Titelbild: Warner-Columbia
(Der abgebildete Schauspieler steht in keinem Zusammenhang
mit den Romantiteln und dem Inhalt der Romane)
Umschlaggestaltung: QuadroGrafik, Bensberg
Satz: QuadroPrintService, Bensberg
Druck und Verarbeitung: 55315
Firmin-Didot, Mesnil-sur-l'Estrée, Frankreich
Printed in France
ISBN 3–404–31933–8

Sie finden uns im Internet unter
http://www.luebbe.de
oder
http://www.bastei.de

Der Preis dieses Bandes versteht sich einschließlich der gesetzlichen Mehrwertsteuer

Nur das
nackte Leben

Die Umrisse des Wagens zeichneten sich scharf gegen den Nachthimmel ab. Wonsco war nicht beunruhigt. Für ein Polizeiauto war das Fahrzeug zu groß.

»Das sind nicht die Bullen«, beruhigte er Jake Shamm. Er war mit dem viel jüngeren Mann erst seit zwei Tagen zusammen, hatte aber gemerkt, dass Shamm fast panische Angst vor der Polizei hatte. Shamm musste irgendein Ding gedreht haben. Das erklärte auch, warum er Geld besaß.

»Können sie uns sehen?«, fragte Shamm.

»Nicht hier unten zwischen den Felsen.«

»Warum bleibt er dort stehen?«

Wonsco kicherte. »Dreimal darfst du raten! Er vernascht ein Mädchen. Willst du dich ranschleichen und zusehen? Es gibt eine Treppe zur Straße für die Badegäste.«

»Wenn er nur eine Nummer macht, warum schaltet er den Motor nicht ab?«

Wonscos Kichern steigerte sich zum keuchenden Gelächter.

»Vielleicht ist er ein schneller Junge, dann lohnt sich das Abschalten nicht.«

Am Wagen wurde eine Tür geöffnet. Das Auto stand so nahe an der niedrigen Brüstung, dass die Tür nicht vollständig aufschwingen konnte und mit lautem Geräusch gegen das Holz stieß.

Wonsco und Shamm nahmen die Bewegung einer oder mehrerer Gestalten vor dem Wagen wahr, ohne Einzelheiten zu erkennen, da sie im Schatten des Autos blieben.

»Sie kommen runter!«, flüsterte Shamm.

»Nein, die Treppe ist viel weiter links!« Wonsco stieß

einen unterdrückten Überraschungsschrei aus. »Da! Sieh!«

Irgendetwas, das ein Mensch oder eine Schaufensterpuppe sein konnte, stürzte an der Mauer entlang und schlug klatschend ins Wasser der auflaufenden Flut. Sekunden danach fiel die Autotür ins Schloss. Der Wagen fuhr an und verschwand aus dem Blickfeld der Männer.

»Lass uns nachsehen, was sie loswerden wollten!«, rief Shamm. »Ist es gefährlich, auf den Strand zu gehen?«

»Noch nicht«, antwortete Wonsco. »Das Wasser steht erst fußhoch.«

Unter seiner Führung stiegen sie aus den Klippen abwärts zum Strand. Wonsco kannte sich aus. Licht brauchte er nicht, abgesehen davon, dass ein Abglanz der fahlen Helligkeit im Westen, wo New Yorks Lichter die Nacht besiegten, noch ihre Bucht erreichte.

Wonsco und Shamm wateten durchs Wasser. Kleine Wellen mit phosphoreszierenden Schaumstreifen liefen von der See zum Fuß des gemauerten Damms, auf dem die Straße entlangführte. Fünf Stunden später, auf dem Höhepunkt der Flut, würden sie als mächtige Wogen anrollen und als Brecher am Damm explodieren.

»Hier! Hier!«, rief Shamm. »Hier ist es! Oh, verdammt!«

Der Körper lag unmittelbar vor der Mauer. Das Wasser, das noch nicht hoch genug stand, um ihn anzuheben, bewegte die Haare und die Reste der Kleidung.

Wonsco grub aus den Tiefen seiner Tasche ein altmodisches Feuerzeug, ließ die Flamme aufspringen, schützte sie mit der Hand und leuchtete den Körper ab.

»Ein Mädchen! Und jung!«

»Was denkst du? Ist sie tot?«, fragte Shamm.

»Sieht so aus.«

»Fass an! Wir tragen sie ins Trockene!«

Wonsco löschte die Flamme. »Warum? Lass die Finger davon, Jake! In einer halben Stunde holt das Wasser sie. Auch bei Flut verläuft die Strömung seewärts. Die Tote verschwindet auf Nimmerwiedersehen. Darum wurde sie an dieser Stelle reingeworfen.«

»Fass an! Ich will sie mir mal genauer ansehen!«, beharrte Shamm. »Vielleicht ist sie nicht tot, und wir erfahren von ihr ein paar Sachen, mit denen wir etwas anfangen können.«

Er schob die Hände unter die Achseln des Mädchens, hob den Oberkörper an und wartete darauf, dass Wonsco die Beine ergriff.

»Ist doch Quatsch, Jake«, sagte Wonsco. »Was soll sie uns sagen können?«

»Den Namen des Burschen, der sie über die Mauer kippte, du Narr. Hast du nicht gesehen, wie groß der Wagen war? Mindestens ein Cadillac oder ein Lincoln. Stell dir vor, wir erführen seinen Namen! Gütiger Himmel, wir könnten ihm die Daumenschrauben bis zum Weißbluten anlegen! Pack mit an, verdammt!«

Widerstrebend hob Wonsco die Beine des Mädchens an. »Aber sie ist tot, Jake!«

»Das wird sich herausstellen.«

Das Wasser war deutlich gestiegen. Manche Wellen erreichten die Knie. Sie trugen das Mädchen zurück in die Klippen, zu Wonscos Lagerplatz, einer höhlenartigen Aussparung im Fels, und betteten den Körper auf angeschwemmten Sand.

»Die ist mächtig hergenommen worden«, sagte Wonsco heiser. »Der Typ hat ihr nur ein paar Fetzen auf dem Körper gelassen.«

Shamm knüllte einige Zeitungen zusammen, die Wonsco als Zudecke benutzte, wenn die Nächte zu kalt waren. »Das Feuerzeug!«

Das brennende Papier lieferte Licht. Shamm drehte es zu einer Art Fackel zusammen und leuchtete den Körper des Mädchens ab. Er legte die Hand auf die Brust, tastete nach dem Herzschlag, hob die Lider an und brachte die Flamme dicht ans Gesicht.

»Da ist nichts zu machen«, sagte er. »Die ist endgültig abgereist.«

»Hab ich sofort gesehen.« Wonscos Stimme nahm einen weinerlichen Klang an. »Warum hast du mir nicht geglaubt? Jetzt müssen wir sehen, dass wir sie wieder loswerden. Haben wir noch einen Schluck Schnaps?«

Er begann, die herumliegenden Flaschen nach Resten zu untersuchen.

Shamm tastete den Mädchenkörper ab. Seine Finger erfühlten einen Armreif um das linke Handgelenk, der sich nur schwer abstreifen ließ.

»Halt mal!«, befahl er Wonsco und gab ihm die Papierfackel.

Er drückte die Hand der Toten zusammen und zog den Armreif ab. »Könnte Gold sein«, sagte er und prüfte das Metall im flackernden Flammenlicht.

Wonsco, schlecht gelaunt vom unbefriedigten Bedürfnis nach Alkohol, kläffte hämisch: »Lüg dir nicht in die Tasche! Ich wette, das Scheißding besteht aus Messing.«

»Ist sogar ein Stein eingelassen. Der Reif hat die Form einer Schlange, und der Stein bildet den Kopf. Vielleicht ist es ein Rubin.«

»Glas ist es!« Wonsco lachte. »Wirf den Dreck ins Meer!«

Die Papierfackel erlosch. Shamm zündete keine zweite an. Die Männer hockten im Dunkeln.

»Wir müssen sie loswerden«, sagte Wonsco nach einer Weile des Schweigens. »Komm, Jake! Wir tragen sie zurück ins Meer. Alles andere besorgt die Strömung.«

Shamm saugte am Stummel seiner Zigarette. Die Glut erhellte den unteren Teil seines Gesichtes.

»Er fuhr einen Cadillac«, sagte er. »Vielleicht war's auch ein teurer europäischer Wagen, ein Rolls oder ein Mercedes. Er muss Geld wie Heu haben. Oh, Hölle, wir könnten viele tausend Dollar absahnen, wenn ...«

»... wenn wir wüssten, wer es war«, ergänzte Wonsco. »Aber wir wissen nichts! Du spinnst, Jake!«

Shamm knipste den Zigarettenstummel in die Nacht. Ein winziger Kometenschweif zeichnete sich in der Dunkelheit ab. Noch bevor die Zigarette ins Wasser eintauchte, verglühte er.

»Ich spinne nicht!«, antwortete er wütend. »Das ist eine Chance, Mann! Ein versoffener Gossenpenner wie du erkennt nicht, welche Chance das ist. Überleg mal, was passiert ist, Pit! Wir wurden Augenzeugen, wie ein Kerl, der vor Geld stinkt, ein Mädchen aus dem Auto kippt, das er vernascht und dann umgebracht hat – ein Kerl, der ein Riesenauto fährt! Wir können ihn auf den elektrischen Stuhl bringen, und wenn er's erfährt, wird er sich von der Hälfte seiner Dollars trennen, um uns den Mund zu stopfen.«

»Sag mir, wo er wohnt, damit ich mir zehn Dollar als Vorschuss für einen Schluck Schnaps holen kann!«, höhnte Wonsco.

»Ich werde es erfahren«, sagte Shamm grimmig. »Ich sorge dafür, dass die Polizei das tote Mädchen findet. Dann wird ihm schon heiß unterm Hut werden. Die Zeitungen werden berichten, wen die Polizei vernommen hat, und ich werde jeden anrufen und ihm sagen, dass ich ihn gesehen hätte. Wenn der richtige Mann darunter ist, wird er sich verraten.« Shamm warf sich in die Brust. »Ich lass die Schnüffler für mich arbeiten!«

»Und du spinnst doch!« Wonsco fühlte die eigene Zunge wie ein Stück Trockenfleisch in der Mundhöhle. Die Gier nach Schnaps ließ ihn erzittern.

Shamm stand auf, packte die Arme des toten Mädchens und zog den Körper zum Rand der Aushöhlung.

»Was machst du?«, fragte Wonsco erschrocken.

Shamm antwortete nicht. Er arbeitete verbissen, und schließlich wälzte er den Körper über den Rand. Wenige Yards tiefer schlug der Leichnam auf.

»So hoch steigt das Wasser nicht!«, fluchte Wonsco. »Sie bleibt dort liegen. Von der Straße aus kann man sie sehen.«

»Sehr gut!« Shamm rieb sich die Hände an der Hose ab. »Sobald es hell geworden ist, wird irgendwer, der seinen Hund zum Pinkeln führt, sie sehen und die Schnüffler alarmieren.«

Wonsco fuhr sich mit beiden Händen durch das verfilzte Haar.

»Und fünf Yards höher liege ich in meiner Höhle und penne! Eine ganze Kompanie Bullen wird sich auf mich stürzen. Sie werden mir den Mord anhängen und sich rühmen, dass noch nie ein Fall so schnell aufgeklärt wurde. Du bist verrückt, Jake!«

»Ich gehe«, sagte Shamm. »Es gibt andere Plätze, wo man die Nacht verbringen kann.«

Wonsco brach in wüstes Geschimpfe aus.

»Du Scheißkerl! Ich habe dich bei mir aufgenommen, habe meinen Schnaps mit dir geteilt. Zum Dank legst du mir 'ne Leiche vor die Tür. Du bist der größte Hundesohn, dem ich je begegnet bin. Du verdammtes Stinktier, du elender …«

Er wagte nicht, Shamm anzugreifen, weil der jünger und stärker war. Shamm kümmerte sich nicht um das Gezeter. Er suchte die wenigen Sachen zusammen, die er besaß, und stopfte sie in einen löchrigen Seesack. Mit dem Sack in der Hand kletterte er die Klippen hoch.

Als er die Straße erreicht hatte, hörte er keuchenden Atem hinter sich.

»Warte!«, japste Wonsco. »Warte auf mich, Jake!«

Shamm versuchte, die Stelle zu finden, an der das Auto gestanden hatte. Er schnüffelte die Straße ab wie ein Hund.

»Was machst du?«, fragte Wonsco noch außer Atem. »Wenn wir gesehen werden, geraten wir in Teufels Küche mit dem toten Mädchen da unten!«

»Gib mir dein Feuerzeug!«, verlangte Shamm.

Fast flehend bat Wonsco: »Lass den Quatsch!«

»Das Feuerzeug!« Shamm stieß dem anderen die Faust vor die Brust.

Wonsco grub das Feuerzeug aus der Tasche und gab es ihm. »Du bringst uns ins Unglück!«

Shamm ließ die Flamme aufspringen und suchte den Boden ab. Der Parkstreifen neben der Straße war mit feinem Kies bestreut.

»Denkst du, er hätte seine Visitenkarte zurückgelassen?«, giftete Wonsco. Er sah, dass Shamm einen Gegenstand aufhob.

»Was hast du gefunden?«

Shamm wandte ihm den Rücken zu und hielt die Flamme dicht an sein Fundstück.

Am Ende der Straße tauchten die Lichter eines Fahrzeugs auf.

»Verdammt, ein Auto!«, schrie Wonsco.

Der Wagen näherte sich rasch. Seine Scheinwerfer erfassten die beiden Männer für einige Sekunden. Mit unverminderter Geschwindigkeit rollte der Wagen vorbei.

Shamm gab das Feuerzeug zurück.

»Was hast du gefunden?«, wiederholte Wonsco seine Frage.

»Ach, nichts«, antwortete Shamm. Seine Finger betasteten den Gegenstand in der Tasche. Nein, er würde Wonsco nicht einweihen. Ein versoffener Typ, der nichts anderes im Sinn hatte als die nächste Flasche Schnaps, war als Partner wertlos.

Shamm wusste nicht, ob zwischen dem Mann, der

das tote Mädchen über die Brüstung geworfen hatte, und seinem Fund ein Zusammenhang bestand, aber er war entschlossen, es herauszufinden. Er besaß ungefähr vierhundert Dollar, die aus einem erfolgreichen Straßenraub in New York stammten. Seitdem glaubte er an seine Glückssträhne.

Neben ihm sagte Wonsco seufzend: »Schade um das Plätzchen! War fast so gut wie ein richtiges Zuhause.«

Ich läutete an der Eingangstür. Ein dunkelhäutiges Dienstmädchen öffnete.

»Guten Morgen«, sagte ich. »Ich bin Detective Jerry Corran. Sie haben einen Einbruch gemeldet.«

»Na endlich«, antwortete sie schnippisch. »Die Polizei lässt sich viel Zeit. Mrs. Soverman ist empört. Kommen Sie rein, Officer.«

In der Halle kam uns Mrs. Soverman entgegen, eine große Frau mit dem Aussehen eines Lamas, dem Schmuck um den langen Hals gewickelt wurde.

»Nehmen Sie meine Anzeige nicht ernst, Officer?«, spuckte sie. »Seit einer Stunde warte ich auf das Erscheinen eines Beamten.«

»Madam, Sie sind der dritte Fall auf meiner Liste.«

»Es wäre klüger, wenn Sie die Schwere der Fälle berücksichtigten, statt stur nach der Reihenfolge der Meldungen vorzugehen. Bei mir handelt es sich um einen Einbruch. Wahrscheinlich war sogar ein Raubüberfall geplant. Nur das Bellen unseres Hundes verscheuchte die Täter.«

Sie hatte nicht einmal Unrecht. Bevor ich zu ihrem Haus kam, hatte ich die Verunreinigung einer Wand und die Beschädigung eines geparkten Wagens untersucht.

»Ich werde meine Beschwerde bei der nächsten Bürgerversammlung vorbringen«, drohte sie. »Folgen Sie mir, Officer!«

Sie führte mich durchs Haus und über die Terrasse zu einem Holzhaus, in dem Gartengeräte, ein Rasenmäher und einige Stühle untergebracht waren. Die Tür stand offen.

»Die Täter müssen gegen vier Uhr morgens die Tür aufgebrochen haben«, erklärte Mrs. Soverman und spielte mit der vierfach um ihren faltigen Hals geschlungenen Perlenkette. »Zu dieser Zeit schlug der Hund an und ließ sich eine halbe Stunde lang nicht beruhigen. Ich fürchtete, Roxanne würde vor Aufregung einen Herzschlag erleiden.«

»Befand sich der Hund im Garten oder in einem Zwinger?«

Mrs. Soverman sah mich mit einem vernichtenden Blick an.

»Roxanne ist dreifacher Weltchampion und viel zu kostbar für einen ungeschützten Aufenthalt im Freien. Selbstverständlich steht ihr Körbchen in meinem Schlafzimmer.«

Ich verzichtete darauf, mich nach Roxannes Rasse zu erkundigen. Vermutlich passte das Hündchen in Mrs. Sovermans Handtasche.

»Was wird in dem Holzhaus vermisst?«

»Keine Ahnung! Darum kümmert sich unser Gärtner, aber er ist für eine Woche zu seiner Familie gefahren.«

Ich untersuchte das Schloss.

»Ich kann keine Spuren von Gewaltanwendung entdecken, Madam!«

Ihre Stimme wurde schriller. »Ich bin ganz sicher, dass die Tür gestern Abend geschlossen war, und Roxanne bellt niemals grundlos.«

Ich betrat das Blockhaus. Alle Geräte standen und hingen geordnet dort, wo sie hingehörten.

»Wir sollten die Rückkehr Ihres Gärtners abwarten, damit wir feststellen können, was gestohlen wurde«, schlug ich vor.

Ihre Augen funkelten mich an, und sie entblößte drohend ihre Jacketkronen.

»Wollen Sie nicht wenigstens die Fingerabdrücke sichern?«

Natürlich waren bei Mrs. Soverman ein paar Schrauben locker, aber ich sah keine Chance, sie davon zu überzeugen. Es war einfacher, nachzugeben und ein halbes Gramm Grafitpulver zu opfern.

»Okay, Madam. Ich hole meinen Koffer.«

Sie blieb im Garten und ließ meinen Weg durchs Haus vom Dienstmädchen überwachen.

Mein Dienstwagen stand unmittelbar vorm Haus. Als ich die Tür aufschloss, sah ich das Ruflicht der Sprechanlage flackern und nahm den Hörer ans Ohr.

»Wagen vier mit Detective Corran.«

»Boulver verlangt dich«, sagte Debby McHoghs Stimme. »Fahr sofort zur Uferpromenade! Lass alles andere stehen und liegen! Auf den Klippen bei der Sunrise-Bucht wurde eine Leiche gefunden.«

An diesem Vormittag tat Debby Dienst in der Funkzentrale des 3. Reviers der New York State Police auf Long Island, für das auch ich arbeitete. Unser aller Chef war Lieutenant Melvin Boulver, ein Mann mit einer ausgeprägten Allergie gegen Widerspruch.

Ich rief dem Dienstmädchen zu: »Bitte, richten Sie Mrs. Soverman aus, dass ich später noch einmal vorbeikommen werde!«

Sie antwortete etwas, das ich nicht verstand, denn ich saß schon hinterm Steuer und ließ den Motor anspringen.

Mrs. Sovermans Villa lag im südlichen Neubaubezirk von Larristown. Um die Uferpromenade zu erreichen, musste ich den Stadtkern der kleinen Hafenstadt durchfahren, die im Laufe von zwanzig Jahren zu einer der vielen Schlafstädte angewachsen war, in denen die wohlhabenden Leute wohnen, die ihre Dollars in New York machen. Neunzig Prozent der

Häuser in Larristown sind kleinere oder größere Villen. Nur am alten Fischereihafen stehen noch ein Dutzend verslumter Häuser, deren Abriss ein Bürgerkomitee seit langem betreibt.

Die Uferpromenade verläuft längs der Küste, und sie führt aus dem Stadtbereich hinaus zu den Buchten, die im Sommer als Badestrände dienen, allerdings nur bei Ebbe und ruhiger See benutzt werden können.

Die Sunrise-Bucht liegt drei Meilen außerhalb. Eine große Anzahl Polizeiwagen parkte auf beiden Straßenseiten. Uniformierte Cops des 3. Reviers regelten den Verkehr und sorgten dafür, dass Neugierige nicht die Straße verstopften.

Ich parkte meinen Wagen, stieg aus und stieß auf Senior Officer Bernie Boddan, einen Graukopf, der seit fünfzehn Jahren im 3. Revier arbeitet.

»Weißt du Einzelheiten, Bernie?«

»Ein totes, nacktes Mädchen. Der Chef rief die Mordkommission aus Lindenhurst. Die Jungs sind schon bei der Arbeit.«

Ich bahnte mir einen Weg zur Holzbarriere, die den Parkstreifen längs der Promenade begrenzt. Zwei mächtige Felsklippen rahmen die Bucht ein. Ein gutes Dutzend Personen bewegten sich in der Westklippe. Sie konzentrierten sich in einem Bereich, der knapp fünfzehn Fuß über dem Meeresspiegel lag.

Ich stieg die Steintreppe zum Strand hinunter und ging über den Sand zur Klippe. Das Wasser hatte sich weit zurückgezogen.

Auf einem Felsbrocken saßen Harry Cress und Dave Rorke, zwei Detectives des 3. Reviers. Cress rauchte, während Rorke in seinem Notizbuch blätterte.

»Geh rauf!«, sagte Cress. »Der Chef will, dass sich jeder von uns die Tote ansieht und sich ihr Gesicht einprägt.«

Ich stieg den zerklüfteten Felsen hoch, bis ich auf Lieutenant Boulver stieß.

Der Chef des 3. Reviers war ein großer, schwergewichtiger Mann, der gute zweihundert Pfund auf die Waage brachte. Das eisgraue Haar trug er kurz geschnitten wie ein Soldat der Marine. Sein rundes, immer gerötetes Gesicht, die schweren Wangen und das Doppelkinn verrieten seine Vorliebe für gute und reichliche Mahlzeiten. Uniform trug er nur zu besonderen Anlässen. Gewöhnlich erschien er in saloppen, schlecht gebügelten Anzügen. Er hatte eine gescheiterte Ehe hinter sich und lebte mit einer Frau zusammen, die er als eine entfernte Verwandte ausgab.

»Zur Stelle, Sir!«

»Eine verdammte Schweinerei, diese Geschichte.« Boulver hatte eine laute, bellende Stimme, die auch ohne Megafon meilenweit zu verstehen war. »Der erste Mord in meinem Revier seit acht Jahren, und damals war es ein sauberes Eifersuchtsverbrechen unter feinen Leuten. Mrs. Creyght legte die Geliebte ihres Mannes um und schoss ihren Alten an.«

»Was ist es dieses Mal, Sir?«

»Da war Abschaum der Gesellschaft am Werk, Tramps, Süchtige, Typen, die aus dem verdammten Müllhaufen bis zu uns geschwappt sind.« Er machte eine heftige Kopfbewegung in die Richtung, in der New York lag. »Wahrscheinlich war auch das Mädchen eine Junkie oder ʼne Streunerin, um die es nicht schade ist, aber der Teufel soll mich holen, wenn ich dulde, dass sich die Pest in unserer Stadt breit macht. Präg dir ihr Aussehen ein!«

Er legt eine Hand an den Mund und rief zu den Männern hinauf, die weiter oben im Felsen arbeiteten: »Ken, es kommt noch einer meiner Männer!«

Ein schlanker blonder Mann in einer schwarzen Lederjacke rief ärgerlich zurück: »Könnt ihr nicht warten, bis wir fertig sind?«

Boulver kümmerte sich nicht um den Einwand, stieß mich an und schickte mich los.

Außer dem Blonden standen, hockten oder knieten sieben oder acht Männer in diesem Bereich der Klippen. Es war schwierig, aneinander vorbeizukommen.

Ich nannte dem Blonden meinen Namen: »Jerry Corran.«

»Hamilton von der Mordkommission aus Lindenhurst. Der Arzt ist bei ihr.«

Der Körper des Mädchens hob sich weiß und hell vom graugrünen Gestein ab. Um die Hüften hingen die Fetzen eines blauen Rocks, und der rechte Arm steckte zur Hälfte im Stoff einer hellblauen Bluse mit einem Muster von Streifen und Karos. Das Haar war blond und ziemlich lang. Das schmale Gesicht, die glatte Haut und die Straffheit ihres Körpers verrieten, wie jung sie war, erschreckend jung.

Der Arzt stand gebeugt über dem Körper, drehte den Kopf, bewegte die Arme und Beine des Mädchens und tastete mit gummigeschützten Händen den Körper ab. Die Erkenntnisse seiner Untersuchung sprach er in ein Diktiergerät, das er umgehängt trug.

Ich stieg zu Lieutenant Boulver zurück.

»Was denkst du?«, fragte er.

»Was immer sie mit ihr gemacht haben, es geschah nicht dort, wo sie liegt.«

»Natürlich nicht. Ich weiß, an welcher Stelle sie ihr das angetan haben. Komm mit!«

Trotz seines Gewichtes turnte er mit erstaunlicher Behändigkeit durch die Klippen zu einem Platz rund fünf Yards oberhalb der Stelle, an der das Mädchen lag.

»Hier geschah es«, sagte Boulver und wies auf eine höhlenartige Aussparung im Felsen, deren Grund mit Zeitungspapier, Blechdosen, leeren Flaschen übersät war. »Nun weißt du, nach wem wir suchen müssen – nach Typen, die in diesem Unflat gehaust haben. Ich glaube nicht, dass sie nur eine Nacht hier zubrachten. Die Jungs, die in diesem Gebiet Streifendienst hatten, werde ich verdammt hart fragen, warum sie dieses Drecknest nicht früher entdeckten. – Fass nichts an, Corran! Ich wette, hier ist alles verseucht mit Bazillen und Viren.«

Drei Beamte der Mordkommission kamen herauf und brachten die Ausrüstung zur Spurensicherung mit. Boulver und ich räumten den Platz und warteten darauf, dass der Arzt seine erste Untersuchung beendete.

Nach zwanzig Minuten entschied Hamilton, der Leiter der Mordkommission, dass der Leichnam abtransportiert werden konnte. Boulver beorderte die Revier-Detectives Harry Cress, Dave Rorke und mich zu sich, damit wir dem Bericht des Arztes zuhören konnten.

»Ich nehme an, dass sie vor Mitternacht starb«, sagte der Arzt und rieb sich die Hände mit einer Desinfektionslösung ab. »Ihr Körper weist zahlreiche Hämatome, Blutergüsse im Gewebe, auf, außerdem Schrammen und Kratzer. Einiges davon mag beim Sturz und dem Aufprall auf den Felsen entstanden sein, aber ich glaube, dass sie vor ihrem Tode geschlagen und misshandelt wurde.«

»Woran starb sie?«, fragte Hamilton.

»Das weiß ich noch nicht. Ob eine der Schlagverletzungen tödlich war, lässt sich erst bei der Obduktion feststellen.«

»War sie rauschgiftsüchtig?«, wollte Dave Rorke wissen.

»Ich fand einen Einstich im Bereich der linken Armbeuge mit einem Bluterguss, das heißt, sie war ungeschickt beim Hantieren mit der Spritze, und einiges von dem Zeug, das sie sich reinjagte, gelangte nicht in die Vene, sondern ins umliegende Gewebe. Wir werden herausfinden, welchen Stoff sie sich spritzte.«

»Oder ihr gespritzt wurde«, sagte ich.

Der Arzt sah mich überrascht an und zuckte dann mit den Achseln. »Auch das wäre möglich«, erklärte er.

»Vergewaltigung? Wie steht's damit?«, dröhnte Lieutenant Boulver.

»Sie hat Druckstellen, blaue Flecken und Verletzungen in Körperbereichen, die auf eine Vergewaltigung hindeuten.«

»Die müssen jedoch nicht von einer Vergewaltigung herrühren. Zwischen Junkies und ihren Schicksen geht es oft hoch her, ohne dass man von einer Vergewaltigung sprechen könnte. Unter dem Einfluss des Rauschgifts machen die Girls alles mit«, sagte Boulver grob.

»Immerhin ist sie tot«, bemerkte Hamilton. Seine Stimme klang eisig, und der Blick, den er Boulver zuwarf, verriet Abscheu.

»Okay, Ken, und ich weiß, was sich heute Nacht in der Höhle abgespielt hat«, antwortete Boulver ungerührt. »Eine Gruppe Crack, Speedballs oder sonst einem Scheißdreck tobten sich in einer wüsten Orgie aus. Für das Mädchen war's zu viel, und als die anderen merkten, dass sie tot war, kippten sie den Körper über den Felsen und machten sich aus dem Staub.« Er schlug sich mit der Hand vor die Stirn. »Vielleicht sprang sie auch im Rauschzustand in die Tiefe ohne fremde Mithilfe. Ist ihr Genick gebrochen, Doc?«

»Vermutlich nicht. Ich sagte schon, dass sich die Todesursache erst bei der Obduktion feststellen lässt.«

»War sie ein rauschgiftsüchtiges, herumstreunendes Mädchen, Doc?«, fragte ich.

»Wie soll ich das wissen?«

»Ein Mädchen, das seit Wochen im Freien haust, seit langem kein Badezimmer gesehen hat, alles Geld für Rauschgift statt für Seife und Haarshampoo ausgibt, müsste schmutzig und ungepflegt aussehen über die Spuren hinaus, die die Ereignisse der letzten Nacht an seinem Körper hinterließen. Trifft das auf die Tote zu, Doc?«

Er schüttelte den Kopf.

»Nein. Ihr Haar ist nicht verfilzt. Finger- und Fußnägel sind sauber.«

Lieutenant Boulver sah mich unzufrieden an. »Mag sein, sie war 'ne Anfängerin, aber von welcher Sorte die Kerle waren, mit denen sie sich einließ, das wissen wir.« Er wandte sich an Cress, Rorke und mich. »Ihr werdet alle Kneipen, alle Läden am alten Hafen aufsuchen, werdet alle Häuser durchkämmen und alle Leute fragen, wo Junkies, Tramps und sonstige Hundesöhne in Begleitung eines Mädchens gesehen worden sind. Natürlich erhaltet ihr Bilder von dem Mädchen, und sobald Hamilton ihre Identität geklärt hat, erfahrt ihr auch den Namen. Lauft euch die Beine ab! Ich verlange, dass ihr Erfolg habt, denn ich werde nicht zulassen, dass während der Dienstzeit von Lieutenant Melvin Boulver ein Todesfall im Bereich des 3. Reviers unaufgeklärt bleibt.«

Cress und Rorke murmelten halbe Sätze vor sich hin wie: »Okay, Sir! Machen wir, Sir!« Ich schwieg.

Boulver legte den mächtigen Arm um die Schultern des Mordkommission-Lieutenants und dröhnte: »Ken, ich verlasse mich darauf, dass ich von dir alle Informationen über deine Resultate erhalte, damit ich sie an meine Leute weitergeben kann. Wir müssen eng zusammenarbeiten.«

Hamilton versuchte, sich dem Druck des Arms zu entziehen.

»Das ist selbstverständlich, Mel.«

»Wir schaffen es!«, röhrte Boulver. Sein hochrotes Gesicht leuchtete regelrecht. »An die Arbeit, Männer!«

»Erlauben Sie eine Frage an Lieutenant Hamilton, Sir?«, sagte ich.

»Klar, Corran! Schieß los!«

»Sie haben keine Kleider in der Höhle oder in den Klippen gefunden, Lieutenant?«

»Nein«, antwortete Hamilton.

»Müssen wir daraus nicht schließen, dass dem Mädchen die Kleider an einem anderen Platz heruntergerissen wurden?«

Boulver überließ nicht dem Lieutenant die Antwort, sondern bellte mich an: »Das müssen wir durchaus nicht, Schlaukopf Corran! Zwischen Mitternacht und Mittag gibt es an dieser Küste Flut und Ebbe mit einer Strömung ins Meer. Klamotten, die von diesen Klippen ins Wasser geworfen werden, verschwinden auf Nimmerwiedersehen. Alles klar, Jerry?«

»Jawohl, Sir«, antwortete ich, total gegen meine Überzeugung.

Um neun Uhr ließ sich Jake Shamm in einem Frisiersalon rasieren und die Haare schneiden.

Er war allein. Wonsco hatte er vor einer Stunde dadurch abgehängt, dass er kurzerhand in ein Taxi gestiegen war, das ihn nach Queens brachte, nachdem er den Fahrer mit einer Zwanzig-Dollar-Note von seiner Zahlungsfähigkeit überzeugt hatte.

Nach der Behandlung im Frisiersalon suchte er ein Telefonamt auf und ließ sich Telefonbücher der Orte auf Long Island aushändigen. Im Firmenverzeichnis unter dem Stichwort ›Banken‹ fand er den Namen, den er suchte. Er stellte fest, dass es vier Filialen gab, darunter eine im Zentrum von Manhattan, die anderen in Nassau und Suffolk.

Trotz der achtzehn Dollar, die er für den Friseur ausgegeben hatte, wusste Shamm, dass seine abgelatschten Schuhe, der schmuddelige Anzug und der Seesack in einer Bank Misstrauen erregen würden. Er machte sich auf die Suche nach einem Altkleiderhändler, bei dem er einen Trenchcoat, Schuhe und einen kaum beschädigten Koffer kaufte, in den er seine Habseligkeiten aus dem Seesack umpackte.

Kurz vor Mittag betrat er die Filiale der Monk &

Associates Bank in Lindenhurst. Eine Angestellte fragte ihn nach seinen Wünschen. Er erklärte, er beabsichtige, ein Konto zu eröffnen, und wurde an den Schreibtisch des Filialleiters geführt, der ihn höflich begrüßte und ihm einen Stuhl anbot.

Shamm nannte sich William Snyder. »Ich stamme aus Denver und werde einen Job in Suffolk annehmen«, erklärte er. »Ich brauche ein Bankkonto für die Gehaltszahlungen und natürlich auch für die Anlage meiner Ersparnisse.«

»Da sind Sie bei uns richtig, Mr. Snyder«, versicherte der Filialleiter. »Wir kümmern uns um jeden Kunden und bieten eine gute Verzinsung Ihrer Einlage.« Er ließ eine lange Suada über Zinsen und Wertpapiere vom Stapel. Shamm hörte kaum zu und wartete darauf, dass der Mann eine Pause machte.

»Ist mein Geld bei euch sicher?«, fragte er. »Ihre Bank ist nur ein kleines Unternehmen. Wer ist der Besitzer?«

»Mr. Herb Monk jun. und eine Gruppe sehr wohlhabender Männer. Mr. Monks Vater gründete die Bank vor siebzig Jahren, und seitdem hat sie immer floriert.«

»Wo wohnt Mr. Monk?«

Der Filialleiter lächelte. »Natürlich verfügt er über mehrere Wohnsitze. Häufig hält er sich in seinem Penthouse in Manhattan auf. Die Stammvilla der Familie befindet sich in Bayville, aber es ist ein etwas altmodisches Haus und wird nur noch selten genutzt. Wenn Sie unser Kunde werden, lernen Sie Mr. Monk bei der alljährlichen Weihnachtsfeier kennen. Die Monk & Associates Bank veranstaltet jedes Jahr ein Fest, zu dem alle Kontenbesitzer eingeladen werden. Mr. Monk lässt es sich nicht nehmen, bei dieser Gelegenheit den Kunden für ihr Vertrauen zu danken.«

Shamm stand auf.

»Was Sie sagen, hört sich gut an«, erklärte er. »Wahrscheinlich werde ich mich für ein Konto bei

Ihnen entschließen, aber ich möchte noch darüber nachdenken und ein paar Informationen einholen.«

»Das ist Ihr gutes Recht, Sir! Ich bin überzeugt, Sie werden nur Positives über unsere Bank hören. Darf ich Ihnen meine Visitenkarte geben, Mr. Snyder? Ich bin Andrew Averell, und ich bin stolz darauf, dass die meisten Kunden mich Andy nennen. Ich hoffe, Sie zählen bald dazu. Würden Sie außerdem diesen Kugelschreiber akzeptieren, Sir? Telefonnummer und Adresse sind aufgedruckt.«

Shamm drehte den blauen Plastikkugelschreiber zwischen den Fingern.

»Als Bank müsstet ihr euren Kunden Kugelschreiber in Gold schenken«, sagte er lachend.

»Darüber lässt sich reden, falls Sie ein Fünf-Millionen-Konto bei uns eröffnen, Mr. Snyder«, antwortete der Filialleiter. »Haben Sie die Absicht?« Er lächelte leicht spöttisch.

»Nicht im ersten Anlauf.«

Shamm verließ die Bank. Er hatte Hunger, fand ein Quick-Service-Restaurant und setzte sich an die Theke. Er bestellte Bier und ein Steak. Im Regal hinter der Theke flimmerte ein TV-Bildschirm.

»Welcher Sender bringt die nächsten Lokalnachrichten?«, erkundigte sich Shamm.

»Long Island TV!«, antwortete die Serviererin. »Ist eingeschaltet, Sir!«

Shamm aß das Steak, trank ein zweites Bier und blieb bis zu den Nachrichten an der Theke sitzen.

Direkt nach den Börsenkursen folgte ein ausführlicher Bericht über das Auffinden eines ermordeten und wahrscheinlich vorher vergewaltigten Mädchens in den Klippen der Sunrise-Bucht. Shamm bat die Serviererin, die Lautstärke aufzudrehen, und hörte angespannt zu. Dann zahlte er, nahm seinen Koffer und ging zur nächsten Telefonzelle.

Er zögerte lange, bevor er den Hörer abnahm. Er

klemmte ihn zwischen Ohr und Schulter, zog den Kugelschreiber aus der Tasche und wählte die Nummer, die dort aufgedruckt war.

Wie hatte Lieutenant Melvin Boulver gesagt?

Der erste Mord seit acht Jahren.

Entweder hatte er keine Ahnung, was in seinem Revier geschah, oder er stellte sich blind und taub.

Selbstverständlich hatte das FBI-Hauptquartier mich nicht in seine Mannschaft eingeschleust, um die Aufklärungsquote bei Diebstählen und Autoaufbrüchen zu verbessern. Ich war hier, um ein Syndikat zu sprengen, dessen Zentrum wir in Mr. Boulvers makellosem Revier vermuteten, und das nicht grundlos.

Okay, wenn die Leichen gezählt wurden, die die Polizei entdeckt hatte, dann hatte das 3. State Police Revier eine stolze Negativstatistik, aber der FBI zählte anders.

Auf unserer Liste war zum Beispiel das Auto des Drogenfahnders Malcolm Woolf verzeichnet, das fünf Tage und Nächte in einer Villenstraße stand, vom Fahrer verlassen und ohne jede Spur von Gewaltanwendung, aber Malcolm Woolf tauchte nie wieder auf.

Oder die aus dem Spanischen übersetzte Aussage eines fünfzehnjährigen Mexikaners, den ein Boot vor der Küste von Long Island halb tot aus dem Wasser gefischt hatte. Zusammen mit zehn illegalen Einwanderern war er von einem Trampfrachter auf ein schnelles Boot umgeladen worden. Er hatte Pech und fiel ins Wasser. Da die See unruhig war, hielten sich die Sklavenhändler nicht mit dem Versuch auf, ihn zu retten. Sie suchten ihn mit dem Scheinwerfer, entdeckten ihn und schossen auf ihn. Dass er sich die Geschichte nicht aus den Fingern sog, bewies eine Kugel in seiner Schulter.

Den deutlichsten Fingerzeig auf Lieutenant Boulvers sauberes Revier erhielt die Polizei von einem Mann der Jo-Stroker-Gang, der sich mit dem Boss überworfen hatte. Er erzählte, Stroker erhielte alles Rauschgift, das seine Bande verdealte, aus einer Quelle auf Long Island. Die gleiche Quelle hätte zweimal mexikanische Mädchen für Nightclubs beschafft, und außerdem finanziere Stroker seinen Kreditwucher und das Glücksspiel mit Geld aus Long Island. Er selbst hätte seinen Boss mehrfach nach Larristown begleitet.

Der Stroker-Gangster, der Mike Casual hieß, lieferte seine Informationen dem Police Detective Sean O'Hara, den er gut kannte und dem er vertraute. Die Zusammenkunft fand in einem Quick-Service-Restaurant in Queens statt. Als die Männer das Lokal verließen, wurden sie aus einem Auto heraus mit einer Maschinenpistole niedergeschossen und getötet. Casuals Geständnis blieb nur deswegen erhalten und gelangte in den Besitz des FBI, weil Detective O'Hara das Gespräch zwischen ihm und dem Gangster mit einem Diktiergerät aufgezeichnet hatte.

Drei Wochen später meldete ich mich als ein aus White Plains versetzter State Police Detective bei Lieutenant Boulver.

Ich betrat Charly Checks Piraten-Inn am alten Fischereihafen von Larristown. Charly, ein Zweihundertfünfzig-Pfund-Bursche mit einem Kahlkopf, blank wie eine Billardkugel, hantierte hinter der Theke.

»He, Charly!« Ich schwang mich auf einen Hocker.

»He, Schnüffler«, sagte Charly. »Suchst du 'nen entlaufenen Hund?«

»Nein, den oder die Mörder eines Mädchens, das in der Sunrise-Bucht gefunden wurde.«

Check wies mit dem Daumen auf den Fernsehapparat. »Nackt und tot! Long Island TV sendete einen langen Bericht.«

»Oberhalb der Stelle, an der das Mädchen gefunden wurde, gibt es eine Art Höhle in den Klippen. Leere Flaschen und Büchsen beweisen, dass Tramps oder Junkies darin gehaust haben. Diese Leute suchen wir.«

»Dabei kann ich dir nicht helfen.«

»Du kannst, Check, denn du verkaufst billigen Schnaps an Leute, die teuren Whisky nicht bezahlen können. Beschreib mir die Burschen, die in dieser Woche bei dir kauften, und gib mir einen Tipp, wo ich sie finden kann.«

Er rieb sich die nackte Haut seines Schädels.

»Lass mich nachdenken! Gestern kam ein Stammkunde, der seit vier, fünf Wochen in unregelmäßigen Abständen bei mir einkauft. Ausnahmsweise kam er nicht allein. Ein zweiter Mann war bei ihm. Die Jungs waren ungewöhnlich gut bei Kasse. Sie kauften nicht nur Schnaps, sondern ließen sich zwei Steaks braten.«

»Wie sahen sie aus?«

»Du stellst dumme Fragen, Corran! Wie sehen Tramps aus? Sie sind unrasiert, ihr Haar ist verfilzt, und sie stinken. Ihre Klamotten stammen aus Mülleimern, und die meisten schleppen irgendeinen Sack oder ein paar Plastiktüten mit sich herum.«

»Kennst du ihre Namen?«

»Namen? Denkst du, ich ließe mir ihre Papiere zeigen, damit ich weiß, dass sie über achtzehn Jahre alt sind, bevor ich ihnen Schnaps verkaufe? Von einigen weiß ich, wie sie sich nennen. Ein langer schwarzhaariger Kerl ohne Vorderzähne heißt Arizona-Charly. Ein grauhaariger Fettwanst wird von seinen Kumpeln Fatty gerufen, und ein kleiner Bursche, der bereit ist, Fliegen zu fressen, wenn ihm ein Schnaps spendiert wird, bezeichnet sich selbst als Jimmy Fliegenkiller.«

»Wo finde ich die Leute?«

»Am Rasley-Strand liegt ein altes Schiffswrack, in dem immer ein paar Tramps kampieren. Solange die

Nächte warm sind, kannst du sie an allen Stränden finden.« Er lachte. »Es ist ihre Art, Ferien zu machen. Sie verlassen New York und schlafen im weichen Sand, statt auf den Luftschächten der U-Bahn.«

Die Eingangstür wurde aufgestoßen. Unter lautem Gelächter kamen vier Personen, drei Männer und eine Frau, in Checks Kneipe.

»Bind dir die Kochschürze um, Charly!«, rief der Anführer der Gruppe. Auf beiden Armen trug er einen mächtigen Zackenbarsch und ließ den Fisch auf die Theke fallen. »Nach dem kreolischen Rezept deiner Negermammy wie beim letzten Mal! In einer Stunde wollen wir essen. Bis dahin werden wir uns ein wenig besaufen. Gib mir eine Flasche Whisky!«

Es gehörte zu Charlys Spezialitäten, dass er den Sportanglern die selbst gefangenen Fische zubereitete. Zu diesem Zweck beschäftigte er in seiner Küche eine dunkelhäutige Köchin, deren Rezepte berühmt waren.

Charly untersuchte den Fisch.

»Wo hast du ihn gefangen, George?«

»Fünf Meilen vor Lloyds Point«, antwortete George Douglas. »Wir waren die ganze Nacht draußen, aber wir haben uns nicht gelangweilt.« Lachend zog er die Frau an sich. »Nicht nur Liz war bei uns, sondern noch zwei Püppchen!«

Die Frau entzog sich ihm. »Fass mich nicht mit deinen Fischpfoten an!«, schrie sie, nahm hastig eine Serviette und wischte den Schleim des Tieres von ihren nackten Schultern.

»Der Bursche biss erst im Morgengrauen, und er kämpfte eine volle Stunde an der Angel!«

George Douglas war das Prachtexemplar eines Playboys. Ein Bursche von über sechs Fuß, sonnengebräunt, graue Augen, helles Haar, kein Gramm überflüssiges Fett am Körper, zweiunddreißig Jahre alt. Er fuhr einen deutschen Sportwagen, bewohnte einen kleinen Bungalow in Larristown und besaß einen seetüchtigen Kajütkreuzer der Swallow-Klasse. Angeblich verdiente er seine Dollars als Grundstücksmakler. Zu diesem Zweck unterhielt er ein Büro im Seagram-Wolkenkratzer an der Park Avenue, in dem sich eine Sekretärin langweilte und an ihren Fingernägeln feilte. George war beliebt bei den Bewohnern der Villenbezirke. Er wurde zu allen wichtigen Partys eingeladen und stand auf der Wunschliste mancher Lady, deren Ehemann tagsüber in der Wall Street ackerte. Vermutlich wusste niemand, dass George Douglas' Vergangenheit zwei dunkle Flecke hatte: eine Verurteilung wegen illegalen Glücksspiels und ein Verfahren wegen Zuhälterei, das niedergeschlagen wurde, weil die Zeuginnen ihre Aussage vor Gericht widerriefen, nicht aus wieder erwachter Liebe, sondern weil sie unter Druck gesetzt worden waren.

Ich kannte Douglas' Berührungen mit der Kriminalität. Aus diesem Grunde war er einer der Männer, für die ich mich interessierte, seit ich als Revier-Detective auf Long Island arbeitete.

Während Check den Zackenbarsch in die Küche trug, entkorkte Douglas die Flasche, füllte vier Gläser und fasste mich ins Auge.

»Trinken Sie einen Schluck mit?«, fragte er.

»Im Dienst nicht erlaubt.«

»Im Dienst? Wer sind Sie? Der Postmann?«

»Verbrenn dir nicht die Zunge, George!«, rief Check aus der Küche. »Er ist einer von Boulvers Schnüfflern.«

»Sind Sie neu? Ich kenne Harry Cress und Dave Rorke.«

»Ja, aus White Plains versetzt. Jerry Corran!«

»He, Jerry!« Er wies auf das Mädchen. »Liz Sciacca! Trotz der roten Haare ist sie Sizilianerin. Das macht den Umgang mit ihr so prickelnd gefährlich.«

»Ich hoffe, Sie sind nicht hier, um Check zu verhaften. Wir können ihn nicht entbehren.« Liz Sciacca lächelte flüchtig.

Charly kam aus der Küche zurück und nahm mir die Antwort ab.

»Er sucht die Mörder eines Mädchens, das tot in den Klippen der Sunrise-Bucht gefunden wurde.«

»Ein Mord? In Larristown?« Douglas schüttelte den Kopf. »Kaum vorstellbar, oder? Wissen Sie schon, wer es war, Jerry?«

»Nein.«

Check bediente sich aus der Flasche, die er Douglas verkauft hatte, ging zum Fernsehapparat und schaltete ihn ein.

»TV Long Island bringt laufend Berichte über den Fall«, sagte er, aber als das Bild aufflimmerte, war es ein Reklamespot für irgendeinen Partysnack.

»He, Charly, ich interessiere mich nur für lebende Mädchen. Stell die TV-Kiste ab! Tote Mädchen sind nur für Beerdigungsinstitute interessant.«

Liz Sciacca stieß ihm die Faust in die Rippen.

»Du bist ein zynischer Bastard!«, fauchte sie ihn an. Douglas lachte laut, beugte sich zu ihr und rief: »Wütend gefällst du mir am besten.«

Er versuchte, sie zu küssen. Sie entzog sich ihm.

Der Reklamespot verschwand vom Bildschirm. Der Kopf eines Sprechers erschien.

»Long Island TV bringt neueste Informationen im Mordfall Sunrise-Bucht. Lieutenant Melvin Boulver, der Chef des 3. Polizeireviers, hat uns gebeten, unsere Zuschauer zur Unterstützung der Polizei bei den Nachforschungen aufzurufen. Er hat uns eine Aufnahme des Opfers zur Verfügung gestellt, die wir ihnen jetzt zeigen. Bitte stellen Sie sich auf einen schockierenden Anblick ein und sorgen Sie dafür, dass Ihre Kinder nicht im Raum sind. Zu diesem Zweck unterbrechen wir die Sendung für zwanzig Sekunden.«

Es war plötzlich sehr still in Charlys Kneipe. Alle starrten gebannt auf den Bildschirm.

»Das ist die Tote«, sagte der Sprecher. »Sollten Sie dieses Mädchen irgendwann gesehen haben, bittet Lieutenant Boulver Sie um Ihren Anruf.«

Das gesendete Foto zeigte den Kopf und den Oberkörper bis zum Ansatz der Brüste. Die Augen standen leicht offen. Der Mund war etwas nach links verzerrt, was wie ein Grinsen wirkte.

»Die Tote ist fünf Fuß und sechs Inch groß und schätzungsweise zwischen neunzehn und dreiundzwanzig Jahre alt«, gab der Sprecher die Personenbeschreibung. »Ihr blondes Haar ist kraus …«

Douglas' Freundin schüttelte ein krampfartiges Schluchzen, schlug die Hände vors Gesicht und wandte sich mit einem Ruck um. »Kennen Sie das Mädchen?«, fragte ich scharf.

Sie reagierte nicht.

»Antworten Sie!«, schnauzte ich sie an. »Kennen Sie das Mädchen?

George Douglas fasste ihre Handgelenke und zog der Widerstrebenden die Hände vom Gesicht.

»Hörst du nicht, Liz-Darling?«, sagte er sanft. »Der Schnüffler fragt, ob du das tote Mädchen kennst. Antworte ihm!«

Liz Sciacca drehte langsam den Kopf, starrte mich an, als hätte sie mich nie gesehen, und machte dann eine kurze, verneinende Bewegung.

»Wenn Sie die Tote nicht kennen, warum haben Sie so heftig reagiert?«, bohrte ich nach.

Sie antwortete nicht mir, sondern verlangte von Douglas: »Lass mich los, George!« Er gab ihre Hände frei. Sie wischte sich mit dem linken Handrücken die Augen.

»Es war ein schrecklicher Anblick«, sagte sie leise. »Ich war nicht darauf vorbereitet. Sie ist so jung.« Sie machte eine hilflose, entschuldigende Handbewegung. »Nein, ich kenne das Mädchen nicht. Tut mir Leid, dass ich so übertrieben reagierte.«

»Sagte ich dir nicht, du solltest den Kasten ausschalten?« Douglas nahm Charly Check aufs Korn. »Deine verdammte Mordstory hat uns die Stimmung verdorben!«

Er packte die Flasche und schleuderte sie mit Wucht und zielgenau in das TV-Gerät, über dessen Schirm längst wieder ein Spot lief. Der Apparat implodierte mit einer Stichflamme und einem heftigen Knall. Splitter flogen durch die Luft. Alle Sicherungen schlugen durch, und in der Küche schrie Checks Köchin gellend.

Dem Knall folgten einige Sekunden tiefer Stille.

Dann ging Check zum Gerät und zog den Netzstecker heraus.

In der Tür zur Küche erschien das runde Gesicht der Köchin.

»Was ist passiert, Mr. Check?«

»Nur ein Kurzschluss, Sally! Ich komme und bringe die Sicherungen in Ordnung.«

Er bewegte seine zweihundertfünfzig Pfund zurück zur Theke und rieb dabei seine Glatze.

»Der Apparat war fast neu, George!«

»Setz ihn auf die Rechnung!«, antwortete Douglas, wandte den Kopf und sah mich an.

»Hab ich mich strafbar gemacht, Detective?«

»Eine Sachbeschädigung, die nur auf Antrag verfolgt wird.«

»Stellst du einen Antrag, Charly?«, fragte er Check spöttisch.

»Leck mich …«, sagte Check und ging in die Küche. Douglas flankte über die Theke und nahm eine neue Flasche Whisky aus dem Regal.

»Wollen Sie nicht doch einen Schluck auf den Schreck, Jerry?«

»Ich habe mich nicht erschreckt«, antwortete ich lächelnd. »Kannten Sie das Mädchen, Mr. Douglas?«

»Nein, und ich habe sie auch nicht umgebracht,

denn ich war die ganze Nacht mit Liz und meinen Freunden und zwei Mädchen, deren Adresse ich Ihnen gern nenne, an Bord der Bride und immer mindestens drei Meilen von der Küste entfernt. Zufrieden, Jerry?«

»Lassen Sie sich Ihren Fisch schmecken«, sagte ich und verließ Charlys Kneipe.

Die alten, halb verfallenen Häuser, um deren Abriss sich der Bürgerverein nach Kräften bemühte, bildeten einen harten Gegensatz zu den Sport- und Luxusbooten, die längst die wenigen Berufsfischer und ihre stinkenden Kähne von den Anlagekais verdrängt hatten. Dicht an dicht lagen offene Rennboote, seetüchtige Kajütkreuzer und Segelyachten in allen Preisklassen bis hinauf zu den Luxusschiffen einiger Multimillionäre.

George Douglas' Boot ›My Bride‹ ankerte am ersten Kai. Sie war ein Schiff, das sich sehen lassen konnte, hatte Radar, eine automatische Ruderanlage und genug Power in beiden Motoren, um jedem Wetter standhalten zu können. Am Heck befanden sich ein festgeschraubter Anglersitz und stählerne Einsteckhülsen für die Schäfte der Angelruten bei der Jagd auf Haie und andere Großfische. Das Deck war nicht aufgeräumt. Ein paar leere Champagnerflaschen rollten bei der leisesten Schiffsbewegung von Reling zu Reling.

Mein Dienstwagen parkte am Hafeneingang. Ich stieg ein und meldete mich über Sprechfunk beim Revier.

»Ich fahre zum Rasley-Strand.«

»Stell das zurück, Jerry«, sagte Debby McHogh in der Vermittlung. »Boulver hat entschieden, dass du dich an den Vernehmungen beteiligen sollst. Komm ins Revier!«

Schon im Vorraum des Reviers drängten sich ein Dutzend mehr oder minder zerlumpter Gestalten. Die Luft war zum Schneiden dick. Es roch nach Müllhalde und ausgeatmeten Schnapswolken.

Im Office standen Tramps in einer Doppelreihe Schlange vor vier uniformierten Beamten, die mit gummigeschützten Händen die Habseligkeiten und die Taschen der Männer filzten, verdächtige Funde in einen Plastiksack warfen, bevor sie die Tramps weiterschickten zu einem der sieben Vernehmungstische, an denen Cress, Rorke, vier Senior Policemen und Lieutenant Boulver persönlich die aufgegriffenen Landstreicher durch die Vernehmungsmühle drehten.

Ich meldete mich bei Boulver, vor dessen Schreibtisch sich ein magerer, triefäugiger Graubart duckte, der so verstört war, dass er kein Wort über die nassen Lippen brachte.

Der Lieutenant unterbrach das einseitige Verhör.

»Die Streifenwagenbesatzungen haben eingesammelt, was ihnen vor den Kühler lief«, sagte er. »Wir nehmen sie uns einzeln vor, zeigen jedem das Foto des Mädchens, fragen ihn, ob er sie kennt, ob er sich irgendwann in der Sunrise-Bucht herumgetrieben hat, und setzen ihn unter Druck. Achte darauf, ob dein Mann Gegenstände besitzt, die dem Mädchen gehört haben könnten. Geh nicht zimperlich mit den Typen um, Corran! Vergiss nicht, dass mindestens einer von ihnen ein brutaler Mörder ist!«

Er wandte sich wieder dem mageren Mann zu und donnerte ihn an: »Sag deinen Namen, du Stinktier!«

Ich ging zu meinem Schreibtisch, hängte die Jacke über die Stuhllehne und winkte den Tramp, der als nächster an der Reihe war, zu mir.

»Setz dich.«

»Was ist los?«, fragte er und kratzte in seinen Bartstoppeln. »Warum fangt ihr uns ein? Sollen wir zur Armee eingezogen werden?«

»Besitzt du Papiere?«

»Klar, Officer!« Er versenkte eine Hand in die Tiefen seines schmutzigen Parkas, gab mir einen zerfledderten Führerschein, dessen Bild kaum noch Ähnlichkeit mit seinem jetzigen Aussehen aufwies. Er hieß Jeffrey Hunray und stammte aus Idaho.

Ich zeigte ihm das Foto.

»Das Mädchen wurde ermordet. Hast du sie irgendwann mal gesehen, Jeffrey?«

»Soll ich sie umgebracht haben?«, fragte er zurück. »Du spinnst, Officer. Wenn einer wie ich mich an ein Mädchen wie dieses heranmacht, läuft es sofort schreiend zu Daddy und Mammy.« Er grinste und zeigte seine Zahnlücken. »Mich machen Mädchen längst nicht mehr an. Ich lege mich lieber mit einer vollen Flasche ins Bett. Meinen kleinen Freund brauche ich nur noch zum Pinkeln.«

»Kennst du die Sunrise-Bucht?«

»Nein.«

»Kennst du Leute, die dort gehaust haben?«

»Wenn ich die Bucht nicht kenne, woher soll ich wissen, wer dort gewohnt hat?«

Ich brauchte eine halbe Stunde für Jeffrey Hunrays Verhör, und natürlich kam nichts dabei heraus. Auf Jeffrey folgte ein Farbiger, der sich Slim Rugby nannte, aber keinerlei Ausweis besaß. Nach dem Schwarzen ließ sich ein Mann auf dem Stuhl nieder, der seine Antworten nur noch lallen konnte, während des Verhörs einschlief und seitlich vom Stuhl kippte. Zwei Cops räumten ihn ab.

Harry Cress kam für eine Zigarettenpause an meinen Tisch.

»Der Alte ist verrückt geworden«, sagte er leise. »Dieser verdammte Unsinn führt zu nichts.«

Lieutenant Boulvers Stimme röhrte durchs Büro: »Cress, hast du den Mann gefunden, den wir suchen?«

Harry fuhr zusammen und nahm Haltung an.

»Nein, Sir!«

»Dann setz gefälligst die Verhöre fort, bis du ihn hast!«, trompetete unser Chef, und Harry Cress schlich an seinen Tisch zurück.

Ich winkte den nächsten Tramp heran.

»Wie heißt du?«

»Die Jungs nennen mich den schnellen Johnny.« Er lächelte breit. Sein falsches Gebiss wackelte, als hätte es früher mal einem anderen gehört. »1951 habe ich bei einem Rennen den Hundert-Yards-Rekord eingestellt. Wollen Sie die Siegerurkunde sehen, Officer?«

Ich seufzte. Harry Cress hatte Recht. Nichts würde bei diesen Massenverhören herauskommen.

Ich blickte auf den armen Halbverrückten vor mir, auf die zerlumpten elenden Gestalten vor den anderen Tischen.

Okay, sie waren Tramps, Säufer, hoffnungsloses Strandgut der Gesellschaft, aber befanden sich unter ihnen Mörder? Auf eine kaum erklärbare Weise schienen sie mir alle zu schwach für ein so brutales Verbrechen.

Die Cops hatten die falschen Leute zusammengetrieben.

Der schnelle Johnny wickelte eine Urkunde aus einem schmutzigen Papier. »Sehen Sie, Officer!«

»Pack ein, Johnny«, sagte ich. »Wo warst du gestern Nacht?«

In fünf Telefonanrufen hatte Jake Shamm den Mann, den er sprechen wollte, nicht erreicht. Der Mann wurde abgeschirmt von Sekretärinnen, Angestellten, Bediensteten, die Shamms Namen, den Grund seines Anrufes oder den Grad seiner Bekanntschaft mit dem Mann wissen wollten. Ohne diese Angaben, so erklärten sie, wäre es ihnen unmöglich, den Anruf weiterzuleiten.

Shamm gab nicht auf. Er verschaffte sich die Nummern aller Anschlüsse, unter denen der Mann zu erreichen war, und probierte sie immer wieder durch. Wenn sich eine Frauenstimme meldete, legte er wortlos auf. Er vertelefonierte dreizehn Dollar.

Kurz nach sieben Uhr abends, bei Shamms x-tem Versuch, wurde am anderen Ende der Hörer abgenommen. Eine Männerstimme meldete sich mit einem knappen »Hallo«.

»Wir sind uns gestern Nacht an der Sunrise-Bucht begegnet.« Shamm hatte sich diesen Satz lange überlegt, und er wartete gespannt auf die Reaktion des anderen.

Der Mann antwortete nicht, aber er legte auch nicht auf. Shamm konnte dessen Atmen hören. Plötzlich war er überzeugt, den richtigen Mann am Apparat zu haben, obwohl kein Name gefallen war.

»Du kamst ungefähr um Mitternacht in deinem schönen großen Auto«, sagte Shamm. »Ich und mein Kumpel sahen, wie du das Mädchen aus dem Wagen gezerrt und über die Barriere geworfen hast. Das Wasser auf dem Strand stand ungefähr einen Fuß hoch. Als der Körper aufschlug, klatschte es, und wahrscheinlich dachtest du, damit wärst du deine Sorgen los, weil die Flut die Tote ins Meer schwemmen würde. Ich wette, seit du weißt, dass sie in den Klippen gefunden wurde, zerbrichst du dir den Kopf über die Frage, wie sie dorthin gelangte. Hier ist die Antwort, Sir. Mein Kumpel und ich trugen sie in die Klippen.«

»Sie sind verrückt«, sagte der andere. »Ich war nicht an der Sunrise-Bucht.«

Aber er trennte nicht die Verbindung, hieb nicht den Hörer wütend in die Gabel, und Shamm hatte den Eindruck, dass er heftiger, erregter atmete.

»Du kannst dich nicht rausreden«, sagte Shamm. »Mein Kumpel und ich wollen dir eine Chance geben, bevor wir zur Polizei gehen und den Bullen erzählen, was wir gesehen und wen wir gesehen haben.« Natürlich war ein Teil dieser Behauptung eine Lüge, aber darüber machte sich Shamm keine Gedanken. »Du hattest wirklich Pech, dass Wonsco und ich so nahe dran waren.«

Er biss sich auf die Lippen, weil ihm der Name rausgerutscht war. Für einen Augenblick flackerte Panik in ihm hoch. Hastig redete er weiter: »Mein Kumpel und ich, wir sind arme Hunde, und die Bullen haben so oft auf uns herumgetrampelt, dass wir keinen Grund sehen, ihnen zu helfen.«

»Geld?«, fragte der Mann am anderen Ende.

Shamm schoss das Blut ins Gesicht. Er hatte das Gefühl, als habe er einen Volltreffer in einer riesigen Lotterie gelandet. Er musste schlucken, bevor er weitersprechen konnte.

»Richtig! Mach dir keine Sorgen über die Summe, die wir gern hätten! Mein Kumpel und ich sind bescheiden. Weißt du, für uns bedeuten schon ein paar Tausender ein Vermögen.«

»Ich habe keinen Grund, dir einen einzigen Cent zu geben«, schrie der Mann in ausbrechender Wut. »Du bluffst, du Stinktier!«

Das war die Reaktion, mit der Shamm gerechnet hatte, und er hatte sich ein Rezept zurechtgelegt, nach dem er vorgehen wollte.

»Ich gebe dir Bedenkzeit bis morgen Mittag«, sagte er. »Wenn du nicht um ein Uhr in der Farewell Cafeteria, 235 Lewis Boulevard in Queens bist, zusammen mit einer Aktentasche, in der sich zehntausend Dollar befinden, rufe ich eine Viertelstunde später die Polizei an.«

Er wartete auf eine Antwort, aber der andere schwieg. Sein schnaufender Atem verriet, dass die Wut noch nicht verraucht war.

»Farewell Cafeteria, 235 Lewis Boulevard! Hast du die Adresse aufgeschrieben? Sag der Serviererin deinen Namen, damit sie dich ans Telefon ruft, wenn ich mit dir sprechen will.«

»Nicht meinen Namen!«, unterbrach der Mann. »Irgendeinen anderen Namen.«

Über Shamms Gesicht breitete sich ein triumphierendes Grinsen. Er hatte gewonnen.

»Wie du willst. Mach einen Vorschlag!«, sagte er großzügig.

»Verlang – Arthur Grandfield!«

Shamm lachte laut. »In Ordnung, Mr. Grandfield«, sagte er höhnisch. »Seien Sie pünktlich, Mr. Grandfield!«

Er legte den Hörer auf, lehnte sich gegen die Glaswand der Telefonzelle. Dicke Schweißtropfen standen auf seiner Stirn, und seine Knie zitterten vor Erschöpfung.

Shamm verließ die Zelle, betrat eine billige Kneipe und trank zwei große Whisky. Er überdachte die Begegnung mit ›Mr. Grandfield‹ und beschloss, vorsichtig zu sein. Es war besser, nicht alles allein zu machen, aber Wonsco kam als Helfer nicht in Frage, weil er längst zu tief gesackt war.

Ihm fiel Judy Tarson ein. Zwar hatte Judy ihn vor sechs Monaten rausgeworfen, als sie genug davon hatte, für ihn auf den Strich zu gehen, und als er sie, statt zu gehen, verdrosch, hatte sie die Cops gerufen. Unter der Drohung, ihr dafür die Kehle durchzuschneiden, hatte Shamm die Flucht ergriffen.

Judy bewohnte ein kleines, schäbiges Fertighaus in Queens, das auf einem winzigen Grundstück in der Nachbarschaft einiger Dutzend ähnlicher Häuser stand, die noch nicht von der Bauspekulation gefressen worden waren.

In Queens kannte sich Shamm gut aus, denn er hatte viele Jahre in diesem Stadtteil gelebt. Aus diesem Grund hatte er als Schauplatz für die erste Begegnung mit ›Mr. Grandfield‹ die Cafeteria in Queens gewählt.

Da er in Wahrheit nicht wusste, wie der Mann aussah, hielt er es für einen schlauen Gedanken, ihn durch einen Telefonanruf zu zwingen, sich zu zeigen. Je länger er darüber nachdachte, desto klarer erkannte er, dass er einen Partner brauchte, auf den er sich verlassen konnte. Wenn sie Geld witterte, war Judy Tarson der zuverlässigste Partner, den Shamm sich vorstellen konnte. Wenn sie erst einmal begriffen hatte, welche dollarsprudelnde Quelle er angebohrt hatte, würde sie alle Faustschläge, die er ihr je versetzt hatte, als Lappalie ansehen.

Von einem Taxi ließ sich Shamm zu Judys Haus in der Bennett Street bringen. Er läutete an der Tür. Niemand öffnete. Kurzerhand setzte er sich auf die Mülltonne, die neben dem schmalen Windfang stand.

Er wartete zwei Stunden. Als Judy endlich kam, war es längst dunkel geworden. Sie entstieg einem Taxi. Im Scheinwerferlicht sah Shamm, dass sie vom Arbeiten kam, denn sie trug den schenkelkurzen roten Lederrock und das hautenge T-Shirt, die aufreizend wirken sollten. Während der Taxifahrer noch wendete, zog Judy die hohen Stöckelschuhe aus und kam zum Haus geschlurft wie ein müdes Pferd.

Shamm trat ihr in den Weg.

»Immer noch Ärger mit den Hühneraugen, Judy?«, sagte er.

In der Dunkelheit standen sie sich gegenüber. Die Rücklichter des Taxis verschwanden in der nächsten Querstraße.

Die Frau warf den Kopf hoch. Blitzschnell riss sie die Klappe ihrer Handtasche auf. Shamm hörte das metallische Einschnappen der Klinge.

»Komm mir nicht nahe, du Stinktier!«, zischte Judy.

Der schwache Abglanz einer fernen Straßenlaterne, der letzten in diesem Teil der Straße, funkelte auf dem Messer.

»Vergiss alles, was war, Judy-Darling!«, sagte

Shamm. »Ich komme zu dir, weil ich einen großen Fisch an der Angel habe. Ich brauche deine Hilfe, Baby.«

»Von mir keinen Cent!«

»Ich rede von vielen tausend Dollars, die ich einem Mann abzapfen will, der einen Mord beging.«

»Du bluffst!«

»Ich sage die Wahrheit, Judy!«

Mit dem Fuß schob er ihr seinen Koffer zu.

»Nimm ihn! Mein Revolver ist darin. Du hast nichts von mir zu befürchten. Vertrau mir, Judy, und wir werden gemeinsam reich werden!«

»Wenn du mich reinlegst, wirst du es bereuen, Jake«, sagte sie. »Ich fürchte mich nicht vor dir.«

Sie ließ die Hand mit dem Messer sinken, schob sich an Shamm vorbei und schloss die Haustür auf.

»Komm rein!«, befal sie.

Um zehn Uhr abends wartete noch ein knappes Dutzend Tramps darauf, verhört zu werden.

Bis jetzt war die Ausbeute kläglich. Wegen ein paar Prisen Rauschgift in seinem Gepäck war ein Mann verhaftet worden. Zwei andere ließ Lieutenant Boulver festsetzen, weil ihre Aussagen sie verdächtig gemacht hatten.

Um diese Zeit quälte ich mich mit einem dicken Burschen, dessen Knollennase rot wie ein Warnlicht leuchtete. Bei ihm hatten die filzenden Polizisten eine große Kristallflasche gefunden, die noch zur Hälfte voll Parfum war.

»Wie kommt ein Mann deines Schlages an eine Flasche Parfum?«

»Officer, so etwas findet man in den Mülltonnen, wenn man sie gründlich genug durchsucht.«

»Lüg mich nicht an! Das ist französisches Parfum und kostet viel Geld. So etwas wirft niemand weg.«

»Da irren Sie sich, Officer. Bei einem Krach zwischen 'ner feinen Lady und ihrem Liebhaber geschieht es oft, dass sie ihm alle seine Geschenke an den Kopf wirft oder in den Mülleimer. Nicht selten ist Parfum dabei. Warum soll sie es nicht wegwerfen, wenn sie genau weiß, dass der nächste Freund ihr eine neue Flasche mitbringt? Glauben Sie mir, Sir! Ich habe mindestens zwanzig Pullen ausgegraben, und manche waren größer als die, die Sie in der Hand halten.«

»Was machst du damit?«

»Nun ja, Officer, wenn ich total auf dem trockenen sitze und beim besten Willen kein Tropfen Whisky oder Brandy aufzutreiben ist, dann helfe ich mir mit einem Schlückchen Chanel oder Elizabeth Arden oder wie immer das Zeug heißt. Es schmeckt scheußlicher als der billigste Fusel, aber es haut rein.«

Das Telefon auf meinem Schreibtisch läutete. Ich hob ab.

»Charly Check«, sagte der Anrufer. »Kannst du vorbeikommen, Corran? Vielleicht habe ich einen heißen Tipp für dich!«

»Keine leeren Versprechungen, Charly!«

»Ich weiß nicht, ob etwas an der Sache ist. Bei mir saß bis vor ein paar Minuten ein Mann herum, der sich lautstark darüber aufregte, dass ihr arme Schweine als Mörder des Mädchens verdächtigt, statt euch für die heimlichen Laster der Reichen zu interessieren. Er bezeichnete alle Polizisten als kurzsichtige Idioten.«

Den letzten Satz sagte der Kaschemmenwirt mit Genuss.

»Wo ist der Mann jetzt?«

»Er verschwand, als ich in der Küche zu tun hatte. Die beiden letzten Schnäpse hat er nicht bezahlt.«

»Okay, ich komme vorbei, Charly.«

Ich meldete mich bei Lieutenant Boulver ab, fuhr hinunter zum Hafen und betrat Checks Piraten-Inn.

Stimmengewirr, Lärm und Gelächter schlugen mir

entgegen. Eine dichte Menschenmauer blockierte die Theke, und alle Tische waren besetzt. In Charlys Kneipe gab es keine Klassen- oder Rassenschranken. Die Bewohner der Slum-Häuser und die Besitzer der feinen Yachten im Hafen zählten ebenso zu seinen Gästen wie streunende Tramps, die einen billigen Schluck zu ergattern versuchten, oder Marinesoldaten vom Navy Center in Northport.

Ich bahnte mir einen Weg zu Charly.

»He, Schnüffler!« Er verteilte Biergläser. »Der Bursche kam um neun Uhr, fand einen freien Patz und ließ sich einen doppelten Brandy einschütten. Er sah so aus, dass ich zwei Dollar im Voraus verlangte.«

»Ein Tramp?«

»Natürlich, oder denkst du, ich würde von einem Polizisten Vorauszahlung fordern?« Geschickt wie ein Jongleur wechselte Check die Gläser unterm sprudelnden Bierhahn. »Er kippte sechs oder sieben Doppelte und bekam davon eine mächtig lockere Zunge. Das TV-Gerät war eingeschaltet. Als die Abendnachrichten Bilder von den verhafteten Pennern und Landstreichern brachten, regte er sich fürchterlich auf, beschimpfte deinen Verein als eine Mannschaft von Idioten, von denen sich niemand vorstellen könnte, dass ein reicher Mistkerl das Mädchen abgemurkst und dann in der Bucht abgeladen habe.«

Charly versorgte die Marineboys mit vollen Gläsern und machte sich daran, die nächste Batterie zu füllen.

»Mit dem dicken Auto dicht ran an die Barriere! Wagenschlag öffnen, Mädchen rauszerren und den Körper fallen lassen! Hinters Steuer! Vollgas!« Check zuckte mit den feisten Schultern. »So ungefähr sagte er. Hörte sich an, als hätte er dabei zugesehen, falls es nicht eine Szene aus irgendeinem Krimi-Film ist. Vergiss nicht, dass der Mann zu diesem Zeitpunkt ziemlich voll getankt war. Es machte ihn wütend, dass seine Kumpels schlecht behandelt wurden.«

»Du hättest ihn festhalten sollen.«

»Ich?« Vor Empörung verfehlte Check den nächsten Glaswechsel. Ein Strahl Bier traf die Theke. »Ich bin nicht euer Hilfssheriff.«

»Und wie soll ich ihn finden?«

»Er heißt Pit Wonsco und haust im alten Schiffswrack am Rasley-Strand.«

»Woher weißt du das?«

Charly grinste bis zu den Weisheitszähnen.

»Weil ich ihn fragte. Erinnerst du dich, dass ich heute Mittag von einem Stammkunden sprach und du dich beklagtest, dass ich seinen Namen nicht wusste? Okay, er war dieser Stammkunde, und ich dachte an dein Gemecker, Schnüffler, und um dir das Maul zu stopfen, fragte ich ihn. Er antwortete bereitwillig. Das geschah allerdings, bevor er über die Polizei schimpfte und seine Story auspackte.«

»Wie sieht Wonsco aus?«

»Mittelgroß, eine schiefe Nase, keine Vorderzähne. Er steckt in einem grünen Overall und trägt eine goldgeränderte Kommandantenkappe wie der Präsident, wenn er Flugzeugträger besichtigt. Natürlich ist Wonscos Kappe viel, viel dreckiger.«

»Danke!«

Die Rasley-Bucht liegt in entgegengesetzter Richtung zur Sunrise-Bucht, und sie ist nur über eine Stichstraße zu erreichen.

Manchmal haben auch Polizisten Glück, und ihre Probleme lösen sich auf ganz einfache Art. Als ich die Stichstraße zur Bucht erreichte, tauchte im Scheinwerferlicht eine schwankende Gestalt auf, blieb stehen und hob die Hand mit ausgestrecktem Daumen als Zeichen für den Wunsch, mitgenommen zu werden.

Ich stoppte und öffnete den Schlag auf der Beifahrerseite.

»Gibst du mir einen Lift, Freund?«, fragte der Mann und zog höflich die Mütze vom Kopf. Es war tatsächlich eine Kommandantenkappe mit weit vorspringendem Schirm gegen die Sonne.

»Steig ein!«

Schwerfällig kroch er in den Wagen.

Die Kappe, der grüne Overall und die schiefe Nase ließen keinen Zweifel daran, dass er der Mann war, den Check beschrieben hatte.

»Wo willst du hin?«

»In die Rasley-Bucht«, antwortete er mit schwerer Zunge. »Ich wohne dort auf 'ner Luxusyacht.« Er stank nach Schweiß und Schnaps.

Die Straße senkte sich in zwei engen Kurven. Ich öffnete das Fenster, um den Geruch zu verdünnen.

»Wohnst du schon lange in dem alten Wrack?«

Statt zu antworten, fragte er: »Hast du vielleicht ein Schlückchen Schnaps bei dir?«

»Tut mir Leid, Wonsco! Ich habe dir eine Frage gestellt. Seit wann hältst du dich in der Rasley-Bucht auf?«

»Schon lange. Mindestens seit drei Wochen.«

»Du lügst. Bis gestern hast du in einer Höhle am Rande der Sunrise-Bucht gehaust.«

Er geriet ins Stottern. »Das ist nicht wahr! Ich lebe schon den ganzen Sommer im Wrack. Sunrise-Bucht? Wo ist die? Kenne ich nicht einmal.«

»Die Bucht, in der heute ein totes Mädchen gefunden wurde.«

»Lass mich aussteigen!«, keuchte er. »Ich will raus! Danke fürs Mitnehmen.«

Ich stoppte. Die Bucht lag vor uns, eingefasst auf beiden Seiten von steilen Klippen.

Der hoch stehende Mond beleuchtete die Szenerie. Ungefähr in der Buchtmitte lag das Schiffswrack, ein kleiner, alter Frachter, den ein Herbststurm an Land geworfen hatte und den seitdem Tramps und Landstreicher als Quartier benutzten.

Vor dem Wrack loderte ein Holzfeuer, um das ein gutes Dutzend Gestalten lagerte.

Ich stieg aus und fing Wonsco ab, der eilig aus dem Wagen kroch.

»Was willst du von mir?«

»Ich werde deine Freunde fragen, seit wann du mit ihnen zusammenwohnst.«

»Ich war es nicht«, stammelte er. Er wankte. Ich schnappte den Ärmel seines Overalls, zog ihn vorwärts. Durch den Sand stampften wir auf das Feuer zu.

Einige Tramps lagen ausgestreckt und schliefen. Andere ließen eine Flasche kreisen. Als Wonsco und ich in das Flackerlicht des Feuers traten, rief ein Mann mit einem verbeulten Texashut auf dem Schädel: »Hast du 'ne Flasche mitgebracht, Admiral? Wir haben dir gesagt, dass du nur bleiben kannst, wenn du dich mit einer Flasche einkaufst. Also her mit der Pulle oder geh zum Teufel!«

»Wann kam er?«, fragte ich.

»In den Morgenstunden«, sagte der Texaner. »Wer bist du? Wenn du bleiben willst, gilt die Bedingung auch für dich. Wer bleiben will, muss eine Flasche springen lassen.«

Ich wandte mich an Wonsco. »Du bist verhaftet. Besitzt du irgendwelches Eigentum?«

»Zwei Taschen.«

»Wo sind sie?«

»Im Schiff!«

»Bist du ein Polizist?«, fragte der Texaner.

»Richtig.«

»Warum nimmst du ihn fest?«

»Das geht dich nichts an! Mischt euch nicht ein!«

»Wer will schon Ärger mit der Polizei?«, sagte er und nahm seinem Nachbarn die Flasche aus der Hand.

Der Frachter lag mit Steuerbordschlagseite auf dem Trocknen. Über zwei wacklige Aluminiumleitern erreichte man das schräge Deck, auf dem man sich, wenn man nicht abrutschen wollte, vorsichtig bewegen musste wie auf einem nicht sehr steilen Dach.

Die Tramps hatten ihre Lager im Schiffsinneren aufgeschlagen. Sie hatten alle Luken demontiert und sich im Laderaum niedergelassen. An einer Drahtöse schaukelte eine Karbidlampe. Ihr weißliches Licht fiel auf die abenteuerlichen Konstruktionen aus Holz, Brettern, alten Matratzen, dicken Lagen Zeitungen, mit denen jeder auf seine Art versucht hatte, die Bodenschräge auszugleichen, um halbwegs schlafen zu können.

Wonscos Besitz waren zwei ehemals blaue Sporttaschen, prall gefüllt, als enthielten sie den Wochenbedarf einer sechsköpfigen Familie. Eine Tasche trug ich.

Im Augenblick, in dem wir das Deck erreichten, hörte ich dröhnendes Motorengeräusch. Ich überblickte die Bucht und die beiden Windungen der Straße. Weiße Scheinwerferkegel glitten wie Geisterfinger durch die Nacht. Das Dröhnen schwoll an zum Brüllen aufgemotzter, superschwerer Maschinen. Wie ein stählernes Wolfsrudel preschte eine Kavalkade bulliger Motorräder die Straße hinunter, stoppte aber nicht am Ende der Fahrbahn, sondern raste weiter auf den Strand. Die breiten Reifen drehten durch und schleuderten Sandfontänen hoch. Die Männer in den Sätteln grätschten die Beine und mussten alle Kraft aufbieten, die Maschinen unter Kontrolle zu halten.

Die eigenen Scheinwerfer erfassten sie wechselseitig. Alle trugen schwarze Plastiksturzhelme mit Visieren, die nichts von den Gesichtern frei ließen. Die ärmellosen, nietenbesetzten Lederwesten waren ebenfalls schwarz. An den nackten Armen blinkten breite Messingringe.

Als letztes Fahrzeug rollte eine dunkle Limousine aus der Kurve, blieb stehen und schickte die breiten

Lichtkegel ihrer aufgeblendeten Scheinwerfer bis zum Schiff.

Die schwarz behelmten Rocker bockten ihre Feuerstühle auf. Wie Wesen von einem fremden Stern stampften sie durch den Sand und auf das Holzfeuer und die Tramps zu. Dann blieben sie stehen.

Ihr Anführer stemmte die Arme in die Hüften.

»Hört zu, ihr Stinktiere!« Dumpf und drohend zugleich drang seine Stimme unterm Helm hervor. »Zwei Bastarde eurer Sorte haben ein Mädchen vergewaltigt und umgebracht. Einer der beiden Hundesöhne heißt Wonsco, und ich will von euch hören, wo ich ihn finde.«

»Nein, so war es nicht!«, jaulte Wonsco auf. Ich presste ihm die Hand auf den Mund und zischte: »Sei still!«

Der Rocker bückte sich, riss einen brennenden Ast aus dem Feuer und schlug ihn dem nächsten Tramp auf den Kopf. Der Mann schrie. Funken sprühten. Das Haar fing Feuer. Der Rocker überbrüllte das Geschrei: »Wo ist Wonsco?«

Jeder Rocker kaufte sich einen Tramp, schlug, trat ihn.

Ich packte Wonsco.

»Das gilt dir! Sie wollen dich lynchen.«

Ich zerrte ihn mit. Über das schräge Deck arbeiteten wir uns zur Backbordreling hoch.

Ein Tramp schrie: »Er ist im Schiff! Schlag mich nicht! Wonsco ist im Schiff!«

Ich hievte Wonsco über die Reling. Er klammerte sich fest.

»Lass los!«, fauchte ich und schlug mit der Faust auf seine Finger. Wimmernd ließ er los, rutschte über die schiefe Schiffsflanke und fiel aus zehn Fuß Höhe in den Sand. Ich folgte ihm und riss ihn hoch.

»Lauf, wenn du nicht geteert, gefedert und gehängt werden willst!«

Die dunkle Masse des Schiffs schirmte uns gegen die Scheinwerfer ab. Als Fluchtziel wählte ich die Klippen, die die Bucht einfassten. Ich trieb Wonsco vorwärts bis in die Ausläufer der Brandung.

Die Rocker enterten das Wrack. Ich vermutete, dass sie es durchsuchten, aber einer verfiel auf die Idee, um das Schiff herumzulaufen.

Er sah uns und grölte: »He, ihr Scheißkerle!«

Er preschte uns nach. Wonsco stolperte und fiel der Länge nach ins Wasser. Ich zog ihn hoch und rief: »Lauf!« Er wankte ein paar Schritte. Mit ihm war es unmöglich, den Rocker abzuhängen.

Ich drehte mich um.

Der runde schwarze Sturzhelm mit dem Plastikvisier statt eines Gesichtes machten den Burschen zur Horrorgestalt. In der rechten Hand schwang er einen armlangen Baseballknüppel. Das flache Wasser spritzte unter seinen Stiefeln.

»Bist du Wonsco?«, brüllte er mich an.

Er führte einen seitlichen Hieb gegen mich, der mir ein paar Rippen gebrochen hätte. Ich entkam so knapp, dass ich den Luftzug spürte. Bevor er zum zweiten Mal ausholen konnte, fing ich seinen Arm ab und riss ihm den Schläger aus den Fingern.

Er traf mich hart mit der freien Faust, riss ein Knie hoch und zielte auf mein Allerheiligstes.

Ich knallte ihm den eigenen Baseballschläger auf den Sturzhelm. Das Ding war so stabil, dass er von einem Hieb nicht umfiel. Ich musste noch einmal zuschlagen. Da brach er in die Knie und kippte nach vorn ins Wasser.

Wenn sein Helm voll Wasser lief, hatte er alle Aussichten zu ertrinken.

Ich packte ihn unter den Achseln, zog ihn aufs Trockene und zerrte ihm den Helm vom Kopf. Im Mondlicht war sein Gesicht nur undeutlich zu erkennen.

Wonsco stand zwanzig Yards entfernt. Ich behielt den Helm in der Hand, rannte zu ihm und trieb ihn tiefer ins Wasser hinein.

Die Ausläufer der Wellen reichten uns bis zu den Knien. Ihrem Anprall musste man sich entgegenstemmen, und das zurückströmende Wasser zog uns den Boden unter den Füßen weg.

»Wir ersaufen!«, japste Wonsco.

»Das bleibt sich gleich, denn falls du diesen Typen in die Hände fällst, bringen sie dich um.«

Wir gerieten vom flachen Sandstrand in die Klippen, an denen die Wellen nicht mehr ausliefen, sondern brachen.

Ich stülpte Wonsco den Sturzhelm über, um die Hände frei zu haben. Außerdem würde der Helm seinen Schädel schützen, falls er von der Brandung gegen den Fels geschleudert wurde.

Jede heranrollende Welle verwandelte sich in schäumende Gischt, die auf uns herunterdonnerte, uns die Luft nahm und wie mit Fäusten auf uns einschlug.

Ich drängte Wonsco in eine Spalte zwischen zwei Blöcken, presste mich gegen ihn und stemmte mich mit Händen und Füßen in den Felsspalt.

»Halt die Luft an, wenn das Wasser kommt!«, brüllte ich ihm ins Gesicht. »Atme zwischen den Brechern!«

Eine besonders starke Welle ließ Tonnen von Wasser auf Wonsco und mich hereinbrechen.

»Hilfe!«, gurgelte der Tramp. »Hilfe!«

Ich schob das Visier des Helms hoch, damit er besser Luft bekam. Der nächste Brecher rüttelte uns durch. Die Brandung überdröhnte alle anderen Geräusche. Nur in den wenigen Sekunden, in denen das Wasser gurgelnd und zischend ablief vor dem Ansturm der nächsten Welle, glaubte ich, Stimmen und Rufe zu hören. Rückschlüsse auf das Verhalten der Rocker ließen sich nicht ziehen. Ich konnte nicht erkennen, ob sie ihren Kumpel gefunden hatten. Auf jeden Fall kamen sie nicht in die Klippen. Wahrscheinlich scheuten sie die Gewalt der Brecher.

Die Zeit zählte nicht mehr nach Minuten, sondern nach anrollenden und brechenden Wellen. Die steigende Flut verlieh ihnen mehr und mehr Wucht. Der Augenblick war abzusehen, in dem Wonsco und ich aus der Felsspalte nicht mehr rauskommen würden. Außerdem verließen den Tramp zusehends die Kräfte.

»Nach der nächsten Welle müssen wir höher in den Fels raufklettern, bis das Wasser uns nicht mehr erreicht!«, rief ich ihm ins Ohr. »Begriffen, Mann?«

Er nickte schwach. Ich fasste ihn mit beiden Händen.

Das Wasser brach über uns zusammen.

»Jetzt!«

Ich stieß und zerrte Wonsco in dem zerklüfteten Felsen aufwärts. Wieder traf uns eine brechende Welle und wusch uns fast aus der Klippe.

»Weiter!«

Wie viel Höhe gewannen wir vor der nächsten Woge? Vielleicht sechs Fuß, nicht mehr. Wonsco rutschte ab. Ich hielt ihn fest und schleifte ihn über die Klippenstufe. Nur noch Schaumspritzer trafen uns.

Mit ein paar Faustschlägen in die Rippen brachte ich den erschöpften Tramp auf die Füße.

»Wir sind noch nicht in Sicherheit!«

Die Rückkehr in die Rasley-Bucht wagte ich nicht, sondern tastete mich in entgegengesetzter Richtung durch die Klippen. Auf diese Weise gelangten wir in eine kleine Bucht ohne Verbindung zur Küstenstraße.

Wonsco nahm den Helm ab und ließ sich in den Sand fallen. Sein Atem ging stoßweise. Beide waren wir nass bis auf die Haut. Zwar war die Nacht warm, trotzdem fror der Tramp so, dass seine letzten Zähne hörbar klapperten.

»Das überleb ich nicht«, stöhnte er. »Daran geh ich kaputt.«

»Tut mir Leid, Mann. Ich kann nichts für dich tun. Wir müssen noch warten, bevor ich zur Straße hochklettere und Hilfe hole.«

Das Klippenmassiv verhinderte jeden Blick in die Rasley-Bucht. Zu hören war nur das Rauschen der Brandung.

»Gibst du zu, dass du bis gestern Nacht in der Sunrise-Bucht gehaust hast?«, fragte ich.

»Wir haben das Mädchen nicht umgebracht.«

»Wir?«

»Ich war nicht allein. Seit zwei Tagen war ich mit einem Kumpel zusammen. Er kann bezeugen, dass wir nichts mit dem Mord zu tun haben.«

»Wie heißt er?«

»Jake Shamm.«

»Wo ist er?«

»Nachdem das mit dem Mädchen passiert war, trennten wir uns.«

»Was passierte mit dem Mädchen?«

»Sie wurde aus einem Wagen gezerrt und über die Straßenbarriere auf den Strand geworfen. Das Wasser stand fußhoch. Wenn Jake und ich sie nicht geborgen hätten, wäre sie von der Flut ins Meer geschwemmt worden. Das wollte der Kerl, der sie reinwarf.«

»Was habt ihr mit ihr gemacht?«

»Nichts! Sie war nackt und tot.«

»Beschreib den Mann, der sie hinunterwarf!«

»Das kann ich nicht! Der Himmel war gestern Nacht bewölkter als heute. Außerdem lässt sich von schräg unten nicht viel erkennen.«

»Und das Auto?«

»Ein großer, geschlossener Wagen. Vielleicht ein Cadillac oder ein Lincoln oder eines dieser teuren deutschen Autos. Mehr weiß ich nicht.«

»Ihr trugt das Mädchen in deine Wohnhöhle. Wie ging's weiter?«

»Jake verfiel auf die Idee, er könne den Mann finden, der das Mädchen umgebracht hatte. Wegen des großen Autos hielt er ihn für reich und wollte ihn erpressen. Darum weigerte er sich, das Mädchen ins Wasser zurückzutragen, sondern ließ den Körper in den Klippen liegen, wo er gefunden werden musste. Dann ging er weg, und ich folgte ihm, weil ich nicht in meiner Höhle bleiben konnte, wenn eine Tote davor lag.«

Mühsam richtete Wonsco sich auf.

»Ich habe Jake gleich gesagt, dass wir in Verdacht geraten würden, das Mädchen umgebracht zu haben«, jammerte er. »Der Idiot schlug meine Warnungen in den Wind. Er war besessen von dem Gedanken, den Mörder auszupressen wie eine Zitrone. Er witterte für sich 'ne große Chance.«

»Wie wollte er es anstellen, den Mörder zu finden?«

»Weiß ich nicht! Er glaubte, er könne die Namen der Verdächtigen aus der Zeitung erfahren, und wenn er sie anriefe, würde sich der Täter verraten. Er suchte auch die Stelle ab, an der der Wagen gestanden hatte.«

»Fand er irgendetwas?«

»Ich sah, wie er einen Gegenstand aufhob, aber er zeigte ihn mir nicht.«

»Wonsco, du erzählst nicht gerade eine glaubwürdige Geschichte.«

Er schlotterte an allen Gliedern.

»Ruf eine Ambulanz, Officer, oder ich geh drauf!«

»Wann hat sich Jake Shamm von dir getrennt?«

»Um neun Uhr morgens. Er hielt ein Taxi an, stieg ein und ließ mich stehen, ohne ein Wort zu sagen.«

»Hatte er Geld?«

»Ja, 'ne ganze Menge.«

»Steh auf!« Ich fasste ihn unter den Achseln und zog ihn hoch. Auf mich gestützt, schleppte er sich bis an den Rand der Bucht.

»Warte, bis du geholt wirst.«

Er hockte sich in den Sand.

Die Uferböschung war fast hundert Fuß hoch und sehr steil. Ich brauchte zwanzig Minuten, und ein paar Mal war ich nahe daran, abzurutschen und hinunterzustürzen. Als ich endlich oben war, musste ich zweihundert Yards landeinwärts laufen, bevor ich auf die Küstenstraße stieß.

Sechs Wagen fuhren vorbei. Die Fahrer reagierten nicht auf mein Stopsignal. Erst der Fahrer eines schweren Trucks riskierte es, anzuhalten.

Ich turnte zu seinem Fenster hinauf.

»Gib mir dein CB-Gerät!«

Er gab mir das Mikrofon. Auf der allgemeinen Frequenz rief ich andere, ebenfalls mit Sprechfunk ausgerüstete Trucks.

»Jerry Corran von der New Yorker State Police bittet um Unterrichtung des 3. Reviers. Streifenwagen und Ambulanzfahrzeuge werden benötigt auf der Küstenstraße in Höhe von Meile 140. Dringender Fall!«

Die Antwort kam prompt. Ein Truckdriver meldete sich: »Ich stehe an der Tankstelle Coastgate, Officer. Ich rufe Ihren Verein an!«

»Danke!«

Ich gab das Mikrofon zurück.

»Kann ich noch etwas für dich tun, Officer?«

»Danke, nein. Du brauchst nicht zu warten.«

Knapp zehn Minuten, nachdem die Rücklichter des Trucks aus meinem Blickfeld verschwunden waren, raste sirenenheulend ein Streifenwagen heran und bremste scharf vor meinen Füßen. Zwei Cops meines Reviers sprangen heraus. Johnny Parker, ein farbiger Sergeant, leuchtete mir mit der Stablampe ins Gesicht.

»Bist du okay, Corran?«

»Ja, nur nass. Es gibt eine Menge zu tun, Johnny! Unten am Strand sitzt ein Tramp, der rausgeholt werden muss, und wir müssen uns um die Leute kümmern, die im Rasley-Wrack hausen. Sie wurden von einer Rocker-Bande überfallen.«

»Das Rasley-Wrack brennt!«, sagte Parker. »Ich sah den Feuerschein im Vorbeifahren.«

Er griff in den Wagen und nahm den Hörer vom Sprechfunkgerät.

»Schickt zwei Fahrzeuge zur Rasley-Bucht und alarmiert die Rettungscrew des Küstenschutzes! Ein Mann muss geborgen werden.«

Er hängte ein, öffnete das Handschuhfach und holte eine flache Flasche heraus, die er mir in die Hand drückte.

»Wärm dich auf, Corran! Wir erledigen den Rest.«

Ich stand unter der dampfenden Dusche im Waschraum des 3. Reviers. Das heiße Wasser war eine Wohltat nach drei Stunden in den nassen Kleidern.

Der Vorhang wurde zur Seite gerissen.

»He, Corran, was ist los mit dem Tramp, den du angeschleppt hast?«, trompetete Lieutenant Boulvers unverkennbare Stimme. Durch die Wasserschwaden sah ich die Umrisse seiner wuchtigen Gestalt.

Ich drehte die Dusche ab.

»Er heißt Pit Wonsco, Sir. Er gibt zu, in der Höhle Sunrise-Bucht gehaust zu haben.«

Boulver schlug mir auf die nackte Schulter, dass die Tropfen spritzten. »Gute Arbeit, Jerry! Hat er auch gestanden, sie umgebracht zu haben?«

»Nein, er behauptet, das Mädchen wäre aus einem Auto von der Straße auf den Strand geworfen worden, in dem Zustand, in dem es gefunden wurde: ohne Kleider und tot.«

»Quatsch!«, dröhnte Boulver. »Dort, wo der Körper lag, kann er nicht von der Straße aus abgeladen worden sein.«

»Richtig, Sir! Wonsco will die Tote zusammen mit einem zweiten Tramp vom Strand in die Klippen getragen haben.«

»Das wird ihm kein Richter glauben.«

Ich wickelte mir ein Badetuch um die Hüften.

»Er nannte den Namen seines Kumpans – Jake Shamm.«

»Überrascht mich nicht. Von Anfang an hatte ich den Eindruck, dass das unglückliche Girl von mehr als nur einem Bastard missbraucht wurde. Schreib deinen Bericht noch heute Nacht! Für morgen gebe ich dir frei, mein Junge. Ich bin richtig stolz auf dich. Wenn wir dank deines Einsatzes diesen widerlichen Mord in vierundzwanzig Stunden aufklären, hebt der schnelle Erfolg die Reputation des ganzen Reviers.«

Er wandte sich zum Gehen. Ich rief ihm nach: »Lieutenant, was geschah mit den Tramps in der Rasley-Bucht?«

Boulver zog die buschigen Augenbrauen hoch.

»Ich denke, du warst dabei?«, fragte er verwundert. »Eine Rocker-Bande fiel über die Tramps her. In den Nachrichten wurde mehrfach erwähnt, dass der oder die Mörder des Mädchens unter Tramps und Landstreichern gesucht wurden. Das war für die Rocker der Vorwand, sich auszutoben. Vielleicht vermissen sie eine ihrer Bräute. Selbstverständlich kommen sie nicht zu uns, sondern nehmen die Rache in die eigenen Fäuste.«

»Sie suchten Wonsco, Lieutenant. Sie kannten den Namen.«

»Weiß der Teufel, wie sie ihn erfuhren. Mag sein, Wonsco hat nicht nur in Charly Checks Kneipe gequatscht, sondern auch noch vor anderen Ohren. Wer will ausschließen, dass er damit angegeben hat, welches Prachtgirl ihm in die Finger fiel? Irgendein Zuhörer muss den Rockern gesagt haben, dass ein gewisser Wonsco mehr über den Mord weiß als andere Tramps.«

Der Lieutenant rieb sich das massige Kinn.

»Ich denke, so oder so ähnlich ist die Sache gelaufen.

Auf jeden Fall bin ich froh, dass du ihn rausgeholt hast. Es wäre nicht gut gewesen, wenn die Rocker ihn gelyncht hätten.«

Er verließ den Waschraum und schrammte die Tür ins Schloss. Ich zog Wäsche und eine Cop-Uniform aus dem Notfallvorrat an, ging hinauf ins Office und setzte mich an die Schreibmaschine. Es war drei Uhr morgens, und ich war so müde, dass die Tasten vor meinen Augen verschwammen.

Ich hämmerte den Bericht herunter und brachte ihn in Boulvers Büro.

Der Lieutenant schlief im Schreibtischsessel und schreckte bei meinen Eintritt auf.

»Vierundzwanzig Stunden im Dienst, das ist zu viel für einen alten Mann«, stöhnte er und rieb sich die Augen.

Schweigend las er meinen Bericht, nickte zufrieden.

»Okay, Corran! Ich werde diesen Jake Shamm zur Fahndung ausschreiben, sobald Wonsco uns eine Beschreibung geliefert hat.«

»Wo ist Wonsco, Sir?«

»Pennt in der Beruhigungszelle! Der Ambulanzarzt verpasste ihm eine Spritze und verbot jedes Verhör für die nächsten zwölf Stunden, bis sich dieser Hundesohn erholt hat, damit er noch gründlicher lügen kann.«

Er ließ die schweren Fäuste auf den Bericht fallen.

»Ich schwöre dir, dass ich ihn zum Geständnis bringe, oder ich beantrage meine vorzeitige Pensionierung.«

»Müssen wir uns nicht um die Rocker kümmern, Sir?«

»Ja, ich weiß, dass sie eine Menge Straftaten begangen haben«, knurrte Boulver unwillig. »Bedrohung, Körperverletzung usw. Einige Tramps wurden übel zugerichtet, aber ich glaube nicht, dass wir die einzelnen Täter identifizieren können. Die verdammten Visierhelme sollten verboten werden.«

Er wies auf den Helm, den ich dem Rocker abgenommen hatte und den die Cops bei der Bergung Wonscos mitgebracht hatten. Der Helm lag auf einem Tisch an der Wand.

Ich ging hin und nahm ihn in die Hand. Hinter mir sagte der Lieutenant: »Ich glaube, es lohnt nicht, unsere Zeit mit diesen Rockern zu verschwenden.«

Über dem Visier waren zwei Buchstaben in die Plastikhaube eingeritzt: ein D und ein S.

Ich kannte die Bedeutung. Die Buchstaben standen für ›Devil's Sons‹, die Söhne des Teufels.

Lieutenant Boulver irrte sich. Es war keine Zeitverschwendung, sich um diese Rocker zu kümmern.

Bei den Devil's Sons hatte Jo Stroker seine Laufbahn begonnen.

Die Farewell Cafeteria lag in der Nähe des Montefiore-Friedhofs. Die Leute kamen, um sich nach einer Beerdigung aufzuwärmen oder noch einmal zusammenzusitzen und ein Glas auf das Andenken des Toten zu leeren.

Shamm hatte einen Tisch gewählt, von dem aus er die ganze Cafeteria überblicken konnte. Jeden Gast sah er prüfend an, ob er Mr. Grandfield sein konnte. Schließlich entschied er sich für einen mageren, grauhaarigen Mann mit einer Hakennase, der allein an einem Tisch saß und in kurzer Frist drei große Whiskys in sich reinschüttete.

Genau um ein Uhr sah Shamm, dass das Mädchen hinter der Theke den Hörer des Telefons abhob. Das war Judy Tarsons Anruf.

Das Serviermädchen rief in den Raum: »Mr. Grandfield, bitte! Telefon für Mr. Grandfield!«

Nicht der Whisky trinkende Graukopf mit der Hakennase meldete sich. Stattdessen ging ein Mann in einem grauen Trenchcoat an die Theke und übernahm den Telefonhörer. Eine große Sonnenbrille verdeckte den oberen Teil seines Gesichtes. Den Hut hatte er nicht abgenommen.

Shamm wusste genau, was Judy dem Mann sagte. Sie hatten den Wortlaut abgesprochen. In Grandfields Gesicht zeichnete sich Erstaunen darüber ab, dass eine Frau ihn anrief, aber er verhielt sich, wie der Anruf es verlangte. Er legte auf, zahlte zwei Tassen Kaffee und verließ die Cafeteria.

Da Shamm wusste, wohin Grandfield ging, wartete er ein paar Minuten, bevor er ebenfalls die Cafeteria verließ, und schlug einen anderen Weg ein. Als Grandfield den Friedhof durch den Haupteingang betrat, stand Shamm bereits hinter einem großen Baum und beobachtete ihn. Er wartete, bis er überzeugt war, dass niemand Grandfield folgte.

Er nahm den Weg, den Judy ihm per Telefon vorgeschrieben hatte. Zweifellos war er allein. Jeden Beschatter hätte Shamm bemerkt.

Wieder kürzte Shamm seinen Weg ab, fand Deckung hinter einem großen Gedenkstein und sah Judy, die wie eine trauernde Hinterbliebene vor einem frischen Grab stand, auf dem Blumensträuße und Kränze aufgehäuft waren.

Shamm tastete nach seinem Revolver.

In einem Punkt hatte Grandfield Shamms Anweisungen nicht befolgt. Er trug keine Aktentasche bei sich, sondern hielt die Hände in den Taschen des Trenchcoats verborgen. Ohne Hast näherte er sich Judy, blieb neben ihr stehen und zog die rechte Hand aus der Tasche.

Shamm schwitzte. Der Mann war ein Mörder. Der Gedanke lag nah, dass er nicht davor zurückschreckte, seine Probleme durch einen neuen Mord zu ›bereinigen‹, aber Grandfield zog keine Waffe, sondern ein flaches Paket aus der Manteltasche, das er Judy Tarson übergab. Judy barg es in ihrer Umhängetasche. Grandfield wandte sich um und ging den Weg zurück, den er gekommen war.

Zwanzig Minuten später trafen Shamm und Judy Tarson in einem Drugstore zusammen. Auf Judys Wangen brannten hektische rote Flecke.

»Gütiger Himmel, Jake, es hat funktioniert«, sagte sie atemlos vor Erregung.

»Lass mich sehen!«

Sie öffnete die Tasche. Shamm sah zerknülltes Zeitungspapier und viele, viele Dollarscheine.

Das Blut schoss ihm ins Gesicht.

»Hab ich es dir nicht gesagt, Baby?«, flüsterte er. Seine Augen funkelten. »Diese Scheine sind erst der Anfang, Judy! Nur ein Anfang.«

Ich stoppte an der Kreuzung und ließ Phil einsteigen.

»He, Jerry! Heimweh nach Manhattan?«

»Queens genügt. Es gab einen Mordfall im Bereich des 3. Reviers. Ein Mädchen wurde tot in der Sunrise-Bucht aufgefunden. Ich nahm einen gewissen Pit Wonsco fest, der zugab, in der Tatnacht in dieser Bucht gewesen zu sein.«

»Fall geklärt? Gratuliere!«, sagte Phil fröhlich.

»Ich musste ihn vor dem Zugriff einer Rocker-Gang retten, die ihn lynchen wollte.«

»Die Devil's Sons?«

»Richtig!«

»Was steckt dahinter?«

»Keine Ahnung.«

Ich erzählte ihm die ganze Geschichte einschließlich Wonscos Behauptung, das Mädchen sei ihm und seinem Kumpel tot vor die Füße geworfen worden.

»Hört sich an wie die verzweifelte Lüge eines Mannes, der nicht aus noch ein weiß.«

»Das denkt Lieutenant Boulver auch, und ohne den Zwischenfall mit den Sons würde auch ich Wonscos

Gefasel keine Bedeutung beimessen. Trotzdem will ich wissen, ob die Bande aus eigenem Entschluss zur Lynchjagd aufbrach oder ob sie geschickt wurde.«

»Von Jo Stroker?«

»Genau, denn die Devil's-Jungs hören noch immer auf sein Kommando.«

»Und das Motiv?«

»Bevor er zum Boss der Gang aufstieg, war Stroker Anführer der Devil's Sons. Zu Strokers Einnahmequellen gehören die Diskotheken ›The Rocket‹ und ›Shooting Shop‹. Das Mädchen könnte zuletzt in einem der Schuppen gesehen worden sein. Aus irgendeinem Grund will Stroker verhindern, dass er in den Fall verwickelt wird. Die Sons sollten Wonsco von der Bildfläche verschwinden lassen.«

Phil verzog das Gesicht, ein sicheres Zeichen, dass ihm meine Theorie nicht gefiel.

»Und der andere Mann – Jake Shamm? Wie passt der in deine Vermutungen?«

»Zum Teufel, ich weiß es nicht, aber ich will den Sons auf die Zehen steigen. Seit drei Wochen laufe ich als Revier-Detective auf Long Island herum, kümmere mich um Garageneinbrüche, Diebstähle, mutwillige Sachbeschädigung und ähnlichen Kleinkram. Mr. High erwartet von dir und mir, dass wir die Zentrale finden, die Strokers Gang mit Rauschgift, mit Mädchen für die Straße und mit Geld für Kreditwucher und Glücksspiel versorgt. Bis jetzt haben wir so gut wie nichts erreicht. Die Sons sind eine Chance.«

Wir überfuhren die Grenze zwischen Long Island und New Yorks größtem Stadtteil Queens – eine unsichtbare Grenze. Telefonisch hatte ich mir über das FBI-Hauptquartier die nötigen Informationen verschafft und wusste, dass die Devil's Sons in der Bayville Street hausten.

Als Treffpunkt und Partybunker benutzten sie eine zwar alte, aber große Villa.

Aufgemotzte chromblitzende Motorräder blockierten den Bürgersteig vorm Haus. Vier Sons saßen auf der Treppenstufe und leerten Bierbüchsen im Akkordverfahren.

Als Phil und ich kamen, rührten sie sich nicht vom Fleck. Ein feister Bursche, das fahlblonde Haar zur kurzen Stoppelbürste geschoren, sagte zu seinem Kumpan: »He, Paddy, wieso stinkt es hier plötzlich so erbärmlich nach Bulle?«

Paddy verzog das Gesicht, fasste sich mit einer Hand an die Kehle, gab ächzende Laute von sich und gurgelte: »Tatsächlich, Ted! Ein grässlicher Gestank. Ich fürchte, ich muss kotzen.«

Ich bückte mich, packte ihn an der Lederjacke und riss ihn von der Treppenstufe hoch. Der feiste Ted wollte aufspringen. Phil kickte ihm so geschickt die Bierdose aus der Hand, dass ihm das Bier ins Gesicht spritzte.

»Warst du in der vergangenen Nacht in Larristown, Paddy?«, fragte ich.

»Lass mich los, Bulle!«, knurrte er, wagte aber nicht, sich zu bewegen.

Ich stieß ihn vorwärts. »Geh ins Haus!«

Phil hielt den 38er in der Hand. »Vorwärts, Freunde! Macht euch und uns keinen Ärger!«

Widerwillig standen Ted und die beiden anderen Rocker auf. Ted rammte die Tür mit einem Schulterstoß auf und brüllte: »Hutch, wir bekommen Bullenbesuch!«

In der Halle standen zwei demontierte Motorräder. Aus einem umgekippten Kanister war Öl ausgelaufen und hatte eine große Lache gebildet. Die Türblätter und die Wände waren mit Parolen und Zeichnungen beschmiert. Überall lagen leere Bierdosen und leere Flaschen.

Der Mann, der sich auf Teds Ankündigung aus den Tiefen einer Hollywood-Schaukel aufrichtete, trug einen lang gezüchteten, bis zum Kinn herabhängenden Mongolenbart.

Sein Haar war nach Rasta-Mode zu vielen kleinen Zöpfen geflochten, aber er war kein Farbiger. An allen Fingern der Hände funkelten Ringe mit großen, bunten Steinen.

»Was könnt ihr vorzeigen, Leute?«, fragte er und gähnte. »Durchsuchungs- oder Haftbefehl?«

»Bist du der Boss?«

»Warum fragst du? Willst du bei uns mitmachen?«

Die Rocker fanden den Witz ihres Häuptlings so gut, dass sie in brüllendes Gelächter ausbrachen.

»Warum hast du deine Gang in der vergangenen Nacht nach Larristown geführt?«

»Larristown? Nie gehört!«

Ich ging an ihm vorbei, betrat den ersten Raum hinter der Halle. Hutch folgte mir wütend, legte die ringgeschmückte Pranke auf meine Schulter.

»Du hast kein Recht, bei uns herumzuschnüffeln.«

»Irrtum, großer Boss! Ich suche einen Mann, der gestern Nacht mit einem Baseballschläger auf mich losging. Nimm die Finger weg! Der Anzug ist frisch gereinigt.«

Ein paar Sekunden lang starrten wir uns in die Augen.

Dann schrie der Rocker-Häuptling: »Lofty! Hau ab!« Er krallte die Finger in meine Jacke und wollte mich festhalten.

Ich schlug sehr schnell und sehr hart zu. In Hutchs Schädel fiel die Kommandozentrale aus. Seine Hand rutschte ab.

Das Zimmer hatte eine Verbindungstür zum anstoßenden Raum. Ich riss sie auf, sah mich fünf oder sechs Personen gegenüber, von denen zwei Rocker-Bräute waren. Ein kraushaariger Blonder ohne Hosen, bekleidet mit einem wehenden, roten Hemd, sprang von einer Matratze auf und stürzte zum Fenster.

Ich setzte ihm nach. Es gelang ihm, das Fenster hochzuschieben, aber raus kam er nicht mehr. Ich riss ihn zurück. Als er sich umdrehte, sah ich, dass er eine handtellergroße bläuliche Beule am Haaransatz seiner Stirn hatte. Eine Erinnerung an die zwei Knüppelhiebe auf seinen Sturzhelm, mit denen ich ihn vor rund zwölf Stunden flachgelegt hatte.

»He, Lofty«, sagte ich, »ich nehme dich zu einer Anprobe mit. Bei uns liegt ein Helm, von dem ich überzeugt bin, dass er auf deinen Schädel passt.«

In der Lautstärke einer Sirene kreischte eine Rocker-Braut, ein dunkelhäutiges Mädchen mit einer gewaltigen Afro-Frisur: »Finger weg von Lofty, du verdammter, dreckiger …!«

Sie überschüttete mich mit einer Flut von Beschimpfungen aus der untersten Schublade und steigerte sich in immer wildere Wut hinein.

Ich schob Lofty zur Matratze.

»Steig in deine Hosen! Du bist verhaftet.«

Widerwillig machte er sich daran, die Jeans und die kurzen Stiefel anzuziehen.

Phil rief mich. »Jerry!«

Ich drehte mich um. Der mongolenbärtige Hutch, Ted, Paddy und andere Rocker versperrten den Ausgang. In den Händen hielten sie ihre üblichen Waffen: Stahlruten, Fahrradketten, Baseballschläger.

Noch immer tobte das dunkelhäutige Mädchen. Hutch machte zwei Schritte und trat ihr so wuchtig ins Gesäß, dass sie weit in den Raum geschleudert wurde, einen Stuhl umriss und hart auf den Boden schlug.

»Lofty bleibt hier!«, knurrte Hutch. In seinen Augen funkelte nackte Wut.

Ich wusste, was in ihm vorging. Mein Faustschlag hatte nicht nur sein Gehirn, sondern auch sein Prestige erschüttert. Wenn er die Scharte nicht auswetzte, galt er bei den Devil's Sons als Niete und war die längste Zeit Anführer der Gang gewesen.

Phil hielt den 38er in der Hand.

»Bleibt auf Distanz, Freunde!«, sagte er. »Mit einer kaputten Kniescheibe lässt sich verdammt schlecht Motorrad fahren.«

Ich verpasste Lofty, der endlich halbwegs angezogen warf, Plastikhandschellen.

»Macht den Weg frei!«, befahl ich.

Die Rocker wichen keinen Schritt.

»Nur ohne Lofty!«, wiederholte Hutch mit wilder Entschlossenheit.

Die Situation spitzte sich zu. Hutch verhielt sich wie ein Politiker, der lieber Krieg führt und viele Leute ins Unglück stürzt, als seine persönliche Macht zu verlieren. Wenn wir die Rocker-Villa verlassen wollten, ohne die 38er zu benutzen, musste Hutch eine zweite Niederlage innerhalb von fünf Minuten beigebracht werden. Seinen Leuten musste vorgeführt werden, dass ihr Boss eine taube Nuss war.

Phil schob lässig den 38er ins Holster, spreizte die Hände nach beiden Seiten ab und ging auf den Rocker-Häuptling zu.

Hutch hob seine Waffe, eine fünffach gefächerte Stahlrute, ein teuflisches Instrument, das Verletzungen verursacht, die bis auf die Knochen gehen.

Einen Schritt vor Hutch blieb Phil stehen.

»Ich gebe dir drei Sekunden, du Null«, sagte er. »Entweder machst du den Weg frei, oder ich räum dich weg, und zwar ohne Revolver. Für eine Niete wie dich genügt die nackte Faust!«

Der Rocker schlug zu. Zischend durchschnitt die Stahlrute die Luft. Phil versuchte nicht, Hutchs Arm abzufangen. Er ging voll in den Mann hinein, tief geduckt und beide Arme ausgebreitet. Zwar trafen die Stahlfedern seinen Rücken, aber mit geringer Wucht, da Hutchs Arm auf Phils Schulter prallte.

Phil hebelte den Mann aus dem Stand, stemmte Hutchs hundertachtzig Pfund hoch, drehte sich um die eigene Achse wie ein Hammerwerfer und schleuderte den Boss der Sons in den Raum – weg von seinen Leuten.

Hutch klatschte auf den Boden wie ein großer Sack voll Mehl. Bevor er richtig begriffen hatte, wie er in die Lage geraten war, stand Phil vor ihm und gab ihm den Rest. Er trat ihm die Stahlrute aus der Hand und legte ihn, als er sich aufrichten wollte, mit einem Tritt vor die Brust wieder flach.

»Bleib unten!«, sagte Phil laut. »Beim nächsten Mal treffe ich deine Nase!«

Die Sons standen wie versteinert. Phil hatte ihren Häuptling so schnell abgeräumt, dass sie fassungslos waren.

»Aus dem Wege!« Ich schob Lofty vorwärts.

Es entstand Bewegung in der menschlichen Barriere. Hutchs Leute zogen sich ins andere Zimmer zurück. Sie machten Platz für einen Mann, der nicht die Lederkluft der Teufelssöhne trug, sondern einen teuren, blauen Maßanzug, Krokodilschuhe, italienisches Gucci-Hemd und Golddollars als Manschettenknöpfe. Ich war Jo Stroker nie begegnet, aber ich hatte viele Fotos von ihm gesehen. Jetzt standen wir uns gegenüber.

Stroker war nicht allein. Einen halben Schritt hinter ihm malmte Sid Wisney auf einem Kaugummi. Neben Sid, der aussah wie ein Holzfäller, stand der drahtige, braunhäutige Ray Crown, ein Puertorikaner, dessen glattes Gesicht nichts von seiner tödlichen Gefährlichkeit verriet.

»Polizisten?«, fragte Stroker.

»Richtig!«

Er musterte Phil und mich aus zusammengekniffenen Augen. »Ich kenne viele Cops in Queens. Euch kenne ich nicht.«

»Jerry Corran vom 3. Revier der State Police aus Larristown«, sagte ich. Phil schwieg.

»Mein Name ist Jo Stroker.« Er lauerte darauf, ob wir eine Reaktion zeigten. »Ich bin der Eigentümer dieses Hauses. Ich habe es den Jungs überlassen, weil sie nette, ruhige Mieter sind.« Er grinste. »Wirklich, Officer, ich mag die Sons. Vor ein paar Jahren war ich noch einer von ihnen. Warum wird Lofty verhaftet?«

»Er war an einem Überfall auf Tramps beteiligt.«

»Eine kleine Trampjagd? Warum regt ihr euch darüber auf?«

»Er hatte das Pech, an einen Polizisten zu geraten.«

»An dich?«

»Ja, er wählte meinen Kopf als Ziel für seinen Baseballschläger.«

»Lass ihn laufen!«, sagte Stroker, zog eine Rolle Dollarscheine aus der Tasche und hielt sie mir hin. »Als Beitrag zur Weihnachtsfeier deines Reviers.«

Ich suchte seinen Blick. Er hatte helle, grünliche Augen unter dichten Brauen.

»Du riskierst eine Verhaftung wegen versuchter Bestechung.«

»Hier stehen zwei Dutzend Zeugen, die nichts gesehen haben, Officer«, antwortete er, ließ aber die zusammengerollten Geldscheine wieder verschwinden. Zu dem Rocker sagte er: »Mach dir keine Sorgen, Lofty! Ich zahle die Kaution und hole dich raus.«

Dann trat er einen Schritt zur Seite und gab den Weg frei. Die Gorillas folgten dem Beispiel ihres Bosses.

Wir verließen die verdreckte Villa. Vor dem Eingang stand Strokers Wagen, ein roter Cadillac Seville. An der Karosserie lehnte ein dritter Mann aus Strokers Mannschaft: Frank Ceppo, siebenundzwanzig Jahre, früher in Diensten der Arrabo-Familie, dreimal unter Anklage wegen Körperverletzung und Mordversuch vor Gericht, aber nur eine Verurteilung zu drei bescheidenen Jahren.

Ich verfrachtete Lofty in meinen angejahrten Dienst-Chevrolet. Phil setzte sich zu ihm und versuchte während der Fahrt, ihn auszuhorchen. Im Vertrauen auf Strokers Versprechen reagierte Lofty auf alle Fragen mit mürrischem Schweigen.

An der Kreuzung, an der er zugestiegen war, stieg Phil aus. »Ich rufe dich an«, sagte er und hob grüßend die Hand.

Im 3. Revier übergab ich Lofty dem Sergeant vom Dienst und erkundigte mich, ob der Lieutenant in seinem Office sei.

»Nein, im Vernehmungsraum eins«, antwortete der Sergeant. »Seit drei Stunden bearbeitet er den Tramp, den du in der Nacht eingefangen hast. Selbst den Lunch ließ er ins Zimmer bringen, um das Verhör nicht zu unterbrechen. Der Chef will ein Geständnis noch vor Sonnenuntergang.«

Im Flur vor dem Vernehmungsraum drängten sich Reporter und ein Kamerateam von Long Island TV, die anscheinend darauf warteten, dass der Lieutenant ihnen die Klärung des Falles verkünden und das Geständnis des Mörders präsentieren würde. Auf mein Klopfen öffnete Boulver eigenhändig die Tür.

»Hallo, Corran!«, trompetete er. »Komm rein!«

Wonsco saß am Vernehmungstisch und paffte an einer dicken Zigarre. Er trug saubere und trockene Kleider. Auf dem Tisch standen leere Cola-Flaschen und abgegessene Pappteller.

Wonsco erkannte mich.

»He, Officer!«, rief er. »Ich muss mich noch bei dir fürs Rausholen bedanken. Diese Bastarde hätten mir den Schädel eingeschlagen. Dein Chef behandelt mich gut, aber er will nicht glauben, dass uns das Mädchen tot vor die Füße fiel. Sag du ihm, dass es die Wahrheit ist!«

»Ich kenne die Wahrheit nicht, Wonsco.« Ich wandte mich an den Lieutenant. »Sir, ich verhaftete einen der Rocker, die in der Nacht über die Tramps herfielen und nach Wonsco suchten.«

Boulver winkte ab. »Darum kümmern wir uns später.« Er legte mir die schwere Pranke auf die Schulter. »Ich gab dir den Tag frei, Corran, aber wenn du arbeiten willst, dann fahr nach New York und unterstütze die City Police bei der Suche nach Jake Shamm. Ich telefonierte am Morgen mit dem Chef der Fahndungsabteilung. Der Bursche ist in ihren Akten verzeichnet. Sie besitzen Fotos von ihm. Sie stellen ein Kommando zusammen, das seine alten Schlupfwinkel durchsucht. Schließ dich den Cops an, mein Junge!« Seine Augen funkelten. »Wenn es dir gelingt, den zweiten Mörder einzufangen, Jerry, steht deine Beförderung zum Sergeant so gut wie fest.«

»Ich bin kein Mörder«, sagte Wonsco kläglich.

Der Lieutenant schwenkte seine zweihundertfünfzig Pfund herum und ließ die geballte Faust auf die Tischplatte niederkrachen.

»Wenn du noch lange weiterlügst, werde ich dich härter anfassen!«, brüllte er. »Warte ab, bis wir deinen Kumpan erwischt haben. Dann werden wir schnell erfahren, wer von euch beiden dem Mädchen die Luft abgestellt hat.«

Unter dem Gebrüll duckte sich Wonsco. Seine Hand mit der Zigarre zitterte.

»Darf ich ihn fragen, ob er eine Rocker-Gang kennt, die sich Devil's Sons nennt, Sir?«

Boulver runzelte die Stirn und knurrte: »Meinetwegen.«

»Bist du jemals mit den Devil's Sons in Berührung gekommen, Wonsco?«

»Ich weiß nicht«, antwortete er unsicher. »Rocker spielen uns armen Schweinen oft übel mit. Ein paar Mal bin ich ihnen in die Finger gefallen. Einmal schlugen sie mich krankenhausreif, aber ich weiß nicht, ob es die Devil's Sons oder andere Scheißkerle waren.«

»Woher wussten sie deinen Namen?«

Er zuckte mit den Schultern. »Keine Ahnung!«

Der Lieutenant mischte sich ein. »Genug, Corran! Ich halte die Frage für unwichtig.« Er legte den Arm um mich und schob mich zur Tür. »Bring mir diesen Jake Shamm, und ich beantrage deine Beförderung!«

Ich verließ den Vernehmungsraum. Die Zeitungsleute drängten heran. Fragen prasselten auf mich ein.

»Habt ihr ihm die Zunge gelöst? – Wie oft wurde das Mädchen vergewaltigt? – Was hat die Polizei über sie herausgefunden?«

»Nur der Lieutenant gibt der Presse Informationen.«

Im Revier-Office wartete Lofty, dem inzwischen die Fingerabdrücke abgenommen worden waren. Ich spulte das übliche Verhör mit ihm ab. Er leugnete alles und wollte nicht einmal seinen vollständigen Namen nennen. Auf dem vorgeschriebenen Formular beantragte ich die vorläufige Inhaftierung, schickte die Papiere in Lieutenant Boulvers Büro und ließ Lofty in die Zelle bringen.

Wie Boulver es gewünscht hatte, fuhr ich nach New York. Gegen sieben Uhr abends betrat ich das Büro des Chefs der Fahndungsabteilung. Mit Percy O'Brian haben Phil und ich in vielen Fällen zusammengearbeitet. Wir kennen uns gut.

»Hallo, Jerry!«, rief er. »Was kann ich für dich tun?«

»Vergessen, dass wir uns jemals gesehen haben. Ich bin Detective des 3. State Police-Reviers in Larristown und heiße Jerry Corran, Sir.«

O'Brian begriff schnell und wurde offiziell.

»In Ordnung, Officer Corran! Für Ihren Verein fahnden wir nach einem gewissen Jake Shamm.« Er schob eine schmale Akte über den Schreibtisch.

»Der Mann ist bei uns als drittklassiger Ganove registriert, verurteilt wegen Ladendiebstahls, Körperverletzung, Bedrohung usw. Vor ein paar Monaten lief gegen ihn ein Verfahren wegen Zuhälterei. Meine Leute versuchen herauszufinden, welche Asphalt-Lady ihn damals anzeigte. Außerdem sind zwei

Suchtrupps unterwegs, die verschiedene Sammelplätze von Tramps durchkämmen.«

Die Fotos zeigten einen schmalgesichtigen Mann von mittlerer Größe, ohne besondere Kennzeichen. Shamm war zweiundvierzig Jahre alt und stammte aus Queens.

»Wollen Sie sich einem Suchtrupp anschließen, Corran?«, fragte O'Brian. Ich bejahte, und er entschied: »Ich schicke Sie zu Sergeant Johnsons Gruppe in die Bronx.«

Zum ersten Mal in seinem Leben war Jake Shamm von französischem Champagner betrunken, und das war eine andere Art von Betrunkenheit als das dumpfe Besoffensein, das billiger Fusel verursacht. Jake ging wie auf Wolken, genauer gesagt, er torkelte durch eine Welt, die in pures Rosa getaucht und mit Dollarscheinen tapeziert war.

Arm in Arm mit Judy Tarson war er viele Stunden lang durch Nightclubs, Bars, Strip-Shows gezogen, hatte sich und Judy mit Champagner abgefüllt, mit Trinkgeldern um sich geworfen, die nackten Stripmädchen mit zusammengeknüllten Dollarscheinen bombardiert und reihenweise Runden springen lassen.

Gegen zwei Uhr ließen sich Shamm und Judy in ein Taxi fallen. Mit schwerer Zunge nannte Shamm dem Fahrer Judys Adresse. Während der Fahrt lachten, kicherten und knutschten Judy und er ununterbrochen miteinander. Vor Judys schäbigem Fertighaus in Queens fielen beide mehr aus dem Fahrzeug, als sie ausstiegen. Shamm gab dem Fahrer einen Hundert-Dollar-Schein. Der Fahrer warf einen Blick darauf, trat den Gashebel durch und raste mit quietschenden Reifen davon. Aneinander geklammert taumelten Shamm und Judy zum Haus. Sie brauchten lange, bis es ihnen gelang, die Tür zu öffnen.

Im Haus begann Judy, sich aus den Kleidern zu schälen.

Shamm lachte: »Du willst mich anmachen, Baby! Du bist scharf, he? Scharf auf einen Mann mit viel Geld, oder?«

Nur noch bekleidet mit Slip und Büstenhalter, zog Judy ihn ins Schlafzimmer. »Nein, ich liebe dich, Jake! Ich bewundere und liebe dich!«

Sie zog ihm die Jacke aus. Shamm warf sich aufs Bett. Unter Gelächter ließ er sich von Judy ausziehen.

Sie trieben es miteinander. Danach schlief Shamm sofort ein, und Judy schaffte es gerade noch, das Licht zu löschen, bevor auch sie in alkoholschweren Schlaf fiel.

Als Shamm aufwachte, wusste er zwar nicht, wie lange er geschlafen hatte, aber der eisige Schreck, der ihn durchfuhr, blies den Alkoholdunst aus seinen Gehirnwindungen. Er spürte den harten Druck von Stahl an der Schläfe und starrte in das weiße Licht einer starken Lampe. Hinter dem blendenden Licht sagte eine Männerstimme: »Lieg still, Junge, oder ich puste dir das Gehirn aus dem Schädel!«

Judy wurde nicht wach. Leicht schnarchend atmete sie ruhig weiter.

»Hast du das Geld?«, fragte der Mann hinter der Lampe. Ein anderer Mann antwortete:

»Ja, aber es sind höchstens siebentausend Dollar.«

»Sie haben eine Menge Dollars verprasst. Unsere Leute haben es beobachtet. Gib ihm die Spritze!«

Shamms Arm wurde gepackt. Der Lichtstrahl wanderte von seinem Gesicht zur Ellbogenbeuge. Aber der Druck von Stahl an seiner Schläfe blieb. Dann fühlte er einen scharfen Stich und wollte sich aufbäumen. Der Rammstoß eines Knies hielt ihn unten.

»Hilfe!« Shamm glaubte zu schreien, aber er lallte nur. Eine Benommenheit, tiefer und radikaler als Alkohol sie erzeugen kann, überschwemmte sein

Bewusstsein. Seine Muskeln erschlafften. Sein Kopf fiel zur Seite.

Unruhig warf Judy sich herum. Wach wurde sie erst, als sich eine schwere Hand auf ihren Mund legte, ihr den Atem nahm. Den Stich in die Ellbogenvene empfand sie als Schmerz, dessen Bedeutung sie nicht erkannte. Verzweifelt wehrte sie sich gegen die Atemnot und den Druck, der auf ihr lastete. Sie kämpfte länger als Shamm, aber ebenso erfolglos.

Der Mann richtete sich auf und zog seine Hand zurück.

»Sie hat mich gebissen. Hoffentlich hat das Weibstück kein Aids.«

Der andere, der Shamm und Judy Tarson die Spritzen gegeben hatte, lachte leise.

»Das wäre ein teurer Preis für eine kleine Gefälligkeit!«

»Sorg dafür, dass ihre Fingerabdrücke auf der Spritze sind.«

»Wozu? Ich denke, sie bekommen eine Feuerbestattung.«

»Zur Vorsicht! Weiß der Teufel, wie viel die Schnüffler aus ein paar Glassplittern herauslesen können.«

Judys schlaffe Finger wurden auf die Injektionsspritze gedrückt. Gleichzeitig durchdrang der Geruch von Benzin das Haus.

»Nicht zu viel!«, sagte der Mann, der sich Sorgen um die Bisswunde in seiner Hand machte. »Es soll aussehen, als hätten sie sich im Rausch mit einer glühenden Zigarettenkippe in Brand gesetzt. Vergiss nicht den Kanister!«

Als die Männer das Haus verließen, sich in den wartenden Wagen warfen und davonbrausten, stand das Schlafzimmer in Flammen.

Mit vier Cops im Gefolge durchkämmten Sergeant Johnson und ich ein aufgegebenes Haus, in das sich Tramps, obdachlose Süchtige und andere Außenseiter der Gesellschaft eingenistet hatten. Wir rissen die Leute aus alkoholschwerem Schlaf, leuchteten abgeschalteten Junkies in die leeren Gesichter, zeigten jedem, der leidlich bei Verstand schien, die Fotos von Jake Shamm. Es war der zehnte Versuch dieser Nacht.

Sergeant Johnson sagte: »Nach dem nächsten Haus hören wir auf und gehen frühstücken.«

In Johnsons Wagen blinkte das Ruflicht der Sprechanlage. Der Sergeant meldete sich. Über den Lautsprecher hörte ich mit.

Das Hauptquartier der City Police informierte Johnson, dass der Name der Frau festgestellt worden war, die Jake Shamm als Zuhälter angezeigt hatte.

»Sie heißt Judy Tarson und bewohnt ein Fertighaus in Queens, 366 Bennett Street.«

»Einverstanden, dass wir uns die Lady ansehen, bevor wir weitermachen?«, erkundigte sich Johnson.

»In Ordnung.«

Er schickte die Cops nach Hause. Wir fuhren nach Queens.

Abgesehen von der Attraktion des Kennedy Airports ist Queens ein langweiliges Stadtviertel, zwar riesig, aber ohne Reiz. Ein Meer alltäglicher Häuser, durchzogen von Highways und Schnellstraßen und gesprenkelt mit den grünen Inseln der großen Friedhöfe, auf denen die hastigen New Yorker endlich zur Ruhe kommen.

Bennett Street war eine Straße in einem ziemlich missglückten Siedlungsprojekt in der Nähe der Stadtgrenze. Das graue Licht des neuen Tages lag schon über der Stadt. Gefunkel von Blau- und Rotlicht verriet aus der Ferne den Aufmarsch von Fahrzeugen der Polizei und der Feuerwehr. Brandgeruch schwängerte die Luft.

Wir stoppten und stiegen aus. Ein paar Rauchsäulen stiegen aus dem zertrümmerten Dach eines schäbigen Fertighauses, das ungefähr zur Hälfte ausgebrannt war. Die Männer der Feuerwehr standen im Begriff, einzupacken und das Feld zu räumen. Ihr Chef informierte uns knapp.

»Wahrscheinlich ein Feuer aus Leichtsinn, ausgebrochen im Schlafzimmer. Eine Frau und ein Mann starben. Die Leute vom Homicide Department sind im Haus.«

Über Trümmer und durch Löschwasserpfützen drangen wir in den ausgebrannten Teil des Hauses vor. Eine kleine Crew des Homicide Department, angeführt von einem Detective Sergeant, war mit den üblichen Routinearbeiten beschäftigt: Fotos, Spurensicherung und so weiter. Der Sergeant hieß Cannew und hielt den Brand für einen Unfall.

»Der Brand brach im Schlafzimmer aus«, bestätigte er die Angaben des Feuerwehrchefs. »Der Mann und die Frau lagen im Bett. Ihre Leichen sind verkohlt. Das spricht dafür, dass das Bett zuerst Feuer fing. Ich vermute, die Obduktion wird ergeben, dass beide betrunken waren und leichtsinnig mit ihren Zigaretten umgingen.«

»Können die Toten identifiziert werden?«, fragte ich.

»Das dürfte schwierig sein«, antwortete Sergeant Cannew. »Bei der Frau gibt es keinen vernünftigen Grund, daran zu zweifeln, dass es sich um die Hausbesitzerin Judy Tarson handelt. Größer ist das Problem bei dem Mann. Die Nachbarn bestätigen, dass Judy Tarson auf den Strich ging. Also ist der Mann wahrscheinlich ein Zufallsfreier – ein Kunde.«

»Wurde nichts gefunden, das ihm gehört?«

»Ein paar Knöpfe, verschmorte Schuhe, keine Armbanduhr, aber ein Kugelschreiber.«

Er gab mir eine Plastiktüte, die einen verrußten Kugelschreiber enthielt. Ich nahm ihn heraus. Er lag schwer in der Hand. Der Ruß ließ sich leicht abwischen. Darunter kam gelbes, unbeschädigtes Metall zum Vorschein.

»Das ist Gold.«

Ich rieb den Kugelschreiber sauber, hielt ihn ins Licht einer Stablampe. Eine Inschrift war eingraviert. Ich las:

Herb Monk junior – The Monk & Associates Bank.

Ich steckte ihn zurück in die Plastiktüte, sagte dem Mordkommission-Sergeant, dass der Kugelschrei-ber als Beweisstück in einem Mordfall gebraucht würde, und bat Johnson, mich zu meinem Auto zu bringen.

Sobald ich allein war, rief ich Phil an und schreckte ihn um sechs Uhr morgens aus dem Schlaf.

»Hör zu, Alter! Bei einem Hausbrand in Queens kamen ein Mann und eine Frau um. Ihre Leichen sind so verkohlt, dass sie kaum identifiziert werden können. Von der Frau wird angenommen, dass es sich um Judy Tarson handelt, eine Prostituierte. Ich glaube, dass der Mann Jake Shamm ist, beziehungsweise war, aber ich brauche Gewissheit. Schalte dich ein, sorg für eine gründliche Obduktion und versuche herauszufinden, ob der Brand nicht ein Unfall, sondern ein Mord war.«

»Geht in Ordnung, Jerry!«

Während der Rückfahrt nach Larristown rief ich über die Sprechfunkanlage das 3. Revier.

»Wo kann ich den Lieutenant erreichen?«

»In seiner Wohnung«, antwortete der Policeman vom Frühdienst. »Aber wenn es sich nicht um ein Attentat auf den Präsidenten handelt, würde ich dir davon abraten, ihn zu stören. Boulver verließ das Revier vor knapp zwei Stunden, und er sagte laut und deutlich, er sei bis Mittag für niemanden zu sprechen. Sechzehn Stunden lang hat er sich mit dem Kerl herumgeschlagen, der das Mädchen umbrachte.«

Ich verstand Lieutenant Boulvers Wunsch nach

ungestörtem Schlaf, denn ich war selbst seit vierundzwanzig Stunden auf den Beinen. Ich fuhr nicht zum Revier, sondern in mein Apartment, duschte, zog die Vorhänge vor und meldete mich für ein paar Stunden von der Welt ab.

Ungefähr um zwölf Uhr betrat ich das Großbüro des Reviers.

»Der Chef hat nach dir gefragt«, erfuhr ich von Senior Policeman Boddan. »Geh in sein Büro!«

Lieutenant Boulver thronte hinter seinem Schreibtisch. Sein rundes, gerötetes Gesicht strahlte gute Laune aus.

»He, Corran, mein guter Junge! Sag mir, dass ihr Jake Shamm eingefangen habt, und mein Glück ist vollkommen!«

»Shamm ist wahrscheinlich tot, Sir. Das Haus seiner Ex-Freundin brannte ab. Eine männliche und eine weibliche Leiche wurden gefunden.«

»Was schließt du daraus, Super-Detective Corran?«, fragte Boulver mit ernstem Grollen in der Stimme.

»Von Wonsco wissen wir, dass Shamm den Mörder erpressen wollte. Es scheint ihm gelungen zu sein, an den Mörder heranzukommen, und dieser schaffte sich den Mitwisser durch einen weiteren Mord vom Halse.«

»Ein schönes Märchen!« Boulver faltete die Hände überm Bauch. »Gibt es irgendeinen Beweis für die Theorie?«

»Wonsco berichtete, Shamm habe dort, wo das Auto gestanden hatte, einen Gegenstand aufgehoben.« Ich legte die Plastiktüte auf den Schreibtisch. »Dabei könnte es sich um diesen Kugelschreiber gehandelt haben. Sehen Sie ihn bitte genau an, Sir! Er trägt eine Gravierung, die Shamm auf die Spur des Mörders brachte!«

Der Lieutenant nahm den Kugelschreiber aus der Plastiktüte, hielt ihn dicht vor die Augen und drehte ihn zwischen den Fingern. Seine Brauen sträubten sich. Steile Falten erschienen auf seiner Stirn.

Er riss den Telefonhörer aus der Gabel und bellte: »Eine Verbindung mit Mr. Herb Monk, aber verdammt schnell!«

Er legte den Hörer zurück und knurrte mich an: »Die Einzelheiten!«

Ich kam mit meinem Bericht nicht weit. Das Telefon läutete. Boulver nahm ab und meldete sich.

»He, Herb«, sagte er. »Kann ich dich sprechen? – Ja, sofort! – Wo bist du? – In der alten Seaview-Villa? – In zwanzig Minuten sind wir bei dir.«

Er schmetterte den Hörer auf die Gabel, wuchtete seine zweihundert Pfund aus dem Sessel und befahl: »Du kommst mit, Super-Detective!«

In Boulvers Wagen, den der Lieutenant selbst steuerte, fuhren wir die Küstenstraße entlang, passierten den kleinen Ort Bayville und bogen in einen als private Zufahrt gekennzeichneten Weg ein, der zu einem alten, großen Haus führte. Es lag auf einer Anhöhe, ein paar hundert Yards landeinwärts.

Ein schmächtiger, vietnamesischer Diener wartete vor der Tür, führte uns durch eine holzgetäfelte Halle in einen Wohnraum, dessen Fenster einen weiten Blick übers Meer bot.

Aus einem Sessel erhob sich ein mittelgroßer, mit einem hellen Anzug bekleideter Mann. Er hatte ein längliches, leicht gedunsenes Gesicht, braune Augen mit großen Tränensäcken, dünne Brauen und eine kurze Nase. Der Mund war klein mit geschwungenen, fast weiblichen Lippen. Das matte Blondhaar trug er gescheitelt und straff an den Kopf gebürstet.

»He, Melvin!«, begrüßte er den Lieutenant und gab ihm die rechte Hand, an der er einen Siegelring mit blauem Stein trug. Seine Stimme klang etwas heiser und spröde. Mich streifte er mit einem flüchtigen Blick.

»Detective Jerry Corran«, wurde ich von Boulver vorgestellt. »Er bearbeitet den Fall des ermordeten Mädchens, das in der Sunrise-Bucht gefunden wurde. Zweifellos hast du davon gehört, Herb?«

»Ja, in den Nachrichten.«

Boulver zog die Plastiktüte aus der Tasche, entnahm ihr den Kugelschreiber und reichte ihn Monk.

»Diesen Kugelschreiber fand Corran bei einem Mann, der möglicherweise den Mord an dem Mädchen beging oder den wirklichen Mörder beobachtete. Kannst du mir erklären, wie er in seinen Besitz kam, Herb?« Boulvers Stimme klang drohend wie ein heraufziehendes Gewitter.

»Nein«, antwortete Monk.

»Ist es dein Kugelschreiber?«

Herb Monk verzog das Gesicht zu einem flüchtigen Lächeln.

»Es war einmal mein Kugelschreiber!« Er knöpfte seine Jacke auf, nahm einen identischen Kugelschreiber aus der Innentasche und reichte ihn nicht dem Lieutenant, sondern mir.

»Diesen Schreiber benutze ist seit einigen Monaten.« Auch die Eingravierung war identisch: *Herb Monk junior – The Monk & Associates Bank*.

»Wann haben Sie den Kugelschreiber verloren, Mr. Monk?«, fragte ich.

»Überhaupt nicht. Er wurde verschenkt wie viele andere. Mit solchen Kugelschreibern beglückt die Bank gute Kunden zu Weihnachten oder bei ähnlichen Gelegenheiten. Wollen Sie mehr davon sehen?«

Er ging zur Wand und nahm ein Bild ab. Die Tür eines kleinen Stahltresors wurde sichtbar. Monk stellte die Kennziffer ein, zog die Tür auf und machte eine einladende Handbewegung.

»Überzeugen Sie sich!«

Boulver ging zum Tresor. Ich folgte ihm und blickte über seine Schulter.

In einer Reihe lagen zwanzig blaue Etuis. Der Lieutenant öffnete eines, dann ein zweites und drittes. Jedes enthielt einen goldenen Kugelschreiber mit der gleichen Gravierung.

»Im Haus verwahre ich nur einige Exemplare«, erklärte Monk. »Der größte Teil liegt im Tresor der Bank. Ich schätze, dass wir noch ungefähr dreihundert Stück haben.«

»Wie viel wurden verschenkt?«, fragte ich.

»Zwischen zwei- oder dreihundert. Wenn Sie eine präzise Antwort wünschen, muss ich eine Bestandsaufnahme machen lassen.«

»Gibt es eine Liste der Empfänger?«

Er schüttelte den Kopf. »Nein. Wir sind zu diskret, um die Namen der Kunden festzuhalten, denen wir Geschenke machen.«

»In Ordnung, Herb!«, dröhnte Boulver. »Gib mir den Kugelschreiber zurück! Er ist ein Beweisstück.«

Ich reichte Monk den Schreiber, den er aus seiner Jackentasche genommen hatte.

»Welchen Wagen fahren Sie, Mr. Monk?«, fragte ich.

»Einen Rolls Royce Silver Shadow!«

»Wo waren Sie in der Nacht, in der das Mädchen ermordet wurde?«

Der Frage folgte eisiges Schweigen. Selbst Lieutenant Boulvers schnaufender Atem setzte aus.

Monk wandte den Kopf. Er leckte über seine frauenhaften Lippen. Sehr leise sagte er: »Melvin, es scheint, dass mich dein Detective für einen Mörder hält.«

Prustend wie ein Nilpferd stieß Boulver den angehaltenen Atem aus. »Wir sind nicht zu einem Verhör hierher gekommen, Corran!«, brüllte er. »Ich entscheide, welche Fragen gestellt werden.«

»Geschah das Verbrechen vorgestern Nacht?«,

erkundigte sich der Bankier. »Wenn ich mich richtig erinnere, verbrachte ich die Nacht in meiner New Yorker Wohnung, allerdings ohne Zeugen. Ich schlief allein.«

»Schon gut, Herb!« Boulver machte eine Handbewegung, die das Ende der Unterhaltung signalisierte. »Danke für die Auskünfte!«

Monk begleitete uns zur Tür. Als wir abfuhren, hob er grüßend die Hand.

Im Wagen sagte Boulver grimmig:

»Hör zu, Corran! Mr. Monk ist eine angesehene Persönlichkeit auf Long Island. Alte Familie, altes Geld. Seine Bank ist klein, aber sie ernährt ihren Mann. Ihn in eine Morduntersuchung einzubeziehen wäre absurd. Außerdem ist der Fall erledigt.«

»Sir, auf irgendeine Weise muss der Kugelschreiber in den Besitz von Jake Shamm gelangt sein. Wenn er ihn wirklich auf der Straße oberhalb der Sunrise-Bucht aufhob, wie Wonsco beobachtete, dann müssen wir nach dem Mann suchen, der ihn verlor. Ich behaupte nicht, dass Mr. Monk dieser Mann war.«

»Alles Quatsch!«, dröhnte Boulver. »Der Fall ist erledigt.«

Nähere Erklärungen gab er nicht, bis wir wieder in seinem Büro waren. Dort warf er mir einen Aktenordner zu.

»Lies das!«, sagte er. »Wonsco hat es aufgegeben, uns die Hucke voll zu lügen.«

Der Ordner enthielt ein langes Protokoll, unterschrieben von Pit Wonsco. Er gestand, dass seine erste Aussage falsch gewesen war. In Wahrheit hätte Jake Shamm ein unbekanntes Mädchen mit in die Wohnhöhle gebracht. Das Mädchen hätte unter Rauschgifteinfluss gestanden. Shamm sei über das Mädchen hergefallen, während er, Wonsco, die Höhle verlassen hätte. Erst nach zwei Stunden mit Beginn der Flut sei er zurückgekommen. Zu diesem Zeitpunkt sei das

Mädchen schon tot gewesen. Er hätte Shamm gehol-
fen, den Körper über die Klippen zu werfen. Danach
hätten sie die Höhle verlassen.

Ich ließ die Akte sinken.

Der Lieutenant sah mich aus zusammengekniffenen
Augen an.

»Willst du behaupten, ich hätte Wonsco zu dieser
Aussage gezwungen?«, fragte er erstaunlich leise.

»Ich war beim Verhör nicht dabei, Sir.«

»Es ist eine absolut freiwillige Aussage. Als er sie
machte, wussten weder er noch ich, dass Jake Shamm
möglicherweise tot ist.« Er wiederholte: »Möglicherweise! Die Fahndung nach Shamm wird fortgesetzt. So
oder so, wir besitzen das Geständnis eines Beteiligten
an dem Verbrechen. Für das 3. Revier ist der Fall aufgeklärt und wird abgegeben an die Staatsanwalt-
schaft.«

Er lehnte sich im Sessel zurück, öffnete die Jacke
und hakte die Daumen hinter seine Hosenträger.

»Detective Corran, du darfst dich wieder um deine
Alltagsaufgaben kümmern. Es liegt eine Beschwerde
von Mrs. Soverman vor, die Polizei hätte sich nicht
ausreichend für den Einbruch in ihr Gartenhaus interessiert. Nimm den Fall auf, Corran, und beweise Mrs.
Soverman, dass sich die Mannschaft des 3. Reviers bei
der Aufklärung jeder Gesetzwidrigkeit voll einsetzt.«

»Willst du noch ein Bier, Polizist?«, fragte Charly
Check. Mit der linken Hand massierte er seinen kahlen
Schädel. »Warum blickst du so mürrisch aus der
Wäsche, Corran? Muss doch Spaß machen, unter
einem so tüchtigen Chef zu arbeiten.«

Er wies auf den neuen Fernsehapparat, Ersatz für
das Gerät, das George Douglas zertrümmert hatte.
Über den Bildschirm flimmerte eine Sondersendung
von Long Island TV, die sich mit der Aufklärung des

Mordes durch Lieutenant Melvin Boulver beschäftigte, und Boulver machte sich auf der Mattscheibe so breit, dass der Apparat fast auseinander platzte.

»Noch bevor die Identität des geschändeten und ermordeten Mädchens von der zentralen Vermisstenfahndung geklärt werden konnte, gelang es mir und meinen Männern hier vor Ort, den Mordfall zu lösen und einen der Täter zu verhaften«, trompetete er. »Der zweite Verbrecher, Jake Shamm mit Namen, ist möglicherweise im Haus einer Prostituierten, in das er sich flüchtete, bei einem Brand ums Leben gekommen.«

Boulver setzte ein breites strahlendes Lächeln auf und legte in der Lautstärke noch ein paar Phon zu.

»Ich und meine Männer haben bewiesen, dass die Polizei das Vertrauen der Bürger nicht enttäuscht. Larristown wird für Verbrecher jeder Sorte ein heißes Pflaster bleiben. Dafür verbürge ich mich, so wahr ich Melvin Boulver heiße.«

Check drehte den Lautstärkeregler auf Null.

»Von dir und mir spricht er nicht, Corran. Dabei war ich es, der den Tipp lieferte, und du warst es, der diesen Wonsco schnappte«, sagte er. »Was hat Boulver Großartiges geleistet, dass er das Maul so voll nimmt?«

»Er hat ein Geständnis aus Wonsco rausgeholt. Das zählt mehr als alle Fragezeichen.«

»Noch irgendetwas unklar an der Sache?«

Ich antwortete nicht. Warum sollte ich einem Kneipenwirt sagen, dass für mich Wonscos Geständnis das Papier nicht wert war, auf dem es stand? Er hatte unter Druck erzählt, was Lieutenant Boulver hören wollte, hatte alle Schuld auf Jake Shamm abgeladen, und weil Shamm mit an Sicherheit grenzender Wahrscheinlichkeit tot war, gab es niemanden, der Wonscos Behauptungen widerlegen konnte – ausgenommen der Mann, der das unbekannte Mädchen tatsächlich umgebracht hatte.

Okay, Lieutenant Boulver hatte mich zu Mrs.

Soverman und ihrem aufgebrochenen Werkstatt-schuppen zurückgeschickt. Er selbst protzte im Fernsehen herum, dass der Mordfall geklärt und abgetan sei, aber ich war entschlossen, nicht aufzugeben.

Charly Check kam hinter der Theke hervor und ging zum Fenster.

»George Douglas hat für sich und seine Freunde mal wieder erstklassige Schätzchen aufgerissen«, sagte er und blickte interessiert nach draußen. »Ich wette, er verlädt sie auf sein Boot und veranstaltet eine prächtige Orgie auf hoher See.«

Ich glitt vom Hocker und trat neben Charly. Das Fenster gab den Blick frei auf den alten Fischerhafen, an dessen Kais sich die Rennboote, Kajütkreuzer und Yachten drängten. Bogenlampen tauchten das Gebiet in helles Licht, um Einbrüche und Diebstähle auf den Schiffen unmöglich zu machen.

Douglas hatte seinen deutschen Sportwagen bis an sein schickes Boot, die ›The Bride‹, herangefahren und war dabei, zwei Mädchen umzuladen. Dicht hinter seinem Auto stand ein roter Mercury, aus dem zwei Männer und eine rothaarige Frau stiegen.

»Ich zahl das Bier später!«, rief ich Check zu, verließ die Kneipe und sprintete hinüber zum Kai. Als ich das Boot erreichte, knallte es, aber es war nur das Geräusch eines Champagnerkorkens.

»Nehmt einen Begrüßungsschluck!«, rief Douglas. Die Mädchen lachten und kicherten. Douglas füllte den Champagner in Pappbecher. Die ganze Gesellschaft drängte sich auf dem Achterdeck der Bride.

»Kann ich an Bord kommen?«, fragte ich.

Douglas wandte den Kopf. »Jerry, der Polizist!« Er schwenkte die Flasche. »Los, trinken Sie einen Schluck mit, bevor wir ablegen!«

Ich flankte über die Reling. Einer von Douglas' Freunden hielt mir einen Pappbecher hin.

»Danke!« Ich wandte mich an die rothaarige Frau.

»Erinnern Sie sich an mich, Miss Sciacca? Wir begegneten uns in Charlys Kneipe an dem Tag, an dem das Fernsehen über den Mädchenmord in der Sunrise-Bucht berichtete. Als das Foto der Toten gezeigt wurde, erschraken Sie heftig und brachen in Tränen aus. Ich möchte Sie noch einmal fragen, ob Sie das Mädchen erkannten.«

Mit einem großen Schritt schob sich Douglas zwischen seine Freundin und mich. Wut flackerte in seinen grauen Augen.

»Hör zu, Bulle!«, zischte er mich an. »Mit deinen dämlichen Fragen hast du mir schon einmal die Laune verdorben, aber an Bord meines Bootes brauche ich mir deinen Unsinn nicht anzuhören. Geh zum Teufel!«

Er packte mich an den Jackenaufschlägen.

»Lass los!«, befahl ich.

Er gehorchte nicht, sondern versuchte, mich gegen die Reling zu drücken. Ich stieß ihn mit beiden Händen kräftig vor die Brust. Er flog zwei, drei Schritte rückwärts. Aus der Flasche, die er noch in der linken Hand hielt, spritzte eine Champagnerfontäne im Wert von mindestens zehn Dollar.

Ich fasste Liz Sciaccas Handgelenk.

»Kannten Sie das Mädchen?«, wiederholte ich.

Sie schüttelte den Kopf. Ihr dichtes, tizianrotes Haar knisterte bei der Bewegung. Sie trug ein schulterfreies, einfaches Kleid, das ihren Körper umschloss wie eine zweite Haut. Ihr Parfum hatte eine schwere, sinnliche Süße.

Douglas wollte sich auf mich stürzen. Die beiden Männer, die mit an Bord waren, hielten ihn zurück. Der Größere, ein dunkelhaariger, schlanker Typ in einem blauen T-Shirt, redete flüsternd auf Douglas ein. Die Mädchen waren verstummt und drückten sich verschreckt aneinander.

»Sie riskieren eine Anklage wegen Beteiligung, Miss Sciacca.«

»Hör nicht auf ihn, Liz! Er ist ein verdammter Bluffer!«, schrie Douglas.

Ich zog die junge Frau näher zu mir heran.

»Wer hat Sie geschlagen, Liz?«, fragte ich leise.

»Niemand.«

»Sie lügen schon wieder.«

Die Spuren der Misshandlung waren deutlich zu erkennen. Am linken Wangenknochen zeichnete sich eine verfärbte Schwellung unter dem Make-up ab. Die Lippen waren an zwei Stellen aufgeplatzt.

Der Mann im blauen T-Shirt ließ Douglas los und kam zu mir.

»Sie stecken Ihre Nase in private Angelegenheiten, Corran«, sagte er.

»Sagen Sie mir Ihren Namen!«

»Lewis Gray! Seit unserer gemeinsamen Collegezeit sind George und ich alte Freunde. In der Nacht, in der dieses Mädchen ermordet wurde, waren wir alle zusammen an Bord der Bride.« Er wies auf den dritten Mann, der neben Douglas stand. »Selbstverständlich war auch Earl Steen dabei, und Sie selbst, Officer, sahen, wie wir mit dem Zackenbarsch unterm Arm fröhlich in Checks Kneipe hineinmarschierten. Warum, zum Teufel, bringen Sie ausgerechnet uns mit diesem Mord in Verbindung? Weil Liz ein bisschen hysterisch reagierte? Wenn das genügt, müssten Sie einige tausend Frauen verdächtigen, oder?«

Ich antwortete nicht ihm, sondern sagte zu Liz Sciacca: »Falls Sie das Mädchen kannten, Liz, befinden Sie sich in Lebensgefahr. Der Mörder wird sich nicht darauf verlassen, dass Sie weiterhin schweigen. Irgendwann wird er versuchen, Sie endgültig stumm zu machen.«

Mit einer heftigen Bewegung wandte sie sich um und drehte mir den Rücken zu. Ich ging zu den beiden Mädchen. Beide waren blond, ungefähr von gleicher Größe, nicht älter als fünfundzwanzig.

»Ich will euch den Spaß nicht verderben«, sagte ich, »aber ich möchte, dass ihr morgen früh, sobald ihr von Bord gegangen seid, beim 3. Revier anruft. Verlangt Detective Jerry Corran!«

»Warum sollen wir das tun?«, fragte eine von ihnen.

»Weil ich sicher sein will, dass ihr diesen Ausflug überlebt.«

Ich starrte der Fragerin auf die Körperpartie unterhalb ihres hübschen Halses, aber ich tat es nicht wegen der wirklich niedlichen Wölbungen, die sich dort befanden, sondern wegen des Button, den sie am Ausschnitt ihres Kleides trug. Es war eine runde Metallscheibe von der Größe eines Golddollars. Eingeprägt waren eine Rakete mit Feuerschweif und die Worte: *The Rocket Disco – Drive and Power.*

Solche Plaketten werden von Diskotheken als eine Art Eintrittsausweis für Dauergäste verteilt.

The Rocket Disco, Hollis Avenue, Queens, gehörte Jo Stroker.

Ich sprang über die Reling und wartete auf dem Kai, dass die Bride ablegte.

Douglas schluckte seine Wut herunter, verteilte den restlichen Inhalt der Champagnerflasche in die Pappbecher und rief: »Lasst euch von einem hergelaufenen Schnüffler nicht ums Vergnügen bringen, Leute!«

Er warf die leere Flasche über Bord, enterte den Steuerstand und startete den Motor. Gray und Steen lösten die Heck- und Bugleinen. Sobald das Boot freies Wasser unterm Kiel hatte, drehte Douglas das Gas auf.

Mit hoher Bugwelle rauschte die Bride aus dem Hafen.

The Rocket war alles andere als eine Scheunendisco. Wechselndes Licht beleuchtete von unten die Tanzfläche aus Glas, die von drei langen Theken eingerahmt wurde. An der vierten Seite standen die Tische, die für Gäste reserviert waren, denen es auf ein paar Champagnerflaschen nicht ankam.

Ich fand einen freien Platz an der Bar. Der Keeper, ein junger Schwarzer, fragte mich, welchen Drink ich wünschte. Statt einer Antwort hielt ich ihm das Foto des ermordeten Mädchens vor die Augen.

»Sieh es dir genau an!«, sagte ich. »Hast du dieses Mädchen irgendwann in eurem Schuppen gesehen?«

»Nein, Sir!«, stammelte er. »Niemals.«

Links neben mir saß ein junger Mann mit einer Brille. Ich zeigte ihm das Foto.

»Kennst du das Mädchen?«

Er nahm das Foto in die Hand, betrachtete es einige Sekunden lang, bevor er es mit einem Kopfschütteln zurückgab.

»Nie gesehen!«

»Kommst du oft in diese Disco?«

»Mindestens an einem Abend in der Woche.«

Die anderen Leute an der Bar wurden nach und nach aufmerksam auf das, was ich tat. Ich ging von einem zum anderen, zeigte das Foto und stellte die gleiche Frage.

Der Keeper hängte sich ans Telefon und telefonierte. Genau das wollte ich.

Ein paar Minuten später, als ich gerade zwei Männern und ihren Mädchen das Bild zeigte, wurde mir auf die Schulter getippt.

Ich drehte mich um. Jo Stroker stand vor mir, flankiert von Sid Wisney, dem Holzfäller, und dem Puertorikaner Ray Crown.

»Dachte ich mir, dass du es bist«, sagte Stroker. »Komm mit!«

Er war noch eleganter angezogen als bei unserer Begegnung in der verdreckten Rocker-Villa, trug einen knappen Anzug aus irgendeinem Glitzerstoff, ein plissiertes Seidenhemd mit Spitzenmanschetten und weiße Schuhe. Mit schnellen Schritten ging er voraus zu einer Tür, auf der in Metallbuchstaben das Wort ›Privat‹ stand. Dahinter öffnete sich ein kurzer Gang, an dessen Ende eine zweite Tür in Strokers Büro führte, das mit der gleichen protzigen Eleganz eingerichtet war, die Stroker bei seiner Kleidung bevorzugte.

Er ließ sich in einen weißen Ledersessel fallen. Wisney blockierte den Ausgang. Ray Crown öffnete einen Barschrank und brachte seinem Boss ein Glas mit Eis und Whiskey.

»Warum hältst du die Gäste in meiner Disco von ihrem Vergnügen ab, Corran?«, fragte er. Meinen Namen hatte er nicht vergessen.

»Weil ich glaube, dass du und deine Freunde von den Devil's Sons an dem Mord in der Sunrise-Bucht beteiligt seid.«

»Der Fall ist geklärt.« Stroker wies auf einen abgeschalteten Fernsehapparat. »Vor kaum einer Stunde rühmte sich ein dicker Bulle, er hätte den Täter so in die Enge getrieben, dass der ein Geständnis abgelegt habe. Also, was willst du noch?«

»Als ich Wonsco vor deinen Rockerfreunden in Sicherheit brachte, erzählte er eine völlig andere Geschichte als die, die er als Geständnis unterschrieb.«

»Na und?«

»Das Mädchen wurde nackt und tot aus einem Luxusauto auf den Strand geworfen. Der zweite Typ, ein gewisser Jake Shamm, versuchte, den Mörder zu finden, um ihn zu erpressen. Es scheint ihm gelungen zu sein, denn er wurde umgebracht. Mit Shamms Tod und Wonscos Geständnis könnte der Fall als erledigt betrachtet werden, aber ich werde so lange darin herumstochern, bis ich Beweise gegen die wirklichen Täter besitze.«

»Du verdächtigst mich?« Stroker ließ den Whisky im Glas kreisen. Die Eiswürfel brachten das Glas zum Klingen.

»Ich glaube nicht, dass du sie umgebracht hast. Du hast sie geliefert. Sie kam aus deiner Disco. Aus diesem Grund schicktest du die Sons auf die Suche nach Wonsco, als durch Shamms Erpressungsversuch deutlich wurde, dass der Mörder bei der Beseitigung der Toten beobachtet worden war. Du hängst drin, Stroker, und ich werde herausfinden, welche Geschäfte zwischen dir und einem gewissen George Douglas laufen, der seinerseits schmutzige oder sogar blutige Finger hat.«

Ich beobachtete ihn scharf. Seine starken Augenbrauen zuckten. Die Pupillen seiner grünlichen Augen weiteten sich.

»Mir scheint, du bist ein Schnüffler von der eifrigen Sorte«, sagte er. »Zu großer Eifer kann verdammt ungesund sein.« Er leerte sein Glas und schnippte mit den Fingern.

»Gib ihm eine Kostprobe, Sid!«

Ich drehte mich zu Wisney rum, der dicht hinter mir stand. Um einen Sekundenbruchteil war ich zu langsam. Wisneys Holzfällerfaust traf mich im Nierenbereich, und wer jemals in dieser Körpergegend einen harten Faustschlag kassiert hat, vergisst ihn sein Leben lang nicht.

Der Schmerz nahm mir die Luft. Mit Mühe brachte ich die Arme zur Doppeldeckung hoch. Wisney donnerte vier, fünf Brocken auf meine Deckung, die mich durch den Raum trieben wie Rammstöße eines Presslufthammers. Sid Wisney war einen halben Kopf größer und dreißig Pfund schwerer als ich, trotzdem kein Fettwanst, sondern eine muskelbepackte Kampfmaschine. Hinter jedem Schlag saß unheimlich viel Wucht, und der irre Schmerz des heimtückischen Nierentreffers lähmte meine Reflexe. Hätte sich Wisney Zeit gelassen, hätte er mich zurechtgestellt und ein paar sauber gezielte Haken abgeschossen, dann hätte er mich mühelos flachlegen können. Stattdessen tobte er sich aus wie ein Sommergewitter mit Hagelschlag und gab mir die Chance, fast alles abzublocken, auszupendeln und mich zu erholen.

Dreißig Sekunden nach Wisneys erstem Schlag stieß ich die linke Faust aus der Deckung und ließ Strokers Gorilla auflaufen. Ich traf ihn knapp unter dem Kinn auf den Kehlkopf. Die Luft blieb ihm weg. Ich sah, wie die Angst seine Pupillen weitete. Wütend schlug er auf mich ein. Ich duckte tief ab und setzte zwei harte Haken unter den linken Rippenbogen.

Entsetzt rettete er sich aus meiner Reichweite und schrie keuchend: »Ray, lass mich nicht allein die Arbeit mit diesem Scheißkerl machen!«

Ich sprang ihn an, riss einen Haken hoch, der sein Kinn knapp verfehlte und auf seinem Ohr explodierte.

Er taumelte rückwärts, blieb aber auf den Füßen. Ich wandte mich zu Ray Crown um.

In der Hand des Puertorikaners blitzten fünfzehn Zoll blanker, zweiseitig geschliffener Stahl. Er näherte sich langsam, schleichend.

Ich ergriff einen Stuhl aus Leder und Chromstahl. Er war leicht und ließ sich gut handhaben.

»Weg mit dem Messer, Ray!«, befahl Stroker. »Sieh mich an, Schnüffler!«

Ich drehte mich zu ihm um. Unverändert saß er im Sessel, in der Hand statt des Whiskyglases einen schweren Revolver.

»Bist du 'ne besondere Sorte Polizist?«, fragte er. »Drogenfahnder? FBI-Agent?«

»Nur ein gewöhnlicher Revier-Detective.«

»Warum, zum Teufel, gebärdest du dich dann wie der Superbulle aus einem Hollywoodfilm? Raus mit der Sprache, oder ich leg dich um.«

»Das brächte dir reichlich Ärger ein. Ein paar Leute wissen, dass ich deine Rocket Disco besucht habe.«

Ich hatte mich weit vorgewagt. Wenn ich Stroker nicht einen glaubhaften Grund nannte, warum ein simpler Police Detective einen Fall weiterverfolgte, der als abgeschlossen galt, würde sich sein Verdacht, es mit einem G-man oder einem anderen Spezialisten zu tun zu haben, erhärten.

Der glaubhafteste Grund für einen Gangster heißt: Geld.

»Weißt du, Stroker, es ist ziemlich schwierig, mich auf die harte Tour loszuwerden. Versuch's doch mal mit Freundlichkeit!«

»Geld?«, fragte er gedehnt.

»Für die Weihnachtsfeier des Reviers«, wiederholte ich seine Worte.

Er ließ den Revolver sinken, sah mich durchdringend an und brach in Gelächter aus.

»Warum nicht gleich so deutlich?«, rief er, stand aus dem Sessel auf und ging zum Schreibtisch, an dem er eine Schublade öffnete. Von einem dicken Dollarbündel nahm er ein Dutzend Geldscheine, rollte sie zusammen und warf sie mir zu.

Ich fing die Geldrolle auf, steckte sie in die Tasche und wandte mich zur Tür.

»Nicht so hastig, Corran!« Jo Stroker wechselte vom Schreibtisch zum Barschrank. »Lass uns einen Drink auf unsere Zusammenarbeit nehmen!«

Er blieb für eine Sekunde neben Ray Crown stehen und flüsterte ihm ein paar Worte zu. Crown nickte kurz und verließ das Büro. Stroker füllte zwei Gläser, reichte mir eines und stieß mit mir an.

»Ich mag es, einen Polizisten auf der Lohnliste zu haben«, sagte er. »Ich hoffe, du erweist dich als nützlich.«

Er stand dicht vor mir. Er war einen halben Kopf kleiner als ich, eher drahtig als kompakt, und die übertriebene Eleganz seiner Kleidung mochte ihn auf den ersten Blick lächerlich erscheinen lassen. Trotzdem strahlte er Gefährlichkeit und Kraft aus wie eine Raubkatze.

»Wer ist dieser George Douglas, von dem du behauptest, er hätte schmutzige oder blutige Hände?«

Ich leerte das Glas und lachte.

»Darüber weißt du mehr als ich, Jo! Ihr treibt einen schwungvollen Handel miteinander. Rauschgift, Mädchen für die Straße, heiße Ware jeder Art – alles, was sattes Geld abwirft.«

Ich stellte das Glas ab und ging zur Tür.

»Bye, Jo! Ich denke, wir werden uns von jetzt an häufiger begegnen. In deiner Disco treiben sich eine Menge sehenswerter Schätzchen herum. Hoffentlich hast du nichts dagegen, wenn ich von Zeit zu Zeit aufkreuze und versuche, eines an die Angel zu bekommen.«

»Das ist okay, Corran, solange du nicht glaubst, du könntest jedes Mal bei mir kassieren.«

»Mach dir keine Sorgen, Jo! Ich werde dich nicht auspowern, und ich wette, im schlimmsten Fall gewährt dir die Monk-Bank einen dicken Kredit.«

Ich weiß nicht, warum ich den Namen Monk ins Spiel brachte. Es gab keinen stichhaltigen Verdacht gegen Herb Monk junior. Dass sich in Shamms Besitz ein goldener Reklamekugelschreiber seiner Bank gefunden hatte, bedeutete wenig angesichts der Tatsache, dass sich davon einige hundert Exemplare im Umlauf befanden, und Lieutenant Boulver hatte mir seine hohe Meinung über Mr. Monk geradezu um die Ohren gehauen. Wahrscheinlich war mir Monk nur eingefallen, weil er der Bankier war, den ich zuletzt zu Gesicht bekommen hatte.

Stroker reagierte heftig, denn er ließ sein Glas fallen. Für eine Sekunde verwandelte sich sein Gesicht in eine Grimasse besinnungsloser Wut, und er machte eine Bewegung, als wolle er sich auf mich stürzen.

Wir starrten uns in die Augen.

Stroker bezwang sich und brachte seine Nerven unter Kontrolle.

»Behalt deine Ratschläge für dich, Cop!«, sagte er, drehte sich um und schrie Wisney an: »Heb mein Glas auf, du Niete!«

Ich verließ das Büro, schloss die Tür und ging zurück in die Diskothek, in der der Betrieb auf hohen Touren lief. The Rocket war kein Schuppen, in der sich Jugendliche für den Gegenwert einer Cola austoben durften, sondern eine Edeldisco für junge Aufsteiger mit Scheinen in der Tasche und einem Sportwagen vor der Tür. Alle Mädchen waren hübsch, durchweg teuer und modisch angezogen und schienen mindestens aus der Mittelschicht zu stammen.

Ich überlegte, ob ich noch einen Drink nehmen sollte und strebte einer Bar zu.

Ein Mädchen trat mir in den Weg.

»Sind Sie der Mann, der vorhin ein Foto herumzeigte und nach einem Mädchen fragte?«

Sie war blond, noch sehr jung und ziemlich hübsch. Dass sie eine Brille trug, tat ihrer Schönheit keinen Abbruch, denn ihre Augen hatten ein starkes, ausdrucksvolles Blau, und die dunklen Wimpern bildeten einen interessanten Kontrast zu ihrem hellen Haar. In ihrer Stimme flatterte ein Anklang von Angst mit.

»Richtig.«

»Kann ich das Foto sehen?«

Ich erblickte Ray Crown am Ausgang. Er sah sich suchend um. Kein Zweifel, dass er nach mir Ausschau hielt.

»Nehmen Sie das!«, sagte ich halblaut und drückte dem Mädchen meinen Autoschlüssel in die Hand. »Er passt zu einem roten Camaro. Der Wagen steht drei Blocks die Straße aufwärts. Setzen Sie sich hinein und warten Sie auf mich!«

Ratlos sah sie mich an.

»Tun Sie, was ich sage! Sie haben nichts zu befürchten. Ich bin Polizist.«

Ich ließ sie stehen, ging zur Bar und bestellte

Orangensaft. Noch zögerte das Mädchen am Rand der Tanzfläche. Wenig später sah ich, dass es den Weg zum Ausgang einschlug.

Ray Crown entdeckte mich und kam an die Bar.

»Sieht aus, als müsste ich dich als 'ne Art Kumpel betrachten, Schnüffler«, sagte er. »Jo ist zu friedfertig. Ich hätte dir gern das Dollarzeichen in die Haut geritzt.«

»Noch ist nicht aller Tage Abend, Freund«, antwortete ich gelassen. »Vielleicht bekommst du 'ne zweite Chance.«

»Ich werde sie mir nicht entgehen lassen.«

Er wandte sich ab, durchquerte die Disco und verschwand hinter der Tür, die zu Strokers Prunkoffice führte.

Fünf Minuten später verließ ich The Rocket. Es war kurz vor Mitternacht. Um diese Zeit herrschte auf der Hollis Avenue kaum Verkehr, abgesehen von der langen Doppelreihe der Autos, die den Besuchern der Disco gehörten und auf beiden Straßenseiten parkten.

Mein roter Camaro, nicht der Dienstwagen des 3. Reviers, sondern ein 84er Modell, das ich als privaten Wagen fuhr, zugelassen auf den Namen Jerry Corran und gebraucht gekauft, stand zwischen einem Datsun und einem Mercury.

Das Mädchen saß auf dem Beifahrersitz, stieg aber, als ich an das Fahrzeug trat, übereilt aus.

»Bleiben Sie im Wagen!«

»Nein«, sagte sie. »Zeigen Sie mir bitte das Foto!«

»Wie Sie wollen!«

Ich gab ihr das Bild des toten Mädchens. Sie hielt es dicht vor ihre bebrillten Augen.

»Es ist zu dunkel. Ich kann nichts erkennen.«

»Geben Sie mir den Wagenschlüssel!«

Über die Kühlerhaube hinweg reichte sie ihn mir. Ich öffnete den Schlag, schob den Schlüssel ins Zündschloss, drehte ihn und schaltete die Scheinwerfer ein.

Das Mädchen beugte sich vor und hielt das Foto ins Streulicht des Scheinwerfers.

Ich sah, wie sich ihr Mund öffnete, als wollte sie laut schreien, aber sie schrie nicht. Eher leise, mit einer erstickt klingenden Stimme sagte sie: »Großer Gott! Es ist Jenny.«

»Kommen Sie in den Wagen!«

Sie weigerte sich nicht länger und stieg ein.

»Jenny«, flüsterte sie, schlug die Hände vors Gesicht und brach in Tränen aus.

Ich legte ihr die Hand auf die Schulter.

»Sie müssen mir Fragen beantworten. Es ist wichtig.«

Sie hob den Kopf, nahm die Brille ab und wischte sich mit dem Handrücken die Tränen von den Wimpern.

»Sie ist tot, oder?«

»Ja, das ist sie. War sie eine Verwandte von Ihnen?«

»Nein. Wir teilten uns eine Wohnung.«

»Wie lautet Jennys vollständiger Name?«

»Jennifer Chesson. Sie arbeitete als Fotomodell, aber sie bekam nur manchmal einen Job. Sie war immer auf der Suche nach der großen Chance.«

»Sagen Sie mir Ihren Namen!«

»Jill Master.«

»Jill, ich werde mit in Ihre Wohnung kommen, um Jenny Chessons Sachen zu überprüfen.«

»790 Murdock Avenue.«

Ich startete den Camaro, zog ihn aus der Reihe der geparkten Autos, fuhr die Straße hinunter und bog in die nächste Querstraße ein.

»Seit wann vermissen Sie Ihre Freundin?«

»Seit heute! Ich war einige Tage verreist. Heute kam ich zurück und sah, dass Jenny nicht in der Wohnung gewesen war, seit sie mich am Abend vor meiner Abreise anrief.«

Starke Scheinwerferkegel erfassten den Camaro.

Motorengebrüll aus schalldämpferlosen Auspuffrohren marterten die Trommelfelle. Auf beiden Seiten des Camaros tauchten superschwere, chromstrotzende Motorräder auf, jedes bestückt mit zwei Gestalten in schwarzem Leder, die Köpfe geschützt durch Sturzhelme, die Gesichter verdeckt von dunklen Plastikvisieren.

Devil's Sons! Söhne des Teufels!

Die Fahrer drosselten das Tempo, hielten ihre Maschinen auf einer Höhe mit meinem Wagen, drängten sie näher und näher heran.

»Nehmen Sie den Kopf weg!«, schrie ich das Mädchen an. »Vorsicht!«

Der erste Hieb traf das Dach auf der Beifahrerseite. Nur einen Sekundenbruchteil danach krachte ein Baseballknüppel auf meiner Seite ins Fenster. Glaskrümel überschütteten mich. Der Triumphschrei des Schlägers durchbrach noch das Gebrüll der Motoren.

Ich trat das Gaspedal durch, aber sie waren nicht abzuschütteln. Ihre Motorräder beherrschten sie. Der Mann auf dem Rücksitz klammerte sich mit den Schenkeln an die Maschine und schwang den Baseballknüppel mit beiden Händen.

Erneut drängten die Fahrer die Feuerstühle an den Wagen.

Unter den Knüppelhieben zerbarsten zwei Fenster, flog der Rückspiegel weg.

Wütend riß ich das Steuer nach links. Der Camaro brach aus wie ein Stier, der einen Torero auf die Hörner nehmen will. Der Fahrer ließ seine Maschine abschwingen und bremste scharf. Ich erwischte ihn nicht, kurbelte das Steuer zurück, fing den ausbrechenden Wagen ab. Nur Sekunden später lag das Motorrad wieder mit mir auf einer Höhe und drängte heran. Der Rocker auf dem Rücksitz versuchte, die Windschutzscheibe zu zertrümmern.

Mit einer harten Drehung des Steuers ließ ich den Camaro nach der anderen Seite driften, wo Rinnstein und Bürgersteig den Bewegungsspielraum des Rocker-Motorrads einengten. Wie sein Kumpel versuchte der Fahrer durch scharfes Bremsen, mich ins Leere laufen zu lassen.

Dieses Mal bremste ich mit. Der Camaro drehte sich und stellte sich quer. Verzweifelt versuchte der Rocker, nach rechts wegzukommen. Die Maschine übersprang den Bordstein. Der Knüppelschwinger wurde vom Soziussitz katapultiert, flog zehn, fünfzehn Yards durch die Luft. Der Fahrer verlor die Gewalt über das Motorrad und war klug genug, sich aus dem Sattel zu schnellen. Die Maschine kippte zur Seite um, radierte mit irrwitzig kreisenden Rädern in Seitenlage über den Bürgersteig und räumte einen Hydranten und ein paar scheppernde Mülltonnen ab, bevor sie gegen eine Hauswand knallte. Der Tank platzte, das Benzin explodierte.

Ein schöner Erfolg! Ich hieb den Rückwärtsgang in den noch rollenden Camaro. Gütiger Himmel! Das Getriebe kreischte wie ein Chor auf ewig verdammter Seelen. Ruckend, als fände unter ihm ein Erdbeben statt, kam mein Wagen frei. Ich stoppte ihn mit einem harten Tritt auf die Bremse, wechselte den Gang und ließ ihn anrollen.

Rund hundert Yards freie Straße lagen vor mir, aber jenseits des Lichtkreises einer einsamen Laterne blockierten irgendwelche Gebilde die Fahrbahn.

Ich drückte den Scheinwerferhebel nach unten. Das linke Licht funktionierte noch. Sein Strahl erfasste zwei Wagen, die quer, Schnauze an Schnauze, die Straße in der gesamten Fahrbahnbreite sperrten.

Es waren verbeulte, mit Graffiti in grellen Farben bemalte Schlitten. Auf dem linken Bürgersteig stand ein halbes Dutzend Motorräder. Auf jedem hockte ein Rocker. Nur einer trug keinen Sturzhelm. Am langgezüchteten Mongolenbart und den Rastazöpfen erkannte ich Hutch, den Häuptling der Sons. Es war klar, dass ich keine Schonung zu erwarten hatte. Die Niederlage, die ich ihm vor den Augen seiner Leute beigebracht hatte, schrie nach Rache.

Ich ließ den Camaro ausrollen. Siebzig oder achtzig Yards vor der Sperre blieb er stehen.

Neben mir richtete sich das Mädchen auf und fragte: »Sind sie weg?«

Sie sah die gegeneinander gestellten Wagen.

»Wer ist das? Was wollen sie von uns?«

»Von Ihnen eigentlich nichts, aber leider hängen Sie mit drin, Jill!«

»Sie sind Polizist! Warum rufen Sie nicht die Cops?«

»Das ist ein privates Auto ohne Sprechfunkeinrichtung. Nicht einmal eine Waffe trage ich bei mir.«

Ich drehte mich um. Wie leuchtende Augen eines vielköpfigen Ungeheures glühten einige Dutzend Yards hinter uns die Frontlampen von fünf Maschinen.

»Jill, ich werde einen Durchbruch über den rechten Bürgersteig versuchen«, sagte ich. »Klammern Sie sich fest! Ich hoffe, ich kann genug Vorsprung rausschinden, dass Sie unbemerkt den Wagen verlassen können. Verstanden?«

Sie nickte stumm.

Hutch schwang sich von seiner Maschine. Mit großen Schritten marschierte er in die Mitte der Fahrbahn, stieß einen Arm in die Luft und rief: »Komm raus, Mann! Ich will mit dir reden!«

Ich trat den Gashebel bis zum Anschlag durch. Der Camaro schoss los, mit allem, was in ihm steckte, aber das waren deutlich weniger Pferdestärken als unter der Haube meines Jaguar.

Hutch sah das anders. Er glaubte, ich wolle ihn über den Haufen fahren. Mit großen Sprüngen machte er sich aus dem Staub. Ich zog das Steuer herum, zielte auf die Lücke zwischen dem Heck des Blockadewagens und der Hausmauer, die den Bürgersteig begrenzte. Knallend schlugen die Stoßdämpfer durch, als der Camaro den Rinnstein überrollte.

Glauben Sie nicht, alle Trottoirs in New York wären breit wie Alleen! Dieser hier war schmal wie eine Dorfgasse – um eine Handbreit zu schmal für mein Auto.

Ich hatte keine Wahl, als das Heck des bunten Rockerschlittens zu rammen. Das Blech knallte wie ein zerplatzendes Fass. Mein letzter Scheinwerfer gab den Geist auf.

Aber wir kamen durch! Der Anprall schob das Hindernis aus dem Weg. Der Camaro sprang auf die Straße zurück, wollte sich um die eigene Achse drehen. Ich fing ihn ab, sah die Einmündung einer Querstraße und ließ ihn hineinschießen.

Vierzig, fünfzig Yards! Noch tauchte kein Motorrad hinter uns auf.

In der rechten Häuserzeile gähnte die Öffnung einer Durchfahrt.

Ich bremste hart, schrie das Mädchen an: »Raus! In die Einfahrt!«

Ich hieb auf den Verschluss ihres Sicherheitsgurtes, stieß die Tür auf ihrer Seite auf. Sie sprang aus dem Wagen, fiel auf die Knie, raffte sich auf, und während ich die Tür ins Schloss zog, verschwand sie im Dunkeln der Einfahrt.

Mit dem Tritt auf den Gashebel brachte ich den Camaro in Fahrt, gewann Geschwindigkeit, steuerte weg von der Einfahrt, in die sich Jill gerettet hatte.

Motorengebrüll! Weiße Finger der Scheinwerfer!

Sie kamen. Ich wusste, dass ich ihnen mit dem lahmen Camaro nicht entkommen konnte, aber ich wollte sie so weit wie möglich von dem Mädchen weglotsen.

Ich fuhr weiterhin mit Vollgas. Um die roten Warnlampen, die auf dem Armaturenbrett aufglühten, kümmerte ich mich nicht.

Dann knallten die ersten Fehlzündungen. Der Motor spuckte. Weißer Qualm zischte aus allen Ritzen des Motorraums. Die Geschwindigkeit fiel.

Ich kuppelte aus, zog das Steuer herum und ließ den Camaro auf der Straße ausrollen. Bevor er zum Stillstand kam, stieß ich den Schlag auf und hechtete hinaus.

Ich schrammte über das Pflaster, überschlug mich.

Wie ein Rudel Wölfe rasten die Sons heran. Einer konnte mit seiner Maschine dem führerlosen Camaro nicht ausweichen, krachte dem Wagen in die Flanke, flog aus dem Sattel und prallte nach einem halben Salto auf die Motorhaube, während seine Maschine umkippte und auf der Straße kreischend und Funken sprühend um sich selbst kreiselte.

Aber es war nur einer, der ausfiel. Die anderen dirigierten ihre Motorräder links und rechts am Wrack des Camaros vorbei.

Ich sprang auf und rannte die Straße hinunter. Das Brüllen der Motoren war wie das Donnern einer heranrasenden Brandungswelle, der ich nicht entgehen konnte. Ihre Scheinwerfer hielten mich in einem Netz aus Licht gefangen.

Die vorderste Maschine überholte mich. Der Son auf dem Soziussitz schwang den Baseballschläger.

Ich rettete mich mit einem gewaltigen Satz nach rechts, prallte gegen einen Wagen, der dort geparkt stand. Zischend verfehlte mich der massive Holzknüppel um Haaresbreite.

Die zweite und dritte Maschine donnerte vorbei.

Ich sprang auf die Motorhaube und weiter aufs Dach.

Der Rocker auf dem Rücksitz der vierten Maschine stemmte sich hoch. Wie ein Lasso schwang er eine lange Fahrradkette.

Der Hieb streifte mich in Höhe der Oberschenkel. Die Kette zerriss den Stoff der Hose, zerfetzte die Haut und schnitt ins Fleisch. Ich rutschte vom Dach, stürzte zurück auf die Motorhaube.

Bremsen kreischten. Blockierte Räder radierten über den Asphalt.

Die Sons rissen ihre Maschinen herum zum nächsten Angriff. Ich hatte nur eine Chance, wenn ich ein Stück Mauer zwischen mich und die Rocker brachte.

Von der Motorhaube sprang ich auf den Bürgersteig, lief dicht an den Wänden der Häuser entlang.

Sie kamen, trieben die bulligen Maschinen über die Bordsteinkante, drehten das Gas auf und jagten mich. Im Laufen riss ich Mülltonnen um, trat gegen einen Stapel leerer Pappkartons. Nichts war als Hindernis zu gering, aber natürlich waren sie mit Mülltonnen und Pappkartons nicht aufzuhalten.

Es war eine verdammt laute Jagd. Die Motoren röhrten ihr Potenzgebrüll, die Mülleimer schepperten, und, zum Teufel, es war keine Wüstenjagd, sondern ich rannte um mein Leben durch eine ziemlich normale Straße im Stadtteil Queens. Griff niemand zum Telefon? Rief niemand die Cops? Ich sah Licht hinter manchen Fenstern, sah die Umrisse von Menschen, aber es geschah nichts. Niemand mischte sich ein. Keiner öffnete seine Tür.

Ein Bretterzaun, übermannshoch, schloss die Lücke zwischen zwei Häusern. Aus vollem Lauf sprang ich ihn an, klammerte mich fest. Schneller, als ich mich hinüberschwingen konnte, brauste ein Rocker heran. Er hockte allein auf seiner Maschine, bremste scharf, aber der Schwung trug ihn so dicht heran, dass ich zutreten konnte. Der Tritt traf das Plastikvisier an seinem Helm, und er stürzte mit seiner Maschine um.

Unter Aufbietung aller Kräfte rollte ich mich über die Bretterwand, fiel in aufgeweichten Boden, raffte mich auf und versuchte, mich zu orientieren. Gegen den Nachthimmel sah ich das Gerüst eines Baukrans, plumpe Betonsilos, unfertiges Mauerwerk.

Ich hörte, wie jenseits der Bretterwand die Sons die Motoren abdrehten, hörte Hutch wütend brüllen: »Der Hundesohn darf nicht entkommen! Los, Leute!«

Durch Pfützen und Matsch torkelte ich auf den Bau zu, stolperte über aufgeschichteten Monierstahl, rannte gegen einen Stapel Zementsäcke.

Der Lichtstrahl einer starken Handlampe traf mich. Eine raue Stimme bellte: »Bleib stehen, Mann! Arme über den Kopf! Keine Bewegung, oder ich blas dich mit Schrot voll wie ein Karnickel.«

»Ich bin Polizist«, keuchte ich.

Der Mann lachte. »Genau so siehst du aus!«

Die Sons überkletterten die Wand.

»Wer ist das?«, fragte der Mann beunruhigt.

»Eine Rocker-Horde! Das Licht aus!«

Hutch schrie: »Macht das Tor auf! Wir brauchen die Scheinwerfer!«

»Gib mir das Gewehr!«, flüsterte ich. »Glaub mir! Ich bin ein Cop!«

Er hatte die Lampe gelöscht. Ich bewegte mich auf die Stelle zu, wo ich ihn vermutete.

»Bleib mir vom Leibe!«, fauchte er. Der Lauf des Gewehrs stieß hart und schmerzend gegen meine Brust.

»Drei Schritte zurück! Ich zeig es den Jungs auf meine Art.«

An den Geräuschen und Rufen war zu erkennen, dass Hutchs Leute versuchten, das schwer gesicherte Tor in der Bretterwand aufzubrechen.

Ein Feuerstrahl zuckte durch die Nacht. Der Schuss hallte nach und übertönte das Prasseln des Schrots.

»Verschwindet, oder ich schick euch zur Hölle!«, rief der Mann und feuerte zum zweiten Mal.

Unter den Sons brach Panik aus. Sie schrien durcheinander und retteten sich hastig über die Bretterwand zurück auf die Straße. Hutchs Fluchen ging unter im Aufbrüllen der Motoren. Eine halbe Minute später, als das Gedröhn in der Ferne verweht war, herrschte erstaunliche Stille.

Der Mann schaltete die Lampe ein und leuchtete mir ins Gesicht.

»Kann ich Ihren Ausweis sehen, Polizist?«

»Trage ich nicht bei mir! Danke für Ihre Hilfe!«

Er ließ den Lichtkegel an mir herunterwandern, stoppte ihn bei der zerrissenen, blutgetränkten Hose.

»Das sieht nicht gut aus. Du brauchst 'nen Arzt, Mann!«

»Ich schaffe es bis zur nächsten Telefonzelle.«

»Komm mit. Ich mache dir einen Notverband.«

Er ging voraus und leuchtete mir, führte mich durch den Bau und eine Treppe hinab in den Keller. In einem Raum schaltete er eine Deckenlampe ein, die von einem Akkumulator gespeist wurde.

Der Mann war ein großer Schwarzer mit grauem Kraushaar.

»Ich bewache den Bau und die Geräte«, sagte er und stellte die Schrotflinte in eine Ecke weit außerhalb meiner Reichweite.

Mit Pritsche, Tisch und zwei Stühlen war der Kellerverschlag notdürftig eingerichtet. Aus einem Spind holte der Farbige eine Flasche und einen Erste-Hilfe-Kasten. Er gab mir die Flasche.

»Nimm einen Schluck und lass mich nach deinem Bein sehen. Ich war in Vietnam und weiß, wie 'ne Verletzung behandelt werden muss.«

Ich setzte die Flasche an, nahm einen Schluck. Er kniete nieder, schnitt die Hose über dem Knie auf, packte Mull auf die Wunde und befestigte ihn mit Pflasterstreifen.

»Danke!« Ich gab ihm die Flasche zurück.

»Hörst du?«, fragte er und hob den Kopf.

Aus der Ferne drang das Geheul von Polizeisirenen in den Keller. Es schien sich zu nähern.

»Deine Kollegen«, sagte der Schwarze spöttisch.

103

»Wenn sie erfahren, dass geschossen wurde, werden sie auf die Baustelle kommen. Sie wissen, dass ich eine Schrotschleuder besitze. Oder willst du ihnen lieber nicht begegnen?«

»Ja, wenn es sich vermeiden lässt.«

»Das Gelände stößt mit der Rückseite an die Willis Avenue. Soll ich dir zeigen, wie du hinkommst?«

»Wäre nett von dir.«

Er zuckte mit den breiten Schultern.

»Wer weiß, welchen Ärger ich mir einhandle, wenn ich dich den Cops übergebe. Ohne dich kann ich sagen, ich hätte auf ein paar Kerle geschossen, von denen ich nicht viel gesehen hätte. Komm!«

Während das Sirenengeheul lauter wurde, führte er mich über das Gelände zur Rückseite, öffnete eine schmale Tür im Bretterzaun, grinste noch einmal und sagte: »Hals- und Beinbruch!«

Ich hinkte über die Straße, fand eine funktionierende Telefonzelle und rief Phil an.

»Den ganzen Abend habe ich versucht, dich zu erreichen«, sagte er beunruhigt. »Wo steckst du?«

»Willis Avenue. In einer Telefonzelle in Höhe von Block 980. Hol mich ab.«

Bis Phil an Ort und Stelle sein konnte, musste ich eine halbe Stunde überstehen. Ich fand eine tiefe Türnische, setzte mich auf die oberste Stufe. Von Zeit zu Zeit glitten Autos vorbei, einmal ein Streifenwagen mit eingeschaltetem Rotlicht. Niemand bemerkte mich. Fußgänger gab es nicht.

Endlich rollte ein blauer Pontiac heran und wurde vor der Telefonzelle gestoppt. Ich stand auf und hinkte hinüber.

»Was ist mit deinem Bein geschehen?«

»Platzwunde von einem Hieb mit einer Kette.«

»Die Devil's Sons?«

»Richtig! Fahr mich zu 790 Murdock Avenue!«

»Ich fahr dich zu einem Arzt.«

»Nein, Murdock Avenue. Ich halte es aus. Die Wunde ist gut versorgt! Von einem Vietnam-Veteranen.«

»Wer wohnt in der Murdock Avenue?«

»Ein Mädchen! Heißt Jill Master. Ich muss unbedingt wissen, ob sie es geschafft hat, in ihre Wohnung zu gelangen. Im anderen Fall müssen wir eine große Aktion gegen die Sons und Stroker auslösen.«

»Wer ist Jill Master?«

»Eine Freundin von Jennifer Chesson.«

»Und wer, zum Teufel, ist Jennifer Chesson?«

»Die Tote aus der Sunrise-Bucht.«

Phil stieß einen leisen Pfiff aus.

»Wo hast du diese Jill Master gefunden?«

»In The Rocket, in der Diskothek von Jo Stroker.«

»Hat Stroker die Sons auf dich gehetzt?«

»Er wollte unterbinden, dass ich Fotos von dem toten Mädchen in seiner Disco herumzeigte. Er versuchte es mit Zureden, mit Gewalt und mit Geld.« Ich gab Phil die zusammengerollten Scheine.

»Liefere sie im Hauptquartier ab! Ich musste sie annehmen. Stroker witterte, dass er es nicht mit einem normalen Revier-Detective zu tun hatte.«

»Trotzdem schickte er die Sons?«

»Ja, weil ein toter Polizist noch ungefährlicher ist als ein bestochener Cop.«

»Wie soll es weitergehen?«, fragte Phil.

»Das hängt davon ab, was wir von Jill Master erfahren.«

»Die Toten im Haus der Judy Tarson können nicht identifiziert werden, aber die chemische Untersuchung ergab, dass sie eine hohe Dosis Heroin im Körper hatten. Außerdem meldete sich ein Barbesitzer, der Judy Tarson kannte und aussagte, sie und ein Mann hätten in der Nacht ihres Todes in seiner Bar mächtig den Hund von der Kette gelassen. Ihre Zeche betrug achthundert Dollar, und sie waren schon angesäuselt, als sie in diesen Laden kamen. Der Barbesitzer identifizierte den Mann als Jake Shamm.«

»Achthundert Dollar? Phil, vierundzwanzig Stunden vorher war Shamm noch ein Tramp, der in einer Felshöhle schlief. Plötzlich hatte er Geld und außerdem einen Grund zu feiern.«

Phil lachte. »Anscheinend glaubst du nicht an einen Lotteriegewinn, oder?«

»Nein, aber an eine gelungene Erpressung. Shamm fand tatsächlich den Mörder des Mädchens und kassierte eine erste Rate für sein Schweigen.«

»Und die zweite Rate …«

»… brachte der Tod persönlich«, ergänzte ich. »Anders ausgedrückt, Shamm machte irgendeinen Fehler und wurde selbst umgebracht.«

»Von dem Mann, der das Mädchen ermordet hat?«

Ich wusste, aus welchem Grund Phil die Frage stellte. Der Mord an dem Mädchen hatte ein sexuelles Motiv. Sexualmörder sind immer Einzeltäter. Die Ermordung von Jake Shamm und Judy Tarson, die Verwischung aller Spuren durch einen Brand, das war Profiarbeit und von einem einzelnen Mann nicht auszuführen.

»Ja, ich glaube, dass er die Killer, die in der Bennett Street am Werk waren, gekauft hat«, bestätigte ich Phils unausgesprochenen Gedanken.

»Dann hätte er einen Mitwisser gegen mindestens zwei andere ausgetauscht.«

»Vielleicht arbeitet er schon lange mit den Killern zusammen, die er zu Jake Shamm und seiner Freundin schickte.«

Phil lenkte den Wagen in eine breite Straße.

»Murdock Avenue. Wie war die Hausnummer?«

Haus 790 war ein älterer Bau mit einigen Dutzend einfachen Wohnungen. Wir fanden die Namen Jill Master und Jenny Chesson an einer Tür der vierten Etage.

Als die Tür bis zum Anschlag der Sperrkette geöffnet wurde und ich Jill Masters Gesicht im Spalt sah, atmete ich erleichtert auf. »Freut mich, dass Sie es geschafft haben, Jill«, sagte ich. »Das ist Phil Decker vom FBI. Würden Sie uns bitte hineinlassen?«

Phil zeigte seinen Ausweis.

Jill öffnete die Tür und ließ uns eintreten. Ihr Kleid war schmutzig, das Haar zersaust. Sie blutete aus einer kleinen Wunde an der Stirn.

»Ich kam erst vor wenigen Minuten hier an.« Ihre Stimme zitterte vor Erregung. »Den halben Weg bin ich gelaufen, weil kein Wagen anhielt. Ich hatte schreckliche Angst, sie würden mich sehen und mich verfolgen.« Ratlos blickte sie von einem zum anderen. »Warum wurde ich verfolgt?«

»Sie waren hinter mir her, nicht hinter Ihnen. Sie hatten das Pech, in meinem Wagen zu sitzen, und ich hoffe, Sie wurden nicht erkannt. Zeigen Sie uns Jenny Chessons Zimmer!«

Das Zimmer sah aus, als wäre es gerade von seiner Bewohnerin verlassen worden. Auf einem Stuhl lagen Kleidungsstücke. Der Hauch eines frischen Parfums hing in der Luft. An zwei Wänden klebten Hochglanzfotos, die Jennifer Chesson in verschiedener Garderobe und in Großaufnahmen zeigten.

»Das sind Bilder, die von Jenny gemacht und in Modejournalen und Katalogen veröffentlicht wurden«, erklärte Jill. »Sie war stolz auf ihre Karriere.«

»Haben Sie den gleichen Beruf?«, fragte Phil. »Arbeiten Sie als Model?«

Ein schnelles Lächeln huschte über ihr Gesicht.

»O nein! Dazu bin ich nicht hübsch genug. Ich studiere Biologie an der Universität.«

»Was wissen Sie über Jenny Chessons Angehörige?«

»Ihre Familie lebt in Kalifornien. Die Mutter ist tot, und der Vater hat zum zweiten Mal geheiratet. Es bestand kein Kontakt zwischen Jenny und ihm.«

»Freunde?«

»Sie kannte einige Fotografen und Agenten. Einen ständigen Freund hatte sie nicht, aber sie ging oft mit Männern aus, von denen sie sich eine Förderung der Karriere versprach.«

»Schlief sie mit solchen Männern?«

Jill Master errötete. »Ich glaube nicht, dass sie es tat. In den zwei Jahren, die wir zusammen wohnen, kam sie zwar hin und wieder erst in den frühen Morgenstunden nach Hause, aber dann erzählte sie von Partys, die so lange gedauert und mit einem Katerfrühstück geendet hatten. Sie nahm an vielen Partys teil, und sie ging oft in schicke Diskotheken, die den Ruf hatten, in Mode zu sein.«

»Kennen Sie die Leute, die Jenny zu Partys einluden?«

»Nur zwei oder drei, zu denen sie mich mitnahm. Jenny versuchte oft, mich zum Mitkommen zu überreden, aber ich bin nicht sehr an Partys und Cocktails interessiert.«

»Sie sagten, Miss Chesson hätte Sie kurz vor Ihrer Abreise angerufen, Jill. Wann genau war es, und was sagte sie?«

»Es muss um zehn Uhr abends gewesen sein. Ich wartete auf das Taxi, das mich zum Flughafen bringen sollte. Jenny war bester Laune. Sie schäumte über vor Fröhlichkeit und sagte, sie sei zu einer tollen Party eingeladen worden, auf der die Mädchen knapp wären. Ich solle meinen Flug um vierundzwanzig Stunden verschieben und mitkommen. Wenn ich zustimmte, würde ich von einem Superauto abgeholt.«

»Erwähnte Miss Chesson, dass sie aus der Rocket-Diskothek telefonierte?«

»Ja, ich hörte die Musik, und Jenny sagte, sie hätte die Frau gerade an der Bar kennen gelernt.«

»Eine Frau?«

»Ja, eine Frau muss Jenny zu dieser Party eingeladen haben. Jenny schien begeistert von ihr zu sein.«

»Beschrieb sie die Frau?«

»Nicht im Sinne einer polizeilichen Personenbeschreibung. Sie sagte, es sei eine großartig aussehende Frau, elegant und teuer angezogen.«

»Ist das alles?«

»Ich fürchte, ja. Ich weigerte mich, meine Reise aufzuschieben, und brach das Gespräch ab, weil das Taxi vorfuhr.«

»Danke für Ihre Hilfe, Jill«, sagte ich. »Wenn Ihnen irgendetwas einfällt, das wichtig sein könnte, rufen Sie Phil Decker an! Er gibt Ihnen seine Telefonnummer. Sprechen Sie mit niemandem über unsere Begegnung, auch nicht mit anderen Polizeibeamten! Wahrscheinlich werden Sie die Tote identifizieren müssen, aber erst in einigen Tagen. Leben Sie so weiter, als ob nichts geschehen wäre.«

Zum ersten Mal nahm sie ihre Brille ab und sah mich mit einem Blick an, der Erschrecken verriet.

»Das kann ich nicht«, sagte sie. »Ich weiß, dass Jenny tot ist, dass sie ermordet wurde.«

»Versuchen Sie es, Jill! Damit helfen Sie uns, den Mörder zu finden.«

Sie ließ sich in einen Stuhl fallen, vergrub das Gesicht in den Händen.

Ich wechselte einen Blick mit Phil. Er nickte.

»Okay, ich werde mich um sie kümmern.«

Vorsichtig berührte er die Schulter des Mädchens.

»Legen Sie sich hin und versuchen Sie zu schlafen. Am besten nehmen Sie ein Beruhigungsmittel. Wenn Sie wollen, schicke ich Ihnen einen Arzt, der sich um Sie kümmert.«

Jill hob den Kopf.

»Nein, danke. Das ist nicht notwendig.«

Sie begleitete uns zur Tür.

»Arme Jenny«, sagte sie. »Sie war so lebensfroh.«

Phil und ich gingen die Treppe hinunter.

»Soll ich dich stützen, Alter?«, fragte Phil.

»Nicht nötig«, knurrte ich. »Fahr mich zu …«

»Ich fahre dich zu einer Unfallstation«, unterbrach Phil mich. »Klar?«

Ich will nicht behaupten, dass ich am anderen Morgen um neun Uhr das Großraumbüro des 3. State Police-Reviers frisch und ausgeruht betreten hätte, denn geschlafen hatte ich knapp vier Stunden. Bis auf zwei Schrammen im Gesicht waren äußerliche Spuren meines Zusammenstoßes mit den Devil's Sons nicht zurückgeblieben. Der Schmerz im Oberschenkel ließ sich ertragen. Wenn ich mich zusammenriss, konnte ich auch das Hinken vermeiden. Von Fred Dewer, der die Ausrüstung verwaltete, ließ ich mir Dienstrevolver und Walkie-Talkie aushändigen und ging zum Schreibtisch. Im Vorbeigehen begrüßte ich Cress und Rorke, die beiden anderen Revier-Detectives.

Bevor ich mich setzen konnte, schrillte das Telefon. Ich hob ab und meldete mich.

»Komm zu mir, Corran!«, dröhnte Lieutenant Boulvers Stimme bis in die feinsten Verzweigungen meiner Gehörgänge.

»Sofort, Sir!«

Boulver thronte hinter seinem Schreibtisch wie ein schlecht gelaunter Buddha. Er forderte mich nicht zum Sitzen auf und nahm ein Formular vom Schreibtisch.

»Die City Police New York fand einen zu Schrott gefahrenen Camaro. Sie stellte fest, dass die Zulassung auf den Namen Jerry Corran lautete, fand heraus, dass Mr. Corran seine Brötchen als Polizeibeamter des Staates New York verdient, und informierte seinen Vorgesetzten. Warum hast du dich aus dem Staub gemacht, Corran? Zu viel Whisky?«

»Nein, Sir! Ich hatte einen Zusammenstoß mit einer Rockerbande.«

»Mit den Devil's Sons?«

»Vermutlich, Sir. Sie trugen Motorradhelme.« Ich verschwieg, dass ich Hutch durchaus erkannt hatte.

»Wollten sie dir heimzahlen, dass du ihren Kumpel Lofty kassiert hast? Der Bastard läuft längst wieder frei herum. Irgendwer blätterte für ihn zweitausend Dollar Kaution hin. Wahrscheinlich wird nicht einmal Anklage gegen ihn erhoben, weil ihm nicht widerlegt werden kann, dass er dich nicht als Polizeibeamten erkannte. Warum griffen sie dich an?«

»Ich konnte sie nicht nach dem Grund fragen, Sir. Sie gingen sofort zur Sache.«

»Hast du sie provoziert?«

»Ich verstehe nicht, was Sie damit meinen, Lieutenant.«

Bis zu diesem Augenblick hatte Boulver relativ leise gesprochen, aber den nächsten Satz brüllte er mit voller Lautstärke: »Weil du weiter in einem Mordfall herumstocherst, der aufgeklärt ist.« Seine Faust krachte auf den Tisch. »Wonsco hat gestanden. Schluss! Aus! Erledigt!«

»Wonsco hat zwei Versionen erzählt, Lieutenant, und …«

»Richtig, Detective Corran. Eine Lüge und eine Wahrheit, und die Wahrheit hat er unterschrieben und sie damit zum Geständnis gemacht. Aber du willst besser wissen als der Täter selbst, was in der Nacht in der Sunrise-Bucht geschah. Ich warne dich, mein Junge. Lass die Finger von dem Fall, oder ich schreibe ein paar Bemerkungen in deine Personalakte, die deine Laufbahn ein für alle Mal ruinieren!«

Er ließ das Formular auf den Schreibtisch fallen, ergriff einen schmalen Aktenordner und schlug ihn auf.

»Detective Corran, du wirst dich folgender Fälle annehmen: Mr. Rightburn meldet einen Radiodiebstahl aus seinem Auto. Mrs. van Heftin vermisst einhundertfünfzig Dollar und verdächtigt die schwarze

Putzfrau Nelly Coop. Am Haus von Mr. und Mrs. Stawcliff wurde eine Mauer mit unzüchtigen Zeichnungen verschandelt.«

Er reichte mir den Aktenordner.

»Übermorgen erwarte ich einen Erfolgsbericht, Jerry.«

»Jawohl, Sir!« Ich nahm den Aktenordner und produzierte eine Drehung, die sogar beim Marine Corps als zackige Kehrtwendung durchgegangen wäre.

»Augenblick noch, Corran!«

Boulver wuchtete seine zweihundert Pfund aus dem Sessel, kam um den Schreibtisch herum und legte mir den Arm um die Schulter.

»Hör zu, Jerry, mein Junge! Ich weiß, dass jeder Schnüffler davon träumt, das ganz große Verbrechen aufzudecken. Jeder will den unheimlichsten Mörder des Jahrhunderts entlarven, den größten Gang-Boss seit Al Capone zur Strecke bringen.« Er redete auf mich ein wie auf ein krankes Pferd. »Die Wirklichkeit sieht anders aus. Sie setzt sich zusammen aus geklauten Autoradios, stehlenden Putzfrauen und beschmierten Mauern. Irgendwann muss sich jeder von uns damit abfinden. Du hast gute Arbeit geleistet, als du Wonsco einfingst, aber ein Mord ist ein Sonderfall, der sich in Larristown zum Glück nicht jeden Tag ereignet. Also vergiss die Geschichte und versuch nicht, mehr daraus zu machen, als sie wert ist! Okay, Jerry?«

»Okay, Sir«, antwortete ich, entwand mich Boulvers Umarmung und verließ sein Büro.

Im Dienstwagen fuhr ich zum Hafen, sah George Douglas' Boot am Liegeplatz vertäut, schlug Lieutenant Boulvers Warnungen in den Wind und fuhr zu Douglas' Wohnung. Der kleine, schicke Bungalow lag isoliert am Ende einer Stichstraße, die an einem knappen Dutzend ähnlicher Häuser vorbeiführte. Der deutsche Sportwagen und der rote Mercury standen nebeneinander auf der Garagenauffahrt.

Ich stieg aus, ging durch den schmalen Vorgarten und drückte auf die Messingklingel. Es dauert lange, bis sich hinter der Tür etwas rührte. Als sie geöffnet wurde, stand Douglas selbst vor mir, unrasiert, verschlafen, bekleidet mit einem weißen Bademantel, auch in diesem Zustand noch das Prachtexemplar eines Mannes.

Er gähnte und fuhr sich mit beiden Händen durchs wirre Haar.

»Du musst verrückt sein, Corran«, sagte er. »Fürchtest du wirklich, wir hätten die Mädchen nach Gebrauch über Bord geworfen? Los, komm rein! Überzeug dich!«

Er drehte sich um und schlurfte durch die Halle. An einem Tisch blieb er stehen, nahm eine entkorkte Champagnerflasche aus dem Kühler und hielt sie gegen das Licht, um festzustellen, ob sie nicht leer war. Dann setzte er sie an und trank, stellte die Flasche zurück in den Kühler und sagte über die Schulter: »Bedien dich, wenn dir danach ist.«

Er ging weiter, öffnete eine Tür und schrie: »Achtung! Polizeikontrolle!«

Er winkte mir. »Tun Sie Ihre Pflicht, Detective!«

Zentrum des Zimmers war ein überdimensional großes Bett, in dem die beiden Blondinen lagen.

Douglas trat ans Bett und wies mit großer Geste auf die Mädchen.

»Darf ich vorstellen? Miss Susan! Miss Patty! Wollen Sie sich überzeugen, dass die Ladies absolut unbeschädigt sind, Officer? Bitte sehr!«

Er riss die Decke vom Bett. Die Mädchen schrien auf. Beide waren nackt, wussten nicht, was sie tun sollten, verschränkten die Arme vor den Körpern und flehten Douglas an: »Gib die Decke zurück, George! Bitte!«

Ich ging zu ihm, riss ihm die Decke aus den Fingern und warf sie aufs Bett.

Er lachte mir ins Gesicht.

»Keine überflüssigen Heldentaten, Corran! Susan arbeitet als Striptänzerin, und Patty servierte uns während der ganzen Nacht Drinks im Evakostüm. Bei beiden gibt es keine Unschuld zu schützen.«

Aus dem angrenzenden Badezimmer kam Lewis Gray, der Mann, der sich gestern bei meinem Zusammenstoß mit Douglas eingemischt hatte. Bis auf ein um die Hüften gewickeltes Handtuch war er nackt und nass. Das Schreien der Mädchen hatte ihn unter der Dusche hervorgeholt.

»Frag ihn, ob er einen Durchsuchungsbefehl hat, George!«, rief er Douglas zu. »Wenn er mit leeren Händen gekommen ist, hast du das Recht, ihn rauszuwerfen, und, verdammt, ich an deiner Stelle würde keine Sekunde lang zögern.«

Douglas schüttelte den Kopf.

»Kommt nicht in Frage! Ich habe die Hoffnung nicht aufgegeben, dass Officer Corran und ich doch noch gute Freunde werden.«

»Wo ist Liz Sciacca?«, fragte ich.

»Komm mit!« Er öffnete eine gläserne Schiebetür zur Terrasse, an die sich ein Garten anschloss. Von der Terrasse führte eine Steintreppe zum Swimmingpool.

Liz Sciacca schwamm mit langsamen, ruhigen Bewegungen im klaren Wasser. Sie trug keine Badehaube. Das dichte, tizianrote Haar breitete sich auf der Oberfläche aus.

Earl Steen, der dritte Mann der Douglas-Crew, saß auf dem Poolrand, die Beine im Wasser, eine Bierflasche in der Hand. Er war ein sommersprossiger Bursche mit bleicher Haut und einigen Pfunden Übergewicht auf den Rippen.

Er ließ keinen Blick von Liz Sciacca. Von Zeit zu Zeit leckte er sich über die Lippen.

»He, Liz!«, rief Douglas. »Dein Polizistenfreund will schon wieder mit dir sprechen.«

Sie drehte um, schwamm zum Rand und schwang sich mit geschmeidiger Leichtigkeit aus dem Wasser. Sie trug einen dunkelgrünen Tanga und war ungeschminkt. Die Schwellung über dem linken Wangenknochen war bläulich verfärbt, ein deutliches ›Veilchen‹. Irgendwer hatte ihr mehr als nur eine Ohrfeige versetzt.

Mit beiden Händen wrang sie das nasse Haar aus.

»Sie gehen mir auf die Nerven, Officer«, sagte sie. »Ich weiß nichts über dieses tote Mädchen.«

»Ich sehe die Stelle, an der George Ihnen die Lüge eingebläut hat, Liz«, antwortete ich eisig. »Ich bin nicht gekommen, Sie noch einmal zu fragen.« Ich wandte mich um und stieß Douglas die Hand vor die Brust. »Mit dir will ich reden, George. Zuhörer überflüssig.«

Douglas kniff die Augen zusammen. »Es gibt nichts, über das ich mit dir reden müsste, Polizist. Mein letztes Strafmandat habe ich pünktlich bezahlt.«

»Wie du willst, George. Sobald ich dein Haus verlassen habe, fahre ich zum Hauptquartier des FBI und erzähl den Bundesschnüfflern, was ich, ein simpler Revier-Detective, über Jo Stroker und die Leute herausgefunden habe, die hinter ihm stehen. Ich bin überzeugt, dass es dann nicht mehr lange dauern wird, bis du diesen hübschen Bungalow mit einer Zelle vertauschst. Statt im eigenen Swimmingpool herumzuplanschen, wird man dich zweimal in der Woche in eine Gemeinschaftsdusche führen.«

Douglas wandte den Kopf und befahl Liz Sciacca: »Verschwinde!«

Sie drehte sich um, sprang in den Pool und durchtauchte ihn in einem Zug bis zum anderen Ende.

»Warum soll ich mich von einem bestechlichen Bullen einschüchtern lassen?«, fragte Douglas leise.

Ich lächelte. »Hat dein Partner Stroker dir erzählt, dass er mir fünfhundert Dollar in die Tasche schob? Das Geld war bei mir noch nicht warm geworden, da sorgte er dafür, dass seine alten Freunde von der Rocker-Gang über mich herfielen und mich totzuschlagen versuchten. Das werde ich Stroker heimzahlen. Ich hole mir den Häuptling der Devil's Sons und trete ihm auf die Zehen, bis er zugibt, dass Stroker ihn zum Mordversuch an mir anstiftete. Dann ist Jo Stroker fällig. Eure Organisation platzt, und am Ende wird sich herausstellen, wer das Mädchen umbrachte, wer Jake Shamm und die arme Straßennutte Judy Tarson tötete und sie in ihren Betten verbrannte.«

»Wer glaubt schon einem korrupten Polizisten?«

»Denkst du, ich wäre mit fünfhundert Dollar zu bestechen, George? Stroker, du und der Mann, der euch finanziert, ihr macht Millionen mit Rauschgift, das ihr beschafft und über Strokers Leute verdealt. Ihr schmuggelt illegale Einwanderer ins Land, meistens junge Mädchen, die Stroker an Bordelle und Zuhälter verkauft. Ihr finanziert Strokers Kreditwucher und das Glücksspiel, das er in Queens aufgezogen hat. Ich werde dir sagen, was ich mit Strokers lächerlichen fünfhundert Bucks machte. Ich steckte sie in einen Umschlag, den ich einem Anwalt übergab. Vor dem Gesetz habe ich noch immer eine reine Weste.«

»Komm mit!«, fauchte Douglas. Mit großen Schritten stürmte er zurück durch das Schlafzimmer. Die Mädchen Patty und Susan hatten das Bett geräumt und schnatterten im Badezimmer. Lewis Gray stand fertig angezogen neben der Tür. Sein Gesicht verriet Unruhe und Misstrauen. Er streckte eine Hand aus, wollte Douglas aufhalten.

»Hör zu, George …«

Douglas stieß ihn zur Seite, durchquerte die Halle und öffnete eine Tür, die in einen Raum führte, der als Büro eingerichtet war.

»Okay, Corran«, knurrte er. »Wie hoch ist dein Preis?«

Ich schloss die Tür.

»Das Spiel kenne ich«, sagte ich. »Stroker versuchte es gestern zu spielen. Erst Geld, dann Mord!«

Er zog eine Schublade des Schreibtisches auf, griff hinein, hielt mir zwei Päckchen Dollarnoten hin.

»Das sind zehntausend Dollar, Officer Corran! Wir sind allein, und ich verlange keine Quittung.«

Auf seinem Handrücken sah ich die verschorften Abdrücke kleiner Verletzungen, die aussahen, als hätte ihn ein Hund gebissen. Gestern, auf seinem Schiff, hatte er mich einen Bluffer genannt, und ich entschloss mich, tatsächlich zu bluffen.

»Ich will kein Trinkgeld, George. Auch zehntausend Dollar sind nur ein Trinkgeld. Ich will einsteigen ins große Geschäft.«

»Mach dich nicht lächerlich, Mann!«, schrie er.

»Jake Shamm, einem elenden, abgerissenen Tramp, gelang es, den Mörder des Mädchens zu finden und ihn zu erpressen. Warum soll mir, einem Polizisten und Detective, nicht das Gleiche gelungen sein? Ich weiß Bescheid, George. Ich kann euch alle auffliegen lassen, und ich werde es tun, wenn ihr euch weigert, mich als Partner einsteigen zu lassen. Wie viel Bedenkzeit brauchst du? Drei Tage? Okay, ich gebe dir drei Tage.«

Ich packte seine Hand, die das Geld hielt, am Gelenk.

»Falls du die Zeit nutzen willst, mich umzulegen, wirst du dir verdammt viel Mühe geben müssen, denn ich werde sehr vorsichtig sein.« Ich bog seine Hand nach unten und fragte: »Wer hat dich gebissen? Liz?«

Er riss sich so heftig los, dass die Dollarbündel seinen Fingern entfielen.

Ich nahm einen Kugelschreiber, der auf dem Schreibtisch lag, griff nach einem Magazin, das als Titelblatt ein nacktes Mädchen zeigte, und schrieb die Telefonnummer meines Apartments auf den hüllenlosen Bauch.

»Ruf mich nach acht Uhr abends an, George!«

Der Kugelschreiber lag schwer in meiner Hand. Ich drehte ihn zwischen den Fingern.

»Gold, George?«

Ich hielt den Kugelschreiber gegen das Licht, las die Eingravierung: *Herb Monk jun. The Monk & Associates Bank.*

»Bist du Kunde bei der Monk-Bank, George?«

Er antwortete nicht. Ich legte den Kugelschreiber zurück auf die Schreibtischplatte.

»Das gleiche Exemplar habe ich schon einmal gesehen«, sagte ich. »Ein Mann der Mordkommission fand es bei der Leiche von Jake Shamm, aber ich glaube nicht, dass Shamm ein Bankkonto besaß.«

Ich verließ den Bungalow und stieg in mein Dienstauto. Am Armaturenbrett flackerte das Ruflicht der Sprechanlage. Ich meldete mich bei der Zentrale, an der Debby McHogh saß, die Kollegin, der ich schon lange ein gemeinsames Abendessen versprochen hatte, das ich immer wieder hinauszögerte, weil ich fürchtete, dass sich Debby davon noch mehr versprach, und sie war nicht mein Typ.

»Hallo, Jerry«, flötete Debby. »Warum bist du losgefahren, ohne mit mir zu sprechen?«

»Krach mit dem Alten!«

»Erzähl mir, was sich abspielte! Boddan sagte, der Alte hätte dir 'nen Rauswurf angedroht!«

»Wenn Boulver erfährt, dass du die Sprechfunkverbindung für Privatgespräche missbrauchst, Süße, fliegst du möglicherweise früher als ich.«

»Das ist kein Privatgespräch«, sagte Debby hastig. »Das Seaview Hotel meldet Kofferdiebstähle aus zwei Zimmern. Du sollst dich darum kümmern.«

»In Ordnung, Debby.«

Ich trennte die Verbindung, fuhr bis zur nächsten Telefonzelle und rief Phil an.

»Vor ein paar Minuten bot mir George Douglas

zehntausend Dollar für Schweigen und Stillhalten. Ich verlangte die volle Partnerschaft und gab ihm drei Tage Bedenkzeit.«

»Das kann man auch anders ausdrücken«, sagte Phil grimmig. »Du gabst ihm drei Tage Zeit, dich umzulegen.«

»Douglas hat zwei Freunde, die anscheinend für ihn arbeiten. Ihre Namen sind Lewis Gray und Earl Steen. Überprüf, ob sich etwas über sie herausfinden lässt.«

»Okay, Jerry, aber sollen wir uns nicht um Stroker und die Sons kümmern?«

»Lass uns abwarten, was in den drei Tagen geschieht.«

»Ich weiß, was mit Malcolm Woolf, Mike Casual und Sean O'Hara geschehen ist«, sagte Phil und nannte die Namen der Männer, die bei den Nachforschungen umgebracht worden waren. »Wenn die Gang deine Drohung ernst nimmt, läufst du Gefahr, ihr Schicksal zu teilen.«

»Keine Sorge, alter Junge! Ich passe auf.«

Ich legte auf und ging zum Wagen. Es war höchste Zeit, dass ich meinen Job tat und mich um die geklauten Koffer, den Radiodiebstahl und Mrs. van Heftins hundertfünfzig Dollar kümmerte.

Hutch, der Häuptling der Devil's Sons, versuchte, sein Gesicht mit verschränkten Armen vor Strokers Schlägen zu schützen.

»Jo, es war nicht meine Schuld«, keuchte er. »Der Hundesohn hatte Glück!«

Stroker drosch auf ihn ein.

»Dein Versagen, du verdammte Null, bringt mich in höllische Schwierigkeiten!«, schrie er. »Corran kann mich wegen Anstiftung zum Mord vor Gericht zerren, und wenn du Stinktier mich belastest, verschwinde ich auf Lebenszeit hinter Gittern!«

»Jo, ich schweige! Jo, du weißt, dass ich schweigen werde wie ein Grab. Ich nehme alle Schuld auf mich. Ich werde sagen, dass es allein meine Idee war, dass ich mich rächen wollte.«

Stroker ließ von Hutch ab, der auf die Knie fiel und wie ein geprügeltes Kind schluchzte. Der Gang-Boss stürmte zu einem Tisch, auf dem Gläser und eine Flasche standen, füllte ein Glas und kippte den Inhalt in einem Zug hinunter.

»Du wirst singen, du Hurensohn«, sagte er.

Der Raum, in dem sich die Männer befanden, war eine fensterlose Garage, in der heiße Ware gelagert wurde, wenn sie nicht sofort an den Mann gebracht werden konnte. Zur Zeit war die Garage leer.

Sid Wisney und Ray Crown hatten Hutch nach dem missglückten Anschlag hergebracht. Erst gegen Mittag war Stroker in die Garage gekommen, um über Hutchs Schicksal zu entscheiden. Zunächst ließ er seiner Wut freien Lauf.

»Gib mir eine Chance, Jo!«, flehte Hutch. »Ich tue alles, was du verlangst!«

»Was willst du tun, du Narr? Aus dieser Klemme kannst du mich nicht rausbringen.«

»Ich lege den Schnüffler um, Jo! Ich mache es allein ohne die Sons. Verschaff mir ein Gewehr! Du weißt, dass ich gut schießen kann. Ich lege mich auf die Lauer und knall den Mann ab. Es wird ganz einfach sein.«

Stroker wandte sich an Wisney und Crown.

»Wie denkt ihr darüber?«

Wisney wälzte sein Kaugummi auf die Seite.

»Wenn Hutch Glück hat, sind wir den Schnüffler los«, sagte er, grinste Hutch an: »Triff ihn sauber, und ich spendier dir 'ne feine Flasche Whisky!«

Ray Crown stieß sich von der Mauer ab, trat zu Stroker und flüsterte auf ihn ein: »Hutch ist 'ne Niete! Lass ihn verschwinden! Ohne Hutch als Zeugen gibt es keinen Grund, den Schnüffler zu fürchten. Außerdem will der Mann mit dir ins Geschäft kommen und wird sich hüten, seine Geldquelle trocken zu legen.«

Stroker nagte an seiner Unterlippe.

»Ich traue ihm nicht. Er behauptet, er sei nur ein Revier-Detective, aber er ist clever und hartgesotten wie der Hochleistungsschnüffler einer Elitetruppe.«

»Er arbeitet als Detective im 3. Revier, Jo. Das haben wir überprüft. Vor diesem idiotischen Mord an dem Mädchen beschäftigte sich Corran mit Autodiebstählen und Wohnungseinbrüchen. Es war der Mord, der ihn auf 'ne heiße Fährte brachte. Klar, dass er sich die große Chance nicht entgehen lässt. Er weiß, dass sie ihm nie wieder geboten wird. Wann hatte ein Cop in Larristown jemals die Möglichkeit, sich sein Schweigen mit so viel Geld abkaufen zu lassen?«

»Du meinst also, wir sollen ihn nicht umlegen?«

»Selbstverständlich soll er umgelegt werden, aber nicht jetzt. Hutchs tölpelhafte Jagd hat ihn gewarnt. Ich wette, er ist so vorsichtig, dass niemand an ihn herankommt. Wieg ihn in Sicherheit, auch wenn dich das ein paar tausend Dollar kostet, und dann schneidest du ihm die Kehle durch, sobald er dich für seinen Freund hält!«

»Und er?«, fragte Stroker mit einem Blick auf Hutch, der noch immer auf Knien lag und angstvoll auf das Resultat des geflüsterten Gesprächs wartete.

»Wenn du willst, übernehme ich ihn«, sagte Crown leise.

Frank Ceppo, der Strokers Wagen fuhr, kam in die Garage.

»Ein Gespräch für dich, Jo!«

Vor der Garage parkte der rote Cadillac Seville. Stroker nahm den Hörer des Autotelefons, meldete sich und lauschte.

»Ja, wir denken darüber nach«, sagte er nach ein paar Sekunden. Er beendete das Gespräch mit den Worten: »Einverstanden! Viel Erfolg!«

Stroker ging in die Garage zurück.

»Um Corran brauchen wir uns nicht länger zu kümmern«, sagte er. »Der Mann wird von anderen übernommen.«

Er baute sich vor Hutch auf und sah ihn eine Minute lang schweigend an. Hutchs Nase blutete. Der Angstschweiß hatte seine Rastazöpfe dunkel gefärbt.

»Ich sollte dir eine Kugel in den Schädel jagen«, fauchte Stroker, »aber wahrscheinlich würdest du nicht daran sterben, weil deine Birne ein einziger Hohlraum ist. Dass ich dich am Leben lasse, Hutch, verdankst du nur der Tatsache, dass ich selbst ein Devil's Son war. Du wirst aus dem Verkehr gezogen. Wisney bringt dich in eine Wohnung, die du mindestens eine Woche lang nicht verlassen wirst. Du verhältst dich so ruhig, als wärst du tot.«

Er trat Hutch vor die Brust. Der Rocker kippte zur Seite um und blieb liegen. Er wagte nicht, sich aufzurichten.

»Bringt ihn in die Oldtree Street!«, befahl Stroker.

Crown begleitete ihn zum Cadillac.

»In drei Tagen bekommen wir eine neue Lieferung.« Stroker lächelte. »Ich glaube, bei der Gelegenheit werden sie sich Corran endgültig vom Halse schaffen. Sie haben das schon einmal gemacht. Der Mann verschwand spurlos.«

»Jo, ich wollte dich schon immer fragen, ob du weißt, wer das Mädchen umbrachte und in der Sunrise-Bucht ablud.« Crown stellte die Frage sehr leise.

Strokers Lächeln vertiefte sich.

»Ja, ich glaube, ich weiß, wer es war, aber ich hätte nie erwartet, dass er so etwas tun würde.«

Er stieg ein und zog die Tür ins Schloss.

Crown sah dem Cadillac nach, bis er in einer Querstraße verschwand.

Rund dreißig Stunden nachdem er mich zusammengestaucht hatte, kam Lieutenant Boulver an meinen Schreibtisch im Großraumbüro des 3. Reviers, gab mir die abgezeichneten Kopien der Berichte, die ich gestern geschrieben hatte, und klopfte mir auf die Schulter.

»Gute Arbeit, Jerry! Weiter so!«

Okay, ich hatte den Diebstahl der hundertfünfzig Dollar aufgeklärt und Mrs. van Heftins sechzehnjährigem Sohn das Geständnis abgerungen, dass er und nicht die schwarze Putzfrau das Geld geklaut hatte. Als Kofferdieb im Seaview Hotel hatte ich ein Ehepaar entlarvt, das pleite war. Und bei einem Mann, den ich seit langem verdächtigte, hatte ich nicht nur Mr. Rightburns gestohlenes Autoradio gefunden, sondern noch rund dreißig andere Apparate. Allein der Produzent der unzüchtigen Zeichnungen an Mr. und Mrs. Stawcliffs Hausmauer blieb weiterhin unbekannt.

Das war es, was der Lieutenant ›gute Arbeit‹ nannte.

Auf der linken Seite meines Schreibtisches stapelten sich die neuen Fälle. Der härteste war ein Zwanzig-Dollar-Straßenraub in Hafennähe. Ich nahm die Meldungen, drückte mich an Debby McHoghs gläserner Zentrale vorbei und verließ das Reviergebäude.

Auf der anderen Straßenseite stand der blaue Pontiac, mit dem Phil mich vor zwei Nächten aufgelesen hatte. Phil lehnte an der Karosserie. Ich stieg in den Dienst-Chevy, fuhr zu einer Cafeteria, in der ich zu frühstücken pflegte, und setzte mich an die Theke. Wenig später kam Phil herein. Er wählte einen Platz neben mir.

»Die City Police kann Hutch Lansky, den Anführer der Devil's Sons, nicht auftreiben«, sagte Phil. »Entweder ist er untergetaucht, oder Stroker hat ihn aus dem Verkehr gezogen. Über Lewis Gray und Earl Steen besitzt das Zentralarchiv keine Informationen. Die Identität des toten Mädchens lässt sich nicht länger verschweigen, denn beim Hauptquartier der New Yorker City Police haben sich zwei Fotografen gemeldet, für die Jenny Chesson als Model arbeitete.«

»Dann bring Jill Master ins Schauhaus, damit wir die endgültige Gewissheit gewinnen, dass die Tote Jennifer Chesson ist. Richte es so ein, dass sie heute Abend um acht Uhr dort ist. Ich werde kommen.«

»Hat Douglas von sich hören lassen?«, fragte Phil.

»Noch nicht.«

Phil schob mir ein kleines Päckchen zu.

»Was ist das?«

»Mr. High wünscht, dass ich jederzeit für dich erreichbar bleibe. In dem Päckchen ist ein elektronischer Frequenzwandler. Mr. High erwartet, dass du ihn in die Sprechanlage deines Wagens einbaust. Die Elektronik sorgt dafür, dass du mich über eine abhörsichere Frequenz erreichst.«

»Gebrauchsanweisung anbei?«, fragte ich lächelnd.

»Es genügt, den richtigen Draht blank zu schaben und den Wandler anzuklemmen.«

Ich schob das kleine Paket in die Tasche.

»Zahl meinen Kaffee!«, sagte ich und stand auf.

Acht Stunden lang tat ich meinen Job, ließ mir vom Opfer den Zwanzig-Dollar-Straßenraub schildern, vernahm zwei Zeugen, suchte einen Mann auf, der als Täter verdächtigt wurde und der seine Unschuld beteuerte. Ich kümmerte mich um einen Lagerhauseinbruch und um drei falsche Schecks, mit denen ein Tankstellenpächter reingelegt worden war. Zwischendurch baute ich auf einem leeren Parkplatz Phils elektronisches Wunderkästchen ein. Es war eine unkomplizierte Sache. Das ausgekochte Gerät enthielt eine Batterie, die sich auflud, wenn die Gesamtanlage unter Strom stand, und dafür sorgte, dass auch bei abgeschalteter Anlage gesendet werden konnte. Mit einem kurzen Anruf bei Phil überzeugte ich mich, dass ich alles richtig gemacht hatte.

Am Abend wartete ich im Leichenschauhaus auf ihn und Jill Master. Sie kamen um acht Uhr. Das Mädchen war blass und zitterte vor Erregung.

Wir begleiteten sie in den eisigen Keller. Das Licht der Neonröhren schimmerte gespenstisch auf den gefliesten Wänden. Der durchdringende Geruch von Desinfektionsmitteln machte das Atmen schwer.

Der Wärter öffnete das stählerne Schubfach mit der Nummer 79. Endlose dreißig Sekunden starrte Jill Master auf die Tote, bevor sie sich umwandte und erschreckend laut sagte: »Ja, es ist Jenny.«

Sie brach nicht in Tränen aus, verlor nicht die Nerven und ließ sich von Phil und mir zum Wagen bringen. Vor dem Einsteigen drehte sie sich noch einmal um.

»Glauben Sie, dass diese Frau, von der Jenny am Telefon sprach, an Jennys Tod schuld ist?«, fragte sie.

»Jenny wurde von einem Mann umgebracht«, antwortete ich, »aber zweifellos war es die Frau, die Jenny zu der Party lockte, auf der sie ihrem Mörder begegnete.«

»Wäre es wichtig, die Frau zu finden?«

»Ja, sehr wichtig!«

Während Phil das Mädchen nach Queens brachte, fuhr ich zum Revier nach Larristown. Ich hämmerte die Berichte in die Schreibmaschine und lieferte die Waffe und die Wagenschlüssel ab. Der Dienstplan sah ab morgen die zweite Schicht für mich vor. Ich konnte mich also gründlich ausschlafen.

Ich bat die Kollegen eines Streifenwagens, mich mitzunehmen und bei meiner Wohnung abzusetzen. Das war die einfachste Art, einen heimtückischen Schuss aus einem Hinterhalt zu vermeiden. Sobald ich die Tür meines Apartments hinter mir geschlossen hatte, holte ich aus den Tiefen meines Koffers meinen FBI-38er. Von nun an würde ich nicht mehr waffenlos das Haus verlassen.

Das Telefon schlug an. Ich hob ab und meldete mich.

»Erkennst du mich an der Stimme?«, fragte ein Mann. »Nenn nicht meinen Namen!«

»Ja, ich weiß, wer du bist. Deine Vorsicht ist überflüssig. Mein Telefon wird nicht abgehört.«

»Wir nehmen deinen Vorschlag an«, sagte George Douglas. »Ab heute betrachten wir dich als Partner.«

»Komm mit ein paar Einzelheiten rüber!«

»Das nächste Geschäft machen wir gemeinsam. Wir lassen dich einsteigen!«

»Wann? Glaub nicht, du könntest mich ein halbes Jahr lang mit Versprechungen hinhalten!«

»Nur zwei oder drei Tage. Wir erwarten eine Lieferung, aber ich weiß nicht genau, wann sie kommt. Wir informieren dich rechtzeitig. In Ordnung?«

Ich zögerte einige Sekunden. Wollte Douglas nur Zeit gewinnen? Genau betrachtet, hielt ich nichts in der Hand, mit dem ich ihn unter Druck setzen konnte.

»In Ordnung«, sagte ich.

Seit Jill Master in das starre, marmorkalte Gesicht von Jenny Chesson geblickt hatte, waren ihre Empfindungen verändert. Zu Trauer und Schmerz um die ermordete Freundin kamen Zorn und Hass gegen den brutalen Mörder und der heiße Wunsch nach Rache. Sie brannte vor Verlangen, bei der Suche nach dem Täter zu helfen. Sie, Jill, hatte als Letzte mit Jenny gesprochen. Wieder und wieder versuchte sie, sich jedes Wort in Erinnerung zu rufen. Mehr und mehr quälte sie der Gedanke, dass Jenny irgendetwas gesagt hatte, an das Jill sich nicht erinnern konnte und das vielleicht wichtig war.

Mit magischer Gewalt zog es Jill an den Ort, von dem Jenny zuletzt angerufen hatte: The Rocket-Diskothek. Sie glaubte, wenn Jenny wirklich bei ihrem Anruf etwas Wichtiges gesagt hatte, würde es ihr, Jill, an dieser Stelle leichter einfallen. Die vergangene Nacht hatte sie von zehn Uhr bis vier Uhr morgens in The Rocket verbracht, hatte lange an der Bar gesessen, später mit wechselnden Partnern getanzt und versucht herauszufinden, ob einer von ihnen Jenny kannte.

An diesem Abend stand sie schon um neun Uhr in einer kleinen Schlange von Besuchern, die in die Diskothek strebten. Als sie vor dem Kassentisch stand, zahlte sie die verlangten zehn Dollar Eintritt und erhielt eine Ansteckplakette, die eine stilisierte Rakete zeigte.

Wie gestern setzte sich Jill an die Bar, bestellte einen Drink und beobachtete die Gäste. Sie versuchte, sich vorzustellen, wie Jenny die Frau kennen gelernt hatte. Auf welche Weise war sie von der Unbekannten angesprochen worden?

Die Frau musste beeindruckend ausgesehen haben. Wie hatte Jenny am Telefon gesagt? Eine großartige Frau? Elegant? Tolle Figur? Schöner Teint?

Jill war unglücklich, weil sie sich an Einzelheiten nicht erinnern konnte. Hatte Jenny die Farbe des Kleides erwähnt?

Hatte sie die Figur der Frau beschrieben oder den Schmuck, den sie trug, geschildert?

Jill wusste, dass sie nicht gut zugehört hatte, weil sie sich von Jennys Anruf gestört fühlte und das Taxi jede Minute kommen musste. Jetzt, nach Jennys Ermordung, empfand sie ihr Verhalten als Schuld.

Ein junger, dunkelhaariger Mann stellte sich neben Jill an die Theke, begann ein Gespräch, lud sie zu einem Drink ein. Er erzählte, dass er als Juniormanager in einer Wallstreet-Firma arbeitete und an drei oder vier Abenden der Woche Entspannung in The Rocket suchte. Jill nutzte die Gelegenheit, ihn zu fragen, ob er jemals ihre Freundin Jenny kennen gelernt hätte. Sie zeigte ihm ein kleines Foto von Jenny Chesson, aber der Mann zuckte mit den Achseln.

»Gehen wir tanzen?«, fragte er.

Jill folgte ihm auf die gläserne Tanzfläche unter das Feuerwerk der Laserblitze und Lichtkaskaden. Sie tanzten getrennt, ohne Berührung miteinander. Jill gelang es nicht, sich dem Sound und dem Rhythmus der Musik zu unterwerfen. Ihr Verstand blieb wach. Sie sah die Menschen, die sich auf der Tanzfläche bewegten, folgte mit Blicken jeder Frau, in deren Nähe sie geriet.

Nach einigen Minuten fiel ihr eine Frau auf, die mit einem großen, breitschultrigen Schwarzen tanzte, einem der wenigen Farbigen, die in The Rocket geduldet wurden. Meistens verdeckte die ausladende Gestalt des Schwarzen die Frau. Sie sah sie immer nur für wenige Sekundenbruchteile. Die Frau tanzte mit seitlich ausgestreckten Armen, sinnlich und hemmungslos. In rhythmischen Bewegungen stieß sie ihr Becken vor, schüttelte Oberkörper und Brüste.

Sie trug ein enges dunkelgrünes Kleid aus einem glänzenden Stoff, der der Haut einer Schlange ähnelte, weit ausgeschnitten, gehalten von schmalen Trägern, von denen einer über die Schulter gerutscht war.

Aus einem Impuls, den sie sich nicht erklären konnte, drängte Jill tanzend in die Richtung der Frau und des Schwarzen. Sie wechselte ihre Bewegungen so abrupt, dass ihr Partner überrascht stehen blieb.

Der Schwarze tanzte mit der ganzen Geschmeidigkeit seiner Rasse. Jill zuckte der Gedanke durch den Kopf, dass sie sein Gesicht vom Bildschirm kannte. Vermutlich war er irgendein TV-Prominenter, ein Sänger oder Tänzer.

Die Frau warf den Kopf in den Nacken. Ihr prachtvolles tizianrotes Haar fiel in sanften Wellen über die nackten Schultern und den tiefen Rückenausschnitt.

Jill erstarrte. Ihre Arme sanken herab. Ihre Beine wurden schwer wie Blei. Die dröhnende Discomusik verschwand aus ihrem Bewusstsein, als hätte ein

Kurzschluss die Lautsprecher verstummen lassen. Stattdessen hörte sie Jennys Stimme – Jennys Stimme am Telefon.

›Sie ist eine großartig aussehende Frau, elegant und teuer angezogen, und sie hat das prachtvollste tizianrote Haar, das ich je sah, so wundervoll, wie kein Starfriseur es hinzaubern könnte.‹

Jills Kehle entrang sich ein Schluchzen, das im Lärm der Musik unterging. Das war es, was sie vergessen hatte. Jenny hatte das Haar der Frau erwähnt – ihr tizianrotes Haar.

Die harte Rockmusik brach ab. Weicher, schluchzender Blues bot den Paaren die Chance zum Körperkontakt, zur Umarmung.

»Danke! War nett mit dir«, sagte die Frau. Jill stand so dicht neben ihr, dass sie jedes Wort verstand. Das Gesicht des Schwarzen verfinsterte sich. Er begriff, dass sich die Frau wegen seiner Hautfarbe nicht von ihm berühren lassen wollte. Zornig verließ er die Tanzfläche.

Die Frau schob sich zwischen den Paaren durch.

Jill fühlte eine Hand auf ihrer Schulter und drehte sich erschreckt um. Ihr Partner, den sie völlig vergessen hatte, wollte sie an sich ziehen.

Sie schüttelte seine Hand ab und ging der Frau nach.

Die Frau setzte sich an die erste Bar. Während sich Jill auf den freien Nachbarhocker schwang, fragte der Barkeeper die Frau nach ihren Wünschen. Er kannte sie, denn er nannte ihren Namen.

»Einen Daiquiri wie üblich, Miss Sciacca?«

In den Revieren der New Yorker City Police gelten die Spätschichten als härtester Job im Vierundzwanzig-Stunden-Dienst der Cops. Zwischen sechs Uhr abends und zwei Uhr morgens werden sechzig Prozent aller Verbrechen verübt. Kaufshausdiebstähle ausgenommen. Bei den übelsten Taten, Raub, Vergewaltigung und Mord liegt die Quote noch viel höher. Ganz anders in den Schlafstädten auf Long Island. Wenn die Bewohner von Larristown den Wagen in die Garage gefahren und den Fernsehapparat eingeschaltet haben, gibt es für Ganoven jeder Sorte kaum noch eine Betätigungschance, und in den unbenutzten Vernehmungszimmern des 3. Reviers setzen sich unterbeschäftigte Polizisten zu harmlosen Pokerrunden zusammen.

An diesem Abend wurde ich kurz nach neun Uhr von der Besatzung eines Streifenwagens angefordert. Ich vermachte das Blatt mit den drei Königen, die ich auf der Hand hatte, Jimmy Trover und fuhr los.

Die Streifencops hatten das aufgebrochene Gitter eines kleinen Juwelierladens bemerkt, den Inhaber alarmiert und danach mich angefordert.

Im Laden waren zwei Vitrinen zertrümmert, und es fanden sich Kratzspuren am Tresor. Das Stemmeisen, mit dem sie hantiert hatten, lag auf dem Boden. Natürlich hatten sie mit solch primitivem Werkzeug den Tresor nicht knacken können, und ihre Beute aus den Vitrinen bestand aus Modeschmuck im Wert von ein paar hundert Dollar.

Ich holte den Ausrüstungskoffer aus dem Chevy, verstäubte zwei Gramm Grafitpulver, nahm Fingerabdrücke vom Tresor und den Vitrinen und beschlagnahmte das Stemmeisen als Tatwerkzeug. Der Ladenbesitzer erhielt eine Bestätigung für seine Versicherung und machte sich daran, das Schaufenstergitter in Ordnung zu bringen.

Als ich im Wagen saß, meldete ich mich bei der Zentrale, die in dieser Schicht nicht von Debby McHogh, sondern von einem Cop bedient wurde.

»Ist noch irgendwo etwas los, oder kann ich zur Pokerparty zurückkommen?«, fragte ich.

»Connaway Road 6080. Ein Mr. Hatstone meldete,

dass er mit seiner Schrotflinte auf einen Mann schoss, der in sein Haus einzudringen versuchte.«

»Okay, ich fahre hin.«

Nach einigen hundert Yards schaltete ich die Verbindung zur Revierzentrale ab und rief Phil. »Wo hältst du dich auf?«

»An einem Drive-Inn-Service am Highway 107«, antwortete Phil, und ich konnte hören, dass er auf irgendetwas herumkaute.

»Ich fahre zur Connaway Road 6080.«

»Ich weiß, Jerry. Ich habe die Anweisung deiner Zentrale mitgehört. Siehst du ein Problem?«

»Nein, absolut nicht. Ich wette, Mr. Hatstone ist einer dieser nervösen Villenbesitzer, die ein Kaninchen im Garten für einen Einbrecher halten und drauflos ballern. Lass dich beim Essen nicht stören, Alter!«

Connaway Road ist eine Straße, die ins Locust Valley führt. Nummer 6080 lag isoliert, etwas abseits mit eigener Zufahrt. Das Haus war eine Villa, die einen neuen Anstrich dringend nötig hatte. Ein paar Stufen führten zum Eingang.

Ich war vorsichtig, stoppte meinen Wagen so dicht an der untersten Stufe, dass er mich gegen einen Schützen auf der Straße abschirmte, stieg aus, ging zur Tür und drückte auf den beleuchteten Klingelknopf.

Aus der Sprechanlage fragte eine Stimme: »Wer ist da?«

»Detective Jerry Corran! Sie haben einen Beamten der State Police angefordert.«

»Okay, ich öffne Ihnen! Kommen Sie herein!«

Im Haus wurde das Licht eingeschaltet und fiel durch ein halbes Dutzend Fenster auf die Zufahrt. Der elektrische Türöffner summte. Ich drückte die Tür auf, sah vor mir eine geradezu festlich beleuchtete Halle, machte zwei Schritte nach vorn und spürte die Nähe eines Menschen. Meine Hand zuckte zur Waffe hoch. Ich schnellte herum, sah den Mann, sein verzerrtes Gesicht, die erhobene Faust.

Für eine richtige Ausweichbewegung war es zu spät. Der mit Leder bezogene Totschläger in der niedersausenden Faust traf nicht voll, aber hart genug, dass ich die Kanone nicht aus dem Holster brachte. Im selben Augenblick fiel von der anderen Seite eine Schlinge über meinen Kopf, wurde mit so brutalem Ruck straff gezogen, dass ich stürzte. Das Licht in meinem Kopf flackerte.

Ich bäumte mich auf, krallte alle Finger in die Schlinge, die mir die Luft abschnürte. Kalter Stahl wurde gegen meine Schläfe gedrückt.

»Lieg still, Corran!«, zischte die Stimme eines Mannes. Sein Gesicht schob sich in mein Blickfeld.

Helles Haar, graue Augen, sonnengebräunte Haut, weiße Zähne – das alles war noch vorhanden, und trotzdem hatte sich George Douglas' Gesicht in eine teuflisch grinsende Visage verwandelt.

Die rothaarige Frau wandte den Kopf, bemerkte, dass Jill sie anstarrte, und lächelte amüsiert. Hastig wandte sich Jill ab. Der Keeper brachte den Cocktail.

»Ihr Daiquiri, Miss Sciacca!«

»Danke, Ben!«

»Was wollen Sie trinken, Madam?«, wurde Jill vom Keeper gefragt. Sie war so erregt, dass sie die Frage überhörte. Der Keeper wiederholte: »Haben Sie einen Wunsch, Madam?«

Jill fuhr zusammen, stotterte: »Bringen Sie mir einen …« Ihr fiel kein Getränk ein.

»Warum nehmen Sie nicht einen Daiquiri?«, sagte die Frau. »Ben macht ihn erstklassig. Bring der Miss einen Daiquiri auf meine Rechnung, Ben!«

»Das kann ich nicht annehmen!«, protestierte Jill und fühlte sich gezwungen, die Frau wieder anzusehen.

Ihr Blick begegnete dunklen Augen, die sie kühl musterten, obwohl die Frau lächelte.

»Sie sind sehr hübsch«, sagte sie. »Schade, dass Sie eine Brille tragen. Bitte, nehmen Sie die Brille einmal ab.«

Jill gehorchte wie betäubt.

»Sie haben schöne Augen. Genau das Blau, das auf Farbfotos gut herauskommt. Sie sollten versuchen, Haftschalen zu tragen.«

Der Keeper stellte das hohe Glas mit dem bunten Getränk vor Jill. Die Frau hob ihr Glas.

»Cheerio.«

Erst musste Jill ihre Brille wieder aufsetzen, bevor sie zum Glas greifen konnte. Sie nahm einen Schluck.

»Als Fotomodel hätten Sie wahrscheinlich eine Chance«, sagte die Frau.

»Wollen Sie mir ein Angebot machen?«, fragte Jill. »Ich bin kein Fotomodel wie Jenny.«

»Wer ist Jenny?« Die Frau zog die Augenbrauen hoch. Ihr Lächeln verlosch.

»Meine Freundin Jennifer Chesson. Natürlich kennen Sie Jenny, Miss Sciacca.« Zum ersten Mal benutzte Jill den Namen, den sie aufgeschnappt hatte. »Jenny rief mich an und erzählte von Ihnen. Sie war begeistert von Ihnen. Sie hatten sie zu einer Party eingeladen. Ich sollte mitkommen.«

»Warum taten Sie es nicht?« Die Stimme der Frau klang gepresst.

»An dem Abend verreiste ich. Konnten Sie Jenny zu einem Job verhelfen?«

»Hat Sie Ihnen nichts darüber erzählt?«

Jill schoss der Gedanke durch den Kopf, dass es besser war, sich ahnungslos zu stellen und die Frau in Sicherheit zu wiegen. Sie suchte nach einer Ausrede. Um Zeit zu gewinnen, griff sie nach dem Cocktail und trank so viel von dem hochprozentigen Drink, dass ihr für Sekunden der Atem wegblieb. Hustend stellte sie das Glas zurück.

»Ich habe Jenny noch nicht gesprochen«, sagte sie.

»Ich kam erst heute von meiner Reise zurück. Jenny war nicht in der Wohnung. Ich kam in die Diskothek, weil ich glaubte, sie hier zu finden.«

Die Frau nahm Geld aus einer schwarzen Krokodilhandtasche und legte die Scheine auf die Theke.

»Grüßen Sie Jenny«, sagte sie. »Aber ich glaube, Sie irren sich. Ich erinnere mich nicht an eine Begegnung mit irgendeiner Jenny.«

»Soll ich Ihnen ein Bild zeigen?«, fragte Jill böse.

Die Frau hörte nicht mehr. Sie glitt vom Barhocker und ging zum Ausgang.

»Warten Sie!«, rief Jill und lief ihr nach.

Auf halbem Weg wurde sie von dem jungen Mann abgefangen, der mit ihr getanzt hatte.

»Warum willst du schon gehen? Lass uns tanzen!« Er hielt sie fest. »Hör die Musik! Brandneu von Bruce Springfield!«

»Lass mich los!«, fauchte Jill und stieß ihm die Hände vor die Brust.

Sie hatte ein paar Minuten verloren. Die Frau war nicht mehr im Vorraum. Jill lief auf die Straße.

Fünfzig Yards weiter stand die Frau neben einem flachen roten Wagen. Sie stand dort, als hätte sie auf Jill gewartet.

Jill ging zu ihr. »Warum lügen Sie?«, fragte sie leise.

Ein harter Gegenstand bohrte sich in ihren Leib. Jill senkte den Blick und sah einen kleinen Revolver.

»Steig ein, du Närrin!«, zischte die Frau. Mit der linken Hand riss sie den Schlag auf, stieß, drückte und drängte Jill auf die hintere Sitzbank, folgte ihr und zog die Tür von innen ins Schloss.

»Du verdammtes Biest lügst«, fauchte sie Jill ins Gesicht. »Du behauptest, gerade von einer Reise zurückgekommen zu sein, aber du warst schon gestern in The Rocket! Ben, der Keeper, zog die Augenbrauen hoch, als du die Story erzähltest, weil er dich gestern gesehen hat.«

Jill drückte sich in die Ecke.

»Sie sind an Jennys Tod schuld«, sagte sie.

»Nein, das bin ich nicht!«, schrie die andere. »Ich konnte nicht wissen, dass er – ich glaubte, er würde alles mit Geld in Ordnung bringen, verstehst du?«

Sie brach ab, starrte Jill an.

»Nein, du verstehst nicht«, sagte sie resigniert. Ihr Gesicht verhärtete sich.

Sie öffnete ihre Handtasche, nahm eine Parfumflasche heraus und löste den Verschluss mit den Zähnen.

Ein durchdringender, aromatischer Geruch füllte das Wageninnere.

Die Frau spuckte den Verschluss aus und kippte den Inhalt der Flasche in ihre Handtasche. Alles tat sie mit einer Hand, während die andere den Revolver gegen Jills Körper presste.

Plötzlich ließ sie den Revolver fallen, warf sich auf Jill und drückte die Öffnung der Handtasche auf Jills Gesicht.

Jill schrie und wehrte sich verzweifelt. Sie verlor die Brille, bot alle Kräfte auf, um sich von dem Gewicht der Frau zu befreien, die auf ihr lag wie eine Pantherkatze über einem geschlagenen Wild.

Mit jedem Atemzug drangen Schwaden von Ätherdämpfen in Jills Lunge, lähmten ihre Nerven, legten sich wie schwerer Nebel auf ihr Bewusstsein. Dann erschlafften ihre Glieder. Sie sackte in sich zusammen.

Hastig verließ Liz Sciacca den Wagen. Sie würgte und hatte selbst so viel von dem Äther mitbekommen, dass sie sich übergeben musste. Zwei Männer, die auf der anderen Straßenseite vorbeigingen, sahen es und lachten. Einer rief: »Zu viel getrunken, oder verträgst du die Pille nicht, Schätzchen?«

Liz Sciacca legte die stinkende Tasche in den Kofferraum, setzte sich hinter das Steuer und öffnete beide Fenster, bevor sie den Wagen startete.

Sie fuhr in Richtung Larristown. In ihrem Kopf herrschte Chaos. Sie wusste nicht, ob das Mädchen an der Dosis Äther sterben würde, und sie wusste nicht, was sie, tot oder lebendig, mit ihm anfangen sollte.

George war in dieser Nacht nicht zu erreichen. Es gab niemanden, der ihr helfen konnte. Es war klar, dass sie das Mädchen unter allen Umständen loswerden musste.

Dann hatte sie einen Einfall. Das Chaos löste sich auf. Sie vermochte wieder klar zu denken und kühl zu handeln.

Sie stoppte ihren Wagen neben einer Telefonzelle, vergewisserte sich, dass das Mädchen in tiefer Bewusstlosigkeit lag, ging in die Zelle und wählte eine Telefonnummer, die sie auswendig kannte.

Ein Mann meldete sich.

»Sind Sie allein im Haus?«, fragte sie.

»Liz?«, fragte der Mann.

»Richtig. Sind Sie allein?«

»Zufällig ja.«

»Ich komme und bringe eine Person mit.«

»Du hast keinen Auftrag, Liz!«

Ihr gingen die Nerven durch. Sie schrie: »Sie hat mich erkannt! Sie weiß, dass ich …« Ihre Stimme versagte.

»Okay, komm sofort!«, sagte der Mann. »Verstehst du? Sofort!«

»Bring ihn nicht um, Earl!«, befahl Douglas. »Noch nicht!«

Earl Steen, der mir die Schlinge um den Hals geworfen hatte, verminderte den Zug. Die Schlinge lockerte sich etwas. Hinter Douglas stand Lewis Gray. In der Hand wog er den kurzen Knüppel, mit dem er mich niedergeschlagen hatte.

»Du hättest die zehntausend Dollar nehmen sollen,

Corran!« Douglas richtete sich auf, in der rechten Hand seine Waffe, eine massige Selbstladepistole, in der linken meinen Dienstrevolver.

»Steh auf!«

Wacklig kam ich auf die Füße. Das Zimmer drehte sich um mich, als stünde ich im Zentrum eines Karussells.

Steen stand hinter mir, das Ende der Schlinge um die Faust gewickelt und bereit, sie sofort wieder straff zu ziehen. Douglas und Lewis Gray trugen blaue Overalls mit Gürteln, an denen Stablampen, handliche Sprechfunkgeräte und je ein Holster hingen.

»Verpass ihm die Handschellen, Lew!«

Gray löste ein Paar Handschellen vom Gürtel und schloss sie um meine Handgelenke. Weil Steen hinter mir stand, begnügte er sich damit, die Hände vor dem Körper aneinander zu fesseln.

»Ich versprach dir, dich an unserem nächsten Geschäft zu beteiligen«, sagte Douglas höhnisch. »Ich halte mein Wort. Wir tauschen dich gegen eine Warenlieferung. Ich sehe an deinem Gesicht, dass du nicht verstehst, was ich meine. Freu dich auf eine Überraschung, Corran.«

Gray drängte: »Höchste Zeit, dass wir losfahren. In zwölf Minuten kommt die Maschine.«

»Geh voraus und leg die Sprechanlage in Corrans Auto lahm«, antwortete Douglas. »Earl, du fährst unseren Wagen. Gib mir die Schlinge!«

Er tauschte den Platz mit Steen, ruckte probeweise am Nylonseil und drückte mir auch noch die Mündung der Pistole ins Genick.

»Bei der leisesten Bewegung gibt es für dich eine zweifache Todeschance«, drohte er.

Er dirigierte mich aus dem Haus. Steen löschte das Licht. Lewis Gray hantierte am Streifenwagen und rief: »Alles okay! Du kannst ihn bringen.«

Bei offenen Türen brannte die Innenbeleuchtung des

Chevy. Douglas zwang mich auf den Beifahrersitz, stieg hinten ein. Er hielt die Schlinge dabei straff. Gray übernahm das Steuer.

»Ist die Sprechanlage tot?«, fragte Douglas.

Wortlos hielt Gray das abgetrennte Mikrofon hoch.

Funktionierte Phils technischer Trick unter diesen Umständen noch? Ich hatte keine Ahnung.

»Wohin bringt ihr mich?«, fragte ich. So eng umschnürte die Schlinge meinen Hals, dass ich die Worte nur röcheln konnte.

»Zu einem hübschen, verborgenen Landeplatz für Hubschrauber«, antwortete Douglas lachend. »Auf dich wartet eine Freiluftreise, mein Junge.«

Gray startete den Wagen und fuhr an.

Liz Sciacca durchraste den Küstenort Bayville. Sie hatte den Innenspiegel so gerichtet, dass sie das Mädchen auf dem Rücksitz sehen konnte. Wieder und wieder blickte sie in den Spiegel. Das Mädchen lag reglos und mit offenem Mund.

Um ein Haar hätte Liz Sciacca die Abfahrt verpasst. In letzter Sekunde riss sie ihren roten japanischen Wagen so hart herum, dass die Reifen kreischten.

Im Haus brannte Licht nur hinter zwei Fenstern im Erdgeschoss. Als Liz stoppte, wurde die Tür geöffnet, und der Mann kam aus dem Haus.

Liz Sciacca sprang aus dem Auto und lief dem Mann entgegen.

»Sie müssen mir helfen«, stieß sie hervor. »Sie weiß Bescheid, hat mich erkannt. Sie wäre zur Polizei gegangen und …«

Der Mann umarmte Liz Sciacca, zog sie an sich, streichelte ihren Rücken, der nackt war, und griff in ihr Haar.

»Beruhige dich, Liz!«, sagte er. »Wir lösen dieses Problem.«

Ihr wurde bewusst, was die Hände, die sie berührten, getan hatten. Angst und Ekel schüttelten sie. Mit einer heftigen Bewegung befreite sie sich.

»Hilf mir, sie ins Haus zu tragen!«

Er schleifte Jill aus dem Wagen, fasste sie unter den Achseln und befahl Liz Sciacca, die Beine des Mädchens anzuheben.

Im Haus legten sie ihr Opfer in einen großen Ledersessel. Der Mann beugte sich über das Mädchen, riss die Bluse auf und fummelte an ihren Brüsten herum.

»Ist sie tot?«, fragte Liz.

Er fuhr herum, starrte Liz an, als hätte er sie vergessen und müsse sich mühsam an sie erinnern.

»Keine Ahnung«, antwortete er mürrisch. »Ich bin kein Arzt.«

»Sie muss verschwinden.«

»Das hast du mir oft genug gesagt. Kümmere dich nicht weiter darum! Vergiss alles!«

Er wies auf einen Tisch, auf dem zwei gefüllte Gläser standen. »Nimm einen Schluck«, sagte er und reichte Liz ein Glas.

Sie trank den Whisky in einem langen Zug.

»Fahr nach Hause und verhalte dich ruhig! Warte auf George! Ich glaube, dass er kurz nach Mitternacht zurückkommen wird. Geh jetzt!«

Sie wandte sich zur Tür, drehte sich aber noch einmal um.

»Haben alle Mädchen geendet wie das Mädchen in der Sunrise-Bucht?«, fragte sie stockend.

»Nein«, antwortete der Mann abrupt. »Sie war ein Unglücksfall, – ein verdammtes Pech, dem wir den ganzen Ärger verdanken.«

Sie verließ das Haus. Hinter ihr fiel die Tür mit einem dumpfen Geräusch ins Schloss.

Liz Sciacca stieg in ihren Wagen, fuhr zurück zur Straße und wählte den Highway nach Larristown. Sie merkte nicht, dass sie immer schneller fuhr. Die Realität der Fahrbahn, die weißen Scheinwerferfinger in der Nacht, vorbeihuschende Verkehrsschilder, alles verwischte sich. Farbvisionen, harmonisch, angenehm, beglückend, erblühten in ihrem Bewusstsein. Sie fühlte sich im Zentrum eines unendlichen, zum Kreis geformten Regenbogens, dessen Farben intensiver, leuchtender, reicher waren als alle Farben der Natur, und die Qualität von Materie besaßen. Liz konnte die Hände hineintauchen wie in Wasser. Blau war kühl, rot warm, Gelb heiß.

Dann zerbarst das Gefühl von Glück. Ganz körperlich empfand sie sich verwandelt in Splitter aus dünnstem Glas. Riesige Stiefel, die Sohlen beschlagen mit funkelnden Nägeln, stampften heran. In unbeschreiblichem Entsetzen erkannte Liz, dass die Stiefel jeden Glassplitter ihres Ichs zu Staub zermalmen wollten – eine grauenvolle, höllische Folter weit über jede körperliche Qual hinaus.

Sie schrie gellend und flüchtete. Sie glaubte zu rennen, während sie sich in der Wirklichkeit an das Steuer des Wagens klammerte und den Fuß fest auf das Gaspedal stemmte.

In Höhe der Ausfahrt Koor Island durchbrach der rote Toyota die Bepflanzung des Mittelstreifens. Mit unverminderter Geschwindigkeit raste das Auto auf die Gegenfahrbahn und in einen riesigen Truck.

Lewis Gray steuerte meinen Dienstwagen über eine Schotterstraße. Dahinter folgte ein Plymouth Kombi, den Earl Steen fuhr.

Douglas redete drauflos. Das Gefühl des sicheren Triumphs löste ihm die Zunge.

»Bild dir nicht ein, du seist ein besonders cleverer Schnüffler, Corran. Nur ein paar unglückliche Zufälle brachten dich auf die richtige Fährte. In Wahrheit bist du genauso ein Dummkopf wie alle Idioten, die für eine Handvoll Staatsdollar herumlatschen und so lange ihre Nase in anderer Leute Angelegenheit stecken, bis sie eins draufkriegen.« Er ruckte an der Schlinge. »Und du kriegst jetzt den ganzen großen Bang auf die Nase.«

»Halt den Mund, George!«, warnte Gray.

»Warum? Soll er doch, was er weiß, den Fischen erzählen. Wenn die Tramps das Mädchen nicht gefunden hätten, wäre uns der ganze Ärger erspart geblieben. Danach waren wir gezwungen, uns die Finger an einem versoffenen, dreckigen Penner schmutzig zu machen, der sich für genauso schlau hielt wie du, und der so endete, wie du enden wirst, Corran.«

»Ihr habt Shamm umgebracht?«, fragte ich.

»Wusstest du das nicht?«

»Ich war nicht sicher, ob du oder Jo Stroker eurem Boss das Problem vom Halse geschafft habt.«

»Nein, das waren wir: ich, Lewis und Earl. Shamm dachte, es wäre ein besonders ausgekochter Trick, seine Nutten-Freundin vorzuschicken. Er vergaß, dass wir uns nur an die Frau halten mussten, um früher oder später von ihr zu ihm geführt zu werden. Es dauerte nicht einmal zehn Stunden.« Douglas lachte. »Eine halbe Nacht erlaubten wir ihm, ein paar seiner erpressten Dollars zu verprassen«, sagte er zynisch. »Dann schickten wir ihn und seine Lady zur Hölle.«

»Wir sind da«, sagte Gray.

Die Schotterstraße mündete auf einer baumfreien Fläche von der Größe eines Fußballfeldes. Der Platz schien oberhalb der Küste zu liegen, denn ich sah den sternklaren Himmel und nur wenige, einzelne Lichter von Schiffen im dunklen Raum darunter. Am linken Ende des freien Feldes zeichneten sich die Umrisse eines flachen Gebäudes ab. Wie zur Begrüßung flammten kurz die Scheinwerfer eines Wagens auf.

»Dein Freund Stroker«, erklärte Douglas und befahl

Gray: »Lass die Scheinwerfer brennen.« Er fühlte sich so sicher, dass er die Pistole ins Holster schob und sich mit der freien Hand eine Zigarette anzündete.

»Der Platz ist so ideal für die Landung von Hubschraubern, als wäre er zu dem Zweck angelegt worden. Ursprünglich war es eine Tennisanlage. Der Club ging pleite, weil keine ordentliche Zufahrtsstraße gebaut wurde.« Wieder lachte er. »Unser Boss verlor zweihundertausend Dollar, die sein Laden als Kredit in den Club gesteckt hatte. Mit der Verwendung als Landeplatz für heiße Ware hat er den Verlust längst wettgemacht.«

»Oh, verdammt, du quasselst, als wärst du besoffen«, fluchte Lewis Gray.

Douglas' Stimmung schlug um.

»Halt die Schnauze, Lewis!«, schrie er. »Ich habe das Kommando, und du bist nur ein Handlanger.«

»Schon gut, George!« Gray stieß die Wagentür auf.

Jo Stroker kam durch das Licht der Scheinwerfer zum Chevy. Er hatte seine sonst so übereleganten Klamotten gegen eine schwarze Lederjacke, Jeans und einen Rollkragenpullover getauscht.

In der rechten Hand hielt er eine moderne Schnellfeuerpistole, eine Art Mini-Maschinenpistole, kaum schwerer als ein normales Schießeisen, aber mit zwanzig Kugeln im Bauch.

»He, George! He, Lew!« Er beugte sich vor, grinste. »He, Officer! Schön, dich zu sehen!«

Douglas gab das Ende der Schlinge an Lewis Gray und sagte: »Halt unseren Schnüffler an der Leine, Lew!«

Er stieg aus und dirigierte Steen und den Plymouth ans andere Ende der Freifläche, während Stroker zurück zu seinem Wagen in der Nähe des Gebäudes ging.

Douglas stellte sich in die Platzmitte und rief: »Die Scheinwerfer!«

Stroker und Steen ließen an ihren Wagen die Scheinwerfer aufflammen. Zusammen mit den Strahlen des Chevy erhellten die Lichtkegel den ganzen Platz und trafen sich in einem Schnittpunkt, der ungefähr in der Mitte lag.

»Okay!«, rief Douglas. »Alles aus!«

Alle Scheinwerfer erloschen. Neben mir schaltete Gray den Motor ab, der bisher im Leerlauf die Lichtmaschine angetrieben hatte.

Ich dachte über meine Lage nach – aber was gab es darüber noch nachzudenken? Ich trug eine Nylonschlinge um den Hals und Handschellen an den Gelenken. Selbst wenn ich es schaffte, aus dem Chevy hinauszukommen, wurde ich zur Zielscheibe für vier schwer bewaffnete Mörder.

Konnte ich auf Hilfe rechnen? Vermutlich hatte Phil gemerkt, dass etwas nicht stimmte, aber wie sollte er mich finden? Und wenn das Ding noch funktionierte, dann wusste Phil bestenfalls, dass die Aktion auf irgendeiner aufgegebenen Tennisanlage irgendwo an der Küste stattfand. Dieses Stück Amerika heißt nicht grundlos Long Island – lange Insel. Bis Phil den Platz entdeckt hatte, war alles längst gelaufen.

Also, good bye, alter Junge?

Verdammt, es sah ganz danach aus.

Fernes Motorengeräusch vibrierte in der Luft, näherte sich rasch.

»Das sind sie!«, rief Douglas. »Scheinwerfer an!«

Gray startete den Motor, den er gerade erst abgeschaltet hatte, bevor er den Scheinwerferhebel nach unten drückte. Natürlich hätte auch die Batterie allein für einige Zeit genug Strom geliefert. Dass Gray den Motor anwarf, war eingefleischte Autofahrerroutine. Kein Autofahrer vergeudet den Saft der Batterie durch Scheinwerferbeleuchtung bei stillstehender Lichtmaschine. Stroker und Steen handelten nicht anders.

Der Hubschrauber dröhnte heran wie ein riesiges,

stählernes Insekt, angelockt vom Licht. Nur Douglas stand im Schnittpunkt der Scheinwerferkegel und winkte mit weit ausholenden Armbewegungen.

Das Motorengeräusch änderte sich. Staub fegte über den Platz. Der Helikopter senkte sich aus der Dunkelheit, tauchte auf im Streulicht der Scheinwerfer.

Geduckt wich Douglas vor der Maschine zurück. Im Rotorwind flatterte der Stoff seines Overalls. Er wich bis an den Wagen zurück und schützte sein Gesicht mit erhobenem Arm vor dem scharfen Aschensand, den der Luftwirbel aufpeitschte.

Die Maschine setzte auf. Das Motordröhnen verebbte. Die Rotoren kamen zum Stillstand.

»Passt gut auf, Leute!«, rief Douglas. »Wir wollen uns nicht reinlegen lassen.«

Die Seitentür des Helikopters wurde zurückgeschoben. Ein magerer schwarzhaariger Mann sprang aus der Maschine. Ein zweiter braunhäutiger und ebenfalls schwarzhaariger Bursche baute sich in der Türöffnung auf, eine Maschinenpistole im Anschlag.

»He, Carlos!«, rief Douglas und ging auf den Mann zu. Sie umarmten sich, klopften sich gegenseitig den Rücken. Dann trennten sie sich, und das Misstrauen, das zwischen ihnen lag, war deutlich zu spüren.

»Die Ware!«, sagte Douglas.

Carlos betastete seinen schwarzen Schnurrbart und schüttelte den Kopf.

»Lass mich das Geld sehen, Amigo!«

Douglas klatschte in die Hände. Earl Steen betrat die beleuchtete Szene wie eine Bühne. Er brachte einen Koffer aus schwarzem Krokodilleder und übergab ihn Carlos.

Der Mann legte den Koffer auf den Boden, öffnete ihn, prüfte den Inhalt. Ich konnte erkennen, dass er Bündel mit Banknoten geschickt durchblätterte wie Angestellte an einem Kassenschalter.

»Okay«, sagte er, schloss den Deckel und trug das

Geld zum Hubschrauber. Er wechselte ein paar Worte mit dem Burschen, der seine Kugelspritze in eine Halterung klemmte und damit begann, weiße Leinensäcke aus der Maschine zu reichen.

Stroker kam hinzu. Er und Steen bildeten eine Kette und warfen sich die Säcke zu, die Stroker im Kofferraum seines Wagens verstaute.

Ich zählte zwanzig Säcke, denn der Mensch bleibt neugierig bis zum letzten Atemzug. Bei zehn Pfund pro Sack war es eine Lieferung von zweihundert Pfund Kokain oder Heroin, oder anders ausgedrückt: ein dickes Millionengeschäft.

Douglas stach mit einer Hohlnadel in jeden Sack und prüfte die Kristalle.

Alles schien in Ordnung. Keiner versuchte, den Partner übers Ohr zu hauen. Nach dem zwanzigsten Sack breitete sich zufriedenes Grinsen über alle Gesichter, und Douglas und Carlos umarmten sich und beklopften sich zum zweiten Mal.

»Noch eine Kleinigkeit«, sagte Douglas. »Nehmt einen Mann mit und ladet ihn über dem Meer ab!«

»Wie damals?«, fragte Carlos in hartem Englisch.

»Ja, wie damals den Drogenfahnder.«

»Ist er schon tot?«

»Nein, Amigo. Ich will ihn nicht umlegen. Fünfzehn Minuten Todesangst, ein Sturz aus fünfhundert Yards Höhe, das alles will ich ihm nicht ersparen.«

Carlos zuckte gleichgültig mit den Schultern.

»*De acuerdo!* Hängt ihn an, sobald wir abgehoben haben!« Er rief seinem Partner zu: »*Juan! La cuerda!*«

Der Mann in der Maschine hantierte einige Sekunden lang, bevor er ein Seil aus der Türöffnung warf.

Lewis Gray wandte den Kopf und sah mich an.

»Gute Fahrt in die Hölle, Corran!«, sagte er.

Vor uns drehte sich George Douglas um und kam auf den Wagen zu. Gleichzeitig warf Juan den Motor des Helikopters an.

Als Jill zu sich kam, war ihr so entsetzlich übel, dass sie glaubte, sterben zu müssen. Sie brauchte Minuten, bis sie fähig war, ihre Umgebung wahrzunehmen und sich zu orientieren.

Sie lag auf dem kalten Marmorboden eines Badezimmers. Das Licht brannte, und sie sah sich selbst in einem großen Spiegel, der eine Wand des Raumes vom Boden bis zur Decke einnahm, aber sie sah sich verschwommen, weil ihre Brille fehlte. Bluse und Büstenhalter waren zerrissen.

Am marmornen Waschbecken zog sie sich hoch. Ihr wurde bewusst, dass sie sich nicht in einem gewöhnlichen Badezimmer befand. Wanne, Waschbecken, Boden und Wände bestanden aus Marmor, und die Kräne schimmerten wie Gold.

Mit großer Anstrengung drehte sie einen Kran auf, tauchte Hände und Arme in das kühle Wasser, beugte sich vor und benetzte Gesicht und Stirn.

Sie hörte ein Geräusch und hob den Kopf. Im Spiegel erblickte sie einen Mann. Sie drehte sich um.

Der Mann stand in der Badezimmertür. Über seinem linken Arm lag ein Kleidungsstück. Er war mittelgroß, blond, trug ein schwarzes Hemd und eine helle Hose. Ohne Brille vermochte Jill nicht, Einzelheiten seines Gesichtes zu erkennen.

»Du hast es überstanden«, sagte er. »Zieh deine schmutzigen Kleider aus! Zieh das an! Beeil dich! Ich warte auf dich!«

»Wo bin ich, Sir?«, fragte Jill. »Wer sind Sie?«

»In Sicherheit«, antwortete er kurz, drehte sich um und schloss die Tür hinter sich.

Das Kleidungsstück war ein weißer Bademantel, flauschiger und weicher als alles, was Jill je in der Hand gehalten hatte. Sie streifte die zerrissene Bluse und den zerfetzten Büstenhalter ab und schlüpfte in den Bademantel, ohne vorher ihren Rock auszuziehen. Ebenso wie die Brille fehlten die Schuhe.

Die Erinnerung an den schrecklichen Zusammen-stoß mit Liz Sciacca überfiel sie. Panisches Entsetzen schnürte ihr die Kehle zu. Die marmorne Pracht des Badezimmers verengte sich zur Gefängniszelle. Sie stürzte zur Tür und riss sie auf.

Der Mann stand so dicht hinter der Tür, dass Jill gegen ihn prallte. Er schlang die Arme um sie und hielt sie fest.

»Schon fertig?«

»Lassen Sie mich los! Wer sind Sie?« Jill wiederholte die Frage. Auch dieses Mal erhielt sie keine Antwort.

Er führte sie zu einem Sessel und zwang sie, sich hinzusetzen, bevor er fragte: »Wie heißt du?«

»Jill Master.«

Er füllte zwei Gläser, reichte ihr eines und leerte sein Glas auf einen Zug. Jill trank nicht.

»Du bist eine Freundin von Jennifer Chesson?« Der Satz war eher eine Feststellung als eine Frage, und der Mann wartete eine Antwort nicht ab.

»Ja, ich habe sie umgebracht«, sagte er.

Wie viele Sekunden blieben mir noch?

Sollte ich kampflos aufgeben? Mich ohne Gegen-wehr zum Hubschrauber schleifen lassen?

Der Motor des Chevy lief. Der Hebel des Auto-matikgetriebes stand auf P für Parking. Lewis Gray hielt keine Waffe in der Hand, sondern nur das Ende der Schlinge.

Was ich tat, geschah nicht aus kalter Überlegung. Ich handelte, weil alles besser war als die brutale Hinrich-tung, die Douglas mir zugedacht hatte.

Ich warf mich gegen Gray. Mit den gefesselten Händen schob ich den Getriebehebel auf Fahrt, zog das linke Bein an und stemmte den Fuß aufs Gaspedal.

Der Motor röhrte auf. Die Zahnräder fassten. Der Wagen rollte an, wurde schneller.

Die Überraschung kostete Gray zwei Sekunden. Dann riss er an der Schlinge, aber ich lag halb auf ihm und beengte seine Bewegungsmöglichkeiten. Er konnte die Schlinge nicht wirklich straffen. Noch bekam ich Luft, und ich schmetterte beide Fäuste und die stählerne Manschette der Handschellen in sein Gesicht. Er kippte zur Seite. Kopf und Oberkörper hingen aus der Tür.

Der Chevy rollte, nein, fuhr mit steigender Geschwindigkeit. Automatisch rutschte das Getriebe in den zweiten Gang, beschleunigte den Wagen auf zwanzig, dreißig Stundenmeilen.

Douglas schrie und warf sich vor dem Wagen zur Seite. Das sah ich nicht. Ich war mit Gray beschäftigt und Gray mit mir. Er zerrte an der Schlinge. Röchelnd und würgend rang ich nach Atem. Zum zweiten Mal trafen die Handschellen sein Gesicht. Ich glaube, seine Augen wurden in Mitleidenschaft gezogen. Er brüllte, ließ das Ende der Schlinge fahren und griff nach seinem Gesicht.

Ich richtete mich auf, sah den Hubschrauber dicht vor dem Chevy, das entsetzte Gesicht des Mannes in der Maschine. Mit einer verzweifelten Anstrengung warf ich mich nach rechts aus dem Wagen. Die Tür war ebenso wie auf der Fahrerseite nicht verschlossen und schwang auf. Ich überschlug mich. Die harte Asche zerschrammte meine Haut.

Krachend bohrte sich das Auto in den Hubschrauber. Die Glaskanzel zersprang. Das Kufengestänge knickte ein. Der Helikopter kippte zur Seite, die kreisenden Rotorblätter hieben in den Boden, und damit brach die Hölle richtig los.

Die Blätter brachen, doch die Hebelwirkung genügte, die ganze Maschine herumzuschleudern. Der Benzintank platzte. Ein Funke zündete. Sekunden nach dem Zusammenstoß hüllte ein Feuerball Auto und Helikopter ein.

Glauben Sie nicht, ich hätte das alles gesehen! Halb betäubt vom Sturz aus dem Wagen kroch ich weg von der Hitze, den Flammen. Ich wusste nicht, was Douglas und Stroker, Steen und Carlos taten, und als mir bewusst wurde, dass Schüsse fielen, Rufe durch das Fauchen der Flammen hallten – da war, genau betrachtet, alles schon vorüber.

Phil und ein halbes Dutzend Cops des 3. Reviers stürmten den Schauplatz. Ein Polizist erschoss George Douglas. Earl Steen warf sich in den Plymouth und versuchte durchzubrechen. Im Kugelhagel blieb der Wagen liegen. Steen wurde schwer verletzt. Gray und der zweite Südamerikaner Juan verbrannten im Stahlgewirr von Auto und Hubschrauber. Carlos wurde von einem herumfliegenden Stahlteil getroffen, stürzte, raffte sich mit einer stark blutenden Fleischwunde auf und ergab sich.

Jo Stroker kämpfte. Kugeln aus seiner Maschinenpistole verwundeten zwei Polizeibeamte. Er erkannte, dass ein Durchbruch mit dem Auto aussichtslos war, ließ zweihundert Pfund Rauschgift im Stich und flüchtete in die Ruine des ehemaligen Clubgebäudes. Phil folgte ihm und rief ihn an: »Mach Schluss, Stroker! Du hast keine Chance!«

Die Antwort war eine Garbe aus der Maschinenpistole.

Das Ende für Jo Stroker kam an einer Bretterwand. Der Suchscheinwerfer eines Streifenwagens nagelte ihn fest. Er hob seine Waffe.

»Nicht schießen!« Phils gebrüllter Befehl stoppte die Cops, die bereit waren, den Gangster zu durchsieben.

Stroker drückte auf den Abzug. Die Mini-Maschinenpistole spuckte die letzten vier Kugeln ihres Magazins aus.

Keuchend lehnte Stroker an der Bretterwand, die nutzlos gewordene Waffe im Anschlag.

»Gib auf!« Phil ging auf den Mann zu.

Langsam, wie unter einem hypnotischen Zwang, öffneten sich Strokers Finger. Die Waffe fiel, schlug klappernd auf.

Von allen Seiten stürzten sich Polizisten auf ihn und rissen ihn zu Boden.

Und ich?

Ich lag erschöpft und ausgepumpt, am Ende meiner Möglichkeiten, in diesem Chaos aus Feuer, Schüssen und Gebrüll, immer noch so nahe am brennenden Hubschrauber, dass die Hitze mich ansengte. Dann wurde ich von kräftigen Fäusten gepackt, über den Platz geschleift und in Sicherheit gebracht.

Männer beugten sich über mich. Ich wurde auf den Rücken gedreht. Licht aus Taschenlampen traf mein Gesicht. Ich hörte Phils besorgte Stimme. »Jerry?«

Ich öffnete die Augen, grinste, so gut es ging, und sagte: »Alles okay, alter Junge!« Wenigstens glaubte ich es zu sagen. Phil erzählte später, ich hätte nur ein paar unverständliche Flüstertöne von mir gegeben.

Ein mächtiger Schatten verdrängte Phils Gestalt. Lieutenant Boulvers Bass dröhnte auf mich herab.

»Das alles wäre nicht passiert, wenn du Scheißkerl mir reinen Wein eingeschenkt hättest. Steht nicht herum, ihr Idioten! Bringt Whisky! Zum Teufel, wo bleibt der Mann mit dem Erste-Hilfe-Koffer? Verdammt, sieht denn niemand, dass seine Hände gefesselt sind? Nehmt ihm die Schellen ab oder knackt sie! Tempo! Tempo!«

In den nächsten zehn Minuten hantierte ein halbes Dutzend Leute gleichzeitig an mir herum. Whisky wurde mir eingeflößt. Mein Gesicht wurde mit Alkohol abgewaschen, Jod auf die Schrammen gepinselt, und die Handschellen wurden mit einer schweren Hebelzange aufgebrochen.

Die Flammen loderten schwächer. Mit schrillenden Alarmklingeln donnerte ein Löschfahrzeug auf den Platz.

Ich erholte mich schnell und nahm meine Umgebung wieder wahr. Lieutenant Boulver wuchtete mir die Pranke auf die Schulter.

»Ich werde dir nie verzeihen, dass du mich reingelegt hast, G-man!«, grollte er. Boulver trug nur eine Hose, ein weißes Unterhemd, über das er ein Holster geschnallt hatte, und Hausschuhe an den Füßen. »Ich hätte dich in dieser Scheiße stecken lassen sollen!«

»Keine leere Drohung, Jerry«, mischte sich Phil ein. »Zwar funktionierte der zwischengeschaltete Sender, aber ich wusste nicht, wo sich die aufgegebene Tennisanlage befand. Ich rief den Lieutenant an, und er erinnerte sich sofort.«

Ich wandte mich an Boulver.

»Sie wissen, wer die Anlage finanziert hat, Lieutenant?«

Er presste die Lippen aufeinander und nickte.

»Hängt er drin?«

»Er ist der Drahtzieher, der Organisator und der Geldgeber.«

»Okay, ich werde ihn festnehmen!«

»Überlassen Sie ihn uns, Lieutenant! Der Mann ist ein FBI-Fall.«

»Einverstanden, dass ich mitkomme?«

»Selbstverständlich.«

Wir stiegen in Phils Pontiac. Boulver wuchtete seine zweihundert Pfund auf den Rücksitz.

Zwei Streifenwagen mit Polizisten des 3. Reviers folgten uns.

»Ja, ich tötete sie«, sagte der Mann, »aber ich tat es nicht absichtlich.«

Er näherte sich Jill und blieb dicht vor dem Sessel stehen. »Sie war einverstanden, dass wir etwas Spaß miteinander haben wollten. Sie hatte Geld kassiert und war bereit, alles zu tun, was ich wünschte. Sie verlangte eine Prise Kokain, um richtig in Fahrt zu kommen. Ich gab ihr den Stoff. Sie schnupfte ihn. Später, als schon einiges zwischen uns gelaufen war, holte sie eine Spritze aus ihrer Handtasche und gab sich eine Injektion.«

Für einige Sekunden schloss er die Augen.

»Was dann geschah, war grauenvoll«, flüsterte er. »Innerhalb von Minuten starb sie. Ich konnte ihr nicht helfen. Bevor ich richtig begriffen hatte, was geschah, war sie tot, und kein Arzt hätte ihr helfen können.«

Er berührte Jill, und sie schauderte unter dieser Berührung. Sie wusste, dass er log. Jenny hatte nie Rauschgift genommen, und Jill war überzeugt, dass sie sich niemals für Geld verkauft hatte.

»Es war ein Fehler, dass ich versuchte, ihre Leiche zu beseitigen«, sagte der Mann. »Ich hätte die Polizei rufen sollen, aber ich fürchtete um meinen Ruf. Ich bin reich, Jill! Ein vielfacher Millionär.«

Seine Hand glitt von Jills Wange über ihren Hals, suchte den Ausschnitt des Bademantels.

»Vergiss Jenny! Was ihr zustieß, lässt sich nicht dadurch ungeschehen machen, dass du zur Polizei läufst. Natürlich würde ich einen Haufen Schwierigkeiten haben, aber ich bin unschuldig. Man würde mich freilassen müssen. Mein Ruf wäre ruiniert. Das will ich vermeiden.«

Mit eisigem Entsetzen fühlte Jill seine Finger auf ihrer Brust. »Sei nett zu mir!«, flüsterte er. »Wie viel Geld willst du? Zehn- oder zwanzigtausend Dollar? Einen Pelzmantel? Einen Sportwagen? Alles kannst du haben, wenn du …«

Er versuchte, ihr den Mantel von der Schulter zu streifen. Sie hielt das Glas, das er ihr gegeben hatte, noch in der linken Hand. Mit einer heftigen Bewegung schüttete sie ihm die Flüssigkeit ins Gesicht.

Fluchend fuhr er zurück. Da er eine Brille trug, wurden seine Augen nicht getroffen.

Jill sprang auf und wollte flüchten. Er bekam den Mantel zu fassen, riss ihn herunter. Jill strauchelte und fiel.

Er warf sich auf sie, stemmte ihr ein Knie in den Rücken und zerrte den Rock von ihren Hüften.

Jill gelang es, sich aufzubäumen und ihn abzuschütteln. Sofort stürzte er sich erneut auf sie.

Sie zog ihm die Fingernägel durchs Gesicht.

»Verdammte Hure!«, schrie er und schlug mit den Fäusten auf sie ein.

Jill verlor für wenige Sekunden das Bewusstsein. Der Mann nutzte die Gelegenheit. Als Jill wieder zu sich kam, kniete er über ihr, eine Hand in ihr Haar gekrallt, in der anderen ein Glas.

»Trink!«, fauchte er sie an. »Trink!«

Er zerrte ihren Kopf hoch, zwang sie, den Mund zu öffnen, und goss die Flüssigkeit in ihre Kehle. Jill erlitt einen Erstickungsanfall, aber sie schluckte einen großen Teil.

Sekunden später hatte sie das Gefühl, als explodiere die Sonne in ihrem Kopf.

Phil durchraste den Küstenort Bayville. Hinter uns funkelten und flackerten die Rotlichter der Streifenwagen.

Lieutenant Boulver thronte auf dem Rücksitz wie ein gewaltiger Buddha und füllte das Innere des Autos mit den Ausdünstungen seines Körpers. Von Zeit zu Zeit rollten immer die gleichen Worte über seine Lippen. »Ich kann es nicht glauben!«

Phil ging mit der Geschwindigkeit herunter.

»Nächste Straße rechts«, sagte Boulver, »aber ich kann es immer noch nicht glauben.«

Ein Schild tauchte im Scheinwerferlicht auf. *Privatbesitz! Kein Zutritt für Unbefugte!*

In zwei Kurven schraubte sich die Straße zu der

Anhöhe hoch, auf der das große alte Haus stand. Unmittelbar nach der zweiten Kurve öffnete sich der Blick auf die Front und die Treppe. Als Phil den Pontiac herumzog, wischten die Scheinwerfer über den Vorplatz wie Lichtkegel eines Leuchtturms, und erfassten einen silbergrauen Rolls Royce. Neben dem Schlag stand Herb Monk jun., offenbar im Begriff einzusteigen. Von dem weißen Licht der heranschießenden Fahrzeuge war er geblendet und fast paralysiert.

Kreischend schlugen die Bremsen an. Phil und ich sprangen aus dem Pontiac. Die Cops stürzten aus ihren Fahrzeugen, und nur Lieutenant Boulver brauchte etwas länger, bis er seinen Körper ins Freie gewuchtet hatte.

Als Erster stand Phil vor Herb Monk, der zurückwich und stammelte: »Was wollen Sie?«

Phil berührte die Schulter des Bankiers.

»Ich verhafte Sie wegen der Beihilfe zum Mord, wegen Bandenbildung und Rauschgifthandels. Jede Äußerung kann gegen Sie verwendet werden.«

Boulver brüllte wie ein Nashorn: »Monk, hattest du dieses Mädchen in deinen dreckigen Fingern? Antworte!«

Die Scheinwerfer erhellten das Innere des Rolls. Unter einem dunklen Mantel lag irgendetwas auf der Sitzbank. Ich trat näher an den Wagen heran.

Ein nackter Fuß ragte unter dem Mantel hervor.

Ich riss die Tür auf und zog den Mantel weg.

Nackt, reglos der Körper einer Frau!

Ich hob den Kopf an, sah Jill Masters Gesicht und brüllte: »Notarzt! Ambulanz!«

Ein Cop riss das Mikrofon aus der Halterung und rief die Zentrale.

Es entstand ein Augenblick der Verwirrung, in der niemand auf Herb Monk achtete. Er nutzte die Chance zu einem ungeschickten Fluchtversuch.

Weder ein Polizist noch Phil oder ich stoppten ihn.

Nein, es war Boulver, der ihm nachsetzte. Monk blieb stehen und hob die Arme als Zeichen der Aufgabe. Der Lieutenant war nicht zu bremsen. Mit zwei wuchtigen Haken schlug er Monk nieder, und ich war mir in diesem Moment sicher, dass dabei in Monks Kiefer einiges zu Bruch ging.

Zehn endlose Minuten dauerte es, bis der Notarztwagen vorfuhr. Zwei Ärzte stürzten sich auf Jill Master, spritzten Medikamente, die den Kreislauf stabilisierten und die Atmung aufrecht hielten. Dann wurde das Mädchen vorsichtig in die Ambulanz verladen.

»Hat sie eine Chance, Doc?«, fragte ich.

»Ich weiß nicht, wie viel und welches Rauschgift er ihr gegeben und was das Teufelszeug in ihrem Gehirn angerichtet hat«, sagte der Arzt. »Ich hoffe, wir können wenigstens ihr nacktes Leben retten.«

Herb Monk legte kein Geständnis ab. Er behauptete, die Mädchen hätten sich ihm freiwillig und gegen Geld ausgeliefert und Jenny Chesson hätte sich die tödliche Spritze selbst beigebracht. Es gab keine Zeugen, und wegen des Mordes an Jennifer Chesson konnte Monk nicht verurteilt werden.

Von Jo Stroker wurde er schwer belastet. In riskanten Spekulationen hatte Monk Gelder seiner Bankkunden verspielt. Zusammen mit George Douglas und Stroker baute er ein Syndikat auf, das mit Rauchgifthandel, Glücksspiel, Kreditwucher und Menschenschmuggel mehr Geld einbrachte, als sich auf ehrliche Weise verdienen ließ und das außerdem Herb Monk Gelegenheit verschaffte, sich mit immer neuen Mädchen und Frauen versorgen zu lassen. Nie wagte er selbst, ein Mädchen anzusprechen. Das mussten George Douglas und Liz Sciacca für ihn besorgen. Sie lockten die Mädchen mit Versprechungen in Monks

Gewalt. Erst wenn er mit seinen Opfern allein war, ließ er seinen Leidenschaften die Zügel schießen.

Ob Monk andere Mädchen außer Jennifer Chesson umgebracht hatte, konnte nie geklärt werden. Manche Frauen, die durch seine Hände gegangen waren, wurden Jo Stroker übergeben, der sie an brutale Zuhälter weiterreichte, die dafür sorgten, dass die unglücklichen Opfer den Mund hielten. Einige hatten sich ihr Schweigen vermutlich mit Geld abkaufen lassen, aber als das Gericht Herb Monk junior für den Rest seines Lebens ins Zuchthaus schickte, wusste niemand, ob in anderen Nächten die Flut die Körper unglücklicher Mädchen hinausgetragen hatte, denen es nicht gelungen war, wenigstens das nackte Leben zu retten.

ENDE

Das Bordell
am Hudson River

Sie war schweißgebadet und erschöpft. Aber sie fühlte sich nun doch sicherer. Aufatmend ließ sie sich in die Rückenpolster sinken und zog die Handbremse an. Der Motor lief noch. Das Scheinwerferlicht durchdrang die Wasserwand nur zehn Yards weit. Der Regen hämmerte auf das Dach, und die Scheibenwischer schienen sich unter der Last des herabrauschenden Wassers zu biegen. Die Klimaanlage war den Auswirkungen des Wolkenbruchs nicht mehr gewachsen. Feuchte und stickige Luft erschwerte der jungen Frau das Atmen. Durch die beschlagenen Seitenscheiben konnte sie fast nichts mehr sehen.

Mit zitternden Fingern griff sie nach einer Zigarette und zündete sie mühsam an.

Schwarze Schlampe!

Noch immer hörte sie ihn brüllen. Gequält schloss sie die Augen. Okay, sie hatte ihn abgehängt. Verdammt beruhigend, das zu wissen. Über Meilen hatte sie die Glotzaugen des zweisitzigen Cobra nicht mehr im Spiegel gesehen. Er musste aufgegeben haben. Ganz sicher.

Etwas glitt ins Scheinwerferlicht, als hätte sie es durch ihre Gedanken herbeigerufen. Mit einem Wedeln stellte sich das flache Ding quer. Reifen kreischten und verstummten sofort wieder. Regenwasser funkelte auf mattem Silbergrau. Der Cobra.

Katie Turner schrie auf. Die Angst packte sie wie eine Faust und schüttelte sie. Fast schaffte sie es nicht, nach der Türverriegelung zu greifen. Ihre Hände flogen. Alles war verschlossen. Sie hatte sich schon vorher vergewissert, doch ihre gepeinigten Nerven säten Misstrauen gegen sie selbst.

Der Mann stieg aus. Gemächlich drehte er sich um und blickte über das flache Hardtop des Sportwagens. Der Regen kümmerte ihn nicht. Das Wasser perlte von seinem öligen Kraushaar, lief über die schwarze Haut und konkurrierte schillernd mit dem Weiß der Augen und der Zähne. Ein bösartiges Weiß.

Katie Turner wurde starr vor Angst. Der Hosenanzug klebte auf ihrer Haut und zwängte sie ein wie ein Panzer. Ihre Gedanken rasten. Sie kam nicht auf das Naheliegende. Der Cobra versperrte ihren Fluchtweg. Dadurch entstand ein Riegel in ihrem Gehirn, eine Blockade, die es ihr verwehrte, an den Rückwärtsgang auch nur zu denken.

Yank Lamberton war bereits bis auf die Haut durchnässt, als er sich vom Wagendach abstieß und grinsend losschlenderte. Mit einem gelben Sommeranzug und dem roten Hemd sah er aus wie ein gebadeter Papagei. Dennoch gab er damit keinen Anlass, für lächerlich gehalten zu werden.

Katie fürchtete sich vor niemandem auf der Welt mehr als vor ihm. Er war gefährlicher als jede Schlange, als jedes Raubtier. Wer sich ihm einmal unterwarf, den ließ er nicht mehr los. Es kostete übermenschliche Kraft, ihm zu entrinnen.

Es konnte das Leben kosten.

Und sie hatte schon geglaubt, es geschafft zu haben! Allen Ernstes hatte sie es geglaubt.

Sie sah ihn jetzt nur noch verschwommen. Er war schon links von ihrem alten Buick. Gleich würde er neben ihr stehen und am Türgriff rütteln. Sie konnte es sehen, als geschähe es schon. Dabei war er noch Yards entfernt. Sie sah das Unaufhaltsame, und es trieb ihr einen glühenden Pfahl in den Bauch.

Das schemenhafte Gelb schien im Regenvorhang zu schweben.

Katie riss den Mund weit auf, aber der Schrei wollte nicht hervorbrechen. Die Zigarette entfiel ihren kraftlosen Fingern. Die gelbe Gestalt hatte alle Zeit dieser Welt. Stechender Schmerz durchzuckte Katies rechten Oberschenkel. Sie schnippte die Zigarette weg, deren Glut sich durch den Hosenstoff gefressen hatte. Ein Funkenregen entstand. Auch ihr Handrücken tat weh. Verzweifelt trampelte sie auf den Teppich, um die Glut zu tilgen. Plötzlich war sie wieder in der Wirklichkeit, griff nach dem Wählhebel, riss ihn auf Rückwärtsfahrt. Sie löste die Handbremse. Der Wagen rollte schon an.

Im Regentrommeln waren die Schüsse unbedeutende trockene Schläge.

Der Buick sackte nach links wie in ein Loch. Katie schrie mehrmals, trat das Gaspedal bis aufs Bodenblech durch und klammerte sich an das Lenkrad. Der Wagen schlingerte, gehorchte der Motorkraft nicht. Reifengummi schabte gefaltet im Radkastenblech.

Ein Krachen löschte alles aus.

Es traf Katie mit der Gewalt eines Stromschlags. Sie begriff nicht sofort, was geschehen war. Sie sah die Glaskrümel links auf dem Sitz und auf ihrem Hosenbein. Schlanke, nervige Hände drehten die Pistole in die ursprüngliche Richtung und ließen sie unter dem gelben Jackett verschwinden. Diese Hände hatten nie körperlich arbeiten müssen. Frauen hatten das erledigt. Und sie erledigten es noch. Körperlich. Im wahren Sinn des Wortes. Nässe und Kälte wehten herein, ohne dass es Katie störte. Ihre Nerven spielten nicht mehr mit. Ihr fehlte die Kraft, erneut zu schreien. Und ihr wurde bewusst, dass der Motor nicht mehr auf das Gaspedal reagierte. Abgewürgt.

Sie wollte sich nach rechts werfen, wollte zur Beifahrerseite hinaus.

Die Faust war, wie eine Eisenkralle. Ihr Oberarm schien zerquetscht zu werden. Der hoch gewachsene Mann schleifte sie ins Gebüsch des Highway-Parkplatzes. Sie hatte keinen Willen mehr, konnte sich nicht mehr wehren. Die Todesahnung stumpfte ihr Empfinden ab. Ihre Gedanken erloschen. Es war ein gnädiger Mechanismus, der sie diese letzten Sekunden, vielleicht Minuten, nicht bewusst erleben ließ.

Ross Conte hatte angenommen, die Strecke nach Tarrytown auf einen Rutsch bewältigen zu können. Der verdammte Regen machte ihm einen Strich durch die Rechnung. Die Schleicherei ging ihm auf den Nerv. Energieverschwendung. Bei einer Sichtweite von kaum mehr als zehn Yards konnte man ebenso gut anhalten. Ein Restaurant hätte ihm jetzt gefallen. Aber auch eine warme und trockene Imbissbude würde es tun. Heißer Kaffee, dazu etwas Kräftiges zwischen die Zähne.

»Schwächling«, knurrte Conte sich selbst an. Er hatte angefangen, sich nach Gemütlichkeit zu sehnen, nach Wohlbehagen. Der Teufel mochte wissen, seit wann das so war. Seit einem Jahr? Oder seit zwei oder mehr Jahren? Es machte ihn verrückt. Er war auf dem besten Weg, seinen eigenen Grundsätzen untreu zu werden. Schwächen kannst du dir nicht leisten, mein Junge. Das hatte er den Anfängern gesagt, die Webb in letzter Zeit häufiger zu ihm geschickt hatte, damit er ihnen Teile seines Wissens vererbte.

Sein Können konnten sie ihm nicht abluchsen. Denn es beruhte in erster Linie auf seiner Intelligenz, der Vielgleisigkeit seiner Gedanken und der Fähigkeit, blitzschnell die richtigen Enden zusammenzuknüpfen. Und wenn er tatsächlich anfing, Schwächen zu entwickeln, so glich er sie augenblicklich dadurch aus, dass er sie erkannte, analysierte und schonungslos ausmerzte.

Die Fahrbahn verbreiterte sich nach rechts. Conte lenkte seinen neuen Wagen auf die Abbiegespur. Ein nagelneuer Oldsmobile Calais, stahlblau. Die Klimaanlage war ein Gedicht. Er hatte Cokedosen dabei. Er konnte rauchen, ohne dass die Luft zum Schneiden dick wurde. Er konnte es sich ein bisschen gemütlich machen.

Lückenhaftes Buschwerk wucherte beiderseits des Parkplatzes. Irgendwann waren das Ziersträucher gewesen, mit viel Rasen dazwischen. Man hatte es verwahrlosen lassen. Wie so oft. Schimmerndes schälte sich aus dem Regenvorhang. Conte trat auf die Bremse und schaltete die Scheinwerfer aus. Instinkt und Reflexe funktionierten bei ihm auch ohne konkreten Anlass. Er ließ den Wagen noch ein Stück rollen und stoppte dann.

Ein alter Buick. Die Scheinwerfer brannten, der Motor lief nicht. Fahrertür weit offen. Scheibe eingeschlagen. Quer vor dem Buick ein Cobra-Nachbau. Keine Menschenseele. Und der Regen rauschte.

Misch dich nicht in anderer Leute Angelegenheiten. Auch ein Grundsatz, nach dem Conte zeit seines Lebens gehandelt hatte. Er stellte den Motor ab und zog die Handbremse an. Das Trommeln des Regens erstickte alle anderen Geräusche – wenn es sie gab. Conte überprüfte sich selbst und kam zu dem Ergebnis, dass da etwas war, das ihn neugierig machte. Er ließ die Einzelheiten auf sich wirken. Im nächsten Moment hatte er es.

Der Fahrersitz des Buick. Der Abstand zwischen Sitz und Lenkrad war so gering, dass kein Mann sich hineingezwängt hätte. Manche Frauen fuhren so, weil sie unsicher waren. Grund genug zur Neugier. Und jetzt befand sich die Fahrerin des Buick in einer Ausnahmesituation. Contes Blick wanderte zu dem Gebüsch. Er stellte sich vor, was sich dort abspielte. Er griff nach hinten und zog die Wetterjacke vom Rücksitz. Noch im Wagen hüllte er sich in das wattierte Ding. Die Schließkordel der Kapuze zog er unter dem Kinn zusammen. Bevor er ausstieg, schaltete er die Innenbeleuchtung aus.

Der Regen rauschte auf ihn herab, und er kam sich vor, als ob er auf dem Grund eines Flussbetts stünde. Er blieb weit von dem Buick entfernt und vermied es, ins Scheinwerferlicht zu blicken. Seine Augen gewöhnten sich dadurch rasch an die Dunkelheit, er hatte auch dies trainiert. Trotz der Kapuze konnte er das Leerlaufsummen des Motors hören. Die Konturen des Buschwerks vermochte er zu erkennen. Das genügte. In Gedanken folgte er dem Verlauf der Spuren, die wahrscheinlich von der Mitte zwischen den beiden Fahrzeugen ins Gelände führten. Diagonal zu diesen Spuren, die sicherlich geradlinig verliefen, drang er in das Gelände vor.

Das Gras lag platt auf dem Boden, vom Regen niedergedrückt. Es war, als bewegte man sich auf einem dicken Teppichboden, der unter Wasser gesetzt worden war. Conte erreichte den Schnittpunkt der gedachten Linien. Er blieb stehen. Der Regen prasselte auf seine Kapuze. Er öffnete die Kordel und zog die Kapuze nach hinten vom Kopf. Er kniff die Augen zusammen. Die herabrauschende Nässe klatschte ihm das Haar an die Kopfhaut und zog ihm einen Mittelscheitel.

Er folgte nun der Spur, wie er sie sich vorstellte. Wasser drang durch das feine Leder seiner Schuhe. Sie waren für das Pflaster von New York City gedacht, nicht für einen Spaziergang in aufgeweichtem Gelände. Nach drei Schritten verharrte er abermals.

Jetzt hörte er die Geräusche. Es war, als ob jemand klatschte. Aber die Abstände waren zu groß, als dass es sich allein um zwei Handflächen handeln konnte. Dazu das Keuchen. Jemand atmete stoßweise unter beträchtlicher Anstrengung. Dieser Jemand teilte Schläge aus, und zwar verdammt hart. So, als ob er es zum Äußersten trieb. Conte ging weiter. Er brauchte nicht einmal zu schleichen, denn der weiche Boden und der Regen verschluckten seine Schritte.

Plötzlich sah er das Gelb. Die Frau lag am Boden, verkrümmt, von Regenwasser überspült, und rührte sich schon nicht mehr. Anfangs, so schien es, hatte sie noch versucht, sich vor den Schlägen zu schützen, indem sie den Kopf unter den Armen verbarg. Aber das schaffte sie längst nicht mehr. Ihr Gesicht lag bloß – ein heller, verwundbarer Fleck in der Dunkelheit. Der Kerl im lächerlichen Gelb stand halb gebückt und schlug und schlug.

Conte näherte sich dem Schläger bis auf drei Schritte, ohne dass dieser es mitkriegte. Conte zog die Beretta und sagte: »He, du Drecksack!«

Der Mann fuhr hoch, wirbelte herum.

Conte schoss zweimal, um sicherzugehen. Bei nur geringfügig besseren Lichtverhältnissen hätte er sich mit einer Kugel zufrieden gegeben. Er versenkte die Waffe im Gürtelholster, legte das Halterriemchen über das Griffstück und überzeugte sich, dass der Schläger tot war. Im Tosen des Wolkenbruchs würde kein Mensch die Schüsse gehört haben. Ein Schwarzer, wie Conte jetzt feststellte. Die Frau hatte etwas hellere Haut. In der Reihe ihrer Vorfahren mussten Weiße, Indianer oder etwas in der Art gewesen sein. Sie war bewusstlos.

Conte beeilte sich, das Gelände zu erforschen.

Nur zwanzig Yards entfernt endete der Buschstreifen. Eine weite Wasserfläche schimmerte, vom Tropfengeprassel angeraut. Ein Regenrückhaltebecken. Oder einfach nur einer dieser Seen, die beim Bodenaushub entlang der Highways entstanden. Auf jeden Fall war so ein See bestens geeignet. Die Ufer fielen stets steil ab.

Conte trug den Toten zu dem silbergrauen Sportwagen und legte ihn auf den Beifahrersitz. Er schaltete die Scheinwerfer des Buick aus. Dann fuhr er den Cobra ohne Licht durch den Buschstreifen, hielt unmittelbar am See und verriegelte beide Türen. Nur das Fenster an der Fahrerseite ließ er um Handtellerbreite geöffnet. Er schob den Wagen ins Wasser. Der flache Flitzer versank rasch. Conte holte den Buick und fuhr ihn ebenfalls in den See. Er konnte sicher sein, dass die Reifenspuren im langen Gras schon nach ein bis zwei Stunden nicht mehr zu sehen sein würden.

Auf dem Parkplatz stand kein anderes Auto, als er die Bewusstlose herbeitrug und auf den Beifahrersitz des Oldsmobile bettete. Das Pochen in seinen Lenden wurde stärker. Daran hatte sich nie etwas geändert. Es war jedes Mal das Gleiche, wenn er einen Menschen getötet hatte. Manchmal, wenn er danach nicht sofort eine Frau hatte auftreiben können, war er halb verrückt geworden.

Er stellte den Sitz in Liegeposition, bevor er die Tür auf der Beifahrerseite schloss und rasch um den Wagen herumlief. An der Fahrerseite zog er die nasse Jacke aus, warf sie zwischen die Sitze und stieg ein. Nur für eine knappe Sekunde konnte der Regen auf seinen Anzug prasseln. Er betätigte die Zentralverriegelung von innen, startete den Motor und schaltete die Klimaanlage auf wohlige Wärme. Er knipste die Innenbeleuchtung an und betrachtete die Frau. Sie war außergewöhnlich hübsch. Wenn das lange schwarze Haar trocken war, fiel es sicherlich in seidig fließenden Linien bis auf ihre Schultern. Außer ein paar Prellungen und Schrammen hatte sie keine Wunden davongetragen. Sie öffnete die Augen – dunkelbraune Augen, die so hilflos und verwirrt waren wie die eines kleinen Mädchens.

»Sie sind völlig durchnässt«, sagte Conte. »Sie werden sich den Tod holen. Ich habe eine Decke dabei. Genieren Sie sich, wenn ich Ihnen helfe, das nasse Zeug auszuziehen?«

»Aber nein«, hauchte Katie. Sie fühlte sich matt und zerschlagen. Schmerzen verspürte sie noch nicht einmal. Der Mann wirkte väterlich und Vertrauen erweckend auf sie. Er war einer von diesen hageren Typen, die nie in ihrem Leben ein Gramm Fett zu viel auf den Knochen hatten. Sein Haar war grau. Wenn es nicht so klitschnass war wie jetzt, trug er es wahrscheinlich straff zurückgekämmt. In seinem dunkelgrauen Anzug, mit Schlips und Kragen, wirkte er wie ein Angestellter aus irgendeiner großen Firma. Er konnte auch ein Beamter sein. Katie kannte diese Sorte von Männern. Sie hatten meist die ausgefallensten Wünsche, wenn sie zu ihr kamen. Er begann, ihr den Hosenanzug und die anderen Sachen vom Leib zu schälen. An der Art, wie seine Finger ihre Haut berührten, spürte sie seine wachsende Begierde.

»Sie brauchen keine Angst mehr zu haben«, flüsterte er. »Ich habe den Kerl vertrieben. Der wagt es nicht noch einmal, Sie zu misshandeln.«

»Er hätte mich totgeschlagen«, entgegnete Katie leise. »Ich weiß nicht, wie ich Ihnen danken soll. Sie haben mir das Leben gerettet. Ganz bestimmt. Wenn es nur etwas gäbe, womit ich Ihnen meinen Dank beweisen könnte.«

Conte hatte darauf gehofft, dass sie etwas Derartiges sagen würde. »Es gibt schon eine Möglichkeit«, entgegnete er heiser. Sein Atem beschleunigte sich …

»Hast du es dir noch nicht zusammengereimt? Ich tue es normalerweise für Geld. Der, der mich da zusammengeschlagen hat, ist mein Zuhälter. Das heißt, er war es. Ich bin ihm weggelaufen.«

»Wo willst du denn nun hin?«, fragte Ross Conte.

»Zum ›Petticoat Palace‹«, hauchte sie. »Das ist in Tarrytown.«

Er schmunzelte und schüttelte ungläubig den Kopf. »Stell dir vor, Baby, da haben wir dasselbe Ziel. Aber ein wenig Zeit haben wir noch …«

Norma Lee Ascot hätte nicht einmal ihren Toy-Pudel vor die Tür geschickt. So ein Abend war das. Ich hockte allein in meinem Motelzimmer und hörte den Regen rauschen. Dabei hätte ich die erlesenste Gesellschaft haben können. Denn ein normales Motelzimmer war dies weiß Gott nicht. Und es gab keinen Gast, für den Norma Lee nicht das Passende fand – von schlank und blond bis mollig und schwarzhaarig. In den drei Tagen meiner Anwesenheit war ich abstinent geblieben, was den Sex betraf. Keine leichte Sache, denn Norma Lee hatte die aufregendsten Schönheiten um sich geschart. Doch niemand wurde im ›Petticoat Palace‹ zu irgendetwas gezwungen. Man konnte sich hier durchaus einquartieren und die vielen anderen Freizeiteinrichtungen nutzen. Norma Lee, die Herrin des lustbetonten Imperiums, hatte an alles gedacht – auch daran, dass nicht einmal Männer ständig nur an das eine denken.

Ein Schrei gellte.

Augenblicklich saß ich senkrecht in dem zierlichen Sessel. Der Fernseher war nicht eingeschaltet. Es gab also keinen Thriller, in den ich mich etwa vertieft hätte. Obwohl die bewährten Bestandteile stimmten: rabenschwarze Nacht, strömender Regen, kein vernünftiger Mensch außerhalb seiner Behausung, durch deren Fenster gelbes Licht davon kündete, wie gut man es mit einem Dach über dem Kopf hatte.

Der Schrei wurde erstickt. Gewaltsam.

Noch im selben Sekundenbruchteil war ich auf den Beinen. Im Vorbeihuschen knipste ich das Licht aus. Ich riss die Eingangstür auf und verharrte nach einem federnden Sprung unter dem Vordach. Ich horchte. Es war die Stimme einer Frau gewesen, kein Zweifel. Nicht sehr weit entfernt. Aber aus welcher Richtung? Wer auch immer ihre Peiniger waren – sie hielten sich nicht an die Spielregeln, die in jedem guten Fernsehkrimi gelten. Sie taten mir einfach nicht den Gefallen, die Frau noch einmal schreien zu lassen, damit ich mich orientieren konnte. Ich hatte auch nicht die Zeit, mich ausgiebig zu fragen, was ein Krimiheld in einer Situation wie dieser getan hätte. Deshalb lief ich noch einmal ins Zimmer, versorgte mich mit dem Notwendigen und kehrte ins Freie zurück. Ich schloss den Parka wetterfest und lief los.

Überall auf dem vorderen Teil des Anwesens standen Pilzleuchten. Die kreisrunden Lichtinseln wurden von Regenschwaden durchströmt. Die verschiedenen Gebäude hatten ihre eigene Fassadenbeleuchtung. ›Petticoat Palace‹ in roter Leuchtschrift zierte das Haupthaus ebenso wie den Torbogen ganz vorn beim Parkplatz. Ich wandte mich den dunkleren Gegenden zu, indem ich über die Rasenfläche zwischen Motel und Restaurant lief. Meine Schuhsohlen peitschten den aufgeweichten Boden. Ich erreichte einen Kiesweg und blieb auf dem grasbewachsenen Rand. Ich sagte mir, dass das Kiesknirschen die lautstärkere Fortbewegungsart gewesen wäre.

Ein neues Geräusch durchkreuzte alle gängigen Regieanweisungen.

Mehrstimmiges Grollen. Dann ein Fauchen.

Mich überlief es kalt. Ich legte Tempo zu. Kein Thriller-Regisseur wäre auf die Idee gekommen, auf dem Grundstück eines Bordells am Hudson River Raubtiere ins Spiel zu bringen. Doch Norma Lee Ascot war selbst für so etwas gut.

Ich kannte meine Richtung. Winzige Lichtpunkte von Notbeleuchtungen wiesen mir den Weg. Gleich dahinter befand sich das Löwengehege. Entfernung: Fünfzehn Yards, mehr nicht. Norma Lee hatte damals den gesamten Freizeitpark übernommen, einschließlich Zoo. Letzteren hatte sie bestehen lassen. Unter anderem. Zur Erbauung ihrer Besucher, wenn sie gelegentlich an etwas anderes denken wollten.

Unmittelbar vor den Notbeleuchtungen musste ich

auf den Kies, denn der Rasen endete spitzwinklig an einem mannshohen Maschendrahtzaun. Ich sah die Gestalten im selben Moment, in dem sie meine Schritte knirschen hörten. Sie zuckten zusammen, wie beim Kirschenklauen ertappt. Danach sah es nämlich frappierend aus. Zwei Aluminiumleitern schimmerten hell. Eine innerhalb, die andere außerhalb des Zauns. Der Kerl, der schon auf der Außenseite war, überwand seinen Schreck als Erster und kam mir entgegen. Er tat gemächlich.

»Kein Wetter zum Spaziergehen«, knurrte er, noch zwei Schritt entfernt. »Verschwinde, Mister!«

Ich behielt auch den anderen im Auge, der sich eben über den Zaun schwang. Zu hastig. Er rutschte ab und konnte sich nur mit knapper Mühe an der Leiter festhalten. Er fluchte. Sein Komplize war für eine Viertelsekunde irritiert. Ich fackelte nicht lange, erreichte ihn mit einem Sprung und fegte seine hochruckenden Fäuste weg, als er seinen Fehler begriff.

Zwei Handkanten wie Beton genügten, um ihn auf den Kies zu befördern.

Der andere setzte zum Ansturm an. Auch jetzt griff er noch nicht zur Waffe. Es gab also ernste Gründe für die beiden, nicht auffallen zu wollen. Der zweite Mann verharrte einen Moment und versuchte, mir ins Gewissen zu reden. »Ich warne dich, Buddy. Diese Sache geht schlecht für dich aus, wenn du nicht sofort abhaust. Misch dich nie in etwas ein, das dich nichts angeht. Das musst du doch kapieren!«

»Überhaupt nicht«, entgegnete ich trocken. »Ich hab so was schon als Kind gemacht. Wirklich, Partner. Wenn zwei sich stark fühlten und den schwachen Dritten vermöbelten, hab ich mich eingemischt und die beiden Starken mit der Nase in den Dreck gelegt.«

Er starrte mich an. Es regnete in seinen offenen Mund.

Ich dachte nicht daran, meine Zeit mit Palaver zu

verschwenden. Der Anblick der beiden Leitern genügte, um meine Nerven zum Vibrieren zu bringen. Ich lief auf den Verdutzten zu. Seine Reflexe funktionierten erstaunlich gut. Er brachte eine Deckung zustande, obwohl er nicht danach aussah. Ich tauchte mitten hinein und zerschmetterte ihm den Schutzschild aus Unterarmen und Fäusten. Er schrie auf. Ich ließ nicht locker, trieb ihn mit einem Trommelfeuer von Geraden auf die Leitern zu. Dann, als seine Arme schlaff herabhingen und er nur noch stöhnen konnte, gab ich ihm meine Handkanten zu spüren. Spätestens jetzt musste er begreifen, wie wenig mich seine Warnung beeindruckt hatte.

Noch während er am Zaun in sich zusammensank, war ich bei der Leiter. Die Dunkelheit allein wäre nicht so schlimm gewesen. Aber der verdammte Regen legte einen Vorhang vor alles.

Wohin ich kletterte, wurde allerdings im nächsten Moment deutlich genug.

Wieder ertönte dieses Grollen – wie von zehn menschlichen Bassstimmen im Chor. Es ließ eine kalte Hand über meinen Rücken kriechen. Denn es war, als ob sie mit ihrer Begrüßung extra auf mich gewartet hätten, die griesgrämigen Langmähnen in ihrem Gehege.

Ich stieg auf die Innenleiter um. Die Äußere nahm ich vorsichtshalber mit – für den Fall, dass die beiden Kerle schneller als erwartet aus ihrem Schlummer erwachten. Innerhalb des Zauns befand sich ein schmaler Rasenstreifen. Dann folgte der Graben, zum Glück ohne Wasser. Ich wusste es aus der Erinnerung. Auch, dass ich wenigstens eine Leiter brauchte, um den Graben mit seinen senkrechten Wänden zu überwinden. Denn daran, dass aus meiner Ahnung Gewissheit wurde, zweifelte ich längst nicht mehr.

Das Grollen aus rauen Kehlen wurde augenblicklich schwächer und schwoll gleich darauf von neuem an.

Ich legte die innere Leiter außer Reichweite an den Rand des Grabens. Die andere senkte ich in die schwarze Tiefe, in der der Regen hohl prasselte. Ich wagte es, meine Taschenlampe anzuknipsen. Aufs Geratewohl konnte ich nicht vordringen. Ich hätte riskiert, von einem Prankenhieb in zehn Fuß Tiefe gefegt zu werden. Ich ließ den Lichtkegel in die Höhle der Löwen gleiten, über den Graben hinweg. Über der Höhle – mehr ein ausgedehnter Felsenüberhang – erhob sich ein künstlich angelegtes Gesteinsmassiv. Der Regen schraffierte das Bild.

Dennoch reichte es, um das Blut in meinen Adern zu Eiswasser werden zu lassen.

Das blonde Girl lag weiter links, auf dem Plateau vor der Höhle – völlig durchnässt, bewusstlos, blutüberströmt.

Ich beeilte mich, lief mit der hängenden Leiter, bis ich genau gegenüber war. Während ich das Aluminiumding auf sicheren Grund stellte, schwenkte ich den Lichtkegel nach rechts. Augenblicklich nahm das Grollen zu. Und jetzt sah ich sie.

Ihre Augen schienen zu glühen. Die mächtigen Reißzähne blitzten im Licht der Taschenlampe. Über den breiten Nasen schlug das Fell Zornesfalten. Die Mähnen waren wie flammende Sonnenkränze. Vier, fünf männliche Tieren waren es, die dort unter dem Felsenüberhang eine drohende Front bildeten. Unergründlich blieb, was ihre Sinne mehr anstachelte – die nächtliche Störung, der Blutgeruch oder die Tatsache, dass schon wieder ein Eindringling auftauchte.

Ich.

Im Eiltempo stieg ich die Leiter hinunter, nahm die Taschenlampe in die Linke und zog den Smith & Wesson, während ich auf der anderen Seite emporkletterte. Das Lampenlicht richtete ich nach unten. Möglich, dass es die Riesenraubkatzen zu sehr reizte. Woher sollte ich es wissen? Ich war nie bei einem

Dompteur in die Lehre gegangen. Und die beschwichtigenden Erzählungen hatten auch nicht viel genützt. Dass die Löwen in den Freizeit- und Safariparks ausgemusterte greise Zirkustiere sein sollten, hatte sie nicht daran gehindert, gelegentlich für Schlagzeilen zu sorgen: Parkbesucher zerfleischt. Mann verließ Auto trotz Verbots – von Löwen gefressen.

Ich hatte sechs Magnum-Patronen, um das Girl und mich vor einem solchen Schicksal zu bewahren. Notfalls, wenn genug Zeit blieb, konnte ich die Schnelllader einsetzen. Dann brachte ich es auf achtzehn Patronen. Die Durchschlagskraft von Magnum-Revolvern reichte, um Grizzlys den Fangschuss zu geben. Ich baute darauf, dass es mit Löwen ähnlich aussah.

Unmittelbar vor dem Girl tauchte ich über dem Grabenrand auf.

Das heisere Grollen hatte nicht aufgehört. Ein wütendes Fauchen mischte sich hinein. Ich sah das Blut auf dem reglosen Körper und erschauerte. Langes blondes Haar klebte nass auf dem schrundigen Felsenboden. Lebte das Girl überhaupt noch? Eine Zehntelsekunde lang durchzuckte mich die Frage, ob ich mich nicht geirrt hatte. Hatte ich einen Rettungsversuch der beiden Männer vereitelt? Im nächsten Augenblick war ich geneigt, mir selbst einen Tritt in den Hintern zu verpassen. Trommelte mir jetzt schon der Regen ins Hirn? Wer jemanden retten wollte, lief nicht weg vom Ort des Geschehens! Und schon gar nicht verscheuchte er freiwillige Helfer wie mich.

Plötzlich bewegte sich die Blondine. Außer einem sehr kurzen Rock und einer sehr dünnen Bluse trug sie nichts auf der Haut. Im Stoff der Bluse vermischten sich Blut und Regenwasser. Sie setzte sich auf, als wäre sie beim Mittagsschlaf im Freien von einem Wolkenbruch überrascht worden.

»Nicht bewegen!«, zischte ich.

Zu spät.

Es war ein lautloser Schatten, der sich aus der grollenden und fauchenden Front gelöst hatte. In der Undurchdringlichkeit aus Dunkelheit und Regen sah ich nur die blitzenden Reißzähne. Das Girl schrie, versuchte aufzuspringen und glitt aus. Ich schwang mich über die Grabenkante und feuerte in der Aufwärtsbewegung.

Der Schuss in den Himmel klang wie ein kurzer, harter Donnerschlag.

Geduckt verharrte ich vor der Wehrlosen, um sie zu schützen. Ich rechnete mit dem Anprall der Masse Raubtier, mit den zuschlagenden Pranken, mit den mörderischen Zähnen vor meinem Gesicht. Ich wusste, dass alles, was ich tat, richtig oder verkehrt sein konnte. Mit Todesverachtung schwenkte ich die Taschenlampe nach vorn.

Die Bestie war einen Yard entfernt. Hinter ihr schoben sich die anderen heran. Der Schuss hatte sie beeindruckt, doch nur für den Moment, da war ich sicher. Zugleich hatte der Schreck ihre Wut hochgepeitscht. Ihre Blutgier war entfesselt. Ich zeigte keine Angst. Ich hob den Smith & Wesson ins Taschenlampenlicht und zielte auf die schweflig glühenden Augen über dem tödlichen Gebiss. Ich bildete mir ein, dass mir durch den strömenden Regen der heiße Atem des Löwen entgegenschlug. Ich sprach ihn an.

»Pass gut auf, mein Freund«, sagte ich mit ruhiger und fester Stimme. »Was ich hier in der Hand habe, wirft selbst einen Elefanten von den Füßen. Und mit so einem Riesenvieh kannst du dich nun wirklich nicht vergleichen. Also überleg dir gut, was du tust. Eine falsche Bewegung, und du fängst dir die Kugel. Klar? Miss, Sie gehen jetzt langsam und vorsichtig die Leiter hinunter. Wenn Sie unten im Graben sind, bleiben Sie stehen. Da kann Ihnen nichts mehr passieren, und ich möchte ja auch noch hinunter. Okay?«

Sekundenlang hörte ich nichts. Dann ein gehauchtes »Ja, okay« hinter mir.

Ich behielt mein geiferndes Gegenüber im Auge und setzte meine Ansprache fort. Schließlich, so sagte ich mir, soll es ja sogar wirken, wenn man Pflanzen gut zuredet. »Es würde mir mächtig Leid tun, euch Burschen zu erschießen«, sagte ich so freundlich, als hätte ich einen geigenblättrigen Feigenbaum vor mir. »Also legt es nicht darauf an. Miss Ascot würde vor einer schwierigen Entscheidung stehen. Neue Löwen anschaffen? Oder den Löwenstall dichtmachen?«

Der langmähnige Koloss fauchte weiter und schien völlig unbeeindruckt.

»Wir ziehen uns jetzt zurück«, sagte ich und ließ es energisch-entschlossen klingen. Ich hatte mitgekriegt, dass die Blondine unten angekommen war. Der Teufel mochte wissen, wie sie das mit ihren Verletzungen geschafft hatte. »Besser, ihr stört uns dabei nicht. Okay, okay, bestimmt ist dies eine aufregende Nacht für euch. Aber es liegt jetzt einzig und allein an euch, ob es eure letzte Nacht wird. Begriffen?«

Langsam bewegte ich mich rückwärts. Ich zwang mich, keine hastige Bewegung zu machen. Dabei ließ ich den Löwen vor mir keinen Sekundenbruchteil lang aus den Augen. Mein Zeigefinger lag über dem Abzug, bereit, den Druckpunkt blitzartig zu überwinden.

Die Taschenlampe half mir, die Fellwölbung zwischen den beiden Schwefelaugen im Visier zu behalten. Möglich, dass es funktionierte. Möglich, dass dieser zottige Riesenkerl lange genug mit Menschen zusammen gewesen war, um herauszuhören, wann sie zu allem entschlossen waren. Vielleicht war da sogar ein kleiner Winkel in seinem Hirn, der ihm verständlich machte, dass von mir eine tödliche Gefahr ausging.

Ich tastete mit den Schuhsohlen und erreichte den Grabenrand.

Im selben Moment machte der Löwe einen Schritt auf mich zu und holte mit der Pranke aus. Er schlug zu, wollte die Taschenlampe und den Revolver erwischen. Ich zog beides rechtzeitig zurück. Sein Fauchen schwoll an. Die anderen stimmten mit ein und setzten sich wieder in Bewegung. Der heisere Chor bewirkte, dass sich meine Nackenhaare aufrichteten. Doch ich wusste zugleich, dass ich es einfach nicht fertig bringen würde, gezielt zu schießen. Ich brachte auch den zweiten Fuß nahe an die Felsenkante.

Der Löwe vor mir holte erneut aus.

Ich legte den Finger außen über den Abzugsbügel und sprang rückwärts in den Graben. Die Blondine hatte Glück, dass sie nicht ausgerechnet dort stand, wo ich landete. Tief federte ich in den Kniegelenken.

Drei Yards höher brüllten sie vor Wut. Aber sie wagten sich nicht einmal sehr nahe an den Graben heran. Sie fürchteten Weite und Tiefe. Ich forderte sie dennoch nicht mit der Taschenlampe heraus. Das Wutgebrüll der Löwen hielt an. Als ich mich umdrehte, staunte ich, dass das Girl aufrecht stand. Ich stieß den Revolver ins Holster unter dem Parka und trug die Leiter zur anderen Seite.

»Schaffen Sie es?«, fragte ich besorgt.

»Aber ja«, antwortete sie und begann bereits mit dem Hinaufklettern. »Die Mistkerle haben mich nur betäubt. Mit irgend so einem Zeug im Wattebausch.«

»Und das Blut?« Ich folgte ihr.

»Aus einem Schlachthof. Sie hatten es in einem kleinen Plastikkanister. Als sie es mir vorher erzählten, haben sie sich halb tot gelacht.«

Der Rest war mir klar. Die beiden Männer hatten das Girl in den Graben getragen, auf der anderen Seite hochgehoben und am Rand der Felsplattform mit dem Blut übergossen. Dann hatten sie sie ein Stück weitergerollt. Es war schnell genug gegangen, und sie waren den Löwen nicht zu nahe geraten. Folgerichtig hatten sie darauf spekuliert, dass die Raubtiere durch den Blutgeruch angelockt werden würden.

Als wir den mit kräftigen Winkeleisen gerahmten Maschendrahtzaun erreichten, kletterte ich als Erster hinüber. Denn in einem Schwenk der Taschenlampe erkannte ich, dass sich einer der beiden Kerle auf dem Kiesweg bereits rührte. Ich war schnell genug bei ihm, um ihn erneut dorthin zu befördern, wo er gerade hergekommen war. Der Regen rauschte mit unverminderter Heftigkeit herab. Die unteren zwei Drittel der Hose klebten mir bereits an den Beinen. Wie lange der Parka noch standhielt, war fraglich. Ich drückte dem Girl meinen Zimmerschlüssel in die Hand und sagte ihr, dass es Nummer 331 war. Dankbar hauchte sie mir einen regennassen Kuss auf die Wange und lief los.

Als sie nicht mehr zu hören war, kettete ich die Gangster mit Handschellen aneinander und schleifte sie weg. Sie mussten in der Versenkung verschwinden, damit mein Job nicht gefährdet wurde. John D. High, Phil und ich hatten eine vage Vorstellung davon gehabt, was gegen Norma Lee Ascot und den ›Petticoat Palace‹ lief.

Dass die Gegenseite mit einem Menschenopfer anfangen würde, hatte außerhalb meiner Vorstellungskraft gelegen.

Das Kaminfeuer prasselte. Gelegentlich klang es wie ein Schuss, wenn besonders starke Fasern der Holzscheite zerplatzten.

»Das ist pervers«, sagte Edward Lynch. Er hob sein Whiskyglas und blickte prüfend in die öligbraune Flüssigkeit. Der Widerschein der Flammen funkelte darin.

Norma Lee Ascot öffnete das Fenster einen Spalt weit. Das Regentrommeln auf dem Vordach drang mit doppelter Lautstärke herein. Lächelnd drehte sich die

Frau um. »Wovon sprichst du?« Mit wiegenden Schritten kehrte sie zu der Sitzgruppe zurück. Ihr hauchzarter, seidener Hausmantel hatte die Farbe des Feuers. Durch das Spiel von Licht und Schatten war es, als umwogten Flammen ihren üppigen Körper bei jeder Bewegung. Lächelnd blieb sie vor dem Sofa stehen und betrachtete den Mann in seinen geblümten Bermuda-Shorts. »Was möchtest du mir über Perversitäten erzählen, Chéri?«

Er trank einen Schluck, senkte das Glas auf den Beistelltisch und grinste. »Ich weiß, ich weiß. Ich könnte dir nichts erzählen, was du nicht schon wüsstest.«

Norma Lee lachte und legte die Hände auf das Rund ihrer Hüften. Durch den Flammenschein erhielt ihre Haarpracht einen rötlichen Kranz. »Dir verschlägt es doch nicht die Sprache. Dir doch nicht!«

Er schob sich ein Stück an der weichen Rückenlehne hoch. »Du weißt genau, Norma-Baby, dass nur du das schaffst. Wenn du so vor mir stehst, wenn du mich zwingst, dich anzusehen …«

»Lenke nicht ab, du Süßholzraspler. Was ist pervers? Heraus damit!«

»Himmel! Ich meinte den Kamin. Eine Klimaanlage laufen zu haben, mitten im Sommer, und dann das Fenster zu öffnen, damit einem durch das Feuer nicht zu warm wird.«

»Aber darauf haben wir uns doch eingestellt, Chéri.« Norma Lee schmunzelte und näherte sich einen Schritt. Dabei schob sie ihr wohlgeformtes rechtes Bein zwischen seine Waden. »Wir tragen doch fast nichts am Leib. Ist das nicht paradiesisch?«

»Und wie!« Er versuchte, zwischen ihre Schenkel zu greifen, aber sie wich kichernd zurück.

»Im Übrigen hast du keinen Sinn für Atmosphäre, Chéri.« Sie ließ es vorwurfsvoll klingen. »Draußen herrscht das reinste Unwetter. Es gießt wie aus Kübeln, es ist stockfinster, und es ist so kühl, dass man vor

Kälte schnattern würde, wenn man jetzt hinausliefe. Was kann da schöner sein als ein warmes und trockenes Zimmer! Und ein Kaminfeuer gehört einfach dazu. Dann noch ein Glas erlesenen Rotweins, und die Harmonie ist vollkommen.« Sie drehte sich um und griff nach dem langstieligen Kristallglas, das auf dem Marmortisch stand.

Lynch seufzte tief. »Was erwartest du von einem Kerl, der seit seinem High-School-Abschluss nichts als Paragrafen und die dazu passenden Texte im Kopf hat? Da geht jede Romantik flöten, Norma-Baby.«

Sie kicherte wieder. »Und für das, wozu du sonst noch zu gebrauchen bist, brauchst du deinen Kopf nicht. Das hast du einfach drauf. Wie kein Zweiter.«

»Wirklich?«

»Wenn ich es sage.«

»Ist das ein Kompliment?«

»Aber ja.«

»Du liebe Güte, ein Kompliment aus deinem Mund wiegt dreifach schwer.«

»Du meinst – wegen meiner Erfahrung?« Sie versenkte ihren Blick tief in den Seinen.

»Was denn sonst?«, ächzte er. »Jetzt komm! Mach mich nicht verrückt!« Er streckte die Arme nach ihr aus.

Sie richtete sich auf, hob die Nase und blickte ihn an. »Mit anderen Worten: in meinem Alter …«

»Himmel, das wollte ich damit doch nicht ausdrücken!«

»Man kann es aber so verstehen.«

»Was für einen Grund sollte ich denn dafür haben! Du bist eine Frau in der Blüte ihrer Jahre! Keine andere könnte sich mit deiner Schönheit messen!«

»Wo hast du denn das gelesen?«

»Ich lese nur Gesetzbücher.«

»Stimmt. Ein Punkt für dich. Du scheinst wirklich zu meinen, was du sagst.«

»Klar doch!«, schrie er, indem er den Aufgebrachten spielte »Und außerdem: Wer im Glashaus sitzt, sollte nicht mit Steinen werfen. Sieh mich an! Jemand braucht mich doch bloß anzusehen, um Bescheid zu wissen. Ich bin ein Seelenkrüppel, der sich mit Pizza und Bistecca alla Romana voll stopft. Weil kein Psychiater einen Trick kennt, um mir die Fresssucht auszutreiben.«

Er klatschte mit der flachen Hand auf seinen schwammigen Bauch.

»Aber in deinem Fach bis du ein As.« Norma Lee kam wieder näher.

»In welchem Fach?« Er setzte sein hinterhältiges Grinsen auf.

»In beiden.« Sie ließ den Hausmantel von sich abgleiten. Es war eine seidig fließende Bewegung. Sie trug nichts darunter.

Edward Lynch starrte sie an. Ihre Haut schimmerte. Ihr Körper war barock. Der Regen trommelte auf das Vordach. Das Kaminfeuer prasselte und krachte. Er merkte, wie er immer weniger in der Lage war, seine Gedanken zu ordnen. Norma Lee beugte sich vor. Ihr Lächeln verschleierte sich. Sie streckte die Arme aus. Langsam, unendlich langsam beugte sie sich vor. Lynch stöhnte wie unter Schmerzen. Dann legte sie die Hände auf seine Schultern. Ihre großen Brüste näherten sich seinen Augen, füllten sein Blickfeld aus. Ihre Brüste umschlossen seine Wangen – weich und schwer. Sie begruben sein Gesicht. Er griff nach ihrem festen Fleisch, den Rücken abwärts, wollte sie an sich zerren. Aber sie widerstand. Unvermittelt richtete sie sich ein Stück auf. Er konnte wieder frei atmen. Immer noch lagen ihre Hände auf seinen Schultern. Sie bewegte sich ein Stück zur Seite. Er sah ihre rechte Brust vor sich. Wieder gab es nur dies in seinem Blickfeld. Die Brustspitze strich über seinen Nasenrücken …

»Mein Gott, Chéri, ein Mustang könnte nicht wilder sein als du.« Sie versuchte, sich auf das Geschäftliche zu konzentrieren. »Ich brauche wieder einmal deine Hilfe«, sagte Norma Lee.

»Schon wieder?«, feixte er. »Kannst du denn heute überhaupt nicht genug kriegen?«

Sie boxte ihn in die Seite und zündete sich lächelnd eine Zigarette an. Dann wurde sie ernst. »Es geht um den Umsatz, Ed. Du weißt, wie sich der Laden in den zwei Jahren entwickelt hat. Wenn es weiter so gut läuft, wird die Steuerbehörde mein größter Teilhaber.«

Er nickte. »Mit diesem Schicksal stehst du nicht allein da, Baby.«

»Verschone mich mit solchen Weisheiten. Ich weiß, dass du mehr auf Lager hast als das.«

»Okay, okay. Es gibt die bewährten alten Rezepte. Wer zu gut verdient, muss sich überlegen, wie er den Burschen von der Steuer glaubhaft klarmacht, dass das Gegenteil der Fall ist.«

»Etwas in der Richtung hatte ich von dir erwartet.«

Er sinnierte minutenlang. »Es ist in der Tat erstaunlich«, murmelte er dann. »Kein Mensch konnte vor zwei Jahren ahnen, dass du in eine Marktlücke stoßen würdest. Käufliche Liebe gibt's schließlich an jeder Straßenecke. Aber was du bietest, ist denn wohl doch einmalig. All right. Du hast eine Menge investiert, als du den maroden Freizeitpark übernahmst. Die Abschreibungen reichen nicht mehr aus, um den Gewinn zu drücken?«

»Leider – oder glücklicherweise nicht.«

»Dann solltest du daran denken, deinen Laden in Einzelunternehmen aufzuteilen. Das Motel, das Restaurant, das Hotel, die Schwimmhalle, die irische Kneipe, die französische Bar, den Zoo, die Kinos, das Fitness-Studio, die Sauna und den Whirlpool, das Römerbad – all das ergibt viele nette kleine Einzelbetriebe. Du beteiligst ein paar von deinen Mädchen und machst sie zu Geschäftsführerinnen. Es werden sich jede Menge Möglichkeiten ergeben, Verluste zu machen.«

»Sehr gut«, entgegnete Norma Lee anerkennend. »Ich brauche nur jemanden wie dich, der das alles für mich in die Wege leitet. Und außerdem: Wie wäre es für dich mit einer Teilhaberurkunde?«

»Kommt nicht in Frage. Als dein unabhängiger Berater fühle ich mich wohler. Humphrey Webb würde mir sowieso schon am liebsten den Hals umdrehen. Was meinst du, was passiert, wenn er herausfindet, dass ich fest bei dir einsteige!«

Norma Lee blies die Atemluft durch die Nase aus. »Er würde vor Wut in den Teppich beißen.«

»Und das würde ihm nicht genügen. Der bringt es fertig und schickt mir einen Killer auf den Hals. Oder gleich ein ganzes Rollkommando.«

»Wir sind bislang gut mit ihm fertig geworden.«

»Fragt sich nur, wie lange er noch stillhält. Je besser dein Geschäft läuft, desto mehr wird ihm klar, was du ihm alles weggenommen hast. Im Ernst: Durch den ›Petticoat Palace‹ läuft auf dem Strich in Manhattan bald überhaupt nichts mehr. Darauf kannst du dir was einbilden. Nur wird Webb das nicht hinnehmen. Die Prostitution ist nicht sein wichtigstes, aber immer noch ein Standbein, auf das er nicht verzichten will.«

»Das brauchst du mir nicht zu erzählen.« Norma Lees Gesichtsausdruck verhärtete sich. »Dass ihm die Mädchen weglaufen, hat er sich selber zuzuschreiben. Seine Methoden stammen doch aus der Zeit der Jahrhundertwende. Es muss einfach nicht mehr sein, dass man sich von einem gottverdammten Zuhälter ausbeuten lässt. Webb und seine Leute wollen das nur nicht begreifen.«

»Und du führst ihnen täglich vor Augen, dass sie es eines Tages begreifen müssen.«

Norma Lee lächelte selbstbewusst. »Und du bist

besser als jeder Anwalt, den Webb jemals hatte oder haben wird. Wir sind ein erstklassiges Gespann, Chéri. Gegen uns ist einfach kein Kraut gewachsen.«

»Hochmut kommt vor dem Fall, Norma-Baby.«

»Das ist mir klar. Aber manchmal kann man sich ruhig selbst ein bisschen in den Himmel heben.«

Ich befasste mich keine Minute zu lange mit den beiden Gangstern. Gefesselt und geknebelt und mit einer Wandverstrebung verschnürt, ließ ich sie in einem Geräteschuppen zurück. Der Schuppen befand sich an der Ostseite des Freigeländes, nur ein paar Yards von einer Provinzstraße entfernt. Ich lief zurück. Der Regen rauschte unvermindert heftig. Im Löwengehege herrschte noch immer Unruhe. Die Langmähnen hörten meine Schritte und nahmen es zum Anlass, erneut ihren heiseren Chorgesang anzustimmen. Ich ließ mich nicht mehr davon beeindrucken. Die Leitern standen noch am Zaun.

Ich erreichte den Moteltrakt, lief an der Reihe der parkenden Wagen entlang und angelte die Schlüssel aus der Hosentasche. Als James B. Covington fuhr ich einen schwarzen Cadillac Cimarron, das Kompaktmodell der Nobelfirma. Ich schwang mich hinter das Lenkrad, nahm den Hörer des Autotelefons ab und ließ mich mit dem Privatanschluss Phil Deckers verbinden. Ich hatte Glück. Mein Freund und Kollege meldete sich.

»Interessiert dich das Nachtleben von Manhattan nicht mehr?«, fragte ich.

»Doch, und wie. Aber ich traue mich nicht vom Telefon weg. Ich habe nämlich ständig mit deinem Hilferuf gerechnet.«

»Ich brauche keine Hilfe.«

»Spiel dich nicht auf, Alter! Willst du behaupten, du bist den Anforderungen da draußen gewachsen?«

»Du wirst es nicht glauben«, grinste ich, »aber sie nehmen nicht mal Geld von mir.«

»Aus Mitleid. Völlig klar. Bei so armseligen Leistungen zeigen sie ein mitfühlendes Herz.«

»Aus dir spricht der pure Neid«, entgegnete ich. »Wenn ich das Thema abbreche, heißt das nicht, dass ich mich geschlagen gebe. Aber meine Zeit ist einfach knapp. Ich habe etwas zum Abholen deponiert.« In Stichworten erklärte ich ihm, wo die beiden Festgenommenen zu finden waren.

Phil versprach, die State Police in Tarrytown zu verständigen. Die Kollegen würden die Gangster unauffällig abholen. Noch in dieser Nacht würden sie im Zellentrakt des FBI-Distriktgebäudes an der Federal Plaza verschwinden. Sie würden vorläufig nicht vernommen werden und auch keine Verbindung mit einem Rechtsanwalt aufnehmen dürfen. Solange ich meine Identität als James B. Covington aufrechterhalten musste, sollte es dabei bleiben.

Ich stieg aus, schloss den Caddy sorgfältig ab und klopfte an die Tür mit der Nummer 331. Es dauerte etliche Sekunden, ehe mich mein weiblicher Gast durch den Spion begutachtete. Das Notlicht unter dem Vordach reichte aus, um Gesichtszüge erkennbar zu machen. Das Schloss schnappte, die Sicherungskette klirrte, die Tür schwang auf. Ich schüttelte die Regenbäche von dem Parka, bevor ich eintrat.

Alles, was ich sah, war ein hübscher Rücken und die noch hübschere Verlängerung davon. Wassertropfen funkelten wie Perlen auf der samtenen Haut. »Ich dusche gerade!«, bekam ich zu hören, und dann war der erbauliche Anblick im Bad verschwunden. Das Wasser rauschte.

Ich verriegelte die Tür und überzeugte mich, dass die Jalousien der Fenster heruntergelassen waren. Dann hängte ich meine nassen Sachen über die Heizung und zog einen bequemen, grauen Jogginganzug an. Das Motelzimmer glich einem kleinen Apartment. Es hatte einen Livingroom mit Sitzgruppe, Fernseher und Mini-Bar, ein abgeteiltes Schlafzimmer und das geräumige Bad.

Ich mixte mir einen Bourbon mit Eis und Wasser, das laut Flaschenetikett aus einer Quelle in den Bergen von Kentucky stammte. Mit dem Drink und einer Zigarette versenkte ich mich in den Sessel neben dem Fernsehapparat. Das Regenrauschen war nur schwach zu hören, doch es hatte ganz den Anschein, als ob sich der Himmel anstrengte, eine neue Sintflut auszulösen. Wenn es denn so sein sollte, musste dies die Nacht sein, die man noch einmal richtig genießen durfte.

Nach einer Viertelstunde wurde nebenan das Wasser abgedreht. Mein Bademantel erschien im Türrahmen. Was über dem Kragen zu sehen war, war krebsrot. Das blonde Haar hatte sie unter einem Frottiertuch zusammengerollt. »Puh, das war notwendig! Jetzt ist mir richtig schön heiß. Einen kühlen Drink könnte ich jetzt auch gebrauchen.«

Ich lächelte. »Von einem Wechselbad ins andere?«

»Den Eindruck müssen Sie von mir gewinnen, das ist mir klar. Aber vergessen Sie nicht, dass der erste Teil, im Regen, unfreiwillig war.« Sie setzte sich mir gegenüber und gab mir die Hand wie ein artiges kleines Mädchen. »Ich heiße Sheena. Sheena Seymour.«

Ich sagte ihr meinen Tarnnamen. Meinem erblondeten Haar und dem gleichfarbigen Schnauzbart hatte der Regen nichts anhaben können. Windermeere, unser Maskenbildner, hatte die richtigen Mittel, um das Ergebnis seiner Verwandlungskünste dauerhaft zu machen. »Was für einen Drink?«, fragte ich und stand auf.

»Das Gleiche wie Sie, James. Darf ich Jim sagen?«

»Sicher. Das sagen sowieso die meisten.« Ich brachte ihr den fertigen Bourbon-Soda.

»Danke.« Sie blickte zu mir auf. »Sind Sie Polizist?«

Es kam so unverhofft, dass ich befürchtete, sie für einen Sekundenbruchteil verblüfft angestarrt zu haben. »Sehe ich so aus?«, erwiderte ich lachend und setzte mich wieder.

»Keine Ahnung.« Sheena zuckte mit den Achseln. »Keine Ahnung, wie der typische Cop aussieht. Aber wie Sie mit diesen Mistkerlen fertig geworden sind …« Sie ließ den Rest unausgesprochen, hob das Glas und blickte mich über den Rand hinweg an, während sie trank.

Ich behielt mein Lächeln bei und winkte ab. »Army-Erfahrung. Ich war Berufssoldat.«

»Und jetzt?«

»Versicherungen aller Art.«

»Danach sehen Sie nun wirklich nicht aus, Jim.«

»Hölle und Teufel«, knurrte ich. »Wenn Sie den typischen Cop nicht kennen, woher kennen Sie dann den typischen Versicherungskaufmann?«

»Dreimal dürfen Sie raten.« Sie zwinkerte mit dem linken Auge, während sie sich eine Zigarette nahm und sich Feuer geben ließ.

»Verstehe«, nickte ich. »Versicherungskaufleute kriegen Sie hier öfter zu sehen.«

»Cops nur in Uniform und nur im Dienst.«

»Gibt es dafür Gründe?«

»Gelegentlich.« Sie presste die Lippen aufeinander und senkte den Blick.

»Betriebsgeheimnis?«, fragte ich spöttisch. »Oder sind es die gleichen Gründe, aus denen Sie den Löwen vorgeworfen wurden?«

»Für einen Versicherungsmann stellen Sie ziemlich komische Fragen.«

Ich wusste, was sie beinahe noch hinzugefügt hätte. Sie hatte ein verdammt gutes Gespür. Ich musste aufpassen. »Bei Schadensfällen«, erklärte ich, »muss man den Leuten manchmal auch auf den Zahn fühlen. Da unterscheidet sich unsereiner wenig von einem Cop.«

»Ich habe mich überhaupt noch nicht bedankt.«

»Dann haben Sie es hiermit getan. Lenken Sie nicht vom Thema ab.«

»Wenn wir im Fernsehen wären, würde ich jetzt fragen: Ist dies ein Verhör?«

»Und ich würde antworten: Nein, ich bin nur neugierig.« Ich drückte meine Zigarette in den Aschenbecher. Über den Tisch hinweg sah ich sie einen Moment lang mit Verschwörermiene an. »Aus Dankbarkeit könnten Sie mir eigentlich sagen, was hier läuft, Sheena. Ich meine die Gründe, weshalb Cops herkommen müssen.«

Sie schnaufte, leerte ihr Whiskyglas und hielt es mir entgegen. »Nennen Sie es Sabotage. Kolleginnen haben auf einmal rabiate Kunden, von denen sie grün und blau geschlagen werden. Mit diesen hässlichen blauen Flecken am Körper fällt unsereins für Wochen aus.«

»Das ist alles an so genannter Sabotage?«

»Nein. Es gibt Einbrüche. Autos werden aufgebrochen. Und ähnliche Scherze.«

»Hm. Aber den ersten Mordversuch gab es heute Nacht.«

»Mein Gott!« Sie schlug die flache Hand vor den Mund. »Sie haben mir das Leben gerettet, Jim! Und wir sitzen hier herum und tun so, als ob wir über das Wetter reden! Das ist mir überhaupt noch nicht richtig bewusst geworden. Wenn ich mir vorstelle, was passiert wäre, wenn Sie nicht ...« Wieder sprach sie es nicht zu Ende aus.

»Denken Sie nicht daran«, riet ich. »Reden Sie über unser Thema weiter wie über das Wetter.«

Sie lächelte matt. »Komischerweise fällt es mir in Ihrer Gegenwart leicht. Sie haben etwas Beruhigendes an sich. Im Ernst.«

»Das kann nur daran hegen, dass ich so viel Ähnlichkeit mit einem Cop habe.«

»Jetzt nehmen Sie mich auf den Arm.«

»Nur aus Spaß.« Ich versorgte uns beide mit neuen Drinks und neuen Zigaretten. »Wollen Sie mir sagen, wie es passiert ist?«

»Ganz einfach. Ich hatte meinen freien Abend. Die Halunken standen plötzlich in meinem Zimmer. Den Rest kennen Sie.«

»Eine Ahnung, wer die Kerle geschickt hat?«

»Was haben Sie mit ihnen gemacht?«

»Ich habe sie den Cops zum Abholen bereitgelegt«, antwortete ich wahrheitsgemäß.

»Dann könnte es sein, dass auch Sie Ärger mit Webb kriegen.«

»Ist das der, der sie geschickt hat?«

»Haargenau. Ein offenes Geheimnis. Er organisiert auch die anderen Scherze. Die Sabotagesachen.«

»Dann ist er ein Konkurrent oder so etwas?«

»So kann man es ausdrücken.« Sheena ließ sich in ihrem Sessel zurücksinken. Sie nippte an ihrem Drink. »Und jetzt finde ich, sollten wir wirklich über das Wetter reden, wenn Ihnen nichts Besseres einfällt.«

Ich hätte noch eine Menge Themen auf Lager gehabt. Doch ich wollte den Bogen nicht überspannen. Was sie mir über Webb erzählt hatte, wusste ich längst. Mehr noch. Unsere New Yorker Informanten hatten den Anlass für meinen Einsatz geliefert. Webb schickte einen Killer in den ›Petticoat Palace‹. Das Problem lag indessen nicht in der Person des Killers. Es gab nur eine begrenzte Auswahl an Männern, die Webb für einen solchen Job einsetzen konnte. Das Problem bestand darin, dass keiner unserer V-Leute wusste, wen Webbs Mann ins Visier nehmen sollte. Gern hätte ich Sheena als Verbündete gewonnen. Aber der Zeitpunkt war einfach noch zu früh. Ich kannte sie noch nicht lange genug.

Später, als sie sich richtig aufgewärmt hatte, sagte sie, dass sie mir ihre Dankbarkeit beweisen wolle. Ich setzte ihr auseinander, dass sie über Nacht bleiben konnte. Weil ich vorhatte, sie zu beschützen. Nicht, weil ich sie ausnutzen wollte. Sie sah mich mit diesem Gesichtsausdruck an, der besagte, dass sie sich keinen Mann vorstellen konnte, der nicht immer nur an das eine dachte.

Vielleicht war sie betriebsblind geworden.

Der Regen hatte endlich aufgehört. Aber noch immer hing eine schwere, dichte Wolkendecke über dem Bundesstaat New York. Tarrytown lag verkehrsgünstig, war aus allen Himmelsrichtungen gut zu erreichen. Die mächtige Tappan Zee Bridge spannte sich über den Hudson River und führte den Verkehr von Westen heran. Auf der Ostseite des Flusses waren vor allem die Interstate Highways 87 und 287 die Hauptschlagadern.

Ross Conte nahm Gas weg, als das erste Hinweisschild auftauchte. ›Petticoat Palace‹, nächste Ausfahrt. Keine weitere Erläuterung. Dem Kundigen genügte es, dass das Schild bonbonrosa lackiert war, die Schrift in heiterem Blau und das große ›P‹ von Petticoat in ein rotes Herz gebettet. Conte erinnerte sich, vor Jahren einmal hier vorbeigefahren zu sein. Damals hatte der Freizeitpark noch floriert. Conte hatte all die Wagen gesehen, die Familienkutschen, auf den hinteren Sitzen mit Kindern voll gestopft und mit geduldigen jungen Eltern auf den Vordersitzen. Er hatte sich vorgestellt, wie es sein mochte, einen ganzen Nachmittag lang von ungeduldigen kleinen Händen hin und her gezerrt zu werden. Vom Raubtierkäfig zu den Kunststoff-Sauriern, von der Achterbahn zu den Wildwasserbooten, von Softeis zu Pommes Frites oder Hamburgern.

Schon damals war sein Leben längst eine Einbahnstraße gewesen. Er hatte es nicht anders gewollt. Und er war froh darüber. Er mochte keine Kinder. Er hasste es, eine Frau wie eine Klette am Hals zu haben. Wenn er eines Tages starb, würde er einsam sein. Eine Wegbegleiterin hatte er nie vermisst. Auch auf seinem letzten Weg würde er keinen Menschen brauchen. Es stand alles fest. In seinem Leben gab es keine offenen Fragen.

»Willst du mal Kinder haben?«, fragte er, während er den Oldsmobile in die Ausfahrt lenkte.

Die Landschaft am Fluss war hügelig und an vielen Stellen bewaldet wie ein großer Park, der sich über mehrere Meilen erstreckte. Die Kleinstadt Tarrytown war sauber und ansehnlich, wie sie sich in diesen Park eingebettet hatte.

»Kinder?« Katie sprach das Wort aus, als handelte es sich um etwas so Fremdartiges wie Kängurus oder den geheimnisvollen Yeti.

»Warum nicht?« Ross Conte legte die Unterarme halbkreisförmig auf die obere Hälfte des Lenkrads. Er konnte sich die gemütliche Fahrweise leisten. Es war gerade erst hell geworden. Auf den Straßen herrschte kaum Betrieb. »Ich habe noch keine Frau erlebt, die nicht irgendwann darüber nachdenkt, wozu sie von der Natur bestimmt ist.«

»Von der Natur bestimmt!«, prustete sie und sah den hageren Mann von der Seite an. Sein Anzug, sein Hemd und die Krawatte waren wieder tadellos, als hätte es die Nacht überhaupt nicht gegeben. Er hatte tatsächlich einen Batterierasierer im Handschuhfach. Ungepflegtes Äußeres schien ihm ein Gräuel zu sein. »Als Frau bin ich doch keine Gebärmaschine!«

»Du willst es nicht sein. Du hast die Freiheit, es nicht sein zu müssen. Weil du zufällig in diesem Teil der Welt geboren worden bist. Stell dir vor, du lebtest in einer Wellblechbude in São Paulo.«

»Warum gerade dort?«

»Weil sie sich da vermehren wie die Kaninchen. Da

werden Frauen geboren und sind eine Weile Kind. Dann, selbst noch ein Kind, kriegen sie das erste Balg. So geht's dann weiter, eins nach dem anderen, bis sie eines Tages nicht mehr können und in der Kiste liegen. Der trauernde Witwer, der nicht lesen und nicht schreiben kann, sagt sich aber, dass er immer noch ein ganzer Mann ist. Wenn er auch keinen Job hat, wenn auch die Hälfte seiner Brut an Krankheiten zugrunde geht und die andere Hälfte betteln gehen muss, so hält er es doch für seine verdammte Pflicht und Schuldigkeit, in die Welt zu setzen, was seine stolze Manneskraft hergibt, bis er nicht mehr kann. Jüngere Frauen gibt's ja immer wieder genug. Ein richtiger Produktionskreislauf, verstehst du?« Er blickte seine Beifahrerin grinsend an. Dann zog er den stahlblauen Wagen in die Abzweigung, die südlich von Tarrytown nach Nordosten führte. Hier stand der zweite Wegweiser zum ›Petticoat Palace‹.

»Du bist ein richtiger Menschenverächter, was?« Katie Turner runzelte die Stirn. Sie zupfte an ihrem Hosenanzug, der zwar trocken, aber verdreckt und faltig war.

»Unsinn«, brummte Conte. »Die wahren Menschenverächter sitzen für mich woanders. Deshalb erzähl ich es dir ja. All die Frauen, die frühzeitig sterben, weil sie ihr kurzes Leben lang nur als Gebärmaschine funktioniert haben! All die Kinder, die sterben, weil sie nichts zu beißen haben oder im Dreck an Krankheiten zugrunde gehen! He, wer hat die wohl auf dem Gewissen? Wer verantwortet das, obwohl er doch wissen müsste, wie viele in den armen Ländern krepieren – nur, weil sie in die Welt gesetzt worden sind? Hast du darüber mal nachgedacht? Wer verantwortet all die Toten, nach denen kein Hahn kräht?«

»Himmel, warum erzählst du mir so was?« Katies Gesichtsausdruck sah gequält aus.

»Weil ich dir erstens klarmachen will, wie gut es dir

geht. Und weil du zweitens erkennen sollst, dass nicht wir verrückt sind, sondern die Welt, in der wir leben. In Südamerika sterben Frauen und Kinder wie die Fliegen, ohne dass man den Verantwortlichen endlich mal den Marsch bläst. Wer aber hierzulande irgendeinen gottverdammten Bastard ins Jenseits befördert, der wird dafür von der Polizei verfolgt. Kannst du mir sagen, was für eine Art von Logik das ist?«

Katie starrte ihn an. »Nein«, murmelte sie, »kann ich nicht. Ich hab mich mit solchen Sachen noch nicht befasst. Hab immer andere Probleme gehabt.« Seine Gedankengänge waren für sie wirr und verwinkelt. Für sie bestand das Leben aus einer Reihe von Tatsachen, mit denen man fertig werden musste. »Jedenfalls hast du mich gerettet«, fügte sie hinzu. »Und du weißt, wie dankbar ich dir bin. Was das Kinderkriegen angeht, wird mit mir keiner rechnen können. Wenn ich mal genug Geld zusammenhabe, will ich mir selbst einen feinen Lenz machen – nicht diesen schreienden kleinen Ungeheuern, die nur ein paar Jahre brauchen, bis sie es geschafft haben, ihre treusorgende Mom in ein hilfloses Nervenbündel zu verwandeln. Darüber freuen sich doch nur die Psychiater, stimmt's?«

»Kluges Mädchen«, sagte Conte. Seine Aufmerksamkeit wurde abgelenkt, als hinter einem Waldstück die Einfahrt zum ›Petticoat Palace‹ auftauchte.

Katie war froh, dass es mit seiner Gesprächigkeit erst einmal vorbei war. Diese Art von Bitterkeit, die bei ihm trotz äußerer Gelassenheit herausklang, war ihr unheimlich. Instinktiv spürte sie, dass es besser war, einen Mann wie Ross Conte nur oberflächlich zu kennen.

Die Zufahrt führte auf einen großen Parkplatz, der von Ziersträuchern und Blumenbeeten umrahmt war. Hölzerne Wegweiser gaben die Richtung zu den verschiedenen Zielen innerhalb der Bordellanlage an.

»Ich bleibe ein paar Tage hier«, sagte Conte, bevor sie ausstiegen. »Bist du sicher, dass du auch bleiben kannst?«

»Aber ja. Ich habe mit Norma Lee telefoniert. Wir kennen uns von früher, in Manhattan. Sie hat mir die ersten Tipps gegeben, als ich noch ein ganz frisches Küken in der Branche war. Und jetzt ist sie für uns da. Sie hat mir zugesagt, dass es hier einen Platz für mich gibt.«

»Sie war eine von euch – früher?«

»Klar. Sonst hätte sie auch kaum so viel Verständnis für uns.«

»In diesem Fall braucht man erst mal Geld, wenn man Verständnis zeigen will«, sagte Conte über das Wagendach hinweg. »Ist ihr das in den Schoß gefallen?«

»So kann man es nennen«, entgegnete Katie schmunzelnd. »Sie hat einem reichen alten Knaben die letzten Jahre versüßt. Und als es zu Ende ging, hat sie ihn auch noch gepflegt.«

»Und dann beerbt. Wie selbstlos!«

»Ein Glücksfall, würde ich sagen. Norma Lee ging es wirklich nicht um das Geld. Sie hat immer gut verdient.«

»Aber nicht genug, um sich einen Freizeitpark zu kaufen und daraus das größte Bordell Amerikas zu machen.«

»Warum hackst du darauf herum? Ich gönne es ihr.«

»Okay, okay. Wir sehen uns also noch?«

»Du kannst mich ja – anfordern.«

Conte blickte ihr nach, wie sie den Weg zur Verwaltung einschlug. Sie hatte einen beachtenswerten Gang. In ihren Schritten vibrierte etwas von der Kraft, mit der sie sich austoben konnte. Conte grinste. Zumindest hatte er sich eine Verbündete geschaffen. Sie fühlte sich ihm verpflichtet, und sie meinte es ernst. Das konnte eine Menge wert sein. Er nahm den Koffer aus dem

Wagen, schloss ab und überzeugte sich, dass alle Türgriffe und der Kofferraumdeckel verschlossen waren.

Bis zur Anmeldung hatte er nur zwanzig Yards zurückzulegen. In der Empfangshalle herrschte noch kein Betrieb. Die Schwarzhaarige hinter dem Tresen musste noch vom Nachtdienst übrig geblieben sein, denn sie gähnte verstohlen. Conte entschied sich für ein Hotelzimmer, trug sich ein und schob eine seiner Kreditkarten über den Tresen. Er erklärte, dass er mindestens drei Tage, wahrscheinlich aber länger bleiben würde. Ein junger Puertorikaner, der eine bonbonrosa Livree trug, fuhr Contes Koffer auf einem Gepäckkarren zum benachbarten Hotelgebäude. Das Zimmer lag im dritten Stock. Conte gab zwei Dollar Trinkgeld und erfuhr, dass er noch rechtzeitig gekommen war, um am Frühstücksbüfett teilzunehmen.

Er duschte in aller Ruhe und zog frische Sachen an. Was er auf dem Leib getragen hatte, verteilte er auf die bereitliegenden Servicebeutel für Wäscherei und Reinigung. Er steckte Brieftasche, Portemonnaie und eine neue Schachtel Zigaretten ein. Bevor er das Zimmer verließ, überprüfte er den Sitz seiner Krawatte.

In der Lobby gab es drei Telefonkabinen, wahrscheinlich für Freunde und Bekannte von Gästen, die selbst kein Zimmer nehmen wollten. Alle drei Kabinen waren leer. Conte betrat eine, zog die Tür hinter sich zu und rief Webb in New York an. Der Mann an der Spitze des Syndikats war ein Frühaufsteher. Conte wusste es.

Nach dem zweiten Rufzeichen wurde abgenommen. Ein geknurrtes »Hallo?« folgte. Unverkennbar Webbs Bassstimme.

»Ich bin es«, sagte Conte, und er wusste, dass sein Gesprächspartner auch ihn an der Stimme erkannte. »Ich bin gerade angekommen.«

»Jetzt erst? Mann, was hast du die ganze Nacht getrieben?«

Conte glaubte, einen Vorwurf herauszuhören. »Ich fahre ein Auto, kein U-Boot. Ich musste eine Pause einlegen.«

»Hm, na ja.«

Conte bezwang seinen aufkeimenden Ärger. »Ohne den Wolkenbruch wäre ich höchstens zwei Stunden früher hier gewesen. Spielt das irgendeine Rolle?«

»Nein, nein, natürlich nicht.«

»Okay. Vielleicht könnten wir dann mal zur Hauptsache kommen.«

»Sicher. Von wo telefonierst du? Ich meine, von was für einem Apparat?«

»Hör mal!«, zischte Conte. »Kannst du mir einen einzigen plausiblen Grund dafür nennen, weshalb ich die simpelsten Sicherheitsgrundsätze nicht mehr kennen sollte? Ich rufe aus einer öffentlichen Sprechzelle an. Zufrieden?«

»Meine Güte, reg dich nicht auf.«

»Dann hör auf, mich wie einen Anfänger zu behandeln.«

»Das tue ich nicht. Das bildest du dir ein. Verdammt noch mal, ich weiß, was für eine Menge Erfahrung du hast.«

In Contes Ohren klang es wie kaum verhohlener Zweifel. Wenn man Erfahrung durch Alter austauschte, war Webbs Bemerkung weit weniger schmeichelhaft. »Dann komm endlich zur Sache. Gibt es irgendwelche neuen Erkenntnisse über das Objekt?«

»Nein. Du wirst es selber herausfinden müssen. Er ist Stammgast da draußen, und er ist der engste Vertraute der Obernutte. Das weißt du doch. Mehr haben wir selber nicht.«

»Normalerweise erwartet man von einem Auftraggeber bessere Informationen. Wenn ich erst lange nach ihm suchen muss, steigert das mein Risiko. Das müsstest du doch wissen.«

»Logisch. Aber was heißt hier erwarten!«, konterte

Webb wütend. »Stellen wir mal eines klar: Du hast dich um den Auftrag gerissen, mein Lieber. Ich hatte eigentlich noch nicht vor, diesen Job zu vergeben. Aber du warst ja ganz wild darauf. Also komm mir jetzt nicht noch mit solchen Forderungen. Streng dich gefälligst ein bisschen an.«

Conte legte auf.

Er tobte sich am Frühstücksbüfett aus, beruhigte seine Nerven, indem er sich mit Spiegeleiern und Schinken und Sauerteigpfannkuchen mit Ahornsirup voll stopfte. Er genoss den brühheißen Kaffee und rauchte zwei Zigaretten dazu. An seinem Tisch war er allein. Er gehörte zu dem knappen halben Dutzend der ersten Frühstücksgäste. Am liebsten wäre er zurück nach New York City gefahren, um Webb die Meinung zu sagen. Da hatte man dreißig Jahre lang hundertprozentige Arbeit geleistet, und auf einmal wurde einem das Gefühl gegeben, als ob das alles nicht stattgefunden hätte!

Ross Conte kehrte auf sein Zimmer zurück. Er zog das Jackett aus, hängte es auf einen Bügel und löste die Krawatte. Dann legte er sich auf das Bett, faltete die Hände unter dem Hinterkopf und starrte die Decke an. Müdigkeit befiel ihn wie ein Bleigewicht, trotz des Kaffees. Teufel auch, die süße kleine Katie hatte ihm doch mehr abverlangt, als er gedacht hatte. Er stellte sich ihren Körper vor und schlief darüber ein.

Als ich blinzelte, hielt ich es zuerst für einen Sonnenstrahl. Dann aber sah ich, dass es seidiges, blondes Haar war, das im frühen Tageslicht schimmerte. Es umfloss mein Kinn und die linke Wange, vereinte sich mit meinem blonden Schnauzbart und kitzelte an meiner Nasenspitze. Das Kitzeln hatte mich geweckt. Ich begriff es jetzt. Eine Sekunde länger brauchte ich, um zu erfassen, wem dieses lange Seidenhaar gehörte

Damit war mir aber immer noch nicht klar, wie es zu mir ins Bett geraten war.

Sheena lag an mich geschmiegt und schlief. Ihr Atem bewegte meine Brusthaare. Sie hatte die Beine angezogen wie ein schutzsuchendes kleines Wesen. Ich brachte es nicht fertig, sie auf einen anderen Platz zu verweisen. Ich überlegte. Was war geschehen in dieser Nacht? Mein Kopf war so klar wie ein Gebirgsbach. Da brummte nichts. Deshalb hatte ich auch keine Erinnerungslücken. Sheena und ich hatten uns nicht voll laufen lassen. Um Himmels willen.

Es war, als konnte sie im Schlaf Gedanken lesen. Sie erwachte. Sie fuhr hoch. Ihr Gesicht und die blauen Augen zeigten Bestürzung. Die dünne Decke glitt von ihr ab. Sheena war nackt darunter. Erschrocken griff sie nach dem weißen Tuch.

Ich lächelte. »Ich bin kein Muttersöhnchen, das zum ersten Mal die weite Welt erleben darf.«

»Das habe ich nun wirklich nicht angenommen.« Sheena erwiderte mein Lächeln. Sie wirkte erleichtert. »Aber ich will keinen falschen Eindruck auf dich machen. Ich weiß, es ist verrückt. Ich möchte einfach nicht, dass du etwas von mir denkst, was – was – ach, ich krieg es nicht richtig raus.«

»Du möchtest nicht, dass ich denke, du schmeißt dich jedem an den Hals. Richtig?«

»Ja.« Sie senkte den Kopf. »Wahrscheinlich lachst du darüber nur. So was an diesem Ort zu hören! Von einer wie mir.«

»Es gibt ja Unterschiede«, entgegnete ich sanft. Ich richtete mich halb auf, stützte mich auf den Ellbogen und nahm ihre Hand. »Im Augenblick würdest du dir wünschen, ganz woanders zu sein, jemand anders zu sein …«

»Mit dir zusammen, ja!«, rief sie begeistert. »Du liebe Güte, ich weiß gar nicht, wo ich anfangen soll. Du glaubst nicht, was mir im Kopf herumschwirrt! Dieser

Albtraum mit den Bestien. Dann du, wie du mich gerettet hast. Anschließend der Abend mit dir. Es war schön, nur mit dir zu reden, weißt du das? Es war irgendwie – diese Geborgenheit nach einem so grauenhaften Erlebnis. Ich glaube, deshalb bin ich zu dir ins Bett gekrochen. Schamlos! Es stimmt: Ich würde gern woanders sein. Ich hätte dich gern woanders kennen gelernt, ohne das zu sein, was ich bin. Mein Gott, wenn man sein Leben zurückschrauben könnte ...« Sie hielt inne. Traurigkeit trübte das Blau ihrer Augen.

»Wie bist du hineingeraten?«, fragte ich behutsam.

»Wie tausend andere.« Sie holte tief Luft und seufzte. »Ich bin in einem Nest in Minnesota aufgewachsen. Dann hat mir mein Dad eine Lehrstelle in Minneapolis besorgt. Kaufmännische Angestellte. Nach fünf Jahren hatte ich das Gefühl, langsam zu vertrocknen. Ich habe gekündigt, hab mein Geld zusammengekratzt und bin nach New York City gefahren. Und da hat es mich erwischt. Ausgerechnet mich! Eine Provinzpflanze! Einer von diesen Typen hat mich auf die intellektuelle Tour rumgekriegt. Bevor ich mich versah, hielt ich es für die selbstverständlichste Sache der Welt, dass man als Frau das verkauft, worauf die meisten Männer wild sind. Solange man nur seinen Körper verkauft und nicht seine Seele – ich gebe mich her, aber nicht hin. Bestimmt kennst du all diese Sprüche. Diesen ganzen Kram, den sie in der Szene auf Lager haben.«

Ich nickte. »Und irgendwann bist du deinem Zuhälter weggelaufen.«

»Als ich merkte, wo es langgeht.«

Sie unterbrach sich und musterte mich forschend. »Sag mal, du bist doch nicht etwa an meiner Lebensgeschichte interessiert?«

»Sehe ich gelangweilt aus? Gähne ich?«

»Das nicht, aber ...«

»Na also.«

»Warte!«, rief sie begeistert. Sie schleuderte die

Decke weg und schwang sich aus dem Bett. »Ich rufe den Zimmer-Service an. Sie sollen uns das Frühstück bringen. Ich muss mich sowieso bei Norma Lee melden, damit sie weiß, wo ich stecke. Einverstanden?«

»Klar.« Es war aufregend, ihr nachzublicken, wie sie nach nebenan lief. Ich schälte mich aus dem Bett und hörte sie auf die Telefontasten tippen und dann mit jemandem reden. Ich ging ins Bad und beeilte mich. Nur das Rasieren hob ich mir für später auf.

Eine Viertelstunde später saßen wir uns am Frühstückstisch gegenüber. Ich trug Jeans und T-Shirt, Sheena sah in meinem Hausmantel klein und zerbrechlich aus. Sie schenkte Kaffee ein und bediente mich voller Eifer mit Spiegeleiern, Bacon und Toast, mit frisch gepresstem Orangensaft und mit den aufeinander geschichteten kleinen Pfannkuchen, zwischen denen der Ahornsirup herauslief, wenn man mit der Gabel hineinstach. Sheena berichtete, dass sie sich in einer Stunde bei Norma Lee Ascot melden sollte. Eine neue Kollegin war angekommen, sie sollte bei Sheena im Zimmer einquartiert werden. Norma Lee hatte versprochen, Kleidung herüberzuschicken. Wegen des Vorfalls in der vergangenen Nacht würde Norma Lee die hauseigene Truppe von Wachmännern in verschärfte Alarmbereitschaft versetzen.

Sheena redete und redete, doch der Vergleich mit dem Wasserfall passte ganz und gar nicht. Ich glaubte ihr, als sie sagte, dass sie das Frühstück am liebsten selbst zubereitet hätte, um mich richtig zu verwöhnen. Ich glaubte ihr jedes Wort, denn nichts an ihren Schilderungen klang unecht. Trotz ihres Jobs hatte sie ihre jugendliche Ungezwungenheit und Geradlinigkeit bewahrt. Sie musste mehr Glück als Verstand gehabt haben, vor einem Jahr, in Manhattan. Mitten in der Nacht hatte sie einen Taxifahrer um Hilfe angefleht. Der Taxifahrer war ein getarnter Cop gewesen. Der Kollege hatte ein Herz gehabt und es riskiert,

Sheena nach Tarrytown zu bringen. In der New Yorker Halbwelt sprach es sich mehr und mehr herum, was für einen gut funktionierenden Zufluchtsort Norma Lee Ascot aufgebaut hatte.

Gemeinsam rauchten wir unsere erste Zigarette an diesem Tag.

»Weißt du was?«, sagte Sheena nach einem Augenblick der Stille. »Ich muss dir etwas sagen.«

Ich hatte die Kaffeetasse angehoben und setzte sie wieder ab. »Das klingt bedeutungsvoller als alles, was ich bis jetzt von dir gehört habe.«

»Ist es auch. Ich muss dir sagen, dass ich einen Mann wie dich noch nicht erlebt habe. Einen, der mich nicht ausgenutzt hat. Ehrlich, bis gestern habe ich gedacht, Männer wie dich gibt's nur im Roman, du bist …«

»Schluss jetzt!«, sagte ich energisch und lächelte dabei. »Dabei kann man ja rot werden vor Verlegenheit.«

»Es würde mir nichts ausmachen. Du bist wirklich so was wie – wie – ein Gentleman.«

»Meine Güte, fang nicht an, mich in den Himmel zu heben. Die Zeit hat noch nicht gereicht, damit du meine schlechten Eigenschaften kennen lernst.«

»Die gibts nicht, wette ich. Jedenfalls hast du mich nicht ausgenutzt, obwohl du mehr Recht dazu gehabt hättest als jeder andere.«

»Wechseln wir das Thema«, schlug ich vor.

»Ich denke nicht daran. Wenn es nicht ein schiefes Bild abgäbe, würde ich versuchen herauszufinden, ob du etwas für mich übrig hast.«

Hölle und Teufel. Ich presste die Lippen zusammen. Natürlich hatte ich eine Menge für sie übrig – nur vielleicht etwas anders, als sie es sich vorstellte. Sie war ein feiner Kerl. Man musste einfach berücksichtigen, dass sie in etwas hineingeraten war, was sie nicht überblickt hatte.

Ich konnte es verantworten, sie ins Vertrauen zu ziehen. Ich sagte ihr, wer ich war.

Sie sah mich mit großen Kinderaugen an. »Aber – weshalb – ich meine, Norma Lee hat doch gegen kein Gesetz verstoßen, oder?«

»Nein. Deshalb bin ich nicht hier. Eher wegen der Gegenseite.«

Sheena schlug die flache Hand vor den Mund. »Dann hast du gewusst, was letzte Nacht passieren würde?«

»Nein. So gut sind meine Informationen nicht. Ich weiß viel zu wenig. Vielleicht kannst du mir helfen, dass es mehr wird.«

»Ich kenne keinen Menschen, dem ich lieber helfen würde als dir.«

»Sheena«, sagte ich eindringlich und beugte mich vor. »Wir beide können für den Rest unseres Lebens Freunde bleiben, was du auch tun wirst. Aber eines musst du wissen: Ich bin G-man, und ich bin es mit Leib und Seele. Deshalb werde ich mich niemals an eine Frau binden.«

Sie kam um den Tisch herum und hauchte mir einen Kuss auf die Wange. Dann wich sie schnell zurück. Sie strahlte, als sie sich wieder setzte. »Du kannst es dir vielleicht nicht vorstellen, Jerry, aber was du eben gesagt hast, bedeutet mir unendlich viel. Du lächelst nicht bloß über mich, du nimmst meine Gefühle ernst. Ich kann mich nicht erinnern, wann mir so was zuletzt passiert ist.«

Ich war froh, als der Bote kam, der die Kleidung für sie brachte. Sheenas Gefühlsleben war wie ein trockener Schwamm. Doch ich spürte, dass es für sie zur Umkehr noch nicht zu spät war. Mein Freundschaftsangebot war nicht dahergeredet. Wenn sie die bessere Zukunft packte, würde ich mich um sie kümmern.

Patrick Seymour hatte mit Hostessen gerechnet. Im Bikini vielleicht. Oder in diesen kurzen Röcken, die jeden Schritt und jede Bewegung so interessant machten.

Stattdessen sah er einen schimpfenden kleinen Mann. Auf dem ganzen Parkplatz war sonst niemand. Nur Blech und Chrom. Der kleine Mann blieb stehen und drehte sich um, als er das satte Motorengeräusch des Jeep Laredo hörte. Die Brillengläser des Zwergs waren rund und glänzten wie blank polierte Geldstücke. Das Gesicht dahinter gehörte zu einem kugelförmigen Kopf, blass und schweißglänzend, und ebenso glänzte auch die Halbglatze über dem schwarzen Haarkranz. Bis eben hatte er sich aufgeführt wie ein kopfloser Hahn.

Mal links herum und mal rechts herum hatte er seine Kiste umkreist und dabei gezetert. Patrick konnte es hören, obwohl er nur das linke Fenster des Jeep-Hardtops geöffnet hatte.

Ob er wollte oder nicht, er musste auf die Bremse steigen und diesen Burschen anstarren. Mit Bügelfalte in der Hose stand er vor der Heckstoßstange. Die aufgekrempelten Ärmel seines weißen Hemdes hatten offenbar nicht dazu beitragen können, sein Problem zu lösen. Patrick Seymour hatte so etwas noch nicht erlebt: Einerseits reizte ihn der Kleine mit den großen runden Glanzaugen zum Lachen. Überall hätte er besser hingepasst als ausgerechnet auf den Parkplatz eines Bordells. Patrick stellte ihn sich vor, wie er auf einer großen, üppigen Nackten lag und sich abmühte. Andererseits sah er genauso erbarmungswürdig aus wie sein Auto mit der hochgeklappten, windschief hängenden Motorhaube. Besser hätte er als Buchhalter in ein staubtrockenes Office gepasst. Oder als schlauer Kredithai in einen schwarzweißen Gangsterfilm aus den fünfziger Jahren.

Patrick fuhr wieder an, stellte seinen Jeep drei

Buchten weiter ab und stieg aus. Der kleine Mann drehte sich abermals in seine Richtung. Jetzt glänzte das Brillenglas nicht mehr, und seine Augen waren zu sehen. Vergrößert.

Augen so groß wie Dollarmünzen. Steifbeinig stelzte Patrick auf ihn zu.

»Schwierigkeiten, Sir?«

Der kleine Großäugige sah den hoch gewachsenen Mann an, als sei er der Löser aller Probleme. »Sie haben einen guten Blick, mein Junge. Der Schlitten war sonst immer zuverlässig. Auf den letzten paar Yard hat er angefangen zu spucken. Und jetzt springt er nicht wieder an. Keine Ahnung, was das ist.« Der kleine Mann hatte eine volltönende Bassstimme, wie man sie eher bei jemandem mit dem dreifachen Leibesumfang vermutet hätte.

»Sie sind gerade angekommen?« Patrick Seymour runzelte die Stirn. »Ich dachte, Sie wollen weg.«

»Warum?« Die Augen schienen hinter dem Rundglas noch größer zu werden.

»Wozu muss Ihr Wagen anspringen, wenn Sie gerade angekommen sind? Rufen Sie eine Reparaturfirma an. Überlassen Sie alles denen. Machen Sie sich ein paar schöne Tage.«

»Kann ich nicht. Unerledigtes macht mich verrückt. Ich hätte keine Ruhe. Weil ich nämlich dauernd dran denken müsste, was mit dem Schlitten los ist. Außerdem kann es ja sein, dass ich gleich wieder wegfahren will, wenn es mir nicht gefällt. Verstehen Sie?«

»Nein.« Patrick zündete sich eine Zigarette an. Er lächelte und musterte den anderen aus zusammengekniffenen Augen. »Sorry, Sir – aber wissen Sie, was ich glaube?«

»Nein!«

»Sie machen sich das Leben eine verdammte Ecke zu kompliziert. Ehrlich gesagt, wenn ich eine Kiste bräuchte, auf die ich mich verlassen kann, würde ich nicht in einem ...« Er warf einen kurzen Blick auf das erbarmungswürdige Auto. »... zehn Jahre alten Chevy Chevette durch die Landschaft kurven.«

»Zwölf Jahre. Sie verstehen also etwas davon.«

Patrick grinste. »Damit habe ich gerechnet. Okay, ich sehe mir das Museumsstück mal an.«

Der kleine Mann strahlte. »William Jablonsky«, sagte er, während er Patrick Seymour in Richtung Motorhaube folgte.

Patrick nannte ebenfalls seinen Namen und beugte sich unter das hochgeklappte Blech. Eine dicke Schicht aus Dreck und Staub bildete an vielen Stellen einen öligen Schlammpanzer. Patrick kratzte sich am Hinterkopf. Sein Haar war mittelblond, noch kurz geschnitten nach der gerade zu Ende gegangenen Army-Dienstzeit. Er drehte sich um, richtete sich auf und schüttelte bedauernd den Kopf. »Tut mir Leid, Sir. Das ist ein paar Nummern zu groß für mich. Da gibt's einfach zu viele mögliche Fehlerquellen. Aber wenn Sie wollen, schleppe ich Sie zur nächsten Werkstatt.« Er deutete mit dem Daumen auf seinen Jeep, der staubbedeckt, aber erst ein halbes Jahr alt war. Er hatte ihn von der Abfindung gekauft, die ihm die Army gezahlt hatte.

Jablonsky schüttelte den Kopf. »Nein, nein, vielen Dank.« Er schlug einen hastigen Bogen um den jüngeren Mann und knallte die Motorhaube zu. Der kompakte Chevy wackelte auf seiner schwammigen Federung. »Ich erledige das schon selbst. Keine Sorge.« Die großen Augen streiften Seymour noch einmal mit einem Blick, aus dem jedoch alles Interesse gewichen war.

Patrick tippte an den nicht mehr vorhandenen Schirm seiner Dienstmütze und wandte sich achselzuckend ab. Er hatte andere Sorgen, als verschrobenen Typen ihre selbstgeschaffenen Problemchen zu erleichtern. Er nahm seine Reisetasche, schloss den Jeep ab und folgte dem Wegweiser zur Anmeldung. Er entschied sich für ein Motelzimmer, brachte sein weniges Gepäck hin und beschloss, den Jeep später vor das Zimmer zu fahren. Erst einmal wollte er sich auf dem Gelände umsehen. Er würde nicht mit der Tür ins Haus fallen, würde sich nicht wie ein hechelnder Hund aufführen. Er hatte Zeit. Früher oder später musste Sheena ihm über den Weg laufen – nach der Wahrscheinlichkeitsrechnung.

Er sah sich den Golfplatz an. Die Anlage war hervorragend gepflegt. Der Swimmingpool war leer. Kein Badewetter. Es hatte zwar an diesem Tag noch nicht geregnet, aber die düsteren Wolken trübten das Licht und die Stimmung. Es sah nicht so aus, als ob die Sonne durchkommen würde.

Auf der Tennisanlage ließen zwei einsame Girls ihre weißen Röckchen wippen. Patrick beobachtete sie ein paar Minuten lang, bis sie ihm lachend zuwinkten. Man sah ihnen nicht an, dass sie sich verkauften. Patrick schlenderte weiter und erreichte den Tierpark. Es war die Zeit der Fütterung. Er blieb lange bei den verschiedenen Käfigen und Freigehegen stehen. Wärter warfen Löwen, Tigern und Pumas mit Hilfe von Spießen große Fleischklumpen vor. Die Raubkatzen balgten sich fauchend um die bluttriefenden Stücke. Bei den Elefanten sah es friedlicher aus.

In einem lang gestreckten Gebäude waren Reptilien untergebracht. Patrick verharrte schaudernd vor einem der Schaufenster aus Panzerglas. Dahinter befand sich eine Schlangengrube. Lanzenotter, Mittelamerika, war auf einem Schild zu lesen. Zwei Wärter standen oberhalb der Grube und öffneten die Klappen von gelochten Kunststoffkisten. In einem quiekenden Schwall rauschten lebende Nagetiere herab – Ratten, Mäuse, Meerschweinchen. In Todesangst sprangen die Tiere an der Glaswand und am Beton der Grube hoch und versuchten, mit rasenden kleinen Beinbewegungen zu klettern. Immer wieder rutschten sie herunter. Die schenkeldicken Schlangenleiber, kreuz- und punktförmig gemustert, lagen erst noch reglos. Dann, nach und nach, erhoben sich die speerspitzenförmigen Köpfe. Patrick zählte sechs der gefährlichen Giftschlangen, die ihre Beute erst durch einen Biss töten und dann mit Haut und Haaren hinunterwürgen.

Der hoch gewachsene Mann wandte sich ab, als die erste Ratte in vollem Lauf gepackt und von Giftzähnen durchbohrt wurde. Augenblicklich schwoll das schrille Geschrei der Nagetiere an. Patrick verließ das Reptilienhaus. Nebenan, vor einem Außengehege mit Königspinguinen, war ihm wohler. Die majestätisch aussehenden Vögel erhielten ihr Futter in Form von silbrig schillernden Heringen.

Als er kurz darauf zum Parkplatz ging, um den Jeep vor das Motelzimmer zu fahren, stand der staubgraue alte Chevy noch immer da. Jablonsky war verschwunden.

Zinneman wohnte in Brooklyn, weit draußen in Canarsie. Der G-man wartete an der Lower Westside auf ihn, in Manhattan, wo ihn keiner kannte. An der Subway Station 14th Street tauchte Zinneman ins Licht der Straßenlampen. Ohne Mühe erkannte er die FBI-Dienstlimousine, die zehn Yards entfernt am Bordstein parkte.

Phil Decker schüttelte den Kopf, als der V-Mann einstieg.

»Was ist?«, knurrte Zinneman angriffslustig. »Wie ich aussehe, weiß ich selbst.«

»Und warum tust du nichts dagegen?« Phil fuhr sofort los.

»He, Mann! Wie soll ich? Für mich sind die schlechten Zeiten angelaufen. Das weißt du genau.«

»Was machst du mit dem Geld, das wir dir zahlen?«

Zinneman grinste und rieb sich das Kinn. Es hörte sich an, als versuchte jemand, mit einem Spachtel die Körnung vom Sandpapier zu schieben. »Was macht man mit Geld, Mann! Saufen, fressen, rauchen und das andere.«

»Du kriegst es nicht mehr umsonst?«

»Ich hab noch kein Sweetheart wieder gefunden. Keines, das sich überwinden konnte, mich zu mögen.«

»Wundert mich nicht«, entgegnete Phil mit einem Seitenblick. »So wie du aussiehst.«

Geoff Zinneman war einmal ein smarter Bursche gewesen. Groß, schlank und schwarzhaarig hatte er in seinen Glanzzeiten immer top-elegant ausgesehen. Als Kredithai und Buchmacher hatte er es verstanden, mit Zahlen so zu jonglieren, dass bei seinen Geschäften stets nur einer gut abgeschnitten hatte. Er selbst. Jetzt trug er seine teuren Anzüge von damals auf. Die meisten waren so dreckig und eingerissen wie der dunkelblaue, den er anhatte. In Canarsie hauste er in einer Abbruchbrude, die nichts Besseres war als ein großer Müllkübel.

»Kanalratten sehen nie gut aus. Das liegt an der Umgebung.«

»Nein, es liegt daran, dass Kanalratten immer Kanalratten bleiben wollen.«

»Bleiben müssen. Wenn einer oben auf dem Deckel steht, kommst du nicht raus, Mann. Da kannst du machen, was du willst.«.

»Wanderratten sind da schlauer. Die suchen sich einen anderen, besseren Platz.« Phil bog in die Bleecker Street ein und nahm Gas weg.

»Ich komm aus New York nicht weg. Ich bring es einfach nicht fertig, Mann. Ist wohl Heimatverbundenheit.«

Phil zog den unauffälligen Buick in eine Parklücke. Sie stiegen aus. Der Geruch von Oregano und Hefeteig wehte ihnen entgegen. Zinneman kannte das. Die

G-men hatten Mitleid mit ihm, weil er ein kleiner Fisch gewesen und so fürchterlich auf die Nase gefallen war. Sein größter Fehler war es gewesen, wegen steigender Umsätze und Profite übermütig zu werden. Er hatte angefangen, in Webbs Revier zu wildern. Webb hatte ihm den Boden unter den Füßen weggezogen. Seitdem kriegte Zinneman kein Bein mehr an die Erde. Das Einzige, was er noch hatte, waren seine Verbindungen. Und sein Wissen. Beides zusammen brachte ihm gelegentliches Informantengeld aus der Kasse des FBI. Und Phil und die anderen schleppten ihn jedes Mal in eine Pizzeria, weil sie genau wussten, dass er das meiste Geld doch nur in den nächsten Liquor Shop trug und in Bourbon und Bier umsetzte.

Der Laden hieß schlicht und eingängig ›La Gondola‹ und hatte die beliebten Nischen, in denen man sich nicht nur ungestört fühlte, sondern es auch war. Zinneman bestellte Schafskäse mit Oliven als Vorspeise, einen großen Salatteller und eine Pizza Quattro Stagioni im Magnum-Format. Phil begnügte sich mit einer Calzone. Er bat den Kellner, eine Flasche Mineralwasser zu bringen.

Zinneman grinste. »Wenn ich dich nicht kennen würde, Mann …«

»Was dann?« Phil versorgte ihn mit einer Zigarette, zündete sich selbst eine an und legte die Schachtel offen auf den Tisch.

»… würde ich denken, ich mach gerade die Aufnahmeprüfung als Klosterschüler.«

»Im Ernst?« Phil spielte Bestürzung. »Deswegen?« Er deutete auf die Flasche Mineralwasser, die der Kellner brachte.

Zinneman nickte und betrachtete die Vorspeise. »Ich sag ja, wir kennen uns schon mächtig gut.«

Phil bestellte Chianti für den V-Mann. Zinneman strahlte und fing an, Brocken von Schafskäse und Oliven abwechselnd in sich hineinzustopfen. Den

Rotwein trank er wie Bier. Das erste Glas leerte er in einem Zug. Danach ließ er es etwas langsamer angehen. Phil redete belangloses Zeug mit ihm, während sie aßen. Er wusste, Zinneman brauchte seine Zeit. Das Essen mit ihm war sowieso schon zu einer festen Gewohnheit geworden. Phil und die Kollegen betrachteten es als Pflichtübung. Aus Verantwortungsbewusstsein. Wenn sie Zinnemans Dienste weiter in Anspruch nehmen wollten, mussten sie darauf achten, dass er nicht vom Fleisch fiel. Er war der Typ, der sich selbst immer tiefer in den Dreck riss. Keine Therapie. Keine Wohnung von der Wohlfahrt. Keine Selbsthilfegruppe. Er wollte nichts und niemanden zur Unterstützung. Sein Misstrauen regte sich bereits, wenn ihm ein flüchtiger Bekannter ungefragt eine Zigarette anbot. Bei den G-men sah er es anders. Das war ein Zug-um-Zug-Geschäft. Warum sie ihn jedes Mal beim Italiener voll stopften, hatte er begriffen. Sie wollten, dass er ihnen erhalten blieb. Und sie wussten, dass er mehr Wert auf flüssige als auf feste Nahrung legte.

Er schenkte sein drittes Glas Chianti ein und schob den leeren Salatteller weg. »Mann!«, stöhnte er, bediente sich aus Phils Zigarettenschachtel und lehnte sich zurück. »Das reicht bis nächste Woche.«

»Kann sein, dass wir uns schon eher wieder sehen.«

Zinneman beugte sich vor und ließ sich von dem G-man Feuer geben. »Ihr seid mächtig scharf diesmal, was?«

Phil grinste. Er sagte, was der V-Mann hören wollte. »Darauf kannst du dir was einbilden, Geoff. Keiner sonst.«

Zinneman strahlte erneut. Er wusste, was er mit seinen ersten Hinweisen in Gang gesetzt hatte. Er flüsterte: »Das Schönste ist, dass Webb noch nicht mal was von seinem Glück weiß.«

»Dann solltest du aufpassen, dass es so bleibt.«

»Hör mal, ich hab in der ganzen Zeit noch keinem

gottverdammten Typen eine blöde Frage gestellt. Alles nur auf diese Tour mitgekriegt.« Er klemmte die Zigarette zwischen die Zähne, grinste und legte die Hände muschelförmig hinter die Ohren. »Ich weiß, wo man rumhängen muss, wenn man schlau werden will.«

»Das brauchst du mir nicht zu erzählen. All right, Geoff …« Phil senkte die Stimme ebenfalls. »Mein Kollege hat die Dinge so weit klar.«

»Klar zum Loslegen, was?«

»Haargenau.«

»Und was er jetzt noch braucht, kann er nur von mir kriegen.« Geoff Zinneman lächelte selbstsicher. Mehr zu wissen als andere gab ihm dieses ungeheuer gute Gefühl.

Phil nickte. Er schmierte ihm Honig um den Bart. »Das ist das Feine an dir, Geoff. Dir muss man nicht erst lange erklären, wie eine Sache laufen muss. Ich denke, ich brauche dir nicht mal zu sagen, was uns im Augenblick am wichtigsten ist.«

Zinneman schüttelte den Kopf. »Nein, brauchst du nicht.« Zufrieden beobachtete er, wie Phil eine zweite Zigarettenschachtel auf den Tisch schob. Zinneman steckte sie ein, ohne sie zu öffnen. Er wusste, dass die Schachtel mit zusammengerollten Zwanzig-Dollar-Scheinen gefüllt war. Aus der Buchhaltung des FBI, vom Konto für Informationshonorare. Größere Scheine waren nicht angebracht. Zinneman hatte selbst drauf bestanden. Wenn jemand wie er mit Hundertern herumwarf, wurde selbst der einfältigste Barkeeper stutzig. »Im Moment haben sie alle nur ein Thema. Glaub bloß nicht, dass Webb Geheimhaltung angeordnet hätte – in seinem eigenen Verein, meine ich. Du weißt, wie das ist: Da soll einer raus aus dem Haufen. Alle wissen es. Nur der, den es angeht, nicht.«

»Soll häufiger vorkommen.«

Der Chianti hatte Zinneman redselig gemacht. »In diesem Fall passt es zu dem Schweinehund Webb wie die Faust aufs Auge. Conte ist einer, vor dem sie alle Angst hatten. Auch in den eigenen Reihen. Jetzt sind sie schadenfroh, dass es ihm an den Kragen gehen soll.«

»Was?« Phil sah sein Gegenüber verdutzt an.

Zinneman lachte lautlos. »Da werden die Gucklöcher groß, was? Aber es stimmt. Ob du es glaubst oder nicht.«

Phil zog die Augenbrauen zusammen. »Die Geschichte kriegt mir zu viele Ecken.«

»Überhaupt nicht.« Zinneman sprach gedämpft, fast nuschelnd. »Was ich dir bislang gesagt habe, bleibt so stehen. Conte kriegt den Job, da draußen in diesem Bums-Schuppen einen umzulegen. Einen wichtigen Knaben. Okay. Daran hat sich nichts geändert. Aber jetzt kommt's! Kannst du dir vorstellen, wie er den Job gekriegt hat?«

»Wenn ich wüsste, worauf du anspielst.«

»In Ordnung, ich lass es raus, Mann. Der ganze Verein lacht sich halbtot. Wie gesagt, die Schadenfreude. Conte hat um den Job gebettelt. Er will sich und der Welt beweisen, dass bei ihm noch nicht der Kalk rieselt. Webb hat wohl schließlich sein Okay gegeben. Aber jetzt ist es raus: Ob Conte da draußen seinen Auftrag erledigt oder nicht, spielt im Endeffekt keine Geige. Er kriegt nämlich einen auf den Hals. Einen anderen. Webb kennt ihn selber nicht mal. Auf jeden Fall schlägt der große Humphrey zwei Fliegen mit einer Klappe. Der Typ, den er sich vom Hals schaffen will, geht so oder so drauf. Erledigt es der eine nicht, übernimmt es der andere, denke ich. Und Conte wird ihm mit seinem Genörgel nicht länger auf den Geist gehen. Mann, hast du über so was schon mal nachgedacht? Einen Killer in den Ruhestand schicken? Das geht anscheinend gar nicht. Conte will einfach nicht weg vom Fenster.«

Phil nickte. Das Problem hatte in der Tat Seltenheitswert. Berufsmörder wie Ross Conte hatten keine hohe Lebenserwartung. Die meisten starben in den Schuhen. Der Rest brauchte sich um die Finanzierung seiner Rente keine Sorgen zu machen. Der Staat sorgte für ihn – mit lebenslänglicher Wohnpflicht in sicheren Häusern wie Sing-Sing. Ross Conte war wirklich eine Ausnahme. Ein Meister seines Fachs. Und Fallen witterte er wie ein Fuchs das Öl auf der Flinte des Jägers. Aber vielleicht zeigte Conte mit seinen achtundfünfzig Jahren deutlichere Alterserscheinungen als andere.

»Hat er Fehler gemacht?«, fragte Phil.

»Schon möglich«, brummte Zinneman. »Darüber verlieren sie kaum ein Wort. Du weißt, wie Webb ist. Für den gibt es nur schwarz oder weiß. Wenn ein Mann seiner Meinung nach zu alt ist, ist er zu alt. Conte könnte vor seinen Augen einen dreifachen Salto aus dem Stand machen. Nicht mal so was würde den großen Humphrey überzeugen.«

Phil grinste. »Du würdest ihn gern klein und hässlich sehen, stimmt's?«

»Dass du mich so was überhaupt noch fragst!« Zinneman sah regelrecht beleidigt aus.

»Und wer ist das Zielobjekt in Tarrytown? Immer noch keine Ahnung?«

»Mann, lass deinen Kumpel was tun für sein Geld! So was posaunt Webb ja nun nicht raus!«

Es war eine verräucherte alte Höhle. Aus der Abenddämmerung tauchte Patrick Seymour hinein. Er fühlte sich auf Anhieb wohl. Der ganze Laden war mit dunklem Eichenholz getäfelt. Die Theke, mit gedrechselten Säulen bis zur Decke, bot mindestens fünfzig Biertrinkern Platz, ohne dass sie gestaffelt stehen mussten. Noch herrschte nicht viel Betrieb. Patrick stellte sich an der Schmalseite der Theke auf. Das schwarze Bier hatte eine cremige Haube. Die Kneipe sah aus, wie in

Jahrzehnten geräuchert. Patrick sah sich um und fragte sich, ob sie die Inneneinrichtung irgendwo in Irland ausgebaut und über den Atlantik gebracht hatten. Er konnte keinen Hinweis darauf entdecken, dass alles vielleicht nur auf alt getrimmt war.

Nach und nach füllte sich die Kneipe, die ›Shamrock‹ hieß – nach der kleeartigen Pflanze, deren stilisiertes Blatt als Nationalsymbol sogar die Flugzeuge der irischen Luftfahrtgesellschaft Air Lingus zierte.

Erstaunlich, aber sicher beabsichtigt war, dass hinter der Theke ausschließlich männliches Personal arbeitete. Auch als Kneipenbesucher kamen überwiegend Männer. Die wenigsten tauchten mit einem Girl auf und zogen sich in eine Ecke zurück, an einen Tisch. Patrick hatte inzwischen erkannt, dass aus dem Freizeitpark von früher eine raffiniert gestaltete Freizeiteinrichtung für Männer geworden war. Mehr als das. Manche verbrachten einen richtigen Urlaub hier. Sogar verheiratete Männer seilten sich mit den waghalsigsten Tricks aus ihrem Familienleben ab – nur, um für ein paar Tage die Freiheit im ›Petticoat Palace‹ zu genießen. Grenzenlose Freiheit. Fast konnte man den eigentlichen Sinn, die Prostitution, für nebensächlich halten. Und die irische Kneipe – mitten in den Anlagen des Bordell-Paradieses – hatte zweifellos ihre besondere Funktion. Eine kleine Männerwelt, in die man sich zurückziehen konnte. Ein Ort, an dem man sich nach sexgeladenen Tagen erholen konnte. An der Theke tauschte man Erfahrungen aus – lärmend und lachend, oder augenzwinkernd, leise und schmunzelnd.

Patrick Seymour bestellte sein zweites Bier. Er war längst überzeugt, dass die Inhaberin des Super-Bordells unglaublich geschäftstüchtig sein musste. Für den Anfang seiner Erkundungen war er im ›Shamrock‹ genau richtig. Er wollte einen allzu frühen Kontakt mit irgendeinem der Girls vermeiden. Wenn ausgerechnet Sheena ihm jetzt schon über den Weg laufen sollte, würde er nach der Situation entscheiden. Er wusste zwar noch nicht, wie er sie ansprechen sollte. Aber wenn es sich nicht vermeiden ließ, musste er sich irgendetwas Belangloses einfallen lassen. Schließlich konnte er ihr keine Vorschriften machen.

»Wie fühlst du dich?«, fragte Norma Lee Ascot. Sie trug ein schwarzes Kostüm, das so eng war wie eine zweite Haut.

Edward Lynch versuchte, sich weder auf den Seitenschlitz des Rocks noch auf den Ausschnitt ihrer Bluse zu konzentrieren. Es war schwierig, fast unmöglich. Denn Norma Lee beugte sich zu ihm herab, die Hände in die Hüften gelegt, als wollte sie sich schon wieder auf ihn stürzen. Doch sie lächelte nur und ließ die rechte Hand von der Hüfte sinken. Mit tastenden Fingern prüfte sie seine Verfassung. Anerkennend zog sie die Augenbrauen hoch. Er grinste. Es sah ein wenig gequält aus. »Ich glaube, ich muss bald mal wieder daran denken, dass ich auch noch eine Kanzlei habe.«

»Rede keinen Unsinn. Du hast einen guten Sozius.« Norma Lee nahm die Hand weg und schmunzelte, als er ein enttäuschtes Gesicht zog. »Du weißt, wir haben noch eine Menge Geschäftliches zu besprechen – in den nächsten Tagen. Und jetzt lässt du dich erst mal verwöhnen. Versetz dich in deine Studentenzeit zurück. Du hast deinen ersten eigenen Wagen. Und du hast dein erstes Girl aufgerissen.«

Lynch feixte. »Das bedeutet, es ist überhaupt das erste Mal.«

»Wenn du meinst.«

»Ich habe kein bisschen Erfahrung. Habe ja meine Nase immer nur in die Bücher gesteckt.«

»Du Ärmster. War es so schlimm?«

»Wie man es nimmt. Damals gab es natürlich auch

die, die eine Puppe nach der anderen vernaschten und das große Wort hatten. Das sind heute die kleinen Angestellten in irgendeiner lausigen Rechtsabteilung.«

Norma Lee strich ihm über das dunkelblonde Haar, in dem etliche graue Strähnen zu sehen waren. »Priscilla wird sich ganz auf dich einstellen. Du wirst sehen, sie ist ein Naturtalent. Und jetzt stell dir vor, du wärst gerade bei ihr vorgefahren.«

Edward Lynch nickte willig und schwang die Beine unter das Lenkrad des aufgeschnittenen Chevy. Der Wagen hatte kein Dach mehr, und ihm fehlten die Räder. Die Karosserie und der Rest des Fußbodens in dem Zimmer waren mit bläulich weißen Polyurethanen ausgeschäumt. Da auch die Wände himmelblau gestrichen waren, sah es aus, als schwebte der Wagen auf einem Wolkenbett. Es gab einen kleinen, mit Teppichboden ausgelegten Pfad, auf dem man die Tür erreichte. Im Wagen selbst, hochklappbar im Kofferraum, befand sich eine komplett ausgestattete Bar.

Norma Lee entschwand winkend. Sie ließ das Girl herein. Lynch legte den linken Unterarm lässig auf das Lenkrad und wandte sich ihr zu. Priscilla war gertenschlank und eben über zwanzig, mit schwarzem Haar und Glutaugen. Vielleicht hatte es da irgendwo Mexikaner oder Indianer in der Reihe ihrer Vorfahren gegeben. Ihr hauchdünner, weißer Gymnastikanzug modellierte die Formen ihrer festen kleinen Brüste.

»Hi, Eddie«, sagte sie Kaugummi kauend und schwang sich neben ihm auf den Sitz. »Bist du heiß auf mich?«

»Wa – was?«, stotterte er. Es fiel ihm nicht schwer, sich haargenau vorzustellen, wie er sich damals gefühlt hatte – schüchtern, hilflos, ahnungslos und keineswegs hemmungslos.

»Na, wenn du so richtig heiß bist, Baby, dann schenken wir uns doch diese lausige Party. Fahren wir gleich runter an den See, wo wir allein sind.« Sie legte eine

Hand in seinen Nacken und begann, ihn zu kraulen. »Sag mal – stimmt es, was sie über dich erzählen?«

»Über mich? Was denn?« Er brachte es tatsächlich zustande, rot zu werden.

»Dass du es noch nie gemacht hast. Mit einem Mädchen, meine ich.«

»Das – das – ja, das stimmt«, kriegte er scheinbar mühsam heraus.

Sie lehnte sich an ihn und ließ die Rechte über den leichten Stoff seines Jogginganzugs gleiten. »Dann habe ich ja eine dankbare Aufgabe vor mir«, hauchte sie. »Was glaubst du, was ich dir alles beibringen kann! Nun fahr schon los! Oder willst du etwa doch zur Party?«

»Himmel, nein!«, rief er, trat die Kupplung, schob den Wählhebel vor und gab Gas. Das Motorengeräusch dazu brummte er selbst – wie ein kleiner Junge mit seinem ferngelenkten Spielzeugauto.

Katie Turner hätte sich in dem Aufzug eine Bremse gewünscht. Kaum war sie eingestiegen, stoppte das Ding auch schon im dritten Stock. Dabei hatte sie sich gedanklich noch immer nicht darauf eingestellt, den Mann wieder zu sehen. Zögernd ging sie hinaus in die flauschige Teppichboden-Behaglichkeit des Hotelkorridors. Wandlampen verstreuten weiches Licht. Katie musste noch immer darüber staunen, mit welcher kostspieligen Eleganz Norma Lee alles hier eingerichtet hatte. Da gab es nichts Vorgetäuschtes, keine protzigen Fassaden mit heruntergekommenen Buden dahinter wie in einer Boomtown des alten Westens.

Der ›Petticoat Palace‹ – ein seriöses Unternehmen.

Kein Nepp.

Katie näherte sich der Tür mit den Messingziffern 310. In den wenigen Stunden, seit Norma Lee sie aufgenommen hatte, war einiges in ihr verändert. Sie hatte auf einmal dieses Gefühl, die Halbwelt verlassen zu haben. Sie war in eine geordnete Welt geraten. Fairness bestimmte das Leben der Girls. Es gab kein Konkurrenzdenken untereinander, es gab keine Ausbeutung durch irgendjemanden. Vor allem gab es nicht diese dreckigen New Yorker Absteigen, nicht die muffig riechenden Zimmer, in denen man für einen Zehn-Minuten-Job zwanzig Dollar Miete zahlte.

Ross Conte stammte aus einer anderen Welt. Es war eine ähnliche wie die, der Katie entronnen war. Deshalb widerstrebte es ihr, zu ihm zu gehen. Aber er hatte sie über den Vermittlungs-Service angefordert. Als Neue hätte sie schon einen triftigen Grund angeben müssen, weshalb sie gleich einen der ersten Jobs ablehnen wollte. Außerdem durfte sie nicht undankbar sein. Immerhin hatte er ihr das Leben gerettet. Er hatte ihr praktisch erst ermöglicht, überhaupt hier zu sein.

Sie klopfte.

In der Linse des Spions bewegte sich etwas. Dann wurde die Tür aufgerissen. Conte trug einen Hausmantel. Er packte Katie und hob sie auf die Arme. Sie war zu verdutzt, um sofort zu schreien. Er knallte die Tür mit dem Fuß zu. Grinsend lief er mit seiner Last ins Zimmer und warf sie auf das Bett. Katie kreischte. Er ließ ihr keine Zeit, zur Besinnung zu kommen. Mit wenigen Handgriffen fetzte er ihr die Bluse und den kurzen Rock vom Körper. Dann schleuderte er den Hausmantel von sich ...

»Soll ich uns einen Drink holen?«, fragte sie später atemlos. Er brummte zustimmend. Katie fand die Mini-Bar und alles, was sie brauchte. Mit Bourbon on the rocks, Gebirgswasser, Aschenbecher und Zigaretten kehrte sie zum Bett zurück. Conte setzte sich auf und ließ sich bedienen. Sie stopfte ihm ein Kissen hinter den Rücken. »Fühlst du dich gut?«, fragte sie fürsorglich.

»Besser«, nickte er. »Viel besser.«

Sie prostete ihm zu und zündete sich selbst eine Zigarette an. »Und wie gefällt es dir hier? Hast du dich schon umgesehen? Es gibt ein paar nette Bars. Das Restaurant ist wirklich gut. Ich hab heute Mittag da gegessen. Und dann der Tierpark! Echt eine gute Idee von Norma Lee, diese Sachen zu erhalten. Findest du nicht auch?«

»Ich brauche deine Hilfe.« Conte blickte in sein Glas.

Katie wusste, dass er ihr von Anfang an nicht zugehört hatte. Sie erschrak über seine Forderung. Aber sie zeigte es nicht, denn sie hatte sich in der Gewalt. Schließlich verstand sie es, auch all die anderen Gefühle vorzutäuschen. »Sag, was ich für dich tun kann.« Sie ließ es fröhlich und unternehmungslustig klingen. In Wahrheit erschauerte sie innerlich, denn sie ahnte, dass es keine einfache Gefälligkeit sein würde, die er von ihr verlangte. »Gut. Dann hör jetzt genau zu. Es ist nicht viel, und ich wiederhole nichts. An eines musst du dich halten: Du wirst zu keinem anderen Menschen darüber sprechen. Ist das klar?«

Die Kälte seiner Stimme verstärkte ihr Unbehagen. Er brauchte ihr nicht einmal zu drohen. Sie wusste, dass ein Verstoß gegen seine Anordnung die Höchststrafe nach sich zog. Sie nickte und hauchte ein bereitwilliges »Ja« hinterher.

»Gut. Wirst du mit Norma Lee Ascot Kontakt haben?«

»Sicher. Es sind noch ein paar Sachen zu regeln. Das mit dem Arbeitsvertrag und so.«

»Ausgezeichnet. Hast du schon andere Girls kennen gelernt?«

»Ich habe ein Zimmer mit einer anderen zusammen. Sheena Seymour. Die ist total in Ordnung.«

Conte stampfte den Zigarettenrest in den Aschenbecher. »Immerhin, dann hast du schon ein paar Möglichkeiten. Du wirst ein bisschen für mich herumhorchen. Unauffällig, versteht sich. Ich suche einen Mann namens Edward Lynch. Er ist Rechtsanwalt – so eine Art persönlicher Berater von Miss Ascot.«

»Und was soll ich über ihn herausfinden?« Katie musste sich anstrengen, damit ihre Stimme nicht zitterte. Sie spürte, was es bedeutete, dass Conte sich für diesen Mann interessierte. Es war eine furchtbare Ahnung, die wie betäubend auf sie wirkte. Sie fing an zu begreifen. Er zwang sie, seine Komplizin zu werden. Was er auch vorhatte, sie würde sich mitschuldig machen.

»Ich will nur wissen, wann er hier ist. In welcher Bude er wohnt. Das genügt dann schon.«

»Ja, in Ordnung«, antwortete Katie. Sie war plötzlich heiser. Rasch trank sie einen Schluck Whisky. Ihre Kehle begann zu brennen. Sie wusste instinktiv, dass sie sich nicht auflehnen durfte. Denn Ross Conte war kein Mann, der lange zögerte. Sie brauchte sich nicht einzubilden, ihn in der Hand zu haben. Dass er einen Zuhälter getötet hatte, war kein verwertbares Wissen. Nicht in ihrer Lage. Sie hatte ohnehin nicht die Mittel, so etwas zu verwerten. Dazu war Conte auch viel zu schnell in seinen Entscheidungen. Das hatte er bei Yank Lamberton gezeigt.

Ich machte eine Spazierfahrt. Der ›Petticoat Palace‹ war keine Kaserne. Die Gäste konnten kommen und gehen, wann sie wollten. Nur die Girls unterlagen ihren gewissen Pflichten. Ich zuckelte mit dem Cimarron auf der Provinzstraße entlang, als müsste ich mir die Beine meines Autos vertreten. Es ging auf Mitternacht zu. Am Rand eines Waldstücks hielt ich auf einem schmalen Parkplatz an. Ich zündete mir eine Zigarette an, nahm den Hörer von der Mittelkonsole und gab die Nummer des FBI-Distrikts New York ein. Phil war noch im Büro. Wie vereinbart.

»Endlich«, sagte er und gähnte. »Du hättest ruhig etwas eher anrufen können.«

»Ich habe angenommen, du müsstest erst deinen Verdauungs-Spaziergang machen.«

»Den hätte ich dringend nötig gehabt. Stattdessen sitzt man hier spätabends herum und verzapft Abschlussberichte. Während andere sich offiziell und dienstlich als Sexmonster betätigen dürfen …«

»Ich sehe dich jetzt vor mir«, grinste ich. »Es stimmt tatsächlich.«

»Was?«

»Dass man vor Neid blass wird. Du bist richtig kreidebleich.«

»Neidisch auf einen Bordellbesucher! Das fehlte mir noch!«

»Gib dir keine Mühe, es runterzuspielen, Alter. Hier hat alles gehobenes Niveau. Es kommt ganz auf die Einstellung des Einzelnen an. Wenn du willst, kannst du hier Urlaub machen, ohne ein weibliches Wesen zu sehen zu kriegen. Oder …«

»Ich warte. Jetzt behauptest du gleich, Florida ist nichts dagegen.«

»Oder du stürzt dich kopfüber ins Vergnügen. Im Ernst. Norma Lee Ascot hat in ihrem Laden jede Menge gute Ideen investiert. Es ist wirklich etwas Besonderes. Vor allem aber werden die Mädchen als Menschen behandelt. Deshalb hat Norma Lee ja auch solchen Zulauf.«

»Wann gibst du deinen Dienstausweis ab?«

»Du bist noch immer blass.«

»Und dich sehe ich schon als Teilhaber von Norma Lee. Oder als Bodyguard oder so was.«

»Warum nicht gleich als Schoßhund?«

»Auch das ist denkbar.«

»Ich sehe, die späten Dienststunden lenken deine Fantasie in schlüpfrige Bahnen. Oder war es der Chianti mit Geoff?«

»Den hat er selber getrunken. All right, wenn du genug von Norma Lees Nobel-Etablissement geschwärmt hast …«

»Das kann man gar nicht genug in den Himmel heben«, grinste ich.

»Würdest du dich trotzdem herablassen, einen dienstlichen Bericht anzuhören?«

»Es kostet mich Überwindung.«

»Okay, dann wirst du dich überwinden müssen, Conte als ein Opfer seines eigenen Berufsstandes zu betrachten.«

»Wie viel Chianti hast du Zinneman schlürfen lassen?«

»Wenig genug. Seine Story ist nicht zusammengeschustert. Garantiert nicht. Weißt du, wie alt Conte ist?«

»Er geht auf die sechzig zu, denke ich.«

»Zwei Jahre fehlen dran. Und Webb will ihn zum Frührentner machen. Conte sträubt sich mit aller Macht dagegen. Er will nicht zum alten Eisen gehören. Also muss er noch mal beweisen, was er kann. Er bettelt Webb um einen Auftrag an. Webb stimmt schließlich zu, aber er hat einen Hintergedanken dabei. Conte wird bei dem Auftrag am Berufsrisiko scheitern. Betriebsunfall kurz vor Toresschluss, wenn du so willst.«

»Ist das abgeklopft?«, fragte ich ungläubig. »Webb will seine Nummer eins loswerden und schickt ihm die Nummer zwei auf den Hals?«

»Nicht die Nummer zwei. Die würde Conte ja kennen. Eine unbekannte Größe, schätze ich.«

»Denkbar. Und auf wen ist die gute alte Nummer eins angesetzt?«

»Antwort im Originalton Zinneman – auf meine ähnlich lautende Frage: Mann, lass deinen Kumpel was tun für sein Geld! Ergänzung von mir: Jetzt ist der Zeitpunkt da, Alter. Jetzt musst du aufhören, für dein Geld die Puppen tanzen zu lassen.«

»Sonst hast du keine weisen Ratschläge? Wie wäre es mit ein paar Hinweisen aus erster Hand?«

»Du meinst von deinen Löwenbändigern?«

»Zum Beispiel.«

»Kein Ton. Sie schätzen ihre Lage optimistisch ein und bauen auf Webbs Einfluss – wenn das Verfahren erst einmal läuft.«

»Dann wird er keinen Einfluss mehr haben. Seinen größten Fehler hat er schon begangen.«

»Nämlich?«

»Conte für einen alten Mann zu halten.«

Jemand brüllte los, als Patrick Seymour das ›Bistro Parisien‹ betrat. »Hallo, Junge! He, mein Freund!« Die Stimme hörte sich an wie General Patton beim Marschbefehl für ein Panzer-Regiment. Nur fröhlicher.

Das Bistro war eine Bar. Die Einrichtung aus dünnbeinigen Stühlen und Tischen war weitgehend sich selbst überlassen. Nur an der Theke aus weißem Schleiflack hielten ein paar Figuren die Stellung. Raffinierte Spiegelregale gaben einen Eindruck von Weite. Der Typ mit den Augen wie Glaskugeln saß so, dass er den Laden überblicken konnte. Neben sich hatte er eine stramme Rothaarige mit Wuschelkopf und Sommersprossen – das groß gewordene kleine Mädchen. Die Hosenträger über dem weißen T-Shirt fuhren weite Kurven am Außenrund ihrer Brüste. Eine glaubhafte Darstellung, dachte Patrick. Diese Kleine spielte nicht mehr im Sand. Aber mit dem gleichen kindlichen Eifer tollte sie heute auf den Spielwiesen der Erwachsenen.

Patrick hatte wenig Lust, den Rest seines Streifzuges mit Betrunkenen zu verbringen. Aber diese Augen in dem Rundkopf starrten so groß und unbeirrbar, dass man vor ihnen unmöglich weglaufen konnte. Auch die übrigen späten Bistro-Gäste waren Pärchen und mit sich selbst beschäftigt. Und Patrick konnte nicht vortäuschen, jemanden von ihnen zu kennen. Daher folgte er der Aufforderung der großen Brillenaugen.

»Ein netter Junge! Und so hilfreich!«, lärmte der kleine Mann. Er unterstrich seine Freude durch ein altväterliches Hinternkneifen. Die Rothaarige reagierte mit dem erwarteten Quieken.

»Hallo, Mr. Jablonsky«, sagte Patrick höflich und schwang sich auf den Barhocker an der Thekenecke, gleich neben Jablonsky.

Die Rothaarige betrachtete Patrick Seymour stirnrunzelnd, doch ohne berufliches Interesse. Sie beschäftigte sich ausschließlich mit den reiferen männlichen Jahrgängen, das war klar.

»Oh, Sie erinnern sich an meinen Namen!«, dröhnte die Stimme, die zu den blanken Augen gehörte. »Warten Sie mal, Sie sind – Sie sind – Patrick! Richtig?«

»Genau, Sir.«

»Lass den Sir weg, Junge!« Jablonsky schaufelte die Luft über der Theke weg, als müsste er ein Geschwader Stubenfliegen vom Kurs abbringen. »Das hier ist Francis.« Hinternkneifen und Quieken bestätigten es. »Hm, und deinen Nachnamen – äh – Strayhorn? Shayne? Oder so ähnlich?«

»Bestell ihm lieber was zu trinken«, kicherte Francis.

Patrick hatte Zeit, sich etwas Passendes zu überlegen. Die Rothaarige arbeitete im ›Petticoat Palace‹. Folglich kannte sie Sheena. Daher war er froh über Jablonskys Gedächtnislücke. Francis war der Typ, Neuigkeiten keine Minute zu lange für sich zu behalten.

»Saylor«, sagte er.

Jablonskys Glotzaugen schienen auf ihn zuzuwachsen. »Sailor? Wie der Seemann?«

»Nein, ich bin keiner«, grinste Patrick. »Mit Ypsilon.«

»Wo? Am Ende? Am Anfang? Oder in der Mitte?«

Jablonsky lachte schallend und hieb mit der flachen Hand auf die Theke.

»Irgendwie kommt er mir bekannt vor, unser Seelord«, sagte Francis sinnierend. »Aber glaubt ihr, ich komm jetzt drauf?«

»Ist doch kein Wunder!«, grölte Jablonsky. »Bei dem Betrieb in diesem Laden! Bestimmt war er schon ein paar Mal hier. Er sagt es nur nicht.«

Patrick grinste weiter. Er zündete sich eine Zigarette an. Francis gab ihr Grübeln auf, winkte den Barkeeper herbei und bestellte drei Pastis auf Rechnung von Mr. Jablonsky. Der Großäugige brummte zustimmend und fingerte einen Zigarillo aus seinem Jackett. Patrick gab ihm Feuer und erkundigte sich nach dem Chevy. Jablonsky antwortete mit seiner Schaufelbewegung und erklärte großspurig, dass er mit dem Gedanken spiele, sich einen neuen Wagen anzuschaffen. Der Aufenthalt im ›Petticoat Palace‹ wirkte so verdammt anregend.

Francis kicherte anhaltend, und sie prosteten sich zu. Patrick rauchte seine Zigarette zu Ende, revanchierte sich der Form halber mit einem Drink und verabschiedete sich dann. Jablonsky brüllte ihn an, dass er sich nicht einfach schon verdrücken könne. Patrick ließ sich nicht beirren. Er zog sich mit dem augenzwinkernden Hinweis zurück, dass er sich für den nächsten Tag einiges vorgenommen habe.

Jablonsky und das rothaarige Girl gingen zehn Minuten später. Er nahm sie mit auf sein Zimmer. Francis ließ ihre Hosenträger knallen, dass die Brüste bebten. Sie sang eine Arie, so gut oder so falsch sie es halt konnte.

»Hör auf damit«, sagte Jablonsky barsch.

Sie gehorchte. Erschrocken sah sie ihn an. »Sag mal – du bist ja auf einmal stocknüchtern! Hast du die ganze Zeit bloß …«

Er grinste nur. Seine gläsernen Großaugen funkelten. »Ich werde dich gut bezahlen, Baby. Überdurchschnittlich. Dafür verlange ich aber etwas mehr von dir.«

»Ich bin zu allen Schandtaten bereit«, erwiderte sie mit unsicherem Lächeln.

»Das ist gut, sehr gut. Du wirst für mich einen bestimmten Mann ausfindig machen – ohne ihn anzusprechen, natürlich.«

»Und wie heißt er? Oder wie erkenne ich ihn?«

Jablonsky zog die Mundwinkel nach unten. »Er ist so ein grauhaariger alter Knacker, ziemlich dünn.«

Ich hatte meine ersten Runden im Hallenbad gedreht. Das angewärmte Wasser war genau das Richtige an diesem kühlen Abend. Der Tag war so grau zu Ende gegangen, wie er angefangen hatte. In Zeitungsanzeigen war von der ›Oase am Hudson River‹ die Rede, wenn Norma Lee Ascot einmal eine andere pfiffige Bezeichnung für den ›Petticoat Palace‹ anbringen wollte. Zur Zeit fehlte der Oase alles, was nur im Entferntesten an Wüstensonne erinnerte. Im Hallenbad herrschte deshalb Hochbetrieb. Das Freibad und die übrigen Außenanlagen kannten bessere Zeiten.

Ich legte einen Pause am Beckenrand ein. Langbeinige Girls in Tangas flanierten auf der Fliesenfläche zwischen Bar und Pool. Die männlichen Hallenbadbesucher hatten ihre Augenweide in jeder Blickrichtung – ob sie nun auf einem Barhocker saßen oder im Becken Wasser traten. Zugegeben, ich konnte mich dieser Blickrichtung nicht verschließen. Deshalb war meine Konzentration nicht voll da, als jemand neben mich glitt. Aber sie bewegte sich mit der lautlosen Eleganz einer Meerjungfrau. Aus dem Grund hatte ich sie gar nicht sofort bemerken können.

»Hi, Jim«, sagte Sheena. »Ich habe dich überall gesucht.«

»Und gefunden«, nickte ich. Lächelnd wandte ich mich ihr zu. Mit meinem Blick versuchte ich ihr zu sagen, dass sie ein kluges Mädchen war. Sie hatte daran gedacht, dass ich für jeden anderen hier immer noch James B. Covington war. »Wie wäre es mit einem Drink?«

»Später gern. Ich muss mit dir reden. Am unauffälligsten ist es wohl, wenn wir ein bisschen hin und her schwimmen.«

»Einverstanden«, sagte ich. Sie hatte unglaublich gute Einfälle. Wir stießen uns von der Fliesenwand ab und zogen unsere Bahn durch das bewegte Wasser. Die Geräuschkulisse war laut genug. Planschen und Kreischen, das Klatschen von missglückten Kopfsprüngen und wildes Wassertreten reihten sich nahtlos aneinander zu einem nicht endenden Getöse. Sheena und ich hielten uns etwa in der Mitte des Beckens. Sobald jemand in unsere Nähe kam, sprachen wir leiser oder verstummten ganz.

»Ich habe dir von der Kollegin erzählt, die jetzt bei mir einquartiert worden ist.« Sheena tauchte kurz unter und kam prustend wieder hoch. »Katie Turner. Ein feiner Kerl. Aber etwas stimmt mit ihr nicht.«

»Kannst du es erklären?« Ich tat, als wollte ich sie noch einmal unter Wasser tauchen.

Lachend wich sie auch. »Sie versucht, mich auszuhorchen. Ich hab es deshalb gemerkt, weil sie nicht besonders geschickt dabei war. Weißt du, wenn man in unserer Branche über Männer redet, dann dreht es sich ja meist um ganz bestimmte Themen. Aber der Freund unserer Chefin hat uns doch nun wirklich nicht sonderlich zu interessieren.«

»Was wollte sie über ihn wissen?«

»Ich sollte ihr Bescheid sagen, wenn er bei Norma Lee ist. Dummerweise habe ich ihr gesagt, dass sich das erübrigt, weil er schon längst da ist. Ich bin mir nicht sicher, ob das richtig war.«

»Unsinn«, beruhigte ich sie, obwohl sich meine innere Stimme in einen Chor von Alarmsirenen verwandelt hatte. »Es muss ja nichts bedeuten.«

Sheena tat, als küsste sie mich auf die Wange. Dabei flüsterte sie in mein Ohr. »Das würde ich auch annehmen, wenn ich nicht wüsste, weshalb du hier bist.«

»Einen Punkt für deinen Scharfsinn.« Wir erreichten die gegenüberliegende Beckenwand, stießen uns ab und schwammen zurück. »Hast du herausfinden können, weshalb sie es wissen wollte?«

»Ich wollte sie nicht misstrauisch machen. Von selbst hat sie es jedenfalls nicht gesagt.«

»Du hast dich absolut richtig verhalten. Und wer ist Miss Ascots Freund?«

»Edward Lynch. Ein Rechtsanwalt. Spitzenklasse. Soll auch ziemlich bekannt sein. Die älteren Kolleginnen sagen, dass er viel für Norma Lee getan hat. Was an rechtlichen Dingen zu regeln war, hat er erledigt. Deshalb kann ihr auch niemand mehr an den Karren fahren, seit der Laden hier läuft.«

Ich nickte. Lynch war in der Tat ein bekannter Mann. Er hatte sich hauptsächlich in Zivilprozessen einen Namen gemacht. In mehreren Verfahren war er gegen Leute aus Webbs Syndikat angetreten. Lynch hatte einen Tankstellenpächter vertreten, der bei einem Überfall zum Krüppel geschlagen worden war. Dann einen Bankangestellten, der durch eine Schusswunde querschnittsgelähmt war.

Es hatte noch weitere Fälle dieser Art gegeben, ähnlich Aufsehen erregend. Lynch hatte für seine Mandanten Entschädigungen in Millionenhöhe herausgeholt. Die betreffenden Syndikatsgangster waren bereits vorher in den Strafprozessen zu hohen Gefängnisstrafen verurteilt worden. Da sie während ihrer Strafverbüßung praktisch kein Einkommen hatten, wurden für die Zahlung der Entschädigungen die jeweiligen berufsständischen Unfallversicherungen von Lynchs

Mandanten herangezogen. Sobald die Gangster aus dem Gefängnis entlassen werden sollten, würden die Versicherungen bei ihnen auf der Matte stehen und ihnen jeden überschüssigen Cent abknöpfen.

Für Webb waren die betreffenden Männer nichts mehr wert. Sie mussten schon untertauchen, wenn sie einen guten illegalen Dollar machen wollten. Edward Lynch hatte dem Syndikat erheblichen Schaden zugefügt. Und er tat es weiter. Dadurch nämlich, dass er Norma Lee Ascot so gut wie unangreifbar gemacht hatte. Die Sabotageakte, bis hin zu dem Anschlag auf Sheena, hatten den ›Petticoat Palace‹ bislang nicht in Gefahr bringen können. Auf der anderen Seite setzte Norma Lee ein Beispiel, das Schule machte. Prostituierte in Manhattan gründeten Selbsthilfegruppen, wenn sie in Tarrytown nicht unterkommen konnten.

Sie entzogen sich dem Druck der Zuhälter und des Syndikats und schufen sich selbst Bedingungen, die ihnen ein gesichertes Leben auch dann noch ermöglichten, wenn sie älter wurden.

»Edward Lynch ist in Gefahr«, sagte ich leise.

Sheena sah mich bestürzt an. »Ist das meine Schuld?«

»Um Himmels willen, nein. Er wäre so oder so in der Schusslinie. Wir müssen versuchen, etwas für ihn zu tun. Entweder musst du ihn warnen, oder du musst mich unauffällig mit ihm zusammenbringen. Wir könnten auch den Umweg über Miss Ascot gehen.«

»Da war noch etwas, Jim.«

»Ja?«

»Francis Pratt hat versucht, mich hintenherum auszuhorchen. Francis ist eine Kollegin, rothaarig, mit so einer richtigen Löwenmähne. Das war am späten Nachmittag, ist noch gar nicht lange her. Wir sind uns im Friseursalon über den Weg gelaufen. Sie wollte wissen, ob mir ein grauhaariger alter Knabe aufgefallen ist. Einer, der ziemlich dünn ist.«

Mein Sirenenchor kriegte Stimmenzuwachs. »Und?«, entgegnete ich. »Ist dir jemand in der Art aufgefallen?«

Sheena schüttelte den Kopf. »Bis jetzt noch nicht.«

»Und weshalb fragen sie ausgerechnet dich all diese Sachen?«

»Ich bin mit Norma Lee gut bekannt. Sehr gut sogar. Das wissen die meisten hier. Bestimmt wollten die beiden Kerle mich deswegen auch den Löwen vorwerfen. Um Norma Lee besonders zu treffen.«

Ich bat Sheena, mir zu beschreiben, wie Katie Turner aussah. Ich erfuhr auch, dass Francis Pratt mit ihrer Kleidung die Klein-Mädchen-Rolle spielte.

Sheena und ich begaben uns für einen Drink an die Bar. Danach trennten wir uns. Ich blickte Sheena nach, bis sie die Schwimmhalle verlassen hatte. Ich konnte niemanden entdecken, der sich für sie interessierte oder ihr folgte. Das Risiko war so oder so nicht auszuschließen. Sheena war bereits einmal in tödliche Gefahr geraten. Jemand, der sie im Auge hatte, musste sie über kurz oder lang mit mir zusammen sehen. Das ließ sich einfach nicht vermeiden.

Ich konnte sie andererseits nicht rund um die Uhr bewachen. Jetzt erst recht nicht, wo dieses dunkelhäutige Girl aufgetaucht war. Im Bademantel schlenderte ich hinüber zum Motel-Trakt zu meinem Zimmer. Es wurde ein kühler Abend. Die dichte Wolkendecke ließ von Mond und Sternen nichts sehen.

Ich verfügte über ein paar zusätzliche Puzzleteile. Ich legte ein Hemd, leichte Jeans und ein dunkelblaues Jackett für den Rest des Abends bereit. Unter der Dusche probierte ich aus, ob die Puzzleteile in meinem Gedankengerüst schon einen Bildteil ergaben.

Da war eine Dunkelhäutige namens Katie Turner – erst gestern im ›Petticoat Palace‹ angekommen und schon neugierig. Es drängte sich der Verdacht auf, dass sie geschickt worden war. Andererseits würde es kaum jemand so plump anstellen, wenn er sich einschlich.

Ich war auch nicht mit der Tür ins Haus gefallen. Das hatte den Vorteil, dass ich hübsch im Hintergrund geblieben war – obwohl ich meiner jetzigen Verbündeten Sheena das Leben gerettet hatte.

Dann war da die rothaarige Francis. Sie versuchte herauszufinden, wo Ross Conte steckte. Dabei wusste sie offenbar nur, wie er aussah, nicht, wie er hieß.

Es sollte Lynch an den Kragen gehen. Und Conte. Völlig klar, denn Geoff Zinnemans Informationen untermauerten das.

In der Mitte hatte mein Puzzle noch ein großes Loch. Nicht mal ein Stück vom Ohr, ein bisschen Haar oder die Schuhspitze waren da zu sehen. Vorläufig war er der große Unbekannte. Aber ich hatte das sichere Gefühl, dass es nicht mehr lange so bleiben würde. Ich würde ihn kennen lernen – den dritten Mann. Wenn er sich mir nicht selbst vorstellte, musste ich ihm auf die Füße treten.

Das Haupthaus war im alten französischen New-Orleans-Stil gebaut. Eine Imitation, aber sehr gelungen. Balkons umgaben das Haus vorn und an beiden Seiten in jeder Etage. Brüstungen, Säulen und Treppengeländer waren aus kunstvoll geschnörkeltem Schmiedeeisen gefertigt. Über die Balkons waren auch die verschiedenen Apartments zu erreichen, wenn man auf den Fahrstuhl verzichtete. Norma Lee Ascot wohnte hier. Mehrere Wohnungen waren für Gäste reserviert, der Rest von leitenden Angestellten belegt. Das Girl in der Lobby hatte mich bei Norma Lee angemeldet. Im zweiten Stock blieb ich stehen. Der Ausblick war beeindruckend.

Das Gelände des ›Petticoat Palace‹ sah aus wie ein wellig hingeworfener schwarzer Teppich. Glasperlen leuchteten auf dem Teppich – die Pilzleuchten, die überall an den Wegen und auch mitten auf den

Rasenflächen standen. Die Gebäude, sowie das Hotel, vermittelten mit ihren erhellten Fensterflächen etwas Städtisches. Auch ein paar Lichter von Tarrytown konnte ich sehen. Die Wolkendecke hatte dort, über der Stadt, einen helleren Schimmer. Ich schob mich von der Brüstung weg.

Nur einen Schritt weit. Jäh verharrte ich. Da war etwas, das ich nur am Rand meines Blickfeldes gesehen hatte. Ich ruckte herum.

Eine rötlich glänzende Bewegung glitt aus dem Lichtkreis einer Pilzleuchte. Es war die erste Lampe auf dem Weg vor dem Wohngebäude. Dort hatten die Girls ihre Zimmer. Sekunden später sah ich den roten Haarschopf im Schein der nächsten Lampe. Das allein hätte mir nicht genügt. Aber das Girl trug eine kurze Lederhose, eine weiße Bluse und Hosenträger. Dazu weiße Kniestrümpfe und geschnürte Kinderschuhe. Mit blonden Zöpfen statt der roten Mähne hätte sie auf eines dieser alten Fotos aus Germany gepasst. Aus der Entfernung bewies eigentlich nur ihre stattliche Oberweite, dass sie dem Kindlichen längst entwachsen war.

Ich wirbelte herum. Francis Pratt strebte auf das Hotel zu. Ich lief mit federnden Schritten, um auf der Stahlkonstruktion der Balkons und Treppen kein Dröhnen zu verursachen. Im ersten Stock sah ich, dass die Rothaarige unbeirrt ihre Richtung beibehielt. Logisch, dass jemand im Hotel sie gerufen hatte. Um die Nacht ausschließlich im Zimmer zu verbringen, war es allerdings noch etwas zu früh. Der ›Petticoat Palace‹ bot so viele Vergnügungsmöglichkeiten, dass sich die wenigsten etwas davon entgehen lassen wollten. In den ersten Abendstunden herrschte daher überall Hochbetrieb.

Im Vorbeigehen rief ich dem Girl im Erdgeschoss zu, dass ich später noch einmal wiederkommen würde. Ich kriegte zu hören, dass man eine Lady nicht versetzte. Doch darauf konnte ich nicht mehr antworten, denn ich war schon draußen.

Der rote Wuschelkopf war ein guter Orientierungspunkt. Francis hatte nur noch ein paar Yards bis zum Hoteleingang. Ich nahm die Querverbindung, die hinüberführte. Überall auf den beleuchteten Wegen waren langbeinige Schönheiten allein oder in Begleitung unterwegs. Manche Pärchen sahen so elegant aus wie Ehepaare abends im Theatre District von Manhattan. Immerhin gab es auch hier Möglichkeiten, sich vornehm zu geben. Im Restaurant beispielsweise, in der dazugehörigen Bar oder im Spielsalon.

Ich erreichte die Lobby des Hotels rechtzeitig, um Francis allein in einem Fahrstuhl verschwinden zu sehen. Ich zog mich in eine der Sitzgruppen zurück und nahm mir eine Illustrierte, nachdem ich mich in einen Sessel versenkt hatte.

Francis fuhr in den fünften Stock. Ich beschloss, einen halbe Stunde zu warten. Nicht ungewöhnlich. Einige weitere Sessel waren ebenfalls besetzt. In der Lobby herrschte Kommen und Gehen. Während so eines Aufenthaltes im ›Petticoat Palace‹ schlossen auch Gäste Bekanntschaft. Nicht selten gab es reine Männerabende – vorzugsweise im ›Shamrock‹, der irischen Kneipe. Ich ließ mir einen Bourbon mit Eis und viel Soda bringen und steckte mir eine Zigarette an. Die Fahrstühle konnte ich risikolos beobachten – wie jemand, der auf jemanden wartete.

Nach zehn Minuten war die rote Mähne wieder da. In Begleitung. Die Brille des kleinen Mannes schien aus zwei Vergrößerungsgläsern zu bestehen. Er sah aus wie einer, der sich nach zwanzig staubtrockenen Ehe- und Berufsjahren zum ersten Mal ein heimliches Abenteuer gönnte.

Ich fühlte mich auf dem falschen Dampfer. Andererseits habe ich mich noch nie vom ersten Eindruck leiten lassen. Ein Stück davon bröckelte bereits ab, als ich mitkriegte, wie die großen Kugel-augen flink und unauffällig die Lobby abtasteten.

Für einen Sekundenbruchteil begegnete mir dieser Blick. Ich hielt ihm stand. Er musste es gewohnt sein, dass man ihn wegen seines Erscheinungsbildes ansah. Frivole Zungen hätten ihn durchaus als Witzfigur bezeichnet.

Ich leerte mein Glas und wartete, bis die beiden draußen waren. Ich schloss mich einer lärmenden Männergruppe an. Die Vorfreude gründete sich auf ein so harmloses Vergnügen wie schwarzes irisches Bier. Instinktiv spürte ich, dass ich höllisch vorsichtig sein musste. Dieser Buchhaltertyp war misstrauisch wie ein Fuchs. Und genauso raffiniert. Das folgerte ich einzig und allein aus der Art, wie er sich in der Lobby umge-sehen hatte.

War er mein dritter Mann? Mit seinem Lederhosen-Girl steuerte er auf das Römerbad zu.

Conte trug keine Faser auf dem Leib, als er Katie ein-treten ließ.

»Ich komme wohl zu einem unpassenden Moment«, sagte sie und blickte grinsend an ihm herab.

»Dann machen wir einen passenden draus«, entgeg-nete er. Er packte sie und schloss die Tür ab. Sie tat, als sträubte sie sich, sie zappelte und kicherte, als er sie ins Bad trug. »Du hast mich gestört«, sagte er vorwurfs-voll. »Ich wollte duschen. Deine eigene Schuld.« Er bugsierte sie in die offene Duschkabine. Sie kickte die hochhackigen Schuhe weg. Conte drehte den Warmwasserhahn auf und schlüpfte rasch unter das perlende Rauschen, damit sie ihm nicht entwischen konnte. Katie kreischte und prustete. Sie wand sich unter seinem Griff. Er zog ihr die nasse Bluse von der Haut, dann den kurzen Rock. Ihr gut gespielter Widerstand erlahmte, als er sie an sich presste …

In Frottee gehüllt, nahmen sie einen Drink. Katie ließ sich eine Zigarette anbieten und Feuer geben. Sie spielte Erschöpfung, indem sie ihren Atem hörbar machte. »Jetzt musstest du so lange auf die Neuigkeiten warten«, sagte sie. »Das ist deine Schuld.«

Conte zog die Brauen hoch. »Wenn es was Wichtiges ist, versohle ich dir den Hintern. Du hättest gleich damit herausrücken können.«

»Himmel, ich kriege Angst!« Sie kicherte und gab sich keine Mühe, ihre Bestürzung echt klingen zu lassen.

»Lass schon hören«, knurrte er.

»Du weißt, Sheena Seymour ist meine Zimmer-Partnerin. Wir haben uns ein bisschen angefreundet. Sonst kenne ich ja auch noch niemanden – außer Norma Lee natürlich. Aber zu ihr habe ich ja weniger Kontakt als …«

»Willst du mir erst noch erzählen, wie das Wetter heute war?«, unterbrach er sie grob.

Katies aufgesetzte Heiterkeit schwand. Sie spürte wieder dieses Unbehagen. Aber jetzt konnte sie nicht mehr zurück. Sie wusste, dass ihre Furcht begründet war. Sie musste diesen Mann zufrieden stellen, wenn sie nicht seinem Zorn ausgesetzt sein wollte. Sie berichtete, was sie über Edward Lynch in Erfahrung gebracht hatte.

Conte lächelte dünn. »Ausgezeichnet. Bist doch ein brauchbares Mädchen.«

»Das ist nicht alles. Ich war mir nicht sicher, ob ich nicht zu weit vorgeprescht war. Deshalb habe ich mich ein bisschen drum gekümmert, was Sheena anschließend vorhatte. Sie traf sich mit einem Typen im Hallenbad. Aber dann sind sie komischerweise nicht zusammengeblieben – was ja normal gewesen wäre.«

»Wer war das? Wie sah er aus?«

»Er wohnt im Motel, Zimmer 331. Ich habe in der Verwaltung nachgefragt, hab einfach gesagt, ich hätte einen Anruf aus 331 gekriegt und den Namen nicht notiert. James B. Covington, Versicherungskaufmann.« Die Personenbeschreibung, die sie hinzufügte, war brauchbar. »Kannst du was damit anfangen?«

Er antwortete nicht. Sein Blick wurde schmal und stechend, schien Katie zu durchbohren.

Ein künstliches Felsmassiv wurde von Scheinwerfern angestrahlt. Man ahnte die Nähe des Tierparks, der nur einen Steinwurf weit entfernt war. Ein römisches Säulenportal erhob sich vor dem Felsen. Auch hier war alles strahlend hell erleuchtet. Klar, dass der pompöse Eingang in eine vermeintlich natürliche Felsenhöhle führte. Ein Hauch von Geisterbahn-Schauer konnte bei empfindsamen Naturen aufkommen. Der Gedanke an düstere Gewölbe, Gefangene in Verliesen und blutige Gladiatorenkämpfe in einer verborgenen Arena kam auf. Sollte es etwa eine Verbindung vom Löwengehege geben? Einen Geheimgang, durch den die Viecher in die Arena gelassen werden konnten?

Ich wies meine Fantasie in ihre Schranken. Brot und Spiele der antiken Art brauchte Norma Lee Ascot ihren Gästen nicht auch noch zu bieten. Das Vorhandene war prickelnd genug.

Hinter dem Portal empfing mich vielstimmiges Gemurmel zwischen hellen Marmorwänden. Hostessen in spärlichen römischen Gewändern wiesen mich an, meine Kleidung in einer Kabine zu wechseln. Zutritt zum Römerbad gab es nur in der Toga. Für jeden Gast lag so ein heller Lappen bereit. Die Hostessen halfen den Ungeübten. Eine rassige Schwarzhaarige zeigte auch mir, wie man das Tuch drapierte und sicherte. Die abgelegte Kleidung kam in ein Schließfach. Den Schlüssel durfte ich mir um den Hals hängen.

Über breite, flache Marmorstufen gelangte ich in

einen Vorraum, mehr eine große Halle. Römisch Gewandete waren vor mir, neben mir und hinter mir. Es wurde schwieriger. Mir blieb als markanter Punkt nur noch der rote Haarschopf. Schlendernd hielt ich nach Francis Ausschau. Ich war nicht der Einzige, der als Single auftauchte. Es gab genügend dienstbereite Römerinnen für solche Fälle. Die Wandlampen waren wie Fackeln geformt und hatten dieses künstlich erzeugte Flackern.

Eine große Blondine, Typ Walküre, strebte aus dem Wald von Togen auf mich zu. Ich fing an, mich als Opfer zu fühlen. Sie sah verdammt so aus wie eine Germanin, die von den Römern gefangen genommen worden war.

»Salve, Fremder!«, rief sie mit einer Stimme, die so klang, als ob sie Bäume ausreißen könnte. »Auf dass du Stammgast wirst an diesem unvergleichlichen Ort!«

»Ich könnte mir nichts Schöneres denken«, behauptete ich. »Aber eigentlich suche ich Francis. Die kleine Rothaarige.«

Die Riesen-Germanin baute sich vor mir auf und legte die Hände in die Hüften. Nur meiner nicht gerade mäßigen Körpergröße verdankte ich es, dass sie nicht auf mich herabblicken konnte. »Da hast du Pech, mein Lieber. Francis hat schon einen Begleiter. Aber mach dir nichts draus. Mit mir bist du sowieso besser bedient. Es gibt nichts, was Francis kann, das ich nicht besser könnte.«

»Wirklich?«, staunte ich.

»Aber ja. Du wirst staunen. Ich habe Grund genug, von mir selbst überzeugt zu sein.« Zur Untermalung strich sie mit beiden Händen über ihren Busen. Der Kleine mit den großen Augen hätte darunter Schutz suchen können – bei Regen beispielsweise.

»Nun«, sagte ich lächelnd. »Dann lasse ich mich am besten von dir einweisen, teure Freundin.«

»Sicher willst du alles kennen lernen.« Sie sah mich forschend an.

»Aber auch alles«, nickte ich.

Sie hakte sich bei mir ein und zog mich mit sich. In meinem rechten Augenwinkel sah ich ihre siegesgewisse Miene. Ihr Kinn, kantig und vorgereckt, demonstrierte das machtvolle Drängen, zu dem sie fähig war.

Unsere erste Station war eine Bar, an der Wein aus Amphoren kredenzt wurde. Harfenklänge von der etwas moderneren römischen Art schwirrten durch die Luft. Meine Germanin nannte sich Althea. Sie erklärte mir, dass man von der Bar aus das eigentliche Bad erreichte. Und dann ging es weiter in die Katakomben, ein Labyrinth von Gängen mit vielen verschwiegenen Winkeln. Dank Altheas Zwinkern konnte ich mir einigermaßen vorstellen, wie diese Winkel aussahen.

Um mehr als einen Schluck Wein konnte ich meinen Becher nicht erleichtern. Denn plötzlich sah ich Francis.

Die rote Mähne leuchtete über ihrer Toga. Sie ließ zwei Becher an der Bar füllen. Dann machte sie sich auf den Rückweg in Richtung Bad. Ich riss mich von meiner überflüssigen Freundin los. Geschickt tauchte ich im Gedränge unter, bevor sie sich von ihrer Überraschung erholt hatte. Ich wählte einen Zickzackkurs und sah, dass die blonde Riesin ihre Suche geradlinig begann.

Das Römerbad war ein traumhafter Marmorpalast. Vergoldete Lampen an den Wänden, zwischen Säulen und unter der Decke verliehen dem Raum den nötigen Hauch von Kostbarkeit und nahmen ihm zugleich den Hallencharakter. Dennoch war das Bad mindestens genauso groß wie die Eingangshalle.

Das Gemurmel der vielen Menschen überlagerte die Harfenmusik fast völlig. Die weißen Gewänder bestimmten das Bild auf den weiten, schimmernden Flächen rings um das Becken. Auf dem türkisfarbenen

Wasser schwammen Holzmodelle von Galeeren, die mit frischen Früchten beladen waren. Pärchen tummelten sich hüllenlos im Wasser, naschten von den Früchten und kehrten immer wieder zu ihren Weinbechern zurück, die sie in kleinen Fliesenfächern am Beckenrand abgestellt hatten.

Francis und ihr kleiner Mann waren an der anderen Schmalseite des Bades. Von ihm sah ich nur den halb kahlen Rundkopf, da er mir den Rücken zuwandte. Die Rothaarige hatte ihm den einen Becher gegeben. Er wollte ihr zuprosten, zögerte jedoch, als sie ihm etwas ins Ohr flüsterte. Ich sah, wie er nickte. Gleich darauf näherten sich beide dem von Säulen eingerahmten Durchgang, der zu den Katakomben führte.

Ich erblickte Althea im Gedränge, schräg links von mir. Die Entfernung betrug in Luftlinie kaum mehr als drei Yards. Die Walküre hatte ihren Direktvorstoß beendet, natürlich erfolglos, und sah sich jetzt auf dem umgekehrten Weg um. Mir blieb keine andere Wahl. Ich musste von der Bildfläche verschwinden, wenn ich Francis und ihren komischen Begleiter nicht aus den Augen verlieren wollte. Kein Zweifel, dass sich die bei den in einen der verschwiegenen Winkel zurückziehen wollten.

Ich schlug einen Bogen nach rechts und achtete darauf, dass immer genügend weiße Gewänder zwischen mir und Altheas mutmaßlicher Stoßrichtung waren.

Zügig erreichte ich die Schmalseite des Bades und arbeitete mich voran. Francis und ihr Kleiner waren längst in dem Durchgang verschwunden. Ich folgte einer Schwarzhaarigen und ihrem blonden Begleiter, der tatsächlich Ähnlichkeit mit Cäsar hatte. Die Gänge waren wie Bergwerksstollen gebaut, allerdings hoch genug, damit man aufrecht gehen konnte. An den Wänden gab es die gleichen Fackelimitationen wie vorn. Und natürlich fehlten auch die schwirrenden Harfenklänge nicht.

Die Pärchen verloren sich. Es lag eindeutig an den vielen Nebenhöhlen, die von den Hauptgängen abzweigten und mit ornamentbestickten Decken zugehängt waren. Ich entschied mich für den mittleren Gang, den auch Cäsar und seine Schwarzhaarige wählten. Nach ein paar Schritten schon verschwanden sie rechts hinter einer Decke. Ich ging schneller – lautlos, da auf nackten Sohlen. Der Boden war beheizt. Unbehagen kam gar nicht erst auf.

Ich wusste, dass ich Francis und den Großäugigen nur dann noch verschwinden sehen konnte, wenn ich mich beeilte. Voraussetzung war allerdings, dass die beiden auch den mittleren Gang gewählt hatten.

Sechs, sieben Yards weit drang ich vor. Das Gefühl abzusehender Erfolglosigkeit stellte sich ein. Plötzlich hörte ich die Stimme hinter mir, ganz nahe.

»Warum verfolgen Sie mich eigentlich?«

Ich wirbelte herum und sah meine Vermutung bestätigt. Es war Francis. Ihr rotes Haar leuchtete unter einer Elektrofackel. Sie stand nur zwei Yards von mir entfernt und lächelte. Sie war aus einer Höhle aufgetaucht. Ich begriff meinen Fehler. Der Luftzug in meinem Nacken bestätigte es. Ich wusste, dass es ein Handkantenhieb war. Er traf mich auf den Punkt, den ich selbst nur zu gut kenne. In Schulterhöhe. Es war wie eine Explosion. Francis' Lächeln löste sich in einem Blitz auf. Das Rot ihres Haars wurde zum glühenden Flammenmeer. Schmerz spürte ich nicht einmal, als ich ins Schwarz der Bewusstlosigkeit versank.

Aus dem Glutrot wurde warmes, gelbes Licht. Eine zischende Stimme drang in mein zurückkehrendes Bewusstsein.

»... endlich die Frau wegschicken! Zum Teufel, was glauben Sie, mit wem Sie es hier zu tun haben!«

»Und was, zum Teufel, glaubst du, was du hier zu sagen hast!« Die Stimme, die das fauchte, gehörte

Francis.

Ich sah sie, als sich mein Blick entschleierte. Ihr Gesicht verzerrte sich jäh vor Schmerzen. Ich erkannte die Ursache. Eine Faust krallte sich in ihren Oberarm. Es fehlte nicht viel, und sie hätte geschrien.

»Im Allgemeinen lasse ich mir von Frauen nichts vorschreiben«, sagte Conte gefährlich leise. »Du verschwindest jetzt, Baby, oder es wird noch ungemütlicher.«

Der Hilfe suchende Blick, den sie über mich hinwegschickte, nützte nichts. Der kleine Mann, der irgendwo hinter mir sein musste, schien Conte nicht widersprechen zu wollen. Ich lag auf einem weichen Untergrund. Etwas wie eine Matratze. Nur viel edler natürlich. Das Licht war so gedämpft wie draußen in den Katakomben. Francis schlich davon, ohne noch ein Widerwort zu riskieren.

»Wer sind Sie?«, schnarrte der Großäugige hinter mir.

Conte grinste. »Muss ich Ihnen das auf die Nase binden?« Er deutete mit einer geringschätzigen Handbewegung auf mich. Die Tatsache, dass ich die Augen geöffnet hatte, schien ihn nicht sonderlich aufzuregen. »Sagen Sie mir lieber, weshalb Sie ihn hier hereingeschleift haben.«

»Er hat mich verfolgt. Francis und mich. Ich wollte wissen, warum.«

Das Grinsen des grauhaarigen Killers hielt an. »Ich sage es Ihnen, Mister. Er ist G-man. Jerry Cotton vom FBI-Distrikt New York. Er wird schon wissen, weshalb er hinter Ihnen her war. Stimmt's?«

Mehrere Sekunden lang blieb es hinter mir still.

Dann kam die höhnische Antwort. »Sie werden wohl auch wissen, weshalb Sie ihm gefolgt sind.«

»Allerdings.«

»Okay, dann sagen Sie mir Ihren Grund, und ich sage Ihnen meinen.«

»Schlagen Sie sich den Kuhhandel aus dem Kopf.

Daraus wird nichts.«

»Wie ich die Sache sehe«, entgegnete der kleine Mann lauernd, »haben wir beide anscheinend nur ein gemeinsames Interesse.«

»Lassen Sie hören«, schmunzelte Conte mit der Freundlichkeit eines alten Wolfs. »Scheint so, als ob wir uns tatsächlich an einem Punkt treffen könnten.«

Ich fragte mich, ob Conte etwas ahnte. Warum erkundigte er sich nicht bei mir? Ich beschloss, seine Aufforderung nicht abzuwarten. Denn ich war überzeugt, dass da hinter mir jener dritte Mann hockte, der in den Mittelpunkt meines Puzzlespiels gehörte.

»Haargenau«, erwiderte er mit leisem Lachen. »Dieser G-man sollte keinen von uns beiden länger belästigen. Damit wir uns besser auf das konzentrieren können, was uns am meisten interessiert.« Es lag ein Unterton in seiner Stimme, der auf mich wie klirrendes Eis wirkte.

Conte schien sich nicht daran zu stören. »Dann sind wir uns einig, Mister.«

Ich räusperte mich krächzend. »Hören Sie, Conte«, sagte ich. »Wenn Sie wissen wollen ...«

Ein erneuter Hieb traf mich. Ich sah noch das Erstaunen, das sich in Ross Contes Gesichtszüge grub. Dann hatte sie mich wieder, die wattige Schwärze der Bewusstlosigkeit.

Geoff Zinneman hatte das Gefühl, seinen Bauch mit beiden Händen vor sich hertragen zu müssen. Zum zweiten Mal innerhalb von achtundvierzig Stunden hatte er sich so voll gestopft, dass er kaum noch gehen konnte. Er quälte sich die Steintreppe der Subway-Endstation Rockaway Parkway hinauf. Der Abend wehte ihm seinen kühlen Hauch entgegen. Unten, in der nach Schmieröl und Stahlabrieb riechenden Tiefe, war es wärmer gewesen. Fröstelnd schlug Zinneman den Kragen seiner Anzugjacke hoch. Der beigefarbene Einreiher hatte ihm einmal gut zu Gesicht gestanden. Aber Eleganz war nicht das, was er heute brauchte. Ihm fehlte die Wärme, wie er sie zusammen mit dem G-man beim Italiener genossen hatte. Oder auch menschliche Wärme. Irgendwas in der Art. Er konnte es nicht einmal für sich selbst genau beschreiben.

Er hielt die Revers mit beiden Händen zu und bog vom Parkway in die East 107th Street ab. Als es mit seiner Karriere bergab gegangen war, hatte er sich hierher zurückgezogen, nach Canarsie. Er fühlte sich seitdem sicher. In seinen früheren Jagdgebieten in Brooklyn ließ er sich nicht mehr blicken.

Mit hastigen Schritten streifte er an den Fensterscheiben eines Drugstores vorbei. Dann, nach einer Rechtswendung, öffnete er die Tür mit der Schulter.

Feuchte Wärme schlug ihm entgegen, angereichert mit Kaffeearoma und Biergeruch, Pfannkuchendunst und Pizzaschwaden. Die zehn Yards lange Theke war voll. Da hockten sie wie Hühner auf der Stange und stopften sich mit dem billigen Zeug voll. Zinneman fühlte sich wie ein König, ihnen allen überlegen. Er hatte in einem feinen Restaurant gegessen, und er hatte hundertzwanzig Dollar in der Tasche – den Rest vom letzten Mal, nämlich zwanzig Bucks, und hundert, die er für die neuen Informationen heute Abend gekriegt hatte.

Essen konnte er nicht. Aber die Pizza und der Wein hatten ihn durstig gemacht. Er setzte sich allein an einen Fenstertisch und kümmerte sich nicht um die gelegentlichen Blicke, die ihn streiften, wenn sich die Thekensitzer mal umdrehten. Es störte ihn auch nicht, dass es eine Viertelstunde dauerte, ehe sich die Serviererin in seine Nähe bequemte – und dann auch nur, um demonstrativ den Tisch abzuwischen. Ihre eckigen, heftigen Bewegungen wirkten auf Zinneman so, als ob sie ihn am liebsten gleich mit wegwischen würde.

Er drückte eine von seinen eben gekauften Zigaretten aus und schob einen Zwanzig-Dollar-Schein auf die Tischplatte.

Die Serviererin hielt inne, starrte ihn an, als sähe sie ihn erst jetzt. Sie war jung, dunkelhaarig, nicht einmal hässlich.

»Dafür, Baby«, sagte Zinneman grinsend, »kriege ich eine von deiner Sorte auf dem Straßenstrich. Drüben in Manhattan. Und jetzt bring mir ein großes Budweiser. Von dir will ich nämlich nichts.«

Ihr Mund stand plötzlich offen, und ihre Augen wölbten sich. Im nächsten Atemzug kreischte sie los. »Das Schwein! Dieses Schwein hat mich eine Nutte genannt! Dieses dreckige Ferkel!« Mit abwehrend ausgestreckten Händen wich sie zurück, und ihr Kreischen nahm kein Ende. »Eine Nutte! Für zwanzig Dollar! Dieser dreckige Penner will mich für zwanzig Dollar kaufen! Schmeißt ihn raus! Schmeißt das verdammte Schwein raus!«

Drei, vier Männer schwenkten auf ihren Barhockern herum, stiegen herunter und gingen auf Zinneman zu. Ihren grimmigen Gesichtern war anzusehen, wie sie sich fühlten. Sie waren die Verkörperung der Gerechtigkeit – umso mehr, als das Serviergirl angesichts ihres energischen Eingreifens dankbar verstummte.

»Raus mit dem Bastard!«, ordnete auch der Inhaber des Ladens hinter dem Tresen an.

Zinneman stand auf. Der Stuhl kippte hinter ihm um. Er steckte sein Geld und die Zigaretten ein. Im Zurückweichen hob er den Stuhl auf. Er wollte nicht noch mehr Schaden anrichten. Die Bucks hatten ihn übermütig gemacht, Teufel auch. Ihm stand es nicht zu, ein Flittchen wie ein Flittchen zu behandeln. Er hatte es total vergessen. »Okay, Freunde, okay«, sagte er mit schiefem Grinsen und wich weiter zurück. »Hab mich vergaloppiert. Sorry, sorry. Tut mir aufrichtig Leid. Soll nicht wieder vorkommen.«

Als er nahe bei der Tür war, warf er sich herum und floh mit langen Sätzen.

Er rannte noch, als er schon dreißig Yards vom Drugstore entfernt war. Aber sie verfolgten ihn nicht. Er war die Mühe nicht wert. Er verlangsamte seine Schritte. Sein Atem ging keuchend. Doch er fror nicht mehr. Wenigstens das.

Er erreichte das Gebiet der heruntergekommenen Wohnstraßen und der Grundstücke, auf denen Ruinen auf den Abbruch warteten. Vor einer Imbissbude blieb er stehen. Ein Pulk von bunt gekleideten Jugendlichen balgte sich. Sie beachteten ihn nicht. Er war Luft für sie. Zinneman schlich sich von der Seite an, schob seinen Zwanzig-Dollar-Schein hin und kaufte einen Sechserpack Budweiser und eine Flasche Jim Beam. Er umarmte die braune Papiertüte, in die ihm die Imbissfrau die Sachen gepackt hatte.

Schräg gegenüber bog er in die Querstraße ein und erreichte die Weite der leeren rechten Straßenseite. Der einsame alte Kasten stand noch immer da, drei Stockwerke hoch und schon ohne Dach. Der Fußboden des dritten Stocks war als Dach auch gut genug.

An manchen Tagen hatte Zinneman damit gerechnet, dass die Bude nicht mehr stand, wenn er abends zurückkehrte. Aber es war verrückt. Ausgerechnet seine Vierundzwanzig-Zimmer-Villa überdauerte jeden Regenguss und jeden Sturm, der vom Atlantik heranraste. Und die Bulldozer wurden nicht dafür in Marsch gesetzt. Es interessierte ihn nicht, welche verwaltungsrechtliche Hürde verhinderte, dass die Bude abgebrochen wurde.

Die meiste Zeit hauste er allein darin. Nur selten kriegte er Besuch. City-Tramps bevorzugten die verwinkelteren Behausungen, in denen sie nicht so sehr auf dem Präsentierteller saßen.

Zinneman betrat sein Wohnzimmer im Erdgeschoss, zündete die beiden Kerzen an und ließ sich auf dem

Sofa aus alten Matratzen nieder. Die Kerzenflammen brannten ruhig. Es war windstill. Die mit Brettern vernagelten Fenster erfüllten ausnahmsweise ihren Zweck.

Zinneman senkte seine Getränketüte vorsichtig auf den Fußboden. Er fing mit einer Dose Budweiser an, zündete sich einen Glimmstängel dazu an und machte sich lang. Noch war ihm warm. Für den späteren Abend hatte er den Petroleumofen. Und den Whisky.

Mitten in seine Gedanken begann die Zimmerdecke zu bersten. Er sah die Risse, wie sie sich blitzartig verzweigten. Ihm blieb keine Zeit, das Donnern einzuordnen. Der Beton erschlug ihn, und es spielte keine Rolle mehr, ob Altersschwäche oder Sprengstoff dazu geführt hatte.

Der Abendwind wehte mir ins Gesicht, und meine Füße schleiften über den Boden. Sie hatten mich in die Mitte genommen wie einen guten alten Kumpel, dessen Pegel zu hoch über Normalnull geklettert war. Ich wehrte mich nicht gegen diese Art der Fortbewegung, denn ich wollte die beiden noch so lange wie möglich in dem Glauben lassen, dass sie einen Bewusstlosen transportierten.

Wohin sie mich brachten, konnte ich nicht feststellen. Es war stockfinster. Aber der kleine Mann und der Killer fanden sich gut zurecht. Conte musste geduckt gehen, um den Höhenunterschied auszugleichen. Ich fragte mich, warum sie sich die Mühe machten. Erst jetzt ging mir auf, was die Dunkelheit zu bedeuten hatte.

Sie hatten mich vom belebten Teil des ›Petticoat Palace‹ weggebracht, ins Gelände hinein. Und sie hatten ein klares Ziel vor Augen.

Die letzten zehn, zwölf Yards führten einen Hügel hinauf. Sie ließen mich zu Boden sinken.

»All right«, sagte Conte. »Ich bin wohl ein paar Tage länger hier. Ich erkläre Ihnen, wie wir es machen.«

»Einverstanden«, sagte der Mann mit den großen Augen, und wieder klang dieser kalte Hohn aus seiner Stimme. »Ich richte mich da gern nach Ihnen, Mr. Conte.«

»Haben Sie auch einen Namen?«

»Oh, sorry, natürlich. Jablonsky. William Jablonsky.«

»Jablonsky ist ein Killer«, sagte ich, dankbar, dass ich mein Puzzleteil endlich benennen konnte. »Er hat seinen Auftrag von Webb. Den Auftrag, Sie umzubringen, Conte. Webb hat diesen Weg gewählt, um sich einen lästigen alten Knaben vom Hals zu schaffen.«

Sekundenlang war über mir nur Dunkelheit und Stille.

Jablonsky fing an zu lachen – erst leise und dann immer lauter. Er beugte sich über mich. Ich konnte sein Gesicht als einen hellen Fleck ausmachen. Irgendein fernes Licht ließ seine Brillengläser glänzen. Seine Augen waren so groß wie diese Glasmurmeln, mit denen wir als Kinder gespielt haben. »Da hat er sich aber was Feines ausgedacht, unser G-man! Wie nennt man das auf der FBI-Akademie? Psychologische Kriegsführung, Kapitel XY, Unterabschnitt ›Wie säe ich Misstrauen unter meinen Gegnern‹?«

Conte knurrte: »Sie reden viel, Jablonsky. Auf einmal.«

Ich sah, wie die spiegelnde Brille nach oben wegkippte. Auch das Gesicht des kleinen Mannes war nur noch ein Streifen. Er starrte den Älteren an. »Drücken Sie sich ruhig deutlicher aus, Mr. Conte. Ich kann ein klares Wort vertragen.«

Ich ließ Conte keine Gelegenheit zu dem klaren Wort. Ich schätzte Jablonskys Position ab und zog ruckartig die Beine an. Ich traf ihn knapp über dem Boden. Er stieß einen erschrockenen Laut aus, als es ihn von den Füßen riss. Er schaffte es nicht, das

Gleichgewicht zu halten. Während ich mich herumwarf und hochfederte, hörte ich Jablonskys Aufprall. Das Gras dämpfte ihn nur wenig.

Mit den Schultern rammte ich Conte in die Kniegegend. Etwas sauste an meinem Ohr vorbei. Conte fluchte und kippte über mich hinweg. Unter meiner Schädeldecke dröhnte es. Die Handkantenhiebe wirkten dort, wo sie überhaupt nicht getroffen hatten. Ich kam endgültig hoch und brachte Conte mit dem letzten Schwung auf Kurs. Sein wütendes Knurren endete in einem dumpfen Gurgellaut. Ich konnte daraus nur folgern, dass er mit dem Gesicht voran gelandet war.

Meine Chancen kalkulierte ich gering ein. Deshalb rannte ich los. Die Toga behinderte mich. Ich raffte das elende Ding hoch, und es ging besser. Die Fluchtrichtung kannte ich ohnehin nicht, denn ich konnte die Lichter des ›Petticoat Palace‹ noch immer nicht sehen.

Etwas klatschte in den Boden, dicht hinter meinen Füßen. Gleich darauf noch mal. Ich sprintete und fluchte. Das Weiß der Toga machte mich zur Zielscheibe.

Einer von ihnen hatte eine Schalldämpferpistole ins Römerbad geschmuggelt. Conte? Jablonsky? Oder beide?

Ich schlug Haken. Noch einmal klatschte es, diesmal neben mir. Dann erreichte ich einen schmalen Weg, der in der Senke verlief. Ein Mauerdurchlass spie mich auf einen Weg. Reflexartig wandte ich mich nach links. Die Kugeln konnten mich jetzt nicht mehr erwischen.

Ich beglückwünschte mich zu meinem Entschluss, die Flucht zu ergreifen. Linker Hand sah ich das Freigehege mit den Pinguinen. Über die zunehmende Helligkeit brauchte ich jetzt nicht mehr zu staunen. Eine letzte Bodenwelle blieb zurück, und ich sah den Lichterteppich des ›Petticoat Palace‹ vor mir.

Ich lief zum Römerbad, denn ich hatte nicht vor, den Rest der Nacht in diesem weißen Flattergewand zu verbringen.

Jablonsky zerknirschte eine Verwünschung auf den Zähnen. Mit dem Versiegen des letzten Mündungsblitzes war ihm klar geworden, dass er den G-man nicht mehr erwischen konnte. Woher hatte der verdammte Bulle sein Wissen? Jetzt konnte er es verwerten. Der Auftrag geriet in Gefahr.

Jablonsky ruckte herum. Für wie viele Sekunden hatte er sich ablenken lassen? Etwas zischte herab. Mit der glühenden Erkenntnis, dass er einen Fehler begangen hatte, durchfuhr ihn der Schmerz. Der Hieb schien seinen rechten Unterarm zu zerschmettern. Das Gewicht der Pistole vervielfachte sich zur Tonnenschwere. Seine Finger waren geradezu lächerlich klein und kraftlos. Die Last glitt ihm weg, als hätte er sich von vornherein zu viel zugetraut.

Da traf ihn der nächste Hieb. Diesmal war es ein Faustschlag in die Magengrube. Jablonsky heulte auf. Mehr noch als der wilde Schmerz quälte ihn die Wut über den eigenen Fehler. Hölle und Teufel, er war doch nicht quer über den Kontinent angereist, um sich in diesem lächerlichen Bordell von einem verkalkten alten Hund fertig machen zu lassen! Er erinnerte sich an seine Wendigkeit, seine Geschicklichkeit. Und er hatte noch den linken Arm, den er gebrauchen konnte. Gekrümmt und taumelnd raffte er alles zusammen, was er noch hatte. Er sah den Schatten des Grauhaarigen, versetzte sich in eine wirbelnde Bewegung und holte zu einem sausenden Fußtritt aus.

Er riss sich selbst damit von den Beinen.

Conte lachte trocken und war sofort zur Stelle. Er beging nicht den Fehler, sich zu bücken. Stattdessen schlug er mit dem Griffstück seiner Beretta zu.

Jablonsky streckte sich und rührte sich nicht mehr. Conte verstaute seine Pistole unter der Toga. Er hatte das Holster auf der nackten Haut festgeschnallt.

Seine Augen hatten sich an die Dunkelheit gewöhnt. Trotzdem brauchte er mehrere Sekunden, bis er die schallgedämpfte Pistole des kleinen Mannes fand. Eine Walther PPK. Conte wusste, dass man sich diese Waffe fix und fertig mit Schalldämpfer liefern lassen konnte. Auch spezielle Munition wurde dafür verwendet. Das Projektil blieb unter der Schallgeschwindigkeit, sodass kein Geschossknall entstand. Was an Geräuschentwicklung blieb, war kaum mehr als ein Händeklatschen, hauptsächlich verursacht durch das metallische Schnappen des Verschlusses. Eine hervorragende Waffe.

Conte bevorzugte dennoch seine Beretta, Modell 92F Compact. Mit einer Magazinkapazität von dreizehn Patronen war sie handlicher als die meisten alten achtschüssigen Kanonen.

Conte schleifte den Bewusstlosen bis hinunter an eine gut mannshoch aufragende Mauer. Wenn er daran dachte, dass sie gemeinsam vorgehabt hatten, den G-man hierher zu bringen, wurde ihm heiß vor Wut. Conte benutzte die Schalldämpferpistole, um das Türschloss an der Stirnseite des lang gestreckten Reptilienhauses zu öffnen. Dann zog er Jablonsky hinein, auf die Plattform. Es war dunkel. Conte ging hinter dem halb kahlen Kopf des kleinen Mannes in die Knie und setzte ihm die Schalldämpfermündung auf die Stirn. Er wartete bis Jablonsky erwachte.

»Ich bin hier«, sagte Conte halblaut. »Und der Druck über deinen Augen stammt von deinem eigenen Schießeisen. Begriffen?«

Jablonsky krächzte. Er riskierte es, suchend die Arme zu bewegen, um seine Umgebung zu erforschen. Als sein rechter Arm ins Leere fiel, hielt er inne. Jablonsky wurde starr vor Schreck. »Wo – wo bin ich hier? Verdammt noch mal, was heißt das? Was ist das für ein lausiger Ort, um …«

»Es ist die Schwelle zum Jenseits.«

»Reden Sie nicht so einen Quatsch, Conte.« Jablonsky räusperte sich angestrengt. »Wir sollten uns lieber um den FBI-Bullen kümmern. Begreifen Sie doch! Der wird uns beiden gefährlich!«

»Warum denn das?«

»Weil – weil ...« Jablonsky begann zu schwitzen.

»Strengen Sie sich nicht an«, sagte Conte väterlich. »Und machen Sie sich keine Sorgen. Ich erledige Cotton allein. Wie lautete Ihr Auftrag?«

»Was für ein Auftrag?«

»Der von Webb. Mich umzulegen?«

»Blödsinn! Das hat sich doch nur dieser G-man ...« Jablonsky verstummte, als der Schalldämpferstahl zu seiner Nasenwurzel hinabrutschte und eine tiefe, schmerzhafte Grube bohrte. Er stöhnte.

»Reden Sie!«, forderte Conte eisig. »Sonst gehe ich ein Stück weiter runter. Als Erstes schieße ich Ihnen ein Loch durchs Kinn. Ich denke, wir brauchen uns gegenseitig nichts vorzumachen. Sie wissen, dass man in unserer Branche nicht blufft.«

Jablonsky schluckte heftig. Er spürte die Schweißperlen auf seinem Gesicht. Sie wurden zu dicken Tropfen und liefen über Schläfen und Wangen herab. Es kitzelte, und er konnte nichts dagegen tun.

»Vorschlag zur Güte«, keuchte er. »Tun wir uns einfach zusammen. Dieser Webb will Sie loswerden. Ich kenne ihn nicht, mir liegt nichts an ihm. Ich stamme aus Seattle in Washington. Nehmen wir ihn gemeinsam auseinander, dann sind wir beide aus dem Schneider. Sie können meinetwegen sein Syndikat übernehmen. Mir genügt eine ordentliche Abfindung. Ich will zurück an den Pazifik. Hier gefällt es mir nicht.«

»Sie reden schon wieder zu viel«, knurrte Conte. Er richtete sich halb auf und versetzte dem am Boden Liegenden einen Fußtritt in die Körpermitte.

Es kam zu überraschend für Jablonsky. Er kippte über die Betonkante, und er schrie in Todesangst. Er fiel nur zwei Yards tief. Sehr schnell verstummte er.

Conte wischte die Walther sorgfältig an seiner Toga ab. Dann warf er die Waffe hinterher.

Er wusste, wohin er nicht gehen konnte.

Nicht ins Römerbad.

Nicht in sein Hotelzimmer.

Eine Wolke aus Staub und Rauch hing noch immer über den leeren Grundstücken in Canarsie, Brooklyn. Es roch nach kalter Asche. Die Löschzüge der Fire Brigade machten sich fertig zum Abrücken. Rotlichter von Streifenwagen kreisten. Spezialfahrzeuge standen abseits – Wagen mit Kastenaufbauten, aus denen uniformierte Polizeibeamte unablässig Gerätschaften zu dem Schutthaufen schleppten. Die Brandschutzfachleute gingen an die Arbeit. Standscheinwerfer wurden aufgebaut.

Als John D. High und Phil Decker aus ihrer Dienstlimousine stiegen, war der Schutthaufen bereits taghell erleuchtet. Schwer vorstellbar, dass dies einmal ein dreigeschossiges Gebäude gewesen sein sollte.

Der Chef des New Yorker FBI-Distrikts und der G-man gingen darauf zu. Sie brauchten keine Dienstausweise zu zeigen. Die Beamten in Uniform salutierten. Jeder Cop in New York City kennt den schlanken Mann mit dem silbergrauen Haar, der schon mehrfach für den Posten des FBI-Direktors in Washington D.C. vorgeschlagen worden ist. John D. High hat sich immer wieder dagegen entschieden. Er ist kein Mann, der ständig nur am Schreibtisch sitzen kann. Sein Leben ist dem Kampf gegen das Verbrechen gewidmet. Diesen Kampf führt er mit uns gemeinsam. Und nirgendwo ist das wichtiger als in New York City.

Ein Kriminalbeamter der City Police trat auf die beiden Kollegen vom FBI zu und begrüßte sie mit Handschlag. »Steve Ramos, Captain«, stellte er sich vor. »Es sieht schlimmer aus, als es ist. Die Leiche ist inzwischen geborgen worden. Von den Grundmauern ist genug stehen geblieben. Die Bergungstrupps der Fire Brigade konnten sich vorarbeiten.«

»Ist der Tote eindeutig Zinneman?«, fragte Mr. High.

Captain Ramos zog die Schultern hoch. »Meine Männer haben angefangen, in der Nachbarschaft herumzufragen. Tatsächlich soll in diesem Kasten nur Zinneman gehaust haben. Aber er kann ja auch Besucher gehabt haben. Bei der Leiche haben wir keine Papiere gefunden.«

»Also Identifizierung«, seufzte Phil. Es ging ihm an die Nieren.

Zwei Minuten später ließ Captain Ramos auf der anderen Seite des Schutthaufens einen Kunststoffsarg öffnen. Das Licht der Standscheinwerfer reichte aus. Phil Decker warf einen Blick in den Sarg. Es krampfte ihm den Magen zusammen. Die größte Berufserfahrung nützt in solchen Situationen nichts. Das Grauen, das ein gewaltsamer Tod hinterlässt, ist durch nichts zu bezwingen.

»Es ist Zinneman«, sagte Phil und wandte sich ab.

John D. High und der Captain folgten ihm. Ein Stück abseits blieben sie stehen.

»Was sagen die Brandschutzleute?«, fragte High.

»Eindeutig eine Explosion«, antwortete Ramos. »So viel steht fest. Was hier in die Luft geflogen ist, werden sie noch herausfinden. Ein Feuer allein hätte die Bude jedenfalls nicht so zugerichtet. Alle Versorgungsleitungen waren längst abgeschnitten. Kein Strom, kein Wasser und vor allem: kein Gas. Zinneman hätte sich nach menschlichem Ermessen nicht mal selbst einen Gasanschluss basteln können. Und mit einer Propanflasche hätte er die komplette Ruine auch nicht flach gelegt.«

»Also Sprengstoff«, folgerte Phil.

»Davon können wir ausgehen«, sagte Ramos und nickte.

John D. High rieb sich das Kinn und blickte kopf-
schüttelnd auf den Berg von Gesteinsschutt, auf dem
die Fachleute mit ihren Instrumenten herumkrochen.
»Webb ist entschieden zu weit gegangen. Er hat seine
Wut an Zinneman ausgelassen. Eine übermäßige
Wut.«

Phil sah den Chef an. »Sie meinen, Webb hat sich
nicht mehr unter Kontrolle?«

»Zumindest vergreift er sich in den Mitteln. Sein
Selbstbewusstsein ist angekratzt. Er scheint beweisen
zu wollen, was er sich leisten kann.«

Ich knipste mein Feuerzeug an, um wenigstens etwas
sehen zu können. Eisige Finger krochen meinen
Rücken herauf.

William Jablonsky drückte sich die Nase platt. Die
Brille klebte regelrecht an dem Panzerglas, und die
Augen waren so groß wie Tischtennisbälle. Doch dies-
seits des dicken Glases gab es nichts zu sehen.
Jablonsky konnte nichts mehr sehen. Auch seine
Handflächen klebten an dem Glas, als ob er in seinen
letzten Sekunden versucht hatte, das unsichtbare
Hindernis wegzudrücken.

Das meiste von seinem Körper war unter mächtigen
Schlangenleibern begraben. Tückische kleine Augen
glitzerten im flackernden Schein der Feuerzeug-
flamme. Die speerspitzenförmigen Köpfe schienen zu
schweben – bewegungslos, knapp über dem aufge-
wühlten Sandboden. Ein Stück Stahl war zu sehen, ein
Stück von einem Schalldämpfer und einer Pistole.
Weiße Stofffalten verdeckten den Rest.

Lanzenotter, Mittelamerika, las ich. Giftschlangen,
das wusste ich. Sie würgten ihre Beute im Stück
hinunter, nachdem sie sie getötet hatten. Ratten,
Mäuse, manchmal auch Kaninchen oder Opossums.
Jablonsky war ihnen eine Nummer zu groß, um ihn

verschlingen zu können. Doch ihr Tötungsinstinkt hatte es ihnen nicht erlaubt, ihn lebend aus der verglasten Grube steigen zu lassen.

Ich wandte mich ab.

Conte hatte den Mann getötet, den Webb ihm auf den Hals geschickt hatte. Conte hatte schon jetzt bewiesen, dass er immer noch die Nummer eins war. Dabei hatte er den Auftrag, um den er sich gerissen hatte, noch nicht einmal ausgeführt. Es änderte nichts daran: Humphrey Webb würde nicht wahrhaben wollen, was Ross Conte ihm vor Augen führte. Webb war nicht der Mann, der einlenkte.

Ich zündete mir eine Zigarette an und steckte das Feuerzeug ein. Die Umgebung hatte ich abgesucht, nachdem ich meine Sachen aus dem Kleider-Schließfach im Römerbad geholt hatte. Von Conte keine Spur. Bewusst hatte ich versucht, ihn herauszufordern. Falls er noch irgendwo in der Nähe lauerte, musste er mich einfach angreifen. Eine bessere Chance, mich zu erwischen, kriegte er nicht wieder.

Aber nichts dergleichen war geschehen. Ich hatte lediglich festgestellt, was sich nach meiner Flucht abgespielt hatte. Im Grunde hatte ich das Geschehen ausgelöst, das zu Jablonskys Tod geführt hatte.

Schuldig fühlte ich mich deshalb nicht.

Ich hätte mich nicht einmal schuldig gefühlt, wenn sie sich gegenseitig umgebracht hätten.

Denn ich konnte mir verdammt gut vorstellen, was sie eigentlich gemeinsam geplant hatten, als sie mich aus der antiken Badegruft entführten. Ich hatte derjenige sein sollen, den die Schlangen mit ihren Giftzähnen erwischten.

Ich trat die Zigarette aus und beschleunigte meine Schritte. Drei Minuten später erreichte ich die Lobby des Haupthauses mit seinen New-Orleans-Schnörkelbalkons. Ich war noch nicht einmal in meinem Zimmer gewesen, um den Smith & Wesson zu holen. Meine

Rolle als James B. Covington war überflüssig geworden. Endgültig. Ich fragte das Girl in der Portierloge nach Norma Lee Ascot und Edward Lynch. Die Kleine telefonierte bereitwillig herum, konnte aber keinen von beiden auftreiben.

»Um diese Zeit, Sir?« Sie blickte zu mir auf und wiegte den Kopf von einer Seite zur anderen. Ihre Miene besagte, dass ich es eigentlich wissen musste: Zu dieser fortgeschrittenen Stunde hielten sich die wenigsten noch an feste Grundsätze. In Wein- oder Whiskylaune entstanden die verrücktesten Ideen. Was, wenn Norma Lee eine Partie Golf spielte und sich den Mondschein dazu dachte?

Ich bat das Girl, Sheena zu suchen.

Auch das verlief im Sande. Hölle und Teufel. Mit Katie Turner brauchte ich es nicht erst zu probieren. Ebenso gut hätte ich mich Conte direkt vor die Flinte stellen können.

Ich sagte, dass ich mich wieder melden würde, und bat das Girl, Norma Lee auf jeden Fall mitzuteilen, dass ich sie suchte. Ich, der G-man Jerry Cotton. Das musste reichen, um sie neugierig zu machen.

Den Gedanken, ein Großaufgebot aufmarschieren und den ganzen Laden durchkämmen zu lassen, verwarf ich. Ross Conte war nicht der Mann, dem man auf eine solche Weise beikommen konnte. Wenn er Geiseln nahm, dann würde er sich nicht als der nervöse Typ entpuppen, den man mit den gängigen Tricks überrumpeln konnte. Er würde eiskalt töten, bis er seine Forderungen durchgesetzt hatte. Das Töten war sein Handwerk.

Ich lief hinüber zum Motel. Das Risiko war mir klar. Möglicherweise kannte Conte meine Zimmernummer.

»Menschenskind, du bist nicht der Kaiser von China!«
Webb brüllte es, dass die Membrane schepperte.

Conte hielt den Hörer ein Stück vom Ohr weg und kam sich vor wie in einem dieser albernen alten Filme.

»Ich weiß zwar nicht, was du damit meinst«, sagte er geduldig, »aber …«

»Was ich damit meine? Verdammt noch mal, ich meine damit, dass du nicht größenwahnsinnig werden sollst! Wer gibt dir das Recht, hier mitten in der Nacht anzurufen? Als ob ich nichts anderes zu tun hätte! So gottverdammt wichtig ist dein Job nicht!«

»Er ist es geworden«, sagte Conte kalt. »Für dich wird die Sache jetzt sogar lebenswichtig, Humphrey.«

»Was?« Auf einmal konnte Webb nur noch flüstern, denn noch nie hatte Conte ihm gegenüber einen solchen Ton anschlagen.

»Schöne Grüße von Jablonsky. Er hätte sich gern noch selbst gemeldet, aber das ist nicht mehr drin.«

»Was?« Webbs Stimme wurde zum Hauch.

»Deine Fragen werden immer intelligenter«, entgegnete Conte spöttisch. Im nächsten Moment klirrte seine Stimme wie Eis. »Damit du klar siehst, mein Lieber. Ich habe hier einen G-man am Hals, weil irgendjemand oder irgendetwas in deinem Laden nicht dichtgehalten hat. Ich werde mit dem Burschen genauso fertig werden, wie ich mit deinem Mann Jablonsky fertig geworden bin. Ich sage dir, was passiert. Ich werde auch Lynch erledigen – genau nach Auftrag. Wenn er dir lästig ist, wird er es mir auch sein.«

»Was redest du für einen gottverdammten Unsinn!«, schrie Webb.

»Ich denke an meine Zukunft. Wenn ich hier fertig bin, bist du an der Reihe, Humphrey. Ich werde dich töten und deinen Platz einnehmen. Und da kann ich doch wohl Lynch als Widersacher genauso wenig gebrauchen wie du, stimmt's?«

Er legte auf.

In aller Ruhe begann er, seine Ausrüstung zu sortieren. Es bedeutete kein Risiko, dass er sein Hotelzimmer aufgesucht hatte. Niemand außer Cotton wusste bisher, was geschehen war. Der G-man würde es nicht herumposaunen. Conte kannte ihn und seinesgleichen, er wusste, wie sie taktierten. Im Vorbeigehen sah er Katie an und grinste. Sie lag nackt auf dem Bett und bemühte sich, ihm einen möglichst interessanten Anblick zu bieten.

»Ich muss nur noch mal kurz weg«, sagte er. »Wir sehen uns bald. Dann brauche ich dich.«

Sie fragte nicht, was er vorhatte. Jede Frage war überflüssig. Sie selbst hatte ihm den Hinweis geliefert, den er brauchte. Sie hatte es aus Angst getan, und ihre Angst wuchs noch – jetzt, da sie ihn weggehen sah. Sie würde sich nicht vom Fleck rühren, das wusste sie, obwohl ihre innere Stimme nach Flucht schrie.

Conte trug jetzt einen schwarzen Anzug und ein dunkelgraues Hemd darunter. Katie hatte die Stahlteile gesehen, die er in eine blaue Tennistasche gepackt hatte. Sie hatte zwar von Technik keinerlei Ahnung, aber dass sich diese stählernen Einzelteile nicht für ein harmloses Match eigneten, war ihr klar.

Die Musik aus der Kompaktanlage war eine europäisch-arabische Mischung. Peitschende Rhythmen und immer schrillere Töne steigerten sich rasant. Die Musiker mussten in Ekstase geraten sein, als sie die Plattenaufnahme gemacht hatten. Sheena ließ ihre Hüften kreisen. Ihre nackten Fußsohlen stampften im Gegentakt auf den Fußboden. Mit den erhobenen Armen und Händen ahmte sie schlangenartige Bewegungen nach. Die Schwingungen ihre Bauchmuskulatur schienen das Auf und Ab der Hüften erst hervorzurufen. Sie trug nicht mehr auf dem Leib als das fransenbesetzte Oberteil und den mehrfach geschlitzten langen Rock, dessen Bund auf ihren Hüften lag und mit seiner waagerechten Linie immer neue rhythmische Diagonalen bildete.

Edward Lynch ruhte auf einer altertümlichen Ottomane. Der ganze Raum wurde von Spitzendeckchen, Rüschen und gedrechselten Möbelbeinen beherrscht. Es war wie in der guten Stube einer Bürgerfamilie des vergangenen Jahrhunderts. Lynch trug sein geblümtes Hemd, die dazu passenden Bermuda-Shorts und italienische Ledersandalen. Er klatschte, als Sheena eine Pause einlegte.

»Donnerwetter«, sagte er beeindruckt. »Ich habe nicht gewusst, dass ich es hier mit einer Künstlerin zu tun kriege.«

Sie lächelte, ging zum Sideboard und schaltete die Stereoanlage aus. Nach einem Schluck von ihrem Martini on the rocks wandte sie sich dem Anwalt zu. »Das ist heutzutage nichts Besonderes mehr. In Manhattan gibt's in jedem Häuserblock Bauchtanzschulen. Die neue Art der Befreiung. Sie verstehen?«

Lynch schüttelte den Kopf. »Überhaupt nicht. Ich nehme an, es sind nur Frauen, die so was lernen.«

»Das stimmt.«

»Dann weiß ich nicht, was daran befreiend ist. Auf mich, als Mann, wirkt es unheimlich anregend. Ich finde, etwas anderes sollen diese Bauchtänze doch auch nicht bewirken. Also ist die Frau, die so etwas macht, wieder das Lustobjekt des Mannes. Und gerade das wollen sie doch nicht sein, wenn ich die Emanzen und ihre Schriften richtig verstanden habe. Weil sie dadurch unterdrückt werden.«

»Fragen Sie nicht mich«, entgegnete Sheena. Sie zündete sich eine Zigarette an. »Ich würde es so ähnlich betrachten wie Sie, Mr. Lynch.«

»Sag Ed zu mir, Kleines, bitte.« Er setzte sich auf. »Dann hast du dich durch diese Art von Tanzerei also noch nicht befreit gefühlt?«

»Nein.«

»Wie solltest du auch!« Er lachte. »Wo du dich geradezu darum gerissen hast, mit mir zusammenzukommen! Normalerweise suche ich mir ja selbst die Girls aus. Aber Norma Lee hat dich so interessant gemacht, dass ich der Sache einfach auf den Grund gehen musste. Und dann noch der Pavillon!« Er bewegte den Arm im Halbkreis. Die gerafften Tüllgardinen waren wie wolkige Schleier vor den acht Fenstern. »Es ist eine besondere Ehre, wenn Norma Lee jemandem dieses Liebesnest zur Verfügung stellt. Ich habe sie im Verdacht, sie hat es getan, um mir die Sache besonders schmackhaft zu machen. Bist du wirklich so scharf auf mich, Baby?«

Sheena schüttelte den Kopf. »Nicht böse sein, Ed, aber ich musste Sie unter diesem Vorwand treffen. Weil es sonst unglaubwürdig gewesen wäre. Ich muss Ihnen sagen, dass Sie in großer Gefahr sind.«

Er verzog enttäuscht das Gesicht. »Und deshalb musstest du mir erst etwas vortanzen? Deine Mitteilung reißt mich nicht vom Hocker, Baby. Ein Mann in meiner Position hat immer Feinde. Norma Lee hat mir sogar schon empfohlen, dass ich mir Bodyguards zulegen sollte. Aber eine so ängstliche Natur bin ich denn doch nicht. Ich mache dir einen Vorschlag: Vergiss, was du eigentlich vorhattest, und mach dir einen netten Abend mit mir. Jetzt erst recht. Was hältst du davon?«

»So einfach ist das nicht, Ed. Norma Lee hat den Pavillon ausgesucht, weil wir hier relativ sicher sind. Sie weiß, worum es geht. Und sie wollte, dass ich Zeit habe, Ihnen alles genau zu erklären. Es fing damit an, dass mir ein G-man das Leben rettete …«

Ein Krachen schnitt ihr die letzten Silben ab.

Lynch zuckte zusammen. Die Tür war aufgeflogen und gegen die Innenwand geknallt. Der Mann, der hereinstürmte, war blond, hoch gewachsen und breitschultrig.

»Patrick!«, rief Sheena entgeistert.

Ihr Bruder verharrte, duckte sich und sah sich mit ruckhaften Kopfbewegungen um.

Es geschah in diesem Moment, als hätte er es ausgelöst.

Eine Fensterscheibe zersprang klirrend.

Patrick Seymour schnellte mit einem pantherhaften Satz auf seine Schwester zu und riss sie zu Boden. Sheena stieß einen Entsetzensschrei aus. Sie begriff das Verhalten ihres Bruders nicht, glaubte, dass er den Verstand verloren hatte. Und was das Scheibenklirren zu bedeuten hatte, konnte sie sich erst recht nicht vorstellen. Patrick zwang sie mit seinem starken Arm auf den Teppichboden.

Etwas zischte sengend durch die offene Tür herein. Es klatschte in die hölzerne Wand.

Erst jetzt begriff Sheena. Panische Angst kroch in ihr hoch. Sie begann zu zittern, ohne dass sie es wollte. Vorsichtig hob sie den Kopf ein Stück. Abermals schrie sie. Patrick zog sie an sich und presste ihr die Hand vor den Mund. Sie sträubte sich gegen seinen Griff, hatte Mühe, sich zu beruhigen.

Abermals pfiff eine Kugel haarscharf über sie hinweg, ohne dass ein Schuss zu hören gewesen wäre.

Sheena konnte dennoch nicht den Blick von Edward Lynch wenden. Er hing so scheinbar träge auf der Ottomane wie die ganze Zeit vorher. Nur das dunkle Loch über seiner Nasenwurzel und der feine Blutfaden zeigten an, was geschehen war.

»Wir müssen hier raus!«, zischte Patrick. »Erst mal aus der Schusslinie. Der Heckenschütze da draußen hat ein Schießeisen, gegen das wir nichts ausrichten können. Ein Gewehr mit Schalldämpfer, Zielfernrohr und Nachtsichtgerät.«

»Woher weißt du das?«, hauchte Sheena.

»Ich war bei der Army, kleines Mädchen. Ich bin erst vor ein paar Tagen entlassen worden, und dann hatte ich nichts Eiligeres zu tun, als dich aus diesem Sumpf herauszuholen.«

Sheena wollte protestieren. Aber ein erneutes Kugelsirren hielt sie davon ab. Patrick schob sie vor sich her, nach links, in den toten Winkel neben der offenen Tür. Ihm war klar, dass er sich so schnell wie möglich eine Taktik zurechtlegen musste. Allein hätte er es im Handumdrehen geschafft, aus dem Pavillon zu verschwinden. Aber bei der Army hatte er nicht gelernt, wie man so etwas anstellte, wenn man einen ahnungslosen Engel von Schwester mitschleppen musste. Ahnungslos – zumindest in diesem Punkt.

Er grinste, obwohl ihm danach nicht zumute war. Der Schießer da draußen verstand sein Handwerk. Aus welchem Grund er den schmierigen Kerl auf dem Sofa auch umgelegt hatte – er hatte es mit einem einzigen Schuss geschafft. Trotz der Gardinen. Sein Zielfernrohr und das Nachtsichtgerät mussten zur Spitzenklasse gehören. Patrick konnte es beurteilen. Damals, während der Scharfschützenausbildung bei der Army, hatte er gelernt, was für ein verteufelt schwerer Job das war. Er war froh, dass er nie gezwungen gewesen war, das Erlernte in einem Ernstfall einzusetzen. Und jetzt war er waffenlos einem Burschen ausgeliefert, der zehnmal besser war, als er es in seiner Bestform jemals erreicht hatte.

Ich tauschte meinen Anzug gegen Jeans und Basketballschuhe. Über das T-Shirt schnallte ich die Ledermontur des Schulterholsters. Den Smith & Wesson, Kaliber 357 Magnum, lud ich sorgfältig, bevor ich ihn in das passgenaue Leder versenkte. Ich zog einen dunkelgrauen Denim-Blouson über und fühlte mich gut gerüstet – gemessen daran, dass ich nicht die leiseste Ahnung hatte, was auf mich zukommen würde.

Ich steckte zwei Schnelllader in die Tasche und nahm außerdem ein volles Päckchen Reservemunition mit. Das war nicht aus der Luft gegriffen. Ich kannte zwar nicht alle Einzelheiten aus Contes Akte, aber die eine, wesentliche: Er war ein Mann, der seine Aufträge stets nur mit Schusswaffen ausgeführt hatte.

Ich verließ das Motelzimmer und schwang mich auf den Fahrersitz des Cimarron. Die Innenbeleuchtung war ausgeschaltet. Ich schloss die Tür und beobachtete sekundenlang die Umgebung. Wenn mich einer beim Betreten des Zimmers gesehen hätte, wäre er wahrscheinlich aus dem Lachen nicht mehr herausgekommen. Unter das Fenster geduckt, hatte ich von der Seite her aufgeschlossen und die Tür nach innen gestoßen. Dabei war ich zurückgewichen, als hätte der Knauf unter Strom gestanden. Dann war ich mit einem Salto vorwärts in das Zimmer eingedrungen.

Und nichts war passiert.

Natürlich nicht.

Ross Conte hatte andere Sorgen, als ausgerechnet in meiner Motelbude auf mich zu lauern. Ich musste mir darüber klar werden, dass ich für ihn nicht die Hauptsache war.

Ich rief die Zentrale des FBI-Distrikts New York an. Myrnas rauchige Stimme begrüßte mich wie aus einer anderen Welt. »Hallo, Jerry!«, sagte sie mit unverhohlenem Erstaunen. »Was für eine Überraschung!«

So hatte ich sie noch nie reden hören. Natürlich hatte sich herumgesprochen, wo ich mich befand. »Wie soll ich das verstehen?«, entgegnete ich herausfordernd. »Liegt die Überraschung darin, dass wir beide Nachtdienst haben?«

Die Kollegin in der Telefonzentrale lachte leise. Es klang aufregend. »Aber nein. Ehrlich gesagt, Jerry, ich hatte nicht angenommen, dass Sie ausgerechnet so spät am Abend Zeit zum Anrufen haben würden. Ich meine, Sie haben doch bestimmt Besseres zu tun.«

Ich grinste, denn ich konnte mir Myrnas spitzbübisches Gesicht vorstellen. »Zwischendurch ist immer mal Zeit zum Telefonieren. Sie müssten das hier sehen, Myrna. Ein herzförmiger Swimmingpool mit kristallklarem Wasser – ganz für mich allein. Für mich und sechs freundliche Mädchen, die mir jeden Wunsch von den Lippen ablesen. Ehrlich gesagt, die Zustände hier sind paradiesisch. Ich werde Ihnen alles genau schildern, wenn ich zurück bin.«

»Ich bin gespannt«, hauchte Myrna fassungslos. »Ich verbinde Sie mit dem Chef.«

John D. High und Phil Decker waren erst vor wenigen Minuten ins Office zurückgekehrt. Ich schilderte die Ereignisse so knapp wie möglich, ohne jedoch das Wesentliche auszulassen. Mr. High berichtete, wie Geoff Zinneman ums Leben gekommen war. Ich presste die Lippen aufeinander.

»Wie geht es weiter, Sir? Werden Sie Webb im Auge behalten könne, wenn er seine nächsten Schritte unternimmt?«

»Zinneman war nicht unsere einzige Informationsquelle, Jerry. Allerdings die beste. Warten Sie – Phil hat einen Computerausdruck von NCIC.«

Der Chef übergab an meinen Freund und Kollegen. Phil hatte sich an einen der Bildschirm-Terminals gesetzt und den Namen William Jablonsky über eine Standleitung nach Washington D.C. gejagt. Am anderen Ende der Standleitung wartete der Superrechner des National Crime Information Center – kurz NCIC – nur auf solche Aufgaben. NCIC ist heute das, was früher, vor der Computer-Ära, das gute alte Archiv des FBI-Hauptquartiers war. Die gespeicherten Einzelheiten über Jablonsky waren vom FBI-Distrikt des Bundesstaates Washington in Seattle in die Datenbank eingespeist worden, Phil las mir das Wichtigste vor. Jablonsky hatte zu den zehn meistgesuchten Verbrechern in dem Staat an der Pazifikküste gehört. Er war vierundvierzig Jahre alt gewesen. Bis vor vier Jahren hatte er eine fünfzehnjährige Gefängnisstrafe wegen schweren Raubüberfalls und vorsätzlicher Körperverletzung abgesessen. In den letzten vier Jahren hatte es in Seattle allein sieben Morde gegeben, die eindeutig auf Jablonskys Konto gingen. Die Kollegen dort im Nordwesten würden für unsere Nachricht dankbar sein. Ich beendete das Gespräch mit Phil, stieg aus und schloss den Cimarron ab.

Im Haupthaus erfuhr ich, dass Norma Lee Ascot auf mich wartete. In ihrer Wohnung. Ich nahm den Fahrstuhl. Norma Lees Wohnung war so elegant, wie ich sie mir vorgestellt hatte. Nichts Überladenes, aber auch keine Zurückhaltung darin, den Luxus zu zeigen, den sie sich als Inhaberin des ›Petticoat Palace‹ leisten konnte.

Sie trug einen goldfarbenen Hosenanzug aus hautengem Stretchmaterial. Es blieben keinerlei Fragen offen.

»Sheena schwärmt in den höchsten Tönen von Ihnen«, sagte sie. »Ein G-man als Undercover-Agent im ›Petticoat Palace‹! Du liebe Güte, da kriegt man ja weiche Knie! Erst hat der G-man mich suchen lassen, und jetzt ist er hier – bei mir. Daraus kann ich ja wohl nur das eine folgern, Jerry. Ich darf doch Jerry sagen?«

Ich schloss die Tür und hielt ihrem schwülen Blick stand, während sie mit der Geschmeidigkeit einer Löwin näher kam. »Norma Lee«, sagte ich und grinste. »Bei anderer Gelegenheit würde ich es darauf ankommen lassen, von Ihnen vergewaltigt zu werden. Aber ...«

»Himmel!« Sie schlug entgeistert die gespreizten Finger vor den aufgerissenen Mund. »So etwas trauen Sie mir zu? Oder würden Sie es etwa besonders interessant finden?«

»Weder das eine noch das andere«, entgegnete ich rau. »Hören Sie, es ist jetzt wirklich nicht die Zeit für frivole Spielchen. Wo waren Sie?«

»Warum wollen Sie das wissen?«

»Weil es wichtig sein kann. Hat Ihnen Sheena nicht gesagt, worum es geht?«

»Ja, schon, aber – also, ehrlich gesagt, ich glaube nicht, dass Webb bis zum Äußersten gehen würde.« Sie wandte sich ab, holte sich eine Zigarette vom Couchtisch und ließ sich von mir Feuer geben. Ihr Parfüm war erstaunlich dezent. »Ich ziehe mich manchmal in meine private Sauna zurück. Immer dann, wenn ich nichts und niemanden sehen will. Da gibt es kein Telefon. Das ist alles. Sie sehen, meine vorübergehende Abwesenheit hat absolut keine verhängnisvolle Bedeutung.«

»Gut. Wo ist Lynch jetzt?«

»Er ist mit Sheena zusammen im Pavillon. Die Gute nimmt ihre Aufgabe ernst. Sie will Edward davon überzeugen, dass er in Lebensgefahr schwebt. Ich glaube allerdings nicht, dass sie damit Erfolg haben wird.«

»Ist er so leichtsinnig?«

»Das nicht gerade. Aber er hat schon eine Menge Anfeindungen hinter sich. In seinem Beruf …«

»Umso mehr ist es Leichtsinn, Bedrohungen dann nicht mehr ernst zu nehmen. Das ist nichts anderes als Betriebsblindheit. Gibt es in diesem Pavillon auch kein Telefon?«

»Doch, natürlich.«

»Gut, dann rufen Sie ihn an. Sagen Sie ihm, dass ich in fünf Minuten bei ihm bin.«

Norma Lee befolgte meine Anweisung achselzuckend. Sie tippte eine dreistellige Nummer und wartete. Sie wartete noch nach Sekunden. Dann hielt sie mir den Hörer entgegen. Das Rufzeichen tönte leise aus der Membrane. Niemand nahm ab.

Ich ließ Norma Lee allein. Ich verschwendete keine Zeit darauf, ihr etwas zu erklären.

Ross Conte sah sie kommen, und er hätte am liebsten laut geflucht. Die Dinge fingen an, schief zu laufen. Er spürte es in diesem Moment. Er hatte eine ungefähre Ahnung, wie viel Energie er aufbringen musste, um die Sache im Griff zu behalten. Katie brachte alles durcheinander.

Die ganze Zeit über hatte er mit dem Nachtsichtgerät auch die Umgebung des achteckigen Pavillons beobachtet. Dabei hatte er nicht vergessen, immer wieder einmal eine Kugel in das weiße Prachthäuschen zu jagen. Lynch war erledigt, das hatte er gesehen. Das blonde Girl und diesen unerwarteten Eindringling würde er sozusagen sturmreif schießen. Er musste Klarheit darüber gewinnen, ob es ratsam war, die beiden ebenfalls zu töten.

Ausgerechnet jetzt war es Katie, die seine Gedanken störte. Sie näherte sich dem Pavillon mit einer geradezu unverschämten Zielstrebigkeit. Sie kam von der Seite, die dem Eingang gegenüberlag, vom Hotelgebäude her. Conte war sich darüber im Klaren, dass er sie erwischen musste, bevor sie den Bogen schlug, um den Pavillon durch die offene Tür zu betreten.

Der Killer richtete sich von seinem Platz im Gebüsch auf. Das Gewehr mit der schweren Zusatzausstattung legte er auf die Tennistasche, die er neben sich stehen hatte. Geduckt und lautlos lief er am Rand des Gebüsches entlang. Er nahm es in Kauf, dass er das Innere der weißen Bude vorübergehend nicht im Auge behalten konnte.

Nach einem Halbkreis von zwanzig Yards verharrte er unter einem hohen Rhododendronbusch. Hier hatte er haargenau den Punkt zwischen den Lichtkreisen zweier Pilzleuchten, die den Weg zum Pavillon erhellten.

Er konzentrierte sich auf den Moment, in dem er schnell sein musste. Was das kleine Miststück vorhatte, war ihm klar. Sie wollte ihm in den Rücken fallen. Weil sie Gewissensbisse gekriegt hatte. Er grinste. Vielleicht dachte sie, sie würde noch rechtzeitig aufkreuzen, um den Tod des Rechtsverdrehers zu verhindern. Darin hatte sie sich immerhin verrechnet.

Er fegte los, als sie den ersten Lichtkreis noch nicht verlassen hatte. Seine Schritte waren federnd und lautlos. Der weiche Rasen schluckte alles. Deshalb bemerkte Katie ihn erst, als er schon auf drei Yards heran war. Für diese letzte Distanz brauchte er weniger als die Zeitspanne ihrer Schrecksekunde.

Er packte sie und presste ihr die Linke auf den Mund, bevor sie schreien konnte. Seiner Kraft hatte sie nur wenig entgegenzusetzen. Ihre Angst lähmte sie fast. Beinahe mühelos zog er sie mit sich ins Gebüsch. Augenblicke später stieß er sie neben dem Gewehr zu Boden.

Da erregte der Pavillon seine volle Aufmerksamkeit. Katie verhielt sich jetzt ruhig, sie wusste in diesem Moment, dass er getötet hatte. Dieses Wissen ließ ihre Kräfte erlahmen.

Conte zog das Gewehr von der Tennistasche herüber und brachte es in Anschlag. Für Sekunden beobachtete er, was im Pavillon vor sich ging. Natürlich hatten sie sich außerhalb des Schussfeldes verkrochen. Sie hockten noch immer dort und zitterten. Conte jagte eine Kugel in den Pavillon und wartete ab. Dann sah er sie. Sie kletterten aus dem Fenster, an der Seite beim Weg. Dieser große blonde Kerl schwang sich als Erster hinaus.

Conte fluchte gepresst. Er hatte es gewusst. Verdammt, er hatte es gewusst. Jetzt lief es bereits richtig schief. Er rannte los.

Patrick Seymour schaffte es noch, seiner Schwester ins Freie zu helfen. Dann sah er die Gestalt aus dem Lampenschein vor dem Pavillon heranschnellen. Er kreiselte herum, duckte sich und ging in Abwehrstellung.

»Lauf weg!«, zischte er. »Schnell, hau ab!«

Er drehte sich nicht noch einmal um, denn der Fremde, der nur der Schießer sein konnte, war schon sehr nahe. Deshalb sah Patrick nicht, dass Sheena starr vor Angst hinter ihm stand. Sie war nicht fähig, sich zu bewegen, war nicht in der Lage, auch nur einen Fuß vor den anderen zu setzten. Ihre Muskeln gehorchten nicht.

Patrick erkannte, dass der Fremde silbergraues Haar hatte und ausgesprochen hager war. Kein Gegner also, den er fürchten musste. Dieser Mann hatte es gelernt, mit Waffen umzugehen. Einer für andere Arten der Auseinandersetzung war er wohl kaum. Umso erstaunter war Patrick, als ihm bewusst wurde, dass der Schießer keine Pistole gezogen hatte, keinen Revolver. Das Schalldämpfergewehr, mit dem er gefeuert haben musste, hatte er zurückgelassen.

Patrick Seymour ging auf den Mann los. Er wusste, dass er es mit einem Mörder zu tun hatte. Deshalb legte er alles in seine Fäuste, was er hatte.

Der Hagere bremste seinen Ansturm und lächelte.

Patrick schlug zu. Fassungslos registrierte er, dass er durch die Wucht seiner eigenen Hiebe nach vorn gerissen wurde. Er stolperte, fing sich und ruckte herum. Der andere stand einen Yard seitlich von der Stelle, an der er zuerst verharrt war. Patrick glaubte, seinen Augen nicht trauen zu können. Jetzt sah er auch Sheena, die das Geschehen mit weit aufgerissenen Augen verfolgte.

»Lauf weg!«, brüllte er, aber sie reagierte nicht.

Das eisige Lächeln des Killers brachte ihn zur Weißglut. Mit zwei Geraden, hinter denen eine Menge

Dampf lag, ging Patrick erneut auf den Kerl los. Und wieder zischten seine Fäuste ins Leere. Dieses Lächeln war plötzlich nahe vor ihm, schräg von rechts glitt es in seine Stolperbewegung. Im selben Moment hatte Patrick das Gefühl, gegen einen Eisenklotz zu rennen. Ihm blieb die Luft weg. Er riss den Mund weit auf und hatte doch den Eindruck, nicht mehr atmen zu können. Wie festgeschraubt stand er auf dem Fleck.

Und dann traf ihn der Eisenklotz noch einmal auf das Zwerchfell. Er kippte hintenüber, ohne das Bewusstsein zu verlieren. Sheenas Schrei stach in seine Ohren. Er krümmte sich vor Schmerzen, wälzte sich auf die Seite und glaubte, ersticken zu müssen. Sheena verstummte. Der Schreck lähmte ihn, als er durch die Schleier vor seinen Augen den Grund erkannte.

Der Hagere hatte sie gepackt, hielt ihren linken Arm und presste ihr eine Pistole in die Seite. Beretta 92F Compact, die etwas kleinere Ausgabe der 92F. Das große sechzehnschüssige Modell hatte vor kurzem die Colt Government als offizielle Dienstpistole bei Army, Navy, Air Force, Marine Corps und Coast Guard abgelöst.

»Katie-Darling!«, rief der Killer schneidend. »Du wirst doch wohl nicht weglaufen! Bleib hübsch brav stehen! Deine Freundin müsste sonst darunter leiden!«

Patrick sah, wie seine Schwester zitterte, und es brachte ihn fast um den Verstand. Ein innerlicher Krampf hinderte ihn, sich zu strecken. Er konnte nicht einmal daran denken, sich aufzurappeln. Übelkeit stieg in ihm auf. Er würgte. Dann, endlich, konnte er wieder atmen. Der Killer zog Sheena mit sich und trat auf ihn zu.

»Was für einen Wagen fährst du, junger Freund?«

Patrick antwortete nicht.

»Gib mir seine Autoschlüssel!«, befahl der Grauhaarige und zwang Sheena mit hartem Griff, sich zu bücken.

Schluchzend gehorchte sie. Patrick brachte noch immer keine verständliche Silbe hervor. Sheena fand die Schlüssel in seiner rechten Hosentasche. Ihr Zittern wurde stärker, als sie sich aufrichtete. Ihr Peiniger riss ihr das Lederetui aus der Hand und schüttelte es, damit die Schlüssel herausrutschten.

»Ah, ein Jeep! Nicht schlecht. Vorwärts, Girls, jetzt beeilen wir uns ein bisschen.«

Patrick beobachtete ihn, wie er mit seiner Schwester zu dem Gebüsch lief, wo das dunkelhäutige Mädchen stand. Ihr Rock war eingerissen. Der Killer befahl der Schwarzen, das Gewehr in der Tasche zu verstauen und beides mitzunehmen. In der nächsten Sekunde waren alle drei in der Dunkelheit verschwunden.

Schon von weitem sah ich, dass ich zu spät kam. Der blonde Mann, der zusammengekrümmt neben dem Pavillon lag, war der denkbar deutlichste Hinweis. Ich zog den 357er im Laufen. Die Ahnung, dass ich ihn nicht mehr brauchen würde, genügte nicht. Geduckt und hakenschlagend lief ich auf den am Boden Liegenden zu und ging vor ihm in die Knie. Er war bei Bewusstsein. Ich hielt ihm meinen FBI-Ausweis vor die Nase.

»Meine Schwester!«, keuchte er, bevor ich etwas sagen konnte. »Sheena Seymour! Und ein anderes Girl, schwarz – beide entführt! Der Kerl ist mit ihnen abgehauen – durch die Büsche!«

Ich half ihm auf die Beine. Jede Sekunde war kostbar, das wusste ich. Trotzdem hatte es keinen Sinn, kopflos loszustürzen. Eine Kurzschlussreaktion war garantiert das, wonach sich Conte alle zehn Finger lecken würde.

»Ein Telefon«, sagte ich, während sich Sheenas Bruder auf meine Schulter stützte.

»Da drin«, ächzte er und deutete auf den Pavillon.

Gemeinsam eilten wir hinein. Er sagte mir, dass er Patrick hieß. Hastig erklärte er mir, was passiert war. Und dass der Grauhaarige die Schlüssel für seinen Jeep Laredo hatte.

Ich nahm den Telefonhörer ab und erklärte Patrick, dass der Mörder Edward Lynchs ein Berufskiller war. Ich tippte die Nummer der Vermittlung.

Der hoch gewachsene blonde Mann starrte mich fassungslos an. Aber er schien zu begreifen, dass ich ihm die Wahrheit nicht unterschlagen konnte. Ohnehin konnte er nicht annehmen, dass sich seine Schwester auf einer Mondscheinspazierfahrt befand.

Der Anblick des toten Rechtsanwalts verursachte einen Druck auf meiner Kehle. Endlich meldete sich das Vermittlungsgirl. Obwohl es keine Sekunde gedauert hatte, kam es mir wie eine Ewigkeit vor. Dafür hatte ich Norma Lee umso schneller an der Strippe.

»Es ist passiert«, sagte ich.

Sie schrie auf. »Nein! Um Himmels willen, sagen Sie mir, dass es nicht …«

»Wir haben keine Zeit, Norma Lee. Conte hat Sheena und Katie als Geiseln in seiner Gewalt. Ich brauche dringend einen geländegängigen Wagen. Können Sie einen beschaffen?«

»Ich – ich habe einen«, schluchzte sie. »Kommen Sie rüber – zum Haupthaus. Und – und was ist mit Ed – mit dem Toten?«

»Schon alles veranlasst«, antwortete ich. »Meine Kollegen wissen über den Mord an Jablonsky Bescheid. Das Spurensicherungskommando müsste bereits unterwegs sein. Wir sind in einer Minute bei Ihnen.«

»Wir?«

»Sheenas Bruder und ich.« Ich legte auf.

Patrick und ich rannten los. Wir nahmen den direkten Weg, vorbei an all den Pilzleuchten. Unterwegs erklärte Patrick mir, dass sein Jeep auf dem vorderen

Parkplatz stand. Selbst wenn man den Umweg ein-
rechnete, den Conte gemacht hatte, so musste er das
Fahrzeug bereits erreicht haben. Sinnlos, zu Fuß hinü-
berzulaufen. Und mein Caddy stand zu weit entfernt,
vor dem Motel. Wenn Conte ins Gelände überwech-
selte, nützte mir der Komfortschlitten sowieso nichts.

Die kurze Zeitspanne reichte für Patrick, mir zu
sagen, weshalb er hier war. Er hatte während der sechs
Jahre seiner Army-Dienstzeit keine Gelegenheit gehabt, sich um seine Schwester zu kümmern. Er war
fast ständig im Ausland stationiert gewesen, in
Deutschland, Spanien, Belgien. Bei den wenigen Hei-
maturlauben hatte er sich um seine eigenen Angelegenheiten gekümmert.

Seine Eltern hatten bis vor wenigen Tagen geglaubt,
dass Sheena in New York City einen Job als Hostess
hatte und Touristen herumführte. Patrick war dagegen
sofort klar gewesen, was die mehr als verschleierten
Andeutungen Sheenas in den Briefen an ihre Eltern
bedeuteten. Das hübsche kleine Provinzgirl aus
Minneapolis war am Hudson River unter die Räder
gekommen.

Er hatte sich sofort in seinen neuen Wagen geschwungen. Es war nicht schwer gewesen, in Manhattan herauszufinden, wo sich Sheena und so viele andere jetzt aufhielten.

Ein unglaublicher weißer Traumwagen stand vor
dem Haus mit den New-Orleans-Balkons. Zwei
Sicherheitsmänner in der blauen Uniform ihrer Firma
flankierten Norma Lee. Sie sah blass aus, trug einen
wattierten roten Mantel und hatte keine Spur von Ver-
ruchtheit mehr an sich. Sie hielt mir die Wagenschlüssel entgegen.

»Er ist aufgetankt!«, sagte sie matt. »Bitte – werden
Sie den Mädchen helfen können?«

»Ich versuche es«, entgegnete ich und war schon bei
der Fahrertür.

»Wenn Sie Unterstützung brauchen ...«, rief einer der beiden Security Guards.

Ich wehrte ab. Patrick nahm das Angebot an und ließ sich einen Smith & Wesson mit Vier-Zoll-Lauf aushändigen. Dazu einen Munitions-Clip mit zwölf Patronen. Patrick schwang sich auf den Beifahrersitz, als ich den Motor schon angelassen hatte. Zwölf Zylinder. Viel mehr als ein sattes Summen war nicht zu hören.

»Mit dem Schlitten«, sagte mein Nebenmann staunend, »müssten wir ihn in spätestens fünf Minuten erwischt haben.«

»Vorausgesetzt, wir finden die Richtung«, entgegnete ich pessimistisch.

Der Traumwagen war ein Lamborghini LM-002, 5000, das absolut Stärkste, was es auf dem Markt für Off-Road-Fahrzeuge gab. Mit seinen mächtigen Ballonreifen und der wuchtigen, flachen Karosserie erinnerte der Wagen irgendwie an einen Kampfstier vor dem Losstürmen. Geballte Kraft. Wir spürten es, als ich den Lamborghini anrollen ließ. Mehr als zweieinhalb Tonnen wog das Superding, aber der bullige Zwölfzylinder machte ihn auf normaler Straße satte hundertdreißig Stundenmeilen schnell. Die PS-Zahl der Maschine wurde vom Werk nicht angegeben. Ein bisschen Rolls-Royce-Touch auf die rustikale Art.

Kurz vor der Ausfahrt stießen wir auf eine Doppelstreife von Wachmännern. Die beiden hatten den Jeep gesehen. Er war nach Nordwesten gejagt. Es gab keinen Zweifel. Durch den kaffeebraunen Karosserielack und das Hardtop war der Jeep Laredo ein seltenes Stück.

Ich gab kräftig Gas. Die Anzugskraft des Lamborghini presste uns in die Sitzpolster. Es erinnerte mich an meinen guten alten Jaguar.

»Diesen Hundesohn haben wir schon so gut wie in der Tasche«, knurrte Patrick Seymour zuversichtlich.

Ich wollte ihm den Optimismus nicht rauben. Deshalb antwortete ich nicht.

»Aufpassen, Ladys!«, rief Ross Conte gut gelaunt. »Jetzt nutzen wir die besonderen Vorteile unseres fahrbaren Untersatzes!« Noch während der letzten Silben nahm er Gas weg und zog den Jeep nach rechts.

Sheena und Katie konnten sich nicht festhalten. Mit gefesselten Hand- und Fußgelenken saßen sie auf der hinteren Sitzbank des Jeeps. Reflexartig lehnte sich Sheena nach rechts, als der Jeep zu schaukeln begann. Katie verstand, und sie erwiderte den Druck. Auf diese Weise konnten sie sich wenigstens gegenseitig etwas stützen.

Conte hatte es ihnen erspart, die Hände gefesselt auf dem Rücken halten zu müssen. Als Vergünstigung empfanden sie es dennoch nicht. Sie wussten, dass ihr Bezwinger keine menschenfreundlichen Züge an sich hatte.

Sie hatten die Grausamkeit des Killers miterlebt. Jeder Hauch von Hoffnung wurde daher im Keim erstickt.

Er saß vorgebeugt, die Hände um das Lenkrad verkrampft. Der Jeep rumpelte über eine Behelfsfahrbahn, die nur mit Schotter befestigt war. Steine knallten gegen das Bodenblech. Im Scheinwerferlicht waren Entwässerungsgräben zu sehen, die beiderseits der schmalen Trasse verliefen. Die Lichter des ›Petticoat Palace‹ konnten Sheena und Katie nirgendwo mehr entdecken. Auch wenn sie sich umdrehten, war in der Dunkelheit hinter ihnen nichts zu erkennen, was ihre Stimmung hätte aufhellen können.

Beide wussten, was geschehen würde. Wenn Conte genügend Vorsprung gewann, dass er nicht mehr mit Verfolgern rechnen musste, würde er das Fahrzeug wechseln. Entweder würde er sich seine Geiseln schon vorher vom Hals schaffen oder unmittelbar danach. Einen doppelten Klotz am Bein konnte er nicht gebrauchen, wenn er in der Versenkung verschwinden wollte.

Das Schaukeln und Rumpeln des Jeeps nahm zu, als er die Schotterstraße nach links verließ. Conte nahm Gas weg und schaltete in den zweiten Gang hinunter. Der Boden war weich. Zweige von Büschen peitschten das Karosserieblech. Kleinere Büsche, über die der Killer hinwegfuhr, schrammten am Fahrzeugboden entlang. Ein Geräusch, das durch und durch ging.

Das Gelände wurde hügelig. Conte wich den Steigungen aus, so gut es ging. Er wollte es nicht riskieren, ohne Licht zu fahren. Er kannte das Gebiet nicht, und er war kein geübter Off-Road-Fahrer.

Irgendwann, zehn Minuten mochten vergangen sein, seit er die Schotterstraße verlassen hatte, konnte er den Anhöhen nicht mehr ausweichen. Ein ganzer Hügelkamm erstreckte sich vor ihm, so weit er es in der Dunkelheit einschätzen konnte. Kurz entschlossen behielt er die Richtung bei. Die Steigung war mäßig, und zum Glück gab es keinen Wald, der ihm den Weg versperrt hätte.

Als er den höchsten Punkt des Kamms erreicht hatte, brachte er den Jeep hinter einer Buschgruppe zum Stehen. Er schaltete die Beleuchtung aus und stellte den Motor ab.

Aufatmend schwang er sich ins Freie, blieb neben der Fahrertür stehen und zündete sich eine Zigarette an. Er rauchte selten, aber in diesem Augenblick hatte er das Gefühl, dass ihm der Tabak gut tat. Er schloss die Augen und öffnete sie wieder.

Sheena und Katie waren still.

Er konnte ihre Gesichter sehen, dann die Umrisse ihrer Körper, ihre nackten Schultern. Ein Pochen setzte in seinen Lenden ein. Doch er wusste, dass er sich bezwingen musste. Die Gefahr war noch nicht vorüber. Er spürte es mit allen Fasern seiner Sinne. Er kannte diese G-men, wusste, wie verdammt hartnäckig die Burschen waren. Es hieß, dass sie so verrückt waren, ohne Rücksicht auf ihr eigenes Leben vorzugehen, wenn das Leben Unbeteiligter in Gefahr war.

Unbeteiligter!

Bei den beiden Girls konnte davon wahrhaftig nicht die Rede sein. Sie hatten sich freiwillig ins Unglück gestürzt – in dem Moment, in dem sie sich auf Norma Lee Ascots Lohnliste setzen ließen. Sie waren selbst schuld an der Gefahr, in die sie sich gebracht hatten. Denn Humphrey Webb hatte in der New Yorker Szene immer wieder verbreiten lassen, dass diejenigen, die für Norma Lee arbeiteten, für die Konsequenzen selbst verantwortlich seien.

Conte grinste bei dem Gedanken, dass er Katie vor ihrem Zuhälter gerettet hatte. Webb würde einen Tobsuchtsanfall kriegen, wenn er das jemals erfuhr.

Conte trat seine Zigarette sorgfältig aus. Der graswachsene Boden war noch feucht von den Regenfällen der letzten Tage. Der Killer beugte sich in den Wagen, um die Fesseln seiner Geiseln zu überprüfen. Abermals spürte er seine einsetzende Erregung, als er ihre nackten Beine berührte und die Schenkel. Beide wagten nicht, sich zu bewegen. Sie saßen starr vor Angst, und er weidete sich daran.

»Im Augenblick habe ich noch keine Zeit«, sagte er und grinste in die Dunkelheit. »Aber später, wenn es ein bisschen ruhiger geworden ist, werden wir drei noch eine Menge Spaß zusammen haben.«

Er spürte, wie Sheena eine Gänsehaut kriegte. Er lachte leise. Die Fesseln waren in Ordnung. Er zog sich aus dem Wagen zurück und war im Begriff, sich eine zweite Zigarette anzuzünden.

In diesem Augenblick sah er die Scheinwerfer.

Seine Augen zogen sich zu Schlitzen zusammen. Nur ein einzelnes Scheinwerferpaar. Nur dieser eine

Wagen näherte sich auf der Provinzstraße. Und er verlangsamte das Tempo. Ross Conte wusste, was es zu bedeuten hatte. Er ging zum Wagenheck und nahm das Gewehr heraus. Ein Remington-Modell.

Er lud die Waffe mit einem gefüllten Magazin nach. Dann setzte er sich auf den Boden des kleinen Hecklaladeraums und zog das Gewehr mit der schweren Zusatzausstattung an die Schulter.

Vorläufig hatte er im Nachtsichtgerät nur die Blendwirkung der Scheinwerfer. Das würde erst besser werden, wenn die Verfolger ihre Richtung änderten.

Conte zweifelte keine Sekunde lang daran, dass eben dies geschehen würde.

Phil fragte sich, was für Leute ihren Wagen diesem Schuppen anvertrauten. ›Shay's Auto Body Shop‹ an der Bay Street, Staten Island, war eine Bruchbude aus rostigem Wellblech. Das Schönste daran war der Ausblick auf die Upper Bay von New York, mit der weltberühmten Glitzerkulisse des nächtlichen Manhattan im Hintergrund. Die Lichter der Zehn-Millionen-Stadt spiegelten sich auf der weiten Wasserfläche. Das Erstaunlichste an Shay McFaddens Karosseriewerkstatt war die Tatsache, dass sich die Behörde für Stadtplanung so etwas immer noch bieten ließ.

Phil stieg aus dem Jaguar. Er konnte den roten Flitzer jetzt bedenkenlos benutzen, da die Undercover-Phase für Jerry beendet war.

Hinter den kleinen blinden Fensterscheiben brannte Licht, trotz der späten Stunde. Bei Shay McFadden wurde rund um die Uhr gearbeitet. Das sei nur ein Vorwand, behaupteten die Leute, die auch Geoff Zinneman gekannt hatten. In Wahrheit betreibe Shay eine Informationszentrale, in der so ziemlich alles gehandelt wurde, was einen Mann interessierte. Das fing an mit heißen Tipps aus der Strichszene. Es ging weiter mit Adressen für Spieler: Creep-Joints, die heimlichen Poker-Treffs, hatte Shay immer komplett auf Lager. Das Höchste auf seiner Lieferliste waren Hinweise an City Police und FBI. McFadden ersparte sich damit unangenehme Nachforschungen, die den nicht ganz legalen Teil seiner Unternehmungen betreffen würden. Man ließ ihn leben. Durch seine beiläufigen Bemerkungen im Gespräch mit Cops und G-men waren unzählige Ermittlungsverfahren erfolgreich abgeschlossen worden.

Phil klopfte an die Wellblechtür. Es dröhnte. Drinnen endete das Zischen eines Schweißgeräts. McFaddens Grundstück lag günstig für Leute, die nicht gern gesehen werden wollten, wenn sie aufkreuzten. Nebenan, zu beiden Seiten, wucherte nichts als Unkraut. Die nächsten Nachbarn, in altersschwachen Wohnhäusern, waren jeweils mehr als hundert Yards entfernt.

»Der Boss persönlich«, sagte Phil, als das Stück Wellblech kreischend zur Seite gezogen wurde. »Besser konnte ich es nicht treffen.« Er trat ein.

McFadden schloss die Tür hinter ihm rasch. »Du weißt, dass ich ein Einmannbetrieb bin.« Er grinste und sah dabei aus wie ein kleiner, etwas zu breit geratener Teufel. Die Schutzbrille thronte hochgeschoben auf seinem schwarzen Kraushaar. Sein Gesicht, vom finsteren Vollbart umrahmt, war ölverschmiert. Die kurzen Beine trugen einen massigen Oberkörper. Alles zusammen war in einem dunkelgrünen Overall untergebracht, der sein Gesicht noch übertrumpfte, was die Ölschicht betraf. »Weshalb tust du so, als ob ich ein seltener Anblick wäre?«

Phil deutete auf den mit Beulen übersäten Buick, der über der Arbeitsgrube stand. »Dafür hast du sonst deine Helfer. Oder haben wir uns jemals nachts hier getroffen?«

»Gehen wir in mein Büro«, entgegnete McFadden.

Phil grinste. Shay hatte seine Gründe, wenn er sich draußen nicht blicken ließ. Vielleicht hing es mit Zinnemans traurigem Schicksal zusammen.

Das Büro war eine fensterlose Kammer, in der zwei Neonröhren an der hohen Decke brummten. Nur zwei speckige Stühle waren klar zu erkennen. Der Rest – Schreibtisch, Regale und Rollschränke – waren unter einem Gemisch von Papieren, Ordnern und Autoersatzteilen begraben.

Phil verzichtete darauf, sich zu setzen. Er bot McFadden eine Zigarette an und bediente sich selbst. »Du hast von Zinneman gehört?«

»Wer hat das nicht?« McFadden setzte sich und fischte einen Flachmann aus dem Papier- und Eisen-Chaos. Er schraubte ihn auf, trank einen Schluck und schraubte ihn wieder zu. Dass er bei dem G-man damit nicht landen konnte, wusste er.

»Shay, ich sage dir, wie es ist. Es geht nicht wie auf dem persischen Basar. Ich kann nicht eine halbe Stunde palavern, bevor ich zur Sache komme.«

»Hat das einer verlangt? Sehe ich etwa aus wie ein gottverdammter Perser?« McFadden schlug sich mit der flachen Hand auf den Bauch. Es klang hohl. »Du bist wegen Zinneman hier, das weiß ich. Geoff war ein guter Kumpel, bevor er mit dem Saufen anfing. Du brauchst mir jetzt nicht zu erklären, dass er nicht aus heiterem Himmel damit angefangen hat. Ich weiß alles. Du willst, dass ich dir Webb ans Messer liefere. Rache für Geoff Zinneman, stimmt's? All right, ich kann es nicht. Keine Chance.«

»Danke für deine Ansprache. Aber du hast den Punkt nicht getroffen, Shay. So viel, wie du denkst, verlange ich überhaupt nicht. Stell dir vor, es würde mir genügen, wenn ich nur ein paar Kleinigkeiten wüsste. Was redet man über das werte Befinden? Was wird über Zukunftspläne des großen Mannes gemunkelt? So was in der Richtung.«

McFadden grinste und schnippte Zigarettenasche auf den Boden. »Gerüchte gibt es jede Menge. Es heißt, dass unser gemeinsamer Freund schon seit einigen Stunden versucht, sich selbst in den Hintern zu beißen. Da ihm das nicht gelingt, soll er einen Tobsuchtsanfall nach dem anderen kriegen. Natürlich wird es dabei nicht bleiben. Ein paar ganz Schlaue wollen gehört haben, dass er schon aus New York raus ist.«

»Nach Norden?«

»Nach Norden.«

»Weiter, Shay weiter.«

»Viel ist es nicht mehr. Er soll sich aufführen wie ein größenwahnsinniger General – so mit richtigem Aufmarsch und allem Drum und Dran.«

Phil fragte nicht mehr nach dem Ziel des Aufmarschs. Er lief hinaus und ließ den Jaguar brüllen. Noch bevor er die Verrazzano Narrows Bridge erreichte, nahm er Funkverbindung mit dem Chef auf.

Wir hatten die Schlussleuchten beobachtet, bis sie verschwunden waren. Die roten Glutpunkte waren erst rechtwinklig von der Straße weggeschnurrt und dann auf und ab gehüpft.

Kein Zweifel, dass er es war.

Ich nahm Gas weg. Wir näherten uns der Stelle, an der der Jeep abgebogen sein musste. Sekunden später hatten wir den Beginn der Schotterstrecke im Scheinwerferlicht.

»Da! Die Reifenspuren!«, rief Patrick Seymour aufgeregt.

Ich nickte nur. Deutlich waren in dem Schotterbett die flachen Furchen zu erkennen. Und nur zwei Yards von der festen Asphaltfahrbahn entfernt hatte der Jeep beim Beschleunigen vier tiefere Mulden gewühlt.

Ich zog den Lamborghini nach rechts und gab Gas. Der bullige Geländewagen zog rasant an. Das

Schottergeprassel hinter uns interessierte mich nicht. Zwei Menschenleben waren wichtiger als ein bisschen Schaden an einer halb fertigen Straße. Ich ging hoch bis auf fünfzig Meilen pro Stunde und blendete die Scheinwerfer auf. Zu beiden Seiten wurden die Gräben zu einem schillernd dahinfliegenden Band. Der Zwölfzylinder brummte voller Behagen, und der schwere Wagen lag wie ein Brett.

Ich musste den Unsicherheitsfaktor überwinden. Das einzige Mittel, das ich dazu hatte, war Norma Lees teures Geländespielzeug.

Es gab zwei Möglichkeiten. Entweder, Conte hatte angehalten, um uns zu beobachten. Oder die Rückleuchten waren deshalb nicht mehr zu sehen, weil er einen Höhenzug überwunden hatte. Ich war lange genug im ›Petticoat Palace‹ gewesen, um zu wissen, dass das Gelände nordwestlich des ehemaligen Freizeitparks hügelig war.

»Ich habe mir die Stelle gemerkt, wo er verschwunden ist!«, rief Patrick. »Wir müssten gleich runter von der Fahrbahn.«

Ich zweifelte nicht an seinen Fähigkeiten. Er war kein Schreibstubenhengst gewesen, sondern hatte bei der Army gelernt, sich in der freien Wildbahn zu orientieren.

Ein Stück Böschung tauchte weit vorn in den dahingleitenden Lichtkegeln auf. Der Graben war dort auf ein paar Yards Breite verrohrt, beiderseits der Fahrbahn. Die Überwege dienten den Forstaufsehern und Naturschutzbeauftragten.

Ich stieg vorsichtig auf die Bremse, um den Geländerenner nicht ausbrechen zu lassen. Gleich darauf sahen wir die Reifenspuren. Sie führten nach links ins Grasland. Ich schaltete zurück auf Abblendlicht, knüppelte die Gänge herunter und zog den Lamborghini vom Schotter weg. Der gedrosselte Motor dröhnte nur kurz, dann gab ich wieder Gas.

Der Boden war wellig. Trotzdem ging ich bis auf dreißig Stundenmeilen. Die großen Ballonreifen glichen viel von den Unebenheiten aus. Im hohen Gras konnten wir die Reifenspuren noch deutlich erkennen. Ich wandte den Blick nicht zur Seite. Trotzdem sah ich Patrick, wie er sich an den Haltegriffen festhielt, um nicht gegen den Wagenhimmel geschleudert zu werden. Bodenmulden und Buschwerk schienen von dem schweren Fahrzeug gefressen und geglättet zu werden. Kratzende Zweige waren nur als leichtes Rauschen zu hören, so hervorragend war die Geräuschisolierung des Wagens.

Das Scheinwerferlicht verdunkelte sich rechts.

Reflexartig griff ich zum Schalter.

Bevor ich ihn betätigen konnte, erlosch das Licht vollends.

»Runter!«, rief ich schneidend. Ich brauchte es Patrick nicht zweimal zu sagen. Er tauchte in den Bodenraum vor dem Beifahrersitz hinab. Ich duckte mich über das Lenkrad, brachte den Wagen zum Stehen und ging ebenfalls auf Tauchstation.

Was wir erwarteten, geschah nicht. Die Windschutzscheibe blieb heil. Auch dieses hässliche Knirschen, mit dem Geschosse in Karosserieblech schlagen, blieb aus.

Patrick reagierte prächtig. Ich brauchte ihm die Lage nicht zu erklären. Er fand den richtigen Schalter und ließ die Seitenscheibe rechts herunter.

Ich tastete nach dem Zündschlüssel und drehte ihn herum. Es wurde still.

Atemlos verharrten wir. Die Stille schien absolut. Würde das gegenseitige Belauern beginnen? Es würde bedeuten, dass einer von uns das Fahrzeug verlassen musste. Wir waren zu zweit. Nur diesen einen Vorteil würden wir haben. Conte war mit seinen beiden Geiseln relativ unbeweglich. Das musste er wissen.

In der Tat.

Nach Sekunden hörten wir das Brummen eines Motors. Sofort kamen wir hoch.

Conte hatte sich seine Chancen ausgerechnet. Wichtigster Bestandteil seiner Kalkulation waren unsere Scheinwerfer, die er zerschossen hatte. Möglich, dass er den Lamborghini als Fahrzeugtyp nicht einstufen konnte. Er sah seine größere Chance darin, mit dem Jeep weiterzujagen.

Patrick holte etwas unter dem Handschuhfach hervor, als ich schon den Zwölfzylinder anließ. Ich war bereit, ohne Licht zu fahren. Doch ich brauchte es nicht, wie ich jetzt sah. Was mein Beifahrer da zum Vorschein gebracht hatte, war ein Suchscheinwerfer.

»Auf zur Verfolgungsjagd!«, knurrte ich entschlossen. »Solange er am Lenkrad sitzt, kann er sich nicht an den Girls vergreifen.«

Ich gab Gas. Patrick richtete den Scheinwerferstrahl durch das offene Seitenfenster nach vorn. Der Lamborghini brüllte und machte einen Satz.

Dreizehn Meilen Luftlinie von Manhattan South bis Tarrytown. Reine Flugzeit fünf Minuten. Einschließlich der Startvorbereitungen auf dem Downtown Heliport hatten die vier Hubschrauber eine Viertelstunde gebraucht, bis die rotgelben Lichtblitze von Explosionen zu sehen waren.

Direkt unter den Maschinen vom Typ Bell Jet Ranger schimmerten die Lichter von Tarrytown. Nordwestlich davon, noch vor dem Horizont, lag der gepunktete Wellenteppich des ›Petticoat Palace‹. Im Funkverkehr krachte und prasselte es von atmosphärischen Störungen, als würden die Explosionen direkt übertragen. Außerdem überlagerten sich die Stimmen des innerstädtischen Polizeifunks von Tarrytown.

Die Blitze zuckten weit rechts auf, im entferntesten Winkel des ehemaligen Freizeitparks.

»Wings für Shadow! Wings für Shadow! Bitte kommen!« Phil versuchte es zum soundsovielten Mal seit dem Anflug auf Tarrytown. Shadow war das Codewort für die Kollegen vom Erkennungsdienst, die bereits auf dem Gelände des ›Petticoat Palace‹ im Einsatz waren.

Über die FBI-Zentrale hatten sie bereits vor zehn Minuten die Bestätigung erhalten, dass die Hubschrauber mit insgesamt sechzehn Special Agents an Bord in Marsch gesetzt wurden. Zu diesem Zeitpunkt hatte in Tarrytown noch kein Funkchaos geherrscht. Jetzt, da neben sämtlichen Polizeieinheiten auch die Fire Brigade und der Sanitätsrettungsdienst mitmischten, gab es von außerhalb kein Durchkommen mehr. Es war ein Katastropheneinsatz, was sich da zusammengebraut hatte. Und genau das hatten sie in Tarrytown wohl nicht oft genug geprobt. Phil, der den Copiloten-Platz der Leitmaschine eingenommen hatte, schaltete auf Empfang. Augenblicklich ging das Getöse in den Kopfhörern wieder los.

»Zehn-vier!«, brüllte jemand. »Verdammt, ja, zehn-vier! Das ist doch …«

Das Gebrüll ging in einem Krachen unter. Gleich darauf schrien zwei andere Stimmen gegeneinander an.

»Sechs-acht-acht für Tarrytown Central – Hölle und Teufel, wo bleibt …?«

»… Materialliste drei A! Ich wiederhole: Materialliste drei A! Ist das jetzt endlich zehn-vier? Ihr Idioten! Wir haben es hier mit einem zehn-acht zu tun! Da brauchen wir alles, was …«

»Sechs-acht-acht für Tarry…«

»Roger und over! Jawohl, drei A! Liste drei A! Hämmert euch das in eure …«

»… für Wings«, tönte es dünn und schwächlich. »Shadow für Wings. Over!«

Sofort schaltete Phil auf Senden. »Hier Wings für

Shadow! Wings für Shadow! Habt ihr ein Landekreuz für uns? Wenn ja, gebt die Position an! Over!«

Er schaltete um und hatte im selben Augenblick das Gefühl, dass das Krachen aus den Kopfhörern seine Trommelfelle in Stücke hieb.

»Shadow für Wings«, kam es erneut so dünn wie zuvor. »Landekreuz ist …«

»Zug drei auf Position eins-eins!«, brüllte eine Donnerstimme darüber hinweg. »Fire Brigade – Löschzug drei auf Position …«

»Wir sind zu nahe dran«, sagt der Pilot über Bordfunk. »Entweder, wir gehen jetzt runter, oder wir bauen einen richtig schönen Wartekreisel auf.«

Phil wollte etwas erwidern. Doch im selben Moment sahen sie beide, wie sich die Szenerie unten schlagartig änderte. Der Lichterteppich des gesamten Areals erlosch. Im äußersten Südwesten des ›Petticoat Palace‹ waren gekreuzte Lichtfinger zu sehen, die wie von waagerecht gestellten Flakscheinwerfern aussahen.

Vier Landekreuze auf der Zufahrt.

Augenblicklich gingen die Maschinen hinunter. Die Beamten vom Erkennungsdienst hatten ihre Standscheinwerfer als Landehilfe für die Hubschrauber aufgebaut.

Phil Decker, Steve Dillaggio, Zeerookah und Joe Brandenburg sprangen als Erste ins Freie. Sie liefen durch den nachlassenden Rotorwind und das grelle Licht. Ein Beamter in Zivil kam ihnen entgegen. Lieutenant Niall. Sie kannten ihn. Während die übrigen zwölf G-men aufschlossen und die Waffen verteilten, gab der Lieutenant eine kurze Einweisung.

»Der Angriff begann vor sechs Minuten. Sie rücken gegen den Nordostbereich vor, als müssten sie eine Festung aufreiben. Wir haben es geschafft, alles zu evakuieren. Sämtliche Anwesenden sind jetzt in der Tiefgarage des Hotels. Da unten geht es ziemlich eng zu. Aber sie haben alle Luken dicht, und wir stehen mit ihnen in Telefonverbindung. Außerdem habe wir die gesamte Außenbeleuchtung abgeschaltet. In den Gebäuden brennt nur noch die Notbeleuchtung.«

Warum sich die Leute in der Tiefgarage von der Außenwelt abgeriegelt hatten, erklärte Lieutenant Niall im nächsten Atemzug. Den G-men lief es eiskalt über den Rücken.

Die Angreifer hatten an mehreren Punkten im Tierpark Sprengsätze gezündet. Jetzt verwendeten sie Gewehrgranaten.

Durch die Explosionen waren die Gehege zerstört worden. Raubtiere liefen frei herum, von den Granaten in Panik versetzt.

Die Beamten des Erkennungsdienstes hatten sich gemeinsam mit Norma Lee Ascots Security Guards beim Haupthaus verschanzt, nachdem einer der Wachmänner von einer Maschinengewehrgarbe niedergemäht worden war. Das schwere MG, das von den Angreifern in Stellung gebracht worden war, hatte bislang nur dieses eine Mal gefeuert.

»Sie werden sich nicht damit begnügen, ein paar Löwen durch die Gegend zu scheuchen«, sagte Phil, indem er sich zu den Kollegen umwandte. »Magnum-Revolver und Thompsons für jeden!«

Die schweren Smith & Wessons und die Maschinenpistolen waren bereits weitgehend verteilt. Es dauerte keine Minute mehr, bis jeder einzelne Beamte damit ausgerüstet war. Phil gab den Einsatzbefehl.

Kurz bevor wir den Hügelkamm erreichten, schaltete Patrick den Suchscheinwerfer aus. Ich nahm Gas weg. Gleich darauf hatten wir einen klaren Überblick. Ich brachte den Lamborghini zum Stehen.

Contes Taktik war klar. Man brauchte nicht zweimal hinzusehen.

Er versuchte, seinen Vorsprung auszubauen – das,

was er für einen Vorsprung hielt. Wir sahen die tanzenden Rückleuchten und mussten anerkennen, dass es ihm immerhin gelungen war, eine gute Meile Distanz zu gewinnen.

Er riskierte es, mit Licht zu fahren. Möglich auch, dass es anders herum war – dass er es nicht riskierte, ohne Licht zu fahren. Wie auch immer – seine Taktik basierte auf Tempo.

Genau das war sein entscheidender Denkfehler.

Ich zog die Schlussfolgerung. Trotz seines Nachtsichtgeräts hatte Conte tatsächlich nicht erkannt, was für ein Fahrzeug er im Nacken hatte. Nachdem er die Scheinwerfer zerschossen hatte, hätte er dazu in der Lage sein müssen. Also wusste er wenig über Off-Road-Fahrzeuge. Wer sich in der Sache auskennt, geht beim Anblick des Gelände-Lamborghini vor Ehrfurcht fast in die Knie.

Ross Conte war kein Fachmann – nicht auf diesem Gebiet.

Er hatte den Vorsprung auf über eine Meile ausgebaut, als ich wieder anfuhr.

»Anschalten?«, fragte Patrick.

»Noch nicht«, entgegnete ich. »Ich versuche es erst mal ohne Licht.«

Der Lamborghini rauschte durch dichtes Gebüsch, als ich ihn den Hang hinunterjagte. Ich nahm die Rückleuchten des Jeeps als Orientierungspunkt für meinen Kurs. Conte wähnte sich vermutlich auf der Siegerstraße. Das Gefühl wollte ich ihm noch eine Weile lassen.

Wir erreichten das Tal. Es zog sich nach Norden hin. Patrick klemmte sich den Suchscheinwerfer zwischen die Beine und packte beide Haltegriffe. Ich gab Gas, schaltete hoch – ohne Rücksicht auf Verluste. Der Zweieinhalb-Tonnen-Bulle donnerte über Bodenwellen und Buschgruppen wie ein Panzer. Ich riskierte es, bis auf vierzig Stundenmeilen zu gehen. Meine

Nerven vibrierten. Wenn wir auf ein Hindernis stießen, eine zu tiefe Senke etwa, war alles aus. Ich baute einfach darauf, dass Conte die ganze Zeit ohne Schwierigkeiten geradeaus gefahren war.

Die Entfernung schmolz zusammen. Wenn Conte dreißig Stundenmeilen schaffte, schaffte er viel. Und er schien noch nicht bemerkt zu haben, was sich in seinem Nacken zusammenbraute.

Ich presste die Zähne aufeinander und trieb die Tachoanzeige noch etwas höher. Der Lamborghini begann zu schwanken. Wir näherten uns der Grenze des Möglichen.

Das Tal endete, Conte hatte die Auswahl zwischen einer nach Nordosten und einer nach Nordwesten ausweichenden Anhöhe. Er entschied sich für Nordwesten, wo die Steigung offenbar mäßiger war.

Patrick und ich wurden weiter durchgeschüttelt. Ich war schlechter dran, denn ich hatte nur das Lenkrad zum Festhalten. Und ich durfte es dabei nicht einmal verreißen. Ein paar Mal tupfte ich mit dem Kopf gegen den gepolsterten Wagenhimmel. Noch ein bisschen mehr Wucht, und die Polsterung würde nicht mehr ausreichen. Ich zog den Kopf so tief zwischen die Schultern, wie es ging.

Als Conte den Anfang der Steigung erreichte, war sein Vorsprung auf dreihundert Yards zusammengeschmolzen.

»Jetzt!«, rief ich.

Patrick knipste den Suchscheinwerfer an.

Die Lichtflut ergoss sich über den kaffeebraunen Jeep. Ich versuchte mir vorzustellen, wie Conte zusammenzuckte. Es musste ein eisiger Schreck sein, der ihn traf. Aber war er der Mann, der in Panik geriet? Nein, sagte ich mir, einzig und allein durch Fahrtechnik konnte ich ihn packen.

Auf der Steigung wurde der Jeep zusehends langsamer.

Ich schaltete herunter und gab Gas. Der Lamborghini nahm die Steigung mit sonorem Stahlgesang.

Immer rascher holten wir auf. Zweihundert Yards, gleich darauf nur noch hundertfünfzig.

Plötzlich flog die Fahrertür des Jeep auf. Im Licht des Suchscheinwerfers sah ich die Bewegung. Geistesgegenwärtig riss ich den Lamborghini nach links. Der breite Wagen verkraftete den Lastwechsel willig.

Mündungsblitze zuckten auf. Conte hielt das Lenkrad mit der Rechten. Er beugte sich hinaus, schien nicht zu spüren, dass der Jeep zu schlingern begann. Es war die neue Beretta, die in seiner Linken zuckte und glühende Feuerblüten aufplatzen ließ. Wir hörten keinen Einschlag.

Der Lichtkegel erfasste Conte voll. Ich sah erst jetzt, dass Patrick den Scheinwerfer in der Linken hielt und sich weit hinauslehnte. Den Smith & Wesson hatte er in der rechten Hand. Er zögerte noch.

»Feuer!«, ermutigte ich ihn. Alles, was Conte am Lenkrad hielt, diente der Sicherheit der Geiseln.

Die Schüsse des Revolvers hackten trocken durch das Motorengeräusch.

Patrick traf das Sicherheitsglas der Fahrertür schon mit der zweiten oder dritten Kugel. Glaskrümel wirbelten durch die Luft. Der Jeep schlingerte heftiger. Conte zuckte zurück in den Fahrerraum. Im selben Sekundenbruchteil sahen wir es wie in einer Momentaufnahme.

Das linke Vorderrad stieg jäh auf einen Bodenbuckel. Conte hatte noch nicht wieder beide Hände am Lenkrad. Er verriss es. Eine andere Erklärung gab es nicht.

Der Jeep wirbelte hoch und kippte nach rechts ab.

Ich bremste. Patrick stieß einen erschrockenen Schrei aus. Der Jeep überschlug sich, wanderte immer mehr nach rechts weg.

Im versiegenden Motorgeräusch des Lamborghini

war immer deutlicher das Krachen zu hören, mit dem der Jeep den Hang hinunterpolterte.

Die Sekunden, die ich brauchte, um den Lamborghini zum Stehen zu bringen, kamen mir quälend lange vor. Nahezu gleichzeitig sprangen Patrick und ich ins Freie.

Ein hartes Bellen zwang uns zu Boden.

Unten, am Fuß des Hanges, kam der Jeep zum Stillstand und blieb auf der Seite liegen.

Der Lamborghini hatte viel Bodenfreiheit. Mühelos konnte ich auf die Beifahrerseite kriechen. Ich war neben Patrick, als der zweite Schuss fiel. Ich erkannte den Klang des neuen Beretta-Modells. Das Blei schlug ins Blech, zu hoch über uns. Ich sah den erlöschenden Mündungsblitz in 50 Yards Entfernung – eine Menge, selbst für den besten Pistolen- oder Revolverschützen.

»Robben Sie auf die andere Seite«, flüsterte ich. »Versuchen Sie, den Jeep zu erreichen.«

»In Ordnung«, antwortete Patrick.

Ich konnte hören, dass er über meine Entscheidung froh war. Ich brauchte ihm nicht zu sagen, dass er am besten von der anderen Fahrzeugseite aus einen Bogen schlug. Auf dem Gebiet hatte er seine eigenen Erfahrungen.

Während er losrobbte, ging ich aufs Ganze.

Ich zog den 357er und schnellte halbhoch. Mit flachem Sprung landete ich drei Yards weiter im Gras und rollte mich ab – den Hang hinauf. Nur einen halben Yard weit. Aber es reichte.

Die Beretta blaffte. Mit dumpfem Einschlag pflügte die Kugel dort den Boden, wo ich meinen Sprung beendet hatte.

Ich jagte das erste Magnum-Geschoss in den Mündungsblitz hinein. Aber auch Conte wusste, was ein Stellungswechsel war. Ich federte hoch und rannte hakenschlagend voran. Kein Schrei, nichts. Er musste aus dem Wagen geschleudert worden sein und es verteufelt gut überstanden haben. Nur das erklärte seine Beweglichkeit.

Wieder feuerte er. Zweimal, dreimal.

Ich rannte weiter, schlug weiter Haken. Etwas zupfte kurz und heftig an meinem rechten Hosenbein. Ich verspürte keinen Schmerz. Und ich schaffte es, die Distanz auf fünfzehn Yards zu verkürzen.

Ich feuerte, bevor ich mich hinwarf. Der Smith & Wesson wummerte.

Im nächsten Atemzug tat ich das, womit Conte nicht rechnete. Statt mich abzurollen, federte ich wieder hoch, kaum dass ich den Grasboden erreicht hatte.

In rasender Schussfolge feuerte er auf die Stelle, an der er mich vermutete.

Es war nicht mehr als eine Fünfzigstelsekunde, die ich breitbeinig verharrte. Doch die Zeitspanne reichte, um ihn im Beidhandanschlag anzuvisieren. Drei Kugeln jagte ich kurz nacheinander in die zuckenden Blitze. Sofort warf ich mich nach links. Überflüssig.

Stille kehrte ein.

Ich wartete mehrere Sekunden lang. Dann, als ich meinte, ein Stöhnen zu hören, richtete ich mich auf und pirschte mit der gebotenen Vorsicht voran.

In der Dunkelheit konnte ich die Umrisse des Killers erkennen. Er lag auf dem Rücken. Sein Gesicht war ein blasser Fleck. Problemlos konnte ich ihm die schwere Waffe aus der Hand nehmen, denn in der Hand war keine Kraft mehr. Ich knipste mein Feuerzeug an. Er erkannte mich. Schleier bauten sich vor seinen Augen auf. Ein Lächeln glitt über sein Gesicht. Ich musste mich hinabbeugen, um ihn verstehen zu können.

»So – habe ich es mir immer – gewünscht. Dies ist – ein würdiges Ende – für einen – wie mich. Du warst besser – als ich, Cotton. Im Bett …«

Er brachte den Satz nicht mehr zu Ende. Aber ich wusste, was er noch zu sagen versucht hatte. Im Bett hatte er nie sterben wollen.

Ich lief den Hang hinunter.

Patrick hatte Sheena und Katie bereits aus dem Jeep geholt. Beide waren bewusstlos. Ihre Verletzungen machten jedoch keinen dramatischen Eindruck. Die beiden konnten froh sein, so davonzukommen.

Der Lamborghini hatte Autotelefon. Ich rief die nächstgelegene Polizeistation an und gab unsere Position durch. Der Beamte in der Funkzentrale sagte zu, einen Hubschrauber zu schicken. Es schwirrten genug davon in der Nachtluft herum.

Die G-men Phil Decker, Steve Dillaggio und Zeerookah drangen als Erste vor. Joe Brandenburg führte das Kommando über den Rest der Special Agents, die ihnen in breiter Front folgten.

Was ihnen durch die Lappen gehen sollte, würde von den Männern übernommen werden, die beim Haupthaus in Deckung lagen.

Phil, Steve und Zeery gingen mit zwei Yards seitlichem Abstand. In der Dunkelheit konnten sie sich gerade noch durch Handzeichen verständigen. Die Maschinenpistolen hielten sie im Hüftanschlag.

Bis zur Höhe des Römerbads, der Schwimmhalle und der Sauna schafften sie es ohne Schwierigkeiten. Die Detonationen der Granaten hatten aufgehört. Wegen ihrer angespannten Nerven glaubten die G-men immer wieder, das Grollen von Raubkatzen zu hören. Doch bislang war ihnen keine einzige der Bestien über den Weg gelaufen.

Ein gleißender Blitz zuckte in den Nachthimmel.

Die Explosion kam erst unmittelbar danach. Augenblicklich lagen die Männer flach. Mit der Urgewalt des Explosionsdonners fauchte auch die Druckwelle über sie hinweg. Trümmer regneten aus dem dunklen Himmel herab – aber noch weit genug entfernt, um die G-men nicht in Gefahr zu bringen.

Phil nahm das Walkie-Talkie in die Linke. »An alle«, sagte er, während der Donnerhall abebbte. »An alle! Wir gehen auf doppeltes Tempo.«

Die drei Männer warteten Joes Bestätigung ab. Dann sprangen sie auf und setzten ihren Weg im Laufschritt fort. Sekunden später sahen sie, was geschehen war. Sprengladungen hatten das Reptilienhaus des Tierparks in die Luft gejagt. Ferngezündet, mit Sicherheit. Jablonsky, die Schlangen und das andere Viehzeug waren zerfetzt worden.

Die G-men schlugen einen Bogen um den Hügel, zur Nordseite hin. Sie wussten, dass sie sich dem gefährlichen Bereich näherten.

Sie hatten den Gedanken noch nicht einmal zu Ende gebracht, als sie erstarrten.

Ein heiseres Grollen ertönte vor ihnen. Es schien so nahe zu sein, dass sie das Gefühl hatten, nicht einmal mehr den Finger krümmen zu können, ohne von den Bestien erwischt zu werden. Aber in der Dunkelheit zeichneten sich Gesteinstrümmer ab – drei, vier Yards entfernt. Dort mussten sich die Tiere verkrochen haben. Und jetzt waren sie durch die neuerliche Explosion bis zur Weißglut gereizt worden. Phil glaubte, eines dieser schwefligen Augenpaare zu sehen. Aber er war sich nicht sicher.

»All right«, flüsterte er tonlos. »Kommst du an deine Taschenlampe heran, Zeery?«

»Schnell genug«, antwortete der indianische Kollege ebenso leise.

»Dann tu es jetzt!«

Zeerookah ließ die Stablampe aufflammen.

Der Anblick sträubte den G-men die Haare.

Vier Löwen standen dort mit gefletschten Zähnen. Das Grollen wuchs zum Fauchen an. Vier männliche Tiere waren es – wohl die Einzigen, die die Sprengladungen und Granaten überlebt hatten. Ihre Muskelstränge spannten sich.

Phil und Steve feuerten. Die Maschinenpistolen hämmerten ohrenbetäubend, rüttelten in den Fäusten der Männer.

Einen der Löwen erwischte es im Sprung. Das riesige Tier überschlug sich fast. Die drei anderen wurden zu einem wilden Knäuel aus Fell und Muskeln und Blut. Ihr Schmerzensgebrüll schien kein Ende nehmen zu wollen.

Ein Instinkt veranlasste Zeery, den Lichtkegel nach rechts zu schwenken.

»Achtung!«, rief er schneidend. Im selben Atemzug ließ er die Lampe fallen. Der Lichtkegel tanzte auf die verendenden Tiere zu. Zeery schnellte nach rechts weg.

Phil und Steve warfen sich im selben Atemzug nach links.

Das Maschinengewehr ratterte. Leuchtspurmunition schwirrte heran und zerplatzte auf dem Gesteinsboden.

Zeery hatte seine Thompson schussbereit. Er feuerte aus der Rückenlage heraus, und er jagte seine Bleigarbe zum Ursprung der Perlenkette hinüber.

Oben schien jemand die Perlen plötzlich abzu schneiden. Die Schüsse endeten. Etwas schepperte. Auch Zeery hatte das Feuer eingestellt. Er schnellte nach links, packte die Lampe und richtete das Licht einmal kurz nach oben, ehe er es ausknipste. Ein Maschinengewehr fiel den künstlichen Felsenhang herunter. Es folgte der leblose Körper des Schießers, der wie in Zeitlupe vornüberkippte.

Die G-men schlugen einen Bogen um die Löwen und rannten weiter. Sie wussten, es gab kein Zurück mehr, jetzt, da sie durch die Schüsse auf sich aufmerksam gemacht hatten.

Dumpfe Schussgeräusche waren zu hören. Dann setzte ein Schwirren ein.

Gewehrgranaten!

»Tempo!«, rief Phil. Während sie sprinteten, hob er das Walkie-Talkie und schaltete auf Senden. Es gelang ihm, Joe zu warnen. Eine weite Rasenfläche öffnete sich vor ihnen.

Wenige Yards hinter ihnen krachte es in rascher Folge. Augenblicklich waren die G-men in Deckung gegangen. Sie hörten das Sirren der Splitter. Möglich, dass sie schon außer Reichweite waren. Aber das Risiko, weiter aufrecht vorzudringen, war zu groß. Sie arbeiteten sich robbend voran.

Die Gangster mussten sich verschanzt haben, mussten eine Art Operationsbasis gebildet haben. Bevor sie zum Sturmangriff ansetzten, wendeten sie ihre Zermürbungstaktik an. Humphrey Webb musste sich tatsächlich zum Ziel gesetzt haben, den ›Petticoat Palace‹ dem Erdboden gleichzumachen.

Phil und die beiden Kollegen erreichten eine Baumgruppe, bereits am Rand des Golfplatzes, wie sie jetzt feststellten. Immer noch wurden Granaten auf die Reise geschickt. Die Abschussgeräusche waren jetzt sehr nahe, rechter Hand. Phil schaltete das Walkie-Talkie auf Senden und sprach halblaut. »Joe, ich denke, wir sitzen ihnen gleich im Nacken. Wie sieht es bei euch aus?«

»Wir nützen alles aus, was es an Deckung gibt. Hier fliegt uns einiges um die Ohren.«

»Könnt ihr einen Ausfall nach Südosten wagen? Einen Scheinangriff – nur mit ein paar Mann?«

»Das müsste klappen. Drückt uns die Daumen.«

Phil schaltete das Gerät aus und verstaute es wieder in der Jacke. Ein Wortwechsel mit Steve und Zeery war überflüssig. Sie wussten Bescheid. Es war keine Absprache mehr nötig. Sie robbten weiter, erreichten gleich darauf die andere Seite der Baumgruppe und sahen eine Senke vor sich, die sich nach rechts hin ausdehnte.

Auf einmal fühlten sie sich wie Mitglieder eines

Spähtrupps, der tief hinter die feindlichen Linien vorgedrungen war.

Ein halbes Dutzend geländegängiger Fahrzeuge stand auf einer flachen Anhöhe jenseits der Senke. Die Fahrzeuge hatten Standlicht eingeschaltet. Es waren Schatten zu sehen, die sich bewegten.

Phil und die beiden Kollegen ließen ihren Blick weiterwandern.

Diesseits der Senke zuckten kurze, flächige Blitze auf. Die dumpfen Abschussgeräusche waren unverkennbar. Nach wenigen Sekunden wussten sie, dass sie es mit vier Männern zu tun hatten, die die Gewehrgranaten abfeuerten. Sie mussten ihren Schusswinkel zuvor genau erkundet haben, denn sie brachten die G-men aus Joe Brandenburgs Gruppe in erhebliche Bedrängnis.

Maschinenpistolen hämmerten los, etwa dreihundert Yards entfernt. Drüben, bei den Fahrzeugen, gerieten die Schatten in Bewegung.

»Wie bestellt«, sagte Phil. »Dann mal los!«

Sie sprangen auf und rannten mit langen Sätzen. Die Kerle, die die nächsten Granaten auf ihre Gewehrläufe pflanzten, waren für den Augenblick verwirrt.

»FBI!«, brüllte Phil im Laufen. »Die Waffen weg! Oder wir …« Weiter kam er nicht.

Im Aufflammen von Zeerys Stablampe waren die Kerle zu sehen, wie sie die Granaten von den Läufen rissen und die Gewehre herumschwenkten.

Die G-men feuerten gnadenlos. Die wenigen Schüsse, die noch ins Hämmern ihrer Maschinenpistolen hackten, wurden ihnen nicht mehr gefährlich. Die Gewehrkugeln sirrten in den schwarzen Himmel. Schreie gellten.

»Granatwerfer ausgeschaltet!«, rief Phil in das Walkie-Talkie, während sie noch am Boden lagen. »Klar zum Angriff!«

Die Gangster von der anderen Seite der Senke hatten den Angriff von Süden her zu ernst genommen. Gleich darauf, als die Front von zwölf G-men hinter ihren Rücken aufmarschierte, fielen nur noch wenige Schüsse.

Patrick Seymour war mit dem Hubschrauber nach North Tarrytown geflogen, wo seine Schwester und Katie Turner ins Hospital eingeliefert wurden.

Ich hatte abgewartet, bis die Beamten der State Police eingetroffen waren und die Spurensicherung vorbereitet hatten.

Jetzt, während ich den Lamborghini im Schritttempo an den Hubschraubern vorbeirollen ließ, ahnte ich bereits, dass es für mich nichts mehr zu tun gab. Es wimmelte von Polizei-, Feuerwehr- und Rettungsfahrzeugen. Das befürchtete Feuer war aber nicht ausgebrochen. Beamte in Zivil und in Uniform eilten kreuz und quer durcheinander und schienen allesamt die denkbar wichtigsten Aufgaben zu erfüllen zu haben.

Auf einmal spürte ich die Müdigkeit in allen Knochen. Am Rand des Parkplatzes ließ ich den Lamborghini einfach stehen und stieg aus. Ich sah einen Pulk von Männern, der sich näherte und auf die Hubschrauber zuhielt. Unwillkürlich blieb ich stehen. Ich erkannte ein paar Kollegen. Les Bedell, Hyram Wolfe, Fred Nagara und dann Steve, Zeery, Joe.

Und Phil.

Wie von selbst bildeten sie eine Gasse, als ich auf sie zuging.

Phil grinste mich an. Er trug sein Paar Handschellen gemeinsam mit Humphrey Webb. Der Boss des Syndikats war ein großer Mann mit eckigen Schultern und einem Gesicht, das ebenso eckig war. Er wich meinem Blick aus. Kein Tobsuchtsanfall, nichts.

Der große Humphrey Webb war klein und hässlich geworden.

»Killer schickt man nicht in Pension«, sagte ich nur.

Webbs Lippen waren ein Strich. Er antwortete nicht. Phil und die Kollegen verfrachteten ihn und die übrigen Festgenommenen in die Hubschrauber.

Später trafen wir uns mit Norma Lee Ascot in ihrer privaten Kellerbar zu einem Drink. Es war kein Freudenfest. Nur ein paar Drinks zur Entspannung waren fällig. Eine Stunde später erschien auch Patrick Seymour auf der Bildfläche. Er sah erleichtert aus.

Sheena und Katie, so erfuhren wir, hatten keine inneren Verletzungen. Beide würden mit wenigen Tagen im Hospital davonkommen. Und Sheena hatte versprochen, allem den Rücken zu kehren. Sie würde mit ihrem Bruder zurück nach Minneapolis gehen.

Zumindest Patrick hatte einen Grund zum Feiern.

ENDE

Die Nacht
der Kamikaze

KOLUMBIEN
Hochland von Trujillo

Ross McDuggan war Realist genug, um sich keinen Illusionen hinzugeben. Er war am Ende. Hinter ihm waren die *Chicos* und vor ihm befand sich die Hölle. Der verdammte Suzuki-Jeep lief nur noch auf drei Zylindern, und der schmale Weg schlängelte sich endlos durch das Hochland. Sechzig Meilen bis Trujillo, wenn die Straße frei und nicht verschüttet war wie jeden zweiten Tag nach dem Regen. Zurück nach Merido waren es zwanzig Meilen. In diese Richtung war die Straße mit Sicherheit nicht verschüttet, aber blockiert von drei Jeeps der *Chicos*, der paramilitärischen Truppe der Coca-Barone.

Diese *Chicos* hörten auf Coronel José Louis Baptista, dessen Einfluss bis in den Präsidentenpalast reichte. Und wenn nötig, zahlte Baptista den regulären Militärs an einem einzigen Tag mehr, als sie sonst in einem halben Jahr verdienten, wenn sie, von der Regierung unter dem sanften Zwang der USA ausgeschickt, die Cocaplantagen übersahen und in einer anderen Gegend nach verstecktem Anbau suchten.

Baptista war der mächtigste Mann und nicht irgendjemand aus dem Präsidentenpalast. Die Beamten und Minister hatten nur Titel, aber kein Geld, also auch keine Macht.

Neben seinen *Chicos* befehligte Baptista noch ein Dutzend abgedankter Marines. Für fünftausend Dollar im Monat taten sie alles, was er verlangte.

Maria Dolores schrie. Ross McDuggan drehte sich um. Unter den grauen Decken sah Maria aus wie ein

Bündel Lumpen. Das ehemals schöne Gesicht war völlig entstellt.

Ross McDuggan packte das Steuer fester, nachdem er sich die schweißnassen Hände an der Hose trocken gerieben hatte. Das Gaspedal war bis zum rostigen Bodenblech durchgedrückt. Er versuchte, sich auf den schmalen Weg zu konzentrieren. Aber die Schlaglöcher konnte er doch nicht erkennen, bevor die Reifen durch sie hindurchtanzten und der Suzuki Bocksprünge machte. Die Fehlzündungen knallten wie Schüsse. Dazwischen gellten Maria Dolores' Schreie, mit denen sie ihrem Schmerz ein Ventil verschaffte. Mit denen sie vielleicht auch die Dummheit beklagte, sich mit ihm eingelassen zu haben.

Mit ihm: Ross McDuggan, Agent der DEA, angesetzt auf Coronel José Louis Baptista, mit dem Auftrag, Baptistas Verbindungen in die USA aufzudecken. Verbindungen mit einem Syndikat, das mächtiger als der MOB und nicht allein auf Rauschgift spezialisiert war.

»Ross!«

Er drehte sich nicht um, weil er Maria Dolores' Anblick nicht ertragen konnte. Ihr Leiden hielt ihm die Sinnlosigkeit seines Tuns vor Augen.

»Ross!«

Der Jeep quälte sich über die Steigung. Er zog tuckernd durch die letzte Haarnadelkurve, und weißer Rauch quoll aus dem Kühler.

»*Por dios* – Santa Maria – Ross!«

Der Suzuki schaffte es bis zu dem flachen Teilstück eines dicht bewaldeten Plateaus. Noch drei Fehlzündungen, dann setzte der Motor aus.

Sechzig Meilen bis Trujillo! Es war hoffnungslos, und McDuggan war sicher, dass sich ihm die *Chicos* auch aus dieser Richtung näherten. Zum anderen konnte es nur noch eine Frage der Zeit sein, bis der erste Helikopter knatternd über dem grünen Dach des

Regenwaldes erschien und die Serpentinenstraße auf der Suche nach ihm abflog. Bestückt mit Vierundzwanzig-Millimeter-Zwillingsgeschützen und zwei Napalmraketen. Alles aus dem Bestand der US Army. Irgendwann ausgemustert und auf verschlungenen Pfaden nach Kolumbien gelangt. Amerikanische Waffen, die einen amerikanischen DEA-Agenten töten sollten.

Ross McDuggan sprang aus dem Wagen. Er stemmte sich gegen die heiße Karosserie und schlug das Steuer hart nach links. Wenn der Helikopter kam, durfte er den Wagen nicht auf der Straße entdecken. Langsam rollte der Suzuki auf die steile Böschung zu. Zwei Yards vor der Böschung zog McDuggan die Handbremse. Dann begann er auszuladen.

Zwei MPis, sechs volle Magazine, ein Dutzend Handgranaten, etwas Plastiksprengstoff. Am Gürtel trug Ross McDuggan eine 45er Colt Automatic.

»Ross!«

Maria Dolores' Stimme wurde immer leiser. Ross beugte sich in den Wagen. Als er sie auf den Arm nehmen wollte, wehrte sie ihn schreiend ab.

»*No – por favor – no!*«

»Maria Dolores«, sagte er heiser.

»*Estaciòn ultimo*«, sagte sie kaum verständlich.

Endstation! So sah es aus, aber McDuggan dachte nicht daran, den Kampf schon jetzt aufzugeben. Er wollte hier nicht krepieren, während der Coronel weiterlebte, als sei nichts geschehen.

Carmen, Maria Dolores' Schwester, war tot. Die *Chicos* hatten sie eingefangen, sie befragt und ihr keine Chance gelassen. Jeder Mann hätte geredet, und Carmen war ein siebzehnjähriges, zerbrechliches Mädchen gewesen. Ihr Tod hatte sich wie ein Lauffeuer herumgesprochen. Er, Ross McDuggan, hatte die Falle früh genug erkannt und die Sperren durchbrochen, als niemand damit gerechnet hatte.

Dabei war Maria Dolores aus dem Jeep geschleudert worden. Nicht weit von ihr entfernt war eine Handgranate explodiert und hatte sie so fürchterlich zugerichtet. Er hatte sie wieder in den Jeep geladen und war weitergefahren. Durch eine Sprengung hatte er einen Erdrutsch ausgelöst und sich so von seinen Verfolgern absetzen können. Eine Stunde, vielleicht sogar zwei, hatte sein Vorsprung betragen. Jetzt war er auf bestenfalls dreißig Minuten zusammengeschrumpft, weil auch der verdammte Jeep etwas abbekommen hatte.

»Ross!«

Maria Dolores schreckte ihn aus seinen Gedanken. Unter der grauen Decke ragte ihre schmale Hand hervor. Ross sah die Handgranate. Der Sicherungsring war entfernt. Ihre schmalen Finger schlossen sich wie im Krampf um die Ummantelung des Todes.

»Vielleicht hast du noch eine Chance, Ross!«

Er schwieg betroffen. Was sollte er einer Frau sagen, die unendlich litt und es hinter sich bringen wollte? Dass er sie liebte? Das war die Wahrheit, aber die änderte die Situation auch nicht.

»*Cariña*«, flüsterte er dennoch. »Ich liebe dich, *Cariña*. Es tut mir alles so entsetzlich leid!«

Es sah aus, als würde ihr entstelltes Gesicht zum letzten Mal lächeln. Aber wahrscheinlich täuschte er sich, denn ihre Augen blieben stumpf.

»Du musst es tun, Ross! Für mich! Weil du mich liebst!«

Ross McDuggan nickte. Unter die Schweißtropfen, die über sein ausgemergeltes Gesicht rannen, mischten sich Tränen, als die Handbremse löste und sich wieder mit verzweifelter Kraft gegen die Karosserie des Jeeps stemmte.

Der Jeep rollte zwei Yards weit. Dann neigte sich die Schnauze nach vorn, und er war verschwunden.

»*Hasta luego, Cariña*«, murmelte Ross McDuggan.

Mit dem Handrücken rieb er sich die brennenden Augen. »*Hasta luego!*«

Eine Explosion zerriss die Stille, noch bevor Ross den Aufschlag des Jeeps hörte. Maria Dolores musste die Handgranate losgelassen haben, als sich der Jeep über die Böschung geneigt hatte.

Eine zweite Explosion schüttelte die Bäume der tief unter ihm liegenden Senke, zwischen die die Trümmer des Jeeps einschlugen wie Geschosse.

Eine Rauchwolke stieg beinahe senkrecht empor und wurde erst von der oberen, quirlenden Luftschicht des Plateaus zerrissen. Sie war fett und schwarz und weithin sichtbar.

Sekundenlang blieb Ross bewegungslos stehen. Es sah aus, als würde er Maria Dolores ein Gebet nachschicken. Aber er betete schon lange nicht mehr, weil alle Gebete die Welt nicht besser gemacht hatten.

Mit zitternden Fingern zündete sich Ross McDuggan eine Zigarette an. Dann hakte er sechs Granaten an den breiten Gürtel, steckte drei Magazine für die Maschinenpistole ein und hob eine der automatischen Schnellfeuerwaffen auf. Den Rest warf er dem Jeep nach.

Carmen und Maria Dolores waren tot. Irgendwo in Trujillo saß Coronel José Louis Baptista wie eine fette Spinne im Netz, trank Tennessee-Whisky und ließ sich von einigen willigen Señoritas bedienen. Er sah es vor sich. Das Bild fräste sich dermaßen tief in sein Gedächtnis, dass er es niemals wieder vergessen würde. Nicht in diesem Leben und ganz sicher auch nicht im nächsten, wenn es das gab.

Ross McDuggan schaute sich um. Die Rauchwolke war nicht zu übersehen. Sie wussten also ungefähr, auf welcher Höhe er sich befand. Darauf stellten sie sich ein und gaben die Nachricht an den Piloten des Hubschraubers durch, der sich mit Sicherheit schon auf dem Anflug befand.

Vielleicht ging der Pilot tief genug runter, vielleicht konnte er die Tote sehen, die einmal eine betörend schöne Frau gewesen war, und vielleicht zog er daraus den Schluss, dass es Maria Dolores und ihn zusammen erwischt hatte.

Vielleicht!

Ross McDuggan lachte grimmig. Vielleicht war zu wenig, wenn das Schicksal einen nicht besonders liebte.

Er presste die MPi mit beiden Händen vor die Brust und begann zu rennen. Den gleichen Weg hinunter, den sich der Jeep mit letzter Kraft heraufgequält hatte. Haarnadelkurve, die lange Gerade vor der nächsten scharfen Kurve, dann tauchte er schließlich seitlich in das undurchdringliche Grün des Regenwaldes.

Er befand sich nahezu zwei Meilen vom Plateau entfernt, als er sich zwischen einigen Büschen auf den weichen Boden warf, weil plötzlich das Knattern von Rotorblättern unheilvoll in der Luft hing. Vorsichtig drehte er sich auf den Rücken und versuchte, mit seinen Blicken das Dach der Bäume zu durchbrechen. Es war unmöglich. Aber wenn er den Helikopter nicht sah, sah man ihn auch nicht.

Einige Minuten verstrichen. Das Knattern, das sich kurz entfernt hatte, wurde wieder lauter. Der Pilot hatte eine Runde über dem Plateau gedreht und hoffentlich die Reste des explodierten Jeeps zwischen den Bäumen ausgemacht. Jetzt kam er zurück.

Für einen Moment sah Ross McDuggan den dunklen Schatten des Helikopters, als der parallel zur Straße flog, bevor er wieder steil nach oben gezogen wurde.

Er lachte. Laut und schrill, denn hören konnte ihn doch niemand. Er lachte seine fürchterliche Angst hinaus und zog mit jedem neuen Atemzug Hoffnung ein. Noch hatten sie ihn nicht entdeckt. Und wenn sie ihn entdeckten, war es immer noch eine große Frage, ob sie ihn auch erwischten. Der Schutz des Dschungels maximierte seine Chance gegen eine Überzahl. Die größte Gefahr sah Ross in dem verdammten Helikopter und den Napalmraketen. Aber die konnten so lange nicht abgeschossen werden, wie die *Chicos* den Wald nach ihm absuchten und sich damit in der Gefahrenzone befanden.

Ross McDuggan legte das Kinn aufs Knie und zündete sich noch eine Zigarette an. Seine Gedanken kreisten wie wild. Sie beruhigten sich in dem Moment, als das Brummen von Motoren dumpf zu ihm herüberklang.

Ein halbe Stunde war vergangen. Er hatte seinen Vorsprung richtig eingeschätzt.

McDuggan stand auf, ließ die Zigarette fallen und trat sie mit einer kreisenden Absatzbewegung in den weichen Boden, bis nichts mehr von ihr zu sehen war. Dann wandte er sich nach links, schlug einen Haken und erreichte die schmale Straße im Scheitelpunkt der scharfen Linkskehre.

Das Brummen der Motoren war lauter geworden. Zu sehen war noch nichts, aber sie konnten nicht mehr weit sein.

McDuggan duckte sich im dichten Unterholz. Er hob zwei Handgranaten aus dem Gürtel und entfernte die Sicherheitsringe. Er behielt eine in der linken und eine in der rechten Hand. Soviel er wusste, kamen sie mit drei Jeeps. Es erschien ihm unwahrscheinlich, dass inzwischen weitere Fahrzeuge zu ihnen gestoßen waren. Er musste einen der Wagen fahrbereit in die Hände bekommen, und es musste ihm gelingen, den verdammten Helikopter auszuschalten.

Seine Gedanken rissen in dem Moment, als sich die Schnauze des ersten Jeeps unendlich langsam, so schien es, um die Kurve schob und sich dem Scheitelpunkt näherte. Der zweite Wagen befand sich dicht dahinter. Der dritte hing etwas zurück. McDuggan sah ihn nicht, aber er hörte ihn.

McDuggan war ruhig. Arktische Kälte kroch durch seine Adern. Hätte der Teufel ihm die Hand auf die Schulter gelegt, hätte selbst das seinen Herzschlag nicht beschleunigt.

Er sah die *Chicos* im Jeep. Er dachte an Carmen, das siebzehnjährige Mädchen, das ihnen in die Hände gefallen war, und er wusste, was sie mit ihr angestellt hatten. Die Männer im Jeep sahen zwar aus wie Menschen, aber McDuggan hatte sie aus der Gruppe der Homo sapiens ausgesondert. Für ihn waren sie Ungeziefer.

Cucarachas!

Er wartete. Mit der gleichen Geduld, mit der der Henker darauf wartete, dass der Priester das letzte Gebet endlich beendete. Der erste Jeep passierte ihn in nicht einmal fünf Yards Abstand. Niemand sah ihn. Die Blicke der *Cucarachas* waren starr nach vorn gerichtet. Wenn überhaupt, vermuteten sie ihn in der Nähe des verdammten Plateaus.

Er ließ den Wagen vorbeifahren und stieg erst senkrecht zwischen den Büschen empor, als sich der zweite Jeep mit ihm auf einer Höhe befand. Die erste Handgranate flog in den Wagen, der schon an ihm vorbei war. Die zweite zog eine flache Bahn, bevor sie im hinteren Teil des anderen Jeeps verschwand.

McDuggan warf sich nach rechts. Dort hatte er die MPi auf den Boden gelegt. Er riss die automatische Schnellfeuerwaffe an sich. Nur eine Sekunde später, mitten in die ohrenbetäubenden Explosionen der Handgranaten hinein, begann auch die MPi zu hämmern.

Blechteile zischten wie Schrapnelle durch die Luft, rasierten messerscharf die Büsche, sirrten über sie hinweg.

Als sich der Rauch legte, war die Straße von Trümmern übersät. Zwei schwarze Krater befanden sich in der Wegmitte.

McDuggan hastete weiter. Zweige schlugen ihm ins Gesicht und zogen blutige Schrammen. Er merkte es nicht. Er dachte an den dritten Wagen, der einigen Abstand hinter den anderen eingehalten hatte.

Nach den Explosionen würde der Fahrer vor der Kurve anhalten. Und die *Chicos*, die sich in diesem Wagen befanden, würden ihn verlassen und ausschwärmen. Instinktiv tauchte McDuggan tiefer in das schützende Grün, suchte die Deckung knorriger Bäume und warf sich schließlich hinter einen von Wind und Regen aufgeschütteten Erdwall.

Zwei *Chicos* kamen von der Straße und versuchten, ins Buschwerk einzudringen. Die MPi tanzte. McDuggan sprang hinter dem Wall hervor. Ein harter Schlag traf seine Hüfte und holte ihn von den Beinen. Dann erst entdeckte er die Schatten rechts von sich, hörte er die Schüsse und kannte den Standort dieser beiden Gegner.

McDuggan blieb liegen. Unsichtbar für die *Chicos*, die schließlich ihre Deckung verließen und näher kamen. McDuggan wartete. Seine Hüfte war taub. Vorsichtig drehte er sich auf die Seite. Bevor er handelte, musste er sicher sein, dass er sich auch bewegen konnte.

Er konnte. Nach dem Pech der letzten Stunden war sein Schutzengel wieder aufgewacht. Die schweren Springerstiefel stemmten sich gegen den weichen Boden. Dann stieß er sich mit aller Kraft in die Senkrechte, beschrieb mit der zuckenden MPi einen tödlichen Halbkreis und erwischte seine beiden Gegner mit dem ersten Feuerstoß.

Anstatt stehen zu bleiben, trieb ihn eine unbekannte Kraft nach vorn. Jemand flüsterte ihm ins Ohr, dass er zur Straße musste, wenn er überhaupt noch eine Chance haben wollte.

Der Jeep befand sich in Bewegung. Der Fahrer in der geschecken Tarnuniform hatte den Rückwärtsgang eingelegt, weil er auf der engen Fahrbahn so schnell nicht wenden konnte.

McDuggan hob die Maschinenpistole, stellte sie mit einem Finger auf Einzelfeuer, richtete den Lauf auf die Windschutzscheibe und drückte ab. Zweimal.

Rechts neben dem behelmten Kopf des Fahrers durchschlug das erste Projektil die Scheibe. Links, in Schulterhöhe, schlug das zweite Projektil ein. Der Fahrer wurde in den Sitz zurückgedrückt. Sein Fuß rutschte vom Gaspedal, stotternd blieb der Jeep stehen.

Mit zehn Schritten war McDuggan heran. Während der ganzen Zeit hatte der Fahrer ihn nur mit weit aufgerissenen Augen angesehen. McDuggan blieb keuchend stehen. Und erst in diesem Moment wurde ihm bewusst, dass er noch lebte, dass er dieser Hölle vielleicht doch noch entfliehen konnte.

»Lass die verdammten Hände am Steuer, *Cucaracha!*«

Der Angehörige der paramilitärischen Einheit, die eine Mörderbande war und nichts anderes, gehorchte

McDuggan griff in den Jeep, holte einen Stahlhelm heraus und setzte ihn sich auf. Dann schwang er sich neben den *Chico* auf den Beifahrersitz.

»Ruf den Helikopter! Gib durch, dass ich in südliche Richtung geflohen bin und mich irgendwo dort hinten zwischen den Bäumen aufhalte. Sag ihnen, sie sollen mich mit Napalm rösten, es hätte alle anderen erwischt, und wir beide machten uns wieder auf den Weg nach Merido. Alles verstanden, *Cucaracha*?«

»Ich habe eine Mutter!«, sagte der *Chico*.

McDuggan schlug mit der 45er Colt Automatic zu. Die Waffe traf den *Chico* an der Stirn, riss seine Haut auf und ließ das Blut über sein Gesicht rinnen.

»Ich hatte eine Frau«, sagte er dumpf, »und die hatte eine Schwester …«

Das Knattern der Rotorblätter kam näher. Der Hubschrauber hatte eine weite Schleife gezogen und näherte sich wieder der Serpentinenstraße.

»Sag ihnen, mich, deinen Kumpel, hat es erwischt!«

Der *Chico* tastete mit zitternden Fingern nach dem Funksprechgerät. Er vergaß nichts von dem durchzugeben, was McDuggan ihm aufgetragen hatte.

»Wir nehmen deinen verwundeten Kumpel an Bord«, sagte der Pilot.

Der Helikopter schwebte vier, fünf Yards von ihnen entfernt, vielleicht zehn Yard hoch über der Serpentinenstraße.

Der *Chico* schaute McDuggan fragend an. McDuggan nickte und hob selbst die Hand, sodass der Pilot und der Bordschütze es sehen konnten.

»Du hast nur noch eine winzige Chance, deinen Kakerlakenarsch zu retten«, schrie McDuggan den *Chico* an. »Wir steigen zusammen aus, und du gehst mit mir auf den Helikopter zu. Sobald ich es dir sage, rennst du los und springst über die Böschung. Ich weiß nicht, wie tief es hinabgeht, aber *Cucarachas* haben meistens Glück. Zögere keine Sekunde, sonst erschieße ich dich!«

Mit einem Kolbenschlag zerstörte McDuggan das Funksprechgerät. Dann klemmte er sich die Maschinenpistole unter den rechten Arm und kletterte aus dem Jeep. Er stützte sich auf den *Chico* und näherte sich dem Helikopter, dessen Kufen nun auf der Serpentinenstraße aufsetzten.

Er spürte das Zittern des *Chicos* und krallte seine Finger in dessen Schulter. »Wenn du es überlebst, *Cucaracha*, sag dann dem Coronel, dass es noch nicht vorbei ist. Sag ihm, Ross McDuggan hat die sieben Leben einer Katze. Der Schweinehund soll die Dunkelheit meiden, denn Katzen jagen nachts.«

Die Seitentür des Hubschraubers wurde aufgeschoben. Ein *Chico* sprang auf die Straße. McDuggan trieb den Mann, auf den er sich stützte, bis auf drei Yards an die Maschine heran. Dann löste er sich mit einem Ruck von ihm, riss die Maschinenpistole hoch und feuerte.

Der *Chico* rannte auf die Böschung zu und war verschwunden. Der andere aus dem Helikopter wurde gegen die Kufen geschleudert. McDuggan sprang mit einem gewaltigen Satz über den Toten hinweg. Er hechtete in die Maschine, als der Pilot sie hochziehen wollte.

»Runter damit!«

Es knallte, als der Hubschrauber wieder hart auf den Kufen aufsetzte.

»Umdrehen!«

McDuggan hatte es erwartet. Der Kerl drehte sich zögernd um, und sein Blick war viel zu ängstlich, als dass alles in Ordnung sein konnte. Nur die linke Hand des Piloten war zu sehen. In der Rechten hielt er einen 38er, den er um den Sitz herumschob und auf McDuggan abfeuern wollte.

Wollte!

Bevor er den Finger krümmen konnte, sackte er getroffen zusammen.

McDuggan wartete zwei Sekunden, dann zog er den Toten aus dem Sitz, schleifte ihn zur Luke und warf ihn auf die Straße. Krachend schloss er die Tür hinter sich, nahm auf dem blutbefleckten Sitz Platz und hob den Helikopter von der Serpentinenstraße.

Drei Tage später

Unwillig starrte José Louis Baptista über die Schulter des nackten Mädchens hinweg auf das bimmelnde Telefon. Es war halb vier nachmittags. Jeder wusste, dass er um diese Zeit auch dann nicht gestört werden wollte, wenn eine Revolution ausgebrochen war. Es war die Stunde der Sinnlichkeit für den groß gewachsenen, untersetzten Mann, der auch nackt eine Gefährlichkeit versprühte, die zur Wachsamkeit mahnte.

Das Mädchen stöhnte. Ihre spitzen Brüste wippten.

Der schlanke, geschmeidige Körper war schweißgebadet, ihr schönes Gesicht wie im Schmerz verzerrt. Aber es war die Lust, die ihre Züge entstellte.

José Louis Baptista packte sie bei den Schultern und schleuderte sie von sich hinunter. Es kam unerwartet für sie. Sie stürzte aus dem Bett und stieß einen erschreckten Schrei aus. Baptista griff zum Telefon.

»Der Helikopter ist gefunden«, sagte Teniente Ramos Ovida, der Baptistas rechte Hand und Stellvertreter war. »Zwanzig Meilen südwestlich von Crocon. Völlig ausgebrannt!«

»Was ist mit dem Hundesohn?«, fragte Baptista nun gar nicht mehr ärgerlich, denn diese Nachricht, darauf hatte er bestanden, sollte ihm zu jeder Tageszeit durchgegeben werden.

»Verschwunden.«

Baptista fluchte. Das Mädchen, das sich neben seinem Bett erhob und wieder wie eine Schlange auf ihn zukroch, brachte ihn auf freundlichere Gedanken. Er zog sie mit einem harten Ruck über sich.

»Kein Mensch verschwindet einfach, Ramos!«

»Unsere Leute haben ihn nicht gefunden. Keine Spur von ihm, Coronel. Vielleicht ist er inzwischen verfault.«

»Oder?«

»Oder er hat es geschafft, Coronel!«

»Unmöglich«, sagte Baptista undeutlich. »Was sagen unsere Freunde aus den Staaten?«

»Ross McDuggan hat sich nicht bei seiner Dienststelle gemeldet.«

»Verfault«, sagte Baptista und lachte brüllend. »Der Hurensohn ist verfault! Setz dich mit New York in Verbindung. Diesmal wollen wir es früh genug erfahren, wenn sie einen anderen Mann schicken.«

»*Vale*, Coronel!«

Mit einem Ruck zog Baptista die Telefonschnur aus der Wand, um sicherzugehen, dass er von nun an nicht mehr gestört wurde. Dann bäumte er sich dem jungen Mädchen entgegen, als sie sich mit einem wohligen Stöhnen wieder auf ihn senkte.

New York City

Richard Preacher war fünfunddreißig Jahre alt. Als ich ihm gegenüber an dem kleinen Tisch des Spezialitätenrestaurants ›Chez Robert‹ Platz nahm, verdarb das seinen guten Appetit nicht. Es löste in ihm auch nicht die Angst aus, dass er die sechsunddreißig nicht mehr in Freiheit erlebte. Von seinem Geburtstag trennten ihn noch vier Stunden und fünfundzwanzig Minuten.

»Du wirst lästig, G-man«, sagte er. »Meine Freunde wollen mir schon nicht mehr die Hand geben. Sie sind nämlich davon überzeugt, dass Bundespolizisten nicht nur eine Seuche sind, sondern auch die Seuche haben.«

Er lachte meckernd. Seine Schweinebacken wabbelten unschön. Er war fünfeinhalb Fuß groß und seine zweihundertvierzig Pfund Lebendgewicht waren sehr unvorteilhaft über seinen kurzen Körper verteilt. Er hatte einen Hängebauch. Die Speckfalten ringelten sich in Dreierreihen über der Hüfte, und sein Hals wirkte aufgebläht, als hätte er einen Kropf.

»Steh auf!«, sagte ich zu ihm.

Mein Ton gefiel ihm nicht. Jetzt wurden seine Augen so schmal, dass man nicht einmal mehr die Farbe bestimmen konnte.

»Weißt du überhaupt, mit wem du sprichst, Bulle?«, fragte er besonders laut, um die beiden Kerle auf seine Schwierigkeiten aufmerksam zu machen, die sich zwei Tische von ihm entfernt über ein etwas einfacheres Gericht gebeugt hatten.

Es waren Tony Mallott und Tim Olpesto – Richard Preachers Leibgardisten, Ex-Marines mit sauberen Strafblättern, mit Waffenscheinen und 45er Automatics. Dazu ausgebildet im Nahkampf. Während ihrer Dienstzeit hatte man ihnen alle schmutzigen Tricks beigebracht, die sich ein krankes Gehirn jemals ausgedacht hatte. Mallott trug seine Haare wie ein Engel, lang, bis auf die breiten Schultern. Olpesto hatte den blonden Bürstenschnitt der Marines beibehalten.

»Wenn auch nur einer von euch beiden seinen Arsch vom Stuhl hebt, machen wir daraus einen tätlichen Angriff!«, wählte Zeerookah die Sprache, die die beiden Ex-Marines am besten verstanden. Beinahe gemütlich ging der Indianer auf den Tisch der beiden Leibwächter zu. Einen Yard davon entfernt blieb er stehen und schaute ihnen auf die Teller.

Hinten links saß Hank Berman, der glatzköpfige Anwalt. Seiner Wichtigkeit gemäß hatte er frei aus der Speisekarte wählen können. Er schob die auf Eis gebetteten Austern beiseite, drehte den Blick und entdeckte Phil Decker, der ihm freundlich zunickte.

Ich legte Richard Preacher die Vorladung auf die getrüffelte Gänseleber. Er starrte darauf, als sei es sein Todesurteil. Langsam zog das Fett durch das Papier und machte es beinahe unleserlich.

»Das ist amtlich«, sagte ich. »Und ich bin wild entschlossen, diese amtliche Verfügung durchzusetzen.«

»Mit Gewalt?«

»Mit allen Rechten, die mir das Gesetz zubilligt, Mr. Preacher!«

Der Fette wuchtete sich in die Senkrechte. Irgendwie hatte ich das Gefühl, dass unser Auftauchen ihn nicht besonders überrascht hatte.

Berman kam näher. Phil hängte sich hinter ihn, hielt ihn aber nicht auf. »Um was geht es?«, fragte der neben Richard Preacher wie ein Strichmännchen wirkende Anwalt.

»Identifizierung«, sagte ich. »Nachdem das Ferkel ein amtliches Schreiben mit Gänseleber beschmiert hat, ist es kaum noch zu lesen.«

»Ich gehe mit«, sagte Preacher.

»Über das Ferkel hören Sie später noch von Ihrem Vorgesetzten«, versuchte Berman eine Autorität zu zeigen, die er noch niemals besessen hatte.

»Okay«, sagte ich.

»Kann ich meinen eigenen Wagen benutzen?«, fragte Preacher freundlich.

»Kennst du den Weg?«

»Wohin?«

»Ins Leichenschauhaus!«

Er zuckte nicht einmal zusammen. Meine Rechnung ging nicht auf. Er wusste, was geschehen war. Sie hatten ihn informiert und auf unseren Besuch vorbereitet.

»Ich kenne den Weg!«

Ich ließ ihn vorgehen. Es bestand keine Gefahr, dass er uns weglief. Selbst wenn er eine Meile Vorsprung hatte, holte ich ihn ein. In der Tür blieb er noch einmal stehen und drehte sich zu Mallott, Olpesto und Berman um.

»Ihr könnt weiteressen.«

Richard Preacher ging langsam die Stufen zur Straße hinunter. Er war ein Mann, der Sicherheit nicht vorgab, sondern sie besaß. Seine Partner wussten, dass man sich auf ihn verlassen konnte – und sie brauchten ihn. Preacher war ein Mann mit den heißesten Drähten über den ganzen Globus – ein Verschiebebahnhof. Waffen, Hightech, Maschinen, Menschen. Preacher vermittelte alles. Auch Staatsgeheimnisse, auch kriegswichtige Güter in Krisengebiete.

Vor drei Stunden waren Beamte des Rechnungshofes in eines seiner Hauptbüros eingefallen. Gefunden hatten sie die Leichen zweier Männer, die mit dem Panzerschrank beschäftigt gewesen waren. In Unkenntnis dessen, dass der Tresor mit einer mörderischen Selbstzerstörungsanlage gesichert gewesen war. Die Identität der Opfer lag noch im Dunkeln. Wir hatten auch nur wenig Hoffnung, dass Preacher uns half, sie zu lüften. Uns kam es mit dieser Aktion vielmehr darauf an, allen zu zeigen, dass wir ein sehr wachsames Auge auf ihn hatten. Das sollte Leute auf den Plan rufen, die ihn nach dem Grund unserer Anhänglichkeit befragten. Dann konnten wir zuschlagen, und dann gelang es uns endlich, einige seiner Verbindungen aufzudecken.

Aber wie gesagt, in diesem Moment war ich mir schon nicht mehr sicher, ob dieser Plan aufging.

Preacher blieb noch einmal stehen. Er drehte sich zu Phil und mir um und grinste fett und schief. Dann watschelte er zu seinem chromblitzenden Daimler, öffnete die Tür und wurde förmlich zerrissen.

Die Druckwelle der Explosion warf Phil und mich zu Boden. Der grelle Feuerblitz blendete mich für eine Sekunde so sehr, dass ich nichts mehr sehen konnte.

Neben mir stöhnte Phil. Ich drehte mich auf die Seite. Das Gesicht meines Freundes war blutverschmiert. Taumelnd kam er auf die Beine, seine Knie knickten ein, und er stürzte wieder schwer zu Boden.

Die Fensterfront des Restaurants war total zerstört. Die Eingangstür hing schief in den Angeln. Zeerookah stieß sie mit dem Fuß auf und sprang mit gezogener Waffe auf die Treppe.

Rechts und links neben dem trotz seiner Panzerung völlig zerstörten Daimler flogen zwei weitere Fahrzeuge in die Luft. Innerhalb weniger Sekunden verwandelte sich dieser Abschnitt der Gay Street in ein Narrenhaus. Fahrzeuge verkeilten sich ineinander. Die Fahrer und Insassen ließen die Wagen einfach stehen und flüchteten zu Fuß. Aus den Hauseingängen stürzten Menschen ins Freie und rannten in Panik davon. Auf dem feuchten Asphalt hatte sich ausgelaufenes Benzin entzündet und verwandelte die Straße in einen flammenden Fluss. Ich kroch zu Phil.

»Okay«, sagte er. »Irgendwas hat mich am Kopf getroffen. Ist wieder okay!«

Ich stand auf und rannte zu dem, was noch vom Daimler übrig geblieben war. Überall war Blut. Das einzige Zeichen dafür, dass hier ein Mensch gestorben war. Die Männer vom Erkennungsdienst und der Spurensicherung würden mehr finden. Es war deren Job.

Zeery drängte Berman und Richard Preachers Leibgarde wieder ins Restaurant. Phil hatte sich ebenfalls erhoben, rieb sich den Schweiß von der Stirn und schaute sich noch benommen um. Aus der Ferne klang der klagende Ton einer Sirene zu uns herüber. Die Panik der Menschen auf der Gay Street wandelte sich, nachdem sie festgestellt hatten, dass ihnen keine Gefahr drohte, schnell in sensationslüsterne Neugier.

Zwei Patrolcars näherten sich von beiden Seiten. Vier Beamte reichten erst einmal aus, den Ort des Verbrechens abzuschirmen und die Passanten zurückzudrängen.

»Es sind noch mehr Kollegen unterwegs, und die Feuerwehr ist ebenfalls verständigt«, versicherte mir ein schwarzer Sergeant, dem gegenüber ich mich als G-man ausgewiesen hatte. »Können wir sonst noch etwas tun, Sir?«

»Haltet die Leute fern und sperrt die ganze verdammte Straße!«

»Yes, Sir!«

Phil war wirklich wieder in Ordnung. Er hatte zwei Zigaretten angezündet und gab mir eine davon. Die Polizei war Herr der Lage. Wir konnten auf der Straße nichts mehr tun und gingen in das Restaurant zurück.

Hank Berman, der glatzköpfige Anwalt, lehnte leichenblass an dem kleinen Tresen der Bar. Er hielt einen Whisky in der Hand. Seine Finger zitterten, als er das Glas an die Lippen führte. Dann drehte er sich zu mir herum. Der Zeigefinger seiner linken Hand zielte auf mich wie der Lauf einer Waffe.

»Sie haben ihn gezwungen, nach draußen zu gehen«, sagte er. Es hörte sich genau so an, als bezichtigte er mich des Mordes an seinem fetten Klienten. »Ohne Sie ...«

»... hätte er den Mercedes vor der Tür stehen lassen und wäre nach dem Essen zu Fuß nach Hause gegangen«, unterbrach ich Berman. »Von einem Rechtsverdreher hätte ich etwas Intelligenteres erwartet, Berman!«

Er trank, schob einem bleichen Barkeeper das Glas wieder zu und zündete sich eine Zigarette an. Von diesem Moment an strafte er mich mit Nichtbeachtung. Einen größeren Gefallen konnte er mir gar nicht tun. Aber er war zu aufgeregt, um das zu erkennen.

Zeery und Phil befragten inzwischen Mallott und Olpesto, die beiden Leibwächter, die plötzlich arbeitslos geworden waren. »Ich war mit dem Wagen heute unterwegs«, sagte Olpesto und strich sich nervös über die blonde Bürstenfrisur. »Ich habe ihn im Parkhaus Lafayette abgestellt und Einkäufe erledigt.«

»Ist Ihnen etwas aufgefallen?«, fragte Phil.

Olpesto hatte sich wieder gefangen und grinste. »Ein Haufen schöner Mädchen, die bei meinem Anblick und dem des Daimler feuchte Höschen bekommen haben.«

Tony Mallott grinste schief. »Sieht so aus, als müssten wir uns nach 'nem neuen Arbeitgeber umsehen«, sagte er. »Das da draußen wird uns keiner anlasten. Sprengstoff kann man nicht mit Kanonen bekämpfen.«

»Von wann bis wann stand der Wagen in der Lafayette-Parkgarage?«

Olpesto überlegte einen Moment. »Von ungefähr zehn bis um zwei mittags«, antwortete er. »Aufgefallen ist mir nichts.«

»Bis auf die Mädchen«, sagte ich.

»Bis auf die Mädchen. Aber ich hatte keine Zeit, mich mit ihnen abzugeben. Preacher erwartete mich.«

»Danach wurde der Wagen nicht mehr benutzt?«, fragte Zeery.

»Wir waren den ganzen Tag damit unterwegs«, sagte Olpesto, der neben dem Leibwächter auch den Cheffahrer gespielt hatte. »Verdammt, wenn ich daran denke, dass ich auf 'ner Bombe gesessen habe, kriege ich jetzt noch weiche Knie.«

»Nimm die beiden mit zum Protokoll«, sagte ich zu Zeery. »Ich will minutiös wissen, wo und wann der Wagen unbeaufsichtigt geparkt worden ist.«

Olpesto und Mallott wechselten einen schnellen Blick. Ich erwartete einen Protest, aber es kam keiner. Sie schlossen sich Zeery an und hatten das Restaurant wenig später verlassen. Wir sprachen mit Berman. Genauso gut hätte man die Freiheitsstatue nach dem Wetter befragen können. Ich bestellte ihn für morgen Vormittag ins Office.

»Freundliche Schlagzeilen werden wir sicher nicht bekommen«, sagte Phil, als wir nach draußen gingen, wo die Mordkommission schon an der Arbeit war. »Zuerst zwei Leichen in Preachers Büro, und dann erwischt es ihn selbst, als wir ihn abholen wollen. Einige Schreiber werden durch die Blume andeuten, dass wir ihn in die Luft gejagt haben, um endlich Ruhe vor ihm zu haben.«

Eine halbe Stunde nachdem er die Tabletten eingenommen hatte, hörte der Schüttelfrost auf und ließen die Schmerzen nach. Ross McDuggan blieb noch liegen. Er schloss die Augen und versuchte, seine Gedanken abzuschalten. Das war unmöglich. Auch mit geschlossenen Augen sah er die blutige Masse von Marias Gesicht, sah den verdammten Jeep über die Böschung abstürzen und hörte den Knall der Explosion, mit der sich Maria selbst in die Luft gesprengt hatte.

Ross McDuggan richtete sich auf. Er tastete im Dunkeln nach den Zigaretten, die auf dem Nachttisch lagen, und zündete sich eine an. Er rauchte einige Züge. Dann stand er auf und stellte sich unter die Dusche. Eine halbe Stunde später verließ er das Hotel am Sheridan Square, bestieg ein Taxi und gab sein Fahrtziel mit South Washington Square an.

»Fahren Sie durch die Gay Street«, sagte er.

Der Fahrer drehte sich kurz zu ihm herum. »Ist aber ein Umweg, Sir.«

McDuggan antwortete nicht. Der alte Buick, der als Taxi eigentlich längst aus dem Verkehr hätte gezogen werden müssen, setzte sich schaukelnd in Bewegung. Erst als sie die Gay Street erreichten, richtete sich McDuggan gerade auf, zündete sich eine Zigarette an und schaute interessiert aus dem Fenster.

»Hier hat es vor ein paar Stunden geknallt«, sagte der Driver.

McDuggan nickte.

»Ein Wagen ist in die Luft geflogen. Mehr als zehn Tote, Sir.«

Mehr als zehn Tote! McDuggan verzog das Gesicht. Warum mussten New Yorker immer so übertreiben?

»Da, vor dem ›Chez Robert‹«, sagte der Driver.

Die Scheiben waren inzwischen wieder eingesetzt, die Tür hing richtig in den Angeln. Es sah so aus, als ginge der normale Betrieb weiter. Wegen Richard Preacher flaggte niemand halbmast und verzichtete niemand auf ein Geschäft. Hier war er eine Null. Aber in Bolivien hatte er einen klangvollen Namen. Vielleicht trauerte Coronel José Louis Baptista um diesen Mann, der ihm bislang alles geliefert hatte, was er haben wollte.

Dort, wo der Mercedes in die Luft geflogen war, war der Asphalt geschwärzt und die Decke etwas rissig. Glasscherben waren an den Bordstein gefegt worden. Spätestens morgen früh hatte die Stadtreinigung die letzten Spuren beseitigt.

Richard Preacher würde einen Nachruf bekommen.

Irgendwelche Schreiber jubelten ihm gute Eigenschaften unter, die er niemals besessen hatte. Carmen war mit Waffen getötet worden, die Preacher geliefert hatte. Die Männer, die sie gefoltert und getötet hatten, waren mit den Dollars bezahlt worden, die Preacher nach Kolumbien transferiert hatte. Keiner in dieser großen Stadt würde den Menschen die Wahrheit über den Fetten sagen, der sich mit einem lauten Knall in Nichts aufgelöst hatte.

McDuggan schnippte die Zigarette aus dem heruntergedrehten Fenster, als sie die Waverly Street erreichten und sich vor ihnen die große Kreuzung der Avenue of the Americas in strahlendem Licht präsentierte.

Als er am Washington Square ausstieg, begann es zu regnen. Zuerst wollte er laufen, um dem Regen zu entfliehen. Dann jedoch blieb er stehen, schaute in die dunklen Wolken, die von einem stürmischen Wind über die Stadt gejagt wurden, und fragte sich, wie die bei dieser Eile noch genug Zeit hatten, sich über New York auszuregnen. Damals in Kolumbien hatte es jeden Tag mindestens zweimal geregnet. Mit vehementer Kraft, als wollte der Wettergott das Land ersäufen, damit in ihm nicht mehr so viel gelitten werden musste. Der Regen in Kolumbien war warm gewesen und trotz aller Kraft sanft. Hier war er kalt und brutal.

Ross McDuggan blieb stehen, bis seine Gedanken abschalteten. Dann ging er langsam weiter. Die Kneipe, versteckt in einer kleinen Nebengasse gelegen, hieß ›Nuevo Esperanza‹. Die neue Hoffnung. Sie war ein Refugium für Latinos. Er als Amerikaner wirkte darin wie ein Fremdkörper.

So kam McDuggan sich auch vor, und so sah man ihn auch an: kalt, distanziert, beinahe feindlich.

Er schüttelte sich den Regen aus der Kleidung, nickte freundlich, aber nicht anbiedernd in die Runde, ging zum Tresen und bestellte auf spanisch: »*Una Cerveza, por favor!*«

Die Gespräche, die für einen Moment verstummt waren, gingen weiter. Über eine schlechte Box rieselte südamerikanische Musik: CANTANDO A LATINO-AMERICA.

Das Mädchen, das McDuggan das Bier brachte, war vielleicht zwanzig Jahre jung. Sie hieß Carmen Paquita. McDuggan kannte ihren Namen, und er wusste, dass sie aus Merido stammte. Sie hatte ein schmales, stolzes Gesicht mit hohen Backenknochen. Ihre Großeltern mussten Indianer gewesen sein. Sie hatte diese großen, immer fragenden Augen und den harten Zug derjenigen um die vollen Lippen, die im Schatten geboren waren. Sie war groß und schlank, ohne knabenhaft zu sein. Unter der weißen Bluse drängten sich große feste Brüste, und der enge schwarze Rock unterstrich die fraulich runden Hüften.

»Sie sehen müde aus, Señor«, sagte Carmen Paquita. Sie war sich sicher, diesen großen hageren Mann mit dem eingefallenen Gesicht und den schlohweißen Haaren, die ihn älter aussehen ließen, als er war, heute Abend zum ersten Mal zu sehen. Dennoch ging etwas Vertrautes von ihm aus, das sie auf seltsame Art und Weise berührte.

»Müde«, wiederholte McDuggan und nickte. Er war müde. Sterbensmüde und krank. Aber er war noch immer so voller Hass, dass er sicher war, nicht eher zu sterben, bis er den sich selbst gestellten Auftrag erledigt hatte.

McDuggan trank einen Schluck, spürte Carmen Paquitas Blicke auf sich und gab sich unbeteiligt.

»Sie sind heute zum ersten Mal hier?« Carmen sprach Spanisch mit ihm. Spanisch mit leicht zischendem, Silben verschluckendem Tonfall der Südamerikaner.

»Ja«, antwortete McDuggan und passte sich ihrem Slang an. »*Nuevo Esperanza*. Ich brauche sie auch, diese neue Hoffnung.«

Carmen Paquita trat dichter an den Tresen und stützte ihre Ellenbogen darauf. »Wen suchen Sie, Señor?«

»Paco Camino!«

Plötzlich stand er nicht mehr allein am Tresen. Zwei Männer hatten ihn in die Mitte genommen. Sie schauten ihn an. Misstrauen flammte in ihren Augen.

Carmen Paquita wollte etwas sagen. Der etwas untersetzte Mann, der rechts neben Ross McDuggan stand, winkte mit einer heftigen Handbewegung ab. Carmen zuckte zusammen und wollte sich zurückziehen, aber McDuggans starrer Blick zwang sie zum Bleiben.

»Wer bist du?«, fragte der Untersetzte, der die Rechte in die Tasche gesteckt hatte. Deutlich zeichneten sich die Umrisse eines Revolvers unter dem dünnen Jackenstoff ab.

»Ein Feind der *Chicos*!«

Der Untersetzte wich einen Schritt zur Seite aus. McDuggan ließ sich mustern und hielt den feindlichen Blicken stand.

»Wer bist du?«, fragte McDuggan.

»Ein Freund von Paco Camino. Und du bist nicht der Erste, der mit einer Lüge auf den Lippen nach Paco fragt.«

McDuggan lächelte freudlos. Dann wandte er sich wieder an Carmen Paquita. »Sag ihm, dass es gefährlich ist, mich einen Lügner zu nennen, Carmen«, sagte er.

Carmen zuckte zusammen. Er kannte ihren Namen. »Lass ihn, Pedro«, sagte sie zu dem Untersetzten.

Der schüttelte störrisch den Kopf. »Halt dich da raus, *Chica* …«

Sein Blick fiel auf die 45er Colt Automatic, die McDuggan ganz vorn im Hosenbund trug. Nur kurz sah er die Waffe, dann schwang die Jacke wieder darüber.

»Hast du jemals einen Bullen mit einer solchen Waffe gesehen?«, fragte McDuggan.

»Kennst du mich?«, fragte Carmen Paquita.

»Dich, Paco und auch Pedro Alvarez!«, sagte McDuggan ruhig. Er hatte bemerkt, dass ein weiterer Mann hinter ihn getreten war und zuckte nicht zusammen, als er den Lauf eines Revolvers im Rücken spürte. Von Anfang an war er sich dessen bewusst gewesen, dass es nicht einfach sein würde, an Paco Camino heranzukommen. Viele dieser Latinos lebten illegal in den Staaten. Ihre größte Angst war die, wieder nach Kolumbien abgeschoben zu werden.

»Durch die Tür links neben der Theke!«, verlangte eine gutturale Stimme hinter McDuggan. »Und pass auf, dass sich deine Hände nicht an den Hosenbund verirren, *Gringo*!«

McDuggan lachte leise. Dann ging er mit schweren Schritten auf die Tür zu. Er öffnete sie, tat, als wolle er in das dunkle Zimmer eintreten, duckte sich dann aber wie ein Tiger zusammen, und im Herumwirbeln traf seine Faust den Mann hinter ihm mitten auf die Stirn.

Wie von einem Katapult geschleudert, flog der Latino in den Schankraum. Er riss drei Tische um, bevor er zu Boden stürzte und bewusstlos liegen blieb.

McDuggan drehte sich zu Carmen Paquita herum. »Ich will mit dir reden«, sagte er.

»Worüber?«

»*Ober Merido*, über Maria Dolores und ihre Schwester Carmen.«

Er wartete die Antwort der jungen Südamerikanerin nicht ab, betrat den dunklen Raum vor sich, fand den Schalter an der Seitenwand und legte ihn um.

Vier Schritte entfernt, an der Frontwand, saß der Grauhaarige auf einem einfachen Brettstuhl. Er hielt einen 38 mit aufgesetztem Schalldämpfer in der Faust. Der Lauf zielte auf McDuggan.

»Carmen und Maria Dolores sind tot, Hombre«,

sagte der Grauhaarige, dessen Alter sich schwer schätzen ließ. Irgendwo zwischen vierzig und sechzig.

»Weil ein Schweinehund aus den Staaten in Trujillo angerufen und dem Coronel einen Tipp gegeben hat«, sagte McDuggan mit kalter, knallender Stimme. »Carmen wurde von den *Chicos* zum Verrat gezwungen und getötet. Maria Dolores zog eine Handgranate ab, sprengte sich selbst in die Luft und rettete mir damit wahrscheinlich das Leben. Das alles liegt mehr als ein halbes Jahr zurück, Paco. Es war ein langer Weg bis in die ›Nuevo Esperanza‹!«

Hinter McDuggan fiel die Tür ins Schloss. Carmen Paquita war hereingekommen. McDuggan hörte den schweren Atem der jungen Frau, die hinter ihm an der Wand lehnte.

»Man erzählt sich, dass du tot bist, *Americano*!«

McDuggan lachte heiser.

»Und man sagt, für den Fall, dass du noch lebst, hat der Coronel eine Million auf deinen Kopf ausgesetzt!«

»Ich hoffe, du willst das Geld nicht verdienen, Paco Camino!«

»Was willst du von mir?«, fragte der Grauhaarige.

»Ich bin allein, und das ist nicht gut«, sagte McDuggan. Er hörte das leise Scharren hinter sich, dann spürte er Carmens Hand auf seiner Schulter und die wohlige Wärme, die von ihr ausging.

»Was willst du?«, wiederholte der Grauhaarige die Frage.

»Den Coronel«, antwortete McDuggan dumpf. »Und ich habe nicht mehr viel Zeit. Paco. Ich habe das Fieber!«

Am Mittag lag der vorläufige Untersuchungsbericht auf Mr. Highs Schreibtisch. Dazu ein Fernschreiben aus dem State Department, das sich auf eine Eingabe von Preacher bezog, der dem FBI feindliches Verhalten vorwarf und damit nicht auf taube Ohren gestoßen war.

Mr. Richard Preacher, so wurde versichert, sei eine wichtige Persönlichkeit, die zum Wohle der Vereinigten Staaten von Amerika unschätzbare Verbindungen zu Regierungen unterhielt, auf die man, nach außen hin, nicht besonders gut zu sprechen war. Richard Preacher sei ein Mann, der den USA wichtige Dienste erweise und in dieser Eigenschaft, wenn auch nicht offiziell, höchsten diplomatischen Status genieße.

Ich schaute den Chef an und zuckte mit den Schultern. »Hoffentlich kommt die Grand Nation nun ohne ihn aus, Sir«, sagte ich sarkastisch, denn für mich war Preacher nichts anderes als ein mit allen Wassern gewaschener großer Schweinehund gewesen. »Weiß man im State Department, dass er die Himmelfahrt angetreten hat?«

»Ja.«

»Und?«, fragte Phil hoffnungsvoll.

»Was würden Sie sich wünschen, Phil?«

»Dass wir den ausdrücklichen und dringlichen Befehl erhalten, die Leute zu finden, die Preacher für nicht so wichtig gehalten und ihn vom Leben in den Tod befördert haben, Sir!«

Mr. High stand auf. »Okay«, sagte er. »Ihr Wunsch ist Ihnen erfüllt. Finden Sie die Kerle!«

»Was ist mit dem Staub, den wir dabei zweifelsohne aufwirbeln?«

»Damit scheint niemand zu rechnen«, sagte der Chef.

»Sie meinen, einige Herren aus dem State Department glauben, dass wir Preachers Mörder finden, aber sonst auf beiden Augen blind sind?«

Mr. High krauste die Denkerstirn. Phil lachte leise und deutete auf die Akte Preacher, die auf Mr. Highs Schreibtisch lag.

»Wenn auch nur ein Zehntel von dem stimmt, was

da drinsteht, Sir, dann war Preacher einer der größten Schweinehunde unter der Sonne. Trotz der unschätzbaren Dienste, die er dem State Department erwiesen hat. Wenn wir seine Mörder suchen, wird gewaltig an Preachers Heiligenschein gekratzt werden!«

»Das hoffe ich doch sehr«, sagte der Chef. »Ich habe hier Dossiers der CIA, OAS und der DEA. In allen wird Preacher als ausgesprochen böser Bube beschrieben, aber keiner dieser Dienste hat jemals tief genug graben dürfen. Uns wird diese zweifelhafte Ehre nun zuteil, wir haben einen höchst offiziellen Auftrag zum Wühlen bekommen.«

Ich zündete mir eine Zigarette an und trank einen Schluck Kaffee. »Was ist mit seinen Unternehmen?«, fragte ich dann.

»Die leitet der ehrenwerte Rechtsanwalt Hank Berman so lange treuhänderisch, bis alles abgewickelt ist und die Enterprise Corp. alle Geschäfte übernimmt.«

»Was ist das, die Enterprise Corp.?«

»Ein multinationales Firmenkonsortium. Sie vereinen alles unter ihrem Dach, was technologisch Zukunft hat.«

Ich stöhnte.

»Die Mafia wäre uns lieber«, sagte Phil.

Ich nickte zustimmend.

»Es ist eine Art Mafia. Nur noch schlimmer und noch einflussreicher. Die Enterprise Corp. ist das Syndikat schlechthin. Wenn ich die Unterlagen richtig verstanden habe, dann war Preacher ein wichtiges Zahnrad im Getriebe dieses Syndikats. Aber lassen Sie sich deswegen keine grauen Haare wachsen, Gentlemen. Wir wollen den oder die Mörder. Um Hintergründe und Verflechtungen des Syndikats kümmern sich Wirtschaftsexperten. Okay?«

Phil und ich nickten erleichtert.

»Wir wissen inzwischen, wer die beiden Männer waren, die bei dem Versuch, Preachers Tresor zu knacken, umgekommen sind. Joe Brillant und Timothy Warden. Ex-Marines!«

Ich verschluckte mich am letzten Rest Kaffee und hustete hinter der vorgehaltenen Hand. »Ex-Marines?«, fragte ich vorsichtshalber noch einmal an.

Mr. High nickte. »Joe Brillant und Timothy Warden. Vergessen Sie alles andere, was mit Preachers Geschäften zusammenhängt. Die Marines sind jetzt Ihre Aufhänger.«

Obgleich es zwischen ihm und dem Coronel in Kolumbien eine Sicherheitszone von einigen tausend Meilen gab, fühlte sich Teniente Ramos Ovida nicht wohl in seiner Haut. »Sie haben Pech gehabt, Coronel«, sagte er heiser. »Die beiden Marines, die die Sachen aus dem Tresor holen sollten, sind mit dem Ding in die Luft geflogen.«

Schweigen am anderen Ende der Leitung, in Kolumbien. Ovida hörte nur den schweren Atem des Coronels, der wie ein herannahender Taifun durch die Leitung rauschte. »Dann müssen wir doch von Preacher kaufen.«

Ovida schwitzte und rieb sich mit einem weißen Taschentuch die Stirn. »Preacher ist tot«, sagte er leise. »Jemand hat ihn mit seinem Wagen in die Luft gejagt!«

»Was, verdammt, ist das für ein Land, Ramos?«

»Amerika«, antwortete der Kolumbianer.

»Wer steckt dahinter?«

»Die Polizei weiß nichts. Preachers Partner können sich das alles auch nicht erklären.«

»Jemand will uns das Geschäft kaputtmachen!«, fluchte Coronel José Louis Baptista. »Hör gut zu, Teniente. Amerika oder nicht, wir werden es auf unsere altbewährte Methode machen: Gewalt, Erpressung, Tote. Du wirst holen, was wir brauchen, Teniente! Kauf die beiden Marines von Preacher ein.

Morgen Mittag kommen zehn weitere Männer nach New York.«

Ramos Ovida zündete sich eine Zigarette an. Seine Finger zitterten. Er rauchte einen hastigen Zug.

»Hast du die Sprache verloren, Teniente? Oder soll ich lieber einen anderen Mann schicken, der dich zum Teufel jagt und die Sache in die Hand nimmt?«

»Ich mache das schon«, keuchte der Kolumbianer.

»Wie viele Leute brauchst du?«

»Zehn Marines, für alle Fälle. Es wird ein heißer Tanz in New York. Die Männer müssen es wissen. Ich kann nur die Besten gebrauchen!«

Am anderen Ende der Leitung lachte Coronel Baptista leise. »So gefällst du mir wieder, Teniente. Wir brauchen die fehlenden Dinge, oder wir sehen schlechten Zeiten entgegen.«

Das Gespräch riss ab. Wahrscheinlich hatte der Coronel aufgelegt. Ramos Ovida stand auf und schenkte sich einen amerikanischen Whisky ein. Er trank in kleinen Schlucken. Baptista hatte sich mit den falschen Partnern eingelassen und das Fell des Bären verkauft, bevor er ihn erlegt hatte.

Ovida trank das Glas leer, nahm das Telefon und wählte. Es dauerte eine ganze Weile, bis er mit dem richtigen Mann verbunden war.

»Ich brauche Ausrüstung«, sagte er. »Für fünfzehn Mann. Automatische Waffen, Sprengstoff, Handgranaten ...«

»... alles was man für eine Revolution braucht?«

»Das ist richtig.«

»Nach Kolumbien?«

»Ich brauche es hier und bis morgen Mittag. Wenn du nicht liefern kannst, sag es gleich.«

Einige Sekunden Schweigen. »Okay«, sagte der Lieferant dann.

»Ich rufe dich wieder an. Morgen. Halte alles so bereit, dass wir es abholen können. Das ist alles.«

»Und der Preis?«

»Ich zahle bar. Falls du zu viel verlangst, wirst du dir den Zorn des Coronels zuziehen. Das ist ungesund!«

Ovida legte auf. Er hatte ein ziehendes Gefühl in der Magengrube. Mit mehr als zehn Marines konnte man die Welt aus den Angeln heben – in Kolumbien.

Phil war nach Atlantic City gefahren. Wie es sich für Partner gehörte, hatten wir uns die Arbeit geteilt. Phil hatte Joe Brillant übernommen, ich wollte mich mit Timothy Warden beschäftigen. Brillant stammte aus Atlantic City, Warden war aus einer schmutzigen Hafengegend in Brooklyn. Der einzige Verbindungspunkt zwischen den beiden war ihre gemeinsame Dienstzeit bei den Marines, auf der Baracuda Navy Station in Florida. Fünf Jahre lag das zurück. Danach hatten sich die Wege der beiden getrennt. Warden war nach Hawaii versetzt worden, und Brillant hatte wenig später, wegen eines psychischen Leidens, seinen Abschied bei den Marines genommen.

In den Unterlagen gab es keinen Hinweis darauf, dass sich die beiden seit ihrer gemeinsamen Dienstzeit in Florida gesehen hatten. Und dennoch waren sie gestern in Preachers Büro in die Luft geflogen. Also hatten sie sich wieder getroffen und waren beim gleichen Verein eingestiegen.

Marines waren Spezialisten. Man konnte sie als Bodyguards einsetzen, als Killer und auch als Safeknacker, sofern mit Sprengstoff gearbeitet werden musste. Auch Preacher hatte sich von zwei dieser Elitesoldaten beschützen lassen. Die Jungs kamen allmählich in Verruf.

Ich dachte daran, als ich den Dodge vor einer heruntergekommenen Mietskaserne in South Brooklyn stoppte und ausstieg.

Die Flint Street war eine kleine Straße mitten im Dreieck Manhattan Bridge, Brooklyn Bridge und Brooklyn-Queens Expressway. Hier wohnten in der Mehrheit Hafenarbeiter. Vor Jahren war hier noch gutes Geld verdient worden, aber inzwischen war es mit den Docks rapide bergab gegangen. Automatisierung und Containerbetrieb verlangten immer weniger menschliche Arbeitskraft. Und mit den Docks war auch die Gegend auf den Hund gekommen. Die Häuser und Wohnungen waren verwahrlost, und die Kriminalität hatte sich wie eine Seuche ausgebreitet. Man lebte nicht mehr sicher in South Brooklyn. Es gehörte zum guten Ton, eine Waffe zu besitzen und zu benutzen.

In den Hauseingängen lungerten verwegen aussehende Gestalten. Punker und Penner in scheinbar friedlicher Eintracht. Dazwischen Jugendliche, die gewissenlos zuschlugen, wenn es irgendwo schnelle Dollars zu verdienen gab. Einem Fremden begegnete man mit ungesundem Misstrauen und Aggression.

Ich passte in die Flint Street wie die Faust aufs Auge. Für einen wie mich gab es die freie Auswahl aus drei Klassifizierungen: Bulle, Geldeintreiber oder jemand, der auf der Suche nach einigen Leuten war, die die schmutzige Arbeit für ihn erledigten.

Drei Jugendliche und zwei Farbige blockierten den Eingang zu dem Haus, an dessen Fassade der Putz in breiter Front abblätterte und die rostigen Feuerleitern wie fremdartige Gerippe wirkten.

»He, Mann!« Der Junge hatte einen Bürstenhaarschnitt in den Farben lila und grün. Er musste sich, obgleich er sicher zwanzig war, noch in der Pubertät befinden. Jedenfalls wiesen darauf die unschönen Pickel in seinem Gesicht hin. Er hatte eng stehende Augen mit schmalen Pupillen, die Feindseligkeit signalisierten.

»He, Junge!«, sagte ich.

Er grinste schief und strich sich über seine Zweifarbenbürste. »Was suchst du hier?«

»Vielleicht dich.«

Er wich einen halben Schritt zurück. Weiter war nicht möglich, denn die anderen versperrten ihm den Weg.

»Aber nur, wenn du der Junge bist, der seinen leiblichen Vater nicht kennt«, fuhr ich fort. »Dann will ich zu deiner Mutter, um ihr die Alimente für die letzten zwanzig Jahre zu bringen!«

Die anderen grinsten, während der Pickelige rot anlief.

»Und wenn du der nicht bist, dann mach Platz, damit ich jemand anderen glücklich machen kann!«

»Weißt du, was ich denke, Mann?«

Ich schüttelte den Kopf.

»Ich denke, du bist 'n schmieriger Polyp!«

»Ich habe dir gleich angesehen, dass du nicht denken kannst!« Ich drehte den Blick zu einem der beiden Farbigen, die sich bislang aus allem herausgehalten hatten. »Wie hoch muss ich steigen, wenn ich Warden besuchen will?«

Der Farbige streckte drei Finger in die Luft. »Gehörst du zum gleichen Verein?«

»Sicher«, sagte ich. »Sieht man das nicht?«

»Ich sehe nur einen Polypen, der …« Der Pickelige brach mitten im Satz ab und sprang mich an.

Ich erwischte ihn mit einem wilden linken Haken und brachte ihn damit aus der vorausberechneten Flugbahn. Er prallte gegen das rostige Treppengeländer des Aufganges und fiel dann auf den Gehsteig. Dort blieb er liegen.

»Sag ihm, dass er sich die Leute anschaut, bevor er auf sie losgeht«, wandte ich mich an den Farbigen, der breitschultrig war, etwas Fett angesetzt hatte und einen gutmütigen, harmlosen Gesichtsausdruck hatte. »Im dritten Stock, sagtest du?«

Er nickte.

»Er hat Ben geschlagen!«, jaulte ein anderer Jugendlicher und schaute sich nach Hilfe suchend um. Aber keiner machte Anstalten, sich mit ihm zu verbrüdern.

Ich schob ihn beiseite wie einen lästigen Gegenstand. »Ist Warden oben?«

Der zweite Farbige, ein großer, schlanker Bursche mit gelocktem Haar, schüttelte den Kopf. »Aber Peggy«, sagte er. »Aber wahrscheinlich nicht allein.«

Ich nickte und betrat den übel riechenden Hausflur. Links neben dem Lift, der außer Betrieb war, führte eine wenig Vertrauen einflößende Treppe mit abgetretenen Stufen nach oben. Das Geländer war morsch. Es hatte nur noch dekorativen Wert. Im zweiten Stock fehlte es. Wahrscheinlich war es im letzten kalten Winter verheizt worden.

Kein Mensch begegnete mir im Treppenhaus. Auch der fensterlose Flur im dritten Stock war verlassen. Es brannten nur zwei trübe Funzeln. Niemand dachte daran, die fehlenden oder defekten Birnen zu ersetzen. An einer grün gestrichenen Tür fand ich das Messingschild mit dem Namen T. Warden. Darunter gab es eine Schelle, darüber einen Spion, der nachträglich eingebaut worden war.

Ich schellte und wartete. Es dauerte einige Sekunden, bis sich von innen Schritte näherten. Jemand schaute durch den Spion. Ich machte ein unbeteiligtes, geschäftsmäßiges Gesicht.

»Pawlov?«, fragte eine Frauenstimme.

Ich nickte. Wusste der Teufel, wer Pawlov war!

»Moment!«

Eine Kette rasselte, und der Schlüssel drehte sich zweimal. Dann wurde die Tür aufgeschoben.

Die Frau war um die dreißig, attraktiv und hatte langes blondes Haar. Sie trug einen durchsichtigen Morgenmantel. Darunter war sie nackt.

»Sie kommen zu früh!«, sagte sie mit rauchiger

Stimme, während ihre hellen Augen mich nicht ohne Interesse musterten. »Ich habe noch Besuch!«

Ich lächelte. »Ich kann warten. Es macht mir nichts aus.«

Sie ließ mich eintreten und schloss die Tür hinter mir. Die Kette legte sie nicht vor, auch den Schlüssel drehte sie nicht herum. Dann ging sie vor mir her. Ich schaute auf ihren wippenden Hintern und verfolgte die Linie ihrer langen schlanken Beine.

»Hier«, sagte sie und deutete in ein gemütlich eingerichtetes Wohnzimmer. »Es dauert hoffentlich nicht lange.«

Als sie sich umdrehte, schwang der Morgenmantel auseinander. »Ich kann den Kerl aber auch wegschicken, wenn Sie Geld bringen, Pawlov. Es sind schlechte Zeiten. Seit Timothy aus Kolumbien zurück ist, läuft wenig.«

Sie blieb in der offenen Tür stehen und lächelte. Der Morgenmantel stand nun ganz offen. Für sie schien es die natürlichste Sache der Welt zu sein.

»Schicken Sie ihn weg, Peggy«, sagte ich.

»Okay!«

Sie verschwand. Im Nebenzimmer entstand eine größere Diskussion.

»Das kannst du mit mir nicht machen, verdammt!«

»Verschwinde, Mann!«

Der Kerl, den ich nicht sah, hatte ein fettes, unangenehmes Lachen. »Du wirst Schwierigkeiten bekommen, Baby!«

Ich ging nach nebenan. Der Mann war sehr groß, sehr breit, aber er sah nicht gefährlich aus. Er war mehr ein gutmütiger Bär, der seine Kräfte nicht richtig einzusetzen wusste.

»Die Schwierigkeiten bekommst du«, sagte ich scharf.

Peggys Morgenmantel stand noch immer offen. Als sie sich zu mir umdrehte, lächelte sie dankbar.

»Wir sprechen uns später«, sagte der Bär, raffte sein Jackett vom herzförmigen Bett, warf es sich über die Schulter und stapfte nach draußen. Seine Schritte waren schwer. Der unebene Fußboden vibrierte. Irgendwo in einem Schrank klirrten die Gläser.

Peggy zog sich den Morgenmantel aus und setzte sich auf das Bett. »Timothy hat gesagt, Sie sind 'n Freund, der Geld und neue Aufträge bringt. Er hat nicht gesagt, dass Sie auch noch gut aussehen. Wir haben Zeit, ich habe …«

Die Tür war nicht ins Schloss gefallen, und der verdammte Fußboden vibrierte noch immer. Diesmal nicht so kräftig wie unter den Schritten des Bären. Ich spürte ein Kribbeln in meinem Genick und sah die weit aufgerissenen Augen von Peggy.

Langsam drehte ich mich herum.

Der Kerl hinter mir war groß und hager. Er hatte eingefallene Wangen und ein nach vorn springendes Kinn, das unrasiert war. Er trug einen dunklen Regenmantel und einen altmodischen Hut. Aber viel interessanter waren seine stechenden Augen und der 38er mit Schalldämpfer, den er in der Hand hielt.

»Pawlov?«, fragte er mit einer harten, abgehackten Stimme.

Peggy lächelte. Bevor ich reagieren konnte, deutete sie mit dem Zeigefinger auf mich.

»Das ist Pawlov!«

Das hagere Gesicht des Mannes verzog sich zu einem bösen Grinsen.

»Ich bin Pawlov!«

Peggy sprang auf. Pawlov hob den Lauf der 38er und deutete damit auf das herzförmige Bett. Dann winkte er mir. Er tat es ohne Hektik und Nervosität. Der Lauf der Waffe zielte auf meine Stirn.

»Ein Missverständnis«, sagte ich und stand auf. Ich kannte Typen wie diesen Pawlov. Die sahen nicht nur gefährlich aus, die waren es auch. Lebensgefährlich.

»Umdrehen!«

Ich drehte mich um. Peggys Augen waren weit aufgerissen. Angst entstellte ihr schönes Gesicht.

»Ich habe nichts gesagt, Mister«, sagte sie mit bebender Stimme zu Pawlov. »Nichts. Sie müssen mir …«

Ich spürte den feinen Luftzug, bevor Pawlov mich mit der Waffe am Kopf erwischte. Das rote Bett raste mir entgegen. Dann riss der Faden.

Der Schwarze mit dem gutmütigen Gesicht beugte sich tief über mich. Immer wieder traf seine Hand klatschend in mein Gesicht. Verschwommen sah ich andere Gestalten, und als der Schleier riss, fiel mir der Junge mit den lila-grünen Haaren zuerst auf. Sein linkes Auge war zugeschwollen. Getrocknetes Blut zog eine dunkle Bahn von seinem rechten Mundwinkel abwärts bis in den Hemdkragen. Er hatte ein schiefes Grinsen aufgesetzt. In der linken Hand hielt er ein Messer mit unsauberer, schmaler Klinge.

Ich richtete mich auf. Das Zimmer begann zu kreisen. Es dauerte einige Sekunden, bis es wieder stillstand. Dann erst spürte ich den bohrenden Schmerz, der sich quer durch meinen Schädel fräste, und ich erinnerte mich an den hageren Mann im dunklen Regenmantel, der einen altmodischen Hut getragen hatte.

Pawlov!

Ich erhob mich. Der Schwarze stützte mich unter der Achsel.

»Wir sollten ihn gleich umlegen«, sagte der Pickelige. »Die Kleine sieht verdammt nicht mehr gut aus!«

Peggy lag in unnatürlich verrenkter Haltung nackt neben dem Bett. Ihr Gesicht war blutig. Mitten in der Stirn befand sich ein Loch, und ihre starren Augen waren auf die fleckige Decke des Zimmers gerichtet.

»Warden wird verdammt nichts dagegen haben«,

sagte der Pickelige. »Vielleicht springen für uns ein paar Bucks dabei heraus!«

Das Geräusch von gellenden Sirenen kam immer näher. Es schwoll zu einem wahren Inferno an, als das Patrolcar vor dem Haus in der Flint Street hielt.

Der Pickelige zuckte zusammen. Der Schwarze mit dem gutmütigen Gesicht strich sich über die feucht glänzende Stirn. »Wir haben die Bullen nicht gerufen«, sagte er.

Ich lehnte mich gegen die Wand und kämpfte mit der Übelkeit, die wellenartig in mir aufstieg.

»Hast du etwas mit denen zu tun?«

Ich nickte. Das Gehirn schlug von innen gegen die Schädeldecke. Tausend bunte Sterne zerplatzten vor meinen Augen. Eilige Schritte entfernten sich aus der Wohnung. Andere Schritte näherten sich. Zwei Cops kamen mit gezogenen Waffen ins Zimmer.

»FBI«, sagte ich leise. »G-man Jerry Cotton.«

Ein Cop kam misstrauisch näher. Der Zweite sicherte ihn mit der Kanone. Ich tastete meine Kleidung ab und stellte fest, dass nichts fehlte. Nicht einmal die Waffe hatte Pawlov mir abgenommen. Ich fingerte vorsichtig meinen Ausweis heraus, tastete mich an der Wand entlang zu einem Stuhl und setzte mich.

»Rufen Sie die Mordkommission«, sagte ich.

»Yes, Sir!«

Ein Cop verließ das Zimmer, der andere gab mir Feuer für eine Zigarette, die ich mir mit zitternden Fingern zwischen die Lippen schob.

Die beiden Farbigen stellten sich als Zeugen zur Verfügung. Sie hatten Pawlov gesehen. Nur dieses eine Mal, was aber nichts zu bedeuten hatte, weil sie das Haus und Peggys Besucher nicht andauernd im Auge behielten. Peggy wohnte seit vier Jahren in der Flint Street. Warden war vor mehr als einem Jahr zu ihr gestoßen. Soviel sie wussten, ging Warden keinen geregelten Arbeit nach, und Peggy schaffte an. Sie bekam ihre Kunden über ein Büro in Manhattan.

Zeerookah zeigte ihnen die Bilder von Preacher, Mallott, Olpesto und Berman. Sie kannten nicht einen und konnten sich nicht daran erinnern, dass eine dieser Personen jemals in der Flint Street gewesen war.

Jemand brachte sie mit einem Wagen nach Brooklyn zurück. Als Joe Brandenburg wenig später in mein Office kam, schüttelte er den Kopf. Es gab keine Akte über Peggy Adams, wie sie mit vollem Namen hieß.

»Mit dem Namen Pawlov kann der Computer nichts anfangen«, sagte Joe. »Auch die Fremdenpolizei hat nichts über ihn. Im Moment checkt man die russischen Botschaften. Aber das bringt mit Sicherheit nicht viel, Jerry.«

Phil rief aus Atlantic City an. Joe Brillant lebte allein. Auch er war erst vor einem Jahr aus Kolumbien zurückgekommen. Seitdem lebte er unauffällig, und abgesehen davon, dass er ebenfalls keiner festen Beschäftigung nachging, normal. Phil blieb in Atlantic City, um mehr in Erfahrung zu bringen.

»Kolumbien«, sagte Joe Brandenburg nachdenklich. »Das riecht nach Rauschgift. Ich gebe die Daten an die DEA weiter. Vielleicht können die uns helfen.«

Ich holte mir einen Kaffee, rauchte eine Zigarette und blätterte Preachers Akte durch. Man konnte den kleinen Fetten mit allem in Verbindung bringen, aber nicht mit Rauschgift.

Dennoch traf ich mich gegen Abend mit Joseph Horsley, einem großen, kräftigen Agenten vom der DEA, in einem kleinen Café in Greenwich Village.

Ich bestellte mir einen Kaffee und einen Cognac. »Um was geht es?«, fragte ich ihn.

»Kolumbien«, sagte Horsley. »Marines aus Kolumbien.«

Ich trank einen Schluck Kaffee und Cognac.

»Wir hatten einen Agenten in Kolumbien, Mr. Cotton. Ross McDuggan. Er war auf einen Coronel José Louis Baptista angesetzt. Ross lebte länger als ein Jahr in Südamerika und sollte Coronel Baptistas Connection zu einem amerikanischen Syndikat aufdecken.«

»Rauschgift?«

»Davon sind wir ausgegangen. Ross McDuggan fand aber mehr heraus: Der Coronel hält seine Hand schützend über die Coca-Barone und kassiert dafür beträchtliche Summen. Aber das ist nur eine seiner Einnahmequellen. McDuggan will herausgefunden haben, dass Baptista bestimmte Güter, mit Kolumbien als Zwischenstation, in die UdSSR weiterleitet. Ich spreche von Hightech. Superchips, Computerprogrammen und so weiter.«

Ich trank den Cognac aus.

»Und?«

Horsley lachte rau. »Es waren nur Andeutungen in seinem letzten Bericht. Keine Fakten, keine Beweise. Kolumbien und Rauschgift, das leuchtet jedem ein. Aber Hightech über Kolumbien in den Osten, das erschien allen aus dem Reich der Fabel.«

»Mit anderen Worten: Es hat sich niemand darum gekümmert!«

»Richtig.«

Ich bot Joseph Horsley eine Zigarette an und gab ihm Feuer. »Wo ist McDuggan jetzt?«

»Er wurde drüben erwischt. Wir erhielten seinen letzten Bericht vor etwas mehr als drei Monaten. Danach hörten wir nichts mehr von ihm. Alle Anfragen und Nachforschungen brachten natürlich nichts. Keiner wollte ihn kennen, und wir durften nicht zugeben, dass wir einen Agenten geschickt hatten, der einen wichtigen Mann bespitzeln sollte.«

»Und was haben die Marines damit zu tun?«

»Der Coronel hält sich eine kleine Privatarmee.

Unter ihnen auch aus dem aktiven Dienst ausgeschiedene Marines.«

Das klang wirklich fantastisch! Ich konnte mir gut vorstellen, dass kein anderer Dienst es ernst nahm. Ein südamerikanischer Operetten-Coronel, der Marines beschäftigte und angeblich enge Beziehungen zu den Russen unterhielt, denen er Hightech aus den Staaten verkaufte. Material, dass von einem amerikanischen Syndikat nach Kolumbien geschafft worden war. Wirklich fantastisch. Aber Pawlov und die tote Blondine, die mit einem Ex-Marine zusammengelebt hatte, der ebenfalls Beziehungen nach Kolumbien unterhalten hatte, waren mir noch zu frisch in Erinnerung, als dass ich alles einfach abtun konnte.

»Hat McDuggan jemals amerikanische Namen in Verbindung mit diesen Geschäften erwähnt?«

»Keine.« Horsley schüttelte den Kopf und fügte leise hinzu: »Wahrscheinlich lebte er nicht lange genug, nachdem er es herausgefunden hatte.«

»Sagt Ihnen der Name Preacher etwas?«

»Nein.«

»Die Enterprise Corp.?«

»Nein.«

»Werden Sie jemanden über unser Gespräch informieren?«

»Damit man mich auslacht, G-man?«, fragte Horsley sauer.

Ich verstand ihn. Ich verstand ihn sogar verdammt gut. »Mr. Ross McDuggan stammte nicht aus New York?«

»Aus Tucson, Arizona. Er arbeitete für den Dienst in Miami.« Horsley schaute auf die Uhr. »Ich muss meine Maschine nach Miami noch erwischen. Meine Dienststelle hat mich beauftragt, dem FBI persönlich mitzuteilen, dass uns nichts davon bekannt ist, dass Ex-Marines etwas mit Rauschgifthandel zu tun haben. Das habe ich hiermit getan. Okay?«

»Okay, Horsley. Und danke.«

Er zuckte mit den Schultern. Ich winkte ab, als er bezahlen wollte. »FBI-Rechnung«, sagte ich und blieb sitzen, als der Mann von der DEA das kleine Café in Greenwich Village verließ und sich ein Taxi zum Flughafen nahm.

Ich bestellte mir noch einen Kaffee und schluckte zwei Aspirin, weil mein Schädel noch immer brummte. Irgendwie war ich sicher, dass Phil und ich in einem Hornissennest stocherten.

Carmen Paquita saß auf dem Bettrand und schaute Ross McDuggan an, der lang ausgestreckt dalag und die Augen geschlossen hielt. Es sah aus, als wenn er schliefe, aber Carmen wusste, dass er hellwach war. Sie sah den Schweiß auf seinem eingefallenen Gesicht und dem mageren, ausgemergelten Körper, aus dem der Rippenbogen scharf hervorstach. Ihr Blick glitt hinunter zu seiner Hüfte, wo sich eine tiefe, lange Narbe befand. Unwillkürlich tasteten ihre Finger über seinen flachen Leib und berührten die Narbe.

Ross McDuggan zuckte zusammen. Mit geschlossenen Augen griff er nach ihrer Hand und hielt sie fest.

»Ich habe einen Mann getötet«, sagte er leise.

Als Carmen schwieg, öffnete er die Augen und schaute sie an. Im Halbdunkel des schäbigen Hotelzimmers sah sie aus wie Maria Dolores, bevor die Handgranate der *Chicos* dicht neben ihr explodiert war.

»Ich habe einen Mann getötet, *Chica*!«

»Ja!«, sagte Carmen Paquita. »Es waren mehrere Männer. *Chicos, Cucarachas*! Du hast es mir gesagt. Es ist nicht schade um die Kerle. Verdammt nicht, denn …«

»… in New York«, sagte Ross McDuggan. »Es geschah gestern Mittag. Der Mann hieß Richard

Preacher. Er machte mit Coronel Baptista Geschäfte. Es war ein Fehler, ihn so schnell getötet zu haben.«

»Warum?«

»Er hätte mich vielleicht zu den anderen führen können, wenn ich ihn vor seinem Tod befragt hätte«, antwortete McDuggan dumpf.

»Warum hast du es dann getan?«

McDuggan setzte sich auf und zündete sich eine Zigarette an. »Ich dachte, wenn er tot ist und der Coronel seinen Mittelsmann verloren hat, muss er vielleicht selbst nach New York kommen.«

»Vielleicht kommt er. Paco Camino wird es herausfinden. Mach dir darüber keine Gedanken, Ross!«

»Das geht nicht«, sagte er leise, packte sie bei den Schultern und zog sie zu sich hinab. »Ich kann an nichts anderes mehr denken, und ich habe nicht mehr viel Zeit. Bleibst du bei mir, Carmen? Ich will nicht allein sein.«

»Ja.«

Ramos Ovida verließ das Taxi vor dem Hotel, denn die Auffahrt wurde von einem Ambulanzfahrzeug blockiert. Er zahlte, gab zu wenig Trinkgeld und handelte sich die Verwünschungen des New Yorker Taxi-Fahrers ein, bevor der wütend Gas gab. Die durchdrehenden Reifen wirbelten den feuchten Dreck auf und bespritzten Ovidas Kleidung.

Ovida schrie dem Yellow Cab einen Fluch nach. Dann wandte er sich der Auffahrt zu. Als er ein leises Lachen hinter sich hörte, wirbelte er wieder herum.

Der Mann, der seitlich aus den Büschen trat, die die Auffahrt säumten, war groß und hager. Er trug einen dunklen Regenmantel und einen altmodischen Hut mit zu breiter Krempe. Ovida hatte ihn noch nie vorher gesehen, aber er war sicher, dass der Mann ihn erwartet hatte.

»Es ist immer das Gleiche in diesem Land«, sagte Pawlov mit hartem Akzent. »Sie erwarten immer mehr, als man ihnen gibt!«

Ovida nickte und wollte weitergehen.

»Moment noch, Ovida!«

Ovida blieb stehen. Seine Haltung war gespannt. Aus den Augenwinkeln heraus beobachtete er den Hoteleingang, in dem nun einige Männer erschienen.

»Die helfen dir nicht, denn sie hören nichts«, sagte Pawlov. »Ich benutze eine Waffe mit Schalldämpfer.«

»Ich verstehe nicht, was ...«

»Dimitrov hat mit dem Coronel gesprochen. Baptista sagt, du regelst die Sachen hier in New York. Aber es sieht so aus, als hättest du dir die falschen Leute ausgesucht.«

Aus dem Hotel wurde eine Trage geholt und in den Krankenwagen geschoben. Wenig später entfernte sich der Wagen mit zuckendem Rotlicht, aber ohne Sirene.

»Brauchst du Hilfe?«

Ovida schüttelte den Kopf.

»Der FBI kümmert sich um die toten Marines, Ovida. Warum hast du Preacher umlegen lassen?«

Ovida wollte seinen Ohren nicht trauen. »Damit habe ich, verdammt noch mal, nichts zu tun!«

Pawlov legte die Stirn in Falten. »Wer dann?«

»Vielleicht eure natürliche Konkurrenz?«

Pawlov lachte abgehackt. »Die CIA schläft«, sagte er dann. »Preacher ist tot, und die Zeit drängt. Falls ihr diesmal nicht liefern könnt, nehmen wir es selbst in die Hand!«

Erneut lachte der Mann vom KGB.

»Aber das wäre nicht gut für den Coronel, und nicht gut für dich. Ich musste Wardens Freundin erschießen. Sie hatte Besuch von einem G-man. Ihr habt die Marines auf dem Gewissen. Verdammt leichtsinnig!«

Ovida wollte noch etwas sagen, aber da drehte sich Pawlov um und entfernte sich mit großen Schritten.

Ovida starrte ihm nach. Erst als der Mann vom KGB verschwunden war, atmete er erleichtert auf. Er ging zum Hotel und dachte daran, dass sein Leben keinen Cent mehr wert war, wenn die Russen zu dem Computer, der ihnen auf dem Umweg über Kolumbien zugespielt worden war, die Chips und das Betriebsband nicht bekamen. Ohne diese beiden Dinge war der Großrechner nicht mehr wert als eine kaputte Waschmaschine.

Berman wusste, wo Preacher diese Dinge versteckt hatte!

»Wenn sie an etwas interessiert sind, dann an einem Enic 321«, sagte Harold Meyer. »Das ist ein Großrechner, der, mit dem richtigen Programm und den richtigen Chips ausgestattet, die Sicherheit der westlichen Welt auf den Kopf stellen kann. Ich sage ausdrücklich ›kann‹, Jerry.«

Ich zündete mir eine Zigarette an. Meyer war einer unserer besten Computerexperten.

»Enic 321«, sagte ich. »Ein Großrechner, an dem unser Schicksal hängt?«

Meyer nahm sich ebenfalls eine Zigarette. Er inhalierte tief, dann nickte er überzeugend. »Mit ihm lassen sich Feuerleitsysteme errechnen und vorprogrammierte Flugbahnen von Interkontinental-Raketen. Mit nur wenigen Angaben gefüttert, kann er geheime Codes knacken. Theoretisch könnten sich die Russen in den geheimen Kommunikationsverkehr der NATO einschleichen und wären genauso schnell wie unsere Verbündeten über neue strategische Maßnahmen unterrichtet.«

»Und so was steht frei herum?«

Meyer lachte leise. »So was wird gebaut. Für solche Rechner gibt es Bausteine, man kann Betriebsprogramme kopieren, selbst erstellen oder von gekauften

Leuten erstellen lassen. Es führte zu weit, wenn ich dir jetzt einen Vortrag hielte, Jerry. Wovon gehst du aus?«

»Davon, dass eine solche Maschine über einen Umweg außer Landes gebracht worden ist, dass sie in die falschen Hände geraten, aber wahrscheinlich noch nicht komplett ist.«

Meyer nickte ernst. »Über die US-Zollbehörde könnte man weltweit nachprüfen lassen, wohin solche Rechner geliefert wurden und ob sie dort noch stehen oder weitergeleitet worden sind. Der Hersteller und die Vertriebsfirmen müssten mitspielen.«

»Wie lange brauchst du, um herauszufinden, wer der Hersteller ist und über welche Betriebe vertrieben wird?«

»Zwei Minuten!«

Meyer ging ans Telefon. Er stellte meine Frage an einen anderen Kollegen.

»Econ Ldt.«, sagte er. »Die Werke befinden sich in Kalifornien. Vertrieben wird über die Enterprise Corp.«

»Enterprise Corp.?«, hakte ich noch einmal nach.

»Das ist richtig. Ist euch die Firma bekannt?«

»Etwas, Meyer.«

»Die Firma hat einen guten Namen. Bis nach Washington hin!«

»Okay. Danke.«

»Ist das alles?«

»Im Moment, ja.« Ich wandte mich zum Gehen und blieb in der Tür noch einmal stehen. »Wenn man einem Partner nicht traut, an den ein solcher Großrechner geliefert worden ist, womit kann man ihn unter Druck setzen?«

»Man behält das Betriebsband zurück und tauscht einige wichtige Chips aus. Oder man liefert ohne Chips und schiebt die Bauanleitung nach. Es gibt mehrere Möglichkeiten. Ich würde das Betriebsband und Chips zurückhalten, bis die Ware bezahlt ist.«

Ich verließ unseren Computerspezialisten. Mir fiel

ein, was Horsley gestern gesagt hatte. Ein geheimer Dienst hatte geschlafen. Preacher hatte über die Enterprise Corp. an den Ostblock geliefert. Aber nicht komplett. Was fehlte, hatte man sich aus Preachers Tresor holen wollen, um damit eine Menge Kosten zu sparen. Das wiederum hieß, der Coronel hatte Männer aus Kolumbien geschickt, und der KGB spielte mit.

Das war ungeheuerlich. Es erging mir genau wie Horsley: Wenn ich diesen Verdacht herumposaunte, schickte man mich zum Psychiater. Dennoch wandte ich mich an Mr. High, weihte ihn ein und wartete gespannt auf seine Reaktion.

»Machen Sie weiter, wie Sie es für richtig halten, Jerry«, sagte er ernst. »Aber wir hängen es nicht an die große Glocke, solange wir nicht wirklich konkrete Hinweise für diesen ungeheuerlichen Verdacht haben.«

Zum ersten Mal in seinem Leben hatte Hank Berman wirkliche Macht. Neben Preacher war er der Einzige, der in alle Geschäfte eingeweiht war. Jahrelang hatte er darauf hingearbeitet, sich unersetzbar zu machen. Dennoch kam Preachers Tod zu schnell, denn Berman hatte noch keine Vorbereitungen getroffen, um endlich das ganz große Geld zu machen, mit dem er sich zurückziehen und ein Leben führen konnte, von dem er immer geträumt hatte.

Zum Beispiel ein Leben mit einer Frau, wie sie ihm nun in der Bar des Interconti gegenübersaß. Jung, außerordentlich schön, südamerikanischer Typ. Er beobachtete sie seit einer halben Stunde. Sie trank Manhattan-Cocktail und bearbeitete den Glasrand immer dann frivol aufreizend mit der Zunge, wenn sie zu ihm herüberschaute. Sie wartete auf jemanden, das war deutlich, und sie schien sich nicht sicher, ob sie noch weiter warten sollte.

Dann stand sie auf, kam um die Theke herum, passierte ihn beinahe hautnah und ließ ihre Handtasche fallen. So schnell wie jetzt hatte sich Berman lange nicht mehr gebückt. Zusammen mit der südamerikanischen Schönen kniete er am Boden, um die Utensilien einzusammeln, die aus der Handtasche herausgefallen waren. Eine Wolke von schwerem süßem Parfum umgab sie, und als sie sich etwas nach vorn beugte, sah Berman durch den Ausschnitt, dass sie auf einen Büstenhalter verzichtet hatte. Sie lächelte dankbar, und in ihren großen, dunklen Augen blitzte es viel versprechend.

Was Berman für Leidenschaft hielt, war aber nur die Verachtung, die Carmen Paquita für den Mann empfand, der nach Preacher die schmutzigen Geschäfte übernommen hatte.

»Danke«, sagte sie leise. »Es gibt noch Gentlemen in dieser Stadt.«

»So schlechte Erfahrungen?«, fragte Berman. Er wusste, dass seine Glatze feucht schimmerte, wie immer, wenn er aufgeregt war. Er hasste es.

»Ich war verabredet«, sagte Carmen. »Ich gebe dem Kerl noch eine Chance. Wenn ich zurückkomme und er ist immer noch nicht aufgetaucht, dann hat er Pech gehabt.«

»Und ich vielleicht Glück?«, fragte Berman.

Carmen schaute ihn fragend an.

»Ich meine, vielleicht gehen Sie dann mit mir etwas essen?«

Carmen nahm sich eine Zigarette aus Bermans Schachtel, die auf der Theke lag. Sie ließ sich von ihm Feuer geben und lehnte sich für einen Atemzug lang an ihn. Sie roch seine schweißtreibende Aufregung und sah das verlangende Aufblitzen in seinen runden Augen.

»Vielleicht«, dehnte sie, schenkte ihm noch ein Lächeln und verließ die Bar.

Berman schaute ihr nach, und sein Mund wurde trocken. Er dachte an die vergangenen Jahre in Preachers Dienst, an all die Zeit, die er in die Unternehmungen gesteckt hatte, und daran, dass er während der letzten Jahre niemals versucht hatte, sich so etwas wie diese Südamerikanerin an Land zu ziehen.

»Noch etwas zu trinken, Sir?«

Die Stimme des Bartenders riss ihn aus seinen Gedanken. »Bourbon, ohne Eis und Wasser.«

Hank Berman strich sich mit dem Taschentuch über die feucht schimmernde Glatze. Er warf einen schnellen Blick in den Spiegel, der sich hinter dem Flaschenregal befand und merkte, dass er noch ganz passabel aussah. Zum anderen war er in der Lage, fehlende Schönheit mit Geld zu kompensieren.

»Wer ist das Mädchen?«, fragte er den Bartender, der den Bourbon auf die Theke stellte.

»Das weiß ich nicht, Sir«, antwortete der schlanke junge Mann. »Aber sie ist die schönste Frau, die ich hier in den letzten beiden Monaten gesehen habe.«

Das Telefon läutete. Der Bartender hob ab. »Sind Sie Mr. Berman, Sir?«

Berman nickte. Der Bartender stellte den Apparat auf den Tresen und zog sich diskret zurück.

»Ja?«, meldete sich Berman.

»Ich konnte nicht kommen, Señor.«

Berman erkannte die Stimme. Es war Ramos Ovida, der Teniente des Coronels. Die Verbindung war so gut, dass er unmöglich aus Kolumbien anrufen konnte.

»Es gibt Schwierigkeiten, Señor Berman!«

Berman lachte. In der spiegelnden Wand hinter dem Flaschenregal sah er die schöne Südamerikanerin zurückkommen. Carmen Paquita hatte frisches Make-up aufgelegt und sich die Haare gekämmt. Ihr Gang war der einer Raubkatze.

»Das Gefühl habe ich auch«, sagte Berman mit belegter Stimme. Es störte ihn nicht, dass sich Carmen

Paquita neben ihn stellte und sich erneut aus seiner Zigarettenschachtel bediente. »Ich kann liefern, Ovida.«

Carmen Paquita zuckte zusammen, als sie den Namen hörte, der ihr geläufig war. Sie hustete und schaute in die andere Richtung zum Eingang, um so den Eindruck zu erwecken, dass sie noch immer nach dem Mann Ausschau hielt, mit dem sie angeblich verabredet war.

»Wann?«, fragte Ovida.

»Sobald die Konditionen stimmen, Ovida!«

»Was heißt das?«

»Der Marktwert beträgt mehr als sieben Millionen US-Dollar. Wie lange brauchen Sie, um fünf Millionen aufzutreiben?«

Plötzlich schwitzte Berman wieder. Ihm wurde bewusst, dass er sich auf verdammt dünnes Eis wagte. Mit den Kolumbianern war nicht zu spaßen. Und dann gab es ja auch noch die Russen, die auf die Lieferung warteten.

»Der Preis ist in Ordnung, aber der Coronel hat schon drei Millionen bezahlt!«

»An Preacher«, sagte Berman und lächelte, als sich Carmen Paquita wieder zu ihm herumdrehte. »Preacher ist tot. Jetzt geht es um fünf Millionen für mich. Das ist ein fairer Preis, und wir bleiben im Geschäft.«

Einige Sekunden Schweigen am anderen Ende der Leitung. »Ich spreche mit dem Coronel!«

»Tun Sie das, Teniente.« Berman hatte das Gefühl, immer sicherer zu werden. Ohne ihn waren die Kolumbianer aufgeschmissen. Sie brauchten ihn. »Falls der Coronel nicht einverstanden ist, verhandele ich mit den Leuten, an die Sie weiterverkaufen.«

Die Drohung fiel auf fruchtbaren Boden. Berman genoss seine Wichtigkeit wie süßen Wein. Er genoss auch die bewundernden Blicke, mit denen die

Südamerikanerin ihn bombardierte. Die Zahlen, mit denen er jonglierte, beeindruckten sie offensichtlich.

»Ich will ein Bargeschäft, Ovida. Der Coronel soll das Geld als Diplomatengepäck in die Staaten bringen. Er kann den Treffpunkt bestimmen. Wo kann ich Sie erreichen?«

»Im Mayfair Hotel.«

»Mayfair Hotel«, wiederholte Berman. »Okay. Nehmen Sie Kontakt mit dem Coronel auf. Ich regele hier alles andere.«

Berman legte auf. Carmen Paquita beugte sich an ihm vorbei, um die Zigarettenasche abzustreifen. Dabei berührten ihre Brustspitzen Bermans Oberarm.

»Sie haben Glück gehabt«, sagte sie lockend und setzte sich auf den Hocker neben Berman. »Ich trinke noch einen Manhattan-Cocktail als Aperitif.«

Tim Olpesto strich sich mit einer unsicheren Handbewegung über die kurzen blonden Haare. Er schaute Ramos Ovida an und nahm automatisch die Schultern zurück. Seit einem halben Tag war er wieder Sergeant und hatte einen militärischen Auftrag. Ramos Ovida war sein Lieutenant.

Auch Tony Mallott, der neben seinem Freund und Partner Olpesto stand, hatte stramme Haltung eingenommen. »Das ist eine Kriegserklärung, Sir«, sagte er.

Ramos Ovida grinste schief und schaute zur Uhr. »Richtig«, sagte er dann zustimmend. »Es ist Krieg, und ihr seid Marines und mit einem Kommandounternehmen betraut, das den allerhöchsten Einsatz fordert.«

»Yes, Sir!«, sagte Olpesto. Tony Mallot nickte zustimmend, obgleich ihm nicht wohl in seiner Haut war. Irgendwie erschien es ihm, als verwechselte Lieutenant Ramos Ovida die Vereinigten Staaten von Amerika mit seiner eigenen Bananenrepublik.

»In exakt zwei Stunden treffen die Marines aus Kolumbien ein, Sergeant«, wandte sich Ovida an Olpesto. »Du führst das Kommando. Die Leute sind unterrichtet und gehorchen dir bedingungslos. Mit sechs Männern machst du dich auf den Weg zum Ramdpo Valley Airport und wartest dort auf deinen Einsatzbefehl. Dann stürmst du den Flugplatz. Wir brauchen Geiseln.«

Olpesto nickte. Für Kommandounternehmen wie diese war er auf Staatskosten ausgebildet und dafür auch noch bezahlt worden.

»Wahrscheinlich auch Tote, Sergeant!«

Erneut nickte Olpesto.

»Es geht um eine Maschine aus Kolumbien. Sie muss auf diesem Airport landen, obgleich sie für den Kennedy International vorgesehen ist. Zu Anfang wird man sicher etwas dagegen haben, Sergeant. Deine Aufgabe ist es, dafür zu sorgen, dass die Maschine trotz allen Widerstandes dort landet. Davon hängt das ganze Unternehmen ab!«

Olpesto nahm Haltung an.

»Es ist die Maschine, die uns alle nach dem Coup aus den Staaten wegbringt! Mallott, du führst die zweite Gruppe. Wir brauchen Berman. Lebend.«

»Yes, Sir!«

Ovida ging ans Fenster und schaute in den bedeckten Himmel. Berman wollte verkaufen. Er wusste also, wo sich das Betriebsband und die fehlenden Chips für den Großrechner befanden. Es konnte nicht schwer sein, diesen Mann zum Reden zu bringen.

»Das ist im Moment alles, Marines. Noch Fragen?«

Keiner hatte Fragen. Olpesto und Mallott verschwanden. Sekundenlang starrte Ovida auf die geschlossene Tür. Dann hob er den Hörer des Telefons ab und wählte Kolumbien an.

»Okay«, sagte er, als sich der Coronel am anderen Ende der Leitung befand. »Es ist der Ramdpo Valley

Airport. Der ist für das Unternehmen wie geschaffen und spielt im normalen Luftverkehr kaum noch eine Rolle. Alle technischen Voraussetzungen sind gegeben. Es wird eine Menge Schwierigkeiten geben und viel Staub aufwirbeln, aber wir werden es schaffen!«

»Hast du das Betriebsband und die Chips?«

»Noch nicht«, gab Ovida zu. »Aber alles wird verfügbar sein, wenn die Maschine gelandet ist. Spielen die Kubaner mit?«

Coronel José Louis Baptista lachte. »Sie spielen mit, soweit es dich und mich angeht, Teniente. Ich bin offiziell ein Opfer, und du wirst in Havanna verschwinden können. Aber die Marines müssen daran glauben, damit die Kubaner vor der Weltöffentlichkeit ihr Gesicht nicht verlieren. Highjacking unter diesen Umständen ist schließlich kein lokaler Störfall. Wahrscheinlich jagt man die Maschine mit den Marines in die Luft, vielleicht holt man sie aber auch heraus, um ihnen den Prozess zu machen. Es tut mir Leid um die Männer, aber für uns steht zu viel auf dem Spiel. Wenn wir diesmal nicht liefern, nimmt Dimitrov es uns übel und lässt uns umlegen. Da kann mir nicht einmal meine Stellung helfen. Verdammt, wir müssen dieses Spiel gewinnen!«

»Wir werden es gewinnen, Coronel. Wer immer Preacher auch umgelegt hat, er kann uns damit nicht aufhalten.«

»Morgen Abend, Teniente«, sagte der Coronel. »Viel Glück in New York!«

Ovida legte auf und zündete sich eine Zigarette an. Er ließ sich alles noch einmal durch den Kopf gehen. Er hatte an alles gedacht, und er hatte die besten Männer, die es gab: Marines, die keine Fragen stellten, sondern jeden Befehl auf der Stelle ausführten. Der einzige Störfaktor konnte der KGB sein. Aber wenn die hier in New York auf eigene Faust operierten, dann mussten sie auch die eventuellen Folgen tragen.

»Er ist seit zwei Stunden drin, Jerry«, sagte Zeerookah, der an Berman klebte wie eine Schmeißfliege an einem Pferderücken.

»Allein?«

Mein indianischer Kollege zuckte mit den Schultern. Ich stieg zu Zeery in den Wagen, der seitlich des Hoteleingangs parkte. Von hier aus war die halbe Lobby einzusehen.

»Ich verstehe nicht, warum wir den Kerl überhaupt beschatten, Jerry«, sagte Zeery. »Berman war Preachers Leibeigener und hat nun, nachdem es Preacher erwischt hat, andere Herren. Ich kenne solche Typen. Die leben, um anderen zu dienen, vergessen dabei sich selbst und …«

Zeery verstummte. Berman betrat, aus der Bar kommend, die Lobby. Die Südamerikanerin, die sich bei dem kahlköpfigen Anwalt eingehängt hatte, strafte Zeerys Aussage Lügen.

»Nun denkt er auch wieder an sich«, stellte ich grinsend fest.

Zeery klemmte sich eine Zigarette zwischen die Lippen und rauchte einen Zug.

»Sobald sie das Hotel verlassen, hängst du dich an sie ran«, sagte ich. »Mach einige Aufnahmen von der Frau. Ich will wissen, wer sie ist. Okay?«

Zeerookah nickte.

Ich stieg aus und ging nach rechts die Auffahrt hinunter, wo mein Wagen stand. Berman und eine südamerikanische Schöne! Das machte mich misstrauisch. Diese schöne Frau passte nicht zu Berman, der bislang das Leben einer grauen Hausmaus geführt hatte.

Ich stieg in meinen Dodge und startete den Motor. Der Caddy auf der anderen Straßenseite fiel mir nur auf, weil der Fahrer furchtbar angestrengt die Zeitung las und sich dabei alle Mühe gab, über den Zeitungsrand hinweg den Eingang des Hotels zu beobachten. Ich konnte mich täuschen, aber mein Gefühl sagte mir, dass er genau wie wir an Berman und der schönen Südamerikanerin interessiert war.

Ich wendete und parkte auf der anderen Seite. Hinter dem Caddy mit dem zeitungslesenden Unbekannten. Vier Fahrzeuge befanden sich zwischen uns. Der Kerl konnte mich also nicht zufällig entdecken.

»Zeery!«

Zeerookah meldete sich über Sprechfunk. Ich machte ihn auf den Caddy aufmerksam.

»Okay, Jerry!«

»Falls er dir folgt, hänge ich mich an ihn und mache ihm einen Strich durch die Rechnung!«

»Okay. Berman und die Schöne kommen heraus!«

Ich schaltete mich aus. Zwei Minuten später rollte Berman mit seinem BMW die Einfahrt herunter und reihte sich in den Verkehr ein. Der Caddy wurde gestartet. Er schlug den gleichen Weg ein, den Berman genommen hatte. Ich klemmte mich hinter ihn. Einige Fahrzeuge vor mir befand sich Zeerookah.

Der Caddy folgte Bermans BMW in gewisser Entfernung. Dann änderte er den Kurs zum Washington Square, während Berman in Richtung Downtown weiterfuhr. »Er ist abgebogen, Indianer!«

»Verstanden, weißer Bruder!«

Ich folgte dem Caddy. Er fuhr zum Washington Square und bog dann in eine kleine Nebenstraße ab. Damit war er aus meinem Blickfeld verschwunden. Ich musste zurückbleiben, um nicht aufzufallen. Erst eine Minute später bog ich ebenfalls in die Straße ein.

Der Caddy stand in der schmalen Einfahrt eines Hofes, der zu einer Kneipe gehörte, die ›Nuevo Esperanza‹ hieß. Das Heck des Wagens ragte ein Stück auf den Gehsteig hinaus.

Als ich langsam an der Einfahrt vorbeifuhr, sah ich den Mann zum ersten Mal. Er war klein, was im Wagen nicht aufgefallen war, und ein Latino.

Ich fuhr einen Block weiter, stellte den Dodge ins

Halteverbot, weil es keine andere Parkmöglichkeit gab, und ging zu Fuß zurück.

Die Kneipe war geschlossen. Vorhänge waren vor die Fenster gezogen, aber nicht ganz geschlossen. Als ich an der Fensterfront vorbeiging, sah ich einige Schatten im Schankraum.

Im Laufe der Dienstjahre entwickelt ein Polizist ein beinahe untrügliches Gespür für Zusammenhänge und Dinge, die wichtig sind, auch wenn sie auf den ersten Blick keinen Sinn ergeben.

Ich drehte mich am Heck des Caddy vorbei und tauchte hinter den Wagen.

Alles blieb ruhig.

Ich wartete eine halbe Minute, bevor ich mich weiter an dem Wagen entlangtastete, den Kopf hob und über die Kühlerhaube hinwegschaute. Vor mir befand sich der Hintereingang. Daneben führte eine Steintreppe in den Keller.

›Nuevo Esperanza‹ – Berman ließ sich von einer Südamerikanerin begleiten. Der Latino im Caddy hatte die beiden beobachtet – und Joseph Horsley hatte mich scharf auf Kolumbien gemacht!

Ich wartete noch einige Sekunden, dann drehte ich mich um den Wagen herum und rannte los. Wenig später stand ich an der Fassade.

Nichts war zu hören. Die Hintertür war verschlossen. Das Schloss sah sehr stabil aus. Es ließ sich nicht geräuschlos öffnen. Ich wandte mich nach rechts zum Kellerniedergang und huschte die abgetretenen Stufen hinab. Hier versperrte mir eine einfache Eisentür den Weg. Sie hing schief in den Angeln. Als ich sie berührte, wackelte sie im Schloss.

Ich schaute nach oben in den Hof, hielt die Luft an und lauschte nach verdächtigen Geräuschen.

Nichts!

Ganz hinten in meinem Kopf gab es den Gedanken, dass es mit meinen Dienstvorschriften nicht konform lief, wenn ich ohne einen Durchsuchungsbefehl in das Gebäude eindrang. Falls ich hier etwas herausfand, hatte es später keine Beweiskraft. Trotzdem stemmte ich mich mit der rechten Schulter gegen die Tür. Sie gab nach. Ich verstärkte den Druck. Die Schrauben der Scharniere brachen knirschend aus der morschen Wand. Ich konnte die Tür gerade noch festhalten, bevor sie gegen die Seitenwand krachte.

Im Kellerraum roch es muffig. Eine dicke Staubschicht überzog den Steinboden. Rechts und links an den Wänden standen Regale ohne Inhalt. Leere Fässer lagen auf dem Boden. Zerbrochene Flaschen zierten die Stufen der Treppe, die steil nach oben führte. Alles deutete darauf hin, dass dieser Raum lange nicht mehr benutzt worden war.

Ich schob die Eisentür wieder ins Schloss, sodass mein Eindringen von außen nicht bemerkt werden konnte. Dann kreuzte ich den Keller, passierte vorsichtig die Scherben auf den Treppenstufen und erreichte die Holztür am Ende der Treppe.

Sie war nur angelehnt.

Erneut lauschte ich in die Stille.

Als ich diesmal auch nichts hörte, schob ich die Tür vorsichtig auf. Sie kreischte so entsetzlich in den Angeln, dass mich ein heißer Schreck durchfuhr.

Blitzschnell schaute ich mich um.

Rechts von mir befand sich die Rückfront einer Treppe, die sanft geschwungen nach oben führte. Hinten links, am Ende des schmalen Ganges, gab es eine Tür. Nach rechts beschrieb der Gang einen scharfen Knick. Was sich dahinter befand, konnte ich nicht sehen.

Ich huschte unter die Treppe, zog den 38er und entsicherte die Dienstwaffe. Schweiß rann mir über das Gesicht. Ich rieb mit dem Handrücken darüber hinweg.

Die Tür am Ende des Ganges flog auf.

Ich duckte mich tief im Schatten der Treppe und hielt die Luft an.

»Was war das?«, fragte jemand aufgeregt.

»*Nada!*«

»Schau nach, verdammt!«

Schritte näherten sich. Über mir knarrten die Treppenstufen. Auch aus der anderen Richtung erklangen Schritte. Sie näherten sich also von allen Seiten. Ich saß in der Falle.

»Pedro!«

Ich sah den Schatten eines untersetzten Mannes, der an meinem Versteck vorbeilief und vor der Tür stehen blieb, die in den Keller hinabführte.

»Die verdammte Tür!«, rief der untersetzte Latino laut. »Ich habe immer gesagt, dass sie zugenagelt gehört!«

»Verdammt, halt keinen Vortrag und komm zurück!«

Der Untersetzte drehte sich um. Ich hielt die Waffe in beiden Händen und hatte mir den Fluchtweg schon zurechtgelegt. Falls man mich entdeckte, wollte ich den Untersetzten über den Haufen rennen und das Haus auf dem gleichen Weg verlassen, wie ich es betreten hatte. Mit dem Überraschungseffekt auf meiner Seite war das zu schaffen.

Es kam nicht dazu. Der Untersetzte entfernte sich, ohne in meine Richtung geschaut zu haben. Wenig später war er wieder verschwunden.

Leise ließ ich die angehaltene Luft ab und sog frischen Sauerstoff in meine stechenden Lungen. Schweiß nässte meine Brauen und rann mir brennend in die Augen. Eine Sekunde lang war ich blind. Als ich die Augen wieder öffnete, stand er vor mir.

Ein großer, schlanker Mann unbestimmbaren Alters. So zwischen vierzig und sechzig. Er hatte ein strenges, eingefallenes Gesicht und graue, halblange Haare. Seine dunklen Augen wirkten leblos. Er starrte mich an.

Der Lauf seiner Parabellum zielte auf meine Stirn.

»*Bienvenidos!*«, sagte er mit rauer Stimme. So leise, dass er einige Schritte weiter schon nicht mehr zu hören war.

Ich blickte in die kalten dunklen Augen. Automatisch senkte ich den 38er, den ich noch in beiden Händen hielt. Es ging etwas von diesem Grauhaarigen aus, das mir einen kalten Schauer über den Rücken jagte. Er gehörte zu denen, die nicht viel sprachen, die aber genau wussten, was sie wollten, und sich durch nichts von ihrem eingeschlagenen Kurs abbringen ließen.

»Die Tür war offen«, sagte ich genauso leise, wie er gesprochen hatte.

Der Grauhaarige nickte. Kein Muskel zuckte in seinem Gesicht. »Dreh dich langsam um«, sagte er. »Vorher lass die Kanone fallen!«

»Ich will nicht, dass du einen Fehler machst. Ich bin …«

Es gab ein schwaches, zischendes Geräusch, als er tief einatmete und sein Brustkorb sich blähte.

Jede Verzögerungstaktik wäre Selbstmord gewesen. Ich ließ die Waffe fallen und drehte mich um. Als mich ein harter Schlag traf und mich zu Boden schleuderte, spürte ich keinen Schmerz.

Phil Decker und Zeerookah verständigten sich durch Blickkontakt, als einer der sechs Fahrstühle in der Halle des ›La Maison Française‹-Hotels an der Sunken Plaza Promenade hielt, die Tür fauchend aufsprang und Hank Berman nach dem Liftboy die Kabine verließ.

Phil war auf der Suche nach mir gewesen, hatte keinen Funkkontakt bekommen und sich dann Zeery angeschlossen, weil anzunehmen war, dass ich mich als Erstes wieder bei meinem indianischen Kollegen meldete. Seit mehr als zwei Stunden hielten die beiden G-men sich in der luxuriösen Lobby des ›La Maison Française‹ auf.

Das Hotel war eine von Preachers Lieblingsherbergen gewesen. Noch immer waren die Suite und einige Räume durch ihn dauergemietet und bezahlt.

Zeery stand auf und ging zum Zeitungsstand, der sich dicht neben der Rezeption befand, an der Hank Berman stehen blieb. Berman hätte den ihm bekannten G-man selbst dann nicht entdeckt, wenn er sich in Zeerys Richtung umgeschaut hätte. Hinter den Zeitungen hatte der Indianer volle Deckung bezogen.

Phil Decker schob seine Kaffeetasse zurück, zündete sich eine Zigarette an und erhob sich aus dem tiefen Sessel. Die Südamerikanerin, die sich plötzlich in Bermans Schatten befunden hatte, hatte auch Phil nachdenklich gestimmt. Für meinen Freund steckte mehr dahinter als eine zufällige Begegnung, die mit einem Schäferstündchen in der Suite eines Luxushotels geendet hatte.

Phil wartete, bis Berman die Halle verließ, nachdem er einige Worte mit einer Angestellten gewechselt hatte. Zeery schloss sich dem Anwalt an. Dann ging Phil zur Rezeption.

Eine frauliche Blondine nahm sich seiner an. Phil legte seinen Ausweis vor. Die Blondine warf einen schnellen Blick darauf, konnte aber scheinbar nichts damit anfangen. Kreditkarten waren ihr geläufiger als ein Ausweis mit dem Bundesadler.

»Welches Zimmer hat Berman benutzt?«, fragte Phil.

Die Blondine lächelte freundlich und schüttelte den Kopf. »Ich bin nicht befugt …«

»Was gibt es?« Ein großer dunkelhaariger Mann, den goldene Schlüssel auf dem Revers als Empfangschef auswiesen, kam zu ihnen.

Phil zeigte erneut seinen Ausweis und wiederholte die Frage.

»Ist etwas nicht in Ordnung, Sir?«

»Alles in Ordnung«, winkte Phil ab. »Ich will nur wissen, welches Zimmer Mr. Berman benutzte und ob die Frau noch oben ist.«

Der Empfangschef überlegte nicht lange und gab die gewünschten Auskünfte.

»Was hat Berman in Bezug auf die Frau angeordnet?«

»Sie ist sein Gast. Sie kann über alle von der Enterprise Corp. angemieteten Räume verfügen, und die Enterprise Corp. bezahlt ihre Rechnungen.«

»Dreiundzwanzigster Stock, Suite 2314-16«, sagte Phil.

»Das ist richtig, Sir.«

Phil nahm den mittleren Fahrstuhl. Zusammen mit dem Liftboy und einem großen hageren Mann, der ein eingefallenes Gesicht hatte. Sekunden vorher war dieser Mann von draußen hereingekommen und hatte die Lobby mit der Sicherheit eines Gastes gekreuzt, der schon lange in diesem Hotel wohnte und sich auskannte.

Aber das täuschte. KGB-Offizier Pawlov war zum ersten Mal im ›La Maison Française‹. Die Nachricht, dass Berman hier mit einer Südamerikanerin abgestiegen war, war ihm von seinen Leuten durchgegeben worden, die einen Vertrauten in diesem Hotel hatten. Und das erschien Pawlov natürlich, weil Preacher namens der Enterprise Corp. hier Zimmer gemietet hatte. »Dreiundzwanzigster Stock«, sagte Pawlov, weil der Liftboy ihn zuerst fragte.

»Vierundzwanzigster Stock«, sagte Phil. Nicht, weil er dem Hageren nicht traute, sondern weil es der Gewohnheit entsprang, zuerst einmal fremdes Terrain zu sondieren, bevor man in ihm operierte. Vielleicht etwas übertrieben, weil es sich hier um ein Hotel handelte, aber es war Phil in Fleisch und Blut übergegangen. Schon oft hatte sein Leben davon abgehangen, dass er ein Operationsgebiet gut kannte.

»Schlechtes Wetter, Sir«, sagte der Liftboy, weil auf Pawlovs dunklem Wettermantel noch die Regentropfen glitzerten.

Pawlov reagierte brummend.

Der Liftboy blieb freundlich. »Gefällt es Ihnen bei uns, Sir? Oder gibt es etwas, was Sie gern anders sehen würden?«

»Ich hätte gerne einen schweigenden Liftboy«, knurrte Pawlov.

Das war der Moment, in dem sich Phil zum ersten Mal für seinen hageren Nebenmann interessierte. Es war sein harter, kläffender Tonfall, der Phil aufhorchen ließ. So sprachen Leute aus dem Ostblock.

Der Liftboy schwieg bis zur 23. Etage, wo Pawlov ausstieg.

Als sich die Tür wieder fauchend schloss, wandte sich Phil an den blonden Jungen. »Kennst du den Mann?«, fragte er.

Der Liftboy schüttelte den Kopf. »Noch nie gesehen. Er wohnt wahrscheinlich auch nicht hier.«

Phil schaute den blonden Jungen fragend an.

»Er ist zu schlecht gekleidet, Sir. Keine Bügelfalte in der Hose, ungeputzte Schuhe und ein Hemd mit einem Kragen, der schon seit Jahren aus der Mode ist.«

»Welche Nationalität?«, fragte Phil.

Dem Jungen gefiel das Fragespiel. Hier konnte er endlich einmal unter Beweis stellen, dass er ein ausgezeichneter Beobachter war.

»Ostblock«, antwortete er sofort. »Ich war zweimal in Polen. Irgendwie erinnert der Mann mich an einen Parteibonzen, der sich alle Mühe gibt, sich westlich zu kleiden und zu benehmen. Warum …?«

Der Lift hielt im 24. Stock.

»Fahr wieder nach unten, ohne zu stoppen«, sagte Phil. »Keine Fragen. Wir sprechen uns später.«

Phil stieg aus, wandte sich nach links und hastete durch das Treppenhaus eine Etage tiefer. Als er den

Glasabschluss der 23. Etage erreichte, sah er den Hageren. Pawlov war mitten im Gang stehen geblieben und drehte sich um, weil der Lift wieder nach unten kam. Im letzten Moment konnte Phil wegtauchen, sodass Pawlov ihn nicht entdeckte. Phil wartete eine halbe Minute. Dann ließ er sich auf die Knie nieder und lugte vorsichtig um den Glasabschluss herum.

Der Hagere, den der blonde Liftboy für einen Parteibonzen hielt, ging langsam weiter. Vor der Suite blieb er stehen und läutete. Er sagte etwas, das Phil natürlich nicht verstehen konnte. Dann öffnete sich die Tür der Suite automatisch, und der Hagere war verschwunden.

Jeder Zweifel war ausgeschlossen: Der Hagere stattete der schönen Südamerikanerin einen Besuch ab.

Fluchend zündete sich Phil eine Zigarette an. Im Moment wusste er nicht, was er davon halten und was er unternehmen sollte.

Er beschloss, auf mich zu warten.

Der Raum war mit Vorhängen abgedunkelt. Eine starke Lampe war direkt auf mein Gesicht gerichtet. Das gebündelte Licht stach messerscharf in mein Gehirn. Ich schloss die Augen sofort wieder. Dann drehte ich mich vorsichtig auf die Seite, um aus dem Licht herauszukommen.

Ein brutaler Tritt in die Rippen ließ mich wieder still liegen.

»Nimm dich zusammen, Pedro!«, verlangte eine scharfe Stimme, die ich sofort als die des Grauhaarigen erkannte.

Der Mann, der mich getreten hatte, knurrte etwas auf Spanisch. Es war der Untersetzte, der mich vorhin, unter der Treppe, übersehen hatte. Wahrscheinlich wurmte es ihn noch. Nun versuchte er, seine Wut mit Tritten gegen mich abzureagieren.

Ich setzte mich auf, tastete mich mit geschlossenen Augen nach hinten vor und spürte die Wand. Mit dem Rücken lehnte ich mich dagegen.

»G-man«, sagte der Grauhaarige. »Was sucht der FBI in einer Kneipe wie dieser?«

Ich schwieg, weil ich vielleicht darauf wartete, dass der bohrende Kopfschmerz nachließ.

»Vielleicht nach unserem neuen Freund Ross McDuggan!«, sagte der Untersetzte. »Verdammt, Paco, ich habe dem Gringo vom ersten Moment an nicht getraut. Ich verstehe Carmen nicht, die sich ihm an den Hals wirft, als ob …«

Der Untersetzte brach mitten im Satz ab.

Ross McDuggan! Der Name war so außergewöhnlich, dass ich mich bestimmt nicht verhört hatte. Ross McDuggan, der DEA-Agent, der in Kolumbien geschnappt sein sollte!

»Haben Sie mich nicht verstanden, G-man?«

Ich schirmte meine Augen mit der Hand ab und gewöhnte mich langsam an das scharfe Licht. Meine Gedanken jagten sich.

»Ross McDuggan«, sagte ich dann. »Kann man das Licht nicht …?«

Der grelle Scheinwerfer verlosch. Ich befand mich in einem Raum mit grauen Betonwänden. In der Mitte stand ein Tisch. Auf dem stand der Scheinwerfer. Dahinter saß auch der Grauhaarige, der mich erwischt hatte. Sein Gesicht wirkte unbeteiligt.

Nur der Untersetzte, der Pedro hieß, fluchte leise. Er stand an der Seitenwand neben der Tür und zündete sich eine Zigarette an. Aus schmalen, zusammengezogenen Augen belauerte er mich.

»Ross McDuggan«, wiederholte ich. »Ross und ich haben gemeinsame Freunde. Coronel José Louis Baptista, Preacher, Berman …«

Der Grauhaarige stand auf. Seine Bewegungen wirkten schwerfällig. Aber das täuschte. Wahrscheinlich waren schon viele auf diese Trägheit hereingefallen. Ich war auf der Hut. Wenn jemand gefährlich war, dann dieser Mann, dessen Alter man nicht schätzen konnte.

»Wo ist Ross?«, fragte ich.

Der Untersetzte löste sich von der Wand neben der Tür.

Ich sah ihn an und spürte noch den Tritt, den er mir kurz zuvor versetzt hatte. Ich unterschätzte ihn gewiss nicht, aber im Vergleich mit dem Grauhaarigen war er ein zahmes Kaninchen.

»Du bewegst dich auf verdammt dünnem Eis, G-man«, sagte er zischend. »Du bist wie ein Verbrecher hier eingestiegen. Wenn wir dich töten, reden wir uns leicht damit heraus. Wie hätten wir auch wissen sollen, dass du ein verdammter FBI-Agent bist?«

Was er sagte, traf den Nagel auf den Kopf. Meine Karten waren alles andere als gut. Man traute mir nicht.

Ich ließ den Untersetzten noch einen Schritt herankommen und schaute ihn unschuldig an. Er fiel darauf herein. Als ich mich ihm mit einer wahnsinnig schnellen Bewegung entgegenrollte, kam das für ihn so überraschend, dass er mir nicht mehr ausweichen konnte. Er versuchte noch zurückzuspringen, aber da erwischte ich schon seine Beine und riss ihn zu Boden.

Sein überraschter Schrei gellte mir in den Ohren.

Er stürzte neben mich auf den nackten Beton, wirbelte herum und starrte mit weit aufgerissenen Augen auf meine Faust, die ihn an der Stirn traf und ihm den Kopf in den Nacken warf.

Genauso schnell, wie ich den Angriff gestartet hatte, setzte ich ihn fort.

Ich rollte mich über den Untersetzten hinweg, griff unter sein Jackett und bekam den 38er zu packen, den er in seinem Schulterholster trug.

Dann traf mich das hohle Lachen des Grauhaarigen.

Als ich mich mit erhobener Waffe zu ihm herumdrehte, hatte er sich schon wieder hinter den Tisch gesetzt. Er hätte Zeit genug gehabt, seine Waffe zu greifen und auf mich zu feuern. Aber das hatte er nicht getan.

»Sie sind nervös, G-man«, sagte er. »Verdammt nervös. Das ist nicht gut!«

Ich starrte ihn an und verfluchte es, dass ich ihn nicht einschätzen konnte. Er saß einfach da, sah über den Lauf der Waffe hinweg, die ich auf ihn richtete, und kein Muskel regte sich in seinem Gesicht.

»Was soll das?«, fragte er ruhig. »Wenn ich es nicht will, kommst du auch mit einer Waffe in der Hand nicht hier raus. Draußen warten weitere Männer.«

Ich lachte leise und passte mich seinem vertraulichen Ton an. »Du würdest als Erster sterben.«

Der Grauhaarige nickte unbeeindruckt. »Ein leichter Tod«, sagte er. »In Kolumbien habe ich einem grausameren Tod in die Augen gesehen. Die *Chicos* des Coronels und die Marines hatten mich zwei Wochen lang in ihrem Todeskeller!«

Der Untersetzte versuchte aufzustehen. Die Beine trugen ihn nicht. Er knickte ein und stürzte wieder zu Boden.

Ich ließ die Waffe sinken. Nicht, weil ich Angst davor hatte, dass gleich weitere Männer hereinkamen, die mir nicht freundlich gesonnen waren. Instinktiv spürte ich, dass der Grauhaarige nicht mein Feind war. Als er mich erwischt und ausgeschaltet hatte, hatte er nicht gewusst, dass ich ein G-man war. Jetzt wusste er es. Dennoch hatte er nichts getan, um mich zu stoppen, als ich den Untersetzten angefallen hatte.

»Woher kennst du Ross McDuggan, Cotton?«

Natürlich kannte er meinen Namen. Er hatte meine Papiere eingesehen.

Ich zuckte mit den Schultern. »Ich kenne ihn nicht«, antwortete ich ehrlich. »Nicht persönlich. Ich habe mit einem seiner Kollegen aus Miami gesprochen. Sein Name ist gefallen. Man hält Ross für tot.«

»Er ist tot«, sagte der Grauhaarige. Zum ersten Mal zeichnete sich eine Gefühlsregung auf seinem maskenhaft starren Gesicht ab. Die kalten, leblosen Augen bekamen einen wässrigen Glanz.

»So gut wie tot«, verbesserte er sich. »Ross hat das Fieber. Wenn ihn das nicht umbringt, dann der Hass!«

Ich legte die Waffe auf den Tisch und setzte mich auf den Stuhl, der vor dem Tisch stand. Ich nahm mir eine Zigarette und rauchte einen Zug.

Der Untersetzte stand inzwischen wieder auf den Beinen. Sekundenlang starrte er mich verkniffen an, dann grinste er.

»Ich muss mit Ross McDuggan sprechen«, sagte ich.

»Über die Marines aus Kolumbien?«

»Ja.«

»Und über den Coronel?«

»Auch über den. McDuggan hat etwas herausgefunden, aber keiner hat ihn ernst genommen!«

»Deswegen mussten zwei Frauen sterben, die Ross sehr nahe standen, und deshalb versucht er es jetzt auf eigene Faust.«

»Der FBI nimmt ihn ernst!«

»Zu spät, Cotton!«

Der Grauhaarige wandte sich an den Untersetzten.

»Versuch Ross zu erreichen, Pedro. Frag ihn, ob er mit dem G-man reden will.«

Pedro verließ den tristen Raum. Bevor sich die Tür wieder hinter ihm schloss, sah ich die Schatten weiterer Männer, die sich draußen im Gang aufhielten. Der Grauhaarige hatte also nicht geblufft.

»Wer bist du?«

»Paco Camino«, sagte der Grauhaarige. »Ich weiß nicht, um was es genau geht, aber ich habe eine Nachricht aus Kolumbien erhalten: Ein Dutzend Marines sind in New York angekommen.«

Ich spürte ein feines Ziehen in der Magengegend.

Camino legte meine Dienstwaffe auf den Tisch. Ich steckte sie ein. »Was hat das zu bedeuten?«, fragte ich.

»Sicher nichts Gutes.«

Ich dachte an Berman und die Schöne. Und mir fiel ein, was mein Kollege Harold Meyer gesagt hatte: Der Enic befand sich wahrscheinlich schon im Osten, aber er war nicht komplett. Ich wusste nicht, um welche Summen es bei solchen verbotenen Transfers ging, aber ich wusste sehr wohl, dass der Coronel den Rest des Rechners liefern musste.

»Hank Berman ist mit einer jungen Südamerikanerin unterwegs«, sagte ich.

»Carmen Paquita«, sagte der Grauhaarige. »Sie will herausfinden, was zwischen dem Coronel und Preachers Firma wirklich gelaufen ist.«

Ich stöhnte.

»Sie kennt das Risiko.«

»Weiß sie auch, dass der KGB mit im Spiel ist?«

Das wusste sie nicht, das war dem Grauhaarigen deutlich anzusehen. Ihr Interesse galt allein dem Coronel, und ihr Ziel war es, diesen Mann zu erledigen. Um jeden Preis. So wie es aussah, würde jeder hier in einen wahren Freudentaumel ausbrechen, wenn es den Coronel erwischte.

»Hat Carmen etwas mit Ross McDuggan zu tun?«

Paco Camino nickte. »Sie liebt ihn, denke ich«, sagte er. »Manchmal geht das schnell wie ein Blitz. Ja, sie liebt ihn, aber sie weiß genau, dass er sterben wird. Sie tut alles, um ihm zu helfen. Wirklich alles!«

»Kann ich gehen?«

»Ja.«

»Kann ich auch von hier aus telefonieren?« Ich dachte an Zeerookah, der hinter Berman her war.

»Von oben«, sagte Paco Camino, stand auf und ging voran.

Zeerookah hatte eine Antenne für Gefahr. Die bekam man automatisch, wenn man diesen Job so lange machte wie er. Er war Berman bis zu seinem Bungalow in Queens gefolgt und hatte dann vor dem Haus Stellung bezogen. Er hatte versucht, Phil über Funk zu erreichen. Das war ihm nicht gelungen. Also hatte er die Zentrale beauftragt, Phil zu veranlassen, Kontakt mit ihm aufzunehmen.

Bislang war das nicht geschehen.

Dafür geschah etwas anderes: Aus dem Buick, der gerade vor der Auffahrt zu Bermans Bungalow anhielt, stieg Tony Mallott. Und der Ex-Marine und Bodyguard von Preacher entdeckte ihn augenblicklich.

Mallott wandte sich an die anderen Insassen des Buick und schleuderte ihnen aufgeregt einige Worte entgegen. Dann drehte er sich wieder zu Zeerookah um. Langsam näherte er sich Zeerys Wagen.

Als er noch drei Schritte entfernt war und Zeery nach dem Sprechfunkgerät angelte, deutete Mallott mit einer knappen Handbewegung über seine Schulter.

Zeery hob den Blick. Er sah den Lauf einer MPi, der durch das Seitenfenster des Buick ragte und auf ihn zielte.

Mallott bewegte sich rechts davon. Er kam näher, ohne auch nur für eine Sekunde die Schusslinie zu kreuzen. Mit einer schnellen, für Mallott nicht sichtbaren Bewegung stellte Zeery das Funksprechgerät auf Sendung.

Mallott sah, dass sich Zeerys Lippen bewegten, als er eine Meldung durchgab. Dann war er heran und riss die Beifahrertür auf. Zeery hatte mit einem solchen Zwischenfall natürlich nicht gerechnet und die Tür nicht verriegelt gehabt – was ihm in diesem Moment auch wenig genutzt hätte.

Mallott tauchte mit gezogener Waffe in den Wagen und setzte das Funksprechgerät erst einmal außer

Gefecht. Dann hob er die Hand und gab den anderen ein Zeichen. Sofort zog der Buick an und fuhr auf die Auffahrt zu Bermans Bungalow.

»Ich weiß nicht, was du durchgegeben hast, Indianer«, knurrte Mallott böse. »Aber es wäre besser für dich, wenn hier in den nächsten Minuten keine Cops auftauchten.«

Zeery fluchte leise. Anstatt sich auf Berman und die beiden toten Marines zu stürzen, hätte man sich besser auf Mallott und Olpesto konzentrieren sollen. Zeery sah seinen Nebenmann an. In diesem Moment erschien es ihm nicht einmal weit hergeholt, wenn er glaubte, dass Mallott und Olpesto ihren Chef in die Luft geblasen hatten.

»Gerade ist eine Meldung von Zeerookah reingekommen«, sagte mir der Kollege aus der Zentrale. »Er steht in Queens, bei Bermans Bungalow. Da scheint etwas nicht in Ordnung zu sein, Jerry. Ich kann den Indianer nicht mehr erreichen. Ein Defekt, oder er hat sich selbst ausgeschaltet.«

»Schick einen Wagen raus«, sagte ich sofort. »Aber vorsichtig!«

»Okay!«

»Was ist mit Phil?«

»Der ist an der Sunken Plaza Promenade. Hotel ›La Maison Française‹. Berman war dort mit der Südamerikanerin. Phil kümmert sich um die Frau. Er hat sich bis jetzt noch nicht wieder gemeldet.«

Ich erfuhr, was sich inzwischen ereignet hatte.

»Ich mache mich auf den Weg zur Sunken Plaza«, sagte ich. »Gebt Phil Nachricht.«

Paco Camino schaute mich besorgt an, als ich aufgelegt hatte. »Carmen ist dort«, sagte er leise. »Im ›La Maison Française‹.«

»Und McDuggan?«

»Ich weiß nicht.«

»Ruf dort an«, verlangte ich. »Versuch, etwas herauszubekommen, Paco. Ich melde mich von unterwegs. Falls du McDuggan erwischst, halte ihn auf Distanz!«

»Ich weiß wirklich nicht, was Sie von mir wollen«, sagte Carmen Paquita mit leiser Stimme. Sie stand neben dem Fenster im Schlafzimmer der Suite und wickelte sich fröstelnd in den viel zu großen Bademantel, der zur Grundausstattung des Hotels gehörte.

Pawlov lachte leise.

»Sie haben gesagt, dass Sie von Berman kämen.«

Pawlov schaute sie an. Er kannte sie nicht. Sie war die schönste Frau, die er jemals gesehen hatte, aber er hielt sie für gefährlich, ohne dafür einen bestimmten Grund angeben zu können. Der Lauf seiner Waffe, auf den ein dickbäuchiger Schalldämpfer geschoben war, zielte auf ihren Bauch. Er zitterte und spürte Begierde in sich aufsteigen.

»Zieh den Mantel aus!«

Carmen Paquita zog die Augen zu schmalen Schlitzen zusammen. Von Anfang an hatte sie gewusst, dass es gefährlich werden konnte. Ross war dagegen gewesen, dass sie sich mit Berman traf und etwas mit ihm anfing, um ihn aushorchen zu können. Sie hatte es dennoch getan, weil sie davon überzeugt war, dass es die einzige Chance war, an Berman heranzukommen. Vielleicht konnte man es auch noch mit Gewalt schaffen, aber sie wollte nicht, dass Ross einen Mann tötete.

»Hast du mich nicht verstanden?«

Carmen Paquita löste sich vom Fenster und trat einen Schritt in das Zimmer herein. Pawlov schoss. Die Kugel zerrte am Bademantel, bevor sie hinter ihr mit einem klatschenden Geräusch in die Wand einschlug.

Erschreckt ließ sie den Bademantel los. Wie ein Bühnenvorhang klaffte er auseinander.

Pawlov lachte abgehackt. Sein Blick kroch förmlich über Carmens Blößen. Er hatte sich nicht getäuscht: Sie war die schönste Frau, die er jemals gesehen hatte! Er wollte etwas sagen, aber das Läuten des Telefons hielt ihn davon ab. Zwei Sekunden lang zögerte er, dann winkte er Carmen mit der Waffe zum Telefon und stellte sich dicht neben sie.

»Keinen falschen Ton«, sagte er und drückte ihr den Lauf der Waffe auf den nackten Bauch.

Carmen hob ab. »Ja?«

»Ich bin's, Paco«, meldete sich eine schwer zu verstehende Stimme.

»Ja?«

»Ist bei dir alles in Ordnung, *Chica*?«

Carmen nickte. »Ja«, sagte sie. »Berman ist weg.«

Pawlov verlor die Nerven. Er stieß einen Fluch aus, riss Carmen den Hörer aus der Hand und versetzte ihr einen Stoß, der sie zu Boden schleuderte.

»Berman ist weg, aber ich bin hier!«, brüllte er aufgeregt in den Hörer. »An eurer Stelle würde ich nichts unternehmen, wenn ihr die Señorita lebend wieder sehen wollt!«

Er schmetterte den Hörer auf die Gabel und drehte sich mit einer wilden Bewegung zu Carmen Paquita herum.

»Ich habe nichts Falsches gesagt«, sagte Carmen. »Das war Paco. Er wusste, dass ich mit Berman zusammen bin. Bevor du dich eingeschaltet hast, war für ihn noch alles in Ordnung. Du hast dir selbst Schwierigkeiten gemacht!«

Pawlov rieb sich mit dem Handrücken über die feucht glänzende Stirn. Es war richtig, was die Südamerikanerin sagte. Er hatte einen Fehler begangen.

Erneut klingelte das Telefon. Diesmal hob Pawlov ohne zu zögern ab.

»FBI ist im Haus«, sagte eine leise Stimme. »Man interessiert sich für das Mädchen. Wahrscheinlich auch für Sie, Sir.«

Pawlov hatte die Stimme niemals zuvor gehört, aber er hegte keinen Zweifel daran, dass es derjenige Angestellte war, der Kontakt zum KGB hatte.

»Komm her!«

Langsam kam Carmen heran. Sie versuchte, ihre Angst zu unterdrücken, aber das gelang ihr nicht völlig. Sie zitterte. Als sie den Bademantel wieder schließen wollte, schüttelte Pawlov wütend den Kopf.

»Ausziehen!«

Carmen setzte ihm keinen Widerstand mehr entgegen. Sie streifte den Bademantel ab und stand nackt und zitternd im Zimmer. Pawlov packte sie am Arm. Dann öffnete er vorsichtig die Tür und versetzte Carmen einen Stoß, der sie in den Gang katapultierte. Sofort setzte er ihr nach.

Er sah den Mann am Glasabschluss der Etage. Es war derselbe, der zusammen mit ihm den Lift benutzt hatte.

Pawlov riss die Waffe hoch. Rasend schnell feuerte er zwei Schüsse ab. Die Schussexplosionen waren nicht zu hören, aber das Glas zersprang mit einem lauten Knall. Der Kerl war verschwunden.

Pawlov lachte lauthals, packte Carmen, die zitternd stehen geblieben war, und hielt sie als Schutzschild vor sich, als er den Rückzug antrat.

»Keiner lässt sich hier sehen!«, schrie er.

Dann zog er die Tür wieder hinter sich ins Schloss.

»Hol mir einen Whisky aus der Bar!«, verlangte er. »Du kannst dir selbst auch etwas mitbringen.«

Er schaute Carmen nach. Ihr nackter Körper versetzte ihn in eine beinahe rasende Erregung. Noch aber hatte er seine Gefühle und Gedanken unter Kontrolle. Während Carmen zur Bar ging, hob er das Telefon ab und rief Ramos Ovida an.

»Ich bin im Hotel ›La Maison Française‹, Teniente«, sagte er. »Berman war mit einer Südamerikanerin hier. Berman ist verschwunden, aber ich habe das Mädchen. Der FBI ist an ihr interessiert. Ich habe die G-men im Genick.«

Am anderen Ende der Leitung lachte Ramos Ovida leise auf. »Keine Sorge, Russe«, sagte der Kolumbianer. »Meine Leute sind zusammen mit Berman auf dem Weg!«

»Verdammt, es wimmelt hier von FBI-Agenten, Ovida!«

»Ich sagte: keine Sorge, Russe. Pass nur auf, dass sie dich und das Mädchen nicht schnappen.«

»Wie lange muss ich warten?«

»Vielleicht zwei Stunden!«

Pawlov legte auf. Er setzte sich auf das Bett und schaute Carmen an, die für ihn einen Whisky brachte und sich selbst einen Martini genommen hatte. Er nahm ihr das Glas aus der Hand und stellte es auf den Nachttisch. Dann strich er über ihren nackten Bauch, bis er die festen Brüste der Südamerikanerin unter den Fingern spürte. Carmen zitterte, aber sie unternahm nichts, um ihn abzuwehren. Irgendwie war sie sicher, dass der Mann sie erschoss, wenn sie ihm auch nur den kleinsten Anlass lieferte.

Pawlov zog die Hand zurück. Er trank einen Schluck und zog sie neben sich auf das Bett. »Ruf nach unten an«, verlangte er dann. »Sag denen, dass du tot bist, wenn sich jemand dieser Suite nähert!«

Carmen tat, was er verlangte, und sie legte sich auf das Bett, als er sie zurückschob. Sie ertrug seine Hände, die zitternd über ihren nackten Körper strichen, und sie lächelte, als er aufstand, um sich auszuziehen.

»Genieße es«, sagte sie leise. »Es ist für uns beide das letzte Mal. Ross McDuggan wird uns töten!«

Pawlov schaute sie fragend an. »Wer ist das?«

»Ein Mann, der in Kolumbien dem Tod von der

Schippe gesprungen ist. Die *Chicos* und die Marines des Coronel haben ihn nicht erwischt.«

Pawlov lachte heiser. »Ich fürchte keinen Mann, den ich nicht kenne. Und ich bin besser als alle *Chicos* und Marines zusammen!«

Sie hatten Zeerookah in seinem Wagen gefunden. Die Nachricht erreichte mich kurz vor der Sunken Plaza Promenade. Jemand hatte auf ihn geschossen und ihn schwer verwundet. Im Krankenhaus kämpften die Ärzte um sein Leben, und seine Chancen standen nicht gut.

Berman war entführt worden.

Ich zündete mir eine Zigarette an. Ich dachte an den Indianer, der Berman eigentlich keine Bedeutung beigemessen hatte. Für eine Sekunde schloss ich die Augen. In diesem Moment wünschte ich mir nichts sehnlicher, als dass Zeery es schaffte.

Dann stoppte ich vor dem ›La Maison Française‹ neben zwei Streifenwagen der New Yorker City Police. Der Portier wollte mich verscheuchen wie einen lästigen Staubsaugervertreter. Ein einziger Blick reichte, und er verschluckte, was ihm schon auf der Zunge lag.

Phil stand an der Rezeption und telefonierte. Als er auflegte und sich zu mir umdrehte, sah ich ihm an, dass er wusste, was mit unserem indianischen Kollegen geschehen war.

»Die verdammten Hunde!«, keuchte Phil, was eigentlich nicht seine Art war. »Es hat Zeugen gegeben, Jerry. Einer der Männer, die Berman entführt haben, wurde identifiziert. Tony Mallott!«

Ich schluckte trocken. Mit der Hüfte lehnte ich mich an die Rezeption. Mallott und Olpesto! Wir hatten uns um die toten Marines gekümmert. Wir hätten uns besser um die Lebenden kümmern sollen.

»Pawlov ist oben«, sagte Phil. »Er hat sich zusammen mit einer Südamerikanerin namens Carmen Paquita in der Suite verschanzt. Um ein Haar hätte er mich erwischt. Die Cops sichern die Etage.«

Ich zündete mir eine Zigarette an. Bei einem Kellner, der gerade vorbeikam, bestellte ich einen Kaffee. Als ich den ersten Schluck getrunken hatte, kamen Joe Brandenburg und Steve Dillaggio. Aus dem Krankenhaus waren inzwischen keine besseren Nachrichten gekommen. Zeery kämpfte noch immer mit dem Tod.

Der Manager näherte sich mit bleichem Gesicht. Er zitterte, als er mir die Hand gab. Sein Blick flehte mich an, ihm zu sagen, dass das hier nur ein böser Traum war, aus dem er jeden Moment erwachen konnte.

Ich sagte es nicht.

»Was kann ich tun?«, fragte er.

»Reservieren Sie zwei Lifte für die Polizei und sorgen Sie dafür, dass der 22., 23. und 24. Stock gesperrt bleiben.« Ich drehte mich zu Phil herum. »Sind noch andere Gäste auf der 23. Etage?«

»Mehr als zehn«, antwortete Phil. »Sie haben sich in ihren Zimmern eingeschlossen. Ich habe inzwischen mit jedem Einzelnen am Telefon gesprochen, Jerry. Sieht so aus, als würden sie die Nerven behalten.«

»Ist Pawlov nach dem ersten Ausfall noch einmal im Gang erschienen?«

Phil schüttelte den Kopf. »Er hat Carmen Paquita anrufen lassen«, sagte er. »Ich weiß, an was du denkst. Ich habe es auch in Erwägung gezogen, aber ich wollte es nicht allein entscheiden.«

Ich schaute auf die Uhr. Der Zeiger sprang in dieser Sekunde auf genau fünf Uhr nachmittags. Ich hasste die Gedanken, die in meinem Kopf herumschwirrten, aber ich musste sie wälzen. Pawlov befand sich mit nur einer Geisel in der Suite. Mehr als zehn andere unschuldige Menschen waren noch auf der Etage. Sie konnten, wenn alles schief lief, ebenfalls als Geiseln genommen werden. Das durften wir unter keinen

Umständen zulassen. Selbst um den Preis von Carmen Paquitas Leben nicht!

»Ruf jeden einzelnen Gast an«, wandte ich mich an Phil. »In genau fünf Minuten, nicht später und nicht früher, sollen sie aus den Zimmern kommen und zum Treppenhaus rennen.«

Phil Decker schwitzte. »Der Kerl kann genau in dem Moment ...«

Ich nickte. »Trotzdem«, sagte ich. »Es ist schon so schlimm genug. Ich will keine Katastrophe.«

Ich fuhr mit Joe Brandenburg nach oben. Vom 22. zum 23. Stock benutzten wir das Treppenhaus. Zehn Cops lagen in Stellung. Sie waren nur mit Dienstrevolvern ausgerüstet.

Männer einer Spezialeinheit befanden sich unterwegs.

Der Flur war verlassen. Überall lagen Glasscherben herum. So wie Phil es mir geschildert hatte, hatte er vor Pawlovs Kugeln gerade noch früh genug in Deckung gehen können.

Ich schaute zur Uhr und gab Joe ein Zeichen. Wir betraten den Flur, hasteten über den dicken Teppich, der beinahe jedes Geräusch schluckte, und erreichten die Tür der Suite.

Nichts war zu hören. Eine Stille wie im Auge des Taifuns.

Phil kam, betrat den Gang ebenfalls und lehnte sich auf halbem Weg zur Suite gegen die Wand. Er hielt seine Waffe in beiden Händen und nickte mir zu. Das hieß, alle Gäste waren verständigt und würden sich an unsere Anordnungen halten.

Sie kamen, als der Zeiger auf fünf Minuten nach fünf sprang. Sie kamen gleichzeitig, verließen ihre Zimmer ohne Panik, was ein kleines Wunder war, und rannten, so schnell sie konnten, den Gang entlang.

Es dauerte keine zwei Minuten, dann war die Etage geräumt. Es war ein Risiko gewesen. Ich hatte Carmen

Paquitas Leben gegen das der anderen Gäste gestellt. Wäre Pawlov in dieser Minute wirklich herausgekommen, dann …

Ich dachte den Gedanken nicht zu Ende. Wozu auch? Wir hatten erreicht, was wir uns vorgenommen hatten. Nur das zählte. Danach, wie es zustande gekommen war, fragte später ohnehin niemand mehr.

Genauso leise, wie wir gekommen waren, zogen wir uns wieder zurück.

James Dubbin vom Flughafensicherungsdienst dachte schon an nichts anderes mehr als an den Schichtwechsel. Helen, seine Frau, hatte angerufen. Der Jüngste hatte einen leichten Unfall gehabt, bei dem er neben einigen Hautabschürfungen auch einen gehörigen Schrecken davongetragen hatte. Um ihn zu beruhigen, hatte Helen versprochen, dass er heute Abend zusammen mit ihr und seinem Vater um die Ecke eine Pizza essen durfte. Nun wollte Dubbin den Kleinen nicht warten lassen.

James Dubbin war mit dem Gedanken an seinen Sohn viel zu sehr beschäftigt, um dem Militärlastwagen viel Bedeutung beizumessen, der auf die Schranke vor seinem Häuschen zufuhr. Hinter dieser Schranke, vielleicht hundert Yards entfernt, versperrte ein riesiges elektronisch gesichertes Eisentor die Zufahrt auf das Flugfeld. Hinter dem Tor befand sich rechts das Transitgebäude, in dem auch ein kleines Café untergebracht war.

Der Transporter wurde langsamer. Auf der Ladefläche entdeckte Dubbin fünf Marineinfanteristen. Zwei weitere hielten sich in der Fahrerkabine auf. Militärischer Besuch war nicht gemeldet worden. Vorsichtshalber schaute James Dubbin noch einmal auf die Liste.

Es fehlten nur noch zwei Speditionsfahrzeuge, die

von einer Maschine der African Air direkt beladen wurden. Eine Stunde Arbeit, dann wurde der Frachtbetrieb geschlossen.

»Ja?«, fragte Dubbin und zuckte zusammen. Dass die Marines bewaffnet waren, war natürlich. Aber er hielt es für übertrieben, dass der Mann im Fahrerhaus seine MPi so hoch hob, dass der verdammte Lauf auf ihn zielte.

»Willst du nicht öffnen?«, fragte Tim Olpesto mit schnarrender Stimme.

Dubbin gefiel der Mann mit dem blonden Bürstenhaarschnitt nicht. Er hatte einen harten, gemeinen Gesichtsausdruck, und seine hellen Augen suchten unruhig die Gegend ab. Ungefähr so, als erwarte der Marine von irgendwoher eine Gefahr.

Dubbin schüttelte den Kopf, obgleich er wirklich keine Lust auf Ärger mit den Marines hatte. »Ich habe verdammt keine Anweisung, hier jemand anderen als zwei Speditionsfahrzeuge durchzulassen!«

Dubbins Hand tastete zum Telefon. Zur Vorsicht wollte er sich beim Flughafensicherungsdienst rückversichern. Gleichzeitig verfluchte er Jim Bell, seine Ablösung. Wäre Jim wenigstens heute einmal pünktlich gewesen, hätte er sich mit den Marines herumärgern müssen.

»Ich werde nachfragen …«

James Dubbin spürte harte Schläge gegen die Brust. Mit ungeheurer Kraft wurde er vom Stuhl geschleudert. Er krachte gegen den Schreibtisch und stürzte schwer zu Boden. Er dachte an Helen und an seinen Jüngsten, die auf ihn warteten, um mit ihm zusammen eine Pizza zu essen. Dann war er tot.

Olpesto sprang aus dem Wagen. Mit einem einzigen Fußtritt brach er die Tür des Pförtnerhäuschens auf. Als sein Blick nach links ruckte, sah er den roten Toyota, der langsam heranfuhr.

Jim Bell, Dubbins Ablösung.

»Achtung!«, schrie Olpesto.

Unnötig, denn der Wagen war schon entdeckt worden.

Während Olpesto in das Pförtnerhäuschen sprang, um mit einem Knopfdruck die Schranke zu heben und das schwere Gittertor beiseite gleiten zu lassen, bellte das Feuer aus einer Maschinenpistole auf.

Die Windschutzscheibe des roten Toyota splitterte.

Der Wagen brach nach rechts aus und fuhr frontal gegen das Frachtgebäude.

Die Schranke hob sich. Das elektronisch gesicherte Tor schwang lautlos zur Seite.

Sofort fuhr der Militärtransporter wieder los.

Olpesto rannte dem Wagen nach. Ganz kurz sah er noch, dass sich eine blutüberströmte Gestalt schreiend aus dem Toyota fallen ließ, bevor der sich in einen Feuerball auflöste.

Olpesto ließ sich nicht aufhalten. Ovida hatte als Einsatzort den Transitbereich ausgesucht. Also mussten sie auch nach dort.

Olpestos Atem keuchte, als er dem Lastwagen mit langen Schritten nachsetzte. Das fette Leben bei Preacher hatte ihn etwas aus der Form gebracht, stellte er fest.

Vor ihm scherte der LKW nach links aus. Die breite, vorgeschobene Schnauze richtete sich auf den versperrten Eingang aus und durchbrach die schwere Tür mit einem lauten Krachen.

Der Fahrer sprang raus. Von der Ladefläche folgten die Marines, die von der kolumbianischen Sonne braun gebrannt wie die Urlauber waren. Sie stürmten in das Gebäude.

Olpesto hörte Schreie. Schüsse bellten auf. Irgendwo splitterte Glas, und eine Tür wurde aufgebrochen.

»Okay, niemand rührt sich von der Stelle!«

Um den Worten den nötigen Nachdruck zu verleihen, jagte jemand eine Salve gegen die Decke.

Olpesto erreichte ebenfalls das Gebäude. Er hastete durch den langen Gang.

»Einer an den Vordereingang, einer an den Hintereingang und einer auf das Dach!«, brüllte er seine Befehle gegen die Marines.

Unnötig, denn das Unternehmen war auf der Fahrt gründlich durchgesprochen worden. Und Marines brauchte man einen Befehl nur einmal zu geben.

Die Soldaten hasteten an Olpesto vorbei, der sich durch die Scherben der Tür in den Transitteil des Ramdpo Valley Airports schob.

Frauen kreischten. Irgendwo schrie ein Kind. Männer fluchten. Mehr als dreißig Personen befanden sich in dem tristen Transitraum.

Olpesto schaute sich um.

Der Raum war fensterlos. Es gab nur die breite Glasfront, die zur Abfertigungshalle der Transitpassagiere zeigte. Die war verlassen. Einer der Marines stand zwischen den Gepäckbändern. Er hielt den Lauf seiner Maschinenpistole auf die Bürofront gerichtet, in der auch die Flughafenpolizei residierte. Und die hatte sich bis zu diesem Moment wirklich nicht mit Ruhm bekleckert. Der Angriff war so schnell und überraschend ausgeführt worden, dass die Polizei zum Eingreifen gar keine Zeit gehabt hatte.

In diesem ersten Moment der Ruhe fand Olpesto Zeit, sich darüber zu wundern, dass die Aktion geglückt war. Alles war generalstabsmäßig abgelaufen. Der Transitteil des Flughafens war von seinen Männern eingekreist.

Olpesto ging in die Kaffeebar, an der es auch Sandwiches gab.

»Mach mir einen Kaffee«, sagte er zu dem bleichen rothaarigen Mädchen. Dann nahm er das Telefon.

Der Anschluss war in Ordnung. Flink tippte er Ovidas Nummer und wartete geduldig, bis am anderen Ende abgehoben wurde.

»Roger«, sagte Olpesto. »Keine Ausfälle!«

Dann legte er wieder auf.

Die bleiche Rothaarige schob ihm einen Kaffee zu.

Olpestos Blick strich über die verängstigten Passagiere, die auf den Bänken sitzen geblieben waren oder sich schreckensbleich an eine Wand drückten. Dicht aneinander gedrängt, als wollten sie sich gegenseitig Schutz durch Körperwärme geben.

»Da gibt es eine Frau mit einem Baby und zwei Alte im Rollstuhl«, sagte die Rothaarige mit leiser Stimme.

Olpesto trank einen Schluck Kaffee. »Welche Nummer hat die Flughafenleitung?«, fragte er dann.

»1321«, antwortete die Rothaarige.

Olpesto wählte.

Sofort wurde am anderen Ende der Leitung abgehoben.

»Hier spricht Sergeant Tim Olpesto, US Marine außer Dienst«, sagte Olpesto. »Im Rahmen eines Sondereinsatzes haben wir den Transitbereich besetzt und gesichert. Jeder Versuch, hier einzudringen, ist absolut sinnlos. Wir schießen sofort auf die Geiseln. Haben Sie das verstanden?«

Sekundenlanges Schweigen. »Ja«, antwortete dann eine gepresst klingende Stimme. »Wir haben das verstanden, Sir!«

»Wir haben hier eine Frau mit einem Baby und zwei Alte in einem Rollstuhl. Ihr habt genau fünf Minuten, um sie gegen den Sicherheitschef des Flughafens auszutauschen. Wie heißt der Mann?«

»Brian Warner.«

»Also, Warner soll herunterkommen. Dann lassen wir die Frau, das Baby und die Alten im Rollstuhl ziehen. Ich will hier keine Panik!«

Olpesto legte auf.

»Irgendwelche Schwierigkeiten, Marine?«, rief er dem Soldaten in der Abfertigungshalle zu.

»Keine Schwierigkeiten, Sir!«, schrie der Marine

zurück. Er hakte einige Handgranaten vom Gürtel und legte die explosiven Eier auf den Kasten, in dem das Gepäckband verschwand.

»Wie heißt du?«, wandte sich Olpesto an die Rothaarige, die sehr gefasst schien. Beinahe so, als habe man sie auf einen solchen Zwischenfall trainiert.

»Mabel Jensink.«

»Okay, Mabel. Kümmere dich darum, dass wir mit ausreichend Essen versorgt werden. Solange die Passagiere unter meinem Kommando stehen, soll es ihnen an nichts fehlen!«

Olpesto befand sich in seinem Element. Es war lange her, seit er ein Kommando hatte. Nun stellte er fest, dass er nichts verlernt hatte. Er wandte sich an die verängstigten Fluggäste.

»Solange Sie sich ruhig verhalten und unseren Anweisungen folgen, wird Ihnen nichts geschehen. Falls uns die Polizei oder jemand anderer dazu zwingt, werden wir nach und nach jeden Einzelnen erschießen. Sie bekommen zu essen, zu trinken und alles, was Sie sonst noch nötig haben. Die Toiletten können benutzt werden, ohne dass die Türen von innen verschlossen werden. Behalten Sie die Nerven, dann wird alles gut ablaufen. Sie halten sich von nun an in dem Bereich auf, in dem die Bänke stehen. Keine Fragen, die werden Ihnen doch nicht beantwortet. Das war alles!«

Olpesto hielt inne und zündete sich eine Zigarette an.

Während er rauchte, beobachtete er die Fluggäste, die sich in den Bereich begaben, in dem sich ausreichend Bänke und Sessel befanden. Nach dem ersten Schrecken wirkten sie gefasst. Aber Olpesto gab sich keinen Illusionen hin. Je länger die Sache hier dauerte, umso schwächer wurden die Nerven. Es kam darauf an, früh genug die Leute auszusondern, die mit ihrer Angst und Panik andere anstecken konnten.

Die beiden Marines, die sich zusammen mit ihm in diesem Raum befanden, grinsten zufrieden. Sie hatten sich so aufgestellt, dass sich die Passagiere und die Glasfront zur Abfertigungshalle im Kreuzfeuer ihrer MPis befanden.

Die fünf Minuten waren noch nicht verstrichen, als Brian Warner, der Sicherheitschef, auftauchte. Warner war ein kleiner, beinahe zierlicher Mann, der schwarzes Kraushaar hatte und den man leicht für einen Italoamerikaner halten konnte.

Warner blieb in der Halle neben den Gepäckbändern stehen und schaute sich um. Er wirkte angespannt, aber nicht nervös. Sein Blick strich aufmerksam über die Marines, die gefleckte Tarnuniformen trugen.

Olpesto ließ ihn nicht für eine Sekunde aus den Augen. Schon der Umstand, dass Brian Warner gekommen war, deutete auf die Gefährlichkeit und Kaltblütigkeit dieses kleinen Mannes hin.

»Wer leitet das Kommando?«, fragte Brian Warner mit ruhiger, weicher Stimme.

»Ich!«

Warners und Olpestos Blicke kreuzten sich. Dann nickte Warner beinahe freundlich.

»Was ist mit den Geiseln, die Sie freilassen wollten, Sir?«

»Bist du deswegen gekommen?«

Warner nickte. »Wegen des Kindes und der beiden alten Leute.«

»Vielleicht rechnest du dir auch eine Chance aus, he?«

Warner lächelte schwach. »Gegen diese Marines?«, fragte er und schüttelte den Kopf. »Vielleicht gibt es wirklich eine Chance, aber ich sehe sie im Moment nicht.«

»Denken die anderen auch so darüber?«, fragte Olpesto misstrauisch. Für seinen Geschmack war bislang alles zu sicher und reibungslos abgelaufen. Er hatte es sich wirklich schwerer vorgestellt gehabt.

»Das weiß ich nicht, Sir«, antwortete Brian Warner besonnen. »Ich hatte bislang keine Zeit, die Lage mit meinen Kollegen zu sondieren und zu beurteilen.«

Olpesto gab den Befehl, die Frau, das Baby und die beiden Alten in den Rollstühlen passieren zu lassen. Zwei Minuten später war das geschehen. Dann zündete sich Olpesto eine Zigarette an. »Wie sind die Sicherheitskräfte des Flughafens verteilt?«, fragte er Warner.

»Rings um das Gebäude herum, Sir. Wir sind eingekreist.«

Olpesto brach in brüllendes Gelächter aus.

Noch nie hatte Tony Mallott einen Mann so schnell weich werden sehen. Sie befanden sich noch auf dem Rückweg von Queens nach Manhattan, als es aus Hank Berman herausbrach.

»Es ist alles im Hotel!«, schrie Berman und starrte mit schreckensweiten Augen in die Mündung einer MPi. »Im Hotel!«

»›La Maison Française‹?«, fragte Mallott.

»Ja!«, schrie Berman. »Preacher traute den Tresoren in seinen Büros nicht. Er konnte diese wichtigen Dinge dort auch nicht unterbringen, weil die Safes mit Selbstzerstörungsanlagen versehen sind. Bei jedem Versuch, den Safe gewaltsam zu öffnen, hätten das Betriebsband und die Chips zerstört werden können. Damit wäre keiner Seite gedient gewesen. Also habe ich ihm persönlich den Vorschlag gemacht, diese Dinge im Safe der Suite im ›La Maison Française‹ unterzubringen. Ich bin davon ausgegangen, dass keiner die Dinger dort vermutete.«

Mallott knurrte zufrieden. Zwischenzeitlich hatte er Kontakt mit Lieutenant Ovida gehabt. Auf dem

Flughafen war alles gelaufen. Tim Olpesto hatte seine Sache ausgezeichnet gemacht.

Mallott war davon überzeugt, seinem Freund in nichts nachzustehen.

»Kennst du den Code, Berman?«, fragte Mallott.

Der glatzköpfige Anwalt zuckte zusammen. Einen Moment schaute er Mallott an, als wolle er ihm Widerstand entgegensetzen. Dann senkte er den Blick und nickte. »Ja.«

Mallott nahm das Funksprechgerät und rief den Wagen an, der sich hinter ihnen bewegte.

»Okay«, sagte er. »Fahrt voraus, zum Hintereingang des Hotels, und tut euren Job. Wir folgen eine halbe Stunde später!«

»Verstanden, Sir!«

Mallott nickte zufrieden. Mit den Männern aus Kolumbien fühlte er sich sicher. Alles schien genauso abzulaufen, wie Ovida es geplant hatte. Morgen Abend würden sie das Land verlassen und ausbezahlt werden.

Eine halbe Million für ihn und Olpesto, und danach würde der Coronel sie weiter beschäftigen.

»Was wird mit mir?«, fragte Berman.

Mallott grinste. »Das hängt davon ab, ob du uns Schwierigkeiten machst, Anwalt!«, stieß er heiser hervor. »Wenn alles glatt läuft, kannst du das Land zusammen mit uns verlassen. Wenn nicht, wirst du in New York begraben.«

»Es ist keine große Sache«, sagte Lieutenant Ken Moore, der die Antiterroreinheit leitete. Er war ein schlanker, nicht sehr groß gewachsener Mann mit pechschwarzen Haaren. »Nachdem die Etage geräumt ist und wir wissen, dass sich der Kerl allein mit der Geisel in der Suite aufhält …«

Der Lieutenant brach mitten im Satz ab. Ziemlich

weit entfernt bellten einige Schüsse auf. Dann herrschte wieder Stille.

Ich schaute den Lieutenant an. »Ihre Leute?«

Er schüttelte den Kopf, nahm das Walkie-Talkie und fragte seine Männer einzeln ab, die sich im Treppenhaus und am Abschluss der 23. Etage aufhielten.

Das Telefon läutete. Der Manager hob ab und gab den Hörer an mich weiter.

»Kommandounternehmen C«, sagte eine raue Stimme. »Wir befinden uns im unteren Verwaltungstrakt des Hotels und haben einige Geiseln. Es ist besser, wenn ihr euch still verhaltet und keine Dummheiten versucht.«

Ich starrte auf den Hörer in meiner Hand.

»Muss ich das wiederholen, oder soll ich euch eine tote Geisel mit dem Lift nach oben schicken?«

»Verdammt, nein!«, keuchte ich.

»Alle Lifte bleiben von diesem Moment an blockiert. Wer bist du?«

»G-man Jerry Cotton!«

»Okay, Cotton. Von nun an bist du verantwortlich. Jede vermeidbare Leiche wird man auf dein Konto schreiben. Weg von den Liften. Die Telefonleitung bleibt offen!«

Ich hörte, wie der Kerl am anderen Ende der Leitung den Hörer auf eine harte Unterlage legte Dann hörte ich den Schrei einer Frau.

»Mein Gott! Unternehmen Sie nichts! Die Marines meinen es ernst!«

Dann erklang wieder der Schrei der Frau, anschließend herrschte Grabesstille.

Phil schaute mich fragend an. »Kommandounternehmen C«, sagte ich. »Angeblich sind sie in den Büros und haben Geiseln genommen.«

Irgendwie konnte ich selbst nicht daran glauben. In der 23. Etage hielt sich ein Mann vom KGB mit Carmen Paquita verschanzt und jetzt …

Das knirschende Geräusch, als Lieutenant Ken Moore die Zähne übereinander rieb, riss mich aus meinen Gedanken.

Eine Frau hatte geschrien, und die Telefonleitung war offen. Mahnend legte ich den Finger auf den Mund, als Moore etwas sagen wollte.

»Die Lifte dürfen von uns nicht mehr benutzt werden«, sagte ich laut und winkte Phil und den Lieutenant von der Rezeption weg in die hintere Ecke der Empfangshalle.

»Was soll das, Cotton?«, fragte Moore. In derselben Sekunde zuckte er zusammen, denn ein Fahrstuhl wurde nach unten geholt, wo sich die Büros des Hotels befanden. »Was soll das?«

Ich zuckte mit den Schultern. »Ich bin G-man«, sagte ich. »Mit Geiselnahme kenne ich mich aus, aber das hier übersteigt alles, was ich bislang erlebt habe. Irgendwie sieht es aus, als habe der Russe dort oben Hilfe bekommen.«

Phil strich sich über die Haare. »Doch sicher nicht, um ihn herauszuholen«, sagte mein Freund.

Genau das dachte ich in diesem Moment auch. Es steckte mehr hinter dieser brutalen Aktion, als den Russen davor zu bewahren, in die Mühlen der amerikanischen Justiz zu geraten.

Draußen fuhren zwei Wagen vor das Eingangsportal. Und in dieser Sekunde wurde mir bewusst, dass wir einen Fehler begangen hatten: Wir hätten auch die Hotelauffahrt blockieren müssen!

Mallott sah ich zuerst. Er bewegte sich geduckt auf die große Drehtür zu und war mit einer Maschinenpistole bewaffnet. Hinter ihm tauchte Hank Berman auf. Er hielt die Hände hinter dem Kopf verschränkt und bewegte sich vor zwei Männern, die ebenfalls mit Maschinenpistolen bewaffnet waren. Ihre gesunde braune Gesichtsfarbe fiel sofort auf.

Tony Mallott blieb draußen vor der Drehtür stehen.

Er wartete. Auf was, wurde mir Sekunden später klar, als der Lift in der Empfangshalle stoppte. Zwei junge Frauen taumelten heraus. Ihnen folgten zwei Männer, die ebenfalls mit automatischen Schnellfeuerwaffen ausgerüstet waren.

»Ruhig bleiben, Lieutenant«, raunte ich, als Moore zusammenzuckte. »Verdammt, ruhig bleiben!«

Es fiel ihm wirklich schwer, die Nerven zu bewahren und nicht zur Waffe zu greifen. Etwas wie hier schien auch er noch nicht mitgemacht zu haben.

Phil stand geduckt da. Joe Brandenburg und Steve Dillaggio, die noch an der Rezeption standen, warfen mir einen fragenden Blick zu. Ganz kurz schüttelte ich den Kopf.

Dann kam Tony Mallott durch die Drehtür. Er blieb in der Halle stehen. Der Lauf seiner MPi beschrieb einen weiten Bogen und zielte dann auf mich. Die beiden anderen Männer folgten ihm mit Hank Berman.

»Keine Panik, Cotton!«, sagte Mallott. »Dies ist ein Kommandounternehmen amerikanischer Marines, die die Fahne gewechselt haben. Hier passiert nichts, solange man es nicht selbst herausfordert!«

Mein Blick ruckte nach links, wo die beiden Mädchen mit erhobenen Händen standen. Lieutenant Moore stöhnte.

Ich beobachtete ihn aus den Augenwinkeln. Phil stand dicht neben ihm und hatte ihm beruhigend die Hand auf die Schulter gelegt.

»Wir fahren jetzt hoch, Cotton«, sagte Mallott.

Er wirkte erstaunlich ruhig, und das verwunderte mich. Mallott und seine Männer hatten sicher die Nase vorn, aber wenn er seine Sinne noch beisammen hatte, musste er wissen, dass wir ihn nicht einfach wieder verschwinden ließen. Trotz der Geiseln, die er genommen hatte.

Mallott deutete auf Phil. »Du kommst mit, Decker!«, bestimmte er. »Ich kann mir vorstellen, dass die

23. Etage belagert wird. Es liegt also an dir, den Leuten begreiflich zu machen, dass es zu einer Katastrophe kommt, wenn sich uns jemand in den Weg stellt. Dann erwischt es neben einigen anderen auch dich, Decker! Genau wie den Indianer, der unbedingt Held spielen wollte!«

Mein Magen zog sich zusammen. Mallott gab zu, auf Zeerookah gefeuert zu haben. Ein Mann, der in einem solchen Moment dieses Geständnis ablegte, hatte nichts mehr zu verlieren. Er fühlte sich absolut sicher und hielt wahrscheinlich noch einen unschlagbaren Trumpf in der Hinterhand.

Phils Augen flackerten, und seine Hände ballten sich zu Fäusten. Er dachte, genau wie ich, an unseren Kollegen Zeerookah.

»Bitte, Mister«, sagte eines der Mädchen leise flehend.

»Verdammt, Cotton! Die meinen es ernst!«, stieß Hank Berman hervor. Schweißtropfen perlten auf seiner spiegelnden Glatze.

Ich wollte etwas sagen, als Ken Moore einen Schritt nach vorn trat. »Meine Männer sind oben«, sagte er zu Mallott. »Ich muss also mit nach oben.«

Tony Mallott schaute mich an. Es sah aus, als würde er dem Frieden nicht trauen. »Wer ist der Mann?«

»Lieutenant Ken Moore, Leiter der Antiterrorbrigade«, sagte ich.

Mallott sah sich den Lieutenant genauer an. Dann lachte er. »Anstatt dieser Weihnachtsmänner hättet ihr euch besser ein paar Marines geholt«, wandte er sich dann an mich. »Die hätten uns erst gar nicht hier hereingelassen.«

Meine Gedanken jagten sich. Ich hatte keine Chance, etwas gegen Mallott und die anderen zu unternehmen. Solange Menschenleben auf dem Spiel standen und die Karten so denkbar schlecht verteilt waren, musste ich mich den Forderungen beugen.

Phil nickte Moore zu. Der schaute mich an.

»Keine Extratour«, mahnte ich. »Unsere Karten sind schlecht!«

»Und das bleiben sie auch, Cotton«, versicherte Mallott, während sich die Marines mit den Mädchen wieder in den Lift zurückzogen. »Wir brauchen wirklich nicht lange, Cotton. Und wir verschwinden, wie wir gekommen sind. Vielleicht lassen wir uns auf dem Rückweg durch eine Polizeieskorte begleiten, damit wir sicher durch die Stadt kommen!«

Phil und Lieutenant Ken Moore machten sich auf den Weg. Berman folgte ihnen mit gesenktem Kopf. Er schaute mich nicht einmal an. Ich sah seine Angst.

Mallott und die restlichen Marines folgten. Dann zog der Lift nach oben.

Ich rieb mir die feuchte Stirn und zündete mir eine Zigarette an. Joe Brandenburg versuchte inzwischen, Mr. High an den Apparat zu bekommen. Die Verbindung stand schnell. Joe streckte mir den Hörer entgegen.

»Ich habe einen Anruf bekommen, Jerry«, sagte der Chef. »Ich weiß, was sich im ›La Maison Française‹ abspielt. Sie lassen die Leute wieder verschwinden. Keinen Widerstand leisten! Auf keinen Fall! Danach kommen Sie alle zur Krisensitzung in mein Büro.«

»Sir, ich …«

»Keinen Widerstand! Das ist ein ausdrücklicher, bindender Befehl, Jerry!«

Mr. High beendete das Gespräch abrupt. Ich sagte Joe Brandenburg und Steve Dillaggio, was der Chef angeordnet hatte.

»Das ist doch Wahnsinn!«, keuchte Steve Dillaggio. »Ich kann mich nicht daran erinnern, dass etwas Ähnliches in New York schon einmal passiert ist. Eine Handvoll Marines erklärt der Stadt und den Autoritäten den Krieg!«

Steve übertrieb nicht. Was Mallott und die Marines

taten, war in der Tat eine offene Kriegserklärung. In dieser Sekunde hegte ich schon keinen Zweifel mehr daran, dass dieses Unternehmen von Kolumbien aus gesteuert wurde. Von dem Coronel.

Die längsten zwanzig Minuten meines Lebens verstrichen. So hilflos und ohnmächtig wie jetzt war ich mir noch nie vorgekommen. Dann rief Phil von oben an.

»Wir kommen jetzt runter, Jerry«, sagte er.

Ich nickte, zündete mir eine Zigarette an und starrte gebannt zu den Fahrstühlen. Die mittlere Kabine kam herunter. Mallott stieg als Erster aus. Die beiden Mädchen folgten. Dann die schöne Südamerikanerin, die ich zusammen mit Berman gesehen hatte. Danach kamen die restlichen Marines. Berman fehlte. Auch Pawlov, der Mann, der Peggy in Brooklyn erschossen hatte. Phil und Lieutenant Moore waren ebenfalls oben geblieben.

»Alles okay?«, fragte Mallott. »Hat man dir inzwischen mitgeteilt, dass du mich besonders höflich behandeln musst?«

Ich schwieg. Mallotts Grinsen löste Mordgedanken in mir aus. Das Herz schlug mir bis zum Hals hinauf. Der Hass auf diesen Mann, der auf Zeery geschossen oder es wenigstens angeordnet hatte, schnürte mir die Luft ab.

»Ich habe den Befehl, euch abziehen zu lassen«, sagte ich. »Ohne die Geiseln!«

Mallott zuckte zusammen. Ungläubig starrte er mich an. Ihm hatte man anscheinend etwas anderes gesagt.

»Ihr braucht die Geiseln ja auch nicht mehr, Mallott. Du weißt doch genau …«

Sein Fluch unterbrach mich mitten im Satz. Vielleicht war es ein Fehler, ihm Lügengeschichten zu erzählen, aber ich konnte nicht anders. Ich musste einfach versuchen, ihn zu bluffen. Ich hatte keine

Ahnung, was wirklich vorgefallen war und was weiter geschah, aber ich wollte die Frauen aus der Gefahrenzone bringen. Es war, verdammt, einen Versuch wert. Wenn es mir nicht gelang, brauchte ich mir später nicht vorzuwerfen, es nicht wenigstens versucht zu haben.

»Auf was wartest du noch, Mallott?«, startete ich einen zweiten Versuch. »Du wirst erwartet! Und je länger du hier herumstehst, umso größer wird die Möglichkeit, dass man es sich doch noch anders überlegt und euch einen Stein in den Weg wirft!«

Mallot war unsicher geworden. Er schwankte, aber er fiel noch nicht. Zwei Sekunden lang überlegte er mit angespanntem Gesicht.

»Die Hotelangestellten können hier bleiben«, sagte er dann. »Die Südamerikanerin kommt mit uns!«

Ich atmete einmal tief durch. Zwei Menschenleben waren vielleicht gerettet.

Carmen Paquita lächelte mich an. »Vielen Dank, G-man«, sagte sie leise. »Ich habe nichts dagegen, diese Gentlemen zu begleiten. Vielleicht werde ich noch gebraucht.«

Mallott schob sie ungeduldig nach vorn. »Wir haben genug Zeit verloren«, knurrte er. »Raus hier!«

Ich wollte noch etwas sagen, schluckte es aber herunter. Es fiel mir schwer, mich damit abzufinden, dass einige Verrückte die Gangart des FBI bestimmten und alle Regeln außer Kraft setzten.

»Okay, Mallott! Wir sehen uns später!«

Ich hörte sein Lachen, bis er die Drehtür passiert hatte. Ich stürzte ans Telefon und rief nach oben an.

»Okay, Phil, sie sind weg!«

»Wir kommen runter!«

Ich nahm mir die nächste Zigarette aus der Schachtel, die Joe Brandenburg mir entgegenstreckte.

Phil kam. Zusammen mit Lieutenant Ken Moore. Pawlov hatten sie in die Mitte genommen. Der Russe blutete aus Mund und Nase.

»Ich weiß nicht, was genau in der Suite geschehen ist«, sagte Phil. »Berman ist tot. Mallott sagte, er wolle uns mit dem Russen ein Geschenk machen.«

Ich ging auf Pawlov zu, der mich anstarrte.

»Ich verlange, dass meine Botschaft verständigt wird, G-man«, sagte er dann mit seinem abgehackten, harten Tonfall. »Ich bin Diplomat!«

Diplomat!

»Nachdem sich die Lage zwischen unseren Ländern zu entspannen beginnt, würde ich keinen Fehler machen, G-man. Ich genieße diplomatischen Schutz!«

Jetzt starrte ich ihn an. Er hatte eine Frau erschossen und mich niedergeschlagen. Er hatte mit Preacher zusammengearbeitet, zum Nachteil der USA. Vielleicht hatten er oder andere KGB-Männer ihn sogar auf dem Gewissen.

Er hatte schwere Geiselnahme auf dem Kerbholz und einen Mordanschlag auf einen G-man. Und das sollte alles mit dem Mantel diplomatischer Spielregeln zugedeckt werden?

»Schafft ihn mir aus den Augen«, sagte ich zu Joe Brandenburg. »Ob und welchen Schutz er genießt, sollen andere entscheiden!«

Joe Brandenburg und Steve Dillaggio brachten ihn hinaus.

Lieutenant Ken Moore schüttelte den Kopf. »Das ist für mich noch immer unbegreiflich«, stöhnte er. »Eine Handvoll Marines hebt unser Law and Order einfach aus den Angeln, und man hindert uns daran, etwas dagegen zu unternehmen. Was, verdammt, muss denn noch geschehen?«

Ich konnte ihm darauf keine Antwort geben. Ich verständigte die Mordkommission und die Männer von der Spurensicherung.

»Die Party ist vorbei«, sagte ich dann. »Wir fahren zur Federal Plaza, Lieutenant. Ihre Männer werden nicht mehr gebraucht.«

Coronel José Louis Baptista stöhnte wohlig unter den massierenden Fingern des jungen Mädchens. Er lag auf der Massagebank, nachdem er einen Saunabesuch hinter sich hatte und einige Runden im Swimmingpool gedreht hatte.

»Mach weiter, *Chicita*«, sagte er. »Das ist gut!«

Seine Hände verkrallten sich in der Massagebank. Er versuchte, sich nur auf das angenehme Gefühl zu konzentrieren, aber seine Gedanken schweiften ab und befanden sich in New York.

Er dachte an seinen Teniente, der dort alles in die Hand genommen hatte. Ramos Ovida war ein fähiger Mann. Man konnte sich auf ihn verlassen. Gerade jetzt, wo es auch um Ovidas Leben ging. Am Nachmittag hatte er mit Dimitrov telefoniert und ihm durchgegeben, dass der Rest des Rechners spätestens in zwei Tagen abgeliefert würde. Dann war das Geschäft rund, dann konnte er sich wieder ohne die tägliche östliche Bedrohung durch das Leben bewegen.

Ramos Ovida würde es schaffen!

Da läutete das Telefon.

Mit einem Satz sprang Baptista von der Massagebank und riss den Hörer an sich.

»Wir haben alles, Coronel!« Es war Ramos Ovida. Triumph und Stolz schwangen in seiner Stimme.

Baptista holte einmal tief Luft. Er zündete sich eine Zigarette an.

»Und?«, fragte er.

»Unsere Leute halten den Flugplatz besetzt, Coronel. Nehmen Sie die abgesprochene Maschine. Wir sorgen dafür, dass der Jet auf dem richtigen Flugfeld landet. Dann steigen wir zu, lassen auftanken und fliegen mit der gleichen Besatzung nach Kuba. Wir haben alles fest im Griff. Die Autoritäten sind machtlos.«

Ovida lachte schallend. Es dauerte einige Sekunden, bis er sich wieder beruhigte.

»Amerika ist ein Papiertiger, Coronel. Mit einer Handvoll Marines kann man die Grand Nation aus den Angeln heben!«

»Was ist mit dem KGB?«, fragte Coronel José Louis Baptista.

»Der FBI hat Pawlov erwischt, Coronel.«

Diesmal lachte Baptista. Es amüsierte ihn. Nachdem die von der anderen Seite ihm so viele Schwierigkeiten wegen der fehlenden Lieferung gemacht hatten, gönnte er den Russen Schwierigkeiten.

Dimitrov konnte es ihm nicht ankreiden. Schließlich befand er sich in Kolumbien und damit sehr weit vom Schuss.

»Ausgezeichnet, Teniente.«

»Wir haben eine Südamerikanerin geschnappt, Coronel. Sie hat Pawlov gesagt, Ross McDuggan würde Sie und Pawlov umlegen!«

»Ross McDuggan?«, fragte Baptista mit heiserer Stimme.

»Ich werde es herausfinden«, versprach Ovida schnell.

»Falls es den Hund noch gibt, will ich ihn in der Maschine haben, Ovida. Hast du verstanden?«

»*Si*, Coronel!«

»Ich will Ross McDuggan!«

»*Si, si!*«

»Sonst noch was, Ramos?«

Und als dieser schwieg: »Ich nehme die Mittagsmaschine aus Trujillo. Es bleibt bei dem, was wir abgesprochen haben!«

Juanita massierte ihn weiter. Der Gedanke, dass man sie geschickt hatte, um ihn zu bespitzeln, lag noch weiter, als Amerika es war.

Die riesige Karte eines Flughafens sprang mir zuerst ins Auge, als Phil und ich Mr. Highs Büro betraten.

Ramdpo Valley Airport.

Darunter Ausschnittvergrößerungen einer Abfertigungshalle mit zwei Transportbändern. Dann die Ansicht einer leicht überschaubaren Transithalle. Ausgestattet mit Bänken, Sesseln und einem kleinen Café an der Frontwand. Von der Abfertigungshalle wurde sie durch eine Glasfront getrennt, in der sich zwei Türen befanden.

Von den Männern, die sich neben Mr. High noch im Büro aufhielten, kannte ich nur District Attorney Jefferson, der sich als Krisenmanager einen Namen gemacht hatte. Bei schweren Fällen von Landfriedensbruch, Gefängnisaufständen und besonders schlimmer Geiselnahme war Jefferson schon überall im Land erfolgreich tätig gewesen.

Jetzt jedoch sah der kleine rundliche Mann nicht besonders glücklich aus. Er schien mit seinem Latein am Ende.

Neben Jefferson waren ein General anwesend, ein Beamter vom State Department und ein hohes Tier vom CIA. Mr. High stellte uns vor. Danach erstattete Jefferson einen ersten Lagebericht.

Es gab weitere Marines, die den Transitbereich des Ramdpo Valley Airport besetzt hielten. Mehr als 30 Personen waren als Geiseln genommen worden, und es hatte bislang zwei Tote gegeben. Jetzt allmählich begriff ich auch, warum sich Mallott im ›La Maison Française‹ so sicher gefühlt hatte.

Der Vortrag und die Darlegung der augenblicklichen Lage dauerten beinahe eine halbe Stunde. D.A. Jefferson erwies sich als besonnener Mann. Er gab sich keinen Träumen hin und schätzte die Lage als so ernst ein, dass er beinahe bereit war, für den Staat New York den nationalen Notstand auszurufen.

»Wir haben die Sache im ›La Maison Française‹

durchgehen lassen, um kein unnötiges Risiko einzugehen«, wandte sich der District Attorney dann an Phil und mich. »Zum anderen hielt ich es für alle besser, wenn wir die Anarchisten, als etwas anderes kann ich diese Leute nicht bezeichnen, an einem Ort versammeln.«

Der Mann vom CIA, ein großer schlanker Bursche, der schöner als Burt Reynolds war, war damit noch immer nicht einverstanden. »Wir hätten auf jeden Fall erst einmal erfahren müssen, um was es geht«, sagte er.

Ich lachte auf. »Um Hightech«, sagte ich. »Um Güter, die aus den Staaten über die Enterprise Corp. nach Kolumbien an einen Coronel namens José Louis Baptista geleitet wurden, der die Sachen dann in den Osten weiterverkaufte.«

Der D.A. sah mich aus großen Augen an. Er war ahnungslos, genau wie der General und der Beamte aus dem State Department.

»Ein DEA-Agent namens Ross McDuggan, der in Kolumbien eingesetzt war, fand es schon vor vielen Monaten heraus. Er gab es an die Geheimdienste und an seine eigene Organisation durch. Niemand hat dem Bericht Bedeutung beigemessen. Ich bin sicher, dass es sich in diesem Fall um einen Großrechner, einen Enic 321, handelt, der hinter den eisernen Vorhang geliefert wurde und der noch nicht komplett ist. Preacher von der Enterprise Corp. hielt einige wichtige Teile zurück, weil er diesmal der Zahlungsmoral seines Geschäftspartners nicht traute. Mit wichtigen Teilen meine ich: Betriebsband des Rechners und einige Chips, die man im Osten nicht nachbauen kann. Dem Coronel sitzt der KGB im Nacken. Er hat einige Marines geschickt. Die haben das Betriebsband und die Chips aus der Suite im ›La Maison Française‹ geholt, wo alles im Zimmertresor versteckt gewesen war. Die Dinge befinden sich nun auf dem Ramdpo Valley Airport!«

Von der langen Rede war mein Mund trocken. Ich

trank einen Schluck Kaffee und nahm mir eine Zigarette aus der Schachtel, die Phil mir entgegenstreckte.

Der Mann vom CIA zog die Schultern zusammen. Er versuchte, alles mit einem mitleidigen Lächeln herunterzuspielen. Das gefiel mir nicht, denn ich dachte an Zeerookah, dessen Zustand noch immer kritisch war.

»Ihr habt geschlafen«, sagte ich. »Verdammt tief und fest. Es passte euch nicht in den Kram, dass ein Agent einer Rauschgiftabteilung solche Berichte lieferte, während eure eigenen Agenten in Kolumbien nichts herausgefunden hatten. Also habt ihr es einfach unter den Tisch gekehrt. Deswegen haben wir nun den Ärger am Hals, Mister!«

Mr. High hatte mir zwar seinen Namen genannt, aber ich hatte ihn mir nicht gemerkt.

Jefferson fuhr dem CIA-Agenten über den Mund, als er etwas sagen wollte. Der D.A. drehte sich zu den anderen um. »Wir müssen davon ausgehen, dass Mr. Cotton Recht hat, Gentlemen«, sagte er.

»Dann ist es erforderlich, den Flughafen zu stürmen«, sagte der General entschlossen.

Der Mann vom State Department nickte. »Die Sachen dürfen auf keinen Fall außer Landes gelangen!«

Phil schüttelte den Kopf. »Das wäre Wahnsinn«, keuchte er. »Ich habe die Marines erlebt. Die sind zu allem entschlossen. Keine der Geiseln würde es überleben.«

Mr. High nickte besonnen. »Das ist kein Weg«, sagte auch er. »Noch befinden sich alle Leute auf dem Flughafen, der hermetisch abgesperrt und eingekreist ist. Niemand kommt rein oder raus, wenn wir es nicht wollen. Wir müssen warten, bis die ersten Forderungen gestellt sind.«

»Und inzwischen?«, fragte der CIA-Agent.

»Inzwischen schlaft ihr weiter«, sagte ich bissig und schaute D.A. Jefferson an. Er war nicht die letzte Instanz, aber in diesem Stadium trug Jefferson die Verantwortung. Er hatte absolute Befehlsgewalt.

Jefferson zögerte einige Sekunden, dann nickte er. »Die Konferenz ist geschlossen«, sagte er. »Sie bleiben in der Nähe und halten sich zur Verfügung, Gentlemen.«

Jefferson wartete, bis die anderen das Büro des Chefs verlassen hatten. Dann trank er in aller Ruhe seinen Kaffee.

Erst nachdem er sich auch noch eine Zigarette angesteckt hatte, wandte er sich an Phil und mich.

»Auf den ersten Blick ist es hoffnungslos«, sagte ich. »Es sieht so aus, als kämen wir von außen nicht heran. Aber wir haben drinnen zumindest einen Trumpf: Brian Warner, den Sicherheitschef! Der wird nicht Daumen drehen und auf ein Wunder hoffen, sondern sich Gedanken machen. Und mit Carmen Paquita befindet sich eine Frau im Transitbereich, die Warner entschlossen zur Seite steht.«

»Das könnte uns helfen«, sagte Jefferson, aber es klang nicht sehr optimistisch.

»Stellt sich also die Frage, wie sie das Betriebsband, die Chips und sich selbst außer Landes bringen wollen«, sagte Mr. High.

»Sie verlangen eine Maschine und fliegen einfach weg!«, sagte Phil.

Ich schaute ihn an und schüttelte den Kopf. »Eine Maschine, ja«, sagte ich. »Aber nicht irgendeine. Es ist eine internationale Sache geworden. Die Kerle bekommen nirgends Landerechte und irren in der Welt umher. Die haben sich etwas anderes ausgedacht, und sie werden es uns wissen lassen. Wir müssen warten.«

Jefferson strich sich über die blonden, etwas schütteren Haare.

»Noch etwas«, sagte ich. »Wenn wir an der Sache

dranbleiben, Sir, brauchen wir jede Unterstützung. Absolut jede.«

»Versprochen, G-men!« Jefferson nickte. »Ich fahre jetzt zum Ramdpo Valley Airport. Ich habe veranlasst, dass sich keiner der Sicherheitskräfte dem besetzten Transitbereich nähert. Unter gar keinen Umständen. Jemand von Ihnen muss mich begleiten und die Leitung übernehmen.«

»Mach du das, Phil«, sagte ich. »Sorg dafür, dass keine Panik ausbricht. Die Kerle sollen alles bekommen, was sie haben wollen. Absolut alles. Sie müssen sich sicher fühlen. Ich komme später nach.«

Nachdem Phil und Jefferson gegangen waren, nahm ich mir noch einen Kaffee.

»Sehen Sie eine Möglichkeit?«, fragte Mr. High.

»Im Moment nicht«, antwortete ich ehrlich. »Da gibt es einige Männer aus Kolumbien, die uns vielleicht mit einigen Informationen weiterhelfen können.«

»Ross McDuggan?«

Ich nickte nachdenklich. »Möglich«, sagte ich. »Wir warten in aller Ruhe ab. Solange wir nichts unternehmen, was die Marines nervös macht, ist das Leben der Geiseln nicht in akuter Gefahr.«

Brian Warner hatte ausreichend Zeit gehabt, sich die Lage gründlich durch den Kopf gehen zu lassen. So, wie es im Moment aussah, war es absolut hoffungslos. Um diesem Drama ein Ende zu bereiten, musste man den Transitbereich stürmen. Aber das kostete viele Opfer, und ein Erfolg war auch nicht garantiert. Die Marines verstanden ihr Handwerk. Sie waren durchaus in der Lage, diesen Teil des Gebäudes zu halten. Ihre Bewaffnung war ausreichend. Aus dem Lastwagen war weiteres Gerät geholt worden, und auf dem Dach des Transitgebäudes sollte ein schweres Maschinengewehr installiert sein.

Warner hatte mit den Passagieren gesprochen, nachdem Olpesto und Mallott es ihm zugestanden hatten. Es hatte warmes Essen gegeben. Die Marines hatten sich diszipliniert verhalten und keine Geisel mit körperlicher Gewalt bedroht. Nichts deutete darauf hin, dass eine der Geiseln die Nerven verlieren würde.

Vor allen Dingen nicht Mabel Jensink, die das Café leitete und früher Polizistin gewesen war. Die rothaarige Mabel strahlte die gleiche Ruhe und Sicherheit aus wie er selbst. Und dann gab es auch noch die junge Südamerikanerin, die von Mallott mit in den Transitbereich gebracht worden war. Carmen Paquita. Sie war gefasst und kein bisschen aufgeregt. Im Gegenteil. Warner hatte vielmehr den Eindruck gewonnen, als warte sie nur darauf, dass etwas passierte.

Mabel und Carmen sprachen miteinander. Brian Warner zündete sich eine Zigarette an und schlenderte zu den beiden Frauen, die an der Kaffeebar standen.

Carmen sah ihn eingehend an, dann nickte sie freundlich. »Falls Sie einen Plan haben oder wissen, wie die uns von außen helfen können, dann sagen Sie es mir«, sagte sie leise. »Ich bin sicher, dass man mich Kontakt mit draußen aufnehmen lässt.«

»Warum?«

»Sie wollen durch mich einen Mann in eine tödliche Falle locken«, sagte Carmen. »Einen Mann, von dem sie bislang angenommen haben, dass er vor einigen Monaten in Kolumbien ums Leben gekommen ist. Jetzt wissen sie, dass er lebt und sich in New York aufhält. Er heißt Ross McDuggan und ist DEA-Agent.«

Bevor Brian Warner etwas sagen konnte, begann eine Frau zu schreien. Warner wirbelte herum. Die Frau kam aus dem sanitären Bereich, rannte zwei, drei Schritte in die Halle, blieb dann stehen und schaute sich gehetzt um.

Hinter ihr erschien ein braun gebrannter Marine, der ihr die Bluse zerfetzt hatte.

Bevor Warner eingreifen konnte, war Carmen Paquita schon an ihm vorbei. Wie eine Katze bewegte sie sich auf die Blondine zu.

»Okay«, sagte sie, nahm die Frau in die Arme und streichelte ihre langen Haare. »Okay, keine Angst!«

»Er wollte mich …«

»Ich weiß«, sagte Carmen. Sie drehte sich zu Mallott und Olpesto herum, die misstrauisch näher kamen. »Es sind Schweine!«

Der braun gebrannte Marine in der gefleckten Tarnuniform stieß einen wüsten Fluch aus. Er zielte mit der MPi auf Carmen, die die Blondine losgelassen hatte. Sie schaute dem Mann in die Augen und lachte.

»Bastard!«, fauchte sie. »Willst du mich vielleicht erschießen? Und warum nimmst du dir eine blasse amerikanische Blondine, wenn du eine richtige Frau willst?«

Der Marine, ein untersetzter, breitschultriger Mann mit eckigem Schädel, starrte sie an. Seine Augen wurden immer weiter, als Carmen ihre Bluse aufriss und ihre steilen Brüste wippten. In ihren dunklen Augen lag ein unheilvolles Glitzern.

»Nimm mich, die Frau von Ross McDuggan, du Hund!«

Der Untersetzte wich einen Schritt zurück.

»McDuggan ist hier«, sagte Carmen. »Irgendwo hier in der Nähe. Er wartet auf die Chance, euch zum Teufel zu schicken!«

Sie ging einen weiteren Schritt auf den untersetzten, breitschultrigen Mann zu.

»Runter mit der Waffe!«, schrie Olpesto aufgeregt.

Der Marine ließ die Maschinenpistole sinken.

Carmen lachte. »Lässt du dir von dem Yankee Befehle geben, Marine?«, fragte sie. »Du stehst unter dem Kommando des Coronels oder seines Teniente!«

Sie wusste, dass sie sehr weit ging, aber ganz plötzlich war ihr der Gedanke gekommen, dass man die

Eintracht dieser Truppe von innen heraus untergraben musste. Wenn es ihr gelang, einen oder mehrere Männer gegen Olpesto und Mallott aufzuwiegeln, gab es vielleicht eine winzige Chance.

Carmen wirbelte zu Olpesto herum. Ihre Brüste hoben und senkten sich unter dem schwer gehenden Atem. »Du drohst einem Soldaten des Coronels, *Americano!*«, fauchte sie Olpesto an.

Olpesto knirschte mit den Zähnen. Seine 45er Automatic zielte auf den Marine, der sich seinen Befehlen widersetzt und sich an einer weiblichen Geisel vergriffen hatte.

»He, *Amigos!*«, schrie Carmen den Männern aus Kolumbien zu. »Der *Americano* will einen von euch erschießen, nur weil er eine bleichgesichtige amerikanische *Puta* angefasst hat!«

Sie sprach nun Spanisch. Olpestos Gesichtsausdruck machte deutlich, dass er kein Wort verstand. Unruhe stiften!, hämmerte es in ihr. Unruhe stiften!

Olpesto war mit einem schnellen Schritt heran, packte sie bei den langen Haaren und zog sie mit einem harten Ruck zurück. Carmen taumelte einige Schritte in die Halle, drehte sich um und spuckte in Olpestos Richtung. Dann schloss sie die Bluse wieder und warf stolz den Kopf in den Nacken.

»Keiner von euch amerikanischen Hunden darf mir etwas tun«, sagte sie zischend. »Ovida und der Coronel erledigen jeden, der sich an mir vergreift. Du kannst hier tausend Mal der *Jefe* sein, Olpesto, wenn du auf einen Soldaten des Coronels schießt, begehst du Selbstmord!«

Sie schaute in die Runde. Die Blondine saß weinend zwischen anderen Frauen. Warner stand noch immer neben Mabel an der Cafébar. Er hatte die Zähne so fest aufeinander gepresst, dass seine Wangenmuskeln hart hervortraten. Die Marines aus Kolumbien, die sich hier in der Halle aufhielten, wirkten sehr gespannt.

Das entging auch Olpesto und Mallott nicht.

»Okay«, sagte Olpesto durch die Zähne gequetscht. »Okay, es ist nichts passiert. Geh auf deinen Posten zurück und lass in Zukunft die Frauen in Ruhe.«

Der breitschultrige Marine zog sich knurrend in den Sanitärbereich zurück.

»Wer, zum Teufel, ist Ross McDuggan?«, fragte Olpesto.

»Der Mann, der euch alle töten wird«, antwortete Carmen, drehte sich um und ging zu Warner zurück. Sie schüttelte den Kopf, als er etwas sagen wollte. »Sie werden mir nichts tun, denn sie brauchen mich, Warner. Wenn es mir gelingt, Unruhe unter den Gangstern zu stiften, haben die von draußen eine bessere Chance.«

Warner schwitzte und zündete sich eine Zigarette an.

Carmen hatte das Herz am rechten Fleck. Wenn es hier zu einem Zwischenfall kam, konnte er sich auf sie verlassen wie auf einen Mann.

»Seien Sie trotz allem vorsichtig«, sagte Warner und ging zu den anderen Passagieren, als Olpesto drohend herankam.

Ross McDuggan hatte den Tod in den Augen. Das Weiße war gelbstichig, und die Pupillen glänzten wie im Fieber. Seine Wangen waren eingefallen. Über seinen etwas vorstehenden Wangenknochen spannte sich die Haut wie Pergament.

»Jerry Cotton«, sagte er und musterte mich wie einen Gaul, den er kaufen wollte. »Der verdammte Hund hat euch also auch reingelegt.«

»Er versucht es«, sagte ich.

Ross McDuggan lachte dumpf. Er strich sich über die Haare, und seine Finger zitterten, als er sich eine Zigarette anzündete.

»Carmen befindet sich ebenfalls im Flughafen, Ross.«

»Ja«, sagte er. »Ich bringe den Frauen kein Glück. Sie sterben für mich und lassen mich allein zurück. Ich bin nach New York gekommen, um eine Sache abzuschließen, aber ich schaffe es nicht. Vielleicht ist es ja nun auch nicht mehr meine Sache, nachdem sich der FBI eingeschaltet hat. Aber ich kann Ihnen doch noch helfen, wenn Sie das wollen. Ich komme in den Flughafen hinein, Cotton.«

»Sie meinen, die wollen Sie?«

McDuggan nickte. »Sie haben mich in Kolumbien nicht erwischt. Wenn sie wissen, dass ich noch lebe, und wenn sie eine Chance sehen, dann wollen sie mich. Darum hat man Carmen mitgenommen.«

Er konnte Recht haben. Ich hatte mir noch keine Gedanken darüber gemacht. Ich fragte mich vielmehr, ob dieser Mann uns in seinem Zustand eine Hilfe sein konnte, wenn er sich im Transitbereich des Flughafens aufhielt.

Gerade, als ich etwas sagen wollte, kam der Grauhaarige herein. Er blieb neben der Tür stehen. Sein Blick pendelte zwischen Ross McDuggan und mir hin und her.

»Ich habe Nachricht aus Kolumbien erhalten«, sagte Paco Camino. »Ramos Ovida ist in New York. Er leitet den Einsatz der Marines von hier aus.«

»Der Teniente«, sagte McDuggan. Die steilen Falten, die von den Mundwinkeln zum Kinn verliefen, wurden tiefer und härter. »Er wird am Flughafen auftauchen und warten – auf den Coronel!«

Paco Camino nickte. »Baptista wird morgen ankommen.«

Ich starrte den Grauhaarigen an und schüttelte den Kopf. »Unmöglich«, sagte ich. »Warum sollte er sich in Gefahr begeben?«

»Wieso Gefahr? Er reist als Diplomat!«

»Wann?«

»Er nimmt die Mittagsmaschine aus Trujillo. Das hat ein Mädchen für uns herausgefunden. Dafür hat sie ihre Ehre besudelt und ihr Leben aufs Spiel gesetzt.«

Meine Gedanken jagten sich. Das klang fantastisch, aber ich traute den Informationen nicht recht.

Irgendwo klingelte ein Telefon. Wenig später kam ein Latino herein. »Für den G-man«, sagte er.

Es war Phil. Er rief vom Ramdpo Valley Airport an. »Hier ist alles ruhig, Jerry«, sagte er. »Vor einer halben Stunde mussten wir einen Südamerikaner passieren lassen. Sein Name ist Ramos Ovida. Olpesto kündigte sein Kommen an. Er drohte damit, zwei Geiseln zu erschießen, wenn wir Ovida nicht ungehindert passieren lassen. Ich dachte, vielleicht ist es wichtig für dich.«

»Okay«, sagte ich. »Ich komme später raus, Phil.«

»Ovida ist auf dem Flugplatz«, sagte ich, als ich zu Camino und McDuggan zurückkehrte.

McDuggan lachte leise. »Das ist meine Eintrittskarte, G-man. Ich kann ihn anrufen, bevor er es versucht.«

Ich zögerte. Was er vorhatte, war reiner Selbstmord. Eigentlich durfte ich es ihm nicht erlauben. Aber er war noch immer Polizist, und wahrscheinlich hatten sie Carmen wirklich nur mitgenommen, um McDuggan zu schnappen.

»Es geht uns in erster Linie darum, Menschenleben zu retten«, sagte ich.

»Das begreife ich«, nickte McDuggan. »Ich will in der Transithalle auch keinen Krieg beginnen. Ich habe eine gute Chance, solange der Coronel noch nicht eingetroffen ist. Ich werde telefonieren, G-man.«

Er stand auf. Camino und ich folgten ihm in den Schankraum. Von der Zentrale des Flughafens wurde er sofort zum Transitraum durchverbunden, als ich mein Okay gab.

»Ovida!«, verlangte er mit energischer Stimme. »Ross McDuggan spricht!«

Das Telefon hatte einen Lautsprecher. Leises Stimmengewirr war zu hören. Keine Anzeichen, wenigstens keine akustischen, von irgendeiner Panik. Ich dachte, dass wir das Warner zu verdanken hatten. Bislang hatte er den Geiseln immer wieder Hoffnung vermitteln können.

Es dauerte einige Zeit, bis sich der Teniente des Coronels am anderen Ende der Leitung befand. »Ross McDuggan?«, fragte er.

»Ja«, sagte McDuggan müde. »Ihr habt Maria Dolores und ihre Schwester auf dem Gewissen. Ich habe auf dich gewartet, Ovida, und auf den Coronel.«

»Um was zu tun?«

»Um euch zum Teufel zu schicken!«

»Wir haben wieder eine Carmen, Ross«, sagte Ovida. »Sie behauptet ebenfalls, dass du uns töten wirst. Bevor sie selbst stirbt, will sie dich sehen, Ross. Du wirst sie doch nicht warten lassen, oder?«

»Bestimmt nicht«, antwortete McDuggan. »Aber vielleicht lassen die G-men mich nicht passieren.«

Ovida lachte. »Die tun alles, was wir verlangen. Wir haben ihnen deutlich gemacht, dass wir keine Sekunde zögern, die Geiseln zu erschießen. Sie sind wenigstens schlau genug, uns ernst zu nehmen. Sei du auch schlau, Ross. Du ersparst Carmen eine Menge Schmerzen, wenn du freiwillig kommst, und zwar schnell!«

Ovida legte auf. McDuggan behielt den Hörer noch einige Sekunden in der Hand und starrte ihn an wie einen Feind. Dann ging er um den Tresen herum, nahm sich eine Flasche Whisky aus dem Regal und trank aus der Flasche. Als er sich wieder zu mir umdrehte, lächelte er.

»Also, G-man?«, fragte er mit hohler Stimme. Er sah nicht nur nach Tod aus, er klang auch nach Tod.

Ich nickte. Ich hatte meine Entscheidung schon lange gefällt. »Bevor du dich auf den Weg machst, werden wir dich präparieren, Polizist«, sagte ich. »Die Wanze ist so klein, dass du damit durchkommst, wenn dich nicht ein ausgesprochener Spezialist untersucht!«

Vom Tower aus waren die beiden Männer auf dem Dach des Transitgebäudes deutlich zu sehen. Auch das schwere Maschinengewehr, das sie in Stellung gebracht hatten. Es gab zwei Eingänge. Der eine wurde von dem Militärtransporter blockiert. Wahrscheinlich lagen einige Männer dahinter in Stellung. Den zweiten konnte ich vom Tower aus nicht sehen. Er befand sich auf der Rückseite des Gebäudes. Phil hatte ihn überprüft und den Kopf geschüttelt, als ich danach gefragt hatte. Zwei Radarschirme waren besetzt. Der wenige Flugverkehr, der über diesen Flughafen lief, wurde auf andere Airports umgeleitet. Was das anging, gab es nicht die geringsten Schwierigkeiten.

Ich traf Lieutenant Ken Moore wieder. Nach dem Einsatz im ›La Maison Française‹ hatte man seine Truppe hierher geschickt.

»Wenn wir die Geiseln auch nur für fünf Minuten in Sicherheit bringen könnten, wären wir drin, Cotton«, sagte Ken Moore.

McDuggan lehnte beinahe apathisch an einem Radarschirm. Sein Blick war starr auf das Gebäude gerichtet, in dem auch Carmen Paquita gefangen gehalten wurde.

Phil schob ihm einen Kaffee zu und legte ihm die Hand auf die Schulter. »Vielleicht sieht's von drinnen gar nicht so schlecht aus«, sagte er.

Ross McDuggan nahm den Becher. Seine Hand zitterte so sehr, dass er ihn wieder absetzen musste. Er holte ein Röhrchen aus der Tasche und schluckte einige Tabletten ohne Flüssigkeit.

D.A. Jefferson warf mir einen fragenden Blick zu. Es war deutlich, dass er McDuggan nicht mehr viel zutraute. So sah es auf den ersten Blick auch aus. Aber diesmal täuschte der erste Blick. Ross McDuggan war fertig, das stimmte, aber er war einer jener Menschen, die sich im entscheidenden Moment noch einmal aufrappelten und Dinge vollbrachten, die keiner mehr von ihnen erwartete.

»Okay, Ross?« Ich gab ihm eine Zigarette und Feuer.

»Okay«, sagte er nach einer Weile, rieb sich den Schweiß aus dem Gesicht, und seine Hand zitterte nicht mehr, als er diesmal den Plastikbecher Kaffee an seine schmalen Lippen führte. »Ich habe mich niemals besser gefühlt.«

D. A. Jefferson lachte leise.

»Wirklich«, versicherte McDuggan. »Ihr werdet den Coronel und seine Mörderbande erwischen. Ich glaube fest daran, und das gibt mir ein gutes Gefühl. Dann mache ich mich jetzt auf den Weg.«

Als ich ihn begleiten wollte, schüttelte er den Kopf. »Ich verlaufe mich nicht, Cotton.« Er lächelte schwach. »Hoffentlich finden sie die verdammte Wanze nicht.«

Bevor ich noch etwas sagen konnte, verließ er den Tower und verschwand aus meinem Blickfeld. Zwei, drei Minuten lang. Jeder seiner Schritte, jeder schwere Atemzug war über das winzige Mikro zu hören, das einer unserer Spezialisten ihm so geschickt zwischen dem Kopfhaar angebracht hatte, dass man es, wenn man es fühlte, für verknotetes Haar halten konnte. Es war aus einer gallertartigen, weichen Masse gefertigt und hatte nur den Nachteil, dass es nicht länger als vierundzwanzig Stunden sendete. Aber keiner von uns rechnete damit, dass es noch so lange dauerte.

Dann hatte ich ihn wieder im Glas. Er passierte das Pförtnerhäuschen, in dem ein Wachmann erschossen worden war, hob die Hände und rief immer wieder: »Ich bin Ross McDuggan. Ovida erwartet mich!«

Am Lastwagen blieb er einen Moment stehen.

»Komm langsam näher, McDuggan!«, rief jemand von drinnen.

McDuggan verschwand wieder aus meinem Blickfeld.

»Warum seid ihr zu dritt?«, fragte er. »Fürchtet sich einer alleine?«

Ich grinste. Er ließ uns sehr geschickt wichtige Informationen zukommen. Sie durchsuchten ihn. Sie taten es mit der erwarteten Gründlichkeit. Dann hallten die Schritte wie ein dumpfes Echo durch den Äther. Vom Empfangsgerät lief ein Tonband mit. Steve Dillaggio trug einen Kopfhörer und würde alles für uns Wichtige sofort weitergeben.

Zusammen mit Phil und Lieutenant Ken Moore verließ ich den Tower. Wir gingen in Brian Warners Büro, wo die gleichen Detailkarten an den Wänden hingen, die wir schon bei Mr. High gesehen hatten. David Thompson, Warners Stellvertreter, erwartete uns.

Carmen Paquita stand auf, als McDuggan den Transitraum betrat. Sie strich sich die langen, schwarzen Haare aus dem Gesicht. Ihre Augen schimmerten feucht. McDuggan schaute sie an. Ein gequältes Lächeln huschte über sein eingefallenes Gesicht. Beinahe unauffällig schüttelte er den Kopf und ging auf Ramos Ovida zu.

»Willkommen unter den Toten, *Teniente*«, sagte McDuggan.

Ovida schickte einen schnellen Blick zu dem Marine, der McDuggan begleitet hatte.

»Er ist nackt wie ein Neugeborenes«, sagte der Mann. »Ich habe ihm in den Arsch geschaut und seine Zahnplomben abgetastet.«

»Setz dich, Ross«, sagte Ovida. »Du siehst müde

aus. Der Coronel hat darauf bestanden, dir persönlich die Eier abzuschneiden. Wir müssen also noch etwas warten.«

McDuggan setzte sich. Er schenkte sich aus der Kanne ein, die auf dem Tisch stand. Gierig trank er den heißen Kaffee, schaute in die Runde und nickte anerkennend.

»Ausgezeichnete Arbeit, Teniente«, sagte er. »Der Coronel kann mit dir zufrieden sein. Ich habe den G-men gleich gesagt, dass sie keine Chance haben. Hoffentlich habe ich dir nicht zu viel Ärger bereitet.«

»Womit?«

»Damit, dass ich Preacher in die Hölle vorausgeschickt habe«, antwortete McDuggan leise. Wohl wissend, dass die G-men mithörten und er damit ein Geständnis ablegte. Aber das hatte er ohnehin vorgehabt. Etwas früher oder später, was spielte das für eine Rolle?

McDuggan deutete auf Olpesto. »Der hat den Mercedes zu lange in der Garage stehen lassen. Ein verdammt schlechter Leibwächter, Ovida. Ich würde ihm mein Leben nicht anvertrauen.«

»Du hast uns einen Gefallen getan, McDuggan. Dadurch können die Marines des Coronel den Ernstfall proben, und wir haben die Russen abgeschüttelt.«

»Ja.« McDuggan nickte.

»Warum bist du wirklich gekommen?«

McDuggan nickte Carmen Paquita zu. »Wie du schon gesagt hast, Teniente, ich bin müde. Und ich will endlich mit der Frau sterben, die ich liebe. Ich werde auf meine alten Tage sentimental. Aber das wirst du verstehen. Wie viel Zeit bleibt mir noch?«

»Genug. Geh zu der Frau, die du liebst!«

McDuggan ging mit schweren Schritten und gebeugt. Er nahm Carmen in den Arm. »Keine Liebeserklärungen«, flüsterte er ihr ins Ohr. »Ich trage ein Mikro, die G-men hören mit.«

Ich deutete auf die Skizze der unteren Etage, in der die Gepäckstücke automatisch kontrolliert wurden, indem sie auf den Transportbändern durch Röntgensperren befördert wurden.

David Thompson, Brian Warners Stellvertreter, schaute mich fragend an.

»Zwei dieser Bänder enden in der Abfertigungshalle vor dem Transitraum«, sagte ich.

Thompson bekam rote Ohren. Phil und Lieutenant Ken Moore kamen interessiert näher.

»Wenn die Bänder laufen, kann man über sie alles Mögliche in die Halle schicken. Menschen und Sprengstoff zum Beispiel. Richtig?«

Thompson nickte. »Richtig«, stimmte der kleine dicke Mann zu. »Aber wir wissen, dass sich Marines in der Halle, bei diesen Gepäckbändern, aufhalten. Das konnten wir beobachten, als die Frau, das Baby und die beiden Alten im Rollstuhl gegen Brian Warner ausgetauscht wurden.«

Etwas Ähnliches hatte ich mir gedacht.

»Dennoch«, sagte Lieutenant Moore. »Es wäre eine Möglichkeit, Verwirrung zu stiften. Man könnte die Marines vielleicht für einen kurzen Moment von den Passagieren ablenken.«

Mein Kopf brummte. Ablenken reichte auf keinen Fall.

»Wie lange brauchen Sie, wenn Sie mit allen Leuten und Mitteln das Gebäude stürmen, Moore?«

»Sie meinen ohne Rücksicht auf Verluste?«

»Ja!«

»Zwei Minuten, nachdem wir den LKW vor dem einen Eingang weggeblasen und gleichzeitig auch den zweiten Eingang aufgesprengt haben. Im selben Moment können wir die Marines vom Dach fegen. Dann sind wir in der Halle und laufen in ein Stahlgewitter, Cotton. Und mitten im Schussfeld befinden sich die Passagiere!«

»Haben Sie alles benötigte Material, um einen solchen Einsatz zu starten?«

Moore schaute mich fassungslos staunend an. »Nein.«

»Dann lassen Sie es heranschaffen!«

»Sie haben doch nicht wirklich vor ...«

»... nur für alle Fälle, Moore«, sagte ich. »Okay?«

»Man hat mir gesagt, dass Sie und Decker hier die Befehle geben.«

»Das ist richtig.«

Moore verließ kopfschüttelnd Brian Warners Büro.

Thompson war etwas bleich um die Nase geworden. »Wenn Sie das wirklich planen, dann brauchen wir später ein neues Transitgebäude«, stöhnte er. »Das würde Millionen kosten.«

Erst als er es ausgesprochen hatte, begriff er, wie dumm es war, in einem solchen Moment von Geld zu reden. Er schaute mich entschuldigend an.

»Schon gut, Thompson«, sagte ich. »Schon wieder vergessen!«

Ich ging noch einmal dichter an die Pläne heran. Nach kurzer Zeit sah ich die Sinnlosigkeit eines Sturmangriffes ein. Solange wir nicht genau wussten, wie es im Transitbereich aussah, wo sich die Geiseln aufhielten und die Marines postiert waren, konnten wir keinen Plan machen.

»Heute Nacht versuche ich über eines der Transportbänder nach oben in die Halle zu gelangen. Ich werde eine Videokamera postieren, mit der wir den wichtigen Bereich überwachen können.«

Es rutschte mir so heraus. Ich lauschte meinen eigenen Worten und fand, dass es eine ausgezeichnete Idee war.

Gegen Mitternacht kam es zum ersten befürchteten Zwischenfall. Ganz hinten, in der linken Ecke des Raumes, wo eine Gruppe von Frauen dicht zusammengedrängt saß, fing es an.

Zuerst schrie nur eine Frau. Aber augenblicklich sprang der Angstvirus über, und andere Personen stimmten ein.

McDuggan, der sich dicht neben Carmen Paquita auf einer Bank zusammengekauert hatte, sprang mit einem Satz auf. Sein Blick hetzte zu den Passagieren, die aufgestanden waren und nun kopflos durch den Transitraum rannten. Einige Männer hatten sich den Frauen angeschlossen. Gemeinsam stürmten sie auf die Glasfront zur Abfertigungshalle los. Die beiden Türen in die Halle waren geschlossen. Blindlings rannten die kopflos gewordenen Passagiere gegen die Glaswand an und prallten schreiend zurück.

Die Marines, die sich in der Halle zwischen den Gepäckbändern aufhielten, fuhren erschrocken aus dem Halbschlaf und rissen die Waffen hoch.

McDuggan und Brian Warner sahen die Katastrophe herankommen. »Verdammt, nicht schießen!«

Brian Warners Stimme überschlug sich. Er rannte hinter den Passagieren vorbei, die sich am Glasabschluss drängten.

»Nicht schießen!«

Olpesto riss die 45er hoch und feuerte.

Warner überschlug sich aus dem vollen Lauf heraus.

Gleichzeitig jagte ein Marine eine Salve aus der MPi gegen die Decke und die Seitenwand des Raumes.

Zwei Sekunden später war aus den schrillen, angstvollen Schreien der Passagiere ein hilfloses Schluchzen geworden. Einige Frauen waren zusammengebrochen und lagen reglos auf dem Boden.

Carmen Paquita und Mabel Jensink kümmerten sich um die Frauen und schauten zu McDuggan, der mit schweren Schritten zu Brian Warner ging.

Olpesto rannte auf ihn zu. McDuggan wich dem Schlag des Marines im letzten Moment aus. Er machte eine halbe Körperdrehung und sprang Olpesto mit den Füßen zuerst an. Die schweren Schuhe trafen Olpesto im Gesicht und warfen ihn zu Boden. Beim Sturz verlor er die 45er.

McDuggan starrte mit weit aufgerissenen Augen auf die Waffe, die nur zwei Schritte von ihm entfernt lag. Ein hässliches, abgehacktes Lachen hielt ihn schließlich davon ab, eine Dummheit zu begehen.

Aus den Augenwinkeln heraus sah er Ovida, der sich eine MPi geschnappt hatte und damit auf die Geiseln zielte, die noch immer an der Glaswand zur Abfertigungshalle standen.

McDuggan hegte keinen Zweifel daran, dass Ovida schießen würde. Nicht auf ihn, sonder auf die Passagiere, die sich wieder beruhigt hatten.

Anstatt sich auf die 45er zu stürzen, wie er es vorgehabt hatte, kniete McDuggan neben Warner auf den Boden und drehte den Sicherheitschef vorsichtig auf den Rücken.

Warner lebte. Olpesto hatte ihn in der Schulter erwischt. Die Kugel hatte eine hässliche Wunde gerissen, das Schulterblatt zertrümmert und war dann wieder ausgetreten.

»Lass ihn liegen, McDuggan!«, schrie Ovida. »Alle anderen wieder auf ihren Platz!«

McDuggan erhob sich langsam. Er strich sich die Haare aus dem Gesicht. Für einen Moment erlitt er einen Schwächeanfall. Ovida verwischte vor seinen Augen zu einem Schatten. Nur ganz langsam nahm die Gestalt des Teniente wieder Konturen an.

»Alle anderen wieder auf ihren Platz!«

McDuggan drehte sich um. Er starrte die Passagiere an. Er verstand ihre Angst, aber er durfte es nicht zugeben. Er konzentrierte sich auf die Männer, die sich von der Panik hatten mitreißen lassen.

»Verdammte Idioten!«, brüllte er. »Wenn einer von euch unbedingt sterben will, soll er sich gefälligst aufhängen und nicht andere mit in Gefahr bringen!«

Ovida lachte dröhnend. »Aufzuhängen braucht er sich nicht«, sagte er. »Auf ganz besonderen Wunsch wird er von uns erschossen!«

»Nehmt die Frauen mit, und geht wieder auf die Plätze. Schlaft, verdammt! Oder verhaltet euch zumindest ruhig. Das gilt für alle!«

»Was ist mit dem Helden?«, fragte Ovida, der sich nicht von der Stelle rührte, bis einer der Marines Olpestos 45er eingesammelt hatte. Dann kam er auf McDuggan zu. »Was ist mit dem Helden?«

»Warner wird's überleben, wenn's hier nicht mehr zu lange dauert«, sagte McDuggan. »Olpestos Kugel hat ihm die Schulter total zertrümmert. Er wird eine Menge Schmerzen haben, wenn er wieder aufwacht. Und er verliert verdammt viel Blut.«

Olpesto kam taumelnd wieder auf die Beine, schaute sich eine Weile sichtlich verwirrt um, und dann verzog sich sein Gesicht zu einer wütenden Fratze.

»Ich bringe den Hund um!«, schrie er.

McDuggan lachte leise. »Dann bringt der Coronel dich um, Mann!«, sagte er. »Komm etwas näher, damit ich dir noch einmal ins Gesicht treten kann!«

Olpesto duckte sich wie zum Sprung.

»Auf deinen Posten, Sergeant!«, schrie Ovida. »Mach nur einen Schritt in die falsche Richtung, und ich lege dich um. Verschwinde nach draußen und löse Mallott ab. Da kannst du dich abkühlen, Sergeant!«

Fauchend drehte sich Olpesto um. Er fing die Maschinenpistole auf, die Ovida ihm zuwarf, und war wenig später verschwunden. Klatschend fiel die Tür ins Schloss. Dahinter befand sich der Gang, der von einigen Marines gesichert war, denn er mündete zu dem Eingang, vor dem der LKW stand.

McDuggan nahm einige Tabletten, schaute auf den

Inhalt des Röhrchens und lachte leise. »Wenn es noch lange dauert und mir die Medizin ausgeht, wird der Coronel wenig Freude an mir haben«, sagte McDuggan. »Es ist das Fieber, Ovida. Es bringt mich um, wenn ich es mit den Pillen nicht zurückdrängen kann. Dann werde ich wahnsinnig und unberechenbar. Dann musst du mich erschießen!«

Carmen war blutverschmiert, als sie zu ihm kam. Zusammen mit Mabel hatte sie Warner einen straffen Verband angelegt, der die starke Blutung stoppen sollte. Sie schlang ihren Arm um McDuggan und drückte sich an ihn.

»Es wird alles gut werden«, sagte sie leise. »Die lassen uns doch nicht hängen!«

McDuggan ging mit Carmen zurück zu den Bänken, setzte sich und gab flüsternd einen Bericht durch.

»He, ihr Helden da draußen! Hier wird's langsam ungemütlich. Brian Warner hat es erwischt. Er kann uns nicht mehr helfen. Ich glaube auch nicht daran, dass sich die Passagiere noch lange ruhig verhalten. Nach dem ersten Ausbruch folgt ein zweiter. Fragt den verdammten Seelendoktor, der wird es euch bestätigen. Mallott kommt gerade von draußen herein. Zusammen mit ihm und Ovida befinden sich vier Leute im Transitraum. Zwei Marines stehen in der Halle bei den Bändern. Die sehen alle etwas müde aus, aber darauf würde ich mich an eurer Stelle nicht verlassen. Im Moment sehe ich keine Möglichkeit, die Passagiere aus der Schusslinie zu bringen. Ihr müsst euch verdammt etwas einfallen lassen!«

Ich hörte das Band ab, während ich einen Kaffee trank und ein Schinkensandwich herunterwürgte. D.A. Jefferson hatte im Ruheraum des Towers geschlafen, und inzwischen hatte Joe Brandenburg von Steve Dillaggio die Kopfhörer übernommen.

»Im Moment ist alles ruhig«, sagte er, als ich ihm einen fragenden Blick zuwarf.

Lieutenant Ken Moore stand an den schrägen Fenstern des Towers und starrte auf die dunkle Runway. Ganz hinten, am Ende des Feldes, blinkten noch einige blaue Positionslichter. Eine Maschine der African Airways und zwei Frachtmaschinen der SAS standen unbeleuchtet herum. Vor dem schräg stehenden Hangar einige kleine Privatmaschinen. Rechts dahinter, in Reih und Glied geparkt, drei Feuerwehrwagen.

»Wie spät ist es in Kolumbien?«, fragte ich einen der beiden Fluglotsen, die auf höheren Befehl die Stellung hielten.

»Mittag«, sagte er müde.

»Flugzeit Kolumbien-New York?«

»Ungefähr sieben Stunden. Kommt darauf an.«

Jefferson kam näher und blieb neben mir stehen. »Was glauben Sie, Jerry?«, fragte er.

»Ich denke, der Vogel mit dem Coronel ist in der Luft«, sagte ich. »Ich kann mir vorstellen, wie es ablaufen soll. Sie leiten die Maschine auf diesen verdammten Flugplatz um, lassen den Vogel auftanken und starten mit einigen Geiseln von hier aus wieder Richtung Süden, Sir.«

»Mit dem Coronel an Bord?«

Ich zündete mir eine Zigarette an. »Ja«, sagte ich dann. »Das ist der Clou. Baptista bleibt an Bord und ist offiziell eine Geisel mit Diplomatenstatus. Ich denke, sie fliegen nach Kuba, wo die Russen auf das Betriebsband und die Chips warten. Baptista und der *Teniente* verlassen die Maschine und überlassen den Rest den kubanischen Autoritäten.«

Phil kam von außen herein und hatte den Rest meiner Überlegungen mit angehört. Mit einem zischenden Geräusch stieß er die Luft aus.

»Das würde bedeuten, das Geiseldrama endet in

Havanna, und die Passagiere kommen ungeschoren davon«, sagte D.A. Jefferson.

»Möglich«, sagte ich leise. »Nachdem der Coronel und sein Teniente die Maschine in Havanna verlassen haben, könnte aber auch ein Unglück geschehen. Das heißt, die Maschine könnte in die Luft fliegen. Das ist eine endgültige Methode, um Spuren zu verwischen!«

»Das trauen die sich nicht«, sagte Jefferson.

»Wollen Sie sich wirklich darauf verlassen?«, fragte Phil, der sich ebenfalls einen Kaffee eingeschenkt hatte und auf einem Sandwich herumkaute. »Die halten die Kubaner da raus. Der Coronel lässt die Sprengladung selbst legen und behält den Sender, über den man die Maschine aus einigem Abstand sprengen kann.«

Was Phil sagte, erschien mir gar nicht weit hergeholt. »Wir brauchen die Flugnummer, den Namen des Captains, Art der Maschine und die Bestätigung, dass sich der Coronel an Bord befindet«, sagte ich. »Kann man die Informationen bekommen?«

Einer der Fluglotsen nickte. »Es dauert einige Zeit.«

»Was haben Sie vor, Jerry?«, fragte Jefferson gespannt.

»Wir lassen den Vogel zum Kennedy durchfliegen und setzen hier eine andere Maschine auf die Piste, Sir«, sagte ich. »Oder wir gaukeln ihnen vor, dass die Maschine mit dem Coronel früher ankommt, bringen es hinter uns und lassen den Coronel hier landen, um ihn im Empfang zu nehmen.«

Jefferson wurde nervös.

Phil grinste. »Jede Unterstützung, Sir«, erinnerte er den D.A. »Auf jeden Fall sollten wir schon mal rausfinden, wo eine Maschine der Kolumbien Air herumsteht und wie wir sie uns ohne diplomatische Verwicklungen ausleihen können.«

»Mit oder ohne Passagiere?«, fragte Jefferson pikiert.

»Mit«, meldete sich Lieutenant Moore. »Eine gemischte Truppe aus Marines, die noch auf die amerikanische Flagge geschworen haben, und meinen Leuten.«

Jefferson sah nicht sehr überzeugt aus, als er den Tower verließ, um seine Verbindungen spielen zu lassen. Zusammen mit Mr. High, nahm ich an.

»Trotzdem müssen wir die Passagiere auf jeden Fall vorher aus der Schusslinie nehmen«, sagte Ken Moore. »Ob sich die verdammten Hunde im Transitgebäude oder auf dem Runway hinter den Geiseln verstecken, spielt nämlich keine Rolle.«

Moore hatte Recht, aber es fehlte die Zwischenlösung: das in Sicherheitbringen der Geiseln! Ohne diese Zwischenlösung, daran führte kein Weg vorbei, konnte nicht zum Finale geblasen werden …

David Thompson begleitete uns durch das Labyrinth des unteren Geschosses. Siebzehn Bänder liefen in sanften Kurven und scharfen Ecken durch den betonierten Raum, in dem nur Transportkarren herumstanden. Ich hatte mir das Gesicht geschwärzt, trug einen dunklen Trainingsanzug und Turnschuhe. Phil schleppte eine Videokamera mit. Daran angeschlossen war ein langes Kabel, an dessen Ende sich ein Kugelschreiberobjektiv befand. Ähnlich denen, die bei medizinischen Untersuchungen verwandt wurden, um die Hohlräume des menschlichen Körpers zu erforschen. Wenn es mir gelang, das Ding oben zu platzieren und in eine günstige Position zu drehen, erhielten wir die für uns so wichtigen Bilder aus der Halle und einen Teil des Transitraumes, in dem die Geiseln gefangen gehalten wurden.

Ich wickelte mir das Kabel ums Handgelenk, als wir das richtige Transportband erreicht hatten. Auf den Skizzen hatte der Anstiegswinkel des Bandes viel steiler ausgesehen. Jetzt, als ich davor stand, schien es viel einfacher zu sein.

»Zehn Yards durch eine Röntgensperre«, sagte Thompson noch einmal. »Dann geht es vier Yards durch den Tunnel nach oben, G-man. Viel Glück.«

Ich nickte.

»Alles okay?«, fragte Phil.

Ich überprüfte den 38er und schob ihn mir hinten in den Gürtel. Eigentlich war die Waffe sinnlos. Benutzen konnte ich sie doch nicht, ohne auf mich aufmerksam zu machen. Und damit die Leben der Geiseln in Gefahr zu bringen. Ich zögerte einen Moment, dann gab ich die Waffe an Phil.

»Falls sie mich erwischen, warte ich mit den anderen darauf, dass ihr mich rausholt«, sagte ich.

Phil legte mir grinsend die Hand auf die Schulter. Ich kroch auf das schmale Transportband.

»Falls die Röntgenapparatur eingeschaltet ist, kannst du gleich nachschauen, was meine Gallensteine machen, Phil!«

Ich kroch los. Nach einigen Yards nahm mich der lange Tunnel auf, der die Röntgensperre war. Das Objektivkabel zog ich hinter mir her. Zweimal verhedderte es sich an Querstreben im Röntgentunnel. Jedes Mal musste ich zurück, um es zu lösen.

Der Schweiß strömte mir aus allen Poren gleichzeitig, als ich das Flachstück des Tunnels hinter mich gebracht hatte. Vor mir zog das schwarze Gummiband leicht schräg nach oben. Der Winkel wurde etwas steiler. Von nun an würde ich nicht wieder zurückkriechen können. Ich zog so viel Kabel nach, dass es auf jeden Fall bis oben reichte, stemmte die Füße gegen das leicht nachgebende Band, hielt mich an den Querstreben und zog mich langsam nach oben.

Stück um Stück schob ich mich auf den letzten Tunnel zu, der oben in einem Metallkasten mündete, aus dem die Koffer auf ein anderes Band herunterrutschten.

Bei jedem Klimmzug waren meine Muskeln zum

Zerreißen angespannt. Die griffigen Sohlen der Turnschuhe fanden immer schlechter Halt auf dem glatten Gummi. Wenn sie abrutschten, gab es ein leises, knirschendes Geräusch. Dann drückte ich mich dicht gegen das Band, hielt angespannt die Luft an und lauschte nach oben.

Bislang deutete nichts darauf hin, dass man mich gehört hatte. Es war still wie im Grab. Für eine ganze Weile auch genauso dunkel, bis ich mich hoch genug gezogen hatte und das Licht der Halle grell durch die Kastenöffnung in den Tunnel fiel.

Ich musste die Augen schließen. Nachdem ich sie wieder öffnete, dauerte es noch einige Sekunden, bevor sie sich an das Licht gewöhnt hatten.

»Jean!«

Die Stimme war dicht über mir. Ich krallte mich an dem Band fest, starrte auf die helle Öffnung und erwartete davor jeden Moment den Schatten des Marines, der mich vielleicht doch gehört hatte.

»Was ist?«

Die Stimme klang viel weiter entfernt.

»Ich brauche Zigaretten und einen Kaffee, Jean!«

»Soll ich das vielleicht für dich holen, Mann?«

»Wäre nicht schlecht. Wirklich nicht!«

»Geh zum Teufel!«

Der Mann über mir lachte meckernd.

»Besser nach Kolumbien zurück, Partner! Hoffentlich haben sich der Lieutenant und der Coronel nicht verrechnet.«

»Wenn du Zigaretten und Kaffee holst, kannst du es den Teniente ja gleich fragen«, sagte der Mann, der sich am zweiten Band aufhalten musste. Das war zehn Yards von diesem entfernt.

Über mir knallte es, weil der Marine etwas auf den Metallkasten legte, in dem das Band verschwand.

»Dann gehe ich jetzt!«

Schritte entfernten sich.

Ich stieß die angehaltene Luft aus. Zum ersten Mal in diesem Fall schien sich das Glück auf die Seite der Gerechtigkeit geschlagen zu haben.

Nachdem der Kerl verschwunden war, brauchte ich mich nicht mehr völlig geräuschlos zu bewegen. Für die letzten Yards benötigte ich nicht länger als zwei Minuten. Dann hatte ich den Ausgang des Metallkastens erreicht, an dem dieses Band endete und wo die Koffer über eine Rutsche auf das unten laufende Band befördert wurden.

Ich löste das Kabel mit dem Stethoskopobjektiv von meinem Arm und streckte es vorsichtig aus der Öffnung hinaus. Der Transitraum, der durch einen Glasabschluss von dieser Halle getrennt war, befand sich genau gegenüber, wenn die Skizzen stimmten. Davon musste ich ausgehen. Ich befestigte das Stethoskopobjektiv mit Leukoplast unterhalb des Kastens. Einen Fingerbreit ragte es in die Halle hinaus. Wenn jemand aufmerksam war, würde er es entdecken. Das Risiko musste ich eingehen. Wenn das alles einen Sinn gehabt haben sollte und wir etwas sehen wollten, konnte ich es nicht anders anbringen.

Ich rutschte zurück. Wusste der Teufel, wie lange der Kerl brauchte, um sich Kaffee und Zigaretten zu holen. Solange er noch nicht wieder da war, konnte ich mich schnell bewegen.

Phil erwartete mich. Thompson stand neben ihm. Sein Gesicht glühte wie das eines verliebten Teenagers. Er zögerte einen Moment, dann legte er mir die Hand auf die Schulter.

»Fantastisch«, sagte er.

Ich wusste wirklich nicht, was daran fantastisch gewesen war, aber ich wollte seine Begeisterung nicht zerstören.

Die Bilder der Kamera wurden auf einen Schirm in Brian Warners Büro übertragen. Das Objektiv funktionierte. Ich hatte den Winkel bestens getroffen. Die Bilder waren lediglich etwas unscharf. Wahrscheinlich war das Objektiv beschlagen. Dennoch war der Transitraum zu sehen, in dem sich die Geiseln befanden.

Links, von der Abfertigungshalle aus gesehen, lagen sie auf Bänken und Sesseln. Rechts befand sich die Cafébar, an der einige Männer standen. Rechts dahinter, am Eingang zum Sanitärbereich, dessen Tür weit offen stand, hielt sich noch ein Bewaffneter auf. Gesichter waren keine zu erkennen, und das Objektiv war nicht zum Zoomen geeignet.

Ich starrte auf den Bildschirm. Die Aussichten machten mich nicht glücklicher. Ovida oder wer es sich auch immer ausgedacht hatte, hatte es geschickt angefangen. Er hielt die Passagiere in der linken Hälfte der Halle. Dazwischen befand sich ein vielleicht fünf Yards breiter Streifen Niemandsland. Dann ging es zur Cafébar und den Toiletten weiter. Die Marines in dem Raum waren so postiert, dass sie mit ihren MPis den Streifen Niemandsland gegen die Passagiere abdeckten.

»Verdammter Mist!«, rutschte es mir heraus.

Phil zuckte mit den Schultern. »Was hast du erwartet, Jerry?«, fragte er.

»Etwas bessere Voraussetzungen«, antwortete ich. »Die Passagiere wären außer Gefahr, wenn man sie in den Sanitärbereich bringen und für einige Minuten sichern könnte. So aber haben wir keine Chance.«

Obgleich er sich vor einigen Wochen das Rauchen abgewöhnt hatte, war David Thompson wieder zum Kettenraucher geworden.

Das Telefon läutete. Der Fluglotse gab mir die gewünschten Auskünfte. »Es ist eine DC-10 der Columbia Air«, sagte er. »Flugnummer 1311, Trujillo, Bogota,

New York. Bestimmungsflugplatz ist der Kennedy Airport International. Der Captain heißt Gonzales. Coronel José Louis Baptista befindet sich an Bord. Die voraussichtliche Flugzeit beträgt noch etwa fünf Stunden. Das ist alles, Sir.«

Ich bedankte mich und legte auf. Auf dem Monitor war sehr undeutlich zu sehen, dass einer der Männer, die an der Cafébar standen, zum Telefon griff. Nicht einmal zehn Sekunden später schlug der Kasten auf Warners Schreibtisch an.

»Cotton«, meldete ich mich.

»Bist du der Einsatzleiter?«

»Ja.«

»Ich bin Ramos Ovida, der Teniente.«

»Ja und?«

»Ich gebe dir jetzt unsere Forderung durch, Cotton.«

»Ich höre.«

»Lass ein Band mitlaufen.«

»Das geschieht automatisch.«

»Okay. Wir verlangen, dass der Flug Columbia Air 1311 anstatt auf dem Kennedy International auf diesem Airport landet.«

»Ich weiß nicht, ob das technisch möglich ist …«

»Es ist!«, knallte Ovidas Stimme durch den Hörer. »Alles, was wir verlangen, ist auch technisch möglich. Wir sind doch keine Idioten!«

»Das habe ich auch nicht behauptet, Sir. Ich muss dennoch nachfragen.«

»Dann tu das schnell. Ich melde mich in genau zehn Minuten wieder. Wenn wir Schwierigkeiten bekommen, darfst du dich noch telefonisch von der Geisel verabschieden, die wir dann erschießen!«

Ovida legte auf.

Ich schaute auf den Bildschirm. Verschwommen sah ich seine schlanke Gestalt. In diesem Moment verachtete ich keinen anderen Menschen mehr als ihn. Ich war sicher, dass er sich kompromisslos an sein Versprechen hielt. Er wusste genauso gut wie wir, dass er seine Forderungen nur mit brutaler Gewalt durchdrücken konnte. Dieses ganze Kommandounternehmen war auf Gewalt gebaut.

»Und jetzt?«, fragte Phil.

Ich rief Joe Brandenburg an. Er sollte versuchen, Mr. High oder Jefferson zu erreichen. Ich musste verdammt sicher wissen, was mit einer Ersatzmaschine war.

Joe rief über einen anderen Anschluss zurück. In der kurzen Zeit hatten Mr. High und District Attorney Jefferson noch nichts erreicht.

Thompson schwitzte, als käme er gerade aus der Sauna. Mit dem Hemdsärmel rieb er über seine Stirn.

Dann rief Ovida wieder an. In der Zwischenzeit hatte er mit einigen Männern gesprochen. Von draußen waren zwei Mann hereingekommen und wieder rausgegangen. Der Teniente war nervös. Das war auch deutlich an seiner Stimme zu hören.

»Was ist, Cotton?«, fragte er hektisch.

»Es könnte Schwierigkeiten bei der Landung der DC-10 geben, Sir. Die Bahn ist an der äußersten Grenze. Flugkapitän Gonzales wird es dennoch wagen, weil so viel auf dem Spiel steht.«

Ovida lachte. Es klang irgendwie erleichtert. »Ankunftszeit?«, fragte er.

»In etwa drei Stunden«, sagte ich, und mir war dabei keinesfalls wohl in meiner Haut. »Auf die Minute genau konnte der Captain es nicht sagen, aber …«

»… das ist unmöglich, Cotton!«

»Warum?«, fragte ich scheinheilig. »Es ist ein außerplanmäßiger Flug der Columbia Air. Die Maschine hat, soviel ich weiß, drei Stunden vor dem ursprünglichen Abflugtermin abgehoben. Hören Sie, verdammt! Es ist nicht meine Schuld, wenn sich Ihre Fluggesellschaft nicht an die richtigen Zeiten hält!«

Für einige Sekunden Schweigen. Auf dem Bildschirm war zu sehen, dass Ovida etwas trank.

»Wenn das ein faules Ei ist, dann kommt es hier zu einem Blutbad, wie die Stadt es noch nicht erlebt hat!«

Ovida legte auf. Ich behielt den Hörer noch für einen Moment in der Hand. Dann legte ich ihn auf den Apparat und atmete einmal tief durch.

»Was ist, wenn wir keine Ersatzmaschine bekommen?«, fragte Thompson aufgeregt.

»Dann landet die normale Maschine eben drei Stunden später«, antwortete ich und wunderte mich darüber, wie leicht es mir über die Lippen kam.

»Schwierigkeiten, *Teniente*?«, fragte Ross McDuggan und ging zu Ovida an die Cafébar. Etwas war im Busch, das sah er dem Südamerikaner deutlich an. Also war es notwendig, sich neben diesem Mann aufzuhalten, damit im Tower alles gehört werden konnte.

Ovida drehte sich wütend zu McDuggan herum. Seine Augen zogen sich zu schmalen Schlitzen zusammen. »Es gefällt mir nicht, dass du noch so fröhlich bist«, knurrte er.

»Ich sterbe, *Teniente*. Ich weiß es seit zwei Monaten sicher, und es ist ein Wunder, dass ich überhaupt noch lebe. Soll ich jetzt zu weinen anfangen?«

»Ich traue dem verdammten Hund nicht«, sagte Tony Mallott, der sich nun im Transitraum aufhielt, nachdem Olpesto ihn abgelöst hatte. »Verdammt, ich traue ihm nicht, und ich habe ein sehr feines Gespür für faule Zeitgenossen!«

McDuggan lachte. »Du bist doch nur beleidigt darüber, dass ich deinen Freund getreten habe und nicht dich!«

McDuggan wich einen halben Schritt zurück, als Mallott ihm dichter auf den Pelz rückte. »Verdirb dem Coronel nicht den Spaß«, mahnte er.

»Lass ihn in Ruhe, Mallott«, sagte Ovida. »Schau ihn dir an. Wenn wir Pech haben, stirbt er uns unter den Händen weg, noch bevor der Coronel seinen Spaß mit ihm gehabt hat. Baptista kommt in drei Stunden.«

McDuggan musste sein Gesicht beiseite drehen, damit man ihm sein Erstaunen nicht ansah. Drei Stunden, das war unmöglich, wenn Baptista die Mittagsmaschine aus Kolumbien benutzte. So lauteten die Informationen, die Paco Camino aus Kolumbien erhalten hatte, und auf die war Verlass. Wenn man nun diese falsche Zeit an Ovida durchgegeben hatte, dann plante der FBI etwas.

»Drei Stunden werde ich schon noch schaffen, *Teniente*«, sagte McDuggan. Dann drehte er sich herum und wandte sich an die Passagiere, von denen natürlich nicht einer schlief. »In drei Stunden ist alles vorbei. Verhaltet euch so lange ruhig, auch wenn es schwer fällt!«

»Du bist wirklich eine Hilfe«, lästerte Ovida.

McDuggan zuckte mit den Schultern. »Man tut, was man kann«, sagte er, ohne Mallott auch nur für den Bruchteil einer Sekunde aus den Augen zu lassen.

Eben noch hatte er mit Carmen gesprochen. Sie hatte verlangt, dass er etwas tat, was Unruhe unter die Marines brachte. Er hatte ihr gesagt, dass man die Wut, die man auf ihn hatte, dann wahrscheinlich an ihr abreagieren würde. Aber genau das war es, was Carmen wollte. Die Kerle sollten sich mit ihr beschäftigen. Im richtigen Moment, so hoffte sie, würde sie dann an eine Waffe herankommen und eingreifen können. Auch für Carmen stand fest, dass die G-men es irgendwann in den nächsten Stunden versuchten. Mabel war der gleichen Meinung.

McDuggan dachte daran, als er Mallott harmlos anlächelte und ihn gleichzeitig fürchterlich trat. Brüllend krümmte sich Mallott zusammen und stürzte zu Boden.

»Der Kerl gefällt mir nicht, *Teniente*«, sagte McDuggan und schaute über den Lauf der 45er Automatic hinweg, die Ovida ihm nun entgegenstreckte. »Ich denke, er ist scharf auf Carmen. Die Lust scheint ihm vergangen zu sein.«

Gespannt waren auch die Blicke der anderen Marines auf ihn gerichtet. Jeder erwartete, dass Ovida schoss. Aber das tat er nicht. Der Teniente wusste genau, dass er sich damit den Zorn des Coronels zuzog – und der konnte tödlich sein.

»Du treibst ein gefährliches Spiel, McDuggan!«

McDuggan hörte die Schritte erst in dem Moment, als ihn ein harter Schlag mit der MPi in die Nieren traf und ihn zu Boden schleuderte. Bunte Sterne zerplatzten vor seinen Augen. Verzweifelt kämpfte er gegen die Bewusstlosigkeit. Ganz langsam kehrte er wieder in die Realität zurück. Und die war für ihn ein Tritt in den Bauch, den Mallott ihm wutentbrannt versetzte.

»Davon stirbst du nicht!«, schrie Mallott und trat erneut zu.

Ovida riss ihn zurück, bevor er dieses Spiel fortsetzen konnte.

Mallott fluchte und drehte den Blick nach rechts, von wo sich Carmen Paquita näherte. Schleichend wie eine Katze.

Mallott schien ihr der geeignetste Mann zu sein. Allem Anschein nach hatte er von allen den geringsten Siedepunkt.

»*Maricon!*«, sagte Carmen.

»Was meint sie damit?«, fragte Mallott.

»Dass du ein schwuler Hund bist, Mallot«, sagte McDuggan keuchend und drehte sich zur Seite, um aus dem Bereich von Mallotts Füßen herauszukommen.

Mallott jaulte. Er sprang auf Carmen zu, packte sie an der Bluse und zog sie mit einem harten Ruck zu sich heran.

»Verdammt! Zwing mich nicht, ihr zu zeigen, dass ich alles andere als ein schwuler Hund bin!«, brüllte Mallott gegen Ovida.

Ovida erbleichte. Carmen riss sich mit einem Ruck los. Sie sprang zurück. Sie brauchte nur in die Augen des *Teniente* zu schauen und wusste, dass Mallott ein toter Mann war.

»McDuggan und die Südamerikanerin sind verrückt!«, keuchte Phil. Zu den unscharfen Bildern auf dem Monitor spielte Joe Brandenburg uns die Geräuschkulisse aus dem Transitraum herunter. Ein peitschender Knall klang durch McDuggans Mikro.

Tony Mallott wurde zwei Yards zurückgeschleudert. Dann knickten ihm die Beine ein, und er stürzte. Sein Körper hatte noch so viel Fahrt, dass er bis an den Glasabschluss rutschte und dagegen prallte. Selbst bei der schlechten Bildqualität war das Blut auf der Scheibe zu sehen.

Phil hatte Unrecht. McDuggan war nicht verrückt. Zusammen mit Carmen Paquita spielte er auf seine eigene Art und Weise Krieg. Er bekämpfte die Gangster, ohne die Passagiere in Gefahr zu bringen. Mit seinem eigenen Leben hatte er abgeschlossen. Aus diesem Grund hatte er auch den Mord an Preacher gestanden.

Ich hatte ein zwiespältiges Gefühl für den Mann, der in Kolumbien auf verlorenem Posten gestanden und dort einen Knacks bekommen hatte.

»Mein Gott«, stöhnte der dicke Thompson. »Die erledigen sich gegenseitig.«

D.A. Jefferson kam zusammen mit Lieutenant Ken Moore in Warners Büro.

»Okay«, sagte der District Attorney. »Auf de. Newark Airport steht eine DC-10 der Columbia Air. Wir bekommen den Vogel, Cotton. Fragen Sie mich nicht, mit welchen Bedingungen und Schwierigkeiten das Hand in Hand geht.«

Ich fragte es nicht. Ich sah ihm an, dass er einen harten Gang hinter sich hatte.

»Wir verzichten auf Marines und stecken meine Leute in die Maschine«, sagte Lieutenant Moore. »Ich kann Ihnen jetzt schon versichern, dass …«

»… die verdammten Marines werden sich auch auf dem Runway hinter den Geiseln verstecken«, unterbrach Phil ihn.

Moore schaute sich etwas verstört um. Auch Jefferson schien die Welt nicht mehr zu verstehen. »Wozu dann die Maschine?«, fragte der Attorney.

»Um die Kerle abzulenken und sie in Sicherheit zu wiegen, Sir«, antwortete ich. »Sobald die Maschine gelandet ist, wird ihre Aufmerksamkeit darauf gelenkt sein. Ich denke, dann werden sich nicht mehr als zwei Mann im Transitraum befinden. Die anderen, wahrscheinlich auch Ovida, werden nach draußen gehen und sich das Schauspiel anschauen.«

Jefferson nickte. »Und dann wollen Sie es hier versuchen?«

»Ja«, sagte ich entschlossen. »Es ist unsere einzige Chance. Wir haben McDuggan und Carmen. Vielleicht auch Mabel, das Mädchen von der Cafébar. Wenn es denen gelingt, die Marines abzulenken, werden wir es schaffen.«

»Und wie sollen die wissen, wann es so weit ist?«, fragte Moore.

Ich zuckte mit den Schultern. »McDuggan wird es merken«, sagte ich. »Wir lassen die Maschine dicht über das Gebäude wegfliegen und geben Sekunden vorher eine Durchsage über die Lautsprecher.«

»Wenn es schief geht, möchte ich nicht in Ihrer Haut stecken«, sagte der dicke Thompson.

Ich sagte nichts. Ich wollte gar nicht daran denken, dass etwas schief laufen konnte.

Die Videobilder wurden immer schlechter. Es war feucht in der Halle, und das Objektiv beschlug.

»Wir haben noch zwei Stunden«, sagte Jefferson. »Ich nehme einen Helikopter zum Newark Airport. Geben Sie mir durch, wann genau die Maschine kommen soll.«

»5 Uhr 30, Sir, im Morgengrauen. Das ist die Stunde des Tigers. Es wird auch unsere Stunde sein!«

Jemand hatte eine Decke über den toten Tony Mallott ausgebreitet. Nur die Füße schauten noch darunter hervor. Mabel Jensink hatte als Polizistin einiges erlebt, dennoch erschauerte sie, wenn sie auf die Füße des Toten sah.

Sie kniete vor der Bank, auf der Brian Warner lag. Immer wieder rieb sie dem Sicherheitschef mit einem feuchten Tuch den Schweiß von der Stirn.

Brian Warner hatte fürchterliche Schmerzen und verlor eine Menge Blut.

McDuggan kam zu Mabel und schaute Warner an. »Kannst du es noch aushalten, Partner?«, fragte er.

Brian Warner nickte.

»Ich kann dir Morphintabletten geben, wenn es nicht mehr geht«, sagte McDuggan. »Ich bin seit Monaten an das Zeug gewöhnt, aber dich wird es umhauen, Warner. Lass mich wissen, wenn du etwas brauchst.«

»Was hast du vor?«, fragte Brian Warner schwach.

»Ich habe nichts vor, aber die da draußen. Die G-men haben sich etwas ausgedacht. Sie haben dem Südamerikaner eine Maschine angekündigt, die eigentlich nicht kommen dürfte. Wir müssen uns auf einen Zwischenfall vorbereiten, Warner. Darum versucht Carmen, sich einen Marine zu angeln, darum werde ich mich, wenn es eben geht, in der Nähe eines anderen Marine aufhalten. Falls die verdammte

Zeitdurchgabe richtig war, kann es nicht mehr viel länger als eine halbe Stunde dauern.«

Brian Warner hob den Kopf. Für einen Moment sah es so aus, als versuche er aufzustehen. Aber das war unmöglich. Jede Bewegung bereitete ihm Schmerzen, die ihn an den Rand einer Ohnmacht trieben.

»Ich will, dass du hier bei Warner bleibst, Baby«, sagte McDuggan zu Mabel Jensink. »Sprich mit den Passagieren. Versuch, ihnen klarzumachen, dass sie das Spiel mitspielen müssen, wenn ihnen ihr Leben etwas wert ist.«

»Welches Spiel?«

»Verstecken«, antwortete McDuggan. »Sobald sie bemerken, dass es losgeht oder ich es ihnen zurufe, sollen sie hinter den Bänken und Sesseln in Deckung gehen.«

»Woher weißt du, wann es so weit ist?«, fragte Brian Warner mit schwacher, zitternder Stimme.

»Ich rieche es. Verdammt, ich rieche es einfach. Genau wie in Kolumbien. Da habe ich es auch gerochen, dass sie Carmen getötet und mir eine Falle gestellt hatten.«

»Kolumbien?«

McDuggan winkte ab. »Das ist eine sehr lange Geschichte. Ich erzähle sie dir später im Krankenhaus, wenn sie dich verarztet haben.«

McDuggan ging zu Ovida, der sich einen bequemen Sessel neben die Cafébar gezogen und dort Platz genommen hatte.

»Warner geht es dreckig!«

»Soll ich vielleicht Mitleid mit ihm haben?«

»Vielleicht kann man ihn rausschaffen, *Teniente*. Eine Geisel mehr oder weniger, was macht das schon noch aus?«

Mit einem Satz sprang Ovida auf. Dabei stieß er den Diplomatenkoffer um, in dem sich das Betriebsband und die Chips für den Enic 321 befanden. »Verdammt, verschwinde aus meiner Nähe, oder ich lege dich wirklich noch um!«

Grinsend trottete McDuggan zu einem anderen Marine.

Neben Ovida gab es noch zwei weitere Männer im Transitraum. Der mit dem eckigen Schädel hielt sich noch immer im Sanitärbereich auf. Und zwei weitere Marines standen noch immer in der Abfertigungshalle bei den Transportbändern.

Die Transportbänder!

In diesem Moment fiel es McDuggan wie Schuppen von den Augen. Über die Bänder in die Abfertigungshalle und dann in den Transitraum!

Einen anderen Weg gab es für die G-men nicht.

McDuggan durchquerte den Transitraum und ging zur Glastür, wo auch Mallotts Leiche lag. Er fühlte sich wieder in Ordnung, nachdem er einige Morphintabletten geschluckt hatte. Um nicht aufzufallen, trat er nicht zu dicht an die Glaswand heran. Er kniff die Augen zu schmalen Schlitzen zusammen und starrte angestrengt auf die Transportbänder und zu den Kästen, die sich am Ende befanden.

Seine Augen waren noch in Ordnung. Aus diesem günstigen Blickwinkel entdeckte McDuggan das Stethoskopobjektiv, das unter dem rechten Kasten angebracht war und vielleicht einen Fingerbreit in die Halle hinausragte. Das hieß, die G-men waren schon bis dorthin gekommen, hatten das Objektiv angebracht und konnten nun über Video beobachten, was sich hier oben abspielte. Zum anderen konnten sie über sein Mikro auch akustisch an dem Geschehen teilnehmen.

McDuggan blieb stehen und zündete sich eine Zigarette an.

»Ich habe das Objektiv entdeckt«, sagte er leise vor

sich hin. »Saubere Arbeit, G-men! Ich habe keinen von euch gesehen. Ich nehme an, ihr wollt es über die Bänder versuchen. Gebt mir eine genaue Zeit durch, damit ich mich darauf einstellen kann. Ich habe Anweisungen gegeben, dass sich die Passagiere hinter den Bänken und Sesseln verstecken, wenn es losgeht. Verdammt, gebt mir auf jeden Fall eine Zeit durch!«

Aus den Augenwinkeln heraus sah er Carmen, die aus dem Sanitärbereich kam. Er wartete auf sie.

»Wenn es sein muss, komme ich an den Marine mit dem eckigen Schädel heran, der vorhin über die Blondine hergefallen ist«, sagte sie leise. »Noch nie hat mich ein Mann gieriger angeschaut als er.«

McDuggan lächelte schwach und deutete auf Carmens zerrissene Bluse. »Kein Wunder, wenn du so provozierend herumläufst. Bleib bei dem Kerl. Ich sage dir, wann es losgeht!«

McDuggan ging zu Warner zurück. »Okay«, sagte er. »Die G-men werden es versuchen, Brian!«

»Ankunft des außerplanmäßigen Fluges Columbia Air 1311 um 5 Uhr 30«, dröhnte die blecherne Stimme über sämtliche Lautsprecher des kleinen Airports. »Flug 1311 um 5 Uhr 30!«

Ich duckte mich unten bei den Transportbändern zusammen. In diesem Moment war Thompsons schwerer Atem das einzige Geräusch.

Phil stand zehn Schritte von mir entfernt, am zweiten Band. Er trug genau wie ich die gefleckte Tarnuniform der Marines und war mit einer Uzi bewaffnet, die er an zwei Riemen über dem Rücken trug.

Ich schaute auf die Uhr. Der Zeiger sprang auf 5 Uhr 25. Fünf Minuten hatten wir. Das erschien verdammt wenig, aber es hätte uns nichts genutzt, wenn wir uns länger Zeit genommen hätten. Jede weitere Minute vergrößerte auch das Risiko. Jefferson hatte versichert, dass die Maschine auf die Minute pünktlich über die Gebäude des Airport hinwegziehen würde. Sie wurde von einem erfahrenen Piloten der US Air Force geflogen, der sich exakt an seine Befehle halten würde.

Ich nickte Phil zu. Wir stiegen auf das Band.

Carmen Paquita zitterte. Sie hatte es sich nicht leicht vorgestellt, und sie hatte sich mental darauf eingestellt. Jetzt jedoch stellte sie fest, dass sie doch Nerven hatte. Plötzlich hatte sie Angst, dass es schief ging, dass sie es war, die eine Katastrophe verursachte.

Die Tür des Waschraumes stand offen. Im großen Spiegel konnte sie den Marine mit dem eckigen Schädel sehen. Er hatte sich zu ihr umgedreht. Sein Blick war starr auf ihren Rücken gerichtet, und es flackerte in seinen Augen.

Es war 5 Uhr 25, als sich Carmen umdrehte und den Marine anschaute. Sie legte den Kopf in den Nacken und strich sich die langen Haare zurück. Die Bluse spannte sich, rutschte aus dem Rocksaum und klaffte auseinander. Genau so, wie sie es geplant hatte.

Der Marine kam einen Schritt näher und blieb dann zögernd stehen. Carmen sah die glitzernden Schweißtropfen auf seiner Stirn. Sie lächelte, zog sich die Bluse aus und ließ sie achtlos auf den gekachelten Boden fallen.

»Ich bin keine bleichhäutige amerikanische *Puta*«, sagte sie leise. »Ich weiß, was ich will, und ich schreie nicht!«

Während sie redete, öffnete sie den Verschluss des Rockes und ließ ihn hinunter. Sie trug nur noch einen winzigen, roten Slip, als sie aus dem Stoff heraustrat und zur Seite, an die Wand, auswich. Das war genau die Stelle, die man vom Transitraum aus nicht einsehen konnte. »Ich will dich, Perro. Bevor es uns hier alle erwischt, will ich es noch einmal erlebt haben!«

Ihre Stimme bebte. Sie hielt die Augen halb geschlossen.

»Jetzt oder gar nicht, Perro!«, zischte sie, hakte die Daumen in den Gummiabschluss des roten Slips und zog ihn mit einem Ruck herunter. »Die anderen schlafen halb. Ich glaube nicht, dass sich hier in den nächsten Minuten jemand blicken lässt!«

Sie wich noch weiter in die Ecke des Raumes zurück. Nackt und lockend. Ihre Zunge tänzelte über die roten Lippen, und ihre Brüste bebten unter dem schwer gehenden Atem.

»Jetzt, Marine!«

Er kam. Carmen hatte nichts anderes erwartet. Sie lehnte sich mit dem Rücken an die kühlen Fliesen der Wand, breitete die Arme aus und schloss die Augen.

Ross McDuggan lehnte an der Cafébar. Er rauchte und grinste den Marine an, der neben ihm stand. Der Kerl trank in aller Ruhe Kaffee. Die MPi lehnte an der Bar.

Gegenüber an der Tür, die in den Gang hinausführte, stand der zweite Mann. Ovida saß noch immer in seinem Sessel und hatte die Augen halb geschlossen.

Warner lag auf der Bank. Mabel war bei ihm. Sie hatte mit den Passagieren gesprochen, die sich ausgezeichnet verhielten. McDuggan spürte die Spannung, die von den Geiseln ausging.

Carmen hielt sich im Sanitärbereich auf. Alles war ruhig, also auch in Ordnung.

Durch die Glaswand vom Transitraum getrennt, standen die beiden anderen Marines zwischen den Transportbändern. Sie sprachen miteinander. Die große Uhr an der Südwand zeigte 5 Uhr 28, als sich Ovida aus dem Sessel stemmte und streckte.

McDuggan drückte die Zigarette aus. Er dachte, dass es wahrscheinlich die Letzte in seinem Leben gewesen war.

Es gab kein Zurück mehr. Die Aktion lief. Phil und ich waren durch keinen mehr zu erreichen. Wenn jetzt draußen etwas schief lief, wenn es Schwierigkeiten mit der DC-10 gab, wenn Lieutenant Ken Moores Männer nicht funktionierten oder einen Fehler begingen, war alles verloren. Im günstigsten Fall erwischte es dann Phil und mich.

Ich versuchte, die Gedanken abzustellen. Es gelang mir nicht. Phil, der sich ungefähr zehn Yards entfernt im anderen Kasten des Transportbandes befand, er-ging es wahrscheinlich auch nicht anders.

Wir riskierten alles, wie es unsere Pflicht war.

Ich biss die Zähne aufeinander. Mit beiden Händen umklammerte ich die Maschinenpistole. Mein Finger lag am Druckpunkt des Abzuges. Meine Augen kleb-ten förmlich am unbarmherzig vorwärts tickenden Sekundenzeiger des Chronometers.

Noch fünfzehn Sekunden exakt.

Die Maschine befand sich im Anflug. Sie war drin-nen noch nicht zu hören. Vielleicht draußen. Moores Männer lagen in Stellung, um als Erstes das MG-Nest auf dem Dach des Transitgebäudes auszuheben. Ein Granatwerfer war auf den Hintereingang ausgerichtet. Ein anderer auf den Vordereingang, der von dem LKW blockiert wurde. Noch zehn Sekunden.

Ich dachte an Zeerookah. Die letzte Nachricht aus dem Krankenhaus hatte Hoffnung aufkommen lassen. Er war operiert worden. Sein Zustand war, den Um-ständen entsprechend, gut und stabil.

Noch fünf Sekunden.

Schweiß perlte von meiner Stirn. Rechts neben dem Kasten, in dem ich auf dem Transportband lag, stand der Marine. Vielleicht einen Yard entfernt, auf keinen Fall mehr. Bei Phil war es die gleiche Lage.

Im Transitraum bereitete sich McDuggan auf seinen letzten Einsatz vor. Carmen Paquita und Mabel Jen-sink versuchten, ihm zu helfen. Die Passagiere waren verständigt. McDuggan hatte bislang ausgezeichnete Arbeit verrichtet. Er würde auch den Rest erledigen.

Der Sekundenzeiger sprang auf 5 Uhr 29 und 30 Sekunden.

Ich rutschte aus dem Kasten hinaus. Rechts neben mir wuchs der Schatten des Marine hoch.

Der Lauf meiner Maschinenpistole schwang zu ihm herum. Er starrte mich aus weit aufgerissenen Augen an. Seine Maschinenpistole lehnte am Band. Zwischen seinen schmalen Lippen baumelte eine Zigarette.

Ich traf ihn mit dem Lauf der Schnellfeuerwaffe so hart gegen die Stirn, dass es ihn zwei Yards zurückwarf.

Das Licht flackerte eine Sekunde lang. Dann erschütterte das Pfeifen von Turbinentriebwerken das Gebäude. Die Scheiben klirrten leise. Hätte ich nicht gewusst, dass die DC-10 dicht über das Gebäude hinwegzog, hätte ich an ein Erdbeben geglaubt.

Zehn Yards von mir entfernt stieg Phil hinter dem Förderband senkrecht in die Höhe. Er hatte seinen Mann ausgeschaltet, genau wie ich.

Carmen Paquita stieß einen schrillen Schrei aus, der das Pfeifen der Turbinentriebwerke kaum übertönte. Auf keinen Fall war er bis in den Transitraum zu hören, aber er gellte dem Marine in den Ohren, der in diesem Moment den Gürtel seiner Hose löste.

Carmen wirbelte zu ihm herum.

Der Kerl hatte noch beide Hände am Hosengürtel, als sie ihm den Kopf mitten ins Gesicht stieß.

Der Marine taumelte zurück.

Carmen hechtete nach rechts, wo der Kerl die MPi an eine der Kabinen gestellt hatte.

Sie rutschte über den Boden, bekam die automatische Waffe zu packen, riss den Sicherheitshebel zurück und drückte ab.

Der Marine, der neben der Tür stand, hatte diese aufgestoßen. Ovida, der sich gerade erhoben hatte, stürmte nach vorn. Er wollte raus, um sich Meldung erstatten zu lassen, dass es sich um die richtige Maschine handelte.

Der Marine, der dicht neben McDuggan an der Cafébar stand und eine Tasse in der Hand hielt, schaute dem Teniente nach, dann zur Decke des Raumes, weil das Licht flackerte. Niemand interessierte sich für die Geiseln, die von ihren Sitzen aufsprangen.

McDuggans rechter Ellbogen schwang zur Seite. Er schleuderte die Tasse beiseite, die der Marine noch an seinen Lippen hielt, und traf den Mann mitten ins Gesicht. Dann krallten sich McDuggans Finger um das Eisen der Maschinenpistole, die an der Theke lehnte. In derselben Sekunde, als Ovida die Tür erreichte, zerfetzte eine Salve, die im Sanitärbereich abgefeuert wurde, die wieder eingekehrte Stille.

Phil und ich stürmten nach vorn. Es waren mehr als zwanzig Yards bis zur Tür in der Glaswand. In dieser Situation eine Entfernung bis zum Mond und zurück.

Ich sah McDuggan, dessen Ellbogen im Gesicht eines Marines landete, und ich sah den Agenten der DEA nach der Maschinenpistole greifen.

Der Feuerstoß einer automatischen Waffe klang aus dem Sanitärbereich und zerhackte die Stille.

Auf der linken Seite des Raumes warfen sich die Passagiere hinter die Bänke und hinter die Sessel.

Das alles sah aus wie eine gut ins Bild gesetzte Filmszene. Aber hier führte kein Mann aus Hollywood Regie. Hier führte die Angst Regie. Sie trieb die Menschen dazu, exakt das zu tun, was McDuggan ihnen gesagt hatte.

Exakt das, von dem McDuggan gesagt hatte, es sei ihre einzige Überlebenschance.

Ich erreichte die Tür vor Phil.

Ovida war stehen geblieben. Er wirbelte herum und duckte sich, während der Marine neben der Tür die Waffe hochriss.

In diesem Sekundenbruchteil tauchte ich in den Transitraum. Ich warf mich mit einem gewaltigen Satz nach rechts, um Phil den Weg frei zu geben, der sich dich hinter mir befand.

McDuggan hielt die Maschinenpistole in den Händen und ließ sich auf die Knie fallen. In den Händen des Marine, der neben der Tür in dem langen Gang stand, tanzte die Waffe. Die Geschosse durchsiebten den Tresen der Cafébar. Sie zogen von links nach rechts eine gerade Linie über McDuggan hinweg.

Phil feuerte mit Carmen Paquita gleichzeitig, die nackt wie eine schöne Göttin in den Raum sprang.

Der Marine wurde herumgerissen und von der Tür weggeschleudert.

Daneben duckte sich Teniente Ramos Ovida noch immer wie zum Sprung.

Ich rannte auf ihn zu. Seine Rechte schwang hoch. Wie angewachsen lag die schwere 45er Colt Automatic darin. Er musste sich zu mir umdrehen.

Genau das hatte ich gewollt. Ovida war der Mann, der die Passagiere mit seinen Schüssen noch immer erreichen konnte, wenn er sich auf sie konzentrierte. Ich wollte, dass seine Aufmerksamkeit auf mich gerichtet war. Damit beschützte ich die Passagiere, und damit gab ich Phil gleichzeitig die Möglichkeit, von der anderen Seite heranzustürmen, um die offene Tür zu sichern. Dahinter, im Gang, hielten sich noch immer Marines auf.

Ovida schoss.

Ich hatte einen scharfen Haken nach links geschlagen. Der Südamerikaner war nicht schnell genug gewesen. Er hatte den Schusswinkel nicht mehr verändern können.

Die Kugel zog an mir vorbei. Sie durchschlug die Glasfront, die diesen Raum von der Abfertigungshalle trennte.

Eine ungeheure Explosion hallte durch den schmalen Gang. Dreck und Staub wallten auf und verdunkelten das Rechteck der Tür.

Moores Männer hatten den verdammten Lastwagen beiseite geblasen!

Ovida wurde für den Bruchteil einer Sekunde abgelenkt. Er öffnete den Mund und brüllte etwas, was ich nicht verstand. Wahrscheinlich einen Fluch, eine Verwünschung, die mir oder seinen Marines galt, die sich im alles entscheidenden Moment hatten überrumpeln lassen.

Zwei Yards trennten mich noch von dem Kerl.

Phil hatte sich links hinter mir zu Boden geworfen, hielt die MPi auf das dunkle Rechteck der Tür ausgerichtet und feuerte.

Ich erhob mich, als Ovida die Waffe herumriss und mich anvisierte. Mit einem gewaltigen Satz flog ich dem Südamerikaner entgegen. Er drückte ab, als ich gegen ihn prallte, ihm den Lauf meiner Waffe in den Bauch bohrte und zu Boden warf.

Die Explosion des Schusses zerriss mir beinahe das Trommelfell. Ich hörte den Krach um mich herum nicht mehr. Ich drehte mich auf die Seite und starrte in das verzerrte Gesicht des südamerikanischen Teniente, der den Krieg nach New York getragen hatte. Es wäre leicht gewesen, ihn zu töten. Ich hätte nur den Finger krümmen müssen.

Aber ich wollte ihn lebend! Ihn und den verdammten Coronel, von dem ich noch nicht einmal wusste, wie er aussah.

Mein rechter Fuß zuckte nach vorn. Der Absatz des Schuhs traf Ovidas Stirn, schleuderte ihn auf den Steinboden zurück, und sein Hinterkopf schlug hart auf.

Dann drehte ich mich auf die andere Seite, federte in die Hocke und wartete, bis Phil erkannte, was ich vorhatte. Noch einen Feuerstoß jagte Phil in den dunklen Gang, aus dem Schreie klangen, dann senkte er den Lauf der Waffe.

Mit zwei schnellen Sätzen erreichte ich die schwere Eisentür und zog sie ins Schloss. Ich warf den Riegel vor und tauchte von der Tür weg.

Dann sah ich Carmen Paquita. Nackt stürmte sie in die Abfertigungshalle, wo Phil und ich die beiden Marines bewusstlos zurückgelassen hatten.

Das alles hier hatte keine zehn Sekunden gedauert. An die beiden Marines in der Abfertigungshalle hatte ich während dieser kurzen Zeit nicht einen Gedanken gehabt. Erst jetzt sah ich, dass sich einer der beiden schon wieder halb in die Hocke erhoben hatte. Carmen hielt ihn davon ab, nach der Waffe zu greifen.

Nachdem keine Schüsse mehr fielen, begannen hinter den Bänken und Sesseln die Passagiere zu schreien.

»Ruhe bewahren und Nerven behalten! Wir sind vom FBI!«

Phil durchquerte den Transitraum und rannte zu Carmen Paquita in die Abfertigungshalle.

Die Menschen, die hinter den Bänken und Sesseln auftauchten, hatten von Angst verzerrte Gesichter.

»Es ist okay!«, schrie ich sie an. Ich musste verhindern, dass jetzt, wo ihnen kaum noch eine Gefahr drohte, eine Panik ausbrach. »Ruhe bewahren! Alles in die Abfertigungshalle!«

Sie rannten sich gegenseitig über den Haufen. Jeder wollte zuerst diesen Raum verlassen, in dem er die schlimmsten Stunden seines Lebens mitgemacht hatte. Ich verstand ihre Gefühle und ihre Angst. Ich verstand, dass sie sich noch nicht sicher fühlten, dass sie nur an sich dachten, jeder für sich selbst.

Es knallte entsetzlich, als aus dem Gang heraus gegen die Eisentür gefeuert wurde. Dann ging ich neben Ovida in die Knie und kettete ihn mit Handschellen an ein Heizungsrohr.

Carmen kam herein, schob sich zwischen den Passagieren hindurch, von denen keiner bemerkte, dass sie nackt war. Für einen Moment blieb sie stehen. DieMaschinenpistole hielt sie noch immer in den Händen. Der Lauf zielte gegen den Boden. Tränen rannen über ihr schönes Gesicht und frästen helle Rinnen in ihren dunklen Teint.

Zwei Sekunden lang starrte sie mich an, dann ließ sie die Waffe fallen und rannte zur Cafébar, vor der Ross McDuggan lag.

»G-man!«

Ich drehte mich nach rechts um. Brian Warner lag noch auf der Bank. Vor ihm kniete die rothaarige junge Frau, die Mabel Jensink hieß und von der ich wusste, dass sie früher einmal Polizistin gewesen war.

Ich ging zu ihnen, legte Mabel Jensink die Hand auf die Schulter und nickte Brian Warner zu. »Es dauert nicht mehr lange«, sagte ich. »Draußen sind Ärzte und Krankenwagen!«

Warner grinste verzerrt. »Wenn ich das meinen Kindern erzähle, glaubt es keiner«, sagte er.

Ich grinste zurück. »Erzählen Sie's erst gar nicht«, sagte ich leise und ging an die Cafébar.

McDuggan hatte sich aufgerichtet. Mit dem Rücken lehnte er am zerschossenen Tresen. Carmen kniete nackt neben ihm, bettete den Kopf des DEA-Agenten an ihren Busen und streichelte unaufhörlich sein eingefallenes Gesicht. Das Hemd über seiner Brust war zerfetzt und blutgetränkt. Zwei Kugeln hatten ihn getroffen. Dass er noch lebte, war wirklich ein Wunder.

»Ich muss meine Meinung über den FBI revidieren«, sagte er leise. »Ich dachte immer, ihr seid bessere Salon-Tiger.«

Ich lächelte, obgleich mir danach wirklich nicht zumute war. Dann zündete ich zwei Zigaretten an und schob ihm eine zwischen die schmalen, blutleeren Lippen.

»Es wird gut werden«, sagte Carmen.

»Sicher«, sagte McDuggan. Er hustete. Ein feiner Blutfaden rann aus seinem Mund. »Sobald die G-men auch den Coronel geschnappt haben, ist alles gut, *Cariña*.«

»Einsatz beendet und erfolgreich abgeschlossen!«, klang es über den Lautsprecher.

Es war die Stimme von Lieutenant Ken Moore.

Phil kam aus der Abfertigungshalle zurück, wo er die beiden Marines aneinander gekettet hatte. Er ging an uns vorbei zur schweren Eisentür und warf den Riegel zurück.

Ken Moore kam als Erster herein und schaute sich um. Dann folgten einige seiner schwer bewaffneten Männer, die sich sofort im Raum verteilten.

»Wann kommt der Coronel?«, fragte McDuggan.

»In drei Stunden«, sagte ich dumpf. »Mach dir keine Gedanken …«

»Mache ich nicht«, sagte McDuggan. »Ich habe so verdammt viel Morphium im Blut, dass ich keine Schmerzen spüre, G-man. Aber ich weiß verdammt, dass die Eieruhr läuft. Drei Stunden?«

Ich nickte.

Ärzte und Sanitäter stürmten herein. Einer von ihnen kümmerte sich um Warner, ein anderer kam zu McDuggan.

Ich zog Carmen in die Höhe. Sie klammerte sich an mir fest. Ich spürte ihre Tränen. Ihre Schultern zuckten. Jemand kam mit einer Decke. Sie wickelte sich darin ein und zitterte, während sie Ross McDuggan anschaute, der die Augen geschlossen hielt und sich behandeln ließ.

»Cotton!«

Ich drehte mich zu McDuggan herum, der die Augen wieder geöffnet hatte.

»Frag den verdammten Weißkittel, ob er mich noch drei Stunden in dieser Welt halten kann, Cotton. Verdammt, frag es ihn! Mich wird er doch anlügen. Ich habe einen letzten Wunsch, und den habt ihr zu respektieren.«

»Reg dich nicht auf«, sagte ich, während der Arzt den Kopf schüttelte. »Verdammt, reg dich nicht auf, McDuggan!«

Meine Stimme klang heiser. Ich spürte das schmerzhafte Würgen in meiner Kehle. Der Kloß war so dick, dass ich ihn nicht hinunterschlucken konnte.

»Ich will ihn sehen«, sagte McDuggan. Er drehte den Blick zu Carmen, die aus dem Waschraum zurückkam, wo sie sich wieder angezogen hatte. Er lächelte. »*Cariña*, ich will, dass du den Kerlen begreiflich machst, dass ich das Recht habe, den Kerl zu sehen, der mich umgebracht hat!«

Carmen schaute mich aus wässrigen Augen an. Sie hatte sich das Gesicht gewaschen. McDuggan sollte nicht sehen, dass sie geweint hatte.

Ich nickte.

»Keine Schwierigkeiten, Ross«, sagte sie leise. »Nach dem, was du getan hast, können sie gar nicht …«

Sie brach mitten im Satz ab. Ross McDuggan schaute sie noch immer an. Seine Augen waren gebrochen. Und zum ersten Mal, seit ich ihn kannte, wirkte sein Gesicht friedlich und entspannt.

Mit schweren Schritten ging ich durch den Tunnel auf den vorderen Eingang der DC-10 der Columbia Air zu, die planmäßig, auf die Minute genau, auf dem Kennedy International Airport aufgesetzt hatte.

Rechts und links neben der Tür standen zwei charmante Stewardessen. Sie wussten von nichts, lächelten und wunderten sich wahrscheinlich darüber, dass sie von zwei Männern in Zivil empfangen wurden.

Phil bewegte sich nur einen Schritt hinter mir.

Am Ende des Schlauches, das man von hier aus nicht sehen konnte, warteten die Männer, die Coronel José Louis Baptista in Empfang nehmen würden und die sich später mit den Protestnoten der kolumbianischen Regierung wegen der Verhaftung zweier ihrer Diplomaten herumschlagen mussten.

Bis zu diesem Moment hatte Ramos Ovida nichts anderes gesagt, als dass er mit einem Angehörigen seiner Botschaft zu sprechen wünschte.

Worauf es hinausführte, wusste ich nicht. Es interessierte mich auch nicht. Phil und ich kamen an McDuggans Stelle, um den Mann zu sehen, der New York den Krieg erklärt hatte.

Von den Marines, die nach New York gekommen waren, hatten nur zwei überlebt. Auch Olpesto war tot.

Aus dem Krankenhaus waren gute Nachrichten gekommen: Unser Indianer war über den Berg. Er verlangte nach Zigaretten, nach Feuerwasser und hatte schon einer Schwester, die ihm zu nahe gekommen war, den Hintern getätschelt.

Ich trug den Aktenkoffer in der rechten Hand. Er hatte einige Kratzer abbekommen, mehr nicht. Der Inhalt, der so viel Elend gebracht und Menschen das Leben gekostet hatte, war unversehrt.

Coronel José Louis Baptista saß in der zweiten Reihe der ersten Klasse. Außer ihm hatten sich nur noch ein Ehepaar und ein älterer Mann diesen Luxus leisten können. Ich starrte den Mann an. Er saß aufgerichtet da, sein Gesicht hatte einen abweisenden Ausdruck, und er hielt die Lippen fest aufeinander gepresst.

Ich setzte mich zu ihm in die Reihe und legte den Koffer auf den freien Sitz zwischen uns. Mit einem schnappenden Geräusch öffnete ich ihn.

»Für dich, Coronel!«, sagte ich.

Er schaute mich verstört an. Plötzlich standen

Schweißtropfen auf seiner Stirn. Er warf einen schnellen Blick aus dem Fenster.

»Kennedy International«, sagte ich.

Mit einem Ruck drehte er sich wieder zu mir herum. Dann sah er auf das Betriebsband des Enic 321 und die winzigen, unschuldig aussehenden Chips.

»Ist das alles?«, fragte ich.

»Verdammt ich weiß nicht …«

»Ich kann's wieder mitnehmen, Coronel«, sagte ich.

Ganz langsam streckte er die Hände aus und wollte in den Koffer greifen. Mit einem Ruck klappte ich den Deckel wieder herunter. Er konnte gerade noch seine Finger in Sicherheit bringen.

»Doch nicht umsonst, Coronel«, sagte ich.

»Wer sind Sie?«

»Das spielt doch keine Rolle!«

»Und was kostet mich das?«, fragte er heiser.

»Wenn nicht das Leben auf dem elektrischen Stuhl, dann doch hoffentlich ein Leben hinter den soliden Gittern eines amerikanischen Gefängnisses«, sagte Phil, der langsam näher gekommen war. »FBI!«

Er wurde bleich und fiel wie ein Sack zusammen.

Das war es, was McDuggan hatte sehen wollen: einen Mann, dem die Angst aus allen Poren gleichzeitig sprang, dem der Schweiß auf das Gesicht schoss und der, als er etwas sagen wollte, nur noch unverständlich lallen konnte.

Ich stand auf, nahm den Koffer und ging zusammen mit Phil an den Männern vorbei, die die Maschine betraten, um den Coronel festzunehmen.

Wir hatten abgesprochen, dass wir zu Zeerookah ins Krankenhaus fuhren und dann zum Washington Square, ins ›Nuevo Esperanza‹, wo Carmen Paquita und Paco Camino auf uns warteten.

ENDE

Jerry Cotton ist die erfolgreichste Kriminalromanserie der Welt. Die Gesamtauflage der Serie liegt bei über 800 Millionen Exemplaren und wird in über fünfzig Ländern der Erde gelesen
BASTEI-LÜBBE präsentiert für alle Freunde des Kriminalromans drei lange vergriffene Ausgaben der Jerry-Cotton-Taschenbücher in einer Sonderausgabe.

Dieser Band enthält die Romane:

**Stärker als Ketten
Die Lady mit dem 38er
Brooklyn-Fighter**

ISBN 3-404-31932–X

Klinik der irren Killer

Als ich in der kleinen Hütte auf den Florida Keys zu mir kam, fehlte mir jegliche Erinnerung. Ich wusste nicht, wie ich hierher gekommen war, und ich wusste nicht mal, wer ich war. Aber in meinem Besitz befand sich ein Koffer. Der Inhalt: 10.000 Dollar, ein Präzisionsgewehr und ein Foto. Dann der Anruf eines Mannes, der behauptete, mein Auftraggeber zu sein. Die 10.000 Bucks waren mein Vorschuss für einen Mordauftrag, und für den Fall, dass ich noch aus dem Deal aussteigen wollte, hatte der Unbekannte meine Schwester entführen lassen und drohte mit ihrer Ermordung. Ich hatte keine Wahl, ich musste den Hit durchführen. Denn ich war John Booth, der Profi-Killer!
Doch ich musste verdammt auf der Hut sein, denn ein G-man aus New York war mir dicht auf den Fersen. Er war mein ärgster Feind – FBI Special Agent Phil Decker ...

ISBN 3–404–31480–8

BASTEI LÜBBE

GREG ILES

UNTER VERSCHLUSS

THRILLER

Penn Cage kennt den Tod wie seine Westentasche: Als Staatsanwalt hat er sechzehn Menschen in die Todeszelle gebracht. Doch nach dem plötzlichen Tod seiner Frau sehnt er sich nach Ruhe und Frieden. Mit seiner kleinen Tochter begibt er sich in die Stadt seiner Kindheit, um den Schatten der Vergangenheit zu entfliehen. Aber Natchez, Mississippi, ist nicht der Ort, um seine Trauer zu begraben. Ein dunkles Geheimnis umgibt diese Stadt im Süden der USA, ein Geheimnis, an dessen Aufdeckung niemand Interesse bekundet ...

›Nach *@E.R.O.S.* und *Schwarzer Tod* läuft Greg Iles zur Hochform auf.‹   *WASHINGTON POST*

ISBN 3–404–14550–X